清代宮廷大戲叢刊續編 二

封神天榜

【下册】

詹怡萍◎主編
宋啓發◎校點

北京大學出版社
PEKING UNIVERSITY PRESS

第六本

第一齣　二正仙下界收妖（古風韻）

弋腔

〔雜扮四軍卒，各戴馬夫巾，穿蟒箭袖卒褂，執旗。雜扮四軍卒，各戴大頁巾，穿蟒箭袖排穗褂，執標鎗。雜扮鄧忠、陶榮、張節，各戴紮巾額，穿打仗甲。雜扮辛環，戴豎髮額，穿打仗甲，紮飛翅。雜扮二中軍，各戴中軍帽，穿蟒箭袖通袖褂，佩刀。引净扮聞仲，戴黑貂，紮靠、背令旗，佩劍，襲蟒束帶，從上場門上，唱〕

【中吕宫正曲・駐馬聽】怒氣冲霄（韻），一事無成天不巧（韻）。空損兵折將（句），喪友亡朋（讀）增忿添焦（韻）。想西岐合是運偏高（韻），怎商家氣數應消落（韻）。〔合〕憂恨朝朝（韻），何時得遂（讀），成功懷抱（韻）。

〔中場設椅，轉場坐科，白〕同朋早已盡淪亡，想起前仇意倍傷。一點丹心終不改，還思轉敗變麻祥。俺聞仲奉命征伐西岐，削平巨寇，指望仗吾忠義，凴俺威風，可以一鼓就擒，渠魁授首。不想天不由人，往往掣肘，幾番攻戰，總未成功。請了許多道友，論起來俱非無用之人，誰想一個個俱爲所害。趙公明道友非命而亡，金鰲島十道人陸續被害，想將來好令人恨怒冲心，憂懷莫解。當此時勢，少不得與他鏖戰一場，成敗總由天命，非俺爲臣者不忠無能之罪也。但是一件，趙公明臨終之時，説三仙島有他三個妹子，法術無邊，命我將他皂服絲縧與金蛟寶剪，一並放在靈前。他三人必來報仇，好教他三個妹子覩物思兄，擒賊雪怨。俺想他兄妹睽離，如何得通音問。公明兄在此廢命，他三個怎得知曉？只怕他修仙之人，善於占卜，或者趙公明陰靈知覺於他，也未可定。俺已遵他遺言，等了許久，還未見到來，少不得静以候之可也。中軍，爾等營門等候，如有仙姑到時，急忙通報。〔中軍應科。聞仲起，隨撤椅科，白〕正是：成則爲王敗則寇，退能保守進能攻。〔從下場門下，衆隨下。旦扮雲霄、碧霄、瓊霄，各戴過梁額、仙姑巾，穿宫衣。旦扮菡芝仙、彩雲仙，各戴魔女髮，穿宫衣。同從上場門急上，唱〕

【中吕宫正曲・縷縷金】把金冠棄(句)，鶴氅丟(韻)，西岐忙奔去(句)，報冤仇(韻)。法寶金蛟剪(句)，混元金斗(韻)，飛霞戮目聚風頭(韻)。〔合〕神仙也眉皺(韻)，神仙也眉皺(疊)。〔同白〕吾等特爲趙兄報仇，來擒姜尚，先到商營參了哥哥靈柩，再去争持，因此大家作速前來。已到商營了。〔向内科，白〕裏面有人麽？〔一中軍從下場門上，白〕甚麽人？〔雲霄白〕相煩通禀，有三仙島衆仙姑求見。〔中軍應，作虚白向内禀科。衆引聞仲從下場門上，各虚白作相見科。聞仲白〕不知衆位仙姑法駕降臨，有失迎迓。〔三姑白〕我等在洞，全然不知哥哥凶信，申公豹報信，方纔得知，因此下山復仇。〔菡芝仙、彩雲仙同白〕聞兄，我二人各煉異寶，前來相助。〔三姑白〕我哥哥靈柩今在何處？〔聞仲白〕就在後營，即請前往。〔各虚白遶場科。場側預設桌、幔、靈牌、香燭、皂服絲縧、金蛟剪切末科。三姑作拈香叩拜哭科，同唱〕

【雙調正曲·鎖南枝】心如醉(句)，淚交流(韻)，你那英魂渺渺何處求(韻)。大夢赴幽冥(句)，劫限不相留(韻)。〔合〕撇却了衆同胞(句)，骨肉儔(韻)。今日裏要相逢(句)，怎能彀(韻)。〔菡芝仙、彩雲仙白〕三位姐姐不必過哀，趙兄既遭暗害，我等與姜尚這廝決不甘休。〔聞仲白〕列位仙姑如肯相助，何愁大仇不復。〔三姑白〕周營可曾有人要戰？〔聞仲白〕這數日未曾交陣。〔三姑白〕我等此來，益發擒了姜尚，滅了闡教，使我忿怨俱消，以報衆仙之恨。〔聞仲白〕如此甚妙！衆將官，前去周營要戰。〔衆應科。場上隨撤桌、幔、靈牌等物科。衆作遶場科，唱〕

【越調正曲·水底魚兒】姜尚當休(韻)，群仙結下仇(韻)。逆黨掃淨(句)，〔合〕自己惹愆尤(韻)，自己惹愆尤(疊)。〔衆同從下場門下。生扮陸壓道人，戴道冠，穿道袍，繫絛，執劍，從上場門上，白〕貧道陸壓道人，下山相助子牙，用法射死公明。商周兩下，久不交兵。方纔燃燈老師傳下法旨，道有趙公明三個妹子，與金鰲島兩個仙姑，前來復仇大戰，命我前去會他。遥見五個仙姑在前，聞仲率衆後隨，待我迎上前去便了。〔衆引聞仲、三姑、二仙子各執器械，同從上場門上。三姑白〕前面阻路道人，敢是害我哥哥的妖人陸壓麽？〔陸壓道人白〕然也。〔三姑白〕你何故暗害吾兄？〔陸壓道人白〕三位：修道之士，皆從理悟，順天者昌，逆天者亡。令兄自知有己，不知有人，逆天背理，拒正助邪。吾乃奉天誅逆，何爲暗害？〔瓊霄白〕好孽障！射死吾兄，反將巧言煽惑。料你毫末之微，有何用處！〔各虚白作對戰科。碧霄從上場門暗下，取混元金斗切末隨上，作叩住陸壓道人，衆作綁科。碧霄白〕妖道，今被法寶所擒，何能逃脱。你既射死吾兄，今番也要射你。〔雲霄白〕這厮道術多端，凡間弓矢如何能傷，待我治他。〔從上場門上，取金蛟剪切末隨上，作向陸壓道人白〕妖道，你今日難逃此剪之厄，休生怨悔。〔作欲祭剪科。陸壓道人白〕我去也。〔地井内出火彩，陸壓道人從地井内下。雲霄白〕好妖道，如此施張，必須趕上擒回，方消吾恨。〔衆各虛白科，同從下場門下。聞仲白〕我不免領了後隊，隨去可也。〔各虛白科，同從下場門下。雜扮四軍卒，各戴馬夫巾，穿蟒箭袖卒褂，執旗。生扮金吒、木吒，各戴陀頭髮，穿采蓮衣氅，軟紥扮，繫跳包，執器械。小生扮黄天化，戴綫髮，穿采蓮衣氅，軟紥扮，繫跳包，執雙鎚。生扮楊戬，戴三叉冠，穿蟒箭袖紥氅，執鎗。引外扮姜尚，戴道冠，穿道袍氅，繫絲，執打神鞭、杏黄旗，從上場門上，唱〕

【仙吕宫引・鵲橋仙】權衡職掌（句），群仙扶佑（韻），眼見大功可奏（韻）。妖仙争戰幾時休（韻），盼正果將來成就（韻）。〔白〕我姜尚正與燃燈老師在蘆篷静坐，燃燈老師忽然心血潮來，知陸壓現法驚人，雲霄等恨心攪亂，前來追趕，命我與衆弟子阻擋，因此作速前來。〔陸壓道人從上場門急上，白〕速報仙師來破惡，現身奇法自驚人。〔作見科，白〕子牙公何來？〔姜尚白〕燃燈老師知汝被擒現法，雲霄等追逐前來，命我前來阻拒。〔陸壓道人白〕如此甚好，須當仔細。我回覆師尊去也。〔姜尚虛白科。陸壓道人從下場門下。雲霄、碧霄、瓊霄、菡芝仙、彩雲仙同從上場門上，雲霄作看科，白〕阻路的可是姜尚麽？〔姜尚白〕正是。〔雲霄白〕子牙，你可將陸壓獻出，萬事皆休。〔姜尚白〕此言差矣！令兄自取死亡，與我等何干？〔瓊霄作大怒科，白〕好姜尚！既殺吾兄，還敢巧辯，不要走。〔各虛白對戰科。金吒、木吒、黄天化、楊戬各與雲霄、碧霄、菡芝仙、彩雲仙對戰科。姜尚等同從下場門下，三姑二仙子追下。雜扮雲霄化身，穿金蛟剪切末衣，碧霄執混元金斗切末，瓊霄執飛霞劍切末，次第從上場門上，作與衆將卒對戰，各作以剪剪人、斗出火彩裝人、劍斬人科，次第各從下場門下。各追下。姜尚、金吒、木吒、楊戩、黄天化同從上場門上，雲霄、碧霄、瓊霄、菡芝仙繫聚風袋，彩雲仙執戮目珠追上，作對戰科。姜尚作祭打神鞭打雲霄，楊戩作鎗傷碧霄。菡芝仙虚白，作展風袋，地井内出黑烟科。彩雲仙作祭戮目珠打敗姜尚科。從下場門下，衆亦作敗科隨下。衆引聞仲從上場門上，白〕有勞列位，建此大功。姜尚雖敗，只是二位道姑各帶重傷。〔雲霄白〕這有何妨，自有仙方醫治。〔碧霄白〕姐姐，這却怎處？〔雲霄怒科，白〕姜尚嘎姜尚，我倒不肯傷你，你反前來壞吾。哎，罷！二位妹子，莫言他玉虚門人，即是師伯到此，也顧不得了。把吾等九曲黄河陣擺來，管教個個就擒。吾等回營佈陣可也。〔聞仲白〕就此回兵。〔衆應科，同唱〕

【越調正曲・水底魚兒】暫把兵收(韻)，佈下黄河九曲流(韻)。玄功莫測(句)，〔合〕管教他百萬勢全休(韻)，百萬勢全休(疊)。〔衆應科，同從下場門下。雜扮四神將，各戴紥巾額，紥靠，捧寶劍、爐盤、藜杖、天書。引净扮元始天尊，戴大道冠，穿蟒繫絲，執拂塵，從上場門上，唱〕

【越角隻曲・鬪鵪鶉】赤緊的削去三花(句)，没來由沉埋五斗(韻)。何緣的正道遭殃(句)，致使那旁門拍手(韻)。〔雜扮四仙童，各戴綫髮，穿采蓮衣。净扮南極仙翁，戴壽星套頭，穿壽星衣，繫絲，執如意。雜扮元都法官，戴道冠，穿法衣，捧《太極圖》。引外扮太上老君，戴老君髮、道冠，穿八卦氅，執拂塵，從上場門上，唱〕今日裏塵世攻争(句)，輪迴時候(韻)。他那裏自逞兇頑(句)，不思回首(韻)。俺這裏妙法難名(句)，元精不朽(韻)。〔場上設高臺，内作樂。元始天尊、太上老君各陞座科，分白〕得道忘年九轉功，三花五炁本朝宗。扶吾大法煩争戰，豈爲嬉遊塵世中。吾乃元始天尊是也，吾乃太上老君是也。〔同白〕只爲劫數輪迴，天心轉易，商家當滅，周室當興。因此神仙衆弟子，一千五百年犯了殺戒，應入紅塵，方成正果。玉虛宫閉了講場，專候此變。〔元始天尊白〕道兄，那雲霄等擺下了九曲黄河陣，將吾等門下十二弟子俱陷在内，雖是因他們三尸不斷、六氣未呑，以致殺戒有犯，大魔到來。但是他截教門人，亦屬吾等所掌，他們却不守清規，妄生嗔念，藐視玉虛，殊爲可惡。道兄將何處之？〔太上老君白〕師弟，你我玉虛工夫甚大，果行甚精，此不過小小浮灾，雖然削去三花，不得便成俗體。此番正應上天垂象之意。你既奉玉敕掌此大劫，何須過遜。吾之此來，一爲周家八百根基，二爲衆門人三千功行耳。〔元始天尊白〕雖然如此，道兄須是當先，小弟謹參末議。〔太上老君白〕我二人前去破陣救衆門人，亦是天數自然，不勞人事煩冗。燃燈、姜尚二人，教他自在蘆篷默守元神，不勞相隨前往。吾二人可成此功，完此一段公案，了這一片葛藤。〔元始天尊白〕如此甚是。吾二人就此破陣走遭。〔内作樂，元始天尊、太上老君同下座，隨撤高臺科。同唱〕

【越角隻曲·紫花兒序】放開了寶蓮萬蕊（句），收拾下金索銀轠（句），鎖住他外道魔頭（韻）。保全起三千道行（句），震動開十二重樓（韻）。休休（韻），着甚來由不自收（韻），向塵寰趨走（韻）。也是那多事天公（句），弄得個乾坤兒顛倒紛揉（韻）。〔同從下場門下。雲霄、碧霄、瓊霄、菡芝仙、彩雲仙各執劍，同從上場門上，同唱〕

【越角隻曲·調笑令】功久（韻），過千秋（韻），只有這一點無明難歇手（韻）。玉虛一共遭僝僽（韻），共争持總教束手㊙。復仇一自擒仙後㊙，顯吾名萬里神洲㊙。〔場上設椅，各坐科，同白〕邪正從來不一途，玉虛功行總空虛。千年道行付流水，始信吾曹法不誣。〔分白〕吾乃雲霄是也，吾乃碧霄是也，吾乃瓊霄是也，吾乃菡芝仙是也，吾乃彩雲仙是也。〔同白〕吾等爲趙兄報仇，來助聞仲，擺了個九曲黄河仙陣，把玉虛門下十二弟子俱各擒來，眼見得三花斬斷，俱作凡夫。〔碧霄白〕姐姐，姜尚所恃者此數人耳。這些人俱被吾擒，何況那些俗子，何不趁此一陣，擒了姜尚，滅了西岐？〔衆各虛白科。内作鶴唳鸞鳴科，雲霄白〕哎呀，衆位妹子，不好了！〔各虛白起，隨撤椅科。雲霄白〕方纔鸞鶴齊鳴，元都大師祖與掌教老師到了，這却怎處？〔瓊霄白〕大家想個計較。〔碧霄白〕哎，甚麽計較！一不作，二不休，但引他入我仙陣，先放金蛟剪，後祭混元斗，何必懼他。那玉虛道行，也不過如此虛頭，那有甚麽實在。〔各虛白科。南極仙翁執《太極圖》，玄都法官執風火蒲團，四神將各執器械，一神將捧寶劍，引元始天尊、太上老君執如意，同從上場門上。玄都法官白〕衆仙速來接駕。〔五仙作怒站不拜科。元始天尊白〕爾等設了此陣，將吾玉虛衆門人陷住，此亦天數當該。雖然如此説，爾等亦當各守清規，爲何逆天行事，自取違教之律？〔五仙同白〕我等各有其師，原不由彼統屬。〔太上老君白〕道法本同，何分你我。爾等不守清規，敢行忤慢。爾師見吾，尚且躬身稽首，爾等焉敢無狀！〔三姑白〕吾拜截教祖師，不知有玄都。上不尊，下不敬，理之常也。〔玄都法官大喝科，白〕畜生好膽大，出言無忌，觸犯天顔。〔三姑白〕爾等不須動怒，可能破陣麽？〔太上老君、元始天尊同白〕爾等可先進陣，我等隨後就來。〔中場預設高臺，用水紋圍桌椅，搭安水紋旛架，上插水紋旛，上書「黃河仙陣」字樣科。桌上設金蛟剪、混元斗、飛霞劍切末科。三姑二仙子各虛白，同上高臺科。南極仙翁、玄都法官、四神將引元始天尊、太上老君同作入陣科。碧霄祭金蛟剪，太上老君作以如意收金蛟剪科。瓊霄祭混元斗，玄都法官作以風火蒲團收混元斗科。三姑二仙子各虛白，仗劍下高臺科。一神將遞劍，元始天尊接劍對戰科。雜扮八雲使，各戴雲巾、雲臉，穿雲衣，繫雲跳包，執彩雲，引四仙童執大《太極圖》切末，從下場門暗上後場立科。元始天尊、四神將作與三姑二仙子對戰科。二仙子各作敗科，從上場門下。太上老君作祭《太極圖》科，次第收三姑科，從下場門下。四童隨收《太極圖》，同雲使從下場門暗下。太上老君白〕黃河已破，妖仙已除，就此同入陷坑，救衆弟子去者。〔元始天尊白〕有理。〔場上撤黃河陣高臺科。元始天尊白〕道兄，吾等心願已完，大劫又過，紅塵不宜久居。救了他們，使他們各自用功，吾等亦當回去。〔太上老君白〕正是如此。〔元始天尊唱〕

【收尾】好則是彩雲冉冉歸靈岫(韻)，〔太上老君唱〕又了這葛藤纏幾度綢繆(韻)。〔同唱〕回車古洞天(句)，道同天地久(韻)。〔同從下場門下。生扮柏鑑，戴帥盔，搭魂帕、白紙錢，紥靠，執旛。引三姑魂，各搭魂帕、白紙錢，同從東傍門上，遶場科。同從下場門下〕

第二齣　衆勇將冲營奏捷（古風韻）　昆腔

〔雜扮四軍卒，各戴馬夫巾，穿蟒箭袖卒褂，執旗。雜扮四軍卒，各戴大頁巾，穿蟒箭袖排穗褂，執標鎗。雜扮鄧忠、陶榮、張節，各戴紮巾額，穿打仗甲。雜扮辛環，戴竪髮額，穿打仗甲，紮飛翅。雜扮吉志、余慶，各戴紮巾額，紮靠。引淨扮聞仲，戴黑貂，紮靠，背令旗，襲蟒束帶，從上場門上。聞仲唱〕

【仙呂調隻曲・點絳唇】天不由人(韻)，威風挫損(韻)。心中忿(韻)，百戰奇勳(韻)，到此俱消隕(韻)。〔中場設椅，轉場坐科，白〕百出奇謀總不成，天公偏要逆人情。成湯開創經籌畫，到此回思氣怎平。我聞仲奉命出師，西岐致討。奇謀不少，總之所望無成；道友頗多，一霎盡遭喪敗。金鰲島同朋十個，個個皆亡；三仙山姊妹三人，人人盡死。眼見得大事難爲，寇氛日盛，我已具本朝歌，命三山關鄧九公來助我。這裏只剩下菡芝、彩雲二仙，且待他們出來，一同計較可也。〔旦扮菡芝仙、彩雲仙，各戴魔女髮，穿宮衣，執劍，同從上場門上，唱〕

【又一體】姊妹消亡(韻)，精光俱喪(韻)，添惆悵(韻)。怒氣填腔(韻)，怎得除魔障(韻)。〔各作相見科，聞仲起科。二仙白〕聞兄請了。〔聞仲白〕請了，請坐。〔場上設椅，各坐科。聞仲白〕二位道友，我想事勢挫折，衆道友俱爲同朋之情，枉送性命。姜尚大震其威，我這裏鋭氣已失，如何是好？〔菡芝仙、彩雲仙同白〕

聞兄説那裏話來。勝負兵家之常，諸位道友十絶惡陣自送無常，非關功行無能，亦由大數乃爾。三姑姊妹黄河陣内，已將他玉虛門人削去三花，俱成俗體，何懼之有。不是玄都、元始二位師祖多事，偏護門人，只怕費些周折。〔聞仲白〕雖然如此説，姜尚處能人最衆，助之者甚多，萬一前來争戰，如何是好？〔菡芝仙白〕有我二人在此，怕他怎的。〔彩雲仙白〕姐姐有聚風寶袋，我有戮目神珠，縱使玉虛弟子另有能人，也難逃吾至寶。〔各虛白科。雜扮一中軍，戴中軍帽，穿蟒箭袖通袖褂，佩刀，從上場門上，白〕啟太師爺在上：今有姜尚率衆前來，冲營要戰。〔聞仲白〕吩咐三軍安排鹿角，準備冲突。〔中軍應科，仍從上場門下。聞仲、菡芝仙、彩雲仙同起，隨撤椅科。聞仲白〕哎，罷！不擒姜尚報仇，誓不俱生。衆將官，就此殺上前去。〔衆應，作遶場科，同唱〕

【越調正曲・水底魚兒】戈甲生光(韻)，疆場共鬭强(韻)。肆行無忌(句)，〔合〕神怒破猖狂(韻)，神怒破猖狂(疊)。〔同從下場門下。雜扮八軍卒，各戴馬夫巾，穿蟒箭袖卒褂，執雙刀。外扮南宫适，生扮武吉，雜扮辛甲，各戴帥盔，紥靠，執器械。净扮雷震子，戴道冠髮，穿飛翅鬼衣，執金棍。生扮黄天祥，戴紫金冠額，紥靠，執鎗。生扮黄飛虎，戴金貂，紥靠，背令旗，執鎗。小生扮哪吒，戴綫髮，穿采蓮衣氅，軟紥扮，繫風火輪，帶乾坤圈，執鎗。小生扮黄天化，戴綫髮，穿采蓮衣氅，軟紥扮，繫跳包，執雙鎚，帶鑽心釘。引外扮姜尚，戴道冠，穿道袍氅，繫絛，執打神鞭、杏黄旗。同從上場門上。衆同唱〕

【中吕宫正曲・駐環着】擺刀鎗擁道(韻)，擺刀鎗擁道(疊)，金鼓轟敲(韻)。戈甲紛紜(讀)，士卒喧噪(韻)。驃騎神兵四遶(韻)。冲突争功(句)，試看奮天威(讀)，妖氛净掃(韻)。且休逞邪風强暴(韻)，怎敵這雄風浩浩(韻)。〔合〕聲名好(韻)，計算高(韻)。喜破敵成功(讀)，羽書飛報(韻)。〔姜尚白〕我姜尚與商營幾番大戰，多蒙衆道友相助，得以破陣成功，擒兇誅逆。三仙島雲霄姊妹三人，擺了黄河邪陣，陷住衆仙，又蒙玄都、元始二位師祖，前來解救。衆仙雖被魔頭，幸喜功行堅深，未至傷損。燃燈老師與吾商議，知聞仲大限難逃，應於絶龍嶺廢命，因使赤精子桃花嶺去阻他進佳夢之路，又使廣成子燕山去拒他入五關之門。恰好雲中子奉敕煉通天火柱，絶龍嶺等候成功，燃燈老師留下定風珠與我，與衆仙各歸洞府去了。我因此率領弟子等，與諸將要冲破商營，大敗其師。你看聞仲與二仙姑引兵拒戰。衆將官，〔衆應科。姜尚白〕各當奮勇，一戰成功，不可疏忽，有干軍令。〔衆應科，内吶喊科。八軍卒各執雙刀，鄧忠、陶榮、張節、吉志、余慶各執器械，辛環執鎚鏨。引菡芝仙執劍背聚風袋，彩雲仙執劍帶戮目珠，聞仲執金鞭，同從上場門上，作對敵科。聞仲白〕姜尚上前見我。〔姜尚白〕老太師請了。〔聞仲白〕姜尚，你爲何無知横行，擅生争鬭？〔姜尚白〕聞仲，你征伐三十餘年，天命不知，人事不曉，老而不死，生也何爲。你今妄行拒捕，只怕悔之無及。〔聞仲大怒科，白〕哎呀，氣死我也！〔作與姜尚對戰科。彩雲仙與哪吒對戰。菡芝仙與黄天化對戰，祭聚風袋風不至科。菡芝仙虚白科，姜尚作祭打神鞭打死科，從下場門暗下。哪吒作以乾坤圈打倒彩雲仙，復以鎗刺死科，從下場門暗下。鄧忠、陶榮、張節、吉志作與南宫适、武吉、辛甲、黄飛虎對戰科。辛環、余慶作與雷震子、黄天祥對戰科。南宫适作斬鄧忠，武吉作刺死陶榮，辛甲斧劈張節，黄飛虎刺死吉志科。同從下場門暗下。黄天化作助雷震子祭鑽心釘打辛環飛翅，雷震子作打死辛環，黄天祥刺死余慶科。同從下場門暗下。衆作圍戰聞仲，聞仲作大敗科，從下場門下，八軍卒隨下。姜尚白〕聞仲孤身而逃，必往絶龍嶺去。他已無生路，

衆將官收兵回營去者。〔衆應科，同唱〕

【慶餘】今朝一鼓把妖氛掃(韻)，建大業功高廊廟(韻)，賀不了億萬年周基比着那天地高(韻)。〔同從下場門下。生扮柏鑑，戴帥盔，搭魂帕、白紙錢，紥靠，執旛。引鄧忠、陶榮、張節、辛環、吉志、余慶、菡芝仙、彩雲仙魂，各搭魂帕、白紙錢，同從東傍門上遶場科。同從下場門下。〕

第三齣　迷道路錯認樵夫（江陽韻）　弋腔

〔生扮楊戬，戴三叉冠，穿蟒箭袖，紥靠，執鎗，從上場門上，唱〕

【中呂宮正曲・駐馬聽】變化多方(韻)，妙道如天人莫想(韻)。看須彌芥子(句)，幻現由心(讀)，誰解端詳(韻)。騰身化像異於常(韻)，施謀設計空中相(韻)。〔合〕今日個變取行藏(韻)，一番相遇(讀)，一層天謊(韻)。

〔白〕我楊戬學成二八工夫，煉就無邊妙法。七十二般變化，總隨心想；一千五百殺戒，應犯紅塵。聞仲大數難逃，應於絕龍嶺上廢命。燃燈老師命赤精、廣成二人，分頭阻路，逼他自入絕地。雲中子煉就通天火柱，前途等候。我不免幻作樵夫，指引他上了死路，入於機關可也。就此變化身軀，趲行前去。〔唱〕

【正宫正曲・四邊静】他遭逢大劫應難放(韻)，逼死商丞相(韻)。大限自難逃(句)，天仙肯相讓(韻)。〔合〕俺變形異常(韻)，使他喪亡(韻)。絕地怎能生(句)，火煉名登榜(韻)。〔從下場門下。雜扮四軍卒，各戴馬夫巾，穿蟒箭袖卒褂，執旗。引净扮聞仲，戴黑貂，紥靠、背令旗，佩劍，執金鞭，從上場門上，唱〕

【中呂宮正曲・駐雲飛】勢敗時荒(韻)，大事無成怒滿腔(韻)。奈(可)〔何〕全軍喪(韻)，怎不添惆悵(韻)。嗏(格)，天意覆吾商(韻)，西周當王(韻)。似大厦將傾(讀)，一木難依傍(韻)。〔合〕淚眼空凝問上蒼(韻)。〔白〕俺聞仲征伐三十餘年，未嘗一次挫折。不料此地失威，全軍盡敗，孤身闖出重圍。思欲借遁歸國，但尚有敗殘軍馬爲累，怎好捨之而去，只得星夜逃奔。誰知燃燈、姜尚使條毒計，佳夢關、五關兩路，俱被赤精子、廣成子二人分頭拒阻，只有青龍關一路尚可通京。我想四面八方，俱難歸國，今日只餘此路，莫非天絶吾也。〔作想科，白〕唔，罷！以死報國，何恨之有。但是以三十萬人馬，征伐西岐，而今只餘敗殘數千，致有片甲無存之誚。且吾坐騎已死，手下勇將皆亡，隻影單形，何顔歸國。〔作仰天嘆科，白〕聖上嗄聖上，只由你一朝失政，天心不順，民怨日生。臣空有赤膽忠心，無能回其萬一。此豈臣征伐不用功之罪。〔作悲科，唱〕

【又一體】天意亡商(韻)，這也是君德日昏殘、廢紀綱(韻)。全把忠良喪(韻)，自把江山讓(韻)。嗏(格)，俺赤膽枉奔忙(韻)，天灾難禳(韻)。社稷摧殘(讀)，宗廟成墟壤(韻)。〔合〕眼見得萬里輿圖一旦亡(韻)。〔白〕此處不知是何地名？迤邐行來，又無糧草，人馬疲敝，俱有饑色。幸喜有所庄舍。軍士們，爾等可向村中借食一頓，然後再行。〔衆軍卒應科，一軍卒向内白〕裏面有人麽？〔丑扮李吉，戴毡帽，穿道袍，拄杖，從上場門上，唱〕

【雙調正曲·普賢歌】没妻没子没爹娘(韻)，不種田園不種桑(韻)。何人敲户忙(韻)，前行問短長(韻)，〔合〕我家裏從無聽過這般響(韻)。〔白〕是誰？〔作見衆軍卒大驚科，白〕哎呀呀，列位將軍大王，小老兒家一貧如洗，没有甚麼，往别處打劫罷。〔衆軍卒白〕我們不是山寇，是官兵，問你借一頓飯。〔李吉白〕哦，要吃飯麼，有、有、有。請問列位是那裏來的？〔衆軍卒白〕我們非是别人，是隨聞太師老爺的。太師老爺在此，借你一飯充饑，後必有補。〔李吉白〕太師爺在那裏？快請進來。〔場上設桌椅，衆軍卒虚白請聞仲科。聞仲作進門入桌坐科。李吉作叩見科，白〕太師爺在上，小老兒叩頭。〔聞仲白〕老者請起。〔李吉起科，白〕太師爺可是要用飯麼？〔聞仲白〕正是，借一飯充饑。〔李吉白〕待小老兒取來。〔虚白科，從下場門下，取飯菜隨上，放桌上科，白〕這是蔬菜薄粥，下民充饑之物，太師爺委曲用些罷。〔聞仲虚白科。李吉向衆軍卒白〕列位請到後面用些。〔衆軍卒虚白科，隨李吉從下場門下。聞仲作吃飯科，唱〕

【中吕宫正曲·駐雲飛】麥粥藜湯(韻)，苦咽難吞怎下腸(韻)。〔白〕小民如此饑寒，君王置之不知，想將來好令人心傷也。〔唱〕宫禁誇豪放(韻)，閭里多愁况(韻)。嗏(格)，誰去獻君王(韻)，九重天上(韻)。神怒民愁(讀)，一旦邦家喪(韻)。〔合〕可憐那湯廟無人禋祀亡(韻)。〔衆軍卒隨李吉仍從下場門上，白〕請太師爺起駕。〔聞仲起，隨撤飯菜桌椅科，白〕我倒忘記了，老者你姓甚名誰，日後好爲補報。〔李吉白〕太師爺，小老兒姓李名吉。〔聞仲白〕軍士們記了。〔衆軍卒應科，李吉白〕小老兒送太師爺。〔聞仲白〕不消。〔李吉虚白科，從下場門下。聞仲白〕軍士們作速趲行。〔衆軍卒白〕啟上太師爺：往前看去，有兩條路徑，不知從那一條路走。〔聞仲白〕不知此路何遠何近，須問一土人再走，方爲妥協。〔各虚白科。生扮楊戩化身樵夫，戴草帽圈，穿喜鵲衣，繫腰裙，挑柴擔掖斧，内作唱山歌科。聞仲白〕恰好那邊有一樵夫，軍卒上前問路。

〔一軍卒應，作向内喚科，白〕那樵夫快來。〔楊戩化身從下場門上，白〕要知山下路，須問過來人。〔作見科，白〕列位有何話説？〔一軍卒白〕我們是隨聞太師老爺征西的，失機而歸，要走青龍關一路，那條路近？〔楊戩化身白〕誰是太師爺？〔聞仲白〕俺家就是。那樵子，你可曉得路徑麽？〔楊戩化身白〕怎麽不曉得。〔唱〕

【仙吕宫正曲·皂羅袍】這大路兩頭通廠(韻)，却西南一帶(讀)，近也平陽(韻)。〔聞仲白〕東路去不得麽？〔楊戩化身摇手科，白〕去不得。〔唱〕那蚕叢鳥道接穹蒼(韻)，荒岩古澗多蠔蟒(韻)。〔作指科，白〕往西南不过五十里之遥，過了白鶴墩，就是青龍關了。〔唱合〕如砥如矢(句)，林幽水香(韻)。不偏不險(句)，山村野莊(韻)。茅齋鷄犬聲相望(韻)。〔聞仲白〕知道了，你自去罷。〔楊戩化身白〕將軍不下馬，各自奔前程。〔從上場門下。聞仲白〕軍士們投西南大路，作速趲行。〔衆應，作遶場科，同唱〕

【煞尾】奔前途(句)，趲行忙(韻)，山深唯恐又斜陽(韻)。盼將歸去(句)，軍威重整奮鷹揚(韻)。〔同從下場門下。外扮雲中子，戴道冠，穿道袍，繫絛，執拂塵，捧金鉢，從上場門上，唱〕

【中吕宫正曲·駐雲飛】兩足祥光(韻)，高駕飇輪入渺茫(韻)。只爲着大劫難輕放(韻)，仙侣應凋喪(韻)。嗏(格)，奉命恁匆忙(韻)，玄功無量(韻)。煉就神功(讀)，任爾能抵擋(韻)，〔合〕也只索路入輪迴一命亡(韻)。〔白〕玉虚符敕敢稽停，爲煉通天火柱明。大劫難逃休更怨，只緣心地不分明。吾乃雲中子是也。煉成二八工夫，修過三千劫運。調龍伏虎，九轉丹成，配坎合離，金身不壞。只爲紅塵大劫，又遇輪迴，商朝氣數當盡，西岐王運正興。玉虛三教老師共僉天榜，凡神仙弟子一千五百年犯了殺戒者，俱於榜上註名，封神證果。此一大劫，乃昊天大帝敕命元始天尊，元始天尊又命姜子牙下山代理。只因截教門人，嗔心不斷，業障相纏，往往作子牙劫難，時時爲正道魔頭，所以我等闡教弟子下山相助，完此因緣。因此上截教多人，無不淪喪。但是商朝太師聞仲，道行堅深，英心凛烈，思欲挽回天運，怎知大數難逃。現今兵敗無依，回歸故國，劫數已到，不可停留。因此奉玉虛符敕，命我在絶龍嶺煉了通天火柱，擺下火龍惡陣，送他魂入神臺。燃燈老師又賜了紫金鉢盂，蓋住層霄，以防他騰空之計。我不免前往絶龍嶺上，等候去者。〔唱〕

【仙呂宮正曲·皂羅袍】佈下天羅地網(韻)，恁難逃大數(讀)，空嘆淪亡(韻)。怎知那天心早定欲亡商(韻)，你那裏挽回還要把神功仗(韻)。〔合〕絶龍不遠(句)，絶途路長(韻)。火龍早困(句)，火威怎降(韻)。只好是英魂填上封神榜(韻)。〔從下場門下〕

第四齣　盼輪轉喜生冤鬼（皆來韻）　昆腔

〔旦扮姜后、黄妃、賈氏、妲己魂，各搭魂帕、白紙錢，穿衫。外扮姜桓楚、生扮鄂崇禹魂，各戴金貂，搭魂帕、白紙錢，穿蟒，束帶。净扮崇侯虎魂，戴金貂，搭魂帕、白紙錢，紥靠、背令旗。小生扮姬叔乾、崇應彪魂，各戴紫金冠額，搭魂帕、白紙錢，紥靠、背令旗。小生扮伯邑考魂，戴巾，搭魂帕、白紙錢，穿道袍。外扮商容魂，戴巾，搭魂帕、白紙錢，穿道袍。生扮梅栢魂，戴髮網，搭魂帕、白紙錢，穿道袍。外扮杜元銑、比干魂，生扮趙啟、膠鬲魂，净扮夏招魂，副扮費仲魂，丑扮尤渾魂，各戴紗帽，搭魂帕、白紙錢，穿蟒，束帶。外扮張鳳魂，副扮陳桐魂，雜扮魯雄魂，净扮張桂芳魂，各戴帥盔，搭魂帕、白紙錢，紥靠、背令旗。雜扮金葵、梅武、孫子羽、黄元濟魂，副扮風林魂，雜扮馬成龍、方弼、方相魂，各戴紥巾額，搭魂帕、白紙錢，紥靠。雜扮王魔、楊森、高友乾、李興霸魂，各戴陀頭髮，紥金箍，搭魂帕、白紙錢，穿蟒箭袖紥鼇，繫跳包。雜扮魔風、魔調、魔雨、魔順魂，各戴紥巾額，簪狐尾，搭魂帕、白紙錢，紥靠。雜扮鄧忠、陶榮、張節、吉志、余慶魂，各戴紥巾額，搭魂帕、白紙錢，穿打仗甲。雜扮辛環魂，戴竪髮額，搭魂帕、白紙錢，穿打仗甲，紥飛翅。雜扮秦完、趙江、董全、袁角、栢禮、王變、張詔、姚賓、孫良魂，各戴道冠髮，搭魂帕、白紙錢，穿道袍，繫縧。旦扮金光聖母、菡芝仙、彩雲仙魂，各戴魔女髮，搭魂帕、白紙錢，穿宫衣。雜扮韓毒龍、薛惡虎、喬坤、蕭秦魂，各戴綫髮，搭魂帕、白紙錢，穿蟒箭袖襲鼇，軟紥扮，繫跳包。小生扮鄧華魂，戴綫髮，搭魂帕、白紙錢，穿采蓮衣鞶，軟紥扮，繫跳包。雜扮蕭升、曹寶魂，各戴綫髮，搭魂帕、白紙錢，穿道袍，繫縧。净扮趙公明魂，戴黑貂，搭魂帕、白紙錢，紥靠。旦扮雲霄、瓊霄、碧霄魂，各戴過梁額、仙姑巾，搭魂帕、白紙錢，穿宫衣。雜扮陳九宫、姚少司魂，各戴紥巾額，搭魂帕、白紙錢，紥靠。同從上場門上。雜扮黑虎魂，穿黑虎切末衣，隨上。衆同唱〕

【高宫隻曲・端正好】一自這入神班(句)，專把那封名待(韻)，無拘束不惹塵埃(韻)。則今日妖仙人鬼，俱犯了紅塵戒(韻)。這的是逢天數遷移大(韻)。〔分白〕吾乃姜后陰魂，吾乃黄妃陰魂，吾乃賈氏陰魂，吾乃妲己陰魂，吾乃姜桓楚陰魂，吾乃鄂崇禹陰魂，吾乃崇侯虎陰魂，吾乃姬叔乾陰魂，吾乃崇應彪陰魂，吾乃伯邑考陰魂，吾乃商容陰魂，吾乃梅栢陰魂，吾乃杜元銑陰魂，吾乃比干陰魂，吾乃趙啟陰魂，吾乃膠鬲陰魂，吾乃夏招陰魂，吾乃費仲陰魂，吾乃尤渾陰魂，吾乃張鳳陰魂，吾乃陳桐陰魂，吾乃張桂芳陰魂，吾乃魯雄陰魂，吾乃金葵陰魂，吾乃梅武陰魂，吾乃孫子羽陰魂，吾乃黄元濟陰魂，吾乃風林陰魂，吾乃馬成龍陰魂，吾乃方弼陰魂，吾乃方相陰魂，吾乃王魔陰魂，吾乃楊森陰魂，吾乃高友乾陰魂，吾乃李興霸陰魂，吾乃魔風陰魂，吾乃魔調陰魂，吾乃魔雨陰魂，吾乃魔順陰魂，吾乃鄧忠陰魂，吾乃陶榮陰魂，吾乃張節陰魂，吾乃辛環陰魂，吾乃吉志陰魂，吾乃余慶陰魂，吾乃秦完陰魂，吾乃趙江陰魂，吾乃董全陰魂，吾乃袁角陰魂，吾乃栢禮陰魂，吾乃王變陰魂，吾乃張詔陰魂，吾乃姚賓陰魂，吾乃孫良陰魂，吾乃金光聖母陰魂，吾乃菡芝仙陰魂，吾乃彩雲仙陰魂，吾乃韓毒龍陰魂，吾乃薛惡虎陰魂，吾乃喬坤陰魂，吾乃蕭秦陰魂，吾乃鄧華陰魂，吾乃蕭升陰魂，吾乃曹寶陰魂，吾乃趙公明陰魂，吾乃雲霄陰魂，吾乃碧霄陰魂，吾乃瓊霄陰魂，吾乃陳九宮陰魂，吾乃姚少司陰魂。〔同白〕吾等只爲遭逢劫數，遇了輪迴，一死之間，早已超凡入聖，千劫不壞。共欣即地登仙，玉虛僉定榜文，子牙代天宣化。吾等聚會一時，相逢一處。子牙建造神臺，安置吾等。何幸一旦成名，永證仙果。當日各人，俱爲業緣纏繞，性自痴迷，彼此含恩報怨，相殺相仇。到如今人我之見全無，恩怨之心頓泯，方悟本來，始逃業障。如今大家在這封神臺上，好不逍遥自在也。

〔各作大笑科，衆同唱〕

【高宫隻曲・滚繡球】當時惹禍灾(韻)，今日自開懷(韻)。一霎裏得升天界(韻)，只緣着一時間撒手懸崖(韻)。到如今名登了仙籙中(句)，上重霄證果來(韻)。總則是歸於此界(韻)，怨恩消全忘了你我分開(韻)。總抛曩日疑猜念(句)，共樂斯時笑語偕(韻)。實快心哉(韻)。〔同白〕吾等想來，可知天命有在，不比尋常，劫數變遷，原歸正道。方今西岐王氣輝明，成湯氣數已盡，子牙代天宣化，掌此大劫，又可見玉虛門下，道德光輝，闡教分明，難於比並。我等身居塵俗，本難望逃此輪環；一旦名列神班，共喜是得成正果。〔同唱〕

【高宫隻曲・倘秀才】果無邊崑崙道該(韻)，實精明玉虛妙才(韻)。則而今天命應歸聖主來(韻)。正仙全相助(句)，邪道漫相猜(韻)。只我等作鬼還共快(韻)。〔同白〕但願商運早頹，周室速興，一統車書，桑田復變。那時我等各有歸着，同陞天界，實吾等之素志也。〔同唱〕

【高宫隻曲・滚繡球】那時節霧撥更雲開(韻)，愆釋怨還衰(韻)。笑烟霞黄金寶界(韻)，離苦海超脱吾儕(韻)。劈開了生死關(句)，縱千年也不埋(韻)。何幸的蒙接引全承優待(韻)，只願得成一統早上天階(韻)。丹梯有日終須到(句)，黑獄雖多難共埋(韻)，心地花開(韻)。〔姜桓楚白〕列位，我等早蒙接引，得免沉淪，固是喜出望外。但是榜上記載，太師聞仲，道德高明，忠英明烈，爲吾等之領袖，作神侣之樞機。目下氣數將盡，大劫應逢，不久也要入此臺來。他既爲我等之首，理當肅恭迎迓纔是。〔衆同白〕有理。我等不免聚集等候，待他來時，臺前迎候可也。〔同唱〕

【高宫隻曲・白鶴子】準備着英魂歸玉闕(句)，並不是妖魄上花臺(韻)。祇迎他端莊禮數恭(句)，瞻依着赫奕威光大(韻)。

【尾聲】欣欣喜我曹(句)，共沐仙恩大(韻)。待他行(讀)，諸神領袖生光彩(韻)。好則是喜肅恭迎(讀)，向臺前紛列擺(韻)。〔同從下場門下。生扮柏鑑，戴帥盔，搭魂帕，白紙錢，紥靠，執旛，從上場門上，作舞旛科，唱〕

【中吕宫正曲・駐馬聽】鎮壓神臺(韻)，早則是無死無生愆盡解(韻)。一旦裹名登神籙(句)，職掌仙班(讀)，超脱塵埃(韻)。則而今征誅塵戒早相開(韻)，輪環世界須臾改(韻)。〔合〕正教仙才(韻)，玉虚多少(讀)，輝明光彩(韻)。〔白〕冉冉黄旛瑞彩生，專司接引衆仙朋。世人能悟長生訣，不犯塵緣本性明。吾乃柏鑑是也。在生時官爲總鎮，報國不惜捐軀，到死後緣遇仙師收録，得成正果，蒙恩師姜子牙救拔，得出迷關。爲因截教遇了輪迴，塵世遭了劫殺，恩師奉玉虚符敕，下山代勞，建臺安榜，斬將封神。賜我接引黄旛，職司安置。今日封神臺上那些亡過陰魂，大家會聚，共樂逍遥，同欣證果，叙話業緣，喜蒙超度，皈依闡教之光明，惟願塵緣之早盡。我想這些人榜上有名，固當遇緣解脱，離苦生歡。似我這千劫沉淪，一旦超凡入聖；片時救拔，斯須即地登仙。可見恩師之玉虚道德，鬼神欽伏。我既忝列教下，更當爲之欣快也。〔唱〕

【又一體】喜則喜千劫沉埋㊙，何幸的神鬼關頭一霎改㊙。更不須冤含青火㊀，一旦步上丹霄㊇，苦脱紅埃㊙。金光一震障魔開㊙，仙音拜受超迷海㊙。〔合〕誰及這闡教全該㊙，消灾滅罪㊇，神人共駭㊙。〔白〕方今商朝太師聞仲，大劫臨頭，將歸此地，應於絶龍嶺上捐軀。但是他英魂烈烈，忠心不泯，一定是回上朝歌，匡君訴怨。他乃諸神領袖，不比泛常，我不免前去等候，俟他英魂到時，伺候接引安置可也。〔唱〕

【慶餘】則俺這招邀接引功權大㊙，他那裏渺渺英魂將到來㊙。須索是領引前行，好使他步逍遥入此臺㊙。〔從下場門下〕

第五齣　魂諫主忠心不泯(古風韻)

弋腔

〔外扮雲中子，戴道冠，穿道袍，繫縧，背劍，執拂塵，從上場門上，唱〕

【南呂宮正曲・紅衲襖】俺只爲奉綸音下碧霄(韻)，因此上閻浮界忙來到(韻)。排下了天羅地網人難料(韻)，催促他年老英雄一命消(韻)。且休誇道法高(韻)，應看這崑崙妙(韻)。只因他無明一點難按難收(句)也(格)，怎脱輪迴在這遭(韻)。〔中場設椅，轉場坐科，白〕一念嗔痴便入魔，商家無命待如何。英雄老壯徒誇勇，怎出今朝大網羅。我雲中子深明生滅之機，早煉金剛之體。千劫不壞，皈依闡教門中；四大堅牢，超出紅塵劫裏。只因神仙弟子一千五百年犯了殺戒，正逢大劫輪迴，不得不下界争攻，證明因果。近者遵奉玉虚符敕，爲因聞仲大數臨頭，失機回國，佳夢、五關，路俱拒阻，只留青龍一路，待彼奔行，路過絶龍嶺上，應於此地淪亡。因此上命我煉下通天火柱，困住聞仲，又命八部火龍神，擺下陣勢，送彼殘生。已命楊戩化作樵夫，指引他入於絶路，我自準備停妥，在此等候。仔細想來，這大數輪迴，劫運還轉，實是人鬼關頭，妖仙分路，果然的非等閒也。〔唱〕

【南呂宮正曲・一江風】天眼昭昭(韻)，不是没分曉(韻)。人事難回拗(韻)，這數誰逃(韻)。任爾英雄(句)，動了貪嗔(句)，此刧何時了(韻)。〔合〕誰能斷禍苗(韻)，誰能斷禍苗(疊)，誰能把灾煞消(韻)。空落得一聲聲，只怨不回頭早(韻)。〔白〕我想當日三教師尊僉押天榜也，曾叮囑衆弟子各守清規，閉洞修煉，不許沾惹紅塵，自招冤業。誰知神仙弟子一千五百年殺戒難除，嗔心不斷。妄生禍害，圖逞一念之兇狂；不悟因緣，思取一時之勝捷。以致入於截教者，隨時作難，枉遭誅戮之愆；即是歸於玉虛者，也往往道行未堅，竟受淪亡之苦。姜子牙受此重任，經過了無限灾磨，受遍了許多苦楚。但是一件，玉虛道德高深，截教總難抵敵。細細比較起來，到底我這闡教工夫，勝似他截教萬倍也。〔唱〕

【南吕宫正曲・節節高】早已是三花苗寶苗(韻)，汞鉛調(韻)，玄功全超出輪迴道(韻)。煞强似逞兇惡(韻)，競英豪(韻)，遭强暴(韻)。則今日丹書玉簡輕傳報(韻)，火龍惡陣排開了(韻)。〔合〕再休誇金鞭揮霍鬬雄驍(韻)，再休思商基要隻手相扶保(韻)。〔起，隨撤椅科，白〕楊戩前去指引，聞仲定然不疑，路逢絶地，大數難逃。想也將次到來，我不免召取八部火龍神，吩咐與他，令他們各按方位，排下陣圖，再將燃燈老師所賜金鉢，懸在上面，以防他騰空之計便了。聞仲嗄聞仲，正是：一計無成空結怨，孤身何處乞消灾。〔唱〕

【又一體】送殘生是此朝(韻)，怎相逃(韻)，神臺早待恁須臾到(韻)。那裏呵神明詔(韻)，把姓名標(韻)，難違拗(韻)。則今日深山好一似無常道(韻)，則俺這正仙不亞如追魂媪(韻)。〔合〕只落得孤臣一死枉悲號(韻)，誰教恁貪嗔不斷招煩惱(韻)。〔白〕八部火龍何在？〔雜扮八龍神，各戴竪髮額，穿蟒箭袖，軟紥扮，繫

跳包，執旗。引雜扮八部火龍神，各穿火龍切末衣，同從上場門上，跳舞科，唱〕

【黃鐘宮正曲・滴溜子】龍穴裏(句)，龍穴裏(疊)，龍睛光耀(韻)。龍飛日(句)，龍飛日(疊)，龍蟠牙爪(韻)。見龍(讀)天邊盤繞(韻)。〔作見科，白〕上仙呼喚，有何法旨？〔雲中子白〕八部火龍神聽吾法旨：我奉敕煉就通天火柱，困住聞仲，爾等各按八卦方位，只聽雷聲一響，即各將三昧運動，助我成功，不得有誤。〔八部火龍神同白〕領法旨。〔同唱合〕雲從龍護持(句)，潛龍吟嘯(韻)。今日裏閃閃龍精(讀)，龍門陣交(韻)。〔同從上場門下。場上設山、樹、幃幙，上安「絶龍嶺」匾額，前安高臺，前安山石切末科。雲中子白〕待我上山等他便了。〔作上高臺立科。净扮聞仲，戴黑貂，内戴髮網，紥靠，背令旗，佩劍，執金鞭，從上場門上，唱〕

【雙調集曲・江頭金桂】【五馬江兒水】（首至五）實指望鴻功獨造(韻)，辛勤爲國勞(韻)。又誰知身逢顛沛(句)，計中奸梟(韻)，看嶺雲霾萬丈高(韻)。〔白〕我聞仲思欲奔青龍關歸國，路遇樵夫指了這西南一路，誰知峻嶺層峰，十分險阻，莫非中了他的詭計？少不得覓路而行。〔唱〕【金字令】（五至九）只見岩壑相交(韻)，烟迷霧杳(韻)，空洒英雄血淚(句)，濕透征袍(韻)。看壁壘層層怎動摇(韻)。【桂枝香】（七至末）只恐擎天柱折(句)，邦家難料(韻)。〔合〕怨冲霄(韻)。堪嘆我一木難支架(句)，孤臣枉痛號(韻)。〔作見雲中子科，白〕呀，原來你在這裏！〔作欲上山無路科，白〕雲中子在此何幹？〔雲中子白〕奉燃燈之命，候兄多時。此乃絶龍嶺，兄逢絶地，何不投降？〔聞仲笑科，白〕雲中子，你把我聞仲看作稚子嬰兒，以此相戲。我有五行之術，看你有何方制我。〔雲中子白〕聞仲休走。〔作發掌雷科。地井内出四根火柱切末，天井内下金鉢切末，作困住聞仲科。聞仲白〕離地之精，人人會遁，火中之術，個個皆能。此術焉敢欺吾！待我打出一路，與你看看。〔作舞鞭科，唱〕

【又一體】休道是金牆鐵窖（韻），無門可遁逃（韻）。奮威赫怒（句），打斷這銅條（韻），顯英名在這遭（韻）。俺也曾氣概雄驍（韻），南征北討（韻）。怎的束手山嶺絶命（句），瓦解冰消（韻）。〔作打不出科，白〕呀，怪哉嗄怪哉！〔復作打科，唱〕可惜俺蓋世英雄没下梢（韻）。孤身誰救（句），此中無道（韻）。〔合〕氣難熬（韻）。我臨危不見君王面（句），渺渺忠魂付碧霄（韻）。〔白〕也罷！待我陞空而去。〔作欲騰空不能，將黑貂落地披髮科。雲中子白〕聞兄，此日此時，大數已定也。〔作發掌雷科。地井内出火彩切末，八部龍神引八部火龍神從上場門上，作圍燒科。雲中子唱〕

【越調正曲・憶多嬌】火焰高（韻），無門告（韻）。空想朝歌道路杳（韻），肉體難禁三昧繞（韻）。〔合〕斷送俊髦（韻），斷送俊髦（疊），休再稱施强暴（韻）。〔聞仲作虛官模八面冲殺科，作燒死科，從地井内暗下。雲中子白〕聞仲已死，火龍速歸本位。〔八部龍神引八部火龍神同白〕領法旨。〔仍從上場門下。雲中子白〕待我收了火柱，前去回覆燃燈老師，繳回金鉢去者。〔作指科，白〕退。〔地井内收火柱，天井内收金鉢切末科。雲中子下高臺，隨撤高臺、山石切末，絶龍嶺幃幙科。雲中子唱〕

【又一體】妙法高（韻），除兇惡（韻）。數定於天憑誰告（韻），劫運安排今日了（韻）。〔合〕斷送俊髦（韻），斷送俊髦（疊），休再稱施强暴（韻）。〔從下場門下。雜扮四太監，各戴太監帽，穿貼裏衣。雜扮二内侍，各戴大太監帽，穿

蟒，束帶，帶數珠，執拂塵。引净扮紂王，戴王帽，穿氅，從上場門上，唱〕

【南吕宫引·一剪梅】羅綺叢中快我懷(韻)。花是生涯(韻)，酒是生涯(韻)。〔中場設椅，轉場坐科，白〕一年始有一年春，百歲曾無百歲人。不向花前拚一醉，春光應有負佳人。寡人自得蘇后、胡美人以來，終日笙歌隊裏、粉黛鄉中，好不逍遥快樂。那些不知事務的莽漢，往往賣直沽名，説長論短。殺了不多幾個，都不敢進言取名了。可見得刑罰爲拒諫之資，慘刻實敦體之道。這都不在話下。可惜費、尤二大夫，好端端被聞仲那厮用作參謀，枉在西岐送命。那聞仲去伐西岐，也不見他奏聞他的光景，不知事體如何？這個也不管他。且喜他不在朝中，寡人得以任心快樂。今日因御園百花齊放，正當春色方濃，備下酒筵，與皇后宴飲。內侍，酒筵可曾齊備？〔一內侍跪科，白〕齊備多時。〔紂王白〕請皇后、胡美人出來。〔內侍應科，起，作向內請科。雜扮四宫娥，各戴過梁額，穿宫衣，引小旦扮妲己替身、胡喜妹，各戴鳳冠，簪形，穿蟒，束帶，同從上場門上。妲己替身、胡喜妹同唱〕承恩沐寵愧無材(韻)。魚水相諧(韻)，琴瑟相諧(韻)。〔同作相見科，紂王虚白。場上設椅，各坐科。紂王白〕御妻、美人，今日爲因御園百花齊放，春色方濃，朕與你二人暢飲韶光，以盡芳興。〔妲己替身、胡喜妹同白〕聖上，東君恩普，草木向榮，如此芳時，正宜宴賞，妾當奉陪。〔紂王作虚白大笑科。妲己替身、胡喜妹各起，隨撤椅科。妲己替身白〕內侍看宴。〔一內侍應科。場上預設桌椅、筵席。紂王起，隨撤椅科，作入席坐科。內作樂。妲己替身作送酒科，紂王虚白科。妲己替身、胡喜妹同作入席坐科，宫娥送酒科。衆同唱〕

【南吕宫正曲·一江風】擁樓臺(韻)，錦繡千枝彩(韻)。霞綺層層擺(韻)，看紛排(韻)。姹紫嬌紅(句)，艷粉濃香(句)，照暎瑶卮色(韻)。〔合〕喜韶華御苑開(韻)，韶華御苑開(疊)。花前共舉杯(韻)，休辜負美良辰致使那春光敗(韻)。〔紂王虚白，作大醉伏桌睡科。妲己替身、胡喜妹各虚白起，隨撤椅科，同白〕聖上不勝酒興，沉醉春風。衆内侍，爾等可各迴避，以俟聖上安息片時。〔衆應科。二内侍、四太監同從上場門下。妲己替身向胡喜妹白〕妹子，你我暫到後宫，燕寢片刻則個。〔各虚白科，同從上場門下。四宫娥隨下。净扮聞仲魂，戴髮網，搭魂帕、白紙錢，紥靠、背令旗，佩劍，從下場門上，唱〕

【南吕調隻曲·一枝花】只因那獸雙環迴禁門(句)，凝望着舊帝裏渾無改(韻)。宫牆流逝水(句)，斜日映樓臺(韻)。彤陛金階(韻)，依舊規模在(韻)。壯王居冠九垓(韻)。祖留傳一統商朝(句)，整玉燭中華世界(韻)。〔白〕大厦原非一木支，此心惟有上天知。絶龍一旦身軀喪，渺渺靈魂入禁墀。我聞仲只知奉命討周，罔識上天氣數，兵敗絶龍嶺前，身死火龍陣内。我忠心不泯，一念思諫君王，因此遊魂蕩蕩，御風而來，已到宫庭内苑。看這瓊樓玉宇、錦户珠窗，此景此時，還是大商宫闕也。〔唱〕

【南吕調隻曲·梁州第七】今日裏瑶宫貝闕(句)，好一似弱水蓬萊(韻)。分明是前生風景依稀在(韻)。金門朱户(句)，玉宇瓊階(韻)。到今日浮雲淡淡(句)，怨霧愁埃(韻)。幾番的欲掃難開(韻)，多應是天數安排(韻)。逢妖媚穢亂宫庭(句)，恣行暴紀綱頽壞(韻)，聚邪物環繞樓臺(韻)。釀來(韻)禍敗(韻)。終朝廢棄安民策(韻)，幾年内此心怠(韻)。擾動干戈四處來(韻)，可憐我身喪蒿萊(韻)。〔白〕已到御園，不知聖上在於何處。〔作望科，白〕呀，原來聖上醉卧在此，我就此面君可也。〔作見、虛白、叩拜、起科，白〕哎呀，聖上嗄，老臣死得好慘然也。〔唱〕

【南吕調隻曲・紅芍藥】爲西岐難掃亂烟霾(韻)，命微臣將國事兒安排(韻)。三杯御酒奉天差(韻)，鉦鼓鬧垓垓(韻)。只指望滅狼烟息戰埃(韻)，到西方將陣勢安排(韻)。説甚麽一朝得勝陣旗開(韻)，又誰知事業總沉埋(韻)。〔白〕老臣只思商朝氣數未盡，還可補救於一時。誰知天數已定，勢難挽回，屢次失機，全軍盡没。老臣到了絶龍嶺上，死在火龍陣内。老臣忠心不泯，特此面聖。願陛下勤修仁政，挽回天意，毋以社稷爲不足重，人言爲不足信，天命爲不足畏，痛改前非，庶幾可復也。〔唱〕

【南吕調隻曲・采茶歌】分明是鬼使神差(韻)，一霎裏家亡國敗(韻)。須索是求賢納諫拒裙釵(韻)。〔白〕如不然呵，〔唱〕似老臣四下裏難逃這非命苦(句)，聖上也爲你昏迷難免此喪亡災(韻)。〔白〕惟願陛下切記臣言，臣今去也。〔作拍桌驚紂王科，仍從下場門下。紂王作驚醒科，白〕皇叔祖那裏？嚇死寡人也。内侍們快來。〔四太監、二内侍、四宫娥引妲己替身、胡喜妹仍同從上場門急上。妲己替身、胡喜妹同白〕聖上怎麽樣？〔紂王起，隨撤桌椅科。紂王白〕方纔寡人朦朧睡去，忽見皇叔祖聞仲前來托夢，自言亡於西岐。〔妲己替身白〕臣妾恭賀聖上，此乃大吉之夢也。古人云：夢憂得悦，夢死得活。聖上夢他死亡，必是皇叔祖建了大功，正在歡喜之時。〔紂王白〕未必如此。〔胡喜妹白〕聖上，皇叔祖武藝精通、道法玄妙，也不是失機之人，定是成功而回。聖上何必過疑。〔紂王大笑科，白〕御妻、美人言之有理。

〔妲己替身、胡喜妹同白〕聖上宿酲已解，新宴當開。今鹿臺畔牡丹正開，我姊妹二人備有歌舞佳宴，請聖上玩賞一番。〔紂王白〕就此一同前去。〔作與妲己替身、胡喜妹携手遶場科，同唱〕

【收尾】且綺筵歌舞嬌粉黛㊞，國色天香向日開㊞，醉酌瑶卮何瀟洒㊞。春光正佳㊞，春情正諧㊞，沉醉東風休管他成與敗㊞。〔同從下場門下，衆隨下。生扮柏鑑，戴帥盔，搭魂帕、白紙錢，紥靠，執旛，引聞仲魂從東傍門上遶場科，同從下場門下〕

第六齣　計說客毒志難回（蕭豪韻）　崑腔

〔丑扮申公豹，戴道冠、陀頭髮，紮金箍，穿道袍，繫絲，執拂塵，從上場門上，白〕學道亦云至，存心不善良。慣爲行反間，說客擅專場。貧道申公豹，自與姜子牙會面賭頭破法之後，時時懷恨在心，幾次請了高人前去治作他，總都未得如意，倒無故喪了許多道友，到底心下不平，三山五岳各處尋求。近來聞得聞道兄兵敗西岐，被雲中子用通天火柱燒死了，我想商朝人物，除了聞仲，就算鄧九公是個大帥。我一路尋得能人，教他去投鄧九公便了。就此趲行前去，各路訪求可也。〔從下場門下。場西洞門上安「夾龍山飛龍洞」匾科。丑扮土行孫，戴綫髮，穿道袍，繫絲，從洞門上，唱〕

【大石角隻曲・六國朝】身材俏便(句)，道法元高(韻)。入地似凌空(句)，日行千直速到(韻)。看些些小頭角(句)，學神通道比天遥(韻)。洞府任嬉遊(句)，尚誇年少(韻)。俺則待聲名播掀翻天地(句)，何日裏風雲會彩換冠袍(韻)。莫道我無能(句)，笑煞規模不小(韻)。〔白〕小子生來便給，洞府朝朝遊戲。年紀已過三千，身材倒也有趣。入地日行一千，妙道有誰能及。若問何處神仙，拘留孫門徒便是。我乃夾龍山飛龍洞土行孫是也。修成二八工夫，煉就三千道行。人看手足輕便，只道兒童把勢。我却精神堅固，自成仙客形骸。師傅自子牙處相助成功而回，只爲削去三花，在洞中修煉。今日閒暇，不免在此洞外玩耍一回。〔虛白作玩耍科。申公豹從上場門上，白〕來此夾龍山，你看山下有個道童，待我問他一聲。〔向土行孫白〕那童兒，你是誰家的？〔土行孫白〕好大口氣，是誰叫我？〔作見申公豹科，白〕呀，原來是個老師。老師何處來的？〔申公豹白〕我從海島來。〔土行孫白〕老師是闡教是截教？〔申公豹白〕這話問得在行，我申公豹原是闡教。〔土行孫白〕我師傅拘留孫也是闡教。〔申公豹白〕呀，如此說，我與你師傅老弟兄最好，我每是通家叔侄了嗄。〔土行孫白〕既如此，師叔進洞去坐。〔申公豹白〕這卻不消。我知道你師傅打坐，不要攪擾他。〔土行孫白〕如此說，屈尊師叔在此略歇一歇。〔申公豹虛白，各席地坐科。申公豹白〕你姓甚名誰，學藝幾載了？〔土行孫白〕我名土行孫，在此山學藝多年了。〔申公豹白〕可惜嗄可惜。〔土行孫白〕師叔，我已成仙體，有甚麼可惜？〔申公豹搖頭科，白〕我看你不能了道成仙，只好修個人間富貴。〔土行孫白〕師叔怎見得？〔申公豹白〕你聽我說：〔唱〕

【高大石角隻曲・喜秋風】我看你五花滅(句)，三尸暴(韻)，清涼無福消閒老(韻)。那塵緣夙世修來好(韻)，在深山難望道緣高(韻)。〔土行孫白〕請問師叔，怎麼是人間富貴？〔申公豹白〕那人間富貴，好不令人羨慕哩！〔唱〕

【大石角隻曲・歸塞北】投明主(句)，任用建功勞(韻)。那列鼎重裀誇美富(句)，五花蟒服燦英豪(韻)。玉帶自垂腰(韻)。

【又一體】繁華裏(句)，紅粉麝蘭飄(韻)。畫棟雕梁笙管沸(句)，金釵羅袖錦霞嬌(韻)。受用些金屋鳳鸞交(韻)。〔土行孫大喜科，各起科。土行孫白〕一聽師叔之言，不由我心中動蕩起來，但是我輩怎得能彀？〔申公豹白〕你若肯下山，我修書薦你，咫尺成功。〔土行孫白〕師叔教我往那裏去？〔申公豹白〕薦你到三山關鄧九公處去，可望成功，不知你有何本事？〔土行孫白〕問我麼？〔唱〕

【高大石角隻曲・雁過南樓】體輕便自誇嬛巧(韻)，一日裏行千里入地遊遨(韻)。應勝似跨鶴正仙班(句)，乘風大道老(韻)。踏重泉(讀)，絕勝層霄道(韻)。〔申公豹白〕如此甚妙。但是一件，没有寶貝，怎生施展？〔土行孫白〕我有一條鐵棒，千軍萬馬，可以横行。〔唱〕手擎着禿尾龍(句)，覷凡人如芥草(韻)，管教彼人亡馬倒(韻)。〔申公豹白〕只仗厮殺，是不中用的。你師傅有綑仙繩，趁他在洞中打坐，你偷他幾根下山，也是好的。〔土行孫白〕多謝師叔指引。〔申公豹白〕你可作速下山，我自致書相薦。我還要到别處尋人，就此告辭。〔各虛白科，申公豹仍從上場門下。土行孫白〕我不免悄悄進洞，盗了綑仙繩，逃下山去便了。〔唱〕

【尾聲】繁華情動誰拋却(韻)，爲功名起盗心偷來至寶(韻)，看將來富貴婚姻，總在這綑仙繩牽繫高(韻)。〔虛白，從洞門下〕

第七齣　奉朝命九公臨陣（古風韻）　昆腔

〔雜扮四軍卒，各戴馬夫巾，穿蟒箭袖卒褂，執旗。雜扮四軍卒，各戴大頁巾，穿蟒箭袖排穗褂，執標鎗，一卒扛刀。雜扮太鸞、趙昇、孫焰紅，各戴紥巾額，紥靠，執器械。小生扮鄧秀，戴紫金冠額，紥靠、背令旗，執刀。引生扮鄧九公，戴帥盔，紥靠、背令旗，佩劍，從上場門上，唱〕

【仙呂調隻曲·點絳唇】樹杪烟濃（韻），天邊風送（韻）。旌旗擁（韻），戈甲重重（韻）。浩蕩君恩重（韻）。

〔中場設椅，轉場坐科，白〕報主丹心務秉忠，捷書早達奏龍宫。爲國自忘家事計，群雄掃盡答宸衷。俺三山關總帥鄧九公是也。少嫻弓馬，長諳韜鈐。傳家自有二條，曰忠與孝；守國本無他意，惟勤與忠。長子鄧秀，武略過人，女名嬋玉，仙方自妙。只因西岐姬發任用姜尚，大逆不道，犯順稱兵，王師屢次失機，聞太師近又喪敗，聖上命俺總統諸軍，前來致討，將邊疆重任，交與孔宣管理。我自率領大軍，長驅而進，昨日與周營交戰一番，先鋒太鸞，將賊將護甲劈碎，雖斬他未死，也挫他鋭氣。今日親領大軍，與他交戰。衆將官，就此殺上前去。〔衆應科。鄧九公起，隨撤椅、接刀科。衆作遶場科，同唱〕

【雙角隻曲·雙令江兒水】軍聲轟動（韻），鬧垓垓軍聲轟動（疊），展旌旗霞彩湧（韻）。看金戈鐵驄（韻），載道縱橫(韻)。準備着敲金鐙凱歌聲(韻)。殘月掛雕弓(韻)，昆吾出水龍(韻)。迭奏膚功(韻)，露布皇封(韻)，標名姓畫形容(韻)。〔鄧九公唱〕烟塵掃清(韻)，俺待要把烟塵掃清(疊)。皇家梁棟(韻)，俺待要作皇家梁棟(疊)。俺可也待天家金章鐵券封(韻)。〔同從下場門下。雜扮四軍卒，各戴馬夫巾，穿蟒箭袖卒褂，執雙刀。雜扮四軍卒，各戴大頁巾，穿蟒箭袖排穗褂，執鎗。外扮南宫适，生扮武吉，雜扮太顛，各戴帥盔，紮靠，執器械。生扮黄飛虎，戴金貂，紮靠、背令旗，執鎗。小生扮哪吒，戴綫髮，穿采蓮衣氅，軟紮扮，繫風火輪，帶乾坤圈，執鎗。小生扮黄天化，戴綫髮，穿采蓮衣氅，軟紮扮，繫跳包，執雙鎚。生扮黄天爵、黄天祥，各戴紫金冠額，紮靠、背令旗，執器械。引外扮姜尚，戴道冠，穿道袍氅，繫縧，執杏黄旗、打神鞭。同從上場門上，唱〕

【正宫正曲·普天樂】逐貔貅忙前去(韻)，趲弓刀千隊聚(韻)。順天心伐暴威施(韻)，合人情除逆無私(韻)。〔合〕呀(格)，看八門陣體(韻)，陰陽妙法奇(韻)。震地翻天(讀)，軍聲海沸更山移(韻)。〔姜尚白〕老夫姜子牙，蒙先帝知遇之恩，感今上托付之重，出將入相，掌理機宜。老夫奉敕下山，原爲代天宣化。目今主公駕下，忠臣良將，似雨如雲，紂王屢次加兵，往往全軍盡覆。聞仲已死，大料商朝無人，忽有鄧九公領兵，前來征討西岐。昨日南宫适與他先鋒，交戰失機，着傷而回。老夫想來，勝負兵家之常，我之一敗，正好以爲誘敵之計。其氣既驕，其勢易破。果然探子來報，鄧九公親來要戰。衆將官，鄧九公大隊將臨，爾等務要人人奮勇，個個争先，斬將搴旗，在此一舉，如有故違，定按軍法。〔衆應科。衆引鄧九公從下場門上，對敵科。姜尚白〕來者可是鄧九公麽？〔鄧九公白〕然也。你是何人，莫非是姜尚？〔姜尚白〕老夫正是。鄧將軍此來何意？〔鄧九公白〕只因姬發不道，大肆猖獗。你乃崑崙名士，爲何不知君臣大義，反倒助逆拒君，恃强叛國，大敗綱常，法紀安在？俺奉旨來此，爾等即當泥首面縛，以免生靈之苦。如抗吾言，那時城破之後，玉石俱焚，悔之晚矣。〔姜尚笑科，白〕鄧九公，你這一段言詞，猶如痴人説夢。今天下歸周，人心效順。數次興師，無一次不身亡將擄，片甲無存，今爾不過是群羊鬬虎，以卵擊石。依吾愚見，不若速回兵馬，商議投誠。如仍執迷不悟，恐蹈聞仲之轍，那時噬臍何及。〔鄧九公白〕哎呀，氣死我也！量你山野村夫，敢觸天朝大帥，不寸斬汝尸，怎消此恨。〔作虚白、冲戰科。黄飛虎作虚白、接戰科。黄天化作與鄧秀交戰，武吉、太顛、黄天爵作與太鸞、趙昇、孫焰紅交戰科。趙昇作口内噴烟燒太顛，太顛作敗科，從下場門下。黄天祥虚白，作與趙昇交戰，哪吒虚白，作祭乾坤圈打中鄧九公，鄧九公作虚白科。衆大敗科，同從上場門下。姜尚白〕鄧九公大敗而逃，此一陣早已挫他鋭氣，可以指日成功。衆將官就此回兵。〔衆應科，同唱〕

【不絶令煞】恨無知空自招灾眚㊗韻，着甚支吾上國兵㊗韻，這的是天意人心總歸吾明聖境㊗韻。〔衆擁護姜尚同從下場門下〕

第八齣　爲父病嬋玉當先（東鐘韻）　弋腔

〔小旦扮鄧嬋玉，戴女盔，紥女靠，佩劍執刀，從上場門上，唱〕

【中呂宮正曲・駐馬聽】兒女英雄(韻)，武略仙方生小懂(韻)。自朱顔賦就(句)，紅綫誰牽(讀)，玉骨空清(韻)。都則爲嚴親驕敵損軍容(韻)，因此上香閨忿起仇深重(韻)。〔合〕今日個對陣交鋒(韻)，全凴仙法(讀)，誅了他戴天不共(韻)。〔白〕紅粉群中稱俊傑，綺羅叢裏號英雄。復仇何必爲男子，斷送仇人勢本兇。我鄧嬋玉，乃鄧九公之女。青年二九，朱顔百媚生成；膝下承歡，椿樹千秋暢茂。奴家自幼不喜女工，專好武事，終日操練刀鎗，研究韜略。當日遇了神師，傳我隨手飛石之法，可以千軍萬馬，任我橫行。這也不在話下。爹爹奉命征伐西岐，吾禀明爹爹隨軍到此。昨日與周營交戰，被人用法寶暗算，打傷左臂，日夜呻吟，疼痛難忍。奴家心中十分懊惱，今早問過了安，禀告爹爹，單騎前行，復仇要戰。我想仗此神法，何愁不勝。就此前去可也。〔作勢科，從下場門下。小生扮哪吒，戴綫髮，穿采蓮衣鼇，軟紥扮，繫風火輪，帶乾坤圈，執鎗，從上場門上，白〕我哪吒正在帳中伺候，聽得探子來報，有鄧九公之女嬋玉，當先要戰。師叔大驚道：兵家三忌，道人、陀頭、婦女。三等之人，非是左道，定有邪術。

我一時心下不平，一怒當先。凴俺師傅傳授，那怕他邪物妖風。你看那邊有一女子來也。〔鄧嬋玉袖石塊切末，從上場門上，白〕來將何人？〔哪吒白〕我乃姜丞相麾下哪吒是也，你乃深閨弱質，不守家教，露面抛頭，是何道理？　你可知你爹爹左臂的傷痕麽？　我那法寶不傷你這賤人，可回去另換有名上將前來。〔鄧嬋玉怒科，白〕好幼童，你就是傷父仇人，不要走，吃我一刀。〔作對戰科。鄧嬋玉作祭石打傷哪吒，哪吒作敗科，從下場門下。鄧嬋玉白〕可惜這一石，未曾將那厮打死。想姜尚必别遣人來，我不免等候便了。〔小生扮黄天化，戴綫髮，穿采蓮衣氅，軟紮扮，繫跳包，執雙鎚，從上場門上，白〕賊狗賤，快來納命。〔鄧嬋玉白〕好一個俊俏少年。〔向黄天化白〕你是何人？〔黄天化白〕我乃武成王長子黄天化是也。發石傷我道兄的，就是你這賤人，不要走。〔各虚白作對戰。净扮龍鬚虎，戴竪髮額，穿采蓮衣，軟紮扮，襲氅，繫跳包，袖石、執器械。生扮楊戬，戴三叉冠，穿蟒箭袖紮氅，執鎗。同從上場門暗上。龍鬚虎白〕黄道兄，我等奉師叔之命，前來助你。〔黄天化作看科。鄧嬋玉作乘勢發石打黄天化，黄天化虚白作敗科，從下場門下。龍鬚虎亦作大叫發石科，白〕好賤人，吃我一石頭。〔鄧嬋玉作急閃大驚科，白〕呀，這是個甚麽東西，也來交戰。須是出其不意，打他一石，再作道理。〔作向龍鬚虎白〕那怪物畜生，你還是人是鬼？〔龍鬚虎白〕我乃姜丞相弟子龍鬚虎。〔鄧嬋玉作猛發石科，白〕看我的寶貝取你。〔作打龍鬚虎，龍鬚虎作敗科，從下場門下。楊戬白〕潑賊賤，少得傷吾師兄，我來擒你。〔鄧嬋玉白〕你是何人？〔楊戬白〕我乃玉鼎真人弟子楊戬是也。你父坐鎮雄師，不知進退，失機被傷。你乃一紅粉女子，爲何不知羞耻，自取敗辱？〔鄧嬋玉白〕

少得胡説。〔各虛白作對戰科，鄧嬋玉唱〕

【又一體】恁作惡無窮(韻)，怎知俺仙骨原非裙布等(韻)。俺這裏施威顯法(句)，管教你骨化形消(讀)，一霎裏落葉隨風(韻)。〔作發石打楊戩，楊戩作不理科，白〕潑賤嗄潑賤，〔唱〕笑無知弱女逞英雄(韻)，怎知俺泰山般仙體難移動(韻)。〔合〕可憐你弱體逢兇(韻)，香消粉怨(讀)，向青年斷送(韻)。〔以鎗刺科，鄧嬋玉作着傷敗科，仍從上場門下。楊戩白〕嬋玉已敗，就此回覆丞相將令去者。〔從下場門下〕

第九齣　楊戩被擒原不損（古風韻）　弋腔

〔雜扮四軍卒，各戴馬夫巾，穿蟒箭袖卒褂，執旗。雜扮四軍卒，各戴大頁巾，穿蟒箭袖排穗褂，執標鎗。副扮太鸞，雜扮趙昇、孫焰紅，各戴帥盔，紥靠。小生扮鄧秀，戴紫金冠額，紥靠、背令旗。引生扮鄧九公，戴帥盔，紥靠、背令旗，襲蟒束帶，佩劍。同從上場門上。鄧九公唱〕

【正宫引·破陣子】妙道爭誇入地(句)，金丹巧治重傷(韻)。父女共欣安泰好(句)，神仙相助戰爭場(韻)。威武自鷹揚(韻)。〔中場設椅，轉場坐科，白〕百戰辛勤建大勳，威名赫弈重群臣。自緣聖主齊天福，斬將擒兇仗道人。俺鄧九公奉旨來征姬發，正在起程之時，忽來了一個道人，持書自荐。我拆看來書，此人名土行孫，乃申公豹所荐，至此效用。我看他人材既無出衆之奇，武藝那有過人之略，欲待不留，又恐申道兄見怪，若待用他，又與朝廷威儀有礙，不成體統，只得差派他催趲糧草。誰知人不可以貌相，此人竟有無窮道術。昨日督糧回來，我與女兒俱被周將邪物所傷，他俱以金丹醫好。因此將他作爲先鋒，他却喜不自勝，隨去出營要戰。我想他若無道術，焉能入地而行，今日周營對戰，大料可以成功。我因此陞帳相候。我想商朝氣數，尚可補救挽回，有此能人相助也。〔雜扮四軍卒，各戴馬夫巾，穿蟒箭袖卒褂，執旗。引丑扮土行孫，戴盔，紥靠，從上場門上，唱〕

【小石調引·粉蛾兒】當先擒將（韻），繳令心雄氣壯（韻）。〔作相見科，白〕元帥在上，末將土行孫奉令當先，擒得哪吒、黄天化二人前來交令。〔鄧九公白〕有勞先鋒建此大功。俺思欲斬此二人，但奉詔而來，自然當解送朝歌，不敢擅行誅戮。我兒，〔鄧秀應科，鄧九公白〕傳令：將賊將囚禁後營，不可疏忽。〔鄧秀應科，向内白〕爹爹有令：將賊將囚禁後營，不可疏忽。〔内白〕得令。〔鄧九公白〕先鋒，這兩員賊將，都是周營有名之人，俱有高師傳授隨身法寶，你却怎生擒得這般容易？〔土行孫白〕元帥不用細問，各有秘傳。待等將姜尚、姬發索性都拿了來的時節，再説未遲。〔鄧九公白〕先鋒之言有理。可喜你初陣建功，我這裏備有喜筵，我同諸將，與先鋒慶功痛飲。手下看酒宴伺候。〔四軍卒應科。鄧九公虚白、起，隨撤椅科。土行孫虚白科。場上設桌椅、筵席，各虚白入席飲酒科。同唱〕

【商調集曲·御袍黄】【簇御林】（首至合）欣得勝（句），舉玉觥（韻），賀奇勳不易成（韻）。擒兇一戰威聲動（韻），那周營應震悚（韻）。【皂羅袍】（五至八）金杯歡酌（句），先鋒勇名（韻）。綺筵開處（句），元戎樂情（韻）。【黄鶯兒】（六至末）端則爲仙方妙法堪稱誦（韻），〔合〕任縱横（韻）。拉枯摧朽（句），取次滅猙獰（韻）。〔鄧九公作半醉科，白〕先鋒，你若早破西岐，使我成功，吾將小女贅爲門壻，共享千鍾，同歡富貴。老夫決不失信。〔土行孫作大喜起科，白〕多謝元帥。〔復坐科。雜扮一軍卒，戴馬夫巾，穿蟒箭袖卒褂，執旗，從上場門上，白〕報啟元帥在上：今有周營姜尚，親統大兵，出城要戰。〔鄧九公白〕知道了。〔軍卒仍從上場門下。土行孫白〕元帥，末將前去擒了姜尚，誅了衆賊，一則爲元帥效勞，二來好早成姻眷。末將就此前去。〔鄧九公白〕先鋒，你我方纔酒有半酣，只怕戰争有失。〔土行孫白〕元帥那裏曉得我的道理，越吃得酒多，越殺得高興。我自有妙法仙方，怕甚麽千軍萬馬。〔起作勢科，唱〕

【商調集曲·林間三巧音】【簇御林】（首至三）蓬萊裏(句)，修煉精(韻)，聚三花五氣成(韻)。【啄木兒】（三至合）怕甚麽姜子牙智巧多方(句)，怎敵我土將軍秘傳獨勝(韻)。今日裏擒兇誅逆功相競(韻)，正好是效勞報國把良緣定(韻)。【畫眉序】（第六句）首飛行入地神仙輩(句)，【黄鶯兒】（末一句）此去定成功(韻)。〔虚白，從上場門下。四軍卒隨下。鄧九公衆各作虚白誇讚科。鄧九公白〕你看他奮勇當先，心高氣壯，有此異人，西岐不足平矣。我等且在席前，虚左以待捷報可也。〔四軍卒作綁楊戩，戴三叉冠，穿蟒箭袖紥鼈，引土行孫仍從上場門上。土行孫作相見科。衆各起，隨撤桌椅、筵席科。土行孫白〕方纔末將臨陣，用法擒住姜尚，可惜自不小心，被他家衆將搶了去了，只拿得楊戩一人前來。〔鄧九公白〕也將他拘禁後營。〔土行孫白〕不可。此人非他可比，他有二九玄功，善能變化，囚禁營中，只怕連那兩個都要拐了去哩。〔鄧九公白〕正是。他昨日用鎗傷吾女兒，此人斷不可留，可斬之以報此恨。即此一人不送往朝歌，也無妨礙。〔向楊戩白〕楊戩，你的威風那裏去了？〔楊戩作不理科。鄧九公虚白，作拔劍砍科。楊戩從地井内暗下，地井内隨出大石切末科。衆各大驚虚白科。土行孫白〕如何被他用了替身法逃走了，快些將此石拿去，抛入水中。〔四軍卒應，作向内唤科。雜扮衆軍卒，各戴馬夫巾，穿蟒箭袖卒褂，同從下場門上，作虚白發諢，同作扛石科，從上場門下。四軍卒隨上。鄧九公白〕這却怎處？西岐有此異人，只怕難以勝他。〔土行孫白〕哎，元帥説那裏話來！我善地行之術，頃刻可行千里。他那裏縱有異人，未必能觀透地底。待我今夜暗進西岐，刺殺姬發、姜尚，取得二人首級，前來報功。〔鄧九公白〕若果如此，實乃朝廷之福也。且歸後營，暫息精神，好待晚間行事。〔土行孫白〕元帥之言有理。〔同唱〕

【尚遶梁煞】暗中取事誰知警㊀，全賴着聖上福齊天運盛㊀。準備着睡夢魂消，還不知命怎傾㊀。〔同從下場門下，衆隨下〕

第十齣　行孫行刺反無功（家麻韻）　崑腔

〔雜扮四軍卒，各戴馬夫巾，穿蟒箭袖卒褂，執旗。雜扮四軍卒，各戴大頁巾，穿蟒箭袖排穗褂，執標鎗。外扮南宫适，生扮武吉，雜扮太顛、閎夭，各戴帥盔，紥靠。生扮黄飛虎，戴金貂，紥靠、背令旗。生扮黄天爵、黄天祥，各戴紫金冠額，紥靠、背令旗。生扮楊戬，戴三叉冠，穿蟒箭袖紥氅。引外扮姜尚，戴道冠，穿道袍氅，繫絛，執拂塵，從上場門上，唱〕

【越調引·霜天杏】威名震大（韻），寇敵聞風怕（韻）。代天宣化下烟霞（韻），他那裏井蛙空詐（韻）。〔中場設椅，轉場坐科，白〕老夫姜尚與鄧九公交戰，大破其軍。忽來了一個道人，十分兇猛。昨日陣前用法寶將哪吒、黄天化拿去，將我縛落征駒，無計可解。幸有崑崙老師，使白鶴童兒齎捧符牒，救此大厄。楊戬又用變化玄功。看他法寶，却是綑仙繩。我想此物，唯拘留孫處纔有，莫非他使人下山，助商害我？斷無此理。〔楊戬白〕師叔在上。弟子想來，此人大是非常，定是拘留孫師叔門人，盗寶下山，也未可定。待弟子到夾龍山問問師叔，何如？〔姜尚白〕你此言雖爲有理，但他有地行之術，恐他暗入西岐。萬有動静，非你變化玄功，誰人可制？今日天色已晚，明日再作商議。〔楊戬應科。雜扮一中軍，戴中軍帽，穿蟒箭袖通袖褂，佩刀，從上場門上，白〕啟上丞相：轅門外帥旗

被風吹倒，特來報知。〔姜尚作不語暗占大驚科，白〕哎呀，原來如此。〔衆白〕丞相，怎麽樣？〔姜尚白〕爾等有所不知。〔唱〕

【越調正曲・五般宜】俺這裏(讀)，究先天象爻不差(韻)。他那裏(讀)，施毒計機謀恁誇(韻)。兇兆啓大險費藏遮(韻)。〔楊戩白〕弟子曉得了，莫非土行孫仗地行之術，來行刺麽？〔姜尚白〕然也。〔唱〕怎防他將軍魆至(讀)，地行怎拿(韻)。他異術恁樣害咱(韻)，俺這裏無方害他(韻)。〔合〕怎得個照邪魅的芙蓉(句)，撤九泉光四達(韻)。〔楊戩白〕師叔在上，此功弟子可成。〔姜尚白〕你又要運用玄功，智擒逆賊麽？〔楊戩白〕正是。〔姜尚白〕妙嗄。你果有如此神通，擒得此賊，實乃周營之幸也。〔楊戩白〕既如此，師叔傳下令去，嚴防密守，以備不測之虞。可令主公密室暫避，待弟子入宫運用可也。〔姜尚白〕有理。武成王、南宫适、武吉、太顛聽令。〔四將應科，姜尚白〕爾等可將主公請至密室暗藏，爾等四面護駕，不可有失。〔四將應科，從上場門下。姜尚白〕閎夭、黄天爵、黄天祥聽令。〔三將應科，姜尚白〕爾等各領精兵五千，在帥府三面把守，如遇賊人，不可放走。〔三將應科，從上場門下。楊戩白〕師叔可請回後，待弟子好入宫運用。〔姜尚起，隨撤椅科，白〕此言有理。〔從下場門下，中軍八軍卒隨下。楊戩白〕我就此運用玄功，變化一番，誘那賊子入牢籠可也。〔遶場科，唱〕

【越調正曲・江神子】他只道難招架(韻)，怎知俺折枝呵草隨心化(韻)。笑他行曾不知仙法(韻)，〔合〕空教賭狠嘴喳喳(韻)，都是假(韻)。〔白〕已到宫中，待我變作妃嬪，待他下手之時，就勢擒他可也。〔虚白作抓土令變科。雜扮四太監，各戴太監帽，穿貼裹衣，雜扮二內侍，各戴大太監帽，穿蟒，束帶，帶數珠，執拂塵。引生扮姬發，戴王帽，穿蟒，束帶，從地井內上。楊戩虛白，復作變科。雜扮四宮娥，各戴過梁額，穿宮衣，從地井內上。楊戩虛白，作變科，從地井內下。旦扮楊戩化身，戴鳳冠，穿蟒，束帶，隨上，白〕變化已畢。夜已二鼓，還須飲酒作樂，以賺那厮便了。〔虛白，作向內指，作變化科。場上隨設桌椅、筵席、床帳、燈燭科。雜扮八女樂，各戴過梁額，穿宮衣，執樂器，從上場門上。楊戩化身虛白，作與姬發入座飲酒，八女樂吹打十番科。丑扮土行孫，戴小頁巾，穿蟒箭袖，繫鑾帶，掖刀，從地井內上，作勢遶場科，唱〕

【越角隻曲·鬪鵪鶉】並不是故弄虛花(韻)，也非干暗施欺詐(韻)。信仙方奧妙無窮(句)，論踪跡誰窺地下(韻)。一意的扶佐商朝(句)，多緣爲婚姻事大(韻)。白刃刀手內拿(韻)，青鋒劍腰下插(韻)。一任的刺死强梁(句)，還怎向軍前放馬(韻)。〔白〕我土行孫辭了元帥，入地進城，思欲暗中行刺，可以成功，婚姻富貴，盡在此舉。進了西岐，各處搜尋，只見兵將環衛，防守甚嚴，欲刺姜尚，無從下手。忽聽一派笙簧之音，知是姬發宮中，作速前來。你看，姬發正在歡宴，這妃子十分姿色，待他酣睡之時，下手未遲。〔作探望科，姬發白〕酒已沉醉，妃子安置了罷。〔楊戩化身白〕聖上之言有理。〔各起，隨撤桌椅、筵席科。姬發作摘王帽、卸蟒，四太監接科，姬發虛白科。四太監、二內侍虛白，從下場門下。楊戩化身作摘鳳冠、卸蟒，四宮娥作接科，楊戩化身虛白科。四宮娥、八女樂虛白，同從下場門下。場上預設帳幔，後設姬發首級切末科。姬發作與楊戩化身携手入帳幔科，姬發隱下。土行孫白〕咦，妙嗄！〔唱〕

【越角隻曲·調笑令】且潛踪聽他(韻)，可有個緊巡查(韻)。呀，喜的是酣睡春情傍玉花(韻)，我黃羅寶帳輕輕跨(韻)。〔白〕姬發嗄姬發，〔唱〕恁自去稱孤道寡(韻)，自不容人來臥榻(韻)。今日裏怎不妨咱(韻)。

〔白〕此時還不下手，更待何時。〔作入帳殺科，取首級出帳科，白〕幸喜殺了姬發，看他妃子絕色無雙，尚然酣睡。我一見此人，不覺神魂蕩漾，春意難降。待我叫醒他來，且與他風月一回。〔作拋首級切末，掖刀掀帳科，白〕妃子醒來。〔楊戩化身虛白，作大驚科，白〕哎呀，你是何人，寅夜到此？〔土行孫白〕你看床上何人？〔楊戩化身作見、哭科，白〕哎呀，我那聖上嗄！〔土行孫作抱楊戩化身出帳科，白〕不要哭，休傷玉體。我乃商營先鋒土行孫，姬發已被吾刺死，你還是要生，還是要死？〔楊戩化身作跪科，白〕妾乃女流，殺之無益，可憐赦我一命，感恩非淺。〔土行孫笑科，白〕天下那裏有個白白的罷了的事情？你要教我饒你，除非是從了我。〔虛白發諢科。楊戩化身起科，白〕將軍不棄醜陋，得侍枕席，銘刻五內，不敢有忘。〔土行孫作抱科，白〕我那美人，我怎忍殺你也。〔楊戩化身作虛官模、虛白科，土行孫白〕好個知趣的美人，趁此春情蕩漾，我和你暫效魚水之歡。〔虛白發諢科。楊戩從下場門暗上，預在帳後立科。土行孫作摟楊戩化身，作入帳科。楊戩化身暗下。土行孫白〕美人，我土行孫今日好不快樂也。〔楊戩作抓住大喝科，白〕無知匹夫！你把我當作何人？〔土行孫虛白發諢科，楊戩作綁土行孫出帳科。場上隨撤帳幔科。楊戩白〕匹夫，今被吾擒，看你有何本事？〔作拔土行孫刀科，白〕我就此回覆師叔去者。〔唱〕

【尾】暗中行刺施奸詐(韻)，還待破淫戒春情是假(韻)。莫傷嗟(韻)，只當作多情死在牡丹花下(韻)。

〔從下場門下〕

第十一齣　得袍甲楊戩請仙（皆來韻）　弋腔

〔場東洞門上安「鳳凰山青鸞洞」匾額科。雜扮八仙姬，各戴過梁額、仙姑巾，穿宮衣，執寶劍、花籃、如意、綵旛、金鎖、寶燈龍、鳳扇。引小旦扮龍吉公主，戴鳳冠、仙姑巾，穿蟒，束帶，執拂塵，從上場門上，唱〕

【仙呂宮引·鵲橋仙】瓊樓玉宇(句)，天潢一派(韻)，不老同天萬載(韻)。問瑤池仙杏可曾開(韻)，知何日重登金界(韻)。〔中場設椅，轉場坐科，白〕〖菩薩蠻〗瓊霄謫下紅塵隔，琪花瑤草無顏色。獨守默玄修，重開白玉樓。玉樓霞似織，萬種情無極。何日復遨遊，瑤臺最上頭。吾乃龍吉公主是也。昊天大帝之女，瑤池金母所生。只因那年蟠桃會上，該我奉酒，我年少不諳清規，有失禮法，誤犯天戒，將我謫貶鳳凰山青鸞洞，煉性養神，至今千有餘年，却不知何日復登天界。誰想今早敕諭到來，命我到西岐助子牙，成功之後方許昇仙。但此時尚早，只得靜候天機。今日閒暇，帶領衆仙姬在洞中灑樂一回者。〔起，隨撤椅科，同唱〕

【仙呂宮正曲·步步嬌】但則見玉樹斕斑春風彩(韻)，自占長春色(韻)。凴誰向物外猜(韻)。只這閬苑琪花(句)，瑤池芝蓋(韻)，〔合〕采采出瓊臺(韻)。問人間可知有這黃金界(韻)。〔同從下場門下。生扮楊戩，戴

三叉冠，穿蟒箭袖紥甃，執鎗，從上場門上，唱〕

【仙呂宮正曲·不是路】駕霧忙來(韻)，爲請仙師上玉臺(韻)。寧遲待(韻)，罡風兩足趁紅埃(韻)。〔白〕我楊戩奉姜師叔將令，前去夾龍山問拘留孫綑仙繩的下落，因此駕遁前行，迤邐而來。到此山内，不知是何地名，但見一座洞府，金碧輝煌，好像個仙人所在。上面懸一匾額，待我看來。〔作看科，白〕鳳凰山青鸞洞，呀，這是甚麽所在，莫非走差了路頭不成？〔唱〕好教我費疑猜(韻)，莫不是靈霄殿裏黄金界(韻)，又好似清净宫前白玉臺(韻)。〔白〕待我隱在松林之内，看是如何。等裏面有人出來，看個底細再行未遲。〔唱〕我且權寧耐(韻)。想星娥月姊離天外(韻)，祥雲高踹(韻)，祥雲高踹(疊)。〔作隱科，從下場門下。八仙姬引龍吉公主從洞門上，同唱〕

【又一體】得得行來(韻)，看不盡水色山光一望開(韻)。〔楊戩從下場門暗上，龍吉公主作見科，白〕呀，〔唱〕應相怪(韻)，怪何人偷至此樓臺(韻)。〔中場設椅，轉場坐科，白〕衆仙姬，是那裏閒人，隱在林内偷看仙景？唤來見我。〔一仙姬應科，白〕何處閒人，來此偷看仙景？娘娘唤你。〔楊戩作出林拜見科，白〕娘娘在上，弟子叩見。〔龍吉公主白〕你是何人，得到此處？〔楊戩起科，白〕娘娘容稟：〔唱〕我根基非等材(韻)，〔龍吉公主白〕甚麽根基？〔楊戩白〕弟子乃玉泉山金霞洞玉鼎真人弟子，姓楊名戩，下山效用西岐，奉姜子牙之命，到夾龍山去探機密重事，誤入此山，望娘娘恕罪。〔龍吉公主白〕既如此，你我一家人了。你到夾龍山有何大事？〔楊戩白〕鄧九公手下有一道人，名唤土行孫，用綑仙繩連擒周將，又用地行之術入城行刺。虧得我謍預先算知，未遭毒手。今日呵，〔唱〕向夾龍問取緣由大(韻)，踪跡搜尋省得費浪猜(韻)。因此上飛行快(韻)，有緣悟入天仙界(韻)。望無嗔怪(韻)，望無嗔怪(疊)。〔龍吉公主白〕既如此，你可速去，請得拘留孫下山，大事可定。多多致意子牙。你速去罷。〔楊戬白〕弟子大膽，請娘娘寶諱，好回西岐言娘娘聖德。〔龍吉公主白〕你且聽者，〔唱〕

【又一體】法體仙胎(韻)，不比作煉性修身一等材(韻)。〔白〕我乃昊天大帝之女，瑤池金母所生，龍吉公主是也。〔楊戬白〕既是公主娘娘，爲何到此山中？〔龍吉公主唱〕只爲違清戒(韻)，一時小過降塵埃(韻)。〔楊戬白〕弟子就此拜别。〔龍吉公主虛白，楊戬作拜科。龍吉公主唱〕休拜吾儕(韻)，這的是仙緣千里來相待(韻)。〔楊戬起科，龍吉公主唱〕你且速駕罡風歸去來(韻)。〔楊戬虛白，從下場門下。龍吉公主白〕妙嗄，時機將近，我也不久下山，不免回洞静煉便了。〔起，隨撤椅科，唱〕天機大(韻)，隨機巧遇，有一日相隨待(韻)。共爲一派(韻)，共爲一派(疊)。〔仍從洞門下，八仙姫隨下。楊戬從上場門上，白〕俺自從龍吉公主處駕風而來，不覺又過百里之遥，爲何到此山中忽然落下？〔内作風浪聲科，楊戬白〕呀，爲何寒風四起、冷霧千層，這是何故？〔作虛白探望科。雜扮一守袍甲怪，戴竪髮額，穿蟒箭袖氅，軟紥扮，繫跳包，執叉，從地井内上，白〕好生人氣，是那裏來的？不要走，吃我一叉。〔楊戬白〕好孽障，敢來作怪。〔作對戰科。作虛白，發掌雷科。守袍甲怪從地井内急下。地井内隨出袍甲包袱、三尖兩刃刀、彈弓切末科，楊戬白〕呀，原來是個看兵器的妖怪，被我一掌雷擊走，丢了此物在此，待我拿來試試。〔作抛鎗，打開包袱看科，白〕原來是金甲一副、黄袍一領。〔作披試科，白〕咦，妙嘎，不短不長，正合吾體。還有三尖兩刃刀一柄、彈弓一張，益發試試。〔作拉弓科，白〕不硬不軟，正合吾手。〔作舞刀科，白〕不重不輕，分外相稱。〔作大笑科，白〕妙嘎，〔金毛童兒内白〕快拿盗器械的毛賊。〔楊戩虛白科。小生扮金毛童兒，戴金毛童兒髮，穿采蓮衣，持鎗，從上場門上，白〕你是何人，盗吾器械？〔楊戩白〕我把你這業障！我修道多年，豈犯盗賊之戒。〔作對敵科，金毛童兒白〕你姓甚名誰，這般大話。〔楊戩白〕我乃玉泉山金霞洞玉鼎真人弟子楊戩，你是誰家道童，敢是看器械的麽？〔金毛童兒拜科，白〕不知老師到此，弟子有失迎迓。〔楊戩白〕你且起來。你是何人？〔金毛童兒起科，白〕弟子非别，乃五夷山金毛童兒，奉師傅之命，在此看守袍甲器械，還有哮天仙犬一隻，等候老師已有數年之久，今日始得相會。〔楊戩白〕那仙犬却在何處？〔金毛童兒白〕現在此處，待弟子牽來。〔仍從上場門下，作拋鎗、牽犬，隨上。楊戩白〕你師傅是誰，爲何令你等我？〔金毛童兒白〕我師傅名唤曹寶，與玉鼎祖師相識，知老師下山助周，完全正果，特以相助。我師傅也下山往西岐去了。〔楊戩白〕你師傅何時下山去的？〔金毛童兒白〕數年前我師傅與他道友蕭升一同去的，却不知到了西岐未曾。〔楊戩白〕呀，原來如此。你師傅已成了正果去了。你孤身在此，何不隨我下山？〔金毛童兒白〕弟子今遇老師，職司已盡，如蒙不棄，願拜爲師。〔作拜科，楊戩虛白科，金毛童兒起科，楊戩白〕你可將我袍甲弓刀，與仙犬一並送到西岐，禀告姜丞相，只説我往夾龍山去了。〔金毛童兒白〕師傅，恐姜丞相不信，反誤大事。不如給弟子一椿信物帶去，好見姜丞相。〔楊戩白〕也罷，我執此刀行路，你將我這鎗拿去作信物罷。〔金毛童兒應科。楊戩作卸袍甲，同作包科，虛白科。金毛童兒作背包、臂彈弓、牽犬、執鎗，仍從上場門下。楊戩笑科，白〕妙嗄，可喜得了器械，又收門人，就此往夾龍山去者。〔唱〕

【有結果煞】喜的是天教得意成功大(韻)，俺這裏重換上黃袍金鎧(韻)，好看我凜凜雄威滅兇殘神將材(韻)。〔從下場門下〕

第十二齣　失寶貝行孫歸主（江陽韻）　弋腔

〔雜扮四軍卒，各戴馬夫巾，穿蟒箭袖卒褂，執旗。雜扮四軍卒，各戴大頁巾，穿蟒箭袖排穗褂，執標鎗。外扮南宫适，生扮武吉，雜扮太顛、閎夭，各戴帥盔，紮靠。生扮黄飛虎，戴金貂，紮靠、背令旗。生扮黄天禄、黄天祥、黄天爵，各戴紫金冠額，紮靠、背令旗。引外扮姜尚，戴道冠，穿道袍氅，繫絲，執拂塵，從上場門上，唱〕

【中吕宫引·金菊對芙蓉】慾海情江㊗，道家魔障㊗。强徒毒計猖狂㊗。頻勞籌想㊗，何日裏得解愁腸㊗。仙師請到㊇，訪來故主㊇，管取收降㊗。〔中場設椅，轉場坐科，白〕老夫姜尚，正憂土行孫地行之術，怕他行到西岐。多虧楊戩運用玄功，智擒逆黨，未得斬首，又被脱逃。我已差楊戩往夾龍山尋找拘留孫，問他踪跡去了。怎麽還不見來？〔小生扮金毛童兒，戴金毛童兒髮，穿采蓮衣，背包、臂彈弓、牽犬、執鎗，從上場門上，白〕纔向深山拜師傅，又來軍帳見元戎。〔作見科，白〕老師在上，弟子參見。〔起科。姜尚白〕你是何人？〔金毛童兒白〕弟子乃五夷山金毛童兒是也。奉我師傅之命，看守袍甲器械，還有哮天犬，等候楊戩老師，送他成功。如今纔得相會，我已認作師尊，他自己往夾龍山去了，命我將袍甲、仙犬等物，一併拿回，叩見老師，以求收録。恐老師不信，現有師傅所使銀鎗带來，以爲信物。〔姜尚白〕你師傅是誰？〔金毛童兒白〕弟子師傅，名喚曹寶，與玉鼎祖師相識，知老師下山助周，我師傅也來西岐來了。〔姜尚白〕你師傅已成了正果去了，你可到後帳等候聽用。〔金毛童兒應科，從下場門下。姜尚白〕楊戩此行，好令人可羨也。想他也將次回來了。〔生扮楊戩，戴三叉冠，穿蟒箭袖紮氅，繫跳包，執三尖兩刃刀。引雜扮拘留孫，戴道冠，穿道袍，繫縧，執拂塵，從上場門上，白〕洞府誠修千劫體，門徒偏作一身魔。我拘留孫自十絕陣回山，加功修煉。誰知土行孫這畜生，不守清規，盜我綑仙繩，與子牙作對。子牙使人相請，只得前來收他。已到子牙營門了。〔楊戩白〕待弟子先去進見。〔作進見科，白〕師叔在上，拘留孫師叔請到了。〔姜尚起科，隨撤椅科，作出迎科，白〕道兄請了，請進。〔各虛白，作進門科。場上設椅，各虛白、坐科。姜尚白〕高徒屢勝吾軍，小弟無法可解。後被楊戩識破仙繩，知是道兄弟子，只得請道兄一顧，以完相助之誼。小弟不勝幸甚。〔拘留孫白〕此皆我拘檢不嚴之過，被這畜生盜了法寶，在此作怪。我既到來，自然收伏。〔姜尚白〕多感道兄勝情。〔作向楊戩白〕你途間所收弟子，方纔來此，後營等候。你乃玉虛門人，本不當變服犯規，但此乃天緣相遇，不比等閒。你且換了袍甲，上帳聽用。〔楊戩應科，從下場門下。姜尚白〕令徒善用法寶，又精地行之術，無計可除，如何收伏之處，乞道兄指教。〔拘留孫白〕賢弟，你可單騎窺探商營，以爲誘敵之計。他必貪功追趕。我與楊戩接應，自可就擒。〔姜尚白〕道兄之言有理。〔各虛白科。內作樂，楊戩穿靠，從下場門上，金毛童兒隨上。姜尚白〕可喜你得了袍甲，又收門人。〔拘留孫白〕你可同我一路前去，爲子牙接應，好收伏那個畜生。〔姜尚白〕手下，看我的器械過來。〔一軍卒應科，從下場門下，取打神鞭、杏黃旗隨上。姜尚、拘留孫各起，隨撤椅科。姜尚作接杏黃旗、打神鞭科，白〕衆將官，爾等迴避。〔衆應科，同從下場門下。拘留孫白〕我與楊戬先行，子牙就此前去。〔各虛白科。拘留孫、楊戬、金毛童兒同從下場門下。姜尚白〕就此誘敵去者。〔唱〕

【中吕宫正曲·大和佛】制勝仙方與兵法强(韻)，驕他氣鼓揚(韻)。他兀自心高性傲逞粗狂(韻)，却不道尅制網先張(韻)。〔白〕已離商營不遠，待我作出窺探形勢，以引他來便了。〔作窺探虛勢科，唱〕他那裏似鳴蟬得意高枝上(韻)，怎知枝外有螳螂(韻)。〔白〕呀，你看他營門，軍校奔馳，將官來往，定是送信與他去也。〔唱〕好一似蟻陣蜂衙(讀)，空自勞奔攘(韻)，終束手被擒難放(韻)。〔合〕消魔障(韻)，少不得面縛轅門願投降(韻)。〔土行孫内白〕好姜尚，敢單騎私探轅門。〔姜尚白〕你看他飛奔前來，我不免假作敗北，引他便了。〔丑扮土行孫，戴盔，紥靠，執棒，從上場門上，唱〕

【中吕宫正曲·駐馬聽】老賊猖狂(韻)，私探轅門心甚莽(韻)。〔白〕你私探吾營，自送死期。〔作對敵科。姜尚作敗遶場科。土行孫白〕不要走，待我擒你。〔唱〕捉了你黃冠紫綬(句)，好遂我玉帶紅鸞(讀)，不枉我煽動刀鎗(韻)。〔姜尚虛白，作敗科，從下場門下。土行孫追下。場上設雲杌，楊戬、金毛童兒引拘留孫持綑仙繩從上場門上，虛白，作上雲杌立科。姜尚引土行孫持綑仙繩從上場門上，姜尚喝科，白〕土行孫，少得胡爲，只怕死期將近也。〔土行孫笑科，白〕老孽障，倒説我死期將近，看我的寶貝擒你。〔作遶場連祭綑仙繩，拘留孫作連收科。土行孫唱〕任教插翅怎飛颺(韻)，何難束縛如鷄樣(韻)。〔復作欲祭繩完科，土行孫作大驚科，白〕呀，往常不消一條，就擒一個，今日怎麼用完了還拿他不住，莫非寶貝不靈了？〔唱合〕莫曉其詳(韻)。難道會擒他輩(讀)，難擒姜尚(韻)。〔姜尚白〕土行孫，有寶貝只管使來。〔土行孫虛白科。拘留孫白〕土行孫那裏走！〔土行孫大驚科，白〕哎呀，不好了，這老兒果是個地裏鬼，怎麼一時把師傅請來，不免入地而逃可也。〔作欲鑽地，拘留孫作指地不入科。拘留孫作祭綑仙繩綁科。各下雲杌，隨撤雲杌科。拘留孫白〕畜生，我自破陣回山，失於檢點，被你盜寶作怪。實説上來，何人唆使？〔土行孫作跪科，白〕哎呀師傅，弟子那日遇見了個道人，叫作申公豹。他説我不能成仙，只好享人間富貴。弟子一時迷惑，動了個貪痴的念頭，故此盜了師傅幾條綑仙繩，兩葫蘆丹藥，前來爲害，望師傅赦弟子無知，饒命罷。〔姜尚白〕道兄，似這般畜生，壞吾名教，留他何用！〔拘留孫白〕若論其罪，正所應得。但有一説，你日後還有用他之處。〔姜尚白〕道兄只知其一，不知其二。他那日仗他地行之術，施一毒計，進城行刺主公。若非神風示警，險遭毒手。〔拘留孫白〕哎呀，還有這件大罪。畜生，你這般狠毒，幸而無虞，倘有疏失，罪坐師長。〔土行孫白〕哎呀，師傅有所不知：鄧九公見弟子連擒了哪吒、黄天化，法術無窮，將他女兒嬋玉許了弟子，被他催逼不過，所以有此一舉。〔拘留孫作長嘆科。姜尚白〕道兄爲何長嘆？〔拘留孫白〕這畜生與那女子前生分定，應有繫足之緣，若得一人作伐，方可全美。此女一至，其父必爲周臣。〔姜尚白〕他與我乃敵國之仇，怎得成全此事？〔拘留孫白〕西周福運，何怕無成。只是選一能言之士，往商營説合可也。〔姜尚白〕道兄之言有理，待我命散宜生去可也。〔作向土行孫科，白〕畜生，你可傾心相向了麽？〔土行孫白〕哎呀，姜丞相，弟子一時愚蒙，悔之無及。既蒙慈悲，願效犬馬。〔拘留孫虚白科。姜尚白〕既如此，你且起來。〔拘留孫作解綑仙繩，土行孫起，作拜謝科，白〕謝師傅救命之恩，謝丞相收録之德。〔起科。姜尚白〕道兄，回營去罷。〔拘留孫白〕有理，請。〔衆同唱〕

【意不盡】又添一個神仙將㊥，收伏正門魔障㊥，傾心相向㊥。聖主有天扶，自然的灾變祥㊥。

〔衆同從下場門下〕

第十三齣　散大夫議親巧説（支思韻）　弋腔

〔雜扮四軍卒，各戴馬夫巾，穿蟒箭袖卒褂，執旗。雜扮四軍卒，各戴大頁巾，穿蟒箭袖排穗褂，執標鎗。小生扮鄧秀，戴紫金冠額，紥靠、背令旗，佩劍。雜扮太鸞、趙昇、孫焰紅，各戴紥巾額，紥靠。引生扮鄧九公，戴帥盔，紥靠、背令旗，襲蟒束帶，佩劍，從上場門上，唱〕

【黄鐘宫引・西地錦】聞道將軍失勢（韻），憂懷不展愁眉（韻）。教人心下常縈繫（韻），也只爲着公私（韻）。〔中場設椅，轉場坐科，白〕纔誇得意向疆場，一旦失機又中傷。仙客被擒無計救，天心似欲速亡商。俺鄧九公奉旨征伐西岐，用了土行孫作了先鋒。他却法術高强，連擒賊將，又用地行之術，思欲行刺成功。誰想姜尚那厮，防備甚嚴，未曾下手。方纔有人來報説，姜尚單騎窺營，先鋒前去追趕。俺心中却倒十分歡喜，指望他趕上擒回，可成大事。不想天意有違，不知怎樣被他拿了去了。俺這裏正在疑似之間，正是一籌莫展，如何是好。〔雜扮一中軍，戴中軍帽，穿蟒箭袖通袖褂，佩刀，從上場門上，白〕啟上元帥：周營遣上大夫散宜生有事求見。〔鄧九公白〕吾與他勢爲敵國，爲何差人來見？必是來下説詞，豈可容他進營摇亂軍心。中軍，你與他説，兩國争戰之際，相見不便。〔太鸞白〕元帥不可。自古兩國相爭，不阻來使。可乘此機會，放他進來，隨機應變，看他如何説話，亦可就中取事。〔鄧九公白〕此言有理，爾等衆人迴避。〔衆應科，同從下場門下。鄧九公白〕中軍，道我有請。〔中軍應科，仍從上場門下。鄧九公白〕他此來定是下説於我，我不免將機就計，以擒姜尚便了。〔生扮散宜生，戴紗帽，穿圓領，束帶，從上場門上，白〕百萬軍中爲月老，英雄隊裏作冰人。〔作相見科，鄧九公起，隨撤椅科，白〕大夫降臨，有失迎候。〔散宜生白〕元帥在上，下官有禮。〔鄧九公白〕大夫請坐。〔場上設椅，各虛白坐科。鄧九公白〕大夫，我與你今爲敵國，未決雌雄，彼此各爲其主，豈得循私妄議。大夫今日見諭，公則公言，私則勿言，不必效舌劍唇鎗，徒勞往返。在下心如鐵石，以死報國，斷不爲浮言所摇，大夫其深諒之。〔散宜生笑科，白〕元帥差矣。下官以堂堂國宰，豈肯爲説客之流，既與公爲敵國，豈可造次請見。只爲有一件大事，特來請一明示，無他故也。〔鄧九公白〕請問甚麽大事？〔散宜生白〕元帥聽稟：吾軍中擒得一員將官，問其根由，知是元帥貴壻土行孫。我家丞相，特命下官，親到轅門，候請尊裁。〔鄧九公怒科，白〕哎，大夫，我止生一女，名唤嬋玉，幼而喪母，吾甚愛惜，豈得輕以許人？吾女年已及笄，所求者衆，吾尚不肯輕托絲羅。土行孫何人，妄有此説，大夫斷不可信其妄言，貽誤大事。〔散宜生白〕元帥暫息雷霆，下官有一言奉稟，古人相女擇夫，原不專在門第，那土行孫呵，〔唱〕

【黄鐘宫正曲·啄木兒】本是個出塵姿㊞，堪配那玉葉金枝琴瑟宜㊞。〔白〕只因申公豹與我家丞相有隙，纔使他來助元帥。元帥既以令愛相許，他纔仗道法施毒計行刺，今已被擒，伏辜不枉。但他哀求丞相之言，有「爲此一段姻緣，死不瞑目」之語，因此下官呵，〔唱〕勸赦他小過堪憐（句），不忍教好事成虛（韻）。〔白〕因此下官不避斧鉞，以求裁示。 如有此事，〔唱〕還將他送還帥府相招贅（韻），那時節吉事成時再將兵事議（韻）。〔合〕却不知高見如何請示知（韻）。〔鄧九公白〕大夫不知，此乃彼之妄言耳。 他呵，〔唱〕

【又一體】作先行事鼓鼙（韻），不過是裨將無他大任司（韻）。〔白〕我雖不才，現爲大帥，何愁不得佳壻而選一牙將？〔唱〕怕無人品第相當（句），偏下招有玷門楣（韻）。〔白〕他不過借此爲偷生之計以辱吾耳，大夫不可輕信。〔唱〕似他行權機詭詐無他意（韻），止不過怕死貪生休中那奸人計（韻）。〔合〕致意姜公破此疑（韻）。〔散宜生白〕元帥也不必固辭，難道平白說此一言以辱元帥？ 想是於論功飲酒之間，或者用此言以慰其心，彼或信以爲實耳。〔鄧九公白〕大夫此言，大是明見。 我曾於慶功之時，他說元帥若用末將爲先行，何愁西岐不破，因此我信口答他一句，道如得成功，願贅爲壻。 此不過虛言以慰其心，安得以爲口實而令大夫下降。〔散宜生白〕元帥差矣。 大丈夫一言出口，駟馬難追。 況且婚姻者，人道之始，天下大倫，如何作爲兒戲。 如今元帥呵，〔唱〕

【黃鐘宮正曲・三段子】出口無疑（韻），到今日兩下裏諸人共知（韻）。〔白〕人皆以元帥爲國憐才，不惜愛女以盡忠心。〔唱〕傳言道之（韻），正是那行人口分明似碑（韻）。〔白〕徒使令愛千金之軀作爲話柄，萬一不曲全此事，〔唱〕致使那白頭空嘆無瑕璧（韻），却怎生紅絲再向他人繫（韻）。〔合〕貽笑人間（讀），空教衆譏（韻）。〔鄧九公白〕也罷！ 大夫以大義相教，末將無不從命。 只是小女呵，〔唱〕

【又一體】不識閨儀(韻)，失萱堂又無姆師(韻)。還須把情縁告知(韻)，視掌珠如何主持(韻)。〔散宜生白〕既蒙元帥俯諾，下官就此告辭。〔各虛白起，隨撤椅科。鄧九公白〕我也不便久留，只是與女兒議定，再將此意令人回覆丞相大夫。〔唱〕好將此意明傳示(韻)，我一心已許無他志(韻)。〔合〕準備成全(讀)，良縁不離(韻)。〔各虛白科。散宜生仍從上場門下，鄧九公白〕妙嗄！散宜生信以爲實，竟自去了。俺不免施一計策，擒捉姜尚便了。〔場上設椅，鄧九公坐科，白〕太鸞何在？〔太鸞從下場門上，虛白科。鄧九公白〕方纔散宜生來此，與土行孫議親，被我一片言語哄信，竟自去了。你可到周營見了姜尚，只道我與小姐議准，須是他自來納聘。他不允，再作區處；他若允了的時節，我只用酒筵賺他，只須一卒之功，大事定矣。〔太鸞白〕元帥此計，實鬼神莫測之機。小將就此前去。〔鄧九公白〕須要唇舌之間放巧些。〔太鸞應科，從上場門下。鄧九公白〕衆將官上帳聽令。〔衆同從下場門上，鄧九公白〕吩咐軍中備下酒筵。姜尚不來便罷，他若來時，只聽金杯爲號，爾等四面圍殺，不許放走一人，違令者斬。〔衆應科。鄧九公起，隨撤椅科，白〕我不免到後營告知女兒，早爲準備，等候回音可也。〔唱〕

【三句兒煞】凴空設下牢籠計(韻)，張羅網瞞天蓋地(韻)。恁（總）〔縱〕有雙翼摩霄，也難從此處飛(韻)。〔衆同從下場門下〕

第十四齣　姜丞相設計成功（皆來韻）　昆腔

〔雜扮四軍卒，各戴馬夫巾，穿蟒箭袖，繫鑾帶，擡食盒。雜扮辛甲、辛免、太顛、閎夭，各戴大頁巾，穿蟒箭袖，繫鑾帶，暗帶器械。引外扮姜尚，雜扮拘留孫，各戴道冠，穿道袍，繫縧，背劍，從上場門上，唱〕【高宫隻曲・端正好】則爲他毒計施（句），思相害（韻），俺這裏妙如神早見的明白（韻）。一謎裏將機就計何妨礙（韻），則看他今日個遭殘敗（韻）。〔姜尚白〕道兄，小弟適纔聽太鸞之言，已曉其中有詐：自來納聘連姻，豈有主人親送之理，何況敵國之間？分明露了虛頭，被人知覺，却自以爲得計，喜不自勝。所以小弟安排停當，與道兄親至商營，包管一陣成功，無勞再議。〔拘留孫白〕此乃賢弟玄妙入神、鬼神莫測之靈也。〔姜尚白〕小弟恐他席前促迫，所以命這四將充作解送禮物之人，盒中暗藏兵器，一到席前，即便動手。又命南宫适、武吉搶他左哨，雷震子、黄天祥搶他右哨，黄飛虎、黄天爵冲他大隊，拒敵鄧九公，金吒、木吒去放哪吒、黄天化，趁勢冲殺。令徒原與嬋玉有夫婦之緣，就令他去敵女將。安排已定，吾等就此前去可也。〔拘留孫白〕有理。〔姜尚白〕衆將官到彼席前，聽我劍響爲號，即便動手，不得有誤。〔衆應，遶場科，同從下場門下。雜扮四軍卒，各戴大頁巾，穿蟒箭袖排穗褂，佩刀。引生扮

鄧九公，戴帥盔，紮靠、背令旗，佩劍，從上場門上，唱〕

【高宮隻曲・伴讀書】兩下裏結下的冤仇大(韻)，還講些結姻親情相愛(韻)。可喜他信以爲實在(韻)，入籠應難逃機械(韻)。一朝自來尋傷害(韻)，休休休休得來把我冤埋(韻)。〔中場設椅，轉場坐科，白〕俺鄧九公因散宜生前來議親，俺却將機就計，使他回去。又命太鸞到彼，教他自來納聘。誰知無謀匹夫，信以爲實，欣然許諾。太鸞回報，俺隨命諸將與公子、小姐，分頭拒阻，只聽號炮一舉，即便四面圍住。俺自在中軍，等候他來席前行事。〔雜扮一中軍，戴中軍帽，穿蟒箭袖通袖褂，佩刀，從上場門上，白〕啟上元帥：西岐姜尚，與一道人同行前來，已離元營不遠，手下不過五六十人，並無盔甲、器械，特來報知。〔鄧九公白〕知道了。〔中軍仍從上場門下。鄧九公大笑科，白〕妙嗄！眼見得姜尚入計就擒，吾功得就，商祚當興也。〔起，隨撤椅科，白〕待我迎出轅門，假作謙恭，以安其志。然後賺入席前行事可也。

〔從下場門下，四軍卒隨下。衆引姜尚、拘留孫同從上場門上，同唱〕

【雙角隻曲・七弟兄】俺這裏左猜(韻)、右猜(韻)，只見得殺氣排(韻)。空勞綺席懸花綵(韻)，直作了鬬武争强的血戰垓(韻)。則看他鞠躬假意在轅門待(韻)。〔作到科。四軍卒引鄧九公從下場門上，作迎科，白〕有勞丞相下臨，末將不勝欣幸。〔姜尚白〕幸蒙金諾，足感勝情。〔鄧九公白〕好説。這位老師何人？〔拘留孫白〕貧道拘留孫，即元帥東床之師。小徒得攀龍鳳，貧道亦當略贊小儀。〔鄧九公白〕久仰仙名，今幸相會，足慰夙昔。現有喜筵，請老師與丞相一叙，何如？〔姜尚、拘留孫同白〕只是叨擾不當。〔鄧九公白〕好説，請。〔同虛白，遶場作到科。姜尚白〕元帥在上，姜尚有一言奉稟：今日不才納幣親來，須是收下禮物，再敘席前之好。〔鄧九公白〕丞相之言有理。〔姜尚白〕手下，將禮物送入後營。〔四軍卒應科，姜尚作拔劍出響科，四軍卒擡盒從下場門下，各執器械隨上。鄧九公作大驚科，白〕丞相，這是爲何？〔姜尚白〕元帥爲何明知故問？〔鄧九公虛白科，姜尚白〕四將還不上前，更待何時？〔辛甲、辛免、太顛、閎夭各作出暗器科，鄧九公白〕罷了嗄罷了！大事去矣。〔作拔劍對戰科。四軍卒忙下，取器械隨上，亦作對戰科。雜扮四軍卒，各戴馬夫巾，穿蟒箭袖卒褂，執器械。引生扮黃飛虎，戴金貂，紥靠、背令旗，執鎗，從上場門上，白〕鄧九公休走，待我擒你，以報捉子之仇。〔鄧九公虛白，作敗科，從上場門下。四軍卒隨下。黃飛虎虛白追下，四軍卒隨下。姜尚白〕道兄你看，鄧九公好一員上將，西岐如得此人，定堪大用。〔拘留孫白〕子牙公，想來此時鄧嬋玉已爲小徒所擒矣，吾等且回營去，與他們作成好事，然後使嬋玉當先，不怕鄧九公不來投順。

〔姜尚白〕道兄此言，正合吾意。衆將官，就此回營。〔衆應，作遶場科，同唱〕

【尾聲】虎狼穴早探明(句)，似兒戲除奸駭(韻)。今日裏纔作了統三軍(讀)，誅賊的都元帥(韻)。少時間便又是説合良緣(讀)，月老爲主宰(韻)。〔衆同從下場門下〕

第十五齣　仙人雙結好姻緣（魚模韻）　弋腔

〔小旦扮鄧嬋玉，戴鳳冠，穿蟒，束帶，從上場門上，唱〕

【中吕宫正曲・駐雲飛】淚眼應枯（韻），怨氣填胸恨莫舒（韻）。被獲來營伍（韻），欲把堅貞污（韻），嗏（格），好教我費籌躕（韻）。恨硃顔自誤（韻），薄命生成（讀），誰識心頭苦（韻）。〔合〕今日裏誤陷泥途失夜珠（韻）。〔中場設桌椅、燈燭，鄧嬋玉轉場坐科，白〕〖憶秦娥〗愁懷深。生離一霎何傷心，何傷心。東西父女，誰寄鴻音。硃顔命薄憂沉沉。菱花怒跌掂瑶簪，掂瑶簪。仇人怎與，同和鸞琴。奴家鄧嬋玉，自幼喪母，有失閨儀，日習兵書，早成武藝。爹爹愛如至寶，父女常共軍帷。爹爹奉命征伐西岐，奴家亦隨營隊。誰知來了個土行孫，法術高强，修持堅固，爹爹與奴家着傷甚重，都虧他金丹醫治，又連擒周營二將，大顯神通。都是爹爹酒後失言，將奴家許了他了。誰知他却投順西岐，將此事信爲口實，差人議親。爹爹欲將機就計以擒姜尚，不料姜尚先知，反爲所敗。先前擒了他的二將，已被他們劫去，奴家被土行孫擒到西岐，心中以爲一死自全，無奈這些侍兒防守甚謹。我爹爹此時不知在於何處，好教奴悲痛也。〔雜扮四梅香，各穿衫、背心，繫汗巾，同從兩場門分上，白〕小姐且免悲傷，今日良辰吉日，且耐煩些，保養玉體要緊。〔鄧嬋玉虛白哭科，四梅香虛白勸科。丑扮土行孫，戴盔，穿圓領，束帶，從上場門上，白〕軍前纔作仇人看，被底翻爲一氣親。可喜元戎多見識，暫移丞相作冰人。我土行孫擒了鄧小姐入城，奉姜丞相與師傅之命，令我與他成親，內中還有許多道理。我正在慶功宴上，心中掛念此事，也顧不得散席，佯推半醉，告辭而來。且聽他裏邊作些甚麼。〔鄧嬋玉虛白哭科，土行孫作聽科，白〕咳，這獃了頭，怎麼只管啼哭，待我進去勸勸他。〔作進門揖科，白〕小姐不要啼哭了。〔鄧嬋玉起，背科。土行孫唱〕

【又一體】仙晤休辜(韻)，何必盈盈洒淚珠(韻)。春色應休負(韻)，美景應休誤(韻)，嗏(格)。〔白〕我恐良期漏促，仙會遲疑，所以辭了功臣喜宴，特來奉陪嘎。〔唱〕多情最是吾(韻)。何須嗔怒(韻)，燈下嬌羞(讀)，好教我憐瓊樹(韻)。〔合〕好則是海誓仙盟證美圖(韻)。〔白〕梅香迴避了。〔四梅香應科，同從下場門下。鄧嬋玉怒科，白〕無知匹夫，賣主求榮。你是何等樣人，妄自如此。〔唱〕

【又一體】我本是金屋嬌姝(韻)，你那裏怎把山鷄配鳳雛(韻)。恨爹行被巧詐空躭誤(韻)，恨伊行把大德全辜負(韻)。嗏(格)。〔白〕賊嘎，你把我當作何人看待！〔土行孫白〕哪、哪千金小姐。〔鄧嬋玉白〕却又來！〔唱〕千金不換軀(韻)，瑶池玉樹(韻)。怎把蒿萊(讀)，相傍塵泥污(韻)。〔合〕我自矢冰霜，托與昆吾(韻)。〔土行孫白〕小姐雖千金之軀，不才亦非無名之輩，不辱没了你。小姐曾受我療疾之恩，又蒙令尊親許，人所共知。小姐何必推辭。〔作虛官模科，鄧嬋玉白〕我爹爹之言，不過暫時之語，後來也不過賺姜尚之計。不意誤中奸謀，今日之事，有死而已。〔土行孫笑科，白〕小姐，你到底是個女流，不曉事體。

別的可以暫許的，夫妻可是暫許得的？ 況我在彼處，不過是先鋒牙將，小姐原難匹配，今日小姐你以元戎之女，作了我上將的夫人，説不得不相匹配了。 況我師傅早已算定，知小姐父女，也是爲大周一殿之臣。〔鄧嬋玉作不語科。土行孫背科，白〕咦，有些意思了，益發説上幾句。〔向鄧嬋玉作虛官模科，白〕小姐，還有一説，方今紂王無道，天下叛離，令尊之道術兵威，萬不及聞仲諸人之輩，他們尚然敗亡，則天意可知了。 小姐今日至此，人人皆知，誰還信你冰清玉潔。 況小姐以香閨艷質，不才以仙洞修行，今日成就良緣，豈同偶然，亦由夙世相牽也。〔鄧嬋玉虛白長嘆科，土行孫作虛官模科，鄧嬋玉白〕咳，罷了。 將軍，奴家既爲所執，料想無路可逃，只得侍奉巾櫛。 但是我爹爹不知下落，奴家放心不下。〔土行孫笑科，白〕哦，原來爲此，只管放心，保管我那泰山大人好端端在那裏，不久相見就是了。

〔鄧嬋玉唱〕

【又一體】蒲柳微軀(韻)，怎配得仙客清修本玉虛(韻)。〔土行孫白〕小姐休得過謙，你我仙緣有自，豈同小可。〔鄧嬋玉唱〕明知道天意難違忤(韻)，少不得把幽夢爲雲雨(韻)。 嗏(格)。〔土行孫作虛官模科，唱〕我與你攜手上躍瑜(韻)，鸞翔鳳舞(韻)。〔鄧嬋玉哭科，白〕我那爹爹嗄，〔土行孫白〕喲，怎麼又啼哭起來了。〔唱〕且料理花情(讀)，把閑悶都抛去(韻)。〔內打三更科，土行孫白〕小姐，漏已三鼓，良時不可錯過，我與你同入洞房去者。〔唱合〕須索是鳳枕鴛衾，把海誓山盟細較躇(韻)。〔場上隨撤桌椅、燈燭。土行孫虛白作虛官模科，攜鄧嬋玉從下場門下〕

第十六齣　父女同歸仁國土（古風韻）　弋腔

〔雜扮四軍卒，各戴馬夫巾，穿蟒箭袖卒褂，執旗。雜扮四軍卒，各戴大頁巾，穿蟒箭袖排穗褂，執標鎗。小生扮鄧秀，戴紫金冠額，紥靠、背令旗。雜扮太鸞、趙昇、孫焰紅，各戴紥巾額，紥靠。引生扮鄧九公，戴帥盔，紥靠、背令旗，佩劍，從上場門上，唱〕

【黄鐘宫引・西地錦】兵敗一時失志(韻)，巧計翻作拙思(韻)。教人心下常縈繫(韻)，掌珠失却何之(韻)。〔中場設椅，轉場坐科，白〕一朝兵敗默含羞，愛女遭擒心甚憂。欲轉敗殘爲勝事，一籌先已讓人收。俺鄧九公假意許親，思欲將機就計，後來姜尚親來，俺只爲成功可望，不料他已先知，反爲所敗。想俺鄧九公自行兵以來，未嘗遭此大辱，今又失吾愛女，不知死生，正所謂羊觸藩籬，進退兩難，如何是好。〔太鸞白〕元帥不必憂心，勝負兵家之常。先前來了多少將官，都遭喪敗，何獨元帥一人。爲今之計，一面差官賫本朝歌告急，一面使人探聽小姐下落，元帥以爲何如？〔鄧九公白〕此言甚是。〔雜扮一中軍，戴中軍帽，穿蟒箭袖通袖褂，佩刀，從上場門上，白〕啟元帥：今有小姐領一枝人馬，打了西周旗號，來至轅門候令。〔鄧九公白〕令他進來。〔中軍應科，仍從上場門下。鄧九公白〕公子與衆將迴避了。〔衆應科，同從下場門下。鄧九公白〕女兒此來，大是蹊蹺，令人不解，莫非投了西岐不成。待他來時，便知分曉。〔小旦扮鄧嬋玉，戴盔，紥女靠，佩劍，從上場門上，白〕夫妻已結三生契，父女同爲一殿臣。奴家鄧嬋玉，奉姜丞相之命，來商營説我爹爹降周。來此已是爹爹營中，不免上前相見。〔作轉場、相見、跪哭科，白〕哎呀，我那爹爹嗄。〔鄧九公起，作抱哭科，白〕哎呀，我那兒嗄。你從何來，想殺你爲父的了。有話起來講。〔鄧嬋玉白〕孩兒不敢説。〔鄧九公白〕你有何言，只管講來。〔鄧嬋玉哭科，白〕哎呀，爹爹，害得你孩兒好苦也。〔鄧九公白〕我兒，這話從何説起？且坐了，慢慢的講來。〔鄧嬋玉起科，鄧九公坐科。場上設椅，鄧嬋玉坐科，白〕孩兒深閨幼女，此事俱是爹爹失言，弄巧成拙。爹爹將孩兒許了土行孫，勾引姜子牙，作出這番事來。〔鄧九公白〕我兒不要説了。聞你被擒，爲父的十分想念，天幸今日來歸，足慰老親之望。你却怎麽打了西周旗號而來，這是何故？〔鄧嬋玉白〕哎呀，爹爹，孩兒已是他家人了。〔鄧九公白〕這、這話怎麽講？〔鄧嬋玉白〕爹爹，孩兒被土行孫擒入西岐呵，〔唱〕

【仙吕宫正曲·五韻美】實指望全冰霜操(韻)，守松栢傲(韻)，拚付與昆吾夢銷(韻)。〔白〕誰知拘留孫與姜子牙商議，言孩兒與土行孫應有繫足之緣，將孩兒强逼成婚。〔唱〕碎瑶花一宵(韻)，玷明珠一朝(韻)，結同心鸞鳳盟交(韻)，合仙緣(讀)，夙世良因好(韻)。〔白〕因此孩兒不敢有違天意，如今奉姜丞相之命，前來招請爹爹降周。〔起，跪合科，唱〕有罪自知(句)，汗顔怎消(韻)。〔鄧九公白〕怎、怎麽你與他成了婚姻了？〔作呆科、哭科，白〕哎呀，我那兒嗄，〔起，作抱哭科，唱〕

【仙呂宮正曲·解連環】白璧無瑕（句），一旦裹狂且纏繞（韻）。恨只恨氤氳使把婚姻簿錯來銷繳（韻）。〔白〕我兒，你且起來，這事也不怨你，都是你爹爹害了你也。〔鄧嬋玉起，各坐科，鄧九公唱〕〔合〕心還懊（韻），懊悔當初心許了（韻）。事無成空貽人笑（韻）。〔白〕如今無他可説，你自回去，待你爹爹與他見個雌雄罷。〔鄧嬋玉白〕爹爹不可。孩兒今日此來，原爲保全爹爹一身之禍，不得不説了。〔鄧九公白〕我兒，你爹爹有甚禍事？〔鄧嬋玉白〕方今君王無道，無罪之人尚然誅戮，爹爹以元戎之職，將女輕許敵國，而敵國之人又親至商營納聘，顯係勾通，誰信是假？況且喪師辱國，更有科條。萬一讒臣獻言於君，那時怎處？〔鄧九公作連點頭科，白〕此言大是有理，這事怎處？〔鄧嬋玉白〕還有一説。孩兒奉父命歸適良人，自非私奔苟合之流，況且天命人心，盡歸周土，爹爹自料道術兵威，與聞仲諸人之輩强弱何如。他們尚然敗亡，何況今日。自古良禽擇木，良臣擇主，爹爹何不改邪歸正，同了哥哥投入西岐，父女得以完聚，身家可以保全，棄暗投明，人稱俊傑。孩兒之意如此，不知爹爹意下如何？〔鄧九公白〕我兒，你這一篇言語，你爹爹如夢初覺。你乃吾之愛女，我如何捨得你下。天意如此，人不可違。但是一件，你爹爹一世英雄，不肯屈膝他人，爲敗軍之將耳。〔鄧嬋玉起，隨撤椅科，白〕爹爹休疑。姜丞相虚心下士，並無驕矜之態，已備迎迓之儀，然後令孩兒來請爹爹。俯允斯言，孩兒當爲先報。〔鄧九公白〕如此甚好。我兒，你回去多多拜上姜丞相，只説我與孩兒、諸將，少刻即到。〔鄧嬋玉應科，從上場門下。鄧九公白〕住了。吾營軍將雖多，其心未必皆同，這事怎處？〔作想科，白〕哦，有了，待我略使小計，激反他們可也。我兒、衆將官何在？〔衆同從下場門上，鄧九公白〕我女方纔到來，言失機敗走，並未曾被人所擒，我等所聞，乃傳言非實。他路遇朝歌差官，言朝廷密旨，道我屢次兵敗，辱國無能，拿解朝歌，與孩兒、將弁一同問斬。女兒聞聽此言，殺了差官，前來報信。他不肯隨吾入朝，我勸他不住，竟自投入西岐去了，如今怎生區處？〔鄧秀白〕爹爹，怎麼有這等事？方今主上無道，屠毒忠良，衆所共曉。不如反了商朝，投入西岐，不失棄暗投明之意。〔鄧九公白〕唗，胡講！〔衆同白〕元帥反了好，不見那武成王的故事麽？〔鄧九公白〕衆將官，話雖如此，不可因我一人，連累爾等爲不忠不孝之輩。〔衆同白〕哎，元帥，此時事勢，還講甚麽忠孝，反了好。〔各虛白作鼓譟科，同從下場門下。鄧九公起，隨撤椅科，虛白喜科。衆各執器械隨上，白〕反了罷！〔鄧九公白〕衆將官休得喧譁，聽吾吩咐。〔衆應科，鄧九公白〕衆將官，天子失政，海內離心，吾之忠良，爾等盡曉。今日此舉，並非下官主見，皆因爾等衆心合一，以爲天命人心，不可違逆。但內中或者有疑似不定者，也未可知。爾等願去者隨吾前去，不願者各自散去罷。〔衆同白〕俱願相隨。〔鄧九公白〕既如此，隨俺投入西岐去者。〔衆應科，作遶場科，同唱〕

【有結果煞】喜今朝投明棄暗歸仁義(韻)，煞強似仕亂朝無故的空遭慘斃(韻)，好同去共輔明君建奇勳逐義旗(韻)。〔衆擁護鄧九公同從下場門下〕

第十七齣　冀州侯奉旨起兵（寒山韻）　昆腔

〔小生扮蘇全忠，戴紫金冠額，紥靠、背令旗，佩劍，隨生扮蘇護，戴金貂，紥靠、背令旗，佩劍，從上場門上，唱〕

【越角套曲·看花回】鬧攘攘粉碎江山（韻），南征北討應無限（韻）。不幸的（句），我蘇門（句），禍起紅顔（韻）。今日裏奉綸音（句），去興兵伐善（韻）。〔場上設椅，轉場各坐科，蘇護白〕一女無端惹禍胎，遺讖天下自無才。早知今日難回挽，何不當年不送來。我蘇護爲女反商，出於無奈，多蒙西伯賢侯致書相勸，我心中自思，吾女非不才之輩，戰爭空惹灾愆，只得謝罪朝歌，將女進獻。不料吾門不幸，妲己這賤人盡違父母之訓，無端作孽，迷惑紂王，無所不爲，使天下之人銜恨於我。我每日思想此事，未嘗不憂忿兼生。忽聞聖旨命我以國戚之尊，掌元戎之職，統領雄師，征伐西岐。〔作笑科，白〕今日方得洗吾一身之冤，以謝天下。我兒，〔蘇全忠應科，蘇護白〕我如今將你母親與滿門宅眷，暗暗帶在行營，至西岐歸降周主，共享太平。我兒，你心以爲何如？〔蘇全忠白〕孩兒意中亦欲如此。〔蘇護白〕今日教場操軍，即便起程。吩咐諸將上帳聽令。〔蘇全忠應科，起，隨撤椅科，向内白〕諸將上帳聽令。〔内應科。雜扮趙丙、陳光、孫子羽，净扮鄭倫，各戴帥盔，紥靠，同從上場門上，分白〕昂藏大丈夫，寶劍血模糊。自仗三韜秘，何須萬卷書。小將趙丙是也，小將陳光是也，小將孫子羽是也，小將鄭倫是也。〔同白〕君侯相召，上前相見。〔各作參見科，白〕君侯在上，諸將打躬。〔蘇護白〕老夫奉命西征，今日興師吉期，教場整練軍威，可曾齊備了麼？〔四將同白〕齊備多時，專候君侯操演。〔蘇護白〕既如此，隨吾到教軍場去。〔衆應科。蘇護起，隨撤椅科。衆遶場科，同唱〕

【越角套曲·綿搭絮】看取熊羆軍漢(韻)，熊羆軍漢(疊)，奮軍威逐隊的光騰組練(韻)。甲馬旌旛(韻)，一片的如霞似錦連天畔(韻)。專聽着元帥的令如山(韻)。不把那樣强徒覷在眼(韻)，他遇王師勢竭身單(韻)。〔作到科。中場預設高臺、虎皮椅科，蘇護轉場陞座科，白〕吩咐開操。〔内應科。雜扮八軍卒，各戴紮巾，穿蟒箭袖，繫跳包，執刀，從上場門上，舞科，從下場門下。蘇護白〕好刀法也。〔同唱〕

【又一體】舉青龍身材輕巧(句)，晃秋水光彩瀾翻(韻)。好一似一縷冰條色漾(句)，好一似萬條的白虹影寒(韻)。但則見上下飛騰(讀)，後前遮擋(句)，往來劈剁(讀)，左右掀剛(韻)。不亞如那銀河倒控着層層匹練(韻)，一謎裏晶彩繽紛恍惚列下冰山(韻)。〔雜扮八軍卒，各戴大頁巾，穿蟒箭袖，繫跳包，執鎗，從上場門上，舞科，從下場門下。蘇護白〕好鎗法也。〔同唱〕

【越角套曲·青山口】莽忽刺超騰擊刺無藏掩(韻)，白茫茫殺氣寒(韻)。將一條褪鱗怪蟒無的躲閃(韻)，把一個禿爪銀龍没的遮攔(韻)。敢則是刺他上將(句)，戳下雕鞍(韻)，似這般凜雄威攻劫殺(句)，怕甚麽制不住也兇頑(韻)。〔雜扮八軍卒，各戴紮巾，穿采蓮衣，繫戰腰，持雙刀，從上場門上，舞科，從下場門下。蘇護白〕好威勢也。〔同唱〕無難無難(韻)，殺他個軍不返(韻)。看刀峰劍樹萬層山(韻)，俺看你顫也不顫(韻)，寒也不寒(韻)。今日裏已預定平定的兇頑反(韻)，如何拒戰(韻)，拒甚麽梁關(韻)。〔雜扮八軍卒，各戴紮巾，穿采蓮衣，繫戰腰，執籐牌。雜扮八軍卒，各戴紮巾，穿采蓮衣，繫戰腰，執棍，從兩場門分上，合舞科，從兩場門分下。蘇護白〕好籐牌、棍法也。〔同唱〕

【越角套曲·聖藥王】看、看、看只看這滚黄塵(句)，把燕梢頭(句)，對舞紛騰練(韻)。豎豹尾(句)，把畫虎額(句)，同呈擊架閒(韻)。想寇氛自易平安(韻)。〔雜扮八軍卒，各戴鷹翎帽，穿箭袖，繫鸞帶，扛鳥鎗，從上場門上，地井内放爆竹鞭，八軍卒作打連環科，從下場門下。蘇護白〕這一派火器，委實精也。〔同唱〕

【越角套曲·慶元貞】則聽他震天雷(讀)，穿地紅光散(韻)。須比作共工頭觸不周山(韻)，掀起了天關地軸翻(韻)。火雲攢(韻)也麽攢(韻)，發金蛇萬道鑽(韻)。〔白〕操練已畢。只見隊伍整齊，步伐精肅。衆將官齊至臺前聽令。〔内應科。雜扮四軍卒，各戴馬夫巾，穿蟒箭袖卒褂，執旗。雜扮四軍卒，各戴大頁巾，穿蟒箭袖排穗褂，執標鎗。雜扮四將官，各戴紮巾額，紮靠，佩劍。雜扮二中軍，各戴中軍帽，穿蟒箭袖通袖褂，佩刀。同從上場門上，分侍科。蘇護白〕衆將官聽吾號令。〔衆應科，蘇護白〕衆將官，西岐無道，背叛君王，犯順稱兵，謀爲不軌。老夫身膺節鉞之榮，口奉綸音之赫，統貔貅之萬隊，除强暴於崇朝。爾等各宜奮勇建功，無干軍令。兩傍分侍，聽俺道來：〔衆應，分侍科。蘇護唱〕

【越角套曲·古竹馬】龍媒精選(韻)，秘韜鈐攻城奪關(韻)，奮雄心略地争先(韻)。休退畏疑難(韻)，如拉朽定江山(韻)。寇攘摧殘(韻)，底定狂瀾(韻)，除去奸頑(韻)，把奇勳共建(韻)。智仁相贊(韻)，謀勇相兼(韻)，殺他個没投奔的妖風妖風的蓆捲(韻)。〔衆應科，蘇護白〕吩咐扯旗放砲，就此殺奔西岐去者。〔衆應科。蘇護起，作下高臺，隨撤高臺、虎皮椅科。雜扮一馬夫，戴馬夫巾，穿蟒箭袖，繫跳包，牽馬。雜扮一執纛人，戴馬夫巾，穿蟒箭袖，繫跳包，執纛。從上場門上。蘇護作騎馬科，衆作遶場科，同唱〕

【煞尾】紛殺氣(讀)，鎖愁霧一派陣雲攢(韻)。聚英風(讀)，聽捲紅塵鉦鼓如潮捍(韻)。一層層鸛鵝排(讀)，神兵天上來(句)，看那些小螻蟻(讀)，空從他穴中反(韻)。〔衆擁護蘇護從下場門下〕

第十八齣　先鋒官施法擒將（蕭豪韻）　昆腔

〔場東城門上安「西岐」匾額科。　雜扮四軍卒，各戴馬夫巾，穿蟒箭袖卒褂，執旗。　雜扮四軍卒，各戴大頁巾，穿蟒箭袖排穗褂，執鎗。　小生扮黃天化，戴綫髮，穿采蓮衣氅，軟紮扮，繫跳包，執雙錘。　小生扮哪吒，戴綫髮，穿采蓮衣氅，軟紮扮，繫風火輪，帶乾坤圈，執鎗。　引生扮黃飛虎，戴金貂，紮靠、背令旗，佩劍，執鎗，從上場門上。　黃飛虎唱〕

【中呂調隻曲・喜春來】如雲戈甲輝前道(韻)，創業元勳爵位高(韻)，指揮如意定兇獟(韻)。新國老(韻)，建績賀皇朝(韻)。〔白〕俺黃飛虎，與冀州侯蘇護，在商朝之時，本有舊交。　昨日探子報與丞相，言他奉命來征。　俺想蘇護秉性剛直，不似諂媚無骨之夫，况他爲女之事，曾受西伯致書解怨之恩，本與紂王有隙，一向曾有暗書與我往來，備道歸周之意。　今日領兵到此，豈好與我厮殺。　誰料他手下先鋒官鄭倫，邪法無邊，自恃驕傲，前來城下要戰。　俺奉軍師將令，與孩兒天化、先行官哪吒前來拒戰。　衆將官就此出城，拒敵去者。〔衆應，同從上場門下，隨出城門，作遶場科。　衆同唱〕

【中呂調隻曲・石榴花】陣雲嚴整肅鳴鑣(韻)，列旆動雲旓(韻)，按陰符秘策辨分毫(韻)。馬步的將校(韻)，逐隊齊儦(韻)，千麾萬騎隨呼召(韻)。喜孜孜賈勇矜豪(韻)，鳥蛇龍虎天然造(韻)，輔明君玉帳練戎韜(韻)。〔同從下場門下。雜扮四軍卒，各戴馬夫巾，穿蟒箭袖卒褂，執旗。引浄扮鄭倫，雜扮趙丙，各戴帥盔，紥靠，鄭倫執降魔杵，趙丙執鎗，同從上場門上，唱〕

【中呂調隻曲・滿庭芳】振鐸持旄(韻)。心專步伐(句)，令戒喧嚻(韻)。六花排就旌旗耀(韻)，好一片蔽日干霄(韻)。重環鎧犀文金較(韻)，鬭雄鋒强弩長矟(韻)。竚聽取歡聲鬧(韻)。功成這遭(韻)，英氣溢金鐃(韻)。〔分白〕吾乃正先鋒官鄭倫是也，吾乃副先鋒官趙丙是也。〔同白〕吾等共奉嚴宣，同驅前隊。君侯行營，尚在界邊，我等先行，已來城下。聞得西岐城中，差遣黃飛虎前來迎戰，不免排開隊伍，等候廝殺。〔衆引黃飛虎從下場門上，作對敵科，白〕來將何名？〔趙丙作出迎科，白〕吾乃冀州蘇侯麾下副先鋒官趙丙是也。黃飛虎，你身爲國戚，不思報本盡忠，無故助惡造逆，致起禍端。今奉我主之命，特來擒汝，尚敢支吾，不思受縛。放馬過來！〔作刺科。黃飛虎以鎗架科，白〕你好好回去，請你家主公出來，我自有話説。〔趙丙白〕呔，胡説！我家主公，以堂堂上國之臣，豈與你這逆賊答話。待我擒你報功。〔黃飛虎白〕好大膽匹夫，焉敢無禮！〔各虛白對戰科，黃飛虎作生擒趙丙，四軍卒作綁科，從下場門下。鄭倫白〕哎呀，氣死我也！好逆賊，怎敢擒吾副帥，待我拿你。〔黃飛虎白〕你就是鄭倫麽？正要誅你，以除梗化之人。〔各虛白對戰科。内作號筒聲，鄭倫作以鼻哼科，黃飛虎作倒科，衆軍卒作綁科，從下場門下，隨上。黃天化從上場門上，白〕鄭倫休走！〔鄭倫白〕幼兒何名？〔黃天化白〕吾乃武成王長殿下黃天化，特來擒你，爲父報仇。〔鄭倫白〕無知嬰兒，自來送死。〔各虛白對戰科。内作號筒聲，鄭倫作以鼻哼科，黃天化作倒科，衆軍卒作綁科，從下場門下。哪吒從上場門上，白〕好匹夫！ 自逞兇狂，傷吾上將。不要走，吃我一鎗。〔鄭倫白〕那幼兒，怎麽周營中一個大將也無，只管命你們這些幼兒送死。你且通名上來，只怕我慈心頓起，放你回去。〔哪吒笑科，白〕你問我麽？〔唱〕

【中呂調雙曲・紅芍藥】俺本是將種英豪(韻)，仙子丰標(韻)。哪吒爲名李氏苗(韻)。〔鄭倫白〕你就是李靖之子麽。聞得你父子反目，你爹爹棄職而逃。你爲何來此西岐，助惡犯順？〔哪吒唱〕這的是天意昭昭(韻)，扶明主(句)，滅鴟梟(韻)。太乙奇文共曉(韻)，我勸你善自開交(韻)。莫逞兇驍(韻)，遇俺呵只恐恁插翅難逃(韻)。〔鄭倫作大怒虛白對戰科。內作號筒聲，鄭倫作以鼻哼科，哪吒作不動科，鄭倫虛白連哼不靈科，哪吒白〕匹夫多大法術，只管施爲，我去不去由不得你，你只管哼他怎的？ 你的法術已完，也該輪到我了。〔作祭乾坤圈科，白〕看我的寶貝取你。〔作打折鄭倫左臂，作大叫拖杵敗科，從上場門下。哪吒白〕鄭倫已敗，大約其傷甚重，難以一時平復，我且入城回稟師叔，設法救取黃將軍父子可也。〔唱〕

【煞尾】且休將金鐙敲(韻)，且休唱鐃歌調(韻)。且待取出奇謀兇氛掃(韻)，再聽那奏不了西伯軍中破陣樂(韻)。〔從下場門下，衆隨下〕

第十九齣　二侯夜約共談心（古風韻）　弋腔

〔雜扮四軍卒，各戴大頁巾，穿蟒箭袖排穗褂，佩刀。引生扮蘇護，戴金貂，紥靠、背令旗，襲蟒，束帶，從上場門上，唱〕

【正宮引・緱山月】勇將肆狂顛（韻），不納我良言（韻）。想滿懷（讀），心事倩誰傳（韻）。且拚將私約（句），談心密室（讀），夜半開筵（韻）。〔中場設椅，轉場坐科，白〕有意投明無計投，偏教裨將占先籌。好將心事明言處，綺席更深話舊愁。老夫蘇護，奉命來征，思欲借此投周，已與孩兒全忠商議已定，將夫人楊氏與滿門宅眷，暗暗帶至行營。誰想先鋒鄭倫，於我大隊未到之先，已去要戰城下，把武成王父子擒來。幸而天助於吾，他被哪吒打傷左臂，十分痛楚，我乘機説他回心，他反生嗔相抗，我倒不好問罪於他。看那光景，一時難以動轉，今夜私設一席，將武成王父子請來，告知心事，放他回營。趁他未愈之時，我與衆將投入西岐，有何不可。手下備了酒筵，請公子出來。〔四軍卒應科，一軍卒向內白〕公子有請。〔小生扮蘇全忠，戴紫金冠額，穿蟒，束帶，從上場門上，白〕心內早知分皂白，眼中已會辨賢愚。我蘇全忠正在後營暗訪武成王父子，忽聽爹爹宣召，不免上前相見。〔作見科，白〕爹爹在上，孩兒拜見。

〔蘇護白〕我兒罷了。〔蘇全忠白〕爹爹呼喚，有何見諭？〔蘇護白〕我兒，我今日思欲放了武成王父子回周，趁鄭倫未愈，我與你率領諸將投入西岐，何如？〔蘇全忠白〕爹爹在上：吾營軍馬甚多，一時難以齊集，況且人口叢雜，焉保不有洩漏。依孩兒愚見，不若放他父子回去，只説軍士看守不嚴，以致脱逃，教他告知姜丞相假意劫營，先將鄭倫斬首，然後乘勢投周，方爲妥協。〔蘇護白〕話雖如此，那鄭倫也是一員有名上將，可以大用之人，怎好傷他。〔蘇全忠白〕如此，只不傷他性命就是了。〔蘇護白〕如此甚好。我已備下酒筵，你去將他父子請來。〔蘇全忠應科，仍從上場門下。蘇護白〕我不免在此等候。他父子到時，一同歡飲談心可也。〔虛白科。蘇全忠引小生扮黄天化，戴綫髮，穿采蓮衣氅，軟紮扮，繫跳包。生扮黄飛虎，戴金貂，紮靠、背令旗，從上場門上，分白〕被擄已爲堦下將，談心又作席間人。〔作到科，蘇全忠虛白科。蘇護起，隨撤椅科，作出迎相見科，白〕元帥在上，不才裨將得罪，幸勿見怪。〔黄飛虎白〕今蒙盛德，相見汗顏。〔蘇護白〕不才備有菲酌，請元帥父子一叙談心。〔黄飛虎白〕愚父子敗軍之將，得荷至情，不當叨擾。〔蘇護白〕好説，請。〔場上預設桌椅、筵席，各作虛白入座飲酒科，唱〕

【正宫正曲・玉芙蓉】笑盈盈舉玉巵(韻)，喜恰恰臨華席(韻)。共談心聚好(讀)，情致怡怡(韻)。自來忠良本是同心志(韻)，那奸惡空勞不識時(韻)。〔合〕拚同醉(韻)，好相投交誼(韻)。叙衷懷(讀)，兩家心事話相宜(韻)。〔蘇護白〕不才父子已經商議投周，此心久矣。〔唱〕

【正宫正曲・剗鍬兒】傾心早欲歸仁義(韻)，投明棄暗又何疑(韻)。正天心在西(韻)，聖君作國(韻)。

〔合〕常言道知時識勢韻，是爲俊矣韻，輔正除邪讀，聖賢至理韻。〔黄飛虎白〕在下早得君侯手諭，往來備知心事。愚父子出城臨陣，思欲問候君侯，不料被鄭倫所擒，有辱君命。今蒙君侯優待，〔唱〕

【又一體】已知大德懷忠義韻，相投相契不相疑韻。如有意投西韻，共輔大國韻。〔合〕常言道知時識勢韻，是爲俊矣韻，輔正除邪讀，聖賢至理韻。〔蘇全忠白〕武成王，愚父子於鄭倫被傷之後，乘機勸他投降，無奈他堅執不從，所以今夜不教他知覺，特設此筵請元帥父子，備陳心曲，然後放回西岐，通吾父子之意。〔黄天化白〕君侯父子既肯歸降，事宜速行，雖是鄭倫違拗，須當以計除之。大丈夫既建功業，豈得效匹夫匹婦之小忠哉。〔蘇護白〕吾父子同商一計，放元帥父子回至西岐，多多拜上姜丞相，教他設計劫營，先擒鄭倫，只不可傷他性命，此人將來還是可用之人。此計若成，可圖大事。〔黄飛虎白〕君侯此計甚妙，夜色已深，愚父子就此告辭。〔各虛白起，隨撤桌椅、筵席科，蘇護白〕元帥可從後營門去。〔黄飛虎虛白科，蘇護白〕我兒代送。〔蘇全忠應科，蘇護唱〕

【慶餘】笑他唇舌逞便宜韻，〔黄飛虎唱〕果然是操戈入室韻，〔衆同唱〕只教他禍起蕭牆總不知韻。

〔各虛白科。蘇全忠、黄飛虎、黄天化從上場門下，蘇護從下場門下，四軍卒隨下〕

第二十齣　五瘟同謀來見帥（先天韻）　弋腔

〔浄扮呂岳，戴黃瘟神帽，紥黃靠，袖金丹，從上場門上，唱〕

【仙呂調隻曲·點絳唇】道法齊天（韻），陰陽轉變（韻），把瘟癀散（韻）。寒暑司權（韻），一霎炎凉擅（韻）。

〔白〕静裏乾坤運用奇，壺中妙法貫須彌。移來一體還生我，待運元神我是誰。吾乃聲名山九龍島煉氣士呂岳是也。修成大道，煉就玄功，静來時不動聲色，動之時降下灾殃。有人惱觸於吾，管教他寒熱無常，頭昏神散；莫不畏服於我，只怕俺瘟癀大布，氣斷魂消。與四個門人同煉這瘟癀大法，共講這微妙工夫，忽有申公豹前來，言姜尚十分欺我截教，殺戮多人，請俺下山助蘇護成功，因此一怒下山，駕遁前來，已到冀州侯營門首了。〔向内白〕裏面有人麽？〔雜扮一中軍，戴中軍帽，穿蟒箭袖通袖褂，佩刀，從下場門上，白〕甚麽人？〔呂岳白〕相煩通報，有聲名山九龍島煉氣士呂岳來見。〔中軍虚白，作向内請科。雜扮四軍卒，各戴大頁巾，穿蟒箭袖排穗褂，佩刀。引生扮蘇護，戴金貂，紥靠、背令旗，襲蟒，束帶，佩劍，從下場門上。虚白科，中軍虚白禀科。中場設椅，蘇護轉場坐科，白〕着他進來。〔中軍應，作虚白唤科，呂岳作進見科，白〕君侯在上，貧道稽首。〔蘇護起科，白〕道者少禮，看坐。〔場上設椅，呂岳虚白各坐科，蘇護白〕道者高姓大名，到此何事？〔呂岳白〕貧道姓呂名岳，只因姜尚欺吾截教，申公豹請我來助君侯滅寇成功，幸無見疑。〔蘇護虚白科，鄭倫内白〕哎呀，痛死我也。〔呂岳白〕請問君侯，是何人叫苦？〔蘇護白〕説來令人可畏。此乃先鋒官鄭倫，被西岐將官用法寶打傷左臂，是以叫苦。〔呂岳白〕些須小傷，何足介意。待貧道與他醫治，保管一時平復。〔出金丹科，白〕君侯可將此丹敷於傷處，片時即可收效。〔蘇護白〕既如此，中軍將此丹拿去，與鄭將軍醫治。〔中軍應，作接丹科，從下場門下。呂岳白〕請問君侯，連日事勢如何？〔蘇護白〕不消提起，他那裏呵，〔唱〕

【雙調正曲・鎖南枝】人人勇（句），個個仙（韻）。通神妙法更兼着兵法專（韻）。難與共争雄（句），一計我莫能言（韻）。〔合〕他計策施（句），出萬全（韻）。俺懼敗奔（句），無權變（韻）。〔呂岳白〕君侯爲何長他人志氣，滅自己威風。今日俺到此呵，〔唱〕

【又一體】管教他難施勇（句），不得仙（韻）。怎當俺先天煉就的精法專（韻）。束手待擒來（句），則俺這手段豈虚言（韻）。〔合〕他喪神魂（句），怎保全（韻）。盡敗奔（句），無權變（韻）。〔各虚白科。净扮鄭倫，戴帥盔，紥靠，從下場門上，虚白作見呂岳科，白〕老師在上，弟子鄭倫何幸見憐，甘露沁頂一般，重傷一時全愈。深感相救之恩，如蒙不棄，願拜爲師。〔呂岳虚白科，鄭倫虚白拜起科，白〕老師既爲商朝而來，弟子大傷全愈，聽候老師法旨去會姜尚。〔呂岳白〕且慢。吾有四個門人，我已約他到此一同滅周，待他們來時，管取克了西岐，助你成功。〔各作虚白科。雜扮周信，戴緑瘟神帽，紥緑靠，李奇戴白瘟神帽，紥白靠，朱天麟戴紅瘟神

帽，紫紅靠，楊文輝戴黑瘟神帽，紫黑靠，同從上場門上，唱〕

【又一體】忙共至(句)，軍帳前(韻)。助師行道法術全(韻)。各按本方隅(句)，把灾祲漫相傳(韻)。〔合〕問他行(句)，誰是道體堅(韻)。遇吾儕(句)，神魂散(韻)。〔分白〕俺周信，俺李奇，俺朱天麟，俺楊文輝。〔同白〕吾等在聲名山九龍島，隨師傅吕岳共修妙法，師傅被申公豹請下山來，助商滅周，我等製煉攻伐之物，刻日完全，趕來應候。已到商營，不免通報一聲。〔向内白〕裏面有人麽？〔鄭倫作出門科，白〕甚麽人？〔作見科，白〕列位何來？〔周信白〕我等乃吕道人門徒，共來相助。〔鄭倫白〕列位師兄來得恰好，隨我一同進見。〔各虛白作進見科，周信、李奇、朱天麟、楊文輝同白〕君侯在上，我等稽首。〔蘇護、吕岳各起科，蘇護白〕列位少禮。〔各坐科，吕岳白〕爾等爲何來遲？〔周信白〕師傅在上，弟子等只因煉製攻伐之物，是以來遲。〔吕岳白〕君侯，此乃貧道弟子周信、李奇、朱天麟、楊文輝，各人都有道法，可望成功的。〔作指鄭倫，向四人白〕此人乃吾方纔所收門人，名爲鄭倫，爾等過來相見。〔四人虛白作與鄭倫相見科，蘇護白〕多蒙列位道長前來相助，今日天色已晚，明朝好去交鋒。且請同至後營，菲酌一叙，何如？〔吕岳白〕只是叨擾不當。〔蘇護白〕好説，請。〔各虛白起，隨撤椅科，蘇護唱〕

【慶餘】深蒙相助扶危難(韻)，〔鄭倫唱〕唯願吾師功建全(韻)，〔吕岳五人同唱〕準備着滅却西岐指日裏，慶江山億萬年(韻)。〔各虛白科，同從下場門下〕

第廿一齣　大交鋒共遭瘟毒（真文韻）　昆腔

〔生扮金吒、木吒，各戴陀頭髮，穿采蓮衣氅，軟紥扮，繫跳包，執器械。净扮雷震子，戴道冠髮，穿飛翅鬼衣，執金棍。净扮龍鬚虎，戴竪髮額，穿采蓮衣，襯氅，軟紥扮，繫跳包，執器械。同從上場門上，唱〕

【仙呂入雙角合曲・北新水令】妖人有意難仙人(韻)，則今日奮神威妖氛掃盡(韻)。除兇成正果(句)，滅惡輔明君(韻)。大展精神(韻)，看商寨妖星隕(韻)。〔分白〕纔得忠良通信息，又聞妖道鬬强梁。須教一掃無餘剩，共滅兇氛答聖王。吾乃金吒是也，吾乃木吒是也，吾乃雷震子是也，吾乃龍鬚虎是也。〔同白〕蘇護奉命來征，有心投順，暗與武成王約會，乘勢投降。不知是何處妖人前來相助，到城下要戰。丞相命吾四人前來對敵，就此大家殺上前去。〔同唱〕

【仙呂入雙角合曲・南雙令江兒水】【五馬江兒水】(首至五)雄心共奮(韻)，那怕刀鎗密似雲(韻)。只這仙機妙道(句)，能無傷損(韻)。勇桓桓難容隱(韻)。【金字令】(十至十三句)想妖物慣弄人(韻)，何能欺妙品(韻)。一鼓欃槍(句)，似兩清塵(韻)。【嬌鶯兒】(七至末)講甚麼心不忍(韻)，〔合〕慈悲是禍根(韻)。兇頑犯順(韻)，入黃泉應自嗔(韻)。〔同從下場門下。雜扮周信，戴緑瘟神帽，紥緑靠，執劍，掖頭疼磬，李奇戴白瘟神帽，紥白靠，執劍，掖發燥旛，朱天麟戴紅瘟神帽，紥紅靠，執劍，掖昏迷劍，楊文輝戴黑瘟神帽，紥黑靠，執劍，掖散瘟鞭，同從上場門上，唱〕

【仙呂入雙角合曲・北雁兒落帶得勝令】【雁兒落】（全）擺列着五地布瘟神(韻)，排下了三界飛瘟陣(韻)。遇着了瘟作灾(句)，觸着了瘟威震(韻)。【得勝令】（全）呀(格)，一任妙如神(韻)，難敵這天瘟(韻)。瘟得他神魂散(句)，瘟得他骨肉分(韻)。瘟神(韻)，扶聖主除兇祲(韻)。遭瘟(韻)，降爾灾不保身(韻)。〔分白〕俺周信，俺李奇，俺朱天麟，俺楊文輝。〔同白〕吾等奉師傅之命，各帶法寶，城下要戰。你看城門開處，滚滚塵頭，戈甲紛紛，如飛而至，想是周將拒戰來也。〔笑科，白〕任你雄似天神，只用俺這法寶一動，眼見得死期將近也。吾等在此等候便了。〔四軍卒引金吒、木吒、雷震子、龍鬚虎同從下場門上，作對敵科，白〕何處妖人，敢來作怪。個個報名上來，我等不斷無名妖輩。〔周信、李奇、朱天麟、楊文輝分白〕我周信，我李奇，我朱天麟，我楊文輝。〔同白〕吾等共在磬名山九龍島修行煉氣，與師傅一同下山助商滅周，爾等俱是何人？〔金吒、木吒、雷震子、龍鬚虎分白〕吾乃金吒，吾乃木吒，吾乃雷震子，吾乃龍鬚虎。〔同白〕奉姜丞相將令，擒爾等無知妖夥。可教你師傅出來，城下納命。〔周信白〕氣死我也！衆兄弟一齊上前。〔各虚白科。周信作與金吒對戰，李奇作與木吒對戰，朱天麟作與雷震子對戰，楊文輝作與龍鬚虎對戰科。周信作敲頭疼磬，金吒作頭疼敗科，從下場門下。李奇作摇發燥旛，木吒作發燥敗科，從下場門下。朱天麟作舞昏迷劍，雷震子作昏迷敗科，從下場門下。楊文輝作舞散瘟鞭，龍鬚虎作顛狂敗科，從下場門下。周信白〕衆兄弟，他

們俱各着病難逃，吾等回營去者。〔各虛白科，同唱〕

【仙呂入雙角合曲·南漿水令】怎禁俺玄功默運(韻)，他元神精光消隕(韻)。想寒暘迷亂各爲群(韻)。失他天性(讀)，減了精神(韻)。七日内(句)，俱亡盡(韻)。還將來傳染傳染皆遭疹(韻)。〔合〕誰來救(句)，誰來救(疊)，這死期將近(韻)。淒涼景(句)，淒涼景(疊)，城市變空闉(韻)。〔同從下場門下。雜扮四軍卒，各戴馬夫巾，穿蟒箭袖卒褂，執旗。生扮楊戩，戴三叉冠，紥靠，執三尖兩刃刀。小生扮哪吒，戴綫髮，穿采蓮衣氅，軟紥扮，繫風火輪，帶乾坤圈，執鎗。小生扮黄天化，戴綫髮，穿采蓮衣氅，軟紥扮，繫跳包，帶鑽心釘，執鎚。生扮武吉，戴帥盔，紥靠，執鎗。丑扮土行孫，戴盔，紥靠，執棒。小生扮金毛童兒，戴金毛髮，穿采蓮衣，背彈弓，佩彈囊。引外扮姜尚，戴道冠，穿道袍氅，繫絛，執杏黄旗、打神鞭。同從上場門上，唱〕

【仙呂入雙角合曲·北川撥棹】天心總是不由人(韻)，好事兒魔難臨(韻)。來了妖人(韻)，困了門人(韻)，使我心觀之不忍(韻)。又聽得軍馬臨(韻)，少不得陣前去勝負分(韻)。〔白〕老夫姜尚，昨日得武成王父子回音，纔思設計成功，不料又來了一夥妖人，將我四個玉虛門人用法處治，無計可施。正在憂慮，忽聞中軍來報，城下有一道人，與一將官前來要戰，少不得親到陣前，會他一番。〔雜扮四軍卒，各戴馬夫巾，穿蟒箭袖卒褂，執旗。引净扮鄭倫，戴帥盔，紥靠，執降魔杵。净扮吕岳，戴黄瘟神帽，紥黄靠，執金剛圈、狼牙棒。同從上場門上，作對敵科。吕岳白〕來者可是姜尚麽？〔姜尚白〕然也。道者何來？〔吕岳白〕吾乃聲名山九龍島煉氣士吕岳，只因你侮我截教，特來報仇。〔楊戩白〕師叔不要與他答話，待我擒他。〔虛白對戰科，黄天化、武吉各虛白助戰。鄭倫作見黄天化大驚科，白〕呀，原來君侯有意助周，私放賊子。〔作大叫科，白〕黄天化，吾來也！〔作對戰科。哪吒虛白助戰科，吕岳從上場門急隱下。雜扮吕岳化身，戴三頭六臂切末，紥靠，執形天應、瘟疫鐘、行瘟旛、止瘟劍、狼牙棒、金剛圈，隨上對戰科。金毛童兒作放彈打中一臂，黄天化作以鑽心釘打傷一臂，姜尚作祭打神鞭打吕岳化身，作敗科，從下場門下。哪吒作刺鄭倫左肋，虛白作敗科，從下場門下，四軍卒隨下。姜尚白〕衆弟子，收兵入城。〔衆應科，同唱〕

【仙吕入雙角合曲·南錦衣香】笑生春(韻)，妖光隱(韻)，妖氣吞(韻)，妖風遁(韻)。共奮神威(句)，把妖人敗迅(韻)。這的是助周暗裏有靈神(韻)。助商休誇(句)，賴着妖人(韻)。嘆無知妄動(句)，染紅塵空自貪嗔(韻)。〔合〕一旦身軀損(韻)。回首前因(韻)，悔之無及(讀)，空教怨恨(韻)。〔同從下場門下。四軍卒引鄭倫、吕岳同從上場門上，吕岳白〕氣死我也，恨死我也。姜尚嗄姜尚，怎敢無知冒犯，傷吾法像。此仇不報，怎得干休。〔鄭倫白〕不意老師反被他敗。〔吕岳白〕不妨，我自有妙用，布瘟使者何在？〔雜扮八布瘟使者，各戴竪髮額，穿蟒箭袖氅，軟紥扮，繫跳包，執葫蘆，同從上場門上，白〕老師呼唤，有何法旨？〔吕岳白〕遵吾法敕，爾等暗入西岐，布散瘟瘴，七日之内，俱令喪命。如違者，定按法敕施行。〔八布瘟使者應，作跳舞科，唱〕

【仙吕入雙角合曲·北收江南】呀(格)，俺這裏瘟風吹散滿城闉(韻)，閭閻萬井遍瘟雲(韻)。把瘟灾偏種自天門(韻)。傳瘟共喪身(韻)，傳瘟共喪身(疊)。染瘟瘴髩鬣不留存(韻)。〔同從下場門下，吕岳白〕姜尚嗄姜尚，只思取勝一時，怎逃這滿城盡滅之禍。我且回營，静候七日消息可也。〔唱〕

【南尾聲】斷他人種方消恨(韻)，非是俺塗毒生靈心太狠(韻)，端則爲欺藐吾儕，自強梁招害損(韻)。

〔從下場門下，鄭倫、四軍卒隨下〕

第廿二齣　顯靈應齊奮神威（真文韻）　弋腔

〔場東洞門上安「火雲洞」匾額科。雜扮四天將，各戴紥巾額，紥靠，執鞭。雜扮四仙童，各戴綫髮，穿采蓮衣。引浄扮伏羲聖帝，戴伏羲髮，穿鬼衣，樹葉、雲肩打跨，執卦圖，從上場門上，唱〕

【仙呂調隻曲・點絳唇】太極初分(韻)，人生斷混(韻)，凴誰引(韻)。〔雜扮四天醫，各戴道冠，穿開場衣，執手卷。雜扮四仙童，各戴綫髮，穿采蓮衣。引副扮神農聖帝，戴神農髮，穿鬼衣，樹葉、雲肩打跨，執芝草，從上場門上，唱〕嘗百味補助乾坤(韻)。〔雜扮四儀從，各戴大頁巾，穿蟒箭袖排穗褂，執旗。雜扮四仙童，各戴綫髮，穿采蓮衣。引生扮軒轅聖帝，戴冕旒，穿蟒，束帶，執圭，從上場門上，唱〕還則待製作遵吾運(韻)。〔中場設高臺，内作樂，三皇轉場陞座科，分白〕闢地開天卦象傳，救生起死妙方專。衣冠文武隨時化，〔同白〕共仰神靈億萬年。〔分白〕吾神伏羲聖帝是也，吾神神農聖帝是也，吾神軒轅聖帝是也。〔同白〕吾等生而神聖，佑此下民。制作開端，遵靈光於百代；發源伊始，仰大化於萬年。成正道於未有人之先，庇福澤於既生人之後。天心本有輪迴，人心茫無覺察。吾等那日在火雲宮設下乾元大會，請了女媧神后到此，已講明這劫運循環之數，不覺瞬息之間，早已到此時也。〔生扮楊戩，戴三叉冠，紥靠，從上場門上，唱〕

【仙吕調隻曲・油葫蘆】跋涉山川途路頻(韻)，敢辭勤(韻)，求丹獨謁聖皇君(韻)，因依細告無容隱(韻)。
仙宫聖地難輕進(韻)，只俺這玉虚下(句)，周國臣(韻)，有緣來謁蒙垂問(韻)，好則待俯伏叩金門(韻)。〔白〕俺
楊戩，奉師傅之命，言周營遭了吕岳瘟毒，命我來此火雲洞求謁三皇聖帝，乞取靈丹。因此借遁而
來，已到火雲宫門首。〔向内白〕門上有人麼？〔一天將從東傍門下，隨出洞門問科，白〕甚麼人？〔楊戩白〕
相煩轉奏，有西岐楊戩拜謁三位聖皇。〔天將虚白，作進洞門，從東傍門上作轉奏科。三皇虚白科，天將仍從
東傍門下，隨出洞門虚白唤科。楊戩作隨天將從洞門下，隨從東傍門上，作叩見科，白〕三皇聖帝在上，西岐小臣
楊戩叩見，願聖帝聖壽無疆。〔起科，三皇白〕你來此何事？〔楊戩白〕容臣細奏：〔唱〕
【仙吕調隻曲・天下樂】只爲着無道君王伐至仁(韻)，妖人(韻)，降下塵(韻)。〔白〕有一妖道吕岳，施
散瘟毒，將一郡生靈盡皆病倒，呻吟不絶，號痛難聞。〔唱〕儘天灾殃禍人難隱(韻)。臣姬發莫能逃(句)，
臣姜尚不保身(韻)。〔白〕小臣奉師傅玉鼎真人之命，來此叩乞聖帝。〔唱〕願慈悲甦覆隕(韻)。〔神農白〕
楊戩，你主姬發乃有德之君，天命人心盡皆歸向，商周本當交代，諒此小難何妨，就是那姜尚呵，〔唱〕
【仙吕調隻曲・金盞兒】他本是自崑崙(韻)道德門(韻)，奉天心助爾周邦運(韻)。〔白〕那妖術呵，〔唱〕
不過是泰山一捻細微塵(韻)。〔白〕孤當賜爾靈丹，轉禍爲福。〔唱〕成功身不壞(句)，保氣更精神(韻)。善
人灾自退(句)，妖夥命難存(韻)。〔白〕童兒，取金丹三顆來。〔一仙童應科，從下場門下，隨執金丹切末上，虚白
科。神農虚白，仙童作付楊戩科。神農白〕楊戩，這丹呵，〔唱〕

【仙呂調隻曲・後庭花】休覷作坎離交配新(韻)，休認作風雷煅煉神(韻)。直比似紫芝草千年壽(句)，堪使那碧桃花萬載春(韻)。〔白〕將此金丹一顆，救取姬發、姜尚，一顆救取玉虛門人諸多軍將，一顆用水化開，洒向西岐四方。〔唱〕瑞繽紛(韻)，祥光吐露(句)，保護了西岐百萬人(韻)。〔白〕我倒忘記了。你既來此，可見人皆有緣，你且暫候，還有一物與你拿去，益發傳與後人。童兒，取我所收的仙草來。〔一仙童應科，仍從下場門下。神農白〕楊戬，此灾乃傳染瘟癀，七日之内受者皆亡。你可將我所賜之寶帶回人世，救取難人，不枉你到此一場也。〔仙童執柴胡草切末隨上，虛白科，神農虛白，仙童作付楊戬科。神農白〕楊戬，此草名爲柴胡，凡間衆生如遭此厄，當以此草服之。〔楊戬白〕小臣叩謝聖帝。〔虛白作叩拜科，仍從東傍門下，隨出洞門科，從上場門下。三皇同白〕想吾輩爲君至今，數千餘年，尚有世人求吾聖化也。〔作下高臺，隨撤高臺科。衆同唱〕

【又一體】可見得酒戀清香疾病因(韻)，色愛荒淫患難根(韻)。財貪富貴傷殘命(句)，氣競剛强損陷身(韻)。堪笑那妖人(韻)，痴心不了(句)，便思量逆正神(韻)。〔同從下場門下。小生扮韋護，戴帥盔，紥靠，執杵，從上場門上，唱〕

【仙呂調隻曲・醉中天】俺可也道德修來穩(韻)，武藝自超群(韻)。且漫道功名由命不由人(韻)，則今日應拿准(韻)。〔白〕吾乃金庭山玉柱洞道德神君弟子韋護是也，奉師傅之命，下山去助子牙擒拿吕岳，須索走遭。〔唱〕妖客難逃劫運(韻)，妖光自隕(韻)。俺奮神威建個奇勳(韻)。〔從下場門下。雜扮楊文輝，

戴黑瘟神帽，紥黑靠，執劍。引净扮吕岳，戴黄瘟神帽，紥黄靠，執狼牙棒、金剛圈，同從上場門上，唱〕

【仙吕調隻曲・一半兒】仙方不應枉爲人(韻)，忽遇强徒大敗奔(韻)。疾疾逃生走似雲(韻)。没精神(韻)，一半兒羞慚(讀)，一半兒恨(韻)。〔吕岳白〕俺吕岳布散瘟瘴，乘勢攻打，不料奇方不應，西岐未損分毫。周信、李奇、朱天麟俱被殺害，只餘我師弟二人逃生到此。我想此敗大辱英名，而今何處求一道友相助纔好。〔韋護從上場門上，吕岳作見科，白〕將軍何來？〔韋護白〕吾乃道德神君弟子韋護，奉師傅之命，擒誅吕岳。〔楊文輝白〕你這厮好大膽，擅敢觸犯吾師。〔韋護白〕呀！事有凑巧，恰好相逢。〔各虚白對戰科。韋護作祭杵打死楊文輝科，從上場門暗下，吕岳虚白作敗科，從下場門下。韋護白〕我就此回入西岐，去見姜師叔可也。〔唱〕

【賺煞】兩足輕(句)，天風迅(韻)。似有個人兒指引(韻)。踏破鐵鞋須訪尋(韻)，恰相逢不費辛勤(韻)。路途中斬了妖人(韻)，又喜西岐禍斷盡(韻)。玉虚根穩(韻)，旁門怎近(韻)。今日裏又添個神將建奇勳(韻)。〔從下場門下。生扮柏鑑，戴帥盔，搭魂帕、白紙錢，紥靠，執旛。引雜扮周信魂，戴緑瘟神帽，搭魂帕、白紙錢，紥緑靠。雜扮李奇魂，戴白瘟神帽，搭魂帕、白紙錢，紥白靠。雜扮朱天麟魂，戴紅瘟神帽，搭魂帕、白紙錢，紥紅靠。楊文輝魂，搭魂帕、白紙錢。同從東傍門上遶場科，同從下場門下〕

第廿三齣　殷洪下山違誓願（庚青韻）　昆腔

〔雜扮龐弘、劉甫、苟章、畢環，各戴紥巾額，紥靠，執器械，同從上場門上，分白〕嘯聚原爲梗化人，投明同志輔儲君。一朝大展擎天手，竚看同爲佐命臣。俺龐弘，俺劉甫，俺苟章，俺畢環。〔同白〕吾等在二龍山黄風嶺嘯聚緑林，偶遇商朝殿下殷洪，收伏爲將。千歲本欲助周伐商，爲母報仇，却逢申公豹説他，勸以父子大義。殿下聽了他言，反了念頭，要助商伐周，來到商營，見了蘇護。昨日殿下周營要戰，用法寶連擒了黄飛虎父子二人，殿下言他昔日在朝，曾有救命之恩，因此放他回去。這一次今日又要親到城下要戰，吾等在此伺候。〔各分侍科。雜扮八軍卒，各戴大頁巾，穿蟒箭袖排穗褂，執標鎗，一卒扛戟，引小生扮殷洪，戴紫金冠額，紥靠，佩陰陽鏡、水火劍，從上場門上，唱〕

【正宫引·破陣子】遇難昔逢師救（句），違言反與周争（韻）。漫道助他仇國勢（句），到底難忘父子情（韻）。還想享昇平（韻）。〔中場設椅，轉場坐科，白〕我乃商朝二殿下殷洪是也。蘇護進獻妲己，害了母后，我與哥哥殷郊，弟兄二人，逃生被獲，多蒙師傅救拔，洞府修持。忽然師傅命我下山，助周伐紂，以報前仇，將紫綬仙衣、陰陽寶鏡、水火青鋒一並賜與我，因此一怒下山，投向西岐。走至半路，不期於二龍山收了龐、劉、荀、畢四將，後又逢申公豹説以父子大義，我如夢初醒，改心相向，來到商營。頭一陣擒了黃飛虎父子，是我念他當日放我之恩，放他這一次回去。今日又去要戰，就此隨吾前去者。〔衆應科。殷洪起，隨撤椅，接戟科，衆同作遶場科，唱〕

【正宫正曲·四邊静】戈矛燦燦霞光映(韻)，軍聲何凛凛(韻)。一戰定江山(句)，端拱尊明聖(韻)。〔合〕大仇可清(韻)，商基可成(韻)。冠冕賀皇朝(句)，萬載如磐咏(韻)。〔同從下場門下。雜扮四軍卒，各戴馬夫巾，穿蟒箭袖卒褂，執旗。小生扮哪吒，戴綫髮，穿采蓮衣氅，軟紮扮，繫風火輪，帶乾坤圈，執鎗。小生扮韋護，戴帥盔，紮靠，執杵。生扮木吒，戴陀頭髮，穿采蓮衣氅，軟紮扮，繫跳包，執鏟。生扮楊戩，戴三叉冠，紮靠，執三尖兩刃刀。丑扮土行孫，戴盔，紮靠，執棒。小旦扮鄧嬋玉，戴盔，紮女靠，執刀。引外扮姜尚，戴道冠，穿道袍氅，繫絛，執打神鞭、杏黃旗。同從上場門上，唱〕

【正宫正曲·醉太平】同扶明盛(韻)。纔大灾過了(讀)，又逢兇眚(韻)。商朝父子(句)，同惡共濟紛争(韻)。殷洪(韻)，違師助逆任縱横(韻)。看兇勢吸將滄溟(韻)。〔合〕争奇鬭勝(韻)。他仇人不報(讀)，忘却親生(韻)。〔姜尚白〕老夫姜尚，纔過大難，又遇兇徒。吕岳等一事尚未完全，殷洪又來要戰。前日用法寶連擒武成王父子二人，幸喜他還念舊恩，放他回國。今日又來要戰，少不得親臨大隊，與衆弟子會他一面。你看商營外塵頭雜遝，想是殷洪來也。〔衆引殷洪從下場門上，作對敵科。殷洪白〕姜尚上前答話。〔姜尚白〕殿下在上，老夫不能全禮。〔殷洪白〕姜尚，你也曾爲商臣，一旦忘恩事仇，造惡助逆，是何道理？〔姜尚白〕殿下此言差矣。爲君者上行下效，其身正，不令而行，其身不正，雖令不從。方今紂王無道，天下皆與爲仇，何况西岐一方。殷下也曾秘授明師，爲何逆天强爲？〔殷洪白〕好無知匹夫，尚敢巧言！誰與我擒此逆賊？〔龐弘白〕待臣建此大功。〔作虚白冲戰，哪吒虚白作對戰科。畢環虚白作助戰科，楊戩虚白作接戰科。哪吒虚白作祭乾坤圈打死龐弘，楊戩作斬畢環科，同從上場門暗下。殷洪白〕好匹夫，擅敢傷吾大將！〔作與哪吒、楊戩交戰科，姜尚作暗祭打神鞭打科，殷洪白〕好姜尚，怎敢傷孤！幸我寶物遮身，可以無礙。不要走，待我擒你，以報一鞭之仇。〔哪吒白〕休得無禮，待我與你厮殺。〔殷洪虚白，作取陰陽鏡照哪吒，哪吒作不動科，殷洪虚白急科。哪吒白〕殷洪休走！〔作祭乾坤圈打倒殷洪科，苟章、劉甫各虚白，作率八軍卒擡起科，同從上場門敗下。姜尚白〕今日此戰，誅他二將，傷了殷洪，可就此回兵入城去者。〔衆應，作遶場科，同唱〕

【不絶令煞】三軍拍手齊稱慶㊗，喜孜孜笑攬花驄慢慢行㊗。那九五位齊天，早讓明君天作成、端位拱㊗。〔同從下場門下。生扮柏鑑，戴帥盔，搭魂帕、白紙錢，紮靠，執旛。引龐弘、畢環魂，各搭魂帕、白紙錢，同從東傍門上遶場科，同從下場門下〕

第廿四齣　馬元進帳顯神通（皆來韻）　昆腔

〔净扮馬元，戴黑熊精膃腦，穿蟒箭袖，繫跳包，挎大數珠，執雙劍，從上場門上，跳舞科，唱〕

【仙吕入雙角合曲·北新水令】煉成法體幻形骸(韻)，現靈通神仙一派(韻)。踏烟霞三界路(句)，噴雲霧萬年材(韻)。休得疑猜(韻)，誰識俺面目生成概(韻)。〔白〕煉道修行不記年，潛藏洞府悟玄詮。分明識得無生法，説到無生又罔然。俺乃骷髏山白骨洞一氣仙馬元是也。脱却本來軀殼，誰似俺翻江攪海之威；幻成現在形骸，怎知我吐霧興雲之勢。申公豹請我下山，助商朝殿下殷洪共滅西岐，擒拿姜尚，俺不免前去走遭。〔唱〕

【仙吕入雙角合曲·南傍妝臺】駕黄埃(韻)，千軍隊裏逞英才(韻)。趁着那愁雲起(句)，御着這黑風來(韻)。任他仙法難收伏(句)，由我横行眼界開(韻)。〔合〕施異術(句)，誅彼儕(韻)。奇功早建掃氛霾(韻)。

〔白〕迤逞行來，此間已是商營了，待我通問一聲。〔向内白〕裏面有人麽？〔雜扮一中軍，戴中軍帽，穿蟒箭袖通袖褂，佩刀，從下場門上，白〕甚麽人？〔作見科，白〕道者何來？〔馬元白〕相煩通稟，有一氣仙馬元求見。〔中軍虚白，作向内請科。雜扮八軍卒，各戴馬夫巾，穿蟒箭袖卒褂，執旗。雜扮八軍卒，各戴大頁巾，穿蟒箭袖排穗褂，執標鎗，一卒扛戟。雜扮陳光、鄭倫，各戴帥盔，紥靠，執器械。雜扮劉甫、苟章，各戴紥巾額，紥靠，執器械。生扮蘇護，戴金貂，紥靠、背令旗，佩劍，執鎗。小生扮蘇全忠，戴紫金冠額，紥靠、背令旗，佩劍，執鎗，引小生扮殷洪，戴紫金冠額，紥靠，襲蟒，束帶。從下場門上，虛白科，中軍虛白通禀科。中場設椅，殷洪坐科，白〕着他進見。〔中軍應，作出門唤科，仍從下場門下。馬元作進見科，白〕殿下在上，貧道稽首。〔殷洪白〕道長少禮，請坐。〔場上設椅，馬元虛白坐科。殷洪白〕道者何來，到此何事？〔馬元白〕殿下容禀：〔唱〕

【仙吕入雙角合曲・北折桂令】俺本是煉三花古洞仙材（韻）。時遇成名（句），應候前來（韻）。〔殷洪白〕何處洞府，那座名山？〔馬元白〕殿下，〔唱〕白骨天臺（韻），骷髏山界（韻），千劫不沉埋（韻）。〔殷洪白〕貴姓高名？〔馬元白〕貧道姓馬名元，道號一氣仙。只因申公豹呵，〔唱〕他勸我罷黄庭權披金鎧（韻），因此上踏紅塵早到金堦（韻）。〔白〕知殿下滅周助商，特來相助。〔唱〕紛紛擾擾（句），争戰當垓（韻）。顯法除邪（句），掃彼氛埃（韻）。〔殷洪白〕妙嗄！當初我下山時，師傅命我助周滅紂，後來路遇中道長開陳大義，方纔如夢初醒。若非得遇高人，險些兒差了念頭。〔唱〕

【仙吕入雙角合曲・南凉草蟲】明師恩指引（句），茅塞頓全開（韻）。因此上破西岐報雪心在（韻）。〔白〕又蒙申道長請老師下山相助，〔唱〕何愁不奠泰堦（韻），存商祚千秋遠大（韻）。〔合〕全仗神威（句），不須計較安排（韻）。〔白〕老師遠來，使我喜出望外，現有酒宴，老師可煩一叙。〔馬元白〕這倒不消。請問殿下，這幾日可曾交戰，勝負如何？〔殷洪白〕這幾日呵，〔唱〕

【仙吕入雙角合曲・北雁兒落帶得勝令】【雁兒落】(全)曾與他對陣鬧當垓(韻)，曾與他角勝岐城外(韻)。無奈他門人法術高(句)，致使俺勇將遭傷敗(韻)。〔白〕自從傷了二將之後，我與他親自交鋒，被他一員幼將用法寶打傷，虧得師傅賜有丹藥醫治平復。昨日又請得我師傅前來説吾降順，〔唱〕【得勝令】(全)被我將大義自陳開(韻)，壯志肯輕回(韻)。父子情原重(句)，師徒語不諧(韻)。疑猜(韻)，對爭拒難分解(韻)。被我將法寶施來(韻)，他逃奔去不來(韻)。〔馬元白〕待我去會他一面，不枉我下山相助之情。〔殷洪白〕如此甚好。〔馬元從下場門下。殷洪起，隨撤椅科，白〕衆將官一同城下幫助馬將軍去者。〔衆應科。殷洪接戟，衆作遶場科，同唱〕

【仙吕入雙角合曲・南一機錦】燦旌旗一路排(韻)，戈矛雪影皚(韻)，甲馬光生組練開(韻)。更兼有仙客來(韻)，妙通神大法全該(韻)。〔合〕指日裏破西岐(讀)，重整江山也(句)，竚看取一統車書拱玉堦(韻)。〔從下場門下。東邊城門上安「西岐」匾額科。雜扮武榮，戴帥盔，紥靠，執器械。外扮姜尚，戴道冠，穿道袍氅，繫縧，執打神鞭、杏黄旗，作上城立科。馬元從下場門上，白〕呔！城上的可是姜尚麽？〔姜尚白〕然也，道者何人？〔馬元白〕我乃一氣仙馬元下山擒你，助殷殿下成功，何不出城受縛？〔姜尚白〕馬元休得狂爲，看我的寶貝取你。〔作祭打神鞭，馬元接科，白〕無能匹夫，還有甚麽寶貝，益發送來。〔武榮白〕哎呀，氣死我也！待我出城擒他。〔虚白作出城門科，馬元白〕你是何人？〔武榮白〕吾乃秦州運糧副帥武榮，那個與你多講，看刀。〔作對戰科。馬元從下場門暗下。雜扮黑熊，穿黑熊切末衣，隨上，作抓倒武榮科，武榮從地井内

下。地井内隨出假心切末科，黑熊形作抓心科，從下場門暗下。馬元隨上虛白科，唱〕

【仙吕入雙角合曲・北錦上花】直比作佳味安排㊎。請吾仙客㊎，屠戮牛羊㊎，華筵相待㊎。飽血和心㊁，勝似猩唇豹胎㊎。謝你多情㊁，送來佳菜㊎。〔生扮楊戩，戴三叉冠，紥靠，執三尖兩刃刀，預上城立科，白〕好大膽畜生，敢如此逆犯天條，屠害生命。〔作虛白出城門對戰科，馬元白〕你是何人？〔楊戩白〕我乃楊戩是也。知吾手段，自來送死。〔馬元白〕胡説！〔作對戰科。馬元從下場門暗下，黑熊形隨上，作抓倒楊戩科。楊戩從地井内下，地井内隨出假心切末科，黑熊形作抓心科，從下場門暗下。馬元隨上科，白〕姜尚匹夫，有多少受死的，益發送出幾個來，管我一飽。〔丑扮土行孫，戴盔，紥靠，執棒，預上城立科，白〕我是個多心的人，聽你自取。〔作虛白下城，隨出城門科。馬元笑科，白〕這等一個不濟的人兒，有甚麽本領？〔土行孫作虛白對戰科，土行孫唱〕

【仙吕入雙角合曲・南一盆花】你少得狂爲兇駭㊎。只怕俺一朝入腹㊈，把你肺掐心摘㊎。〔作跳舞，以棒連打科，唱〕我輕便溜捷小身材㊎，恁空爲猙蟒誇長大㊎。〔馬元從下場門暗下，黑熊形隨上，作抓土行孫，土行孫從地井内下，黑熊形作抓心不見科，作虛官模科，從下場門下。馬元隨上科，白〕呀，想是摔狠了，怎麽連影兒都不見了？〔唱合〕化爲土埃㊎，粉虀百骸㊎。可笑拋棄殘生㊈，無形無彩㊎。〔作向城上白〕姜尚嘎姜尚，知我手段，快些投戈自縛。〔土行孫作上城立科，白〕馬元孽障，你説摔化了我，我怎麽好端端在這裏。〔馬元虛白作大驚科，姜尚白〕馬元，你可見我弟子的手段麽？〔楊戩在地井内白〕師叔不要與他答話，且下城静坐。弟子已得了手也，須將他肺腑摘净，方消此恨。〔姜尚白〕既如此，須當仔細。〔楊戩地井内白〕弟子曉得。〔姜尚白〕衆將官就此下城去者。〔土行孫應，同作下城科。馬元白〕我且暫回大隊，再作區處。〔虚白從上場門下。生扮柏鑑，戴帥盔，搭魂帕、白紙錢，紥靠，執旛。引武榮魂從東傍門上遶場科，從下場門下。衆引馬元、殷洪從上場門上，殷洪虚白問科，馬元虚白科，楊戩作在地井内虚白科，殷洪白〕老師，方纔你肚裏有人説話。西岐有此異人，如何是好？〔楊戩地井内白〕殷洪不須着忙，他今一死，就定了大事了，看你們走到那裏去。馬元嗄馬元，先與你送個消息。〔馬元作腹痛倒地科，白〕罷了嗄罷了！〔殷洪衆作扶起科，殷洪白〕這却怎處？〔楊戩地井内白〕殷洪，怎處怎處，搜他肺腑。〔馬元白〕唔，罷，且到營中假意求他出來，慢慢擺佈他可也。殿下就此收兵回營。〔殷洪白〕有理，衆將官就此回兵。〔衆作扶馬元遶場科，同唱〕

【仙吕入雙角合曲·北錦上花】仙方本算奇（句），更有奇中怪（韻）。看骨粉心摘（韻），尚然的神在全骸（韻）。〔馬元唱〕俺待要妙法施爲（句），運動靈胎（韻）。何怕他見我肺肝（句），怎當我將他佈擺（韻）。〔衆同唱〕

【南慶餘】且旌戈倒轉回軍寨（韻），仙法除他兇駭（韻），終有日滅彼痴頑，定乾坤賀泰來（韻）。〔衆同從下場門下〕

第七本

第一齣　誤吞人魔頭被收（蕭豪韻）

昆腔

〔雜扮八仙童，各戴綫髮，穿道袍，繫絲。引外扮文殊廣法天尊，戴文殊髮，虬眉，虬鬚，穿道袍，繫絲，執拂塵，背劍，從上場門上，唱〕

【高宮套曲·端正好】看不了亂世界攘攘爭（句），碎天下紛紛鬧（韻）。惡妖魔到處招邀（韻）。只管的入旁門（讀），把正道全抛了（韻）。俺這裏護法施爲妙（韻）。〔中場設椅，轉場坐科，白〕不受魔時道不成，道成時候自魔清。若能識得道心正，正自持兮魔不生。吾乃文殊廣法天尊是也，自從十絶陣後，歸山閉息，不染紅塵。但是吾等犯了殺戒，一時難以挽回，況且姜子牙金臺拜將之期已近，若不相助成功，豈不誤他正果？因此下山前來，到了子牙營中，授以秘策，教他自去誘敵，使馬元追逐貪功，然後命楊戩以變化玄功擒他，我自去防他邪術，除却此害。子牙引陣去了，俺不免往前面山中再使法術可也。童兒等回避。〔衆童應科，從下場門下。文殊廣法天尊起，隨撤椅，作遶場科，唱〕

【高宮套曲・滚繡毬】按兵書把敵將挑(韻)，按仙法把妖人掃(韻)。旁門裏怎窺正道(韻)，一霎間魄散魂消(韻)。非是俺慈悲不念心王贊(句)，都只爲殺伐難違教主條(韻)，劫數相遭(韻)。〔從下場門下。净扮馬元，戴黑熊精膢腦，穿蟒箭袖，繫跳包，臂跨大數珠，執雙劍，掖打神鞭，從上場門上，唱〕

【高宮套曲・倘秀才】恨無端將人溪落(韻)，軍帳外私窺消耗(韻)。俺心頭忿(讀)，怎生善定交(韻)。憑着垓心裏戰(句)，道法的高(韻)，殺教恁無門可告(韻)。〔白〕俺馬元數日前西岐要戰，誤吞楊戩，誰知這廝變化無端，玄功莫測，險些送了性命，幾乎弄斷肝腸。俺用了許多尅制之功，總不見化消之效。誰想這廝又下上一丸洩元靈丹，將我元神洩盡，本性全迷，幸虧修煉多年，不至現出軀殼。思想起來，實是令人可恨。正在營中坐運神功，忽報姜尚窺探軍帳，俺一聞此言，心中火發，恨不能生啖其肉，以報此仇。單身出營，追趕到此山中，忽然踪跡全無，是何原故？〔作虛白四望科，内作放炮吶喊科，衆内白〕馬元妖物，多大本領，如此施展。已入牢籠，管教你死無葬身之地。〔馬元看科，白〕哎呀，氣死我也！你看姜尚與姬發這廝馬上傳盃，衆口辱我。不擒姜尚，誓不懼生，不免殺上山去。〔跳舞科，唱〕

【高宮套曲・滚繡毬】你那裏傳盃興自豪(韻)，俺這裏停鋒怒自高(韻)。你那裏燦旌旗密排將校(韻)，俺這裏舞霜刃掃蕩邪妖(韻)。俺地下耀威嚴(句)，恁山頭難醉飽(韻)。且休誇計謀詐巧(韻)。俺這裏奮神威，恁那裏骨化形消(韻)。恁那裏醉醺醺(讀)，酒淹濕元帥征衫袖(句)，俺這裏血漉漉(讀)，濕浸透將軍錦戰

袍(韻)，天數難逃(韻)。〔從下場門下。旦扮楊戩化身，穿衫，從上場門上，唱〕

【高宮套曲・倘秀才】運玄功(讀)，妝得來波俏(韻)。幻紅顏(讀)，變得來智巧(韻)。入了這粉脂鄉一霎魂離魄更消(韻)。〔白〕我楊戩變作弱病美婦人，賺了馬元，想他饑困之時，必來吃我，待他摘心剜膽之時，作個縛手束軀之法，擒他成功。你看他如飛而來，不免假作呻吟，賺他便了。〔場上設山石切末科，楊戩化身作伏石呻吟科。馬元從上場門上，唱〕罕煞人聞聲難見影(句)，急殺人伏法氣偏驕(韻)，怎輕輕罷却(韻)。〔白〕俺上山追拿姜尚，愈行愈遠，不知何處。又來到這個山中，姜尚、姬發踪跡全無，又不知用了甚麽法術。俺饑困難當，這却怎處？〔作聞楊戩化身呻吟科，白〕呀，聞得有一女子在山上呻吟，何不權充一飽？待俺尋他去來。〔唱〕

【高宮套曲・靈壽杖】誰家落難紅妝俏(韻)，伏深岩號痛裝喬(韻)。〔作見科，白〕那女子，你是何人，在此叫苦？〔楊戩化身白〕哎呀，老師救命嘎。〔馬元白〕教我怎生救得你？〔楊戩化身白〕老師傅，奴家本是民婦，因母家探親而回，中途得了心疼症候，命在旦夕。老師救得一命，勝造七級浮屠，倘得重生，感恩不淺。〔唱〕你若肯起死回生(句)，奴自當銜環結草(韻)。〔馬元白〕小娘子，教我怎生救你？你終是一死，不若布施我一齋，倒是一舉兩得。〔楊戩化身白〕師傅救我全生，理當一齋。〔馬元白〕小娘子，不是這等説。我因追趕姜尚，饑困難當，量你也難活了，不若作個人情，化與貧道吃了罷。〔楊戩化身白〕老師休得戲言，人豈是吃得的？〔馬元白〕好可惡，如此執拗！待我動起手來。〔虛白作捉楊戩化身，楊戩化身從地井内暗下。地井内隨出假婦人切末，馬元作剥衣、刺腹、飲血科，唱〕恰好的渴懷消了(韻)，吃緊的饑腸可飽(韻)。不是俺害生靈(句)，一味的施强暴(韻)。〔虚白作摸心不着科，白〕呀，怪哉，這女子爲何無心，莫非是個無心之人？〔虚白科。文殊廣法天尊從地井内暗上，自山石切末後出科，白〕馬元休走，我來擒你。〔馬元虚白作掙扎不動科，文殊廣法天尊白〕馬元，你逆法違天，犯順助逆，今朝數定難逃，有何折證。〔唱〕

【高宫套曲·貨郎兒】總不奉玉虚宫敕詔(韻)，一味信申公豹取招(韻)。助惡類故犯天條(韻)。按不住心頭火(句)，脱不開頸上刀(韻)。〔馬元白〕哎呀，老師饒命嗄。〔唱〕

【高宫套曲·脱布衫】聽信他絮絮叨叨(韻)，全忘了律律條條(韻)，惹下這煩煩惱惱(韻)。願皈依除却這攘攘勞勞(韻)。〔生扮準提道人，戴毘盧帽，穿道袍，披袈裟，執拂塵，從上場門急上，白〕道兄劍下留人。〔文殊廣法天尊白〕道友何來，有甚見教？〔準提道人白〕吾乃西方教下準提道人是也。此馬元封神榜上無名，與我西方有緣，待我帶上西方，成爲正果，亦是道兄慈悲，貧道不二門中之幸也。〔文殊廣法天尊白〕久仰大法，行教西方，蓮花現相，牟尼圓光，貧道謹領尊命。〔準提道人白〕馬元，你可皈依麽？〔馬元白〕情願皈依。〔準提道人白〕既如此，待我與你摩頂受戒。〔作摩頂科，唱〕

【高宫套曲·醉太平】從此後清凉受消(韻)，煩惱全消(韻)。皈依八德玉池遥(韻)，静修向七寶(韻)。〔白〕你且起來。〔馬元作起科。地井内收假婦人切末，場上隨撤山石切末科。馬元拜謝科，唱〕謝慈悲一掌當頭喝(韻)，正果成塵緣斷盡歸極樂(韻)。〔文殊廣法天尊白〕打神鞭在那裏？〔馬元作出鞭科，白〕弟子帶得在此。〔文殊廣法天尊作接鞭科，準提道人白〕貧道告辭了。〔文殊廣法天尊白〕有勞道兄收伏魔頭，異日再圖後會，請。〔馬元隨準提道人，仍從上場門下。文殊廣法天尊白〕就此回西岐見子牙去者。〔唱〕施法除兇伏魔妖(韻)，又把這道中亂(讀)，一段葛藤斬斷了(韻)。〔從下場門下〕

第二齣　巧入圖殷洪廢命（古風韻）　昆腔

〔副扮赤精子，戴道冠，穿道袍，繫絛，執拂塵、《太極圖》。旦扮慈航道人，戴觀音兜，穿衫氅，繫絛，執拂塵、净瓶。同從上場門上，唱〕

【商調正曲·二郎神】虛無境(句)，看多少心魂個裏消(韻)。正萬象包羅天外寶(韻)。神光不斷(句)，空明彩氣冲霄(韻)。何事貪嗔招苦惱(韻)，走無門向誰哀告(韻)。〔合〕錯走了路頭高(韻)。苦自惹冤愆(讀)，形化金橋(韻)。〔分白〕吾乃赤精子是也，吾乃慈航道人是也。〔赤精子白〕道兄，小徒殷洪違逆天條，自招罪業，今日將這太極寶圖送他性命。雖是大數難逃，但是我師徒之情，怎忍下手？〔慈航道人白〕道兄差矣。子牙天命之人，應完此劫，殺伐之起，非同偶然。令徒曾有飛灰誓願，一旦忘却師命，大難自招。道兄那日勸他，他反思相害。他既無師徒之情，道兄又何必存慈悲之念。今日須當幻出四象玄功，使他心思何物，何物便見，心慮百事，百事即生，磨難一番，然後使他中了誓願。子牙金臺之期已近，天意當然也。〔赤精子白〕道兄之言有理。子牙獨去挑戰，想他必然自恃來追，引他入了寶圖，只須唾手成功。〔内作鉦鼓聲科，慈航道人白〕道兄，你看他追得子牙來也。你我駕起雲頭，幻出金橋便了。〔赤精子白〕有理。〔場上預設高臺、桌，安雲幃，高臺上安二雲杌。雜扮十二雲使，各戴雲巾、雲臉，穿雲衣，繫雲跳包，從兩場門分上，作擁護高臺立科。慈航道人、赤精子各虛白上雲杌立科，赤精子作隱手内《太極圖》，高臺上作現大太極圖切末科。地井内出火彩，作出雲橋切末科。外扮姜尚，戴道冠，穿道袍氅，繫絛，執打神鞭、杏黄旗。引小生扮殷洪，戴紫金冠額，紥靠，帶陰陽鏡，佩青鋒劍，執器械，從上場門上。姜尚白〕殷洪，你師命不尊，今日難免飛灰之厄，悔之晚矣。〔殷洪白〕好無知匹夫，你死在目前，尚敢恃强抵觸。〔虛白作刺科，姜尚白〕畜生，今日是你自取其苦，死後休來怨我。〔作上雲橋科，白〕你敢上這橋麽？〔殷洪白〕連我師傅我尚不懼，那怕你那幻術。〔亦作追上橋科。姜尚作下橋科，在高臺後隱立科。殷洪亦作下橋，隨撤雲橋切末，殷洪作入圖顛倒科，白〕呀，姜尚爲何忽然不見了，莫非他使了幻術麽？〔唱〕

【商調正曲·黄鶯兒】不辨路迢迢(韻)，失東西望轉遥(韻)，但則見茫茫莫認來時道(韻)。〔白〕此處四顧無人，辨不出東西南北，如何是好？〔内作怪風科，殷洪白〕哎呀，不好了，説話之間，猛獸成群而至也。〔内作虎嘯狼嗥科，殷洪唱〕只看他乘風怒號(韻)，穿雲吼哮(韻)。這孤身怎敵這群兇暴(韻)。〔雜扮四虎、四熊形，各穿切末衣，從上場門上，跳舞。殷洪作趕逐科，唱合〕恨兇梟(韻)，猙獰野性(句)，作怪煽腥臊(韻)。〔虎熊形從下場門下，殷洪白〕我想我下山之時，所爲何來？原爲妖婦妲己害了母后，惹起刀兵，若得手斬妲己，此恨方平。〔唱〕

【又一體】仇怨海天遥(韻)，恨朝歌去路迢(韻)，有一日兵戈直上朝歌道(韻)。〔白〕呀，怎麽一時念動，即便到了宮幃，好生奇怪。〔內作笑語科，殷洪白〕呀，看那妖婦妲己與一妃子笑語而來，何不趁此誅他。〔作虛白望科，白〕呀，與他一處遊行者，正是恩母黄娘娘，待我上前叩見。〔唱〕想當年恩人痛號(韻)，仇人怒哮(韻)，今朝相遇兩樣的施酬報(韻)。〔旦扮黄妃，戴鳳冠，穿蟒，束帶，作與小旦扮妲己替身，戴鳳冠簪形，穿蟒，束帶，携手科，同從上場門上。殷洪作見科，白〕妃母在上，孩兒殷洪拜見。〔作叩拜科，黄妃白〕哎呀，兒嘎，你從何來？〔殷洪唱合〕自奔逃(韻)，於今數載(句)，雪恨報劬勞(韻)。〔起科，妲己替身白〕哎呀，不好了。〔殷洪白〕妖婦休走！〔作欲刺科，黄妃、妲己替身從下場門急隱下，殷洪白〕呀，怎麽踪影全無，仍是這荒山僻路？莫非姜尚幻術，使那些妖魔惑亂麽？如有魔怪來侵，怎生拒敵？〔唱〕

【又一體】岩壑徑迢迢(韻)。慘雲烟一望遥(韻)，怕不免山魈木客迷吾道(韻)。〔內作鬼嘯科，殷洪白〕呀，此念一生，鬼怪即至。〔唱〕則見他撲陰風叫號(韻)，趁冷烟怒哮(韻)，閃離離侵擾施强暴(韻)。〔白〕呀呸，我有師傅法寶，怕他怎的。〔雜扮四鬼怪，各戴竪髮額，穿蟒箭袖，軟紮扮，繫跳包，執器械，同從上場門上，作與殷洪對戰科。殷洪唱合〕我逞英豪(韻)，妖氛驅盡(句)，自有妙功高(韻)。〔衆鬼怪同從下場門下，殷洪白〕一霎時都不見了。我想我到此處，受這些磨難，無非爲母仇之故，倘能得見母后之面，雖死何恨。〔唱〕

【又一體】陰府本迢迢(韻)，怎得個入黄泉見母氏劬勞(韻)，恨我生人難入那森羅道(韻)。〔姜后魂內白〕哎呀，殷洪我兒，好苦嘎。〔殷洪大驚科，白〕呀，我正思念母后，即得見面。〔旦扮姜后魂，搭魂帕、白紙錢，穿衫，從上場門上。殷洪作見、跪、哭科，白〕哎呀，我那母后嘎。〔唱〕念兒心似炮(韻)，娘魂可招(韻)，深仇何日能相報(韻)。〔姜后白〕冤家，你不尊師命，又發洪誓，開口受刑，難免大厄。〔殷洪大驚哭科，白〕哎呀，母后嗄。〔唱合〕聽説罷暗魂銷(韻)。念生身恩重(句)，救拔禍殃遭(韻)。〔作叩拜、起科，白〕母后救我。〔姜后魂從下場門急隱下。《太極圖》内作出毫光科，作困住殷洪科，赤精子白〕殷洪，你看我是誰？〔殷洪見，作跪叩科，白〕哎呀，師傅，弟子願保周室，望乞慈悲。〔赤精子白〕唗！畜生。〔唱〕

【商調正曲·山坡羊】全忘了(讀)，對天發誓(韻)。全忘了(讀)，恩師訓誨(韻)。全忘了(讀)，傳方恩德(句)。全忘了(讀)，賜寶情和義(韻)。恁自思之(韻)，到如今悔是遲(韻)。〔白〕我且問你，誰教你改却前盟？〔殷洪白〕哎呀，師傅，弟子下山之後，〔唱〕忙忙行向西岐地(韻)，〔白〕路遇申公豹呵，〔唱〕他巧語花言把大義批(韻)。〔合〕因此上痴迷(韻)，聽讒言難把持(韻)。還望你慈悲(韻)，願扶周改舊非(韻)。〔慈航道人白〕道兄不可有留戀之心，天命如此，不可誤了他的歸期。〔赤精子虛白，高臺上隨收圖科，殷洪從地井内暗下，地井内隨出紫綬仙衣、青鋒劍、陰陽鏡、小太極圖切末科。赤精子、慈航道人同作下高臺，十二雲使從兩場門分下，隨撤高臺、桌、杌科。赤精子作拾寶物、悲科，白〕太華無傳道之人矣。〔慈航道人白〕道兄差矣。天數如此，何須嗟嘆，就此回西岐城中去罷。〔赤精子白〕有理，請。〔同唱〕

【尚遶梁煞】勸修行心願休輕背(韻)，暗自有鬼神登記(韻)，試看這自惹灾殃一念差化作灰(韻)。〔同從下場門下。生扮柏鑑，戴帥盔，搭魂帕、白紙錢，紥靠，執旛。引殷洪魂，搭魂帕、白紙錢，從東旁門上遶場科，從下場門下〕

第三齣　申忠心蘇護歸周（古風韻）　弋腔

〔旦扮妲己魂，搭魂帕、白紙錢，穿衫，從上場門上，唱〕

【南呂宮正曲・一江風】生長貴勳家(韻)，一旦沉冤大(韻)，埋沒泉臺下(韻)，命虛花(韻)。軀借妖狐(句)，空負虛名(句)，人不識其中詐(韻)。〔白〕我乃妲己陰魂，生於貴邸侯門，長自勳臣世族。爹爹蘇護，忠義傳家，丹心不改。只因紂王聽信讒言，欲將我納入後宫，爹爹大義匡君，致遭過譴，一怒興戎，反商大戰。虧了西伯侯一書解釋，送我歸朝，誰知天意亡商，妖狐作祟，在恩州驛將我害死，借我軀殼，入宫作亂，造下了許多過惡，惹動了四海刀兵。現今天下之人不知其中委曲，莫不歸罪於我爹爹，就是我爹爹也時常恨我，却不知我妲己空負不肖之名，莫白重泉之下。幸蒙神天憐念，子牙奉榜封神，因我無故遭殘，也自名登金榜，安置封神臺上，却也無限逍遥。方今爹爹奉命伐周，早有投降之意，偏遇了許多波瀾，忠心未遂。目下大限將臨，妖邪欲盡，我恐爹爹心志未堅，又生他變，因此離了封神臺上，來這軍馬營中，托夢與我爹爹同我哥哥，勸他們速歸明主。就此趲行前去。〔唱合〕重逢訴禍芽(韻)，重逢訴禍芽(疊)，開陳更勸他(韻)。這的是父女情幽冥裏相牽掛(韻)。〔從下場門下。丑扮姜環魂，戴太監帽，搭魂帕、白紙錢，穿蟒箭袖，繫鑾帶，從上場門上，白〕當日曾爲近侍臣，蕭牆大難忽臨身。一朝屈死人誰識，却把兇名賴好人。我姜環，本是東伯侯姜桓楚家中親隨。我家姜娘娘位正中宫，我自家中隨使入内，只因妖狐作祟，害了蘇護之女妲己，借他軀殼冒名進宫，備邀聖寵，無所不爲，要害我家娘娘，使他妖類兔精將我害死，借我原身暗中行刺。我自死於不明之中，我家娘娘亡於非刑之下，當時我陰魂已將此事表白於娘娘靈神前。但是我君臣二人罪名莫白，目今姜子牙承榜下山，封神宣化，我家娘娘與妲己之魂俱引入神臺安置，以俟封神。我遊魂蕩蕩，總無歸着。我思欲訴説冤情，幸登善地，不料土地遊神説我乃六根不全之人，難入神班寶籙，但是我一死沉冤，後世終難伸雪，好不心中慘傷也。只好俟將來天下太平，聖明在位，那時我或乘機而作，以圖後會便了。正是：瀟洒泉臺無罣礙，死時猶似在生時。〔從下場門下。生扮蘇護，戴金貂，紮靠、背令旗，襲蟒，束帶，佩劍，從上場門上，唱〕

【南呂宫引·一剪梅】歸正離邪魚化龍(韻)。識勢英雄(韻)，方算英雄(韻)。父子同心仰聖躬(韻)。佐命元戎(韻)，誰及元戎(韻)。〔場上設桌椅、燈燭，蘇護轉場坐科，白〕老夫蘇護，奉命征討西岐，已思棄暗投明，以洗一己之冤，免天下後世譏誚，所以與武成王父子寅夜私約，借勢投降。誰想好事多磨，忠心難遂，五妖首至爲災，二逆繼來作怪。幸喜天命人心，俱歸仁聖，吕岳五人俱遭誅戮，馬元一戰又被收伏，殷洪方纔與子牙大戰，被子牙引入深山，只見一道金光，不知去向，想是一死無疑了。鄭倫等回報與吾，我却口中含糊答應，心内分外歡欣，寫下私書一封，命孩兒射入西岐，令他明早冲營，乘勢作個内應，好去投降。〔内作三鼓聲科，蘇護白〕夜色已深，我且盹睡片時，好待天明行事。〔作虚白伏桌睡科。妲己魂從上場門圓轉上科，白〕玉碎香消人不識，且將冤屈告嚴親。你看爹爹假寐帳中，不免上前托夢可也。〔作見、拜科，白〕哎呀，爹爹嗄，你女兒死得好苦也。〔唱〕

【商調正曲·山坡羊】想當年(讀)，歸朝贖罪(韻)。把孩兒(讀)，獻君稱貴(韻)。却不道(讀)，死於不明(句)。到今朝(讀)，尚作沉冤鬼(韻)。細思維(韻)。〔白〕自那日恩州驛中，孩兒半夜被妖狐害死，借孩兒軀殼入宫專寵，罪惡多端，使孩兒負不肖之名，令爹爹作不忠之輩。〔唱〕此情誰得知(韻)。空落得父女情兩下成抛棄(韻)。〔滚白〕爹爹不知就裏，未嘗不恨切孩兒，使孩兒死在重泉，上負了亂國之名，下負了不孝之罪了，苦！〔唱〕這就裏根由(讀)，憑誰分晰(韻)。〔白〕目今爹爹兵伐西岐，孩兒早知爹爹有棄暗投明之意，此志斷不可改，作速就正去邪，知時識勢，斷莫聽人慫恿，有變初心。爹爹如果去商歸周，則天心眷佑，將來還有多少善緣，望爹爹切記此言，休生更變。〔唱合〕知時(韻)，自天心眷佑奇(韻)。休得要違時(韻)，全抛了正果奇(韻)。〔白〕爹爹切記吾言，孩、孩兒去也。〔從下場門圓轉下。蘇護作醒科，白〕我兒那裏？呀，我兒那裏？〔作驚起出桌科，白〕呀，奇哉！嗄，怪哉！方纔分明見我女兒前來托夢，備陳始末，且勸我作速歸周，還有許多好處。細想此言，女兒死於不明，直至今日方知，好不令人慘傷也。〔作哭科，白〕我那兒嗄。〔唱〕

【中呂宮正曲・駐雲飛】夢見嬌兒(韻)，訴罷沉冤釋我疑(韻)。頓使我肝腸碎(韻)，揾不住英雄淚(韻)。嗏(格)。〔白〕我兒快來。〔小生扮蘇全忠，戴紫金冠額，紥靠、背令旗，佩劍，從上場門上，作見科，白〕爹爹怎麽樣？〔蘇護白〕方纔我矇矓睡去，夢見你妹子陰魂前來托夢，説他那日在恩州驛，被妖狐害死，假托形骸，入宫作害。你我尚在不知，空懷忿恨。他還勸我作速歸周，説將來尚有許多好處。我兒，你爹爹今日纔打破疑團，這歸周之念益發堅如鐵石也。〔蘇全忠白〕爹爹，這事奇怪。方纔孩兒睡去，也得妹妹一夢，與爹爹之夢一般無二。〔作哭科，白〕哎呀，我那妹子嚄。〔唱〕此意有誰知(韻)，空遭慘死(韻)。若不是夢裏相逢(讀)，依舊的蒙親罪(韻)。〔合〕今日裏父子方能破大疑(韻)。〔蘇護白〕我兒且免悲傷，待等子牙兵到，我與你先進西岐，將鄭倫與殷洪所收之將任他存留，我與你先見子牙可也。〔蘇全忠白〕爹爹之言有理。事不宜遲，天已將明，吾父子先到後營裝束停當，準備入周可也。〔蘇護白〕我兒此言，甚合吾意。〔起，虚白科，場上隨撤桌椅、燈燭科，同從下場門下。雜扮四軍卒，各戴大頁巾，穿蟒箭袖排穗褂，執標鎗。雜扮二中軍，各戴中軍帽，穿蟒箭袖通袖褂，佩刀。生扮木吒，戴陀頭髮，穿采蓮衣氅，軟紥扮，繫跳包，執鏟。生扮楊戩，戴三叉冠，紥靠，執三尖兩刃刀。引外扮姜尚，戴道冠，穿道袍氅，繫絲，執拂塵，從上場門上，唱〕

【南呂宮引・步蟾宮】神機妙算羅星斗(韻)，正良將來歸時候(韻)。約私情(讀)，今早共投周(韻)。坐待英雄來就(韻)。〔中場設椅，轉場坐科，白〕老夫姜尚將殷洪引入神圖，將大事付與赤精子、慈航道人，我自回營候信。可喜蘇侯使其子全忠射來私書，言早有歸周之心，無奈未得其便，探得殷洪廢命，始相約會於吾，今早冲他營寨，他却暗入西岐。老夫一見來書，喜出望外，恰好赤精子、慈航道人二位回來，言殷洪已作飛灰，因此老夫隨點黄飛虎、鄧九公、黄天化、哪吒、南宫适、武吉前去冲營。想蘇侯也就到來，我在帳中等侯回音。天色已明，爲何還無信息？〔蘇護卸蟒，同蘇全忠從上場門上，分白〕不爲冲營先敗北，只緣用計早投降。〔蘇護白〕我兒，周將冲入大寨，我與你即來入城，已到姜丞相轅門外了，我兒通報。〔蘇全忠應科，白〕門上有人麼？〔一中軍作出門科，白〕甚麼人？〔蘇全忠白〕相煩通禀，冀州侯蘇護父子求見。〔中軍白〕請少待。〔轉場禀科，白〕啟上丞相：冀州侯父子求見。〔姜尚起，隨撤椅科，白〕待我出迎。〔作出迎科，蘇護白〕丞相在上，不才蘇護與子全忠拜見。〔姜尚白〕有勞賢侯下辱，姜尚實不敢當，請入帳陞座。〔場上設椅，各虚白坐科，姜尚白〕賢侯大德，素布四方，不比小忠小信之夫，實是知時識勢之傑，老夫不勝敬慕。〔蘇護白〕不才父子多有罪惡，蒙丞相曲賜生全，愧感無地。〔各虚白科。雜扮四軍卒，各戴馬夫巾，穿蟒箭袖卒褂，執器械，作綁浄扮鄭倫，戴紥巾額，紥靠。引生扮黄飛虎，戴金貂，紥靠、背令旗，佩劍，執鎗。生扮鄧九公、武吉，外扮南宫适，各戴帥盔，紥靠、背令旗，執器械。同從上場門上。四將轉場作相見科，蘇護、蘇全忠各起，隨撤椅科。黄飛虎白〕末將等奉令冲營，劉甫被武吉刺死，苟章被南宫适所斬，鄧九公擒得鄭倫。末將等留哪吒、黄天化收點軍物，末將等四人先將鄭倫帶來交令。〔姜尚白〕有勞爾等建此大功。〔四將作與蘇護、蘇全忠相見科，白〕賢侯父子英氣忠心，末將等不勝敬慕。〔蘇護、蘇全忠同白〕不才父子多有罪惡，望無記念。〔姜尚白〕將鄭倫推上來。〔四軍卒應，作推鄭倫，鄭倫作背立不跪科。姜尚怒科，〔白〕鄭倫，諒你何等人物，屢屢抗拒王師。今既被擒，尚敢大廷抗禮，何不屈膝求生？〔鄭倫白〕呀呸！姜尚匹夫，你教那個降你？吾爲爾之仇敵，恨不能生啖爾肉，不幸主帥與逆同謀，誤遭陷害，我鄭將軍豈是個忍恥偷生的麼。〔唱〕

【雙角隻曲·雁兒落帶得勝令】【雁兒落】（仝）俺忠心壓衆群（韻），大義難磨泯（韻）。拚留死後名（句），肯向生前順（韻）。【得勝令】（仝）呀（格），長歎怨蒼旻（韻），何事覆吾殷（韻）。〔姜尚白〕無知匹夫，這般執拗。左右，推出轅門，斬訖報來。〔鄭倫冷笑科，白〕姜尚嗄姜尚，你把死來嚇誰，你把死來嚇誰？〔唱〕恁惡焰乘兇運（韻），俺雄威凌碧雲（韻）。王臣（韻），拚爲國頭顱刎（韻）。妖人（韻），空則的聚强徒抗大君（韻），聚强徒抗大君（疊）。〔四軍卒作欲綁下科，蘇護白〕刀下留人。〔向姜尚白〕丞相，鄭倫雖當正法，但其法術武藝，似有可用之處，待不才説之使降，丞相尊意如何？〔姜尚白〕若得賢侯説之使降，西岐又添一員上將矣。〔蘇護虛白，作向鄭倫白〕鄭將軍。〔鄭倫白〕哎，還有何面目見我？〔蘇護白〕將軍爲何迷而不悟。方今聖上無道，天愁民怨，四海分崩。天意欲絶商基，人事亦難捕救，大丈夫當見幾而作，不可徒死無名。〔鄭倫嘆科，白〕咳，罷了嗄罷了。〔蘇護白〕將軍，非是我苦苦勸你，可惜你有大將之材，死非其所。紂王自絶於天，將軍以一死報之，恐天下後世不稱爲大丈夫，亦不過小忠小節耳。將軍請自三思。〔鄭倫大叫科，白〕哎呀，君侯，小將愚蒙之極，罪無可逃，非君侯之言，險些白死。只是一件，方纔抵觸了姜丞相，又屢屢得罪了他門人諸將，恐不能相容耳。〔蘇護白〕姜丞相量如滄海，其手下皆有德之人，將軍但自放心，待我去稟丞相。〔鄭倫虛白科，蘇護轉場作向姜尚，白〕啟上丞相：鄭倫已知罪惡，情願投降。但方纔抵觸丞相，又屢屢得罪門人諸將，恐不相容。〔姜尚白〕此乃何言。昔爲敵國，今則一家，何嫌隙之有。左右鬆了綁，請鄭將軍上帳相見。〔四軍卒應，作鬆綁科。鄭倫虛白，作整盔甲，轉場作跪拜科，白〕小將逆天，曲蒙赦宥，此恩此德，没齒不忘。〔姜尚起，隨撤椅科，作扶起科，白〕將軍，你自安心爲國，無以嫌隙自疑。〔鄭倫白〕多謝丞相。〔姜尚白〕中軍，可出城將蘇侯寶眷接來，不得有誤。〔一中軍應科，從上場門下。姜尚白〕中軍，後營設宴。〔一中軍應科，從下場門下。姜尚白〕君侯可同去朝見主公，然後回營飲宴。〔蘇護白〕丞相之言有理。〔各虛白科，姜尚唱〕

【尚按節拍煞】喜忠良協志相扶佑(韻)，〔蘇護唱〕何幸的會風雲龍虎共投(韻)，〔衆同唱〕可見得天命人心今都在周(韻)。〔同從下場門下。生扮柏鑑，戴帥盔，搭魂帕、白紙錢，紥靠，執旛。引雜扮劉甫、荀章魂，各戴紥巾額，搭魂帕、白紙錢，紥靠，從東傍門上遶場科，同從下場門下〕

第四齣　奏邊報紂王遣將（古風韻）　弋腔

〔外扮方景春，戴紗帽，穿蟒，束帶，執笏，從上場門上，唱〕

【南呂宮引・哭相思】女坐深宮毒焰流（韻），父爲大帥向逆臣投（韻）。君臣難道同心話（句），父女通同共異謀（韻）。〔白〕下官中大夫方景春是也。今早文書房看本，忽見韓榮奏來邊報，言姬發勢甚猖狂，蘇護全軍歸順。我想這老匹夫一門盡受恩眷，不思報本，女兒作害宮闈，父去投降叛逆，實犬豕之不如，早倫常之大壞。下官入奏聖上，別遣元戎。聞得説聖上在鹿臺飲宴，不免前去奏聞便了。〔唱〕

【又一體】可恨忘恩反事仇（韻），綱常大變費綢繆（韻）。君王再不回頭省（句），只恐江山付水流（韻）。

〔從下場門下。場上拉祥雲幃幙，安設臺切末，上挂「鹿臺」匾額，臺上設桌椅、筵席科。雜扮四太監，各戴太監帽，穿貼裏衣。雜扮二内侍，各戴大太監帽，穿蟒，束帶，帶數珠，執拂塵。引净扮紂王，戴王帽，穿蟒，束帶，從上場門上，唱〕

【商調引・遶池遊】宣威布化（韻），不在羲皇下（韻）。那些小兵戈鞍馬（韻），空自奔忙（句），一場虛話（韻）。怎亂我眠香卧花（韻）。〔中場設椅，轉場坐科，白〕不知人事廢何興，花酒拚將過此生。小寇怎當磐石勢，漫言商業一時傾。孤家坐守太平，安享豫樂，那些在朝諸臣，往往假言進諫，藉口沽名，孤家想來，天下安泰已久，縱有小寇爲灾，亦不過疥癬之疾，何足挂意。正是：忙碌且自由他，快樂還是在我。蘇護奉命西征，數日未見邊報，想是西岐將破。今日鹿臺設宴，與皇后、胡美人賞花暢飲。内侍，宣皇后、胡美人見駕。〔一内侍應，作向内宣科。雜扮四宮娥，各戴過梁額，穿宮衣。引小旦扮妲己替身、胡喜妹，各戴鳳冠簪形，穿蟒，束帶，從上場門上，分唱〕

【商調引・牧犢歌】六宮殊寵沐無加(韻)，夜伴明陪享富華(韻)。喜不妒還欣共自誇(韻)，同心姊妹競如花(韻)。〔各虛白作見駕科，紂王虛白科。場上設椅，各坐科，紂王白〕御妻、美人，今日寡人鹿臺設宴，與你們賞花暢飲。〔妲己替身、胡喜妹同白〕聖上，當此太平春色，正當玩賞盡歡。〔紂王虛白大笑科，各起，隨撤椅科。内作樂，同作上臺、入座、飲酒科，紂王白〕御妻，你父奉命西征，想來大功克奏，堂堂國戚，赫赫威名，一門榮耀，好是舉國無雙哩。〔妲己替身白〕妾父叨蒙殊恩，自是竭情報效。〔胡喜妹白〕想來不日成功，又要特蒙天寵。〔各虛白科。雜扮一内侍，戴大太監帽，穿蟒，束帶，帶數珠，執拂塵，從上場門上，跪科，白〕啟奏聖上，有中大夫方景春來奏邊報。〔紂王白〕御妻，想是你父成功了。内侍，吩咐垂下珠簾，召方景春臺下陳奏，朕與御妻共聽。〔内侍應科，四太監作垂簾科，内侍向内宣科，仍從上場門下。方景春從上場門上，白〕邊境正當壘卵勢，君王還在醉鄉遊。〔作到科，俯伏科，白〕臣方景春見駕，願吾皇萬歲。〔一内侍白〕有事奏來。〔方景春白〕萬歲，臣近接得韓榮邊報，道冀州侯國丈蘇護奉命西征去呵，〔唱〕

【商調正曲・琥珀貓兒墜】喪師辱國(句)，投逆負深恩(韻)。他又向西岐拜聖君(韻)。〔白〕臣思蘇護以椒房之貴一門榮耀已極，今一旦背降叛逆，不思報本，法紀安在？〔唱〕臣綱全紊玷彝倫(韻)。〔合〕明陳(韻)，願正罪天誅(讀)，九族夷盡(韻)。〔紂王白〕蘇護乃朕心腹之臣，貴戚之卿，一旦降周助惡，殊堪痛恨。可速傳旨，命三山關大帥張山，就近攢行，星夜前往進發。〔方景春白〕領旨。〔起科，仍從上場門下。四太監仍作捲簾科，紂王白〕御妻，你可曾聽見了？〔妲己替身作假哭科，白〕哎呀，我那爹爹嗄，好恨人也。〔作跌科，衆作扶科。胡喜妹起科，白〕姐姐醒來。〔紂王白〕御妻呀御妻，醒來。〔妲己替身作醒、起、哭科，唱〕

【商調正曲・山坡羊】全不念(讀)，君恩似海(韻)。全不念(讀)，國仇不戴(韻)。一旦裏(讀)，貪生背主(句)。全不想(讀)，倫德今何在(韻)。〔滚白〕你孩兒自入宮闈，叨蒙殊寵，一門榮耀，恩幸無加。不思報本盡忠，反去投兇助逆，致令九族遭刑，全家坐罪，所爲何來，所爲何來？〔唱〕不思裁(韻)，一霎裏求榮賣國來(韻)，全不顧罵名不朽傳千載(韻)。〔胡喜妹同起，妲己替身作伏紂王膝、跪、假哭科，滚白〕哎呀，聖上嗄。妾在深宮，荷蒙天寵，粉骨難消這滿門恩幸。不知臣父被何人唆使，投降叛逆，罪惡通天，法所難免，願陛下斬却臣妲己之首以謝天下了，聖上。〔唱〕使萬國咸知乾德該(韻)。〔合〕傷哉(韻)，恨無知父作灾(韻)。悲哉(韻)，痛無辜女受灾(韻)。〔作哭科，紂王虛白科。胡喜妹白〕聖上，臣妾想來，姐姐日在深宮，如何得知外邊事體，其父反逆，與姐姐何干？〔唱〕

【商調正曲・黄鶯兒】早是父女兩分開(韻)，怎得又累遭刑受禍灾(韻)。〔紂王白〕美人之言有理。

〔作扶妲己替身科，白〕御妻，汝父無知，與汝何干？且請平身，毋得自戚，有損花容。〔起科，唱〕你自將珠翠招憐愛(韻)。〔妲己替身起科，白〕多謝聖上。〔紂王白〕就此下臺去者。〔各虛白作下臺，隨拉彩雲幃幙，撤鹿臺、桌椅、筵席科，紂王白〕御妻，寡人還有一說，縱朕江山全失，也不與愛卿相涉。〔作與妲己替身拭淚科，唱〕且請將嬌啼淚揩(韻)，朕還待嬉春夢諧(韻)。〔妲己替身仍作假哭科，紂王白〕胡美人，你也來勸勸。〔胡喜妹白〕姐姐既蒙聖恩，何須執性。〔唱〕且仙妝重整還須是相歡愛(韻)。〔紂王白〕哎呀，御妻，不要只管的哭了，朕與你二人後宮歡宴去罷。〔唱合〕莫傷哀(韻)，好相陪相伴(句)，歌舞自開懷(韻)。〔妲己替身虛白科，紂王作與妲己替身、胡喜妹携手科，同從下場門下，衆隨下〕

第五齣　羽翼仙入營見帥（蕭豪韻）　昆腔

〔淨扮羽翼仙，戴大鵬金翅鵰瞌腦，紥靠，紥飛翅，執雙劍，從上場門上，跳舞科，唱〕

【黃鐘調套曲·醉花陰】俺本是摩漢搏風身段好(韻)，則俺這十萬里的工夫誰曉(韻)。衝空膽氣豪(韻)，覷着那大海等鴻毛(韻)，淩弱波渡千頃須臾飛到(韻)。〔白〕飛騰兩翮碧霄邊，脱盡凡胎作正仙。一怒儘令天地動，管教渤澥變桑田。我乃羽翼仙是也，生成搏風蹴霧之體，煉就長生不老之功。只因玉虛門人姜尚欺藐吾儕，聞得申公豹來告，説他毀駡於吾，我一時氣忿不過，前來會他。又聞得蘇護投降，張山代討，俺不免到他營中，須索走遭。〔唱〕

【黃鐘調套曲·出隊子】俺這裏欣然長笑(韻)，俺這裏欣然長笑(疊)，笑他那無知徒空逞兇梟(韻)。怎知道神功微妙屬吾曹(韻)，謗毀空招閒氣惱(韻)。則今日看咱大展神威除玉虛的無稽教(韻)。〔從下場門下。雜扮四軍卒，各戴大頁巾，穿蟒箭袖排穗褂，執標鎗。雜扮李錦、馬德，各戴紥巾額，紥靠。雜扮二中軍，各戴中軍帽，穿蟒箭袖通袖褂，佩刀。引副扮張山，戴帥盔，紥靠，背令旗，襲蟒，束帶，佩劍，從上場門上，唱〕

【黃鐘調套曲·刮地風】哎呀，想起那叛臣忒煞也勢甚驕(韻)，慣縱着心腹貪饕(韻)，慣縱着心腹貪饕(叠)。他逞强逆理張横暴(韻)，不管那害生民剥落下脂膏(韻)。〔中場設椅，轉場坐科，白〕多少元戎勢盡窮，西岐大寇本來兇。何時得遂男兒願，掃靖兇氛談笑中。俺乃三山關總帥張山是也。掌節鉞之隆恩，寄邊疆之重任。奉有聖旨，言蘇護背恩叛國，命俺就近征討。俺奉命之下，將邊務交代洪錦，星夜前來。昨與姜尚交戰，副將錢保被害，俺也被一女將發石打傷，後來訪知，竟是鄧九公之女。俺想大軍纔動，首陣挫損軍威，好令人可恨也。〔羽翼仙袖金丹，從上場門上，白〕除逆全憑舒羽翼，交鋒何必動刀鎗。俺今此來，特助張山伐周，迤逦行來，已到他營門首了，不免通報一聲。〔向内白〕裏面有人麽？〔一中軍作出門，虚白問科，羽翼仙白〕相煩通稟，有羽翼仙求見。〔中軍虚白科，作轉場、虚白稟科，張山白〕待我出迎。〔起，隨撤椅科，各虚白相見。場上設椅，各坐科，張山白〕道長何來？〔羽翼仙白〕將軍，〔唱〕俺來自那蓬萊島(韻)。〔張山白〕尊姓大名？〔羽翼仙唱〕羽翼仙爲名號(韻)。〔張山白〕到此何事？〔羽翼仙唱〕只爲着助將軍(句)，除變囂(韻)。〔張山白〕既如此，末將不勝感謝。〔羽翼仙白〕將軍，〔唱〕恁呵休得聲聲稱禱(韻)。俺只爲私仇結(句)，公事上消(韻)。料西岐未必都是些個英豪(韻)。〔白〕請問將軍，這幾日可曾與他交鋒？〔張山白〕仙師聽稟：〔唱〕

【黄鐘調套曲・四門子】也曾與他對戰相争鬧(韻)，對戰相争鬧(叠)。〔羽翼仙白〕勝敗何如？〔張山白〕不消説起。〔唱〕料區區怎當他黨羽招(韻)。〔羽翼仙白〕如此，被他殺敗了？〔張山唱〕他那裏威風好似漆投膠(韻)，俺這裏怎得占他乖巧(韻)。〔羽翼仙白〕可曾折了人馬？〔張山唱〕提起來(句)，氣難消(韻)，他小覷藐吾曹（韻）。副將軍（句），將來輕輕把首級梟（韻），煞是的兇兇氣驍（韻），俺孱孱氣不牢（韻）。呀，敗殘時似風吹亂草（韻）。〔白〕小將被鄧九公之女鄧嬋玉手發神石打傷，至今疼痛難禁。〔羽翼仙白〕原來姜尚如此兇狠，氣死我也。將軍，〔唱〕

【黄鐘調套曲·古水仙子】且且且（格），且不必費心焦（韻）。俺俺俺（格），俺這裏自有玄功勝彼高（韻）。〔出金丹切末科，白〕我有金丹一顆，送與將軍。〔張山接科，羽翼仙唱〕飲飲飲（格），飲下這九華膏（韻）。管管管（格），管教那傷自好（韻）。〔張山白〕多謝仙師。〔羽翼仙白〕待我與他會上一面，先用勸諭之慈，後使玄微之術。〔唱〕怎怎怎（格），怎把無常大數逃（韻）。看看看（格），看那玉虚門何面目再顯英豪（韻）。〔張山白〕若得如此，西岐不足平矣，實乃末將之幸也。〔各起，隨撤椅科，張山白〕待我拜謝纔是。〔羽翼仙白〕將軍不消，貧道不敢當也。〔同拜科，張山唱〕謝謝謝（格），謝你個慈悲相濟（讀），得奏功高（韻）。〔羽翼仙唱〕這這這（格），這的是天心有意存商廟（韻）。〔各起科，同唱〕好好好（格），好滅却那鴟梟（韻）。〔張山白〕老師可戒葷酒？〔羽翼仙白〕不戒。〔張山白〕既如此，請入後營一酌。〔羽翼仙白〕多有費心。〔張山白〕好説，請。〔各虚白科，同唱〕

【尾聲】且談心聚闊把金樽倒（韻），誰識這海內英豪（韻），儘殺得他好一似失林的困鳥（韻）。〔同從下場門下，衆隨下。生扮柏鑑，戴帥盔，搭魂帕、白紙錢，紥靠，執旛。引雜扮錢保魂，戴紥巾額，搭魂帕、白紙錢，紥靠，從東傍門上，遶場科，從下場門下〕

第六齣　元始祖降水救災（古風韻）　弋腔

〔雜扮四神將，各戴紥巾額，紥靠，執鞭，從上場門上，跳舞分侍科。雜扮四仙童，各戴綫髮，穿道袍，二人捧淨瓶，二人執寶帕。引淨扮元始天尊，戴大道冠，穿蟒，繫縧，執拂塵，從上場門上，元始天尊唱〕

【雙角隻曲·新水令】無爲一炁聚先天（韻），結三花頂珠光現（韻）。三千同一夢（句），大界半漚圓（韻）。業苦牽纏（韻），知甚時了却慈悲願（韻）。〔中場設高臺，內作樂，元始天尊轉場、陞座科，白〕無去無來太乙功，資生資始道源通。三千劫煞由吾掌，誰識權衡在個中。吾乃元始天尊是也，握一氣之樞機，作萬仙之主宰。奉昊天敕旨，掌此劫運輪迴。玉虛門下弟子，盡犯紅塵殺戒，我自破黃河陣救了衆弟子之後，回宮修煉，又有幾年。方纔默運玄功，忽然心血來潮，知是羽翼仙因姜尚弟子等傷害商兵，他心中氣忿，特投商營，欲使邪威，使西岐變爲渤澥。那廝非妖非仙，誰識他本來面目乃本大鵬成道，有水火玄功，兩翅一搧，西岐化爲虀粉矣。我不免施展神通，救他此難便了。〔唱〕

【雙角隻曲·駐馬聽】毒焰摩天（韻），一霎西岐不得全（韻）。俺暗中化現（韻），神功默運好周全（韻）。則今日靈機自合在機先（韻），肯容他傷生作害邪威煽（韻）。完心願（韻），又了這輪迴劫運隨時轉（韻）。〔白〕待我召取東西二海龍神、護法勇士，各授秘法，保護西岐。那妖退去，自有人兒收伏他也。東西二海龍神何在？〔雜扮二海龍神，各戴龍王冠、臉，穿蟒，束帶，同從上場門上，分白〕作雨興雲潤大千，安瀾底績默功全。古來特重明禋禮，嶽瀆齊名百代傳。〔同白〕吾等東西二海龍神是也。元始天尊相召，只得上前相見。〔作見科，同白〕天尊在上，龍神參見。〔元始天尊白〕龍神少禮。〔二龍神白〕天尊相召，有何法旨？〔元始天尊白〕相召爾等，爲因羽翼仙作怪，今夜欲用兩翅搧出妖火，以滅西岐。爾等各按方位，將海水移來保護城池。將我浄瓶拿去，滴出三光神水，以護城池，不得有違。〔二龍神白〕領法旨。〔元始天尊白〕爾等聽吾吩咐：〔唱〕

【雙角隻曲·駐馬聽近】好把銀練横鋪(句)，碧浪汪洋城四角(韻)。滅他烈焰(句)，全憑神水潑來消(韻)。好將無形壬癸暗中拋(韻)，有源甘露向雲頭落(韻)。〔二仙童作付浄瓶，二龍神作接、遶場科，唱〕今日裏奉神功(句)，非關作雨(句)，不是興潮(韻)。〔同從下場門下，元始天尊白〕護法勇士何在？〔雜扮二黄巾勇士，各戴紮巾額，紮靠，同從上場門上，分白〕護法驅魔大顯靈，金戈銀鎧有威名。莫言武士難成道，神將誰非武士成。〔同白〕吾等護法勇士是也，元始天尊相召，只得上前相見。〔同作相見科，白〕天尊在上，護法勇士參見。〔元始天尊白〕諸神少禮。〔護法勇士白〕天尊相召，有何法旨？〔元始天尊白〕相召爾等，爲因羽翼仙作怪，今夜欲用兩翅搧出妖火，以滅西岐。爾等將我仙帕拿去，罩住城池，不得有誤。〔護法勇士白〕領法旨。〔元始天尊白〕爾等聽吾吩咐：〔唱〕

【又一體】好把這密密天羅周列布(句)，層層絲網迎懸高(韻)。圍來雉堞萬重包(韻)，展開瑞靄千層罩(韻)。〔二仙童作付寶帕，護法勇士作接、遶場科，同唱〕今日裏奉神功(句)，管教他兇氛烈焰(句)，一霎全消(韻)。〔同從下場門下。內作樂，元始天尊下座，隨撤高臺科，白〕西岐已保，妖物將逃，那時有人收伏，又了這一番功果也。正是：降他鏡裏魔君，大作劫中善事。〔從下場門下，衆隨下。浄扮羽翼仙，戴大鵬金翅鵰腦，紥靠，紥飛翅，執雙劍，從上場門上，跳舞科，唱〕

【越調正曲·水底魚兒】我却慈悲(韻)，他偏不善依(韻)。怎逃今夜(句)，〔合〕一命即成灰(韻)，一命即成灰(疊)。〔白〕俺羽翼仙與姜尚城下會戰，他衆弟子十分兇惡，傷了我好幾處翎毛，虧我玄功，未至捐生。我念慈悲二字，倒不肯傷害衆生，他反自來傷我，自取殺身之禍。因此心中一怒，殺念難降，今夜騰空顯像，搧出妖火以滅西岐，使他一郡盡爲虀粉。夜已三鼓，不免前去走遭。〔遶場科，唱〕

【又一體】怒發如雷(韻)，慈心且莫提(韻)。任他神術(句)，〔合〕難敵我神威(韻)，難敵我神威(疊)。〔場東城門上安「西岐」匾額科，二護法勇士各執寶帕作上城立科。地井內出畫水幃幙，二龍神各執浄瓶從地井內上，立科。羽翼仙白〕已到城下。呀，姜尚已知我來，把海水拘來滅火。〔作笑科，白〕姜尚嗄姜尚，可謂腐朽之夫。我些須使出法術，海水頃刻搧乾。待我現出原形，施展法術便了。〔虛白，從下場門下。雜扮大鵬金翅鵰原形，穿大鵬金翅鵰切末衣隨上，作遶場搧城科，二龍神作傾浄瓶，護法勇士作展寶帕護城，各作虛勢科。大鵬金翅鵰作疲乏科，仍從下場門下。羽翼仙隨上，白〕哎呀，罷了嗄罷了，姜尚不知弄了甚麽玄虛，越搧越緊，火不能生，水愈泛漲，除些兒未曾着。害我這一夜氣血用盡，不能成功，有何面目回營去見張山？也罷，且逃回山去再養性靈便了。〔虛白，從下場門下，二護法勇士作收帕，二海龍神各作以净瓶收水，地井内隨收畫水幃幙科。二海龍神、護法勇士同白〕你看那妖物一怒回山，我等回覆天尊法旨去者。〔二護法勇士作下城，從上場門上。二龍神從地井内上，遶場科。同唱。〕

【煞尾】他思塗毒生靈，將私仇報㊥。怎敵俺神明佑庇的玄功妙㊥。一夜的筋舒氣渺㊥，逃去向深山同㊐，還算他未傷生、命運好㊥。〔同從下場門下〕

第七齣　大鵬顯像上靈山（先天韻）

弋腔

〔浄扮燃燈道人，戴佛瞌腦，虬眉、虬髯，穿道袍，繫縧，執拂塵、念珠，從上場門上，唱〕

【仙呂調套曲・點絳唇】靈鷲峰前(韻)，須彌山畔(韻)，恒沙現(韻)。覷着那大界漚圓(韻)，不動如如眼(韻)。〔白〕吾乃燃燈道人是也。今有羽翼仙作怪，欲害子牙，盡滅西岐，幸有元始天尊相救，得脱大難，妖物逃回。我想非妖非仙，何能證果，封神榜上未有其名，與其下界爲妖，不若上方護法。因此我一念慈悲，將他收伏。〔唱〕

【仙呂調套曲・混江龍】俺這裏慈悲一念(韻)，收伏他妖魔改正上西天(韻)。鎮相隨香臺玉樹(句)，終日侍寶座金蓮(韻)。他今日一謎收心歸正道(句)，看後來萬年顯法結良緣(韻)。這心苗(句)，有眼的(句)，也難相見(韻)。只俺這圓成大覺(句)，又何難怪伏邪拴(韻)。〔白〕我不免在此山中，幻作道人，將這念珠兒運出無量法術，收那妖魔可也。〔場上設山石切末，燃燈道人從山後隱從地井下。外扮燃燈道人化身，戴道冠，穿道袍，繫縧，執拂塵，從山後地井上，白〕變化法像，收伏邪妖，就此坐候可也。〔唱〕

【仙呂調套曲・油葫蘆】擾擾紛紛大亂年(韻)，算將來都是天(韻)。却緣何逞强梁(讀)，無故的使威嚴(韻)。那裏有野鴛鴦(讀)，眼禿刷的在黃金殿(韻)。那裏有木鸚哥(讀)，嘴骨邦的在仙音院(韻)。俺今日縛住他意馬奔(句)，拴住他亂心猿(韻)。恁逞强(讀)，休得把人兒怨(韻)。自招灾(讀)，却底事逆蒼天(韻)。〔虚白、山石上打坐科。净扮羽翼仙，戴大鵬金翅鵰瞌腦，紥靠，紥飛翅，執雙劍，從上場門急上，唱〕

【仙吕調套曲・天下樂】哎呀俺氣盡筋舒兩翼酸(韻)。呼天(韻)，心太偏(韻)。俺玄功運(讀)，偏教功不全(韻)。腹中饑誰勸餐(句)，身上疲誰勸眠(韻)。且向深山再去修秘詮(韻)。〔白〕我羽翼仙滅賊無功，羞回營寨，一怒回山，再修性體。行到此山，不知何處，饑困難當，如何是好？〔唱〕

【仙吕調套曲・哪吒令】悔動嗔動怨(韻)，信流言惡言(韻)。着灾纏禍纏(韻)，正饑擔困擔(韻)。空千年萬年(韻)，修神玄氣玄(韻)。怎重新見故交(句)，難洗這多羞面(韻)。空思巧巧裏生愆(韻)。〔作見燃燈道人化身，白〕呀，有一道人默坐，何不抓他來吃了，以爲充饑，再作道理。〔作悄行科，唱〕

【仙吕調套曲・鵲踏枝】俺這裏暗來前(韻)，你怎知防未然(韻)。非是俺心内無慈(句)，只爲着口角流涎(韻)。悄潛行將他暗餐(韻)，休怨我没思量生命相殘(韻)。〔作抓燃燈道人化身，燃燈道人化身作指科，羽翼仙作臂直難動科，燃燈道人化身白〕你這人好没道理，爲何好端端前來傷我？〔唱〕

【仙吕調套曲・寄生草】無故的來相害(句)，不思量招大怨(韻)。自古道不慈悲(讀)，難入修行選(韻)。毒生靈(讀)，怎上神仙傳(韻)。枉戕殘(讀)，不得飛昇遠(韻)。俺待要(讀)，發一個去魔心(句)，又恐怕(讀)，傷了這慈人念(韻)。〔羽翼仙白〕實不相瞞，我自西岐回來，腹中饑不可當，因此上呵，〔唱〕

【又一體】顧不得（句），道心堅（韻）。覷肝腸（讀），甘似蟠桃宴（韻）。飽肌膚（讀），美似仙宮饌（韻）。飲血膋（讀），勝似瓊漿釅（韻）。只指望遂吾心（讀），充此一饑餐（韻）。不隄防入爾手（讀），信這仙方驗（韻）。〔燃燈道人化身笑科，白〕道友，你若饑了，問我一聲，我自指與你一條路頭，如何就來害我？〔唱〕

【仙吕調套曲·得勝令】應不遠（韻），有香齋勸（韻）。道家風各行方便（韻）。還有那釀清泉朝來新艷（韻），管教你只吃得金盞裏倒垂蓮（韻）。〔羽翼仙白〕早知如此，悔不當初，多有得罪了，還求放了法術，指我一條明路。〔燃燈道人化身白〕也罷，我且略發慈悲，救你一救。離此數里之遥，有一山名紫雲崖，那裏呵，〔唱〕

【仙吕調套曲·醉中天】四海的神仙宴（韻），五岳的道德筵（韻），要茶飯揀口支分（句），要酒醴美更鮮（韻）。〔白〕你去呵，〔唱〕管稱你心頭願（韻），好醉飽拚來消遣（韻）。精神復轉（韻），怎生的直恁熬煎（韻）。〔羽翼仙白〕多謝。〔從下場門急下，燃燈道人化身白〕你看他入了機關，少時回來，便知分曉。〔唱〕

【仙吕調套曲·後庭花】他只顧紫雲崖飽上筵（韻），却不曉白光珠鎖肺肝（韻）。一霎裏難割扯（句），一時間怎斷牽（韻）。始無言（韻），回頭自怨（韻）。害無常在此間（韻），送殘生在此山（韻）。服玄功一念虔（韻），收妖魔一意專（韻）。上靈山過大千（韻），向西天享萬年（韻）。〔羽翼仙作帶銀鎖切末科，仍從下場門上，唱〕

【仙吕調套曲·青歌兒】俺纔向仙山仙山赴宴（韻），百單八粉團粉團輕嚥（韻）。飽入肝腸也麽天（韻），情興悠然（韻）。再向營前（韻），重向軍前（韻），又决後先（韻）。奮勇争先（韻），滅彼痴頑（韻），奠定山川（韻）。何愁正果不千年(韻)，隨吾願(韻)。〔白〕我到了紫雲崖，飽食一頓，將一百八個點心一吞而盡，回去軍中，再用神法。那道人還在此山，上去道謝道謝。〔作欲上山科，燃燈道人化身白〕道友又回來了。〔作起、拍手科，白〕此時不落，更待何時？〔羽翼仙忽作腹痛科，白〕哎呀，痛死我也。〔作抛劍倒地科。燃燈道人化身作下山，隨撤山石切末科，白〕道友怎樣了？〔羽翼仙白〕哎呀，多蒙指引，得一飽食。忽然一陣心痛，肝腸欲斷。哎呀，痛殺我也。〔燃燈道人化身白〕道友想是飲食過飽，吐出來就好了。〔羽翼仙虚白，作吐出銀鎖切末，大驚跳起科，扯科，白〕哎呀，這是甚麼東西？〔作自扯銀鎖切末，作鎖住心，心痛科，白〕哎呀，原來是條銀鎖鎖住心頭，疼之不勝，如何是好？〔虚白、急科。燃燈道人化身從上場門急隱下，燃燈道人執劍隨上，白〕哇！業畜，你看我是何人？〔羽翼仙白〕哎呀，罷了嗄罷了，原來是老師制住弟子。〔燃燈道人白〕業畜！你爲何不守清規，助惡害善？〔羽翼仙作跪叩科，白〕哎呀，老師，念弟子愚蒙無識，情願痛改前非。〔唱〕

【賺煞】歸來正道中(句)，好去邪魔遠(韻)。望慈悲消灾免難(韻)。〔燃燈道人白〕你可實心皈依了麽？〔羽翼仙白〕哎呀，老師，弟子實心皈依了。〔燃燈道人白〕也罷，出家人無處不慈悲，你且起來，待我與你摩頂受戒。〔羽翼仙起，作向上跪科，燃燈道人作摩頂科，唱〕從此後三寶長隨法座前(韻)，再休生他念牽纏(韻)。〔作摘銀鎖切末，出念珠科，白〕你看這是何物？〔羽翼仙作拜科，白〕呀，原來如此，多謝老師指迷歸覺。〔唱〕看牟尼個個光圓(韻)，早縛住心頭跳躍猿(韻)。〔燃燈道人白〕可拿了寶劍，隨我回靈鷲去罷。〔羽翼仙起，作拾劍科。燃燈道人唱〕休戀紅塵輕淺(韻)，抛却繁華邪念(韻)，向西方共結善因緣(韻)。〔同從下場門下〕

第八齣　殷郊辭師收勇將（古風韻）　弋腔

〔雜扮八嘍卒，各戴盔襯帽，穿箭袖卒褂，執器械，引净扮温良、副扮馬善，各戴荷葉盔，紮靠，馬善執鎗，温良執雙狼牙棒、帶白玉環，同從上場門上，分唱〕

【羽調引・桂臺仙引】一點靈光生鷲嶺(韻)，偷來塵界成形(韻)。緑林嘯傲威風凛(韻)，相逢誰得安生(韻)。〔場上設椅，各坐科，分白〕俺馬善是也，俺温良是也。〔同白〕吾等生成雄勇，更兼妙體修成；煉就威儀，誰識本來面目。權在緑林嘯聚，趕趁這天下分崩；不同山寇施爲，打劫那客商孤弱。吾二人情雖結義，恩重同胞。常念着揚名顯姓，震赫奕遍滿乾坤；但是這占寨據山，想終久如何結果。聞得玉虚門下姜子牙兵伐商朝，勢甚兇猛，四海五岳有道德者，莫不相助。我等思欲乘機投入，以效用於軍前，强似喝號稱尊，共沉埋於山内。〔馬善白〕兄弟，我想如今用武之秋，須當早爲操練。我等這山寨中糧草充實，嘍卒壯健，何不下山操練一番，使他們知方有勇，好爲異時之用。〔温良白〕哥哥之言有理。〔各起，隨撤椅科，同唱〕

【羽調正曲・勝如花】軍容整法術靈(韻)，好待澄清四境(韻)。建奇勳海宇名揚(句)，纂封侯繁華相慶(韻)。不枉吾道煉功成(韻)。〔合〕須索是按奇門韜鈐煉精(韻)，演先天陣圖嚴整(韻)。寇攘除清(韻)，儘消他灾眚(韻)。喜佐命匡扶明聖(韻)，定王基把大業安寧(韻)。〔同從下場門下，衆嘍卒隨下。雜扮殷郊，戴髮膃腦，紮金冠，紮六臂切末，紮靠，執番天應、落魂鐘、雌雄劍、縛仙索，執銀鞭，從上場門上，作跳舞科，唱〕

【羽調正曲・慶時豐】當年曾受危身難(韻)，今朝幻像復深冤(韻)。想朝歌不到幾多年(韻)，〔合〕問相逢誰識儲君面(韻)。〔白〕吾乃商太子殷郊是也。那日怒斬姜環，逃生在外，被雷開捉住，問斬施行，與兄弟殷洪，同時被神風刮散，不知他落在何處，我被師傅廣成子救上高山，傳以心法，不覺十有餘年，每想深仇，思之切齒。今早師傅命我下山，幻了原形，長成異相，傳受銀鞭，賜與仙方法寶，再三叮囑，教我保子牙伐紂，以報前仇。我聞命之下，喜自心生，對師傅發下誓願，道弟子如改前念，助逆犯天，當受碎身犁鋤之厄。我想仇若不報，非丈夫也，那裏反有助商之理。因此師傅大喜，送我下山。迤邐行來，到此山中，好一派景致也。〔唱〕

【羽調正曲・三疊排歌】聳層峰(句)，上碧天(韻)。碧嶂雲霞滿(韻)，緑澗響涓涓(韻)，古木傲蒼烟(韻)。聽猿鶴和鳴(句)，風鳴虎嘯(句)，層層金翠望無邊(韻)。好一似匡廬萬丈躡飛巔(韻)，使俺塵念全消結靜緣(韻)。〔內作吶喊科，殷郊白〕呀，這深山之中，那裏有此殺伐之聲，煞是作怪。待我上山觀看一回，便知分曉。〔場上設山樹、幃幙，上安「白龍山」匾額科，前安高臺、山合石，布幃前安山石切末科。殷郊作上高臺科，唱〕只聽得金鼓震(句)，人馬喧(韻)。莫不是山魈木客鬧雲烟(韻)。〔作望科，白〕呀，〔唱〕只見得旌旗裊(句)，戈甲翻(韻)。原來是緑林苦竹演韜鈐(韻)。〔四嘍卒引馬善從上場門上，大叫科，白〕呔！那怪物，你還是人是鬼，敢來上山探望？〔殷郊作下山科，白〕呔！强寇少得無禮。〔各虚白對戰科，馬善白〕且住，只顧厮殺，未曾問你名字。你且通個名來。〔殷郊白〕吾非别人，乃商太子殷郊是也。〔馬善跪科，白〕小將不知千歲駕臨，多有冒昧，罪應萬死。〔殷郊白〕壯士請起。〔馬善起科，向内白〕兄弟快來。〔四嘍卒引温良從上場門上，白〕哥哥有何話説，此位何人？〔馬善白〕兄弟，此乃商太子殷千歲，快來拜見。〔温良叩拜科，白〕小將見千歲。〔殷郊白〕壯士請起。〔温良起科，馬善同白〕千歲，請到山寨一叙。〔殷郊白〕如此甚好。

〔場上隨撤一應物件科，衆作遶場科，同唱〕

【羽調正曲・慶時豐】天緣得會君臣面(韻)，情投龍虎喜難言(韻)。〔殷郊唱〕高山何幸遇英賢(韻)，〔合〕今朝得遂風雲便(韻)。〔作到科。場上設椅，殷郊坐科，馬善、温良同作拜科，白〕臣等參拜殿下，願殿下千歲千歲千千歲。〔殷郊白〕二位將軍請起。〔温良、馬善各起分侍科，殷郊白〕二位將軍高姓大名？〔馬善白〕臣名馬善，此人臣之義弟，名唤温良。請問殿下何事從白龍山過？〔殷郊白〕我只因奉師傅之命下山復母之仇。我看二位一表非凡，俱有英氣，何不同我到西岐建功？〔馬善、温良同白〕千歲爲何反去助周滅紂？〔殷郊白〕二位不知。妖婦妲己害吾母后，塗毒生靈，父皇言聽計從，喪亂天下。商家氣數已盡，周室王運當興。我奉師命應天順人，無德讓於有德，乃理之常，非吾家之故業也。〔温良、馬善同白〕臣等在此，亦非英雄結果。千歲如此存心，實乃聖賢之所爲也，臣等俱願相隨。〔殷郊白〕既如

此，隨我一同前往。〔起，隨撤椅科，同唱〕

【凝行雲煞】轉天心向西周見㊞，應大德扶善除邪理自然㊞，這的是識勢知時自古來稱聖賢㊞。

〔衆擁護殷郊從下場門下〕

第九齣　施毒計説反殷郊（古風韻）　弋腔

〔丑扮申公豹，戴道冠、陀頭髮，紮金箍，穿道袍，繫絲，執拂塵，從上場門上，白〕〖西江月〗毒計全憑舌劍，巧言總仗唇鎗。行他反間是吾常，本事肯將誰讓。一任裝神弄鬼，難逃計網施張。非關心地太無良，只爲深仇難放。貧道申公豹，自與姜子牙賭頭結怨，終日懷恨在心，四山五岳請過多少高人，總未能制勝，到底這心中放他不下，務必各處搜尋奇人，將他制住，方消我心頭之恨。那殷洪被我説反，枉送無常，又聽得説殷郊下山助周，我不免迎上他去，行一反間，使他回去助紂，豈不是好。你看他旌旗照耀，如風似霧而來，就此迎上前去。〔遶場科，從下場門下。雜扮八嘍卒，各戴盔襯帽，穿蟒箭袖卒褂，執旗，一卒扛鎗，一卒執鞭，一卒執狼牙棒。副扮馬善、浄扮温良，各戴荷葉盔，紮靠。引浄扮殷郊，戴髮膆腦，紫金冠，紮六臂切末，紮靠，執番天應、落魂鐘、雌雄劍、縛仙索。同從上場門上，衆同唱〕

【雙調正曲・普賢歌】旌旗戈甲耀長空(韻)，遥望西岐指顧中(韻)。扶明理自通(韻)，除殘道本公(韻)。〔合〕這的是天命人心歸有用(韻)。〔殷郊白〕二位將軍，吾等離了山寨，飛奔前來，已離西岐不遠了。〔申公豹内白〕殷千歲休走，吾來也。〔從上場門急上，白〕千歲在上，貧道稽首了。〔殷郊白〕道長何來，有何見教？〔申公豹白〕貧道乃崑崙門下申公豹是也，有句話要見千歲説説，不知肯容納否？〔殷郊白〕道長有何見諭，不才敢不領命。〔申公豹白〕請問殿下，如今要往那裏去？〔殷郊白〕道長聽俺道來：〔唱〕

【雙調正曲·鎖南枝】遵師命(句)，助大周(韻)。除逆安邦把功果修(韻)。〔白〕我奉師命下山，佐周伐紂。〔唱〕好待要把妖婦碎分屍(句)，爲母后報深仇(韻)。〔白〕因此投奔西岐，早建大業。〔唱合〕並非鬭(句)，慕封侯(韻)。都只爲順天心(句)，輪迴侯(韻)。〔申公豹白〕殿下差矣。〔殷郊白〕何差？〔申公豹冷笑科，白〕我且請問殿下，那紂王是你何人？〔殷郊白〕是我父皇。〔申公豹白〕却又來，世間豈有以子伐父之理？此乃忤逆亂倫之説。還有一講，你若助周伐紂，一旦宗廟社稷、天下江山讓於他人，何面目見祖宗於地下？你如今幻像驚人，仙方蓋世，何怕無成？〔殷郊白〕老師之言雖是，但天數已定，吾父無道，理應以讓有德。〔唱〕

【又一體】正當着天命轉(句)，王在周(韻)。那姜尚仁功遍九州(韻)。〔白〕我天命既不敢違，師言又何可背。〔唱〕並不是作逆亂倫常(句)，也只爲識勢順天休(韻)。〔白〕老師雖是好意相勸於吾，然我心已堅，此事斷難從命。〔唱合〕今日裏助明君(句)，聽機謀(韻)。合天心(句)，敢違扭(韻)。〔申公豹白〕殿下，我且問你，那姜尚的仁德在那裏？〔殷郊白〕他爲人公平正直，禮賢下士，仁義慈祥，忠誠樸素，此不爲之有德，却算甚麽？〔申公豹白〕殿下原來不知。〔唱〕

【又一體】他心欺詐(句)，善算籌(韻)。那裏是公正誠慈道德修(韻)。〔白〕吾聞有德者不滅人之彝倫，不戕人之天性。殿下，還有一事，我説來你又要着惱哩。〔殷郊白〕有甚事着惱？〔申公豹白〕殿下，你父皇固得罪於天下，殿下之弟殷洪被姜尚用太極神圖呵，〔唱〕捲起爾同胞(句)，一命化灰休(韻)。〔殷郊白〕怎麽有這等事？〔申公豹白〕殿下想想，這還是有德，還是無德？〔唱合〕你休忘(句)，手足仇(韻)。爲何的助他人(句)，倒自説英雄首(韻)。〔殷郊白〕老師，此事可寔？〔申公豹白〕天下盡知，難道我有誑語？寔對你説罷，如今張山現在西岐屯扎，你只問他。如無此事，你再進西岐未遲；如有此事，你當爲弟復仇。我今與你再請高人，助你一臂之功，請了。〔從下場門下，殷郊白〕且住。我想吾弟與他無仇，爲何如此將他處治？必無此事。若姜子牙果然如此，我與他誓不兩存，必爲御弟報仇，另圖别議。我且到張山營中，細問端的，再作計較可也。衆將官，就此趲行前去。〔衆應，遶場科，殷郊唱〕

【慶餘】且因依細問聽分剖(韻)，怎途路訃音相候(韻)。〔白〕若有此事，〔唱〕我寧背師言終須要復弟仇(韻)。〔從下場門下，衆隨下〕

第十齣 報舊恩釋放飛虎（江陽韻） 弋腔

〔雜扮四軍卒，各戴馬夫巾，穿蟒箭袖卒褂，執旗。外扮南宫适、生扮武吉，各戴帥盔，紮靠，執器械。小生扮哪吒，戴綫髮，穿采蓮衣氅，軟紮扮，繫風火輪，帶乾坤圈，執鎗。生扮楊戩，戴三叉冠，紮靠，執三尖兩刃刀。生扮黄飛虎，戴金貂，紮靠，背令旗，佩劍，執鎗。小生扮黄天化，戴綫髮，穿采蓮衣氅，軟紮扮，繫跳包，執鎚。引外扮姜尚，戴道冠，穿道袍氅，繫絲，從上場門上，唱〕

【南吕宫引·三登樂】世亂人荒(韻)，到處的天羅地網(韻)。亂紛紛大界争忙(韻)。事不寧(讀)，身未穩(句)，多少灾殃(韻)。又來勁敵(句)，費精神抵擋(韻)。〔中場設椅，轉場坐科，白〕干戈擾攘幾時休，何日全將大效收。勁敵纔過又勁敵，輪番争勝費綢繆。老夫姜尚，受任隆深，興師伐暴。冀州侯投順來歸，纔完一願；羽翼仙助功相戰，又遭一魔。幸喜天公相佑，邪物未得成功，不知去向。又聞得説有商太子殷郊，改變奇形，下山到此。老夫想來，又與殷洪一般，也是一個大敵難除也。〔雜扮一報子，戴鷹翎帽，穿報子衣，繫跳包，執旗，從上場門急上，跪科，白〕報，啟丞相在上：今有殷郊，城下要戰。〔姜尚白〕知道了。〔報子應，作起科，仍從上場門下。姜尚白〕我想殷郊洞府學藝，必有明師傳授，此來要戰，大是難敵，怎生區處？〔黄飛虎白〕丞相爲何長他人志氣，滅自己威風？以主公洪福、丞相威靈，何怕小寇作怪，待末將父子前去擒來，獻與麾下。〔姜尚白〕雖然如此，他無法術精通，焉肯下山相助。也罷，楊戩有變化玄功，哪吒有法寶神物，你二人相助前往。〔楊戩、哪吒同白〕謹領遵命。〔同黃飛虎、黃天化同從下場門下，姜尚白〕你看他四人拒戰去了，未知勝負如何，我且在帳中等候可也。〔内作鑼鼓科，楊戩、哪吒同從上場門急上，白〕師叔，不好了。〔姜尚白〕怎麼樣？〔哪吒白〕那殷郊生有六臂，臂臂各執法寶，將弟子打下輪來，武成王父子俱被擒去了。〔楊戩白〕師叔，我看他打師弟之物，好似番天應模樣。〔姜尚白〕此寶乃廣成子之物，如何得到他手？〔楊戩白〕師叔可記得殷洪之事麽？〔姜尚白〕此言甚是。想也自然有人制他，且將城池緊守，不與他交鋒便了。〔起，隨撤椅科，唱〕

【尚按節拍煞】且休兵静把精神養（韻），暫避他邪威惡光（韻）。終有人收伏旁門正道昌（韻）。〔從下場門下，衆隨下。雜扮四軍卒，各戴大頁巾，穿蟒箭袖排穗褂，執標鎗。副扮張山、雜扮李錦，各戴帥盔，紥靠，背令旗，佩劍。副扮馬善、净扮温良，各戴荷葉盔，紥靠。引净扮殷郊，戴髮臚腦、紫金冠，紥六臂切末，紥靠，執番天應、落魂鐘、雌雄劍、縛仙索，從上場門上，唱〕

【雙角隻曲·新水令】平生正氣植綱常（韻），怎肯把仇人相讓（韻）。違師原小事（句），殺弟大冤長（韻）。此恨須償（韻），誅惡難輕放（韻）。〔中場設高臺、椅，殷郊轉場陞座科，白〕俺殷郊聽了申公豹之言，疑似相間，及到張山營中細問緣由，原來御弟殷洪果被姜尚治死。我聞言之下怒氣沖冠，因此也顧不得師命，一怒城下要戰，用法寶打了他一個門人，使神鐘擒了他兩員賊將。征塵滾滾，也未曾深看他面龐。

左右，將西岐賊將推轉上來，待孤家細細問他。〔衆應科，向内白〕殿下有旨，推轉兩員賊將上帳。〔内應科。雜扮四將官，各戴紮巾額，紮靠，作綁黄飛虎、黄天化從上場門上，黄飛虎、黄天化各作背站不跪科，殷郊白〕下面兩員周將，姓甚名誰？〔黄飛虎白〕你是何人？敢冒名商朝太子，肆行無忌。我乃上將黄飛虎是也。〔殷郊白〕呀，怎麽西岐也有叫黄飛虎之人？〔張山白〕殿下不知，此人即吾朝黄飛虎，反了五關，投入西岐。〔殷郊白〕原來如此。〔向黄飛虎白〕你既是黄飛虎，可知道商朝太子的事麽？〔黄飛虎白〕商朝太子曾受我救放之恩，你是何人，敢來問我？〔殷郊急下高臺，隨撤高臺科，白〕原來就是恩人。〔作親解綁科，一將官作解黄天化綁科，殷郊白〕恩人請上，受殷郊一拜。〔作拜科，白〕若非將軍，焉有今日。〔黄飛虎、黄天化作答拜科，白〕臣雖異國，禮不可廢，殿下之拜，臣不敢當。〔各起科，殷郊指黄天化白〕此人是誰？〔黄飛虎白〕此乃臣子黄天化。〔殷郊白〕黄將軍何事投了西岐？〔黄飛虎白〕臣之怨屈，一言難盡。請問殿下，當日神風刮去，却在何方？〔殷郊白〕説來話長，不便細禀。昔日將軍救吾弟兄，我今放你父子，已報過將軍大德，倘後相逢，幸爲迴避。如再被擒，國法難逃也。左右，將黄將軍父子送出營去。〔四將官應科，黄飛虎、黄天化同白〕多謝殿下。〔同四將官仍同從上場門下，殷郊白〕待明日去擒姜尚，報了吾弟之仇，再作計較便了。〔唱〕

【煞尾】恩仇兼報無偏向(韻)。待擒了姜尚强梁(韻)，又將那中宫妖婦正王章(韻)。準備着端拱垂衣把太平年王業享(韻)。〔從下場門下，衆隨下〕

第十一齣　識妖邪鷲嶺尋燈（寒山韻）　崑腔

〔場東邊山子上安「三仙山桃源洞」匾額科。生扮廣成子，戴道冠，穿道袍氅，繫絛，執拂塵，從上場門上，唱〕

【中呂調套曲·粉蝶兒】天淡雲閒(韻)。遍寰區一番争戰(韻)，縱神仙也難免摧殘(韻)。遇輪迴(句)，遭劫數(句)，桑田更變(韻)。這就裏機關(韻)，都只爲好事的天公承辦(韻)。〔中場設椅，轉場坐科，白〕世事紛紛忙似梭，商家無命待如何。親闘父子不相識，況是旁人怨恨多。我廣成子收了殷郊作了徒弟，知子牙拜將之期已近，衆弟子俱當下山，因此尊奉玉虛敕札，命他下山，幻了奇形，賜傳法寶，再三叮囑，不許他聽信讒言，有更舊念。他對我發下誓願，下山去了，不知此際在西岐作何行事。〔唱〕

【中呂調套曲·叫聲】想他施神術滅兇頑(韻)，非等閒(韻)，等閒(疊)。仗仙物邪魔遠(韻)。扶正順天心(句)，除惡奉師言(韻)。〔生扮楊戩，戴三叉冠，紥靠，執三尖兩刃刀，從上場門上，唱〕

【中呂調套曲·醉春風】不知他何物精(句)，須求他原處見(韻)。山川跋涉費搜尋(句)，敢辭着遠(韻)，遠(疊)。故主尋來(句)，菱花借取(句)，把原形識辨(韻)。〔白〕我楊戩奉姜師叔之命，爲因鄧九公擒了一員賊將，名喚馬善，刀砍不入，寶不能傷，三昧煅煉，借火而逃，不知何物作怪，命我到桃源洞告知廣成子，探取根源，再問明番天應的下落，還要到玉柱洞去見雲中子，借他的照妖寶鏡。來此已是桃源洞了，不免進見。〔作從洞門下，隨從東傍門上，作見廣成子，叩拜科，白〕師叔在上，弟子稽首。〔廣成子白〕你來怎麽？可曾看見殷郊到了西岐助姜子牙伐紂麽？〔楊戩白〕弟子正爲此事而來。那殷郊呵，

〔唱〕

【中呂調套曲・迎仙客】他那裏逞暴頑韻，施强悍韻，背師命扶商勢正炎韻。〔白〕用師叔的番天應打傷了哪吒諸人，極其狂暴。〔唱〕勝之難韻，制之艱韻，日夜難安韻。命我把始末來分辨韻。〔廣成子白〕呀，有这等事。這畜生有背吾言，定逢不測之禍。我把洞中之寶，盡付與他，誰知有今日之變。你且先去，我隨後就來。〔楊戩應科，從東傍門下，隨出洞門科，從下場門下。廣成子起，隨撤椅科，白〕我明日早到西岐見這畜生，救子牙之難可也。〔唱〕

【中呂調套曲・紅繡鞋】果不測人心奸險韻，發洪誓一旦翻顔韻，使我聞言不覺透心寒韻。怎稱明鑒眼韻，見子牙應是愧難言韻，這是俺當日裏錯將人救轉韻。〔從下場門下。楊戩從上場門上，唱〕

【中呂調套曲・快活三】纔離了桃源洞不怠慢韻，又來這終南山敢辭勞倦韻。辨妖邪讀，只在此山間韻，怎當得這寶鏡從空看韻。〔白〕我楊戩辭了廣成子，又來到這玉柱洞了。〔向內白〕裏面有人麽？〔場西邊山子上安「終南山玉柱洞」匾額科。雜扮一仙童，戴綫髮，穿采蓮衣，從洞門上，白〕甚麽人？〔作見楊戩科，白〕楊師兄何來，要見家師麽？〔楊戩白〕正是。〔仙童虚白，引楊戩從洞門下，隨從西傍門上，作向內

白〕師傅有請。〔外扮雲中子，戴道冠，穿道袍氅，繫絛，執拂塵，從上場門上，唱〕

【中呂調套曲·鮑老兒】纔向泥丸宮裏轉(韻)，靜裏金丹煉(韻)。玉樓彈(讀)，飛鉛玉鼎安(韻)，金汞離交坎(韻)。又聞傳報(句)，誰來尋訪(句)，瓜葛牽纏(韻)。何人剥啄(句)，心中暗疑(句)，細察其端(韻)。〔中場設椅，轉場坐科，白〕童兒何事請我？〔仙童白〕楊戩求見。〔雲中子白〕着他進來。〔仙童虛白喚科，楊戩作相見科，白〕師叔在上，弟子參見。〔雲中子白〕你從何來，又有甚事相訪？〔楊戩白〕師叔聽稟：商營有一妖人，名喚馬善。他呵，〔唱〕

【中呂調套曲·古鮑老】功夫甚堅(韻)。不知彼(讀)，本來是何面(韻)。皮膚甚頑(韻)。察元形(讀)，早迷人世眼(韻)。寶不能動(句)，刀不能傷(句)，火不能煉(韻)。可憑誰能洞觀(韻)？因此上奉師命來尋仙鑒(韻)，照妖像向虛中看(韻)。〔雲中子白〕你且少待。童兒，取照妖鏡來。〔仙童應科，向下取鏡隨上，付楊戩科。雲中子白〕你可作速回去，將此鏡降他，我也不久也要下山相助也。〔楊戩虛白科，從西傍門下，隨出洞科，從上場門下。雲中子起，隨撤椅科，白〕我想西岐子牙處又添一段葛藤也。〔唱〕

【中呂調套曲·紅芍藥】戰血難乾(韻)，星斗光寒(韻)。妖物時來磨難偏(韻)，他慧劍難安(韻)。嗔心動(句)，慾海翻(韻)。怎作得好離好散(韻)，底定狂瀾(韻)，莫得留殘(韻)。定乾坤數定時闌(韻)。〔從下場門下，仙童隨下。東邊山子上安「鷲峰山元覺洞」匾額科，净扮羽翼仙，戴大鵬金翅鵰𦞦腦，紥靠，紥飛翅。引净扮燃燈道人，戴佛𦞦腦，虬眉、虬髯，穿道袍，繫絛，執拂塵，從上場門上，唱〕

【中吕調套曲・剔銀燈】慾海滔滔難返(韻)，便夢劫循環疾慢(韻)。看閻浮界(讀)，整整的都分散(韻)。可不鬧咳咳誰從裏破笑開顏(韻)。争上下(句)，爲磨難(韻)。到頭來虛忙一番(韻)。〔中場設椅，轉場坐科，白〕我燃燈道人自收了羽翼仙，得成正果，又不覺幾多日了。下界西岐，却不知怎生煩擾也。〔羽翼仙白〕弟子險入無常，今日方成正果，下界愚蒙之輩，此時正復不少。〔燃燈道人白〕你此言極是。〔唱〕

【中吕調套曲・蔓菁萊】他們那裏呵慌殺了無昏旦(韻)，恨不得翻天地倒江山(韻)。暢好是使奸(韻)。再没人理會得静裏工夫在忙碌間(韻)，總不開光明眼(韻)。〔楊戩從上場門上，唱〕

【中吕調套曲・滿庭芳】那妖邪又一班(韻)。一點兒靈光化現(韻)，倒作了萬丈魔山(韻)。險些兒錯把機關轉(韻)，鬧亂塵寰(韻)。休道是烟消火殘(韻)，直恁的光兇焰頑(韻)。須覓取琉璃伴(韻)，收他未晚(韻)，回上鷲峰山(韻)。〔白〕我楊戩借了雲中子寶鏡照那馬善，方知是個燈頭兒作害。我想非是智燈，豈能有此神通？况且智燈，只有玄都、玉虛、鷲嶺三處方有智燈，因此到了玄都、玉虛二處探取智燈，現在少不得到這鷲嶺，問問燃燈道人，他的琉璃滅了未曾。若是滅了，一定是他。來此已是，待我通報一聲。〔向内白〕裏面有人麽？〔羽翼仙從東傍門下，隨出洞門，問科，白〕甚麽人？〔楊戩白〕呀，你不是羽翼仙麽？〔羽翼仙白〕正是。自那日西岐敗走，蒙老師收伏，歸依正道，同上净土了。〔楊戩白〕如此甚好，相煩通禀。〔羽翼仙白〕隨我進洞去。〔作引楊戩從洞門下，隨從東傍門上，作向燃燈道人白〕老師在上，楊戩求見。〔燃燈道人白〕着他進來。〔羽翼仙虛白唤科，楊戩從東傍門上，作叩見科，白〕老師在上，弟子叩見。〔燃燈道人白〕你來何事？〔楊戩白〕有一事動問，老師琉璃滅了未曾？〔燃燈道人白〕徒弟，你去看來。〔羽翼仙應科，從下場門下。燃燈道人白〕你問他怎麼？〔楊戩白〕老師聽禀：〔唱〕

【中呂調套曲·普天樂】恨無窮（句），愁無限（韻）。只爲妖魔踪跡（句），因此涉水登山（韻）。〔羽翼仙隨上，白〕琉璃滅了。〔燃燈道人白〕哎呀，這業障走了。〔楊戩白〕正是。走到下方，幻出人形，名爲馬善，十分猖獗。弟子借了師叔雲中子的照妖寶鏡照去，方知端的。〔唱〕上玄都（句），過崑崙畔（韻），又來這西方尋訪緣由遠（韻）。望慈悲收伏兇頑（韻）。〔燃燈道人白〕我曉得了，你且回去，我隨後就來。徒弟，將琉璃取來。〔羽翼仙應科，從下場門下。楊戩白〕弟子就此拜辭。〔唱〕故主尋來（句），何難收制（句），自得平安（韻）。〔仍從東傍門下，隨出洞門科，從下場門下。羽翼仙執琉璃隨上，白〕琉璃取到。〔燃燈道人接科，起，隨撤椅科，白〕好生看守洞府，我去去就來。〔羽翼仙應科，從下場門下。燃燈道人從東傍門下，隨出洞門科，唱〕

【啄木兒煞】劫中遭各處妖（句），數當然欲躲難（韻）。似這琉璃一點爲磨難（韻）。今日個收他的業軀化現（韻），又無端走下那塵寰（韻）。〔從下場門下〕

第十二齣　收佛寶商營喪將 先天韻　弋腔

〔雜扮四軍卒，各戴馬夫巾，穿蟒箭袖卒褂，執旗。雜扮四軍卒，各戴大頁巾，穿蟒箭袖排穗褂，執標鎗。雜扮李錦、副扮張山，各戴帥盔，紮靠、背令旗，佩劍，執器械。副扮馬善、浄扮温良，各戴荷葉盔，紮靠，執器械，温良執白玉環。引浄扮殷郊，戴髮膆腦，紫金冠，紮六臂切末，紮靠，執番天應、落魂鐘、雌雄劍、縛仙索，從上場門上，唱〕

【南吕宫正曲・紅納襖】掌三軍生殺權韻，破西岐伸仇怨韻。全憑神法把奇功建韻，江山一旦靖烽烟韻。俺好似怒轟轟下九天韻，他不免渺茫茫森羅殿韻。這的是奉行天討分出一個君臣句也格，並不是仗仙方故逆天韻。〔中場設高臺、椅，殷郊轉場陞座科，白〕念頭一錯怎能回，莫道扶昏一念非。只爲弟仇深似海，却忘師語重如雷。俺殷郊奉師命下山，助周伐紂，若非路遇申公豹相告，險些走錯了路頭，負一個不孝不弟的大罪，所以不聽師言，反來助商。不知姜尚那厮，怎生請得我師傅到來，好言相勸。我一時氣忿不過，與師傅反目疆場，被我一番天應嚇退。我想我師傅尚然怕我，何况姜尚那厮。既爲仇敵，何論師徒，再若不知進退，只恐後悔也遲。今日陞帳，思量要到城下要戰一番。〔雜扮一中軍，戴中軍帽，穿蟒箭袖通袖褂，佩刀，從上場門上，跪科，白〕啟上千歲爺：今有姜尚單騎到來，指名與馬善要戰，請令定奪。〔殷郊白〕知道了。〔中軍應，作起科，仍從上場門下。殷郊白〕那姜尚又不知弄甚麽把戲。也罷，馬將軍道術高强，前日被他擒去，尚然兵器難傷、法寶難動，今日當先，大約無礙。馬將軍，你也單騎當先，我與衆將出營作個接應，以防不測。〔馬善白〕領鈞旨。〔從下場門下，殷郊白〕衆將官隨我出營，作他接應可也。〔衆同白〕領鈞旨。〔殷郊下高臺，隨撤高臺、椅科。衆同唱〕

【南吕宫正曲・節節高】他何計弄虚玄(韻)。到營前(韻)，坐名單騎來求戰(韻)。須索是深謀遠(韻)，防未然(韻)，生機變(韻)。旌旗招颭雲霞片(韻)，戈矛絢爛霜華練(韻)。〔合〕似天兵一隊下長天(韻)，横空大氣如雷電(韻)。〔同從下場門下。净扮燃燈道人，戴佛瞌腦，虬眉、虬髯，穿道袍，繫縧，執拂塵、琉璃，背劍，從上場門上，唱〕

【南吕宫正曲・三學士】半點靈光烈焰燃(韻)，人間作怪相纏(韻)。收他一顆牟尼影(句)，影入琉璃依舊圓(韻)。〔合〕物有攸歸應識主(句)，重撥灺(讀)，上西天(韻)。〔白〕我乃燃燈道人是也。座前琉璃影滅，燈頭落在人間，幻出奇形，下方作怪，世人莫測，妙體精堅。虧得楊戬靈機，借了寶鏡，識破本來，請吾收伏。我已命子牙單騎引戰去了，想他已定來追，我不免在這柳陰之下等他便了。〔作向内望科，白〕呀，你看他追逐子牙，如飛而至，我且隱在樹後候他。〔場上預設柳樹切末，燃燈道人作在樹後隱立科。馬善作追外扮姜尚，戴道冠，穿道袍氅，繫縧，執劍，從上場門上，姜尚白〕馬善嗄馬善，你的死期近了，還敢如此作惡。〔馬善白〕胡説。〔作對戰科，姜尚作詐敗遶場科，從下場門下。馬善作欲追科，燃燈道人作阻路，隨撤柳樹切末科，白〕馬善，你可認得我麽？〔馬善作大驚背科，白〕他怎麽知我踪跡，請得主人公來？也罷，待我假作不知，闖將過去。〔作虚白闖科，燃燈道人白〕馬善休走。〔作祭琉璃，從地井内送下，馬善從地井内暗下。燃燈作向地井取點燈琉璃科，白〕馬善已收，不免命黄巾勇士帶上靈鷲去便了。〔從下場門下。衆各執器械，引殷郊執銀鞭從上場門上，白〕姜尚單騎引戰，馬善獨自來追，我等後面相隨，作他接應。不料姜尚這厮弄了鬼術，只見一點光華，馬善不知去向。俺心中十分怒起，親與這厮交戰。你看他後面大隊屯扎，姜尚只與數人前來，又不知有甚法術，須得準備於他。我想我這幾件法寶，就是百萬神仙，無足介意。衆將官，排開隊伍等他。〔衆應，作排陣科。雜扮八軍卒，各戴馬夫巾，穿蟒箭袖卒褂，執雙刀。生扮木吒，戴陀頭髮，穿采蓮衣氅，軟紮扮，繫跳包，執鏟。生扮楊戩，戴三叉冠，紥靠，執三尖兩刃刀。小生扮哪吒，戴綫髮，穿采蓮衣氅，軟紮扮，繫風火輪，帶乾坤圈，執鎗。小生扮黄天化，戴綫髮，穿采蓮衣氅，軟紮扮，繫跳包，執鎚。引姜尚執打神鞭、杏黄旗，從上場門上，白〕殷郊，你不聽師命，難逃犁鋤之厄，及早投戈，免得自悔。〔殷郊白〕老匹夫，把吾弟化爲飛灰，我與你誓不兩存。不要走，吃我一鞭。〔作虚白對戰科。温良助戰，哪吒虚白接戰科。木吒與張山交戰，作殺科，張山從下場門下。黄天化與李錦交戰，作殺科，李錦從上場門下。温良祭白玉環打哪吒，哪吒祭乾坤圈打碎白玉環科，温良虚白科，哪吒復祭乾坤圈打温良，楊戩作斬温良科，從上場門暗下。殷郊白〕好無知匹夫，焉敢害吾大將。不要走，看我取你。〔作對敵科。姜尚作展杏黄旗，復以打神鞭打傷殷郊，衆作大敗科，同從上場門下。姜尚白〕張山、李錦已死，殷郊大敗，衆弟子就此入城，再作道理。〔衆應科，同唱〕

【南吕宫正曲·金錢花】任他虐焰兇烟(韻)，兇烟(疊)。怎當大道神仙(韻)，神仙(疊)。消除惡類順蒼天(韻)。〔合〕除大害(讀)，美名傳(韻)。除大害(讀)，美名傳(疊)。〔同從西岐城門下〕

第十三齣　空勞碌羅宣廢命（古風韻）　弋腔

〔雜扮八仙姬，各戴過梁額，穿宮衣，執雙劍、四海瓶、霧露乾坤網、金鎖、寶燈、彩旛、寶刀、金鏡。引小旦扮龍吉公主，戴盔，紥女靠，佩劍，從上場門上，唱〕

【中呂宮引·賀聖朝】大羅天上仙潢派(韻)，望瓊樓香靄(韻)。塵凡謫下(句)，塵緣了却(讀)，又沾塵戒(韻)。完成仙果(句)，重回九炁(句)，登黃金寶界(韻)。斯時正好(句)，除邪扶正(讀)，追隨仙客(韻)。〔中場設椅，轉場坐科，白〕吾乃龍吉公主是也，只因蟠桃宴上有失威儀，謫下塵凡，必待西岐建功，然後重霄再上。自那日遇了楊戩之後，不覺又是數年。方纔宮中静坐，忽然心血來潮，早知下方殷郊作害，羅宣、劉環自火龍島來助，今夜要焚西岐，盡爲灰燼。我不免前去滅怪施法，假此建功，好入西岐。衆宮娥，隨我前去。〔衆應科。龍吉公主起，隨撤椅科，龍吉公主白〕正是：帝女已離仙界外，妖仙空煽洞中威。〔從下場門下，衆仙姬隨下。副扮劉環，戴帥盔，紥靠，背壺内插硬火旗，執刺火鎗。净扮羅宣，戴紫金冠額髮，紥靠，背壺内插火葫蘆，執火輪、劈火劍。同從上場門上，唱〕

【中呂宮正曲·駐馬聽】火德離明(韻)，火勢薰蒸仙火凛(韻)。火光照耀(句)，火焰飄揚(讀)，火彩飛騰(韻)。煞强似火焚三昧煉神英(韻)。只俺這火雲萬里昭光盛(韻)，〔合〕則今日烈火燒城(韻)。難按這無明火起(讀)，只緣恁冲撞了火中神聖(韻)。〔分白〕俺羅宣是也，俺劉環是也。〔同白〕吾等生成烈性，煉就神光，赫奕奕離精飈炬，管教爛額焦頭；猛忽忽烈焰兇光，誰躲形消骨化。只因商太子殷郊下山保紂，吾等被申公豹所請，前來助他。昨日要戰西岐，姜尚手下十分兇惡，冒昧相傷，因此吾等打動無明，施張烈焰，焚燒一郡，盡作灰塵。來此已是西岐城下，就此焚燒可也。〔場東城門上安「西岐」匾額科，同作跳舞、放火科。地井内、城上各出火彩，羅宣摇身作將葫蘆放火鴉，天井内下火鴉切末。羅宣、劉環各作跳舞、放火科，同唱〕

【又一體】惡焰縱横(韻)，萬道金蛇鱗甲擁(韻)。不分玉石(句)，那管閭閻(讀)，似化雪消冰(韻)。漫誇恁兇威毒勢比火還兇(韻)，怎當這離精怒焰向空中逞(韻)。〔合〕自惹無明(韻)，奉行天討(讀)，教無遺剩(韻)。

〔場上預設高臺，前安彩雲幃布。八仙姬引龍吉公主從上場門上，上高臺立科。一仙姬作以霧露乾坤網收衆火鴉，天井内作收火鴉切末科，城上、地井不放火彩科。羅宣白〕呀，爲何火鴉盡滅，踪影全無？〔劉環作見龍吉公主科，白〕道兄，原來有人破吾法術。〔羅宣白〕氣死我也！你是何人，敢來相欺？〔龍吉公主白〕吾乃龍吉公主。你有何能，敢動惡焰，可速回頭，休取喪敗。〔羅宣白〕氣死我也！不要走，看俺的五龍輪取你。〔作祭火輪科，一仙姬作以四海瓶收科，劉環白〕好妖婦，怎敢收吾法寶。〔作刺科，一仙姬作祭雙龍劍科，地井内出火彩，天井内下劍切末，作斬劉環科，從地井内暗下。羅宣怒科，白〕哎呀，氣死我也！待我大顯神通，擒你妖婦。〔從下場門急隱下。雜扮羅宣化身，戴三頭六臂切末，紮靠，執六樣火具隨上，跳舞科，白〕好妖婦，你敢與俺對敵麽？〔龍吉公主白〕小小妖仙，何足介意。〔羅宣虚白，作虚宫模科，龍吉公主以劍指科，羅宣白〕不好，我去也。〔作借火遁逃科，從下場門隱下。龍吉公主白〕劉環已死，羅宣大敗，待俺召取風雨雷電，以滅餘火可也。風雨雷電速至。〔雜扮風伯，戴紥紅金貂，穿蟒，束帶，執風伯旗。雜扮雨師，戴紥紅黑貂，穿蟒，束帶，執雨師旗。雜扮一電母，戴過梁額，紥包頭，穿舞衣，紥袖，執鏡。雜扮一雷公，戴雷公髮、臉，紥靠，紥鼓翅，執鎚、鏨。同從上場門上，作見虚白科，白〕公主相召，有何法旨？〔龍吉公主白〕速降甘霖，滅此妖火，普救生靈，無遭險害。〔衆白〕領法旨。〔合舞科，同唱〕

【中呂宫正曲·尾犯序】膏澤降天邊(韻)。主德無涯(讀)，感召神仙(韻)。一霎滂沱(讀)，全收惡焰兇烟(韻)。歡忭(韻)。好看取衢歌巷祝(句)，盡都道天恩垂眷(韻)。〔合〕西岐裏(句)，聽衆生鼓舞神德暗中全(韻)。〔龍吉公主白〕妖焰全消，衆神各歸本位。〔衆應科，同從上場門下。八仙姬、龍吉公主同作下高臺，隨撤高臺科，白〕就此見子牙去者。〔唱〕

【慶餘】休猜作星娥月姊來仙界(韻)，帝女親行救難來(韻)，滅惡除殘重登那白玉臺(韻)。〔從下場門下，八仙姬隨下。净扮李靖，戴帥盔，紥靠，背令旗，執戟，托塔，從上場門上，白〕當日曾爲商室帥，今朝又作大周臣。俺李靖自陳塘關燃燈老師賜塔之後，棄職修持，世上總不見我之面，昨奉師命，令我下山建功，投入西岐。方纔路遇一人，十分兇惡，細問根由，乃羅宣助商燒城，被龍吉公主所敗。俺聞言大喜，正好建功，被我用寶塔煉死，就此投入西岐，稟告子牙，投見可也。〔唱〕

【越調正曲・水底魚兒】路遇强妖(韻)，催他一命消(韻)。明君投見(句)，〔合〕忠烈輔皇朝(韻)，忠烈輔皇朝(疊)。〔從下場門下。生扮柏鑑，戴帥盔，搭魂帕、白紙錢，紥靠，執旛。引羅宣、劉環魂，各搭魂帕、白紙錢，副扮張山、雜扮李錦魂，各戴帥盔，搭魂帕、白紙錢，紥靠、背令旗。浄扮温良魂，戴荷葉盔，搭魂帕、白紙錢，紥靠。同從東傍門上，遶場科，同從下場門下〕

第十四齣　應誓願殷郊喪生(皆來韻)　弋腔

〔浄扮燃燈道人，戴佛[月盍]腦，虬眉、虬髯，穿道袍，繫絛，執劍，執杏黃旗。副扮赤精子，戴道冠，穿道袍，繫絛，執劍，執紅旗。末扮文殊廣法天尊，戴文殊髮，虬眉、虬髯，穿道袍，繫絛，執劍，執緑旗。同從上場門上，唱〕

【中呂宮集曲・榴花好】【石榴花】(首至四)雲巖海嶠落星崖(韻)，方便路喜洪開(韻)。正時逢殺劫遍埏垓(韻)，早神仙埋伏陣圖排(韻)。〔分白〕爲勸時人莫變心，念頭差處罪彌深。早知今日中洪誓，〔同白〕悔不當初惹禍侵。〔分白〕吾乃燃燈道人是也，吾乃赤精子是也，吾乃文殊廣法天尊是也。〔同白〕吾等同入西岐，共助子牙，完此天願，滅彼殷郊。有龍吉公主滅了劉環，敗了羅宣，路遇李靖，用寶塔煉死，得除一害。吾等擒捉殷郊，只是他的番天應十分兇惡，因此共設一計，向玄都寶觀要了這離地焰光旗，西天聖境借了這青蓮寶色旗，又要了子牙手中的中央杏黃旗，我三人各按東、南、中央方位執旗鎮守。還有瑤池仙界内求了來的素色雲界旗，但此旗須得天命之人方能鎮住，所以交與子牙拿了此旗，保護西伯。只留北方一面，命廣成子山上等候，把守犁鋤，必要教殷郊中了誓願。周營衆將已經冲營引戰去了，吾等各按方位，前去把護可也。〔遶場科，同唱〕【好事近】(五至末)似奇門陣開(韻)。看無知(讀)，怎脱吾機械(韻)。〔合〕爲何不早回頭渡却迷津(句)，却自來甘埋頭沉於苦海(韻)。〔同從下場門下。净扮殷郊，戴髮膔腦、紫金冠，紥六臂切末，紥靠，執番天應、落魂鐘、雌雄劍、縛仙索、銀鞭，從上場門上，唱〕

【仙吕宫集曲・甘州歌】【八聲甘州】（首至六句）一朝傾敗(韻)。嘆兵亡將死(讀)，單騎怎安排(韻)。逃奔何地(句)，行盡了山程水界(韻)。〔白〕俺殷郊思欲擒拿姜尚，爲弟報仇，所以誓願全忘，師徒反目。不料姜尚用計，衆將冲營，羅宣、劉環早已不知去向，張山、李錦一時俱被誅殺，我只得單騎逃走，飛行過此，且顧目前，再圖後舉。誰知姜尚這厮請得人來，四面八方各有門人軍將，擺下了地網天羅。如今無路可逃，怎生是好？〔作想科，白〕呀呸，我有無窮法寶，何怕百萬神仙，且向東方闖出，進了五關，朝見父皇，借兵點將，再報今日之仇未遲。〔場上設雲杌，文殊廣法天尊執旗從上場門上，上杌立科。殷郊唱〕朝歌有路終須到(句)，大怨無涯怎放開(韻)。【排歌】（合至末句）那顧梯山去(句)，航海來(韻)，待重圍闖出網羅開(韻)。〔文殊廣法天尊下杌，隨撤杌科，作阻路科，白〕殷郊休走，你今日難逃誓願。〔殷郊白〕我自回朝歌，干你甚事，爲何阻吾去路？〔文殊廣法天尊白〕殷郊，你入羅網之中，尚敢巧言支吾。〔殷郊作大怒虚白科，文殊廣法天尊作展旗科，殷郊虚白作敗走科，從下場門下。文殊廣法天尊唱〕怎脱這(句)網羅排(韻)，好追他絶路自尋來(韻)。〔從下場門下。殷郊從上場門上，唱〕

【又一體】天教喪敗(韻)。怎行逢險陷(讀)，無計差排(韻)。層層圍遶(句)，觸目黄沙作害(韻)。〔白〕東方有文殊相阻，難以逃生，只得向南方闖出便了。〔場上設雲杌，赤精子執旗從上場門上，上杌立科。殷郊唱〕自將仙法衝仙陣(句)，何怕天羅不放開(韻)。那顧梯山去(句)，航海來(韻)，待重圍闖出網羅開(韻)。〔赤精子作下杌，隨撤杌科，作阻路科，白〕殷郊休走，你今到此，難免出口發誓之灾。〔殷郊白〕一不作二不休，不殺一場，難完此事，看鞭。〔作打科，赤精子作展旗，殷郊虛白作敗走科，從下場門下。赤精子唱〕怎脱這(句)，網羅排(韻)，好追他絶路自尋來(韻)。〔從下場門下。殷郊從上場門上，唱〕

【又一體】成功盡敗(韻)。似隨風落葉(讀)，没處投排(韻)。任上天入地(句)，塞遍天門地界(韻)。〔白〕南方又被赤精子相阻，只得復回中央，看條路逕，再作區處。萬一得脱，也未可知。〔場上設雲杌，燃燈道人從上場門上，上杌立科。殷郊唱〕漫將去路輕猜度(句)，肯使英名暗裏埋(韻)。那顧梯山去(句)，航海來(韻)，待重圍闖出網羅開(韻)。〔燃燈道人作下杌，隨撤杌科，作阻路科，白〕殷郊休走，你師傅有一百張犁鋤候你哩。〔殷郊白〕老師，弟子不曾得罪於衆師尊，爲何苦苦逼迫？〔燃燈道人白〕孽障！你發願對天，出口怎免。〔殷郊白〕氣死我也！〔作欲打科，燃燈道人作展旗科，殷郊虛白敗走科，從下場門下。燃燈道人唱〕怎脱這(句)，網羅排(韻)，好追他絶路自尋來(韻)。〔從下場門下。殷郊從上場門上，唱〕

【又一體】誰來助扶持此敗(韻)。似入籠困鳥(讀)，毛羽難排(韻)。神方不驗(句)，氣怨空教心駭(韻)。〔白〕中央鎮守，又有燃燈，何方去好？也罷，西方尚未冲突，且到那廂去者。〔唱〕全憑浩氣冲天地(句)，何畏妖魔不放開(韻)。那顧梯山去(句)，航海來(韻)，待重圍闖出網羅開(韻)。〔外扮姜尚，戴道冠，穿道袍氅，繫縧，執打神鞭、白色旗。生扮姬發，戴王帽，紥靠，執刀。同從上場門上，作阻路科，姜尚白〕殷郊，你身入絶地，還敢逞兇麽？〔殷郊白〕呀，仇人在前，何得輕放。諒你多大本領，敢來阻路。〔姜尚白〕殷郊，你死在目前，尚敢强暴。〔殷郊作打科，姜尚作展旗，以神鞭打科，殷郊作着傷敗走科，從下場門下。姬發白〕亞父，方纔儲君到此，孤當拜見，先盡臣禮，後論厮殺，方爲正道。〔姜尚白〕主公不知，今爲仇敵，何論君臣。他今往北方敗走，衆仙追逐前行，廣成子在彼等候。雖有師徒之情，難逆神天之意，大約此時已廢命久矣。〔生扮武吉，戴帥盔，紥靠，背令旗，執鎗，從上場門上，白〕臣武吉啟奏主公：殷郊入山逃走，被燃燈老師用法制住，兩山夾體，受了犁鋤。廣成子等俱各回去，命臣前來報知。〔姬發白〕亞父，今日把儲君如此處治，使孤負不忠之大罪矣。〔姜尚白〕主公不知，天數當然。主公早盡臣禮，並無得罪，他自逆天行事，與主公毫無干涉。〔姬發白〕武吉，可將殿下以禮葬於岐山，不得有誤。〔武吉應科，仍從上場門下。姜尚白〕大害已除，干戈少息，主公可請歸大隊回城。〔姬發白〕有理。〔同唱〕堪嘆他違誓願(句)，受殃災(韻)，自尋絶路斷根荄(韻)。〔同從下場門下〕

第十五齣　托夢難忘父子情（古風韻）　弋腔

〔小旦扮妲己替身，戴鳳冠簪形，穿蟒，束帶，從上場門上，唱〕

【中呂宮引・青玉案】宿醒未解宮娥報（韻），道海棠一夜全開了（韻）。〔中場設椅，轉場坐科，白〕姊妹同心釀禍芽，朝歌暮舞鬭繁華。笑他俗眼誰相識，錯認金閨解語花。我妲己生成絕色無雙，賦就仙姿蓋世。君王愛如至寶，魚水相投；姊妹合似漆膠，琴瑟和好。兩個妹子：一個是九頭雉鷄精，变化進宮，稱爲喜妹；一個是玉石琵琶精，先被姜尚看破，用三昧燒煉，是我施展神通，如今又得還原復體，變化入宮，稱爲王貴人，共蒙恩寵。喜得自來一氣，娥眉不妒新人；誰知本是千年，仙客同歸舊會。今日花朝佳節，海棠最盛，特與兩個妹子設宴，請聖上歡飲。有中大夫李登請駕陞朝，進本告急，聖上前殿議事去了，我與兩個妹子等候駕到，一同入宴。宮娥，請二位娘娘出來。〔一宮娥内應科，同三宮娥各戴過梁額，穿宮衣。引小旦扮胡喜妹、王貴人，各戴鳳冠簪形，穿蟒，束帶，同從上場門上，分唱〕歌舞同承天眷好（韻）。本來面目（句），誰能猜料（韻），就裏機關巧（韻）。〔各作虛白相見科，妲己替身起，作虛白相見科。場上設椅，各虛白坐科，妲己替身白〕二位賢妹，今日花朝佳節，海棠最盛，特與二位賢妹設宴，待聖駕朝罷回宮，一同飲宴。〔胡喜妹、王貴人同白〕姐姐之言有理。〔各虚白起，隨撤椅科，同白〕宮娥們，聖駕到時，急忙通報。〔宮娥應科，同從下場門下。雜扮四太監，各戴太監帽，穿貼裏衣。雜扮二内侍，各戴大太監帽，穿蟒，束帶，帶數珠，執拂塵。引净扮紂王，戴王帽，穿蟒，束帶，從上場門上，唱〕

【中呂宮引・菊花新】纔聞邊報略開愁(韻)，回見佳人拋大憂(韻)。歌舞樂難休(韻)，一任江山傾覆(韻)。〔白〕孤家得了蘇后，自爲心願已足，誰知絶色無雙，更喜仙姿不妒。前年薦了胡喜妹，果然似玉如花，近日又獻了王貴人，更是沉魚落雁。寡人與他姊妹三人，歌舞歡娱，雨雲消受，誰管他四海刀兵，且守這三人姿態，沉酣終日，逸樂連宵。今有中大夫李登請朕陞殿，奏上邊報，言張山全軍陣亡，姬發大勢甚猛。寡人隨命三山關總鎮洪錦出征，奉行天討。雖然如此，也不過是疥癬之患，自不管他，且與三個美人飲宴。〔一内侍白〕駕到。〔四宮娥引妲己替身、胡喜妹、王貴人同從下場門上，虚白接駕科，紂王虚白科。場上設椅，各坐科，妲己替身白〕聖駕臨軒，有何邊報？〔紂王白〕御妻，方今西岐勢盛，姬發、姜尚大肆猖狂，張山陣亡在彼，韓榮告急來前，寡人已命洪錦出兵去了。自不管他，且與你姊妹取樂。〔妲己替身白〕這何足介意，止不過螻蟻之撼泰山而已。〔胡喜妹、王貴人同白〕聖上且自開懷，何怕江山不穩。〔紂王白〕美人之言有理。〔妲己替身、胡喜妹、王貴人同白〕今日花朝佳節，海棠最盛，臣妾姊妹三人備有筵宴，特請聖上暢飲。〔紂王大笑科，白〕御妻、美人好知趣也，就此一同入宴。〔各起，隨撤椅科。場上預設桌椅、筵席科，内作樂，同作入座飲酒科，唱〕

【仙吕宫正曲・皂羅袍】是處春光嬌姹(韻)。看芳菲滿眼(讀)，上苑偏嘉(韻)。人間未見此繁華(韻)，春生天上應無價(韻)。〔紂王作連飲醉科，白〕御妻、美人。〔唱合〕且漫道花扶人醉(句)，人扶醉花(韻)。説甚麽花能解語(句)，爾應勝花(韻)。怎不教寡人朝酣暮飲眠花下(韻)。〔作扶桌大醉科，妲己替身白〕二位賢妹，聖上沉醉酣眠，我等且須迴避。〔各虚白起，隨撤椅科，同從下場門下，衆隨下。净扮殷郊魂，戴髮膗腦、紫金冠，紮六臂切末，搭魂帕、白紙錢，紮靠，從上場門上，唱〕

【越角隻曲・鬬鵪鶉】纔受過峻嶺犁鋤(句)，又見這深宫户牖(韻)。曾是俺生世常來(句)，今日裏遊魂奔走(韻)。難抛却父子恩情(句)，暫相會夢魂時候(韻)。冤由細訴(句)，愁苗僝僽(韻)。怎一旦誅兒害母(句)，尚兀自眠花卧柳(韻)。〔白〕俺殷郊只爲中了誓願，受了犁鋤，一點靈魂孝心難泯，先來這深禁宫中與父皇托夢，訴説此情，然後再隨柏鑑往封神臺去可也。〔作拍桌科，白〕父皇醒來。〔紂王作驚醒入夢科，見殷郊大驚虚白科，殷郊作跪哭科，白〕哎呀，父皇，休生疑畏，孩兒殷郊死得好苦也。〔紂王白〕怎麽，你是殷郊，你從何來？〔殷郊起科，白〕父皇聽稟：孩兒自那日神風吹去呵，〔唱〕

【越角隻曲・紫花兒序】消受些丹爐鉛汞(句)，芝草琪花(句)，別樣風流(韻)。〔白〕蒙師傅傳授秘法，幻化奇形，〔唱〕只爲着無明一點(句)，難按難休(韻)。〔白〕師傅命我下山投入西岐，〔唱〕遲留(韻)。目斷朝歌幾綢繆(韻)，怎忘恩舊(韻)。因此上頓改前心(句)，征伐西走(韻)。〔白〕誰知到彼交鋒，屢遭敗北，孩兒思欲奔上朝歌，來見父皇，借兵點將，以報前仇，誰知事不凑巧，死於非命。孩兒爲國一死，本無足惜，只願父皇以祖宗爲念，社稷是圖，孩兒去也。〔仍從上場門下。紂王作忽驚醒科，白〕孩兒那裏呀？怪哉嗄怪哉。〔衆引妲己替身、胡喜妹、王貴人仍同從下場門急上，虚白科，同白〕聖上怎麽樣？〔紂王起，隨撤桌椅科，白〕方纔寡人矇矓睡去，忽見一人身長六臂，貌甚兇惡，口稱太子殷郊，説是被風刮去，改變奇形，前來托夢，説他死在西岐，情甚痛楚。〔妲己替身白〕聖上休疑。太子不知去向，如何到了西岐？還有一講，既能到得西岐，豈有不使人進本問安，死後方來托夢之理？〔胡喜妹、王貴人同白〕夢由心作，疑自夢生。此聖上念子之心現於夢境，幸勿驚疑。〔紂王白〕此言極是。〔作大笑虚白科，妲己替身白〕今日花朝佳節，理宜花下開筵，將御宴移向百花叢裏，多少是好，不知聖意如何？〔紂王大笑科，白〕如此甚好。〔衆作遶場科，同唱〕

【收尾】今朝醉也明朝又（韻），又何須着意綢繆（韻）。好高酣醉芳心（句），那春光一去還能再來否（韻）。〔同從下場門下，衆隨下。生扮柏鑑，戴帥盔，搭魂帕、白紙錢，紥靠，執旛，引殷郊魂從東傍門上，遶場科，從下場門下〕

第十六齣　擒將反成夫婦好（歌戈韻）　昆腔

〔内作樂，副扮氤氲使者，戴髮，穿道袍氅，繫絛，挑拄杖，杖頭挂鏡、手卷，執拂麈，從上場門上，作勢科，唱〕

【仙吕調套曲・賞花時】則俺這配合良緣不厭多(韻)，暢好是注繳勾銷理不訛(韻)。暗裏使調和(韻)，綰不了紅絲牽作(韻)。今日裏又費口懸河(韻)。〔白〕人世良緣暗作成，生來配就有神靈。婚姻莫怨天公錯，自是吾神記載明。吾神氤氲使者，月下老人是也，管天上之良緣，配人間之好事。多有那佳人才子，感吾和合之相當；又一般薄命紅顔，怨我調偕之少錯。却不道天緣早已相牽，人事怎能挽轉。這都不在話下。奉有玉虚符命，言龍吉公主有犯清規，謫貶下界，應與商朝洪錦有繫足之緣，却是因仇敵而成夫婦之倫，又因夫婦而完君臣之義。洪錦被他所擒，然後作成好事，命他投順西岐，好凑子牙拜帥登壇之日。命吾神奉敕前去，説成此事，須索走一遭也。〔作勢科，唱〕

【又一體】好趁取天外罡風足下過(韻)，早向那戈甲林中把紅綫鎖(韻)。仇敵巧調和(韻)。按下了疆場争戰(句)，恩愛綰香羅(韻)。〔從下場門下。雜扮四軍卒，各戴馬夫巾，穿蟒箭袖卒褂，執旗。雜扮四軍卒，各戴大頁巾，穿蟒箭袖排穗褂，執標鎗。小生扮哪吒，戴綫髮，穿采蓮衣氅，軟紥扮。小生扮黄天化，戴綫髮，穿采蓮衣氅，軟紥扮，繫跳包。生扮楊戩，戴三叉冠，紥靠。净扮雷震子，戴道冠、髮，穿飛翅鬼衣。生扮武吉，戴帥盔，紥靠、背令旗。丑扮土行孫，戴盔，紥靠。引外扮姜尚，戴道冠，穿道袍氅，繫絲，執拂塵，從上場門上，唱〕

【仙吕調套曲·端正好】滅兇徒瓦石淘(句)，誅强梁糠粃簸(韻)。怎奈這不斷妖魔(韻)，許多時枕戈衽甲誰高卧(韻)。這的是天意定(句)，不差訛(韻)。刼數定(句)，暗消磨(韻)。終有日舉國相稱賀(韻)。〔中場設椅，轉場坐科，白〕老夫姜尚，奉天遵勑，伐暴救民。殷郊纔喪，洪錦又來，龍吉公主前去對戰，不知勝負如何，老夫特地陞帳相候。〔小旦扮龍吉公主，戴盔，紥女靠，執雙劍，從上場門上，白〕帝女威風漫浪猜，海中擒得逆徒來。願將大業成西土，好證仙因上玉臺。吾乃龍吉公主是也。洪錦與吾交戰，被我用遁法斬他一刀，未曾傷命，逃入海内，又被我入海擒來。你看子牙陞帳相候，不免上前相見。〔作相見虚白科，姜尚起科，龍吉公主白〕洪錦入海逃生，我已擒至轅門，聽候丞相發落。〔姜尚白〕多感公主建功除害，請到後營休息貴體。〔龍吉公主虚白科，從下場門下。姜尚坐科，白〕衆將官，將洪錦斬訖報來。〔衆應，作向内傳科，衆内作應科。氤氲使者内白〕刀下留人，我來也。〔從上場門急上，作勢科，唱〕

【仙吕調套曲·錦橙梅】俺可也巧相逢吉時未過(韻)，恰聽着一聲聲怒發呼呵(韻)。險些兒錯了好姻緣(句)，惹下了冤愆作(韻)。〔作見姜尚科，白〕子牙公在上，小仙稽首。〔姜尚起，隨撤椅科，白〕道長何來？〔氤氲使者唱〕俺來自玉虚宫，特降恩波(韻)。〔姜尚白〕到此何事？〔氤氲使者白〕哪，〔唱〕把巧天緣兩下調和(韻)。〔白〕吾乃氤氲使月下老人是也，只因龍吉公主與那洪錦有夙世姻緣，紅絲暗約，我奉玉虚符命，特此前來。〔唱〕兀的個説合得成也麽哥（韻），還須是多停妥（韻），休道這天緣兒不大（韻）。〔姜尚白〕雖然如此，龍吉公主乃蕊宫仙子，我怎好與他説凡間婚事？〔氤氲使者白〕不妨，不妨，有我在此。〔姜尚白〕也罷，我有道理。土將軍可命令夫人先去通個消息，去見公主説知此事，我與道長隨後就來。〔土行孫應科，從下場門下。姜尚白〕衆將官迴避了，吩咐轅門，將洪錦好生看視。〔衆應科，同從上場門下。姜尚白〕道長就請一同前去。〔氤氲使者白〕正該如此，請。〔同唱〕

【仙吕調套曲·天下樂令】結就仙緣待若何（韻），須教勇將配仙娥（韻）。只爲塵心一段難輕割（韻），又看人間坦腹過（韻）。〔同從下場門下。小旦扮鄧嬋玉，戴鳳冠，穿蟒，束帶，從上場門上，唱〕

【仙吕調套曲·高過金盞兒】夙緣多（韻），業緣多（韻）。緣多待仙客明分破（韻），則今日紅絲千尺繫香羅（韻）。前稱賀（韻），道是神仙樂事和（韻），和合這玉池娥（韻）。〔白〕我鄧嬋玉奉丞相之命，來見龍吉公主，報知親事，因此作速前來。〔向内白〕公主有請。〔龍吉公主戴鳳冠，穿蟒，束帶，從下場門上，白〕夫人何來？〔鄧嬋玉白〕特來報喜。〔場上設椅，各虚白坐科。龍吉公主白〕夫人，喜從何來？〔鄧嬋玉白〕方纔丞相欲斬洪錦，有氤氲使者奉玉虚符命前來，言公主與他有夙世仙緣，不可相逆，只得命我啟過公主，然後丞相與氤氲使者前來面議。〔龍吉公主白〕夫人，聽我道來：〔唱〕

【仙吕調套曲·低過金盞兒】今日呵（韻），意云何（韻）。俺本是瑤池謫降消愆過（韻），〔白〕須得建功西土，方可重上瑤池。〔唱〕因此上纔擒兇盼掃淨烽烟火（韻）。那時節再登金界府（句），重泛玉池波（韻）。〔白〕豈得又多此一番俗緣？〔唱〕料此事難輕合（韻）。勸冰人把婚姻册籍（句），一筆消磨（韻）。〔各虛白科，姜尚、氤氳使者同從上場門上，虛白科。龍吉公主、鄧嬋玉各起，隨撤椅科，氤氳使者白〕公主在上，小仙稽首。〔龍吉公主白〕道長何來？〔氤氳使者白〕小仙氤氳使月下老人是也。今奉玉虛符命，特與公主說合仙緣。〔龍吉公主白〕我已謫貶塵凡，怎得又招俗孽？〔氤氳使者白〕吱，公主，不是這樣講噓。〔唱〕

【仙吕調套曲·高過金盞兒】繫紅羅（韻），綰紅羅（韻），紅羅的牽合渾閒可（韻）。〔白〕公主之所以下凡者，正爲此也。〔唱〕有一日還元反本駕銀河（韻），應自有金蓮座（韻）。〔白〕況且金臺拜將之期在邇，公主與他同進五關，建不世之勳，名垂竹帛。功成之日，〔唱〕那時節接引何愁無素娥（韻），又何必費猜度（韻）。〔白〕此乃天數當然，公主不得違拗。〔唱〕

【仙吕調套曲·低過金盞兒】且看那天心呵（韻），又如何（韻）。這的是仙緣夙世向三生合（韻）。〔白〕所以小仙不辭勞頓，奉勑前來，若非天數如此，何以洪錦纔得，小仙即來此地，不遲不早，恰遇其時，則天數可知矣。公主請自三思。〔龍吉公主白〕咳，也罷，誰知有此冤孽相纏，我也難辭天意。〔唱〕恰回頭藏修怎受這紅絲鎖（韻）。只因着一時嗔念動（句），招下了兩下赤繩羅（韻）。〔白〕事已如此，但憑二位主持。〔氤氳使者白〕公主不可翻悔。〔龍吉公主白〕天數如此，我怎敢相違。〔唱〕怕俺心移麽（韻）？須知是天心造定（句），好比似落葉辭柯（韻）。〔姜尚白〕如此甚好，多謝公主金諾。鄧夫人，你可扶侍公主梳

妝，我去放了洪將軍，説成此事便了。〔鄧嬋玉虛白科，同龍吉公主從上場門下。姜尚、氤氲使者同唱〕

【尾聲】看今日仙緣大㊞，這的是天意難猜㊟，微奥偏多㊞。好看取仇敵夫妻㊟，奇不奇麽㊞。

〔各虛白科，同從下場門下〕

第十七齣　登金臺子牙拜將（蕭豪韻）　崑腔

〔雜扮四中軍，各戴中軍帽，穿蟒箭袖通袖褂，佩刀，執旗，同從上場門上，分白〕建牙吹角不聞喧，仙客登壇衆所尊。伐暴本爲遵聖勑，安民原是報君恩。玉虛自合光榮耀，周室由來天命心。試看拜臺推轂禮，聖明心已托神人。〔同白〕吾等軍政司衆中軍是也。今日主公登壇拜帥，遵丞相爲天寶大元戎之職，授以白旄黄鉞，奉主公大駕，伐紂興師，正名問罪。吉時已屆，吾等前來伺候。〔各分侍科。雜扮四儀從，各戴大頁巾，穿蟒箭袖排穗褂，執儀仗。生扮散宜生，雜扮召公奭、毛公遂、周公旦，各戴紗帽，穿圓領，束帶。引生扮姬發，戴王帽，穿蟒，束帶，從上場門上，唱〕

【仙吕宫引・金鷄叫】問罪正名伐暴(韻)。拜將登壇(讀)，王章榮耀(韻)。推轂禮殷情更好(韻)。白鉞金麾(讀)，奉行天討(韻)。〔白〕孤家爲因相父屢次建言，欲正名問罪，兵伐朝歌，除暴去殘，弔民伐罪，散大夫勸孤家行古人命將之禮，金臺拜帥，因此擇了吉期，請相父登壇，孤家親推輦轂，共拜元戎。今朝已是吉期，命衆將壇前伺候，孤家與四大夫親至相府相請。已到相府。〔向内白〕相父，有請。〔外扮姜尚，戴道冠，内紥靠，外穿道袍氅，繫縧，從下場門上，白〕中軍，吩咐開門。〔四中軍應，作開門。姜尚作出門、虛白、跪接科，姬發虛白扶起科，白〕吉時已屆，請相父登輦陞壇。〔姜尚白〕老臣叨蒙聖恩，何敢當此殊禮？〔姬發白〕相父休得過謙，不如此不足以顯命將之榮，不可以見伐暴之意。散大夫，吩咐備輦。〔散宜生應，作向内傳科。雜扮二輦夫，各戴馬夫巾，穿蟒箭袖，繫跳包，推輦，同從上場門上。姬發虛白讓科，姜尚虛白作謝恩，姬發虛白作欲推輦，姜尚虛白辭科，衆作虛白科，姜尚上輦科，衆作遶場科，同唱〕

【仙呂宮正曲】步步嬌喜天晴日朗和風裊㊙韻，駘蕩祥光好韻。看金臺瑞靄飄韻，古制遵因句，拜取元戎國老韻。〔合〕拭目賀新朝韻，順天心問罪誅無道韻。〔同從下場門下。雜扮辛甲、辛免、太顛、閎夭、外扮南宮适，生扮武吉、鄧九公、洪錦，各戴帥盔，紥靠、背令旗，佩劍。雜扮黃明、周紀、龍環、吴乾，各戴紥巾額，紥靠、背令旗。生扮黃飛虎、蘇護，各戴金貂，紥靠、背令旗，佩劍。小生扮鄧秀、蘇全忠，各戴紫金冠額，紥靠、背令旗，佩劍。生扮金吒、木吒，各戴陀頭髮，穿采蓮衣氅，軟紥扮，繫跳包。小生扮哪吒，戴綫髮，穿采蓮衣氅，軟紥扮。小生扮黃天化，戴綫髮，穿采蓮衣氅，軟紥扮，繫跳包。浄扮李靖、韋護，各戴帥盔，紥靠、背令旗。生扮楊戩，戴三叉冠，紥靠。浄扮鄭倫，戴紥巾額，紥靠、背令旗。丑扮土行孫，戴帥盔，紥靠、背令旗。浄扮雷震子，戴道冠髮，穿飛翅鬼衣。浄扮龍鬚虎，戴竪髮額，穿采蓮衣，軟紥扮，襲氅，繫跳包。小生扮金毛童兒，戴金毛童兒髮，穿采蓮衣。同從上場門上，白〕吾等奉主公令旨，金臺伺候。吉時已屆，主公親請丞相登壇拜帥。遠見旌旗隊隊、戈甲層層，主公隨丞相乘輦到來，吾等大家迎接可也。〔黃飛虎白〕吩咐臺下起樂。〔内應，作作樂科。衆引姜尚乘輦，從上場門上，衆將虛白，同作跪接科。中場預設高臺、虎皮椅、桌科，姜尚作到、轉場科，衆將各作分侍科，二中軍跪科，白〕請丞相下輦。〔姜尚作下輦，二輦夫推輦，仍從上場門下。雜扮一贊禮官，戴紗帽，穿圓領，束帶，從下場門暗上科，白）請丞相向西拈香，昭告皇天后土、名山大川之神。（内作樂，二中軍向下取香案、上供祝版架、供祝版安場西側科，贊禮官贊禮科，姜尚拈香率衆跪科，贊禮官取祝版跪桌側讀祝文科，白）維大周十有三年孟春丁卯朔丙子，西周姬發謹昭告於皇天后土、名山大川之神曰：嗚呼！惟天惠民，維辟奉天。今商王受弗敬上天，降灾下民，惟婦言是用，昬棄厥祀弗答，乃惟四方之多罪逋逃，是崇是長，是信是使，是以爲大夫卿士，俾暴虐於百姓。今帝臣發夙夜祗懼，順天伐罪，特拜姜尚爲大將軍，恭行天討。所賴明神相我衆士，伏惟尚饗。（起，作將祝版仍安於架上，作贊禮科，内作樂，姜尚率衆拜畢起科，二中軍隨撤香案、祝版科，贊禮官白）請丞相向東拈香，昭告日月星辰、在天列神，累代聖帝明王之神。（内作樂，二中軍向下取香案上，安祝版架，祝版安場東側科，贊禮官贊禮科，姜尚拈香率衆跪科，贊禮官取祝版跪桌側讀祝文科，白）惟大周十有三年孟春丁卯朔丙子，西周姬發謹昭告於日月星辰曰：嗚呼！天有顯道，厥類惟彰。今商王受乃夷居弗事神祇，遺厥先宗廟弗祀，沉湎酒色，淫酗肆虐，焚炙忠良，誅戮正士，以殘害於下民，犧牲粢盛，既於兇盜。皇天震怒，命發誅之。欲濟斯艱，匪才不克。今特拜姜尚爲大將軍，取彼兇殘，殺伐用張。仰賴明神，翊衛啟迪，克定厥勳，以撫方夏。伏惟尚饗。（起，作將祝版仍安於架上，贊禮科，内作樂，姜尚率衆拜畢起科，二中軍隨撤香案、祝版科，贊禮官白）請丞相向北拈香，昭告先王在天之神。（内作樂，二中軍向下取香案上，安祝版架，安祝版，安居中前場科，贊禮官贊禮科，姜尚拈香率衆跪科，贊禮官取祝版跪桌側讀祝文科，白）惟大周十有三年孟春丁卯朔丙子，嗣王姬發謹昭告於先王在天之神曰：天矜於民。民之所欲，天必從之。先王順天明命，克盡厥德，旁求俊乂，輔我邦家。今商王受狎侮五常，荒怠弗敬，自絕於天，結怨於民，毒痛四海，崇信奸回，放黜師保，屏棄典型，囚奴正士，郊社不修，宗廟不享，作奇技淫巧以悦婦人。臣發曷敢有越厥志，惟我先王大業是建。今特拜姜尚爲大將軍，以彰天討，取彼獨夫，惟我先王靈其默佑。伏惟尚饗。〔起，作將祝版安架上，贊禮科，内作樂，姜尚率衆拜畢起科，二中軍隨撤香案、祝版科，贊禮官白〕請丞相更换戎裝。〔内作樂，二中軍從下場門下，取帥盔、劍隨上，四中軍作與姜尚换戎裝科，贊禮官白〕請丞相登臺，謹受應劍、節鉞。〔内作樂，姜尚轉場作登壇科，四中軍同從下場門下，取應劍、節鉞隨上，散宜生、召公奭、毛公遂、周公旦作接上臺安桌上科，隨下，贊禮官白〕請主公躬行拜帥之禮。〔内作樂，姜尚捧應〔劍〕正立科，姬發率衆拜科，同唱〕

【仙吕宫正曲・美中美】天象昭（韻），神理昭（韻）。共拜大元戎（句），奉天志高（韻）。但願功成反掌（句），四海沐恩膏（韻）。〔合〕則今日恭承天命（句），問罪安民天地交（韻）。〔同作起科，贊禮官白〕大典畢舉，請丞相下臺答拜。〔從下場門暗下。内作樂，姜尚作下臺答拜，姬發率衆作同拜科，各起科，姜尚白〕老臣既承恩命，尊節鉞之威，豈敢不效駑駘以報知遇。〔姬發白〕相父，吾等此行，專望成功。國家内外大事，可托何人？〔姜尚白〕散宜生公忠正直，可托内事。老將軍黄滚經練老成，可任軍務。其餘大小臣工，俱爲有用之人，主公不必憂心。〔姬發白〕相父措置得宜，使孤無内顧之憂矣。〔姜尚白〕請主公回宫，臣當登臺發令。〔姬發白〕領命。〔姜尚作率衆將虚白送科，姬發虚白科，從下場門下，四儀從、散宜生、召公奭、毛公遂、周公旦隨下。二中軍白〕請丞相登臺發令。〔內作樂，姜尚作上高臺坐科，白〕衆將官聽吾號令。〔衆應科，姜尚白〕衆將官，方今商紂無道，大肆兇狂。主公燮伐有功，克承天命。爾等各宜奮勇建功，不可有生畏縮，智仁兼備，不可少忽機謀。如有相違，法應無赦。〔衆白〕得令。〔姜尚白〕今特加武成王爲軍馬都指揮經略總帥之職，統轄三軍，黄天化爲頭隊前行，領兵先進，南宫适左翼護持，武吉右哨統協，哪吒後護軍威，接應大隊。〔五將同白〕得令。〔姜尚白〕楊戩爲頭隊運糧總帥、土行孫爲二隊運糧總帥、鄭倫爲三隊運糧總帥之職，務使軍餉充足，毋干法紀。〔三將同白〕得令。〔姜尚白〕今有玉虚諸道友與掌教老師同來餞送，爾諸弟子，各有師尊，今此一行，各當問偈，可暫屯兵三日，衆弟子各會師尊，諸將官亦各回家收拾齊備，三日之後再奉主公大駕，東征前進可也。〔衆白〕得令。〔內作樂，姜尚作下高臺，四中軍隨捧應劍、節鉞下臺，隨撤高臺、桌椅科，姜尚白〕中軍，打道回相府去者。〔四中軍應科，衆將白〕衆將等恭送。〔姜尚白〕不消。〔四中軍隨姜尚從下場門下，衆將白〕你看登臺命將，伐暴興師，軍容整肅，王制昭明，吾等好慶幸也。〔同唱〕

【有結果煞】自古來王師仁義威名耀㊗，可待取除暴虐衢歌户禱㊗，準備着萬國清寧一統車書賀帝堯㊗。〔同從下場門下〕

第十八齣　陞寶帳衆仙訓徒（魚模韻）　弋腔

〔末扮文殊廣法天尊，戴文殊髮，虬眉、虬髯，穿道袍，繫絛，執拂塵。外扮普賢真人，戴普賢髮，虬眉、虬髯，穿道袍，繫絛，執拂塵。净扮燃燈道人，戴佛膗腦，虬眉、虬髯，穿道袍，繫絛，執拂塵。生扮太乙真人，外扮雲中子，雜扮道行天尊、清虛道德神君、拘留孫、玉鼎真人，各戴道冠，穿道袍，繫絛，執拂塵。同從上場門上，唱〕

【南吕調合曲・北四塊玉】則俺這一氣宗（句），無馬祖（韻），遵元始（句），握元符（韻），道有生早定了無生處（韻）。又則見光騰騰紫炁清（句），明晃晃金鼎路（韻）。多應是清静福（韻）。〔場上設椅，各坐科，分白〕吾乃燃燈道人是也，吾乃文殊廣法天尊是也，吾乃普賢真人是也，吾乃太乙真人是也，吾乃雲中子是也，吾乃道行天尊是也，吾乃清虛道德神君是也，吾乃拘留孫是也，吾乃玉鼎真人是也。〔同白〕吾等爲因姜子牙金臺拜將，東伐商辛，與元始掌教老師同來餞送。元始天尊賜了子牙寶偈，回宫去了。吾等各有門人，亦當分賜偈言，以爲終身照驗，待等他們到來，一同指示，好回洞府。〔同唱〕

【南吕調合曲・南柰子花】想塵寰争戰紛如（韻），怎重見世際唐虞（韻）。即我仙家（讀），也生嗔怒（韻）。因此上共離紫府（韻）。〔合〕玉虛（韻），犯殺戒紅塵下土（韻）。〔生扮金吒、木吒，各戴陀頭髮，穿采蓮衣氅，軟紮扮，繫跳包。小生扮哪吒，戴綫髮，穿采蓮衣氅，軟紮扮。小生扮黃天化，戴綫髮，穿采蓮衣氅，軟紮扮，繫跳包。净扮雷震子，戴道冠髮，穿飛翅鬼衣。生扮楊戩，戴三叉冠，紥靠。净扮李靖、小生扮韋護，各戴帥盔，紥靠。丑扮土行孫，戴盔，紥靠。同從上場門上，唱〕

【南呂調合曲・北梧桐樹】俺可也聯袂趨雲路韻，博得個成功建帝都韻。好向那龍樓鳳閣深深處韻，祝帝德無疆賦韻。〔分白〕俺李靖，俺金吒，俺木吒，俺哪吒，俺黄天化，俺楊戩，俺雷震子，俺韋護，俺土行孫。〔同白〕吾等爲因姜丞相金臺拜將，奉駕東征，吾等相隨前往。奉丞相之命，令吾等各見師尊，共聽寶偈，吾等大家前來。〔同作相見、叩拜科，白〕衆位師傅在上，弟子等參謁。〔九仙同白〕罷了。〔九將同起科，白〕弟子等隨姜丞相東征伐紂，奉師叔之命，令吾等叩見師尊，謹求寶偈。〔九仙同白〕如此甚好。〔李靖白〕弟子此行，兇吉何如？〔燃燈道人白〕你比他人不同，聽俺道來，你將來呵：〔唱〕

【南呂調合曲・南金梧桐】靈霄護法臣句，北闕群神主韻。環列勾陳句，統攝爲元輔韻。威風耀紫宸句，浩氣輝天府韻。入聖超凡句，身似菩提樹韻。〔合〕同天不老金身固韻。〔李靖白〕謹領師命。〔金吒白〕弟子此行，兇吉何如？〔文殊廣法天尊白〕你修身一性超仙體，何怕無謀進五關。你且聽者：〔唱〕

【南呂調合曲・北罵玉郎】你玄機包運先天數韻。神變化句，體清虚韻。怕甚麽身如一點菩提露韻。嬰兒出韻，姹女入韻。畢透上了黄金路韻。〔金吒白〕謹領師命。〔木吒白〕弟子此行，兇吉何如？〔普賢真人白〕你入關全仗吴鈎劍，不負仙傳在九宫。你且聽俺道來：〔唱〕

【南吕調合曲・南東甌令】准備着乘雲馬（句），駕飇車（韻），任意遨遊遍太虛（韻）。恁金胎一入神仙籙（韻），白玉界黄金圃（韻）。〔合〕任飛行無滯上天衢（韻），不似在當初（韻）。〔金吒白〕謹領師命。〔韋護白〕弟子此行，兇吉何如？〔道行天尊白〕世間多少修行客，獨你全身第一人。〔唱〕

【南吕調合曲・北感皇恩】恁寶座追隨（句），靈感四部（韻）。身全精（句），好固體（句），不磨污（韻）。終有日法界金繩（句），護法怪袪除（韻）。不消磨（句），不寂滅（句），不虛無（韻）。〔韋護白〕謹領師命。〔雷震子白〕弟子此行，兇吉何如？〔雲中子白〕你兩枚仙杏安天下，能保周家八百年。你呵：〔唱〕

【南吕調合曲・南大勝樂】秉先天一炁靈虛（韻），早工夫成九五（韻）。誰能繼你神仙步（韻），建奇功如啄粟（韻）。三生石上仙緣結（句），九轉丹還造化爐（韻）。〔合〕勳高下土（韻）。周家八百（讀），一統車書（韻）。〔雷震子白〕謹領師命。〔楊戩白〕弟子此行，兇吉何如？〔玉鼎真人白〕你也不比别人，你且聽者：〔唱〕

【南吕調合曲・北采茶歌】恁合三光混六虛（韻），吐三靈和六宇（韻）。運玄功（讀），八九神靈助（韻）。任你縱横來下土（韻），誰能精勇困吾徒（韻）。〔楊戩白〕謹領師命。〔黄天化白〕弟子此行，兇吉何如？〔清虛道德神君白〕徒弟，我有要緊偈言，你須牢記：〔唱〕

【南吕調合曲・南祝九如】識勢休粗（韻）。戰莫逢高（讀），遇能字莫恃威呼（韻）。看金鷄头上（句），蜂擁如初（韻）。止得功便退須臾（韻）。〔合〕若不知時務（韻），恐陷身未免禍難除（韻）。〔黄天化白〕謹領師命。〔土行孫白〕弟子此行，兇吉何如？〔拘留孫白〕徒弟，我有四句偈言，是你終身歸結：地行道術既能通，莫

爲貪嗔錯用功。攛出一獐忙下口，崖前猛獸帶衣紅。你須切記。〔唱〕

【南吕調合曲・北紫靈芝】這地行功(句)，有應行應伏(韻)，生克相扶(韻)。莫便自高錯過(句)，得志回頭(句)，休去只管貪圖(韻)。怕有人兒(句)，一時相難(句)，誰來救你危途(韻)，更留心細訪(句)，莫争高心氣豪粗(韻)，無人助(韻)。只怕又逢大險(句)，有損規模(韻)。〔土行孫白〕謹領師命。〔哪吒白〕弟子根由，師傅盡知，此去一路，歸着何如？〔太乙真人白〕徒弟，這汜水關前重得術，方顯蓮花又化身。你且聽我道來：〔唱〕

【南吕調合曲・南解三醒】莫相安此身便足(韻)，更有個法像重圖(韻)。有朝再得神仙術(韻)，方知你幻化靈珠(韻)。你休憂入聖無佳路(韻)，只這一旦靈胎又脱除(韻)。〔合〕休遲誤(韻)。好把乾坤安奠(讀)，扶佐皇圖(韻)。〔哪吒白〕謹領師命。〔九仙同白〕爾等各稟師言，共成大業，終有後會，莫誤前程。爾等亦當起程，我等亦各回山去也。〔九將白〕弟子等就此拜别。〔同作拜科，唱〕

【南吕調合曲・北烏夜啼】聽微言幻出生生譜(韻)，記後時寶偈相符(韻)。抵多少五千言内妙微詮(句)，八十一的黄鐘數(韻)。〔各起科，唱〕共謝着師德當初(韻)，似今日教誨門徒(韻)。〔九仙同唱〕竚看你山河隻手可擎扶(韻)，山河隻手可擎扶(疊)。乾坤創始開王路(韻)。一般兒效山呼(韻)，齊嵩祝(韻)。慶成功太平(句)，登寶地也歡娱(韻)。〔九將白〕弟子等就此告辭。〔各虚白科，仍同從上場門下。九仙起，隨撤椅科，同白〕大劫將完，吾等亦當各回洞府。〔同唱〕

【南尾聲】看天心有意亡商祚(韻)，生下了蓋世奇人建壯圖(韻)，可見得劫數安排誰能將有作無(韻)。

〔同從下場門下〕

第十九齣　首陽山夷齊阻兵（蕭豪韻）　弋腔

〔生扮伯夷，戴巾，穿道袍，從上場門上，唱〕

【仙吕調隻曲・點絳唇】讓國而逃(韻)，清名堪表(韻)。全吾孝(韻)。隱逸山郊(韻)，巢許堪同調(韻)。

〔中場設椅，轉場坐科，白〕當年非止爲求名，父命煌煌敢不承。清白至今昭隱逸，人稱難弟又難兄。我伯夷乃孤竹君長子，家君欲將國土傳與三弟叔齊，家君晏駕之後，他又以我居長，讓我受禪。我想父命怎違，堅執不允。兄弟却又不依，彼此再三固讓，所以我星夜逃出，隱於下野。兄弟見我如此，也就遁跡而來，恰好會於一處，在這首陽山隱居。朝中諸臣，往來相請，我二人俱各不回，因此衆臣商議，奉了二弟仲雍爲君，時常遣人存問。我想我弟兄二人，一個以父命爲尊，一個以人倫爲重，志同道合，清白相諧，不加勉强，好不逍遥自得也。近日聞得西伯姬發，用了叛臣姜尚爲大將軍，興兵伐紂。我想紂雖無道，而君臣之大義難泯，我二人現食商粟，居商之土，豈可坐視不救。想周兵一定從此經過，我不免與兄弟商議，叩馬進諫，大義開陳，或者他反兵而回，也未可知。兄弟那裏？

〔生扮叔齊，戴巾，穿道袍，從上場門上，唱〕

【又一體】棄位而逃(韻)，甘隨兄老(韻)。心同皎(韻)。氣本同胞(韻)，志向應無拗(韻)。〔白〕我叔齊是也，與哥哥一同隱居在這首陽山内。哥哥相召，不免上前相見。〔作虛白相見科，伯夷起，虛白科。場上設椅，各虛白坐科，叔齊白〕哥哥呼喚，有何話説？〔伯夷白〕兄弟，聞得西伯姬發興兵伐紂，君臣之義已廢，忠孝之名全虧，你我居商之地、食商之粟，即是商家臣子，豈可坐視無言？他一定從此經過，你我二人叩馬進諫，或者反兵而回，也未可知。兄弟以爲何如？〔叔齊白〕哥哥之言有理，正該如此，就此一同前去。〔各虛白、起，隨撤椅科，分白〕正是：忠孝自能全一己，綱常大義勸他人。〔各虛白科，同從下場門下。雜扮四軍卒，各戴大頁巾，穿蟒箭袖排穗褂，執標鎗。雜扮太顛、閎夭，生扮武吉，外扮南宫适，各戴帥盔，紥靠、背令旗，執器械。生扮黄飛虎、蘇護，各戴金貂，紥靠，背令旗，佩劍，執器械。生扮鄧九公、洪錦，各戴帥盔，紥靠，背令旗，佩劍，執器械。雜扮二中軍，各戴中軍帽，穿蟒箭袖通袖褂，佩刀。引外扮姜尚，戴道冠，穿道袍氅，繫絲，執綵鞭。生扮姬發，戴王帽，紥靠，襲蟒，束帶，執綵鞭。各作騎馬科，從上場門上，衆同唱〕

【仙吕宫集曲・甘州歌】【八聲甘州】（首至六句）旌旗縹緲(韻)。聽鼓鼙聲沸(讀)，海動山摇(韻)。王師浩蕩(句)，勢比不周崩倒(韻)。層層戈戟霜華絢(句)，隊隊幢旛彩色飄(韻)。【排歌】（合至末句）嵐光映(句)，山路遥(韻)。歌鐃匝地玉鞭敲(韻)。排虎隊(句)，演龍韜(韻)。安民伐暴定王朝(韻)。〔姬發白〕孤家興師東征，一路跋涉，來此不知何處？〔姜尚白〕主公，此地名首陽山，即孤竹君二子伯夷、叔齊隱居之所。〔伯夷、叔齊内白〕西伯慢行，我等來也。〔姬發虛白科，伯夷、叔齊同從上場門上，作相見科，白〕西伯請了，子牙公請了。〔姬發白〕二位何來？〔伯夷白〕吾乃伯夷，與弟叔齊今見賢侯人馬從此經過，特來探訪，不知往何處去？〔姜尚白〕商紂無道，暴虐萬方，我主公奉行天討，伐暴救民，非有他意。你二人莫非也要從軍同行，以建奇功麽？〔伯夷、叔齊同白〕子牙公差矣。吾等聞得父子主恩、君臣主敬，唯是以德感君，未聞以下伐上。今紂王呵：〔同唱〕

【仙吕宫集曲·醉羅袍】【醉扶歸】（首至合）萬方共仰君爲表韻，總荒淫失政也應是諫言高韻。〔白〕至德無不感通，至仁無不賓伏，何不退守臣節，盡獻嘉猷？〔唱〕徒把兵戈惹禍苗韻，還自稱問罪彰天討韻。〔姜尚白〕二位之言雖善，但止一偏之見，未知天數之輪迴也。〔唱〕【皂羅袍】（合至末）人心顛倒韻，神愁怨招韻。天心顛倒韻，民思亂招韻。又何妨順人心合天數張王道韻。〔伯夷、叔齊作攔住馬頭科，同白〕賢侯，你信他一派無稽之談，遂其報復之私心，以陷主公於不義。我且問你：大王既自言以仁義服天下，豈有父死不葬，援及干戈，可爲孝乎？以臣伐君，可爲忠乎？吾恐天下後世，必有以汝爲口寔者，賢侯請自三思。〔南宫适、太顛各作大怒科，同白〕爾等狂生，這等無禮。〔作拔劍欲斬科，姜尚白〕二位不可造次。此義士也，加之以兵，反爲不美。〔姬發白〕亞父之言有理。左右，扶了他一邊去，休教阻路。〔衆軍卒應，作扶伯夷、叔齊閃路科，姬發白〕衆將官就此趲行。〔衆應科，同從下場門下，伯夷、叔齊各虚白，作欲追諫科，衆軍卒各虚白，發諢推科。衆軍卒同從下場門下，伯夷白〕兄弟，你看他不聽良言，巧語支吾，竟自去了。罷、罷，姬發嗄姬發，你此去如成大事，〔作冷笑科，白〕我兄弟二人寧甘餓死，不食爾周粟也。〔叔齊白〕哥哥，此時恨也無益，且候消息可也。〔伯夷作虚白科，同唱〕

【情未斷煞】似這般下淩上欺王道㊅，倫常滅盡逞鴟梟㊅。〔同白〕老天嗄老天，〔同唱〕爲何的縱放西岐不將那報應昭㊅。〔各虛白科，同從下場門下〕

第二十齣　金雞嶺魏賁投見（先天韻）　弋腔

〔雜扮四嘍卒，各戴盔襯帽，穿箭袖卒褂，執器械，一卒擯鎗。引净扮魏賁，戴紥巾額，紥靠，背令旗，佩劍，從上場門上，唱〕

【雙角隻曲・新水令】愧無投路遂安邊（韻），掃浮雲澄清邦甸（韻）。無進身舒大志（句），空吐氣貫長天（韻）。正而今天下紛然（韻），何處把奇功建（韻）。〔中場設椅，轉場坐科，白〕綠林何事困英雄，盼得鵬摶萬里風。一旦得如平素志，好扶明主定群兇。俺魏賁自幼學成鎗馬，長來熟習韜鈐，思欲虎旅招邀，爭奈出身無路，權且綠林嘯聚，不知困首何年。在這金雞嶺據寨爲主，聞得西岐姜子牙興師伐紂，仁義著聞，我欲前去投見，又恐有名無寔，枉費一段精神，因此兵阻來途，看看他軍容虛寔，再作道理。方纔有一嘍卒，報道周兵離此不遠，有一將官前來要戰，我聞言甚喜，正中吾懷。衆嘍囉，隨我殺上前去。〔衆嘍卒應科。魏賁起，隨撤椅，作接鎗科。衆作遶場科，同唱〕

【正宫正曲・四邊静】疆場好把神威展（韻），綠林有好漢（韻）。休言將帥能（句），俺韜鈐應不淺（韻）。〔合〕刀鎗似山（韻），貔貅共前（韻）。擒賊應擒王（句），美名誰不羨（韻）。〔雜扮四軍卒，各戴馬夫巾，穿蟒箭袖卒褂，執器械。引外扮南宫适，戴帥盔，紥靠、背令旗，執刀，從上場門冲上，白〕好一個兇惡的强盗。〔作對敵科，白〕你是何處無名强寇，敢來阻路？〔魏賁白〕俺乃金雞嶺大王魏賁，你是何人，往那裏去？〔南宫适白〕我乃姜丞相麾下左哨統帥南宫适是也。俺家元帥奉行天討，你敢阻路，不要走，看刀！〔各虚白作對戰科，魏賁作生擒南宫适，復作放科，白〕俺不傷你性命，快去請姜丞相出來，俺有話説。〔南宫适作敗科，仍從上場門下，四軍卒隨下。魏賁白〕想他報知姜丞相去了。想必自來對敵，再看他軍勢怎麽。〔作虚白探望科，姜尚内白〕衆將官，南宫适無能匹夫，挫吾鋭氣，推出轅門，斬首號令。〔衆内白〕得令。〔魏賁白〕哎呀，不好了。〔向内大叫科，白〕姜丞相，刀下留人嗄刀下留人，只請元帥相見，俺自有機密相商。〔姜尚内白〕好無知强寇，擅敢如此逞兇，衆將官，隨吾殺上前去。〔衆内應科，魏賁笑科，白〕好了好了，姜丞相出來了。〔虚白科。雜扮四軍卒，各戴馬夫巾，穿蟒箭袖卒褂，執器械。小生扮黄天化，戴綫髮，穿采蓮衣氅，軟紥扮，繫跳包，執雙鎚。小生扮哪吒，戴綫髮，穿采蓮衣氅，軟紥扮，繫風火輪，帶乾坤圈，執鎗。净扮雷震子，戴道冠髮，穿飛翅鬼衣，執金棍。小生扮韋護，戴帥盔，紥靠，執杵。引外扮姜尚，戴道冠，穿道袍氅，繫絲，執杏黄旗、打神鞭。同從上場門上，姜尚白〕你是何人，請吾相見？〔魏賁作抛鎗跪科，白〕哎呀，丞相，小將魏賁，有犯天威，罪應萬死。〔姜尚白〕壯士請起，你此來何事？〔魏賁起科，白〕元帥聽稟：〔唱〕

【雙角隻曲·駐馬聽】欲效隨鞭㊀，無奈這入路難尋意莫傳㊀。〔白〕小將聞元帥天兵伐紂，思欲投入麾下，略效犬馬之勞，附功名於竹帛之末。因未見元帥，寔在恐誤前程，末將故設一計，求見天顔。〔唱〕今日裏幸逢相見（韻），果然是天威神武不虚言（韻）。願蝇趨驥尾效麾前（韻），望笑容不棄吾微賤（韻）。應歡忭（韻），何愁不把奇勳建（韻）。〔姜尚白〕壯士有此大志，老夫不勝欣慕，如蒙不棄，共贊韜鈐。〔魏賁跪科，白〕多謝元帥。但是一件，南宫將軍一時失機，寔是以勞待逸，爲末將而傷大帥，末將寔有不安，望元帥憐而赦之。〔姜尚白〕將軍請起。他雖失了軍機，今却得一上將，反是吉兆。左右，傳令放回。〔衆應，作傳科。南宫适仍從上場門上，魏賁起科，南宫适白〕謝元帥不斬之恩。〔姜尚白〕你本周室元勳，初陣失機，有辱軍容，理應正法。但魏將軍有意投周，寔先兇而後吉。雖然如此，你却大不及他，理宜相讓，可將左哨統帥應信與他交代。〔南宫适白〕末將見此上將相投，不勝欣羡，何敢以爵位自私，願相推代。〔姜尚白〕這纔見南宫將軍公於王事。〔魏賁白〕多謝元帥。〔姜尚白〕就此隨我入營見駕去者。〔魏賁應科，衆作遶場科，同唱〕

【慶餘】喜軍行雖路收雄健（韻），上將來投添得那軍勢嚴（韻）。〔姜尚白〕魏將軍，〔唱〕竚待你建績開基遺芳名向史册傳（韻）。〔衆擁護姜尚，同從下場門下〕

第廿一齣　商家命將致孔宣（古風韻）　昆腔

〔雜扮四軍卒，各戴馬夫巾，穿蟒箭袖卒褂，執旗。引外扮韓榮，戴帥盔，紥靠、背令旗，襲蟒，束帶，佩劍，從上場門上，唱〕

【中吕宫引・行香子】羽報喧傳（韻）。遍地干戈（句），擾帝都輕如席捲（韻）。江山好似（句），風燭難燃（韻）。盼何日（句），收大寇（讀），靖烽烟（韻）。〔中場設椅，轉場坐科，白〕老夫汜水關總帥韓榮是也。西岐姬發，於三月十五日金臺拜將，命姜尚爲大將軍，領兵前來，問罪致討。我想以臣伐君，罪無可追，以寡敵衆，勢不可當，因此差官告急，本奏朝歌。昨日邸報到來，道聖上差點孔宣爲大元戎，進兵阻戰，將次到這關上。出得此關，便是金雞嶺了，姜尚屯兵在彼，想孔元帥拒住險隘，他便插翅難飛。我今迎接上去，告知軍情可也。手下，隨我出關迎接去者。〔衆應科。韓榮起，隨撤椅科。場東城門上安「汜水關」匾額科。衆從上場門下，隨出城門，作遶場科，同從下場門下，衆隨下。雜扮四軍卒，各戴大頁巾，穿蟒箭袖排穗褂，執標鎗。雜扮陳庚、孫合、周信、高繼能，各戴紥巾額，紥靠，執器械，高繼能背蜈蜂袋。雜扮二中軍，各戴中軍帽，穿蟒箭袖通袖褂，佩刀，捧令箭架、應盒。引净扮孔宣，戴帥盔，簪狐尾、雉尾，紥靠，背令旗，佩劍，執五色毫光旗切末。同從上場門上，唱〕

【中呂宮正曲・駄環着】奉吾皇恩命(韻)，奉吾皇恩命(疊)，虎旅長征(韻)。辨赤膽忠心(讀)，答謝英明(韻)。掃蕩群兇大業成(韻)。方信王師莫抗(句)，悔當初拒主横行(韻)。靖却烽烟(讀)，好同歡慶(韻)。恨强徒有眼無睛(韻)，逆大義綱常不正(韻)。〔合〕從今後(句)，勒功銘(韻)。名著鼎彝(讀)，萬載芳聲(韻)。〔白〕俺孔宣奉吾皇特命，節鉞專榮，統領王師，征伐西岐。銜命而行，將近賊界。前面已是汜水關了，我想此關之外，便離西岐不遠，俺且阻拒咽喉，任他插翅難飛。衆將官，就此趲行。〔衆應科。四軍卒引韓榮從上場門上，作迎接科，白〕汜水關守將韓榮恭迎天帥。〔孔宣白〕總帥少禮。〔韓榮白〕天帥來臨，失於遠候。〔孔宣白〕封疆大任，難以暫離。〔韓榮白〕請入帥府。〔孔宣白〕總帥引路。〔各虛白，遶場科，同唱〕

【仙呂宮正曲・步步嬌】雄關雉堞紛環遶(韻)，萬丈凌雲表(韻)。王師此息勞(韻)。竚看掃淨烽烟(句)，邊疆安保(韻)。〔合〕他插翅也難逃(韻)，全憑着神威妙算除狂暴(韻)。〔同作入關科，從城門下，從上場門上，作到科。場上設椅，各虛白，坐科。孔宣白〕總帥，那姜尚處這些時消息如何？〔韓榮白〕連日末將邊報備述其詳，姜尚勢甚猖獗，專候王師下降。〔孔宣白〕俺也正是爲此星夜前來。〔韓榮白〕元帥此行，來遲了些。〔孔宣白〕這却爲何？〔韓榮白〕元帥聽禀：〔唱〕

【仙呂宮正曲・皂羅袍】他已向金臺拜帥(韻)，領雄師萬隊(讀)，殺奔前來(韻)。〔孔宣白〕如此説，他那裏人馬已到了？〔韓榮白〕正是。〔唱〕他已到金雞峻嶺駐行臺(韻)，飛行早到這關城外(韻)。〔孔宣白〕金雞嶺離此多遠？〔韓榮白〕出得此關，不過數十里之遥就是。〔孔宣白〕總帥可曾見他軍勢？〔韓榮白〕

末將未曾與他交戰，不知他軍勢如何，只聽得報馬傳言：〔唱合〕道雲屯霧聚(句)，刀鎗雪皚(韻)。山摇川沸(句)，鼓聲似雷(韻)。雄師百萬威風駭(韻)。〔孔宣白〕原來如此。不過外面威嚴，料姜尚有何德能，敢如此猖獗。我今到此，定擒姬發、姜尚，解進朝歌，獻俘天子。陳庚、孫合、周信、高繼能聽令：〔四將應科，孔宣白〕爾等各領精兵三千，作速出關，周營要戰。初陣交鋒，務要斬將搴旗，不可少挫鋭氣。〔四將應科，同從上場門下。韓榮白〕元帥如此神威，將佐這般雄勇，西岐不足平也，末將不勝慶賀。〔孔宣白〕多承總帥過奬。此不過略盡臣節，以報涓埃於萬一耳。〔韓榮白〕後堂備有酒宴，請元帥開懷一叙。〔孔宣白〕多有費心。〔韓榮白〕好説。〔各起，隨撤椅科，同唱〕

【尚按節拍煞】王師氣鼓如雷電(韻)，又何愁錦江山不出萬全(韻)，好待取滅寇擒王慶皇圖萬萬年(韻)。〔同從下場門下，衆隨下〕

第廿二齣　周將陳兵死天化（江陽韻）　昆腔

〔小生扮黃天化，戴綫髮，穿采蓮衣氅，軟紮扮，繫跳包，執雙鎚。小生扮哪吒，戴綫髮，穿采蓮衣氅，軟紮扮，繫風火輪，帶乾坤圈，執鎗。生扮武吉、外扮南宫适，各戴帥盔，紮靠、背令旗，執器械。同從上場門上，同唱〕

【高宫隻曲・端正好】耀武勢破兇威(句)，奉軍令誅賊將(韻)。喜今日繳功簿慶御家邦(韻)。也則是王師赫赫根基壯(韻)，把逆賊怎肯輕輕放(韻)。〔分白〕我乃哪吒是也，我乃黃天化是也，我乃武吉是也，我乃南宫适是也。〔同白〕吾等奉丞相將令，爲因孔宣差將前來要戰，命吾等前去迎殺，大得全勝，交令回來。元帥將次陞帳，吾等在此伺候。〔各分侍科。雜扮四軍卒，各戴大頁巾，穿蟒箭袖排穗褂，執標鎗。生扮黃飛虎、蘇護，各戴金貂，紮靠、背令旗，佩劍。生扮鄧九公、洪錦，各戴帥盔，紮靠、背令旗，佩劍。生扮黃天爵、黃天祥，各戴紫金冠額，紮靠、背令旗，佩劍。生扮金吒，戴陀頭髮，穿采蓮衣氅，軟紮扮，繫跳包。净扮雷震子，戴道冠髮，穿飛翅鬼衣。雜扮二中軍，各戴中軍帽，穿蟒箭袖通袖褂，佩刀。引外扮姜尚，戴道冠，穿道袍氅，繫縧，執拂塵，從上場門上，唱〕

【正宫正曲・普天樂】奉皇恩邀天貺(韻)，統萬隊王師壯(韻)。原可見順天心到處生祥(韻)。當日裏渭川濱正叶心想(韻)。〔中場設高臺、虎皮椅、令箭、應劍、桌，内作樂，姜尚轉場，陞座科，白〕回首絲綸事已非，得邀恩眷有光輝。懸知天意應如此，眼見商家國祚微。老夫姜尚，本自山林，叨蒙徵聘，今承節鉞，謬荷恩綸。先王知遇之恩，無由可報；今上寄托之重，又何敢辭。總是氣運輪迴，變遷劫數，皆原天意，本不由人。奉駕東征，正當其候。一路兵行迅速，來這金雞嶺屯扎，已離汜水關不遠，思欲攻破險隘，可以長驅。聞得昏君遣孔宣前來，探子報道有他手下四將要戰前來，老夫隨命哪吒、黄天化、武吉、南宫适四將迎敵。聞説得勝而回，特此陞帳論功。吩咐開門，宣四將來見。〔衆應，作開門科，四將作進見科，同白〕丞相在上，末將等奉命迎戰，將陳庚、孫合斬首，高繼能、周信大敗而逃，特來交令。〔姜尚白〕有勞爾等，建此大功，奏明主公，當有褒賞。〔四將白〕多謝丞相。〔分侍科，姜尚白〕初次交鋒，折他鋭氣，好令人心下歡喜也。〔唱〕這的是玉虚弟子雄心壯(韻)，將門公子神威放(韻)。斬賊酋氣概精强(韻)，耀軍聲祛除魍魎(韻)。〔合〕這的是(讀)，邦家之喜世德之光(韻)。〔雜扮一報子，戴鷹翎帽，穿報子衣，繫跳包，執旗，從上場門上，跪科，白〕報，啟丞相在上：今有孔宣見折了二將，親來要戰。〔姜尚白〕知道了。〔報子仍從上場門下，洪錦白〕元帥在上：末將自入西岐，未有寸效，待我前去對戰，好歹用旗門遁法斬了這廝，報功麾下。〔姜尚白〕將軍須要小心。〔洪錦白〕不勞元帥囑咐，末將去也。〔從下場門下，姜尚白〕你看他，果是一員上將也。〔唱〕

【高宫隻曲・脱布衫】則見他奮精神萬丈雄光(韻)，思勇猛浩氣奮往(韻)。報人德掃除逆黨(韻)，奇功建有誰能彷(韻)。〔報子仍從上場門上，白〕報，啟丞相在上：洪錦與孔宣交鋒，只見一陣金光，洪錦不知去向，特此報知。〔姜尚白〕怎麽有這等事？　再去打聽。〔報子應科，仍從上場門下。　姜尚白〕一魔未了，又遇一魔，金光捉將，是何法術？　也罷，索性與他交戰一場，再見分曉。　哪吒聽令：〔哪吒應科，姜尚白〕你領精兵五千，冲他大隊。〔哪吒應科，姜尚白〕黄天化聽令：〔黄天化應科，姜尚白〕你領精兵五千，冲他左哨。〔黄天化應科，姜尚白〕雷震子聽令：〔雷震子應科，姜尚白〕你領精兵五千，冲他右哨。〔雷震子應科，三將同從下場門下。　姜尚白〕大約此戰，得以成功。〔唱〕

【正宫正曲・傾杯序】威揚(韻)。　滅渠魁答聖皇(韻)，武勇堪稱賞(韻)。　躍馬持戈(句)，斬將搴旗(句)，這般神威(讀)，甚様行藏(韻)。　這的是君恩長養(句)，建績垂名(讀)，國祚其昌(韻)。〔合〕便有他(讀)，大妖魔也莫得稱强(韻)。〔報子仍從上場門上，白〕報，啟元帥在上：哪吒、雷震子俱被孔宣用毫光擒去，黄天化被高繼能刺死，特來報知。〔姜尚作大怒起科，白〕怎麽玉虚弟子盡被所傷，氣死我也！〔報子仍從上場門下，黄飛虎哭科，白〕哎呀，我那兒嗄。〔作跌科，衆作扶科。　黄天祥、黄天爵同作哭科，白〕哎呀，我那哥哥嗄。〔姜尚作下座，隨撤高臺科，白〕黄將軍醒來。〔黄飛虎作醒，哭科，白〕我那兒嗄，寔指望建功創業，扶保吾皇，垂名史册，萬載流芳，父子同享君恩，榮華卿相，又誰知今日慘亡。　兒嗄，咳，也罷，天化已死，爲主盡忠，不爲無名了。　但是害子之仇，不可不報。　丞相，待我前去爲子報仇。〔南宫适白〕黄將軍不必如此。　公子爲國捐軀，萬載垂名史册。　那孔宣乃左道旁門，公子尚且被害，何况吾等。　依我愚見，崇城侯黑虎善能破除邪法，何不請他相助，大約可以成功。　不知將軍意下如何？〔姜尚白〕武成王，南

宫將軍之言有理，就煩武成王一往，請得他來，再作道理。〔唱〕

【正宫正曲・小桃紅】念公子忠良將(韻)，死王事英名仰(韻)。吾儕此言非虛奬(韻)，還須是節哀且免勞神想(韻)。〔合〕他丹心已被皇天諒(韻)，將軍呵須索是急請忠良(韻)。〔黄飛虎白〕末將領命。〔從下場門下，姜尚白〕衆將官，且各謹守營寨，不可擅動。〔衆應科，同唱〕

【尾聲】偏偏又遇邪威放(韻)，阻大帥耀惡焰施爲威斬將(韻)，且待把勇將招來破他的妖術葬(韻)。〔從下場門下，衆隨下。生扮柏鑑，戴帥盔，搭魂帕、白紙錢，紥靠，執旛。引雜扮陳庚、孫合魂，各戴紥巾額，搭魂帕、白紙錢，紥靠，黄天化魂，搭魂帕、白紙錢，同從東傍門上，遶場科，同從下場門下〕

第廿三齣　爲聘賢恰遇同心 歌戈韻　弋腔

〔雜扮八嘍卒，各戴盔襯帽，穿箭袖卒褂，執旗。引雜扮文聘、崔英、蔣雄，各戴帥盔，紮靠、背令旗，佩劍，同從上場門上，唱〕

【仙呂調隻曲·點絳唇】嘯聚山河韻，非同微末韻。威風大韻。統萬隊的嘍囉韻，覷彈指把江山破韻。〔場上設椅，各坐科，分白〕煉就韜鈐別樣精，高山占據有英名。竚看時遇紛爭日，〔同白〕好會諸侯謁聖明。〔分白〕俺文聘是也，俺崔英是也，俺蔣雄是也。〔同白〕吾等幼習武藝，熟諳韜鈐，與崇侯黑虎爲莫逆之交。他自在崇城鎮守，我三人在這飛鳳山中占據爲王。只因商紂無道，西伯問罪興師，天下諸侯八百，共約會於孟津，崇侯也在其内，曾使人前來命俺弟兄操練人馬，好去相助。我等終日訓練，務使精强。想起來商紂無道，惹得刀兵紛亂，塗炭生靈，好令人心痛也。〔文聘白〕二位賢弟，今日閑暇無事，不免操練軍容一番，何如？〔崔英、蔣雄同白〕哥哥之言有理。〔各起，隨撤椅科，同唱〕

【仙呂調隻曲·油葫蘆】他怎敢逞惡施威小覷多韻，敢與俺對争麽韻。他不尋思遇俺怎收羅韻。看不了森森劍戟霜峰錯韻，彫彫斧鉞金叢落韻。有一日話不投句，俺可也便放潑韻。似飛蛾急颭颭來投火(韻)，怎敵俺勇烈一群魔(韻)。〔從下場門下，衆嘍卒隨下。雜扮四軍卒，各戴馬夫巾，穿蟒箭袖卒褂，執旗。引生扮黄飛虎，戴金貂，紥靠，背令旗，執鎗，從上場門上，唱〕

【仙吕調隻曲·天下樂】怎不教我登時怨恨他(韻)，害吾兒的仇多(韻)。這仇多怎放過(韻)，請來神術把妖風破(韻)。他那裏逞不盡的左門方(句)，俺這裏按不住的無明火(韻)，急前行請將軍來助我(韻)。〔白〕俺黄飛虎奉丞相將令，來請崇黑虎破孔宣妖法，因此星夜前來。大小三軍，趲行前去。〔衆應科，同作遶場科。場上預設幃幙，上安「飛鳳山」匾額，前設高臺，安山石、布幃，前安山石切末科。黄飛虎白〕來此飛鳳山了。〔内作鉦鼓聲科，黄飛虎白〕呀，山中那得有此征伐之聲？大小三軍，爾等山下伺候。〔四軍卒應科，同從上場門下。黄飛虎白〕待我上山一看，便知端的。〔作上高臺科。衆嘍卒各執器械，引文聘、崔英、蔣雄各執器械，從上場門上，作布陣對戰科，同作大笑科，白〕妙嗄，如此精明强練，何愁大業不成。〔黄飛虎白〕這三人爲何以厮殺爲戲？待我下山問個端的。〔作下山相見科，三將白〕呀，下山來的可是武成王黄將軍麽？〔黄飛虎白〕不才便是，三位將軍如何識認？〔三將白〕你的聲名遍布天下，吾等見將軍儀表非凡，今日所見與向日所聞一般無二，故此知之。今朝何幸到此？〔黄飛虎白〕俺奉姜丞相將令，請崇侯相助破孔宣妖法。路過此山，見三位如此以戰争爲戲，是以稱奇耳。〔文聘白〕原來如此。我等並非以戰争爲戲，待我細稟其詳：小將文聘，此二人乃吾義弟，一個名唤崔英，一個名唤蔣雄。我三人俱與崇侯爲八拜之交，崇侯使人來告，言商紂無道，西伯東征，天下諸侯八百，相約大會孟津，共迎聖主，命我等操練人馬，以爲日後之用。今日操練，何幸得識金顔。〔黄飛虎白〕幸逢三位，得知其詳，就此告辭，到崇侯處去。〔三將同白〕吾等異日會聚之時，原爲投順西伯，幸逢將軍到此，遲速相同，俺弟兄三人與將軍一同前往，請得崇兄一同去見西伯，不知大王可容納否？〔黄飛虎白〕如此末將感戴不盡，山下現有我手下三軍，可唤上山來。〔文聘白〕這却不消。勢必自山下經過，隨路唤他們同行可也。〔黄飛虎白〕如此甚妙。軍令緊急，就此一同前往。〔各虚白，遶場科。場上隨撤幃幙、高臺、山石切末科，同唱〕

【仙吕調隻曲・寄生草】喜相過(韻)，情意和(韻)。待甘霖滅彼無根火(韻)。明神飛向天邊過(韻)，妖光一霎隨風破(韻)。那時誰救恁喪身灾(句)，異日共把那昇平賀(韻)。〔同從下場門下，衆嘍卒隨下。雜扮四軍卒，各戴馬夫巾，穿蟒箭袖卒褂，執旗。雜扮四將官，各戴紥巾額，紥靠。小生扮崇應鸞，戴紫金冠額，紥靠、背令旗，佩劍。引净扮崇黑虎，戴黑貂，紥靠、背令旗，襲蟒，束帶，佩劍，從上場門上，唱〕

【仙吕調隻曲・玉花秋】穩向這崇城坐(韻)，專則候明君渡河(韻)。俺威風若使那商室諸人見了呵(韻)，絶難迴避怎收撮(韻)。我(韻)，一壁裏相逢没處去躲(韻)。〔中場設椅，轉場坐科，白〕俺崇黑虎自與西伯同謀，將逆兄擒獻之後，即來鎮守崇城，尊居大鎮。非是俺滅了大倫，只不肯得罪天下。方今紂王無道，日勝一日，西伯興兵，承繼父志，伐暴救民。天下諸侯八百，同時約會，迎師孟津。我已使人到飛鳳山，命三個兄弟操練人馬，以爲後用。我此處也終日訓練精兵，以圖大舉。〔雜扮一中軍，戴中軍帽，穿蟒箭袖通袖褂，佩刀，從上場門上，跪科，白〕啟上大王：今有飛鳳山三位大王，與西周武成王黄飛虎來見。〔崇黑虎白〕道有請，待我出迎。〔中軍應科，向内請科，仍從上場門下。黄飛虎、文聘、崔英、蔣雄同從上場門上。崇黑虎起，隨撤椅，作出迎，各虛白作相見科。崇黑虎白〕不知武成王駕臨，有失遠迓。〔黄飛虎白〕得造貴府，幸覩尊顔。〔場上設椅，各虛白坐科。崇黑虎白〕武成王下造敝鎮，有何見教？〔黄飛虎白〕君侯聽稟：今有商將孔宣呵，〔唱〕

【仙吕調隻曲·後庭花】弄玄虛難識破(韻)，施邪法怎贏過(韻)。〔白〕小兒天化死於非命，哪吒、雷震俱被生擒。〔唱〕他兇風天地震(句)，惡焰動山河(韻)。他那裏待怎麽(韻)，滅他兇惡(韻)。〔白〕小將奉姜丞相將令，奉請君侯。〔唱〕仗神術滅風波(韻)，除惡焰好收科(韻)，掃兇風好静過(韻)，滅大逆好結末(韻)。〔崇黑虎作沉吟科，文聘白〕大哥莫非爲進陳塘、會孟津的事麽？〔崇黑虎白〕正是如此，恐誤大事。〔文聘白〕今者西伯兵阻金雞嶺上，不除此害，怎得東進五關？就是大哥先到會了，諸侯還得等候西伯。〔崔英、蔣雄同白〕此言甚是。仁兄還是先破了邪法，讓西伯得路進兵，仁兄然後分路去會諸侯，未爲遲滯。〔崇黑虎白〕如此也罷。〔唱〕

【賺煞】共收羅(韻)，相摧掇(韻)，周營也今番去呵(韻)。休道俺有意扶周没結果(韻)，好待前行滅了妖魔(韻)。〔白〕待俺將軍務交與孩兒終日操練，你我一同前去。〔黄飛虎白〕多謝君侯。〔崇黑虎白〕請入後堂酒飯過了再行，何如？〔各虛白，起，隨撤椅科，同唱〕他那裏似睜着雙眼跳黄河(韻)，投順明君較面闊(韻)。他不思自揣摩(韻)，空施强惡(韻)，致惹下早晚的亡身禍害多(韻)。〔各虛白科，同從下場門下，衆隨下〕

第廿四齣　難敵妖未能得勝（真文韻）　弋腔

〔雜扮四軍卒，各戴馬夫巾，穿蟒箭袖卒褂，執旗。雜扮四軍卒，各戴大頁巾，穿蟒箭袖排穗褂，執標鎗。生扮金吒、木吒，各戴陀頭髮，穿采蓮衣氅，軟紮扮，繫跳包。生扮武吉、外扮南宫适，各戴帥盔，紮靠、背令旗，佩劍。净扮李靖、小生扮韋護，各戴帥盔，紮靠。引外扮姜尚，戴道冠，穿道袍氅，繫絛，執拂塵，從上場門上，唱〕

【南呂調套曲・一枝花】則俺這尊天伐暴身（韻），正值着似雪飛霜鬢（韻）。我一味丹忠期報國（句），一念肯忘君（韻）。欲建奇勳（韻），四海聞忠信（韻）。俺待要把綱常大義存（韻），盡心兒將社稷匡扶（句），一念的只把那江山着緊（韻）。〔中場設椅，轉場坐科，白〕忠義惟知救衆生，肯教狂背任横行。封神一自遵仙榜，赫赫威名萬古靈。老夫姜尚，一自承榜下山，奉天伐暴，經過了多少險難，遇見了幾許灾殃，却喜神天默佑，屢得救解，算來有三十六路兵伐西岐，内中許多魔難。近來兵阻金雞嶺上，路逢汜水關前，孔宣邪術無邊，莫能抵敵。南宫將軍道崇侯黑虎善破邪法，因命武成王黄飛虎前去徵請，已過數日，想也將次到來。〔生扮黄飛虎，戴金貂，紮靠、背令旗，佩劍。净扮崇黑虎，戴黑貂，紮靠、背令旗，佩劍。雜扮文聘、崔英、蔣雄，各戴帥盔，紮靠、背令旗，佩劍。同從上場門上，白〕爲破邪妖來此地，共看軍帳慶昇平。〔黄飛虎白〕已到軍帳，四位賢弟少待，待我先見元帥，好來迎接。〔作見姜尚科，白〕丞相在上，末將奉令去請崇侯，路過飛鳳山，遇見了崇侯義弟三人，一同前去請了崇侯，同來投見。〔姜尚白〕如此甚好，待老夫親自出迎。〔起，隨撤椅科。各虛白，作相見科。場上設椅，各虛白，不敢坐科，姜尚白〕初來相見，理當坐談，即武成王今日也當陪坐，日後再守軍規未遲。〔各虛白坐科，姜尚白〕久感君侯，泰山北斗，幸施神術，略救危灾。〔崇黑虎白〕盛慕丞相，忠義仁聞，既蒙不棄，願效駑駘。〔姜尚白〕請問這三位將軍貴姓高名？〔文聘、崔英、蔣雄分白〕小將文聘，小將崔英，小將蔣雄。〔同白〕俺弟兄三人與崇兄俱爲八拜之交，我等在飛鳳山操練人馬，以助崇兄兵會孟津之舉，路遇武成王相請崇兄，特地一同前來。我等情投意合，也與武成王結爲弟兄，共佐明君，同扶元帥。〔姜尚白〕列位如此，老夫不勝感羨。〔崇黑虎白〕閒話少叙，請問丞相，那孔宣這幾日可曾要戰？〔姜尚白〕也曾前來。但是此處無人可敵，只得自守軍營。〔崇黑虎白〕丞相，俺此來呵，〔唱〕

【南呂調套曲·梁州第七】那怕他會旁門的英雄兇狠(韻)，俺待建滅妖法的事業功勳(韻)。好則是千軍萬馬去當頭陣(韻)。殺他個旌旗慘慘(句)，戈甲紛紛(韻)。隻輪不返(句)，片甲無存(韻)。〔文聘、崔英、蔣雄同白〕我等既入西岐，理應報效。待他再來要戰，〔同唱〕須教他走無門喪膽驚魂(韻)，方遂俺輔有德伐暴安民(韻)。直搗入朝歌城中(句)，直驅進深宮內闈(韻)。誅獨夫把社稷成塵(韻)。〔姜尚白〕若果衆位相佐，共成大業，非但西岐之幸，實天下蒼生之幸也。〔唱〕看商家宗廟頹湮(韻)，山陵破損(韻)，踏平江海無根本(韻)。那時節英名著萬方振(韻)，添得西周王氣新(韻)，誰不羨忠義深恩(韻)。〔崇黑虎白〕待我等前去要戰，且斬他一兩個上將，與孔宣略送個消息，去其羽翼，何怕無功。〔姜尚白〕君侯之言有理。纔到此間，動勞鞍馬，武成王可前去相助，以報殺子之仇。〔黄飛虎應科，各起，隨撤椅科，崇黑虎白〕吾等就此告辭，與那賊厮殺去也。〔姜尚白〕老夫專候捷音。〔各虚白科。崇黑虎、黄飛虎、文聘、崔英、蔣雄仍同從上場門下，姜尚白〕你看西周屢得奇人，兼收大將，可見天命有在，主公之洪福不小也。〔唱〕

【南吕調套曲・牧羊關】則看他豪氣吐凌霄漢(句)，神威壯貫碧雲(韻)。須使那賊魂消辟易逡巡(韻)，霎時間宗廟成塵(韻)，城池齏粉(韻)。直待把嬌滴滴(讀)的妖狐彰國法(句)，又好把暴昏昏(讀)的虐主作編民(韻)。重整着新氣象(句)，那時方顯得同歸仁聖君(韻)。〔從下場門下，衆隨下。雜扮八軍卒，各戴馬夫巾，穿蟒箭袖卒褂，執器械。雜扮高繼能，戴紥巾額，紥靠，背蜈蜂袋，執器械。引凈扮孔宣，戴帥盔，簪狐尾、雉尾，紥靠、背令旗，佩劍，帶五色毫光旗切末，執器械，從上場門上，唱〕

【南吕調套曲・四塊玉】堪恨那無知賭勢强(句)，可笑那不揣相親近(韻)，揚戈躍馬結狐群(韻)，自來尋入迷魂陣(韻)。全不思道術精(句)，全不怕身軀隕(韻)，無端的送殘生巧投來地網門(韻)。〔白〕俺孔宣領兵前來，與姜尚對戰，頭陣傷了孫合、陳庚，二陣又害了周信，後來知俺道術□□，無人可敵，近日總未曾出戰。我的道術，休説凡夫俗子，便是大羅正仙，也難逃這毫光之厄，更兼高繼能有法寶隨身，分外勇猛。前者誅了他一員賊將，擒了他兩個門人，俱各監禁後營，待擒了姜尚、姬發，一同解獻。

數日要戰，不敢出迎，今日好端端遣人要戰，又不知請了甚麽該死的來了。〔作大笑科，白〕姜尚嗄姜尚，你却枉用心機也。〔向高繼能白〕高將軍，你我須要大展神威，務使他片甲無存，方消此恨。〔高繼能白〕元帥之言有理。〔同白〕大小三軍，就此迎殺上去。〔衆應科，同唱〕

【南呂調套曲・玄鶴鳴】迎戰去忙前進(韻)，姜尚的時衰運屯(韻)。好則待兵伐掃浄金雞嶺(句)，征駒踏碎了郢岐門(韻)，把他來國基碎粉(韻)。縱使有三華瑞露(句)，九轉靈丹(句)，盧醫妙手(句)，扁鵲神人(韻)，也救不活(讀)，西周衆子孫(韻)。早知是天邦難犯(句)，爲何不守職爲臣(韻)。〔内作吶喊科。八軍卒引黄飛虎、崇黑虎、文聘、崔英、蔣雄，各執器械，崇黑虎背葫蘆，同從下場門上，對敵科。崇黑虎白〕來者就是孔宣麽？〔孔宣白〕然也，你是何人？〔崇黑虎白〕俺乃崇侯黑虎，奉姜丞相將令，破爾妖法，斬爾妖群。〔高繼能白〕哎呀，氣死我也！崇黑虎，你乃北路反叛，爲何也來西岐助人爲虐？正是爾等會於一處，便於擒捉。〔作對敵科，高繼能唱〕

【南呂調套曲・烏夜啼】怎巧遇狐群狗黨(句)，偏聚齊封豕狼群(韻)。投生何苦不圖存(韻)，只管的恃强自惹亡身運(韻)。〔崇黑虎白〕哎呀，氣死我也！前日害黄公子，就是你這匹夫。〔作對戰科，唱〕不揣何身(韻)，相抗明君(韻)，把罪名一一細評論(韻)，罪名一一細評論(疊)。〔白〕衆位一同上前。〔黄飛虎、文聘、崔英、蔣雄各虚白，作圍殺科，高繼能白〕好無知匹夫，以多爲勝，待我用法寶擒你。〔作展蜈蜂袋科，天井内下衆蜈蜂切末科，四將虚白，遶場怕科，崇黑虎白〕列位休驚，有我在此。〔作取葫蘆科，葫蘆内出黄烟，天井内下大神鷹切末，作打散蜈蜂科，從天井墜下，地井內收科，天井內隨收大神鷹切末科。高繼能作大怒科，白〕無知匹夫，敢破我的法寶。〔黃飛虎白〕害子仇人，此時不斷，更待何時。〔作以鎗刺死高繼能科，從上場門暗下。孔宣怒科，白〕哎呀，氣死我也！　怎敢傷吾副帥。〔作冲戰科，崇黑虎白〕孔宣，你也趁勢送死麼？〔孔宣白〕黑虎嗄黑虎，你是何人，敢稱本領。　今日遇見我孔將軍呵，〔唱〕管教你殘生斷送無投奔（韻），不放空追尋緊（韻），向何處走無逃遁（韻）。只教你上天無路（句），入地無門（韻）。〔作與五將對戰科，孔宣作詐敗科，引衆軍卒同從下場門下，五將追下，衆軍卒隨下。　生扮柏鑑，戴帥盔，搭魂帕、白紙錢，紥靠，執旛。引雜扮周信魂，戴紥巾額，搭魂帕、白紙錢，紥靠，高繼能魂，搭魂帕、白紙錢，同從東傍門上，遶場科，同從下場門下。衆軍卒引孔宣執五色毫光旗從上場門上，白〕我今用詐敗之計，欲將俺法寶擒他。　誰知那五員賊將，不知進退，竟自追趕，自來送死。　我不免待他們到時，用俺法寶一齊擒拿便了。〔八軍卒引五將同從上場門作追上科，虛白，與孔宣對戰科，孔宣作摇五色毫光旗科，天井內下五色毫光切末，罩五將作迷倒科，衆軍卒作綁科，八軍卒虛白敗科，從上場門下。　孔宣作收旗，天井內收五色毫光切末，五將同作醒科，各虛白科，孔宣白〕又擒五將，姜尚手下能有多少將弁，那禁得連日擒拿。　大小三軍，就此回營。〔衆應科，同唱〕

【收尾】難辭那雲陽一個個頭顱刎（韻），結果在青鋒劍一根（韻）。笑無知空惹災殃近（韻）。如果的盡心作臣（韻），怎得似今日霎時身隕（韻）。試看那富貴功名付東流向浪頭滾（韻）。〔從下場門下，衆隨下〕

第八本

第一齣 準提降世法收魔（蕭豪韻） 弋腔

〔雜扮八仙童，各戴綫髮，穿道袍，引生扮準提道人，戴毗盧帽，穿道袍，披袈裟，執拂塵、七寶妙樹枝，從上場門上，唱〕

【雙角隻曲・新水令】清凉極樂任逍遥(韻)，動慈悲扶明除暴(韻)。正值這群仙遭殺戮(句)，大劫遇紛囂(韻)。這也是定數難逃(韻)，忙施法親來到(韻)。〔中場設椅，轉場坐科，白〕不二門中法品高，西方净土煉心苗。慈悲普度有緣者，好向紅塵走一遭。吾乃西方極樂世界準提道人是也。修成不壞金身，演就三車妙法。慈悲門啟，有緣者隨處收留；方便途開，合意者應時救度。姬發天命之人，姜尚受敕之士，理應净掃仙妖，共成事業。輪迴氣數，劫運遭逢，凡歸正道者莫不相扶，凡入旁門者盡爲之難。自那日借了青蓮寶色神旗之後，我只當大事已完，正好金臺拜將。目下兵阻金鷄嶺上，有孔雀神禽私自下凡，爲他磨難。諸弟子俱被所擒，衆寶物盡爲所有。燃燈無計可施，子牙一籌莫展。貧道若不下凡收伏，有誤教主法限，須索走一遭也。〔起，隨撤椅科，白〕衆仙童好生烹茶伺候，我去去就來。〔衆仙童應科，仍從上場門下。準提道人唱〕

【雙角隻曲・駐馬聽】漫踏層霄韻，道裏妖原不是妖韻。須當把魔頭過了韻，纔好去完全正果建根苗韻。今日裏有緣普度不辭勞韻，看靈山一念回頭早韻。無難到韻，西方法界同登造韻。〔從下場門下。雜扮四軍卒，各戴馬夫巾，穿蟒箭袖卒褂，執旗。雜扮四軍卒，各戴大頁巾，穿蟒箭袖排穗褂，執標鎗，一卒扛器械。引淨扮孔宣，戴帥盔，簪狐尾、雉尾，紥靠，背五色毫光旗背壺切末，帶金鞭，從上場門上，唱〕

【雙角隻曲・步步嬌】桓桓勇術通神妙韻，待把那周室掀翻倒韻。誰相較韻，相逢怎的善開交韻。莫相嘲韻，誰是個如意先天寶韻。〔中場設椅，轉場坐科，白〕凡胎脱盡煉仙身，誰識先天一氣因。漫説旁門容易制，最難制伏是旁門。俺孔宣奉命興師，征討姬發，兵阻金鷄嶺上，軍屯汜水關前。姜尚這厮，不知進退，枉逞英雄，連日交鋒，屢爲我敗，擒了他許多將官，收了他無數法寶，他已勢窮計竭，俺却氣正心雄。這幾日前去要戰，他將免戰高懸，總不交鋒，眼見得西岐可破，大事可成。不知他怎生請得燃燈道人思欲勝我，那裏曉得俺的法術神通，將定海神珠輕輕送於吾手。他又命羽翼仙來擒我，那大鵬那裏是俺對手，也被俺幻出法像，險送無常。却又敗入營中，堅壁自守。〔大笑科，白〕姜尚嗄姜尚，難道我就與你這樣厮守日月不成。今日不免前去要戰，再若不出，待我直闖元營，看他怎生抵擋。〔起，隨撤椅科，白〕大小三軍，隨我殺上前去。〔衆卒應科，孔宣作接刀科，同唱〕

【正宫正曲·四邊静】休教坐守王師老(韻)，挑戰威風浩(韻)。無知拒我前(句)，管教他一命難存保(韻)。〔合〕他逆天暴梟(韻)，俺先天法高(韻)。小寇莫相誇(句)，天兵應浄掃(韻)。〔同從下場門下。準提道人從上場門上，唱〕

【雙角隻曲·沉醉東風】應不用兵戈厮鬧(韻)，更不須對舞鎗刀(韻)。只這神樹枝(句)，開七寶(韻)，早刷盡他五色光毫(韻)。從今後又收護法上金橋(韻)，脱左道頓抛苦惱(韻)。〔白〕我到周營見了燃燈、子牙，備述來意，收伏仙禽。恐子牙道行未堅，殺心不退，見他切齒，有傷慈悲，所以貧道講明因果，獨自前來，命子牙公帥領衆將解救門人，點收法寶。燃燈道人知此一段緣由，也不同我到此，自守中軍。孔宣要戰前來，我須索在此等候。〔孔宣從上場門上，白〕那道人，你可是姜尚請來的救兵麽？〔準提道人白〕非也，吾乃西方極樂世界準提道人。因你與我有緣，故不遠萬里而來，請你同去享西方極樂世界，完此金剛不壞之身。你何不隨我同行，只顧在此殺劫中枉尋生活。〔孔宣白〕一派亂言，又來惑我。〔作以刀劈科，準提道人作以七寶妙樹枝指科，地井内出火彩，作化刀科，從地井收下。孔宣白〕好妖道，氣死我也！〔作摘金鞭打科，準提道人作以七寶妙樹枝指科，地井内出火彩，作化鞭科，從地井收下。孔宣白〕怎敢弄此虚頭，前來欺我。〔作拔五色毫光旗摇科，準提道人作以七寶妙樹枝指科，孔宣作不動科，準提道人從下場門隱下。生扮準提道人化身，戴五佛冠，紮十八手切末，隨上科，白〕孔宣，何不速現原形？〔孔宣從上場門急暗下。雜扮孔雀形，穿孔雀切末衣，隨上。準提道人化身白〕衆揭諦何在？〔雜扮八揭諦，各戴揭諦冠，穿門神鎧，持杵，同從上場門上，虛白科。準提道人化身白〕將孔宣押赴上來。〔衆揭諦作押孔雀向上立科，孔宣在地井內白〕哎呀，不知仙師妙法，弟子無知冒犯，罪應萬死。〔準提道人化身白〕你本西方安享，爲何私下塵凡，造這無窮罪業？〔孔宣白〕只因弟子一旦昏迷，遭此罪孽，如蒙解救，當願皈依。〔準提道人化身白〕你既實意皈依，目下即歸正果，恭向蓮臺聽俺寶偈者。〔孔宣作應科，準提道人化身作梵音誦偈科，白〕唵嘛呢叭彌吽，麻偈倪牙納積都特巴達積特些吶微達哩噶薩而斡而塔卜哩悉坦噶納脯囉吶吶卜哩丢特班吶哪麼囉咭説囉耶娑婆呵。〔孔宣白〕多蒙仙師開示，啟誨愚蒙，從此永托三珠，敬尊三寶。〔準提道人化身白〕塵緣已盡，就此隨我回西方去者。〔孔宣作應科，準提道人化身唱〕

【情未斷煞】正魔收伏仙道(韻)，金繩何處不堅牢(韻)，且看這妙化仙禽又向那三珠刷羽毛(韻)。〔從下場門下，衆揭諦、孔雀隨下〕

第二齣　洪錦分兵威斬將（支思韻）　弋腔

〔雜扮四軍卒，各戴馬夫巾，穿蟒箭袖卒褂，執旗。雜扮四軍卒，各戴大頁巾，穿蟒箭袖排穗褂，執標鎗。雜扮季康、閎夭，外扮南宫适，各戴帥盔，紮靠，背令旗。小生扮蘇全忠，戴紫金冠額，紮靠，背令旗。引生扮洪錦，戴金貂，紮靠，背令旗，佩劍，從上場門上，唱〕

【南呂調套曲·一枝花】包藏造化靈(句)，精演韜鈐秘(韻)。分兵攻險隘(句)，略地統雄師(韻)。電轉星飛(韻)，把商祚輕輕廢(韻)。奮神兵赫奕威(韻)。想當時棄暗投明(句)，今日裏興功建績(韻)。〔中場設高臺、虎皮椅，洪錦轉場坐科，白〕知時原是老英雄，拚得芳名青史中。奉令分師攻險隘，竚看談笑賀成功。俺洪錦當年事紂，空施總帥之威；今日歸周，早得上公之錫。投明順此天時，豈是不忠故主；棄暗原隨人意，非關獻媚新君。主公金臺拜帥，子牙權掌元戎，奉駕東征，大興天討，兵阻金鷄嶺上，少挫威風，虧了準提道人收魔救難，得以長驅。元帥命俺與武成王分兵二路，各帥雄師十萬、戰將多員，俺來攻打佳夢，他去據奪青龍。俺奉令挑兵，星飛馳逐，來這佳夢關前。聞得關中主帥弟兄二人胡升、胡雷，最是梟雄，俺想以主公洪福、丞相神機，加以諸將奮勇，兵士精强，也不怕他。〔唱〕

【南呂調套曲・梁州第七】想當年唐虞禪天垂雍穆(句)，到今日商周繼本自該推移(韻)。這天心默轉非容易(韻)。聖明振作(句)，王業無危(韻)。那强梁横逆(韻)，難敵王師(韻)。好一時滅却渠魁(韻)，拼一戰掃浄邪魑(韻)。〔白〕俺既到了此處，須是奮勇争先，功成俄頃，得兹險隘，路徑可通，方不負元帥之所托，大丈夫之心願也。〔唱〕好施展馬上威風(句)，更有那胸中仙藝(韻)，破關津扼險須臾(韻)。今日(韻)，此際(韻)，那怕他遍地干戈起(韻)。掃滅如兒戲(韻)，奸雄惡類盡誅夷(韻)。方不負心志雄奇(韻)。〔雜扮一報子，戴鷹翎帽，穿報子衣，繫跳包，執旗，從上場門上，白〕報，啟元帥在上：今有胡升、胡雷差遣兩員副將，前來拒戰。〔洪錦白〕知道了。〔報子仍從上場門下，洪錦白〕季康、蘇全忠聽令：〔二將應科，洪錦白〕你二人前去對敵，務要得勝回營。爾等聽吾吩咐：〔唱〕

【南呂調套曲・隔尾】既然的(讀)，心許明聖國(韻)。須索應(讀)，施威把巨寇夷(韻)。全憑着(讀)，無敵平生藝(韻)，把渠魁梟取(韻)。休得要挫威(韻)，挫威時(讀)，軍規不放你(韻)。〔二將白〕得令。〔同從下場門下，洪錦白〕你看二將領令而前，威風奮發，好聽捷音相報也。〔唱〕

【南呂調套曲・牧羊關】鎧甲光輝燦(句)，精光萬丈飛(韻)，似天邊神將威儀(韻)。半爲佑民(句)，半爲報國(韻)。須聽取凱歌報(句)，還則待露布移(韻)。小寇的空勞碌(句)，天兵的早滅夷(韻)。〔季康、蘇全忠同從上場門上，唱〕

【南呂調套曲・罵玉郎】他可也相逢狹路難迴避(韻)。梟賊首(句)，魂魄消離(韻)，一靈兒陰府難存濟(韻)。〔同白〕末將等奉令當先，斬得賊將徐坤、胡雲鵬二員，前來報功。〔同唱〕全仗着主公福(句)，丞相謀(句)，元戎氣(韻)。〔洪錦白〕可見得蘇公子忠勇家傳，季將軍威名有自，初陣得勝，合録頭功。〔唱〕

【南吕調套曲·感皇恩】可喜你豪氣雲飛(韻)，斬將而歸(韻)，有雄威(韻)。全得勝(句)，成功疾(韻)。作輔明君(句)，逆寇敢相欺(韻)。堪作個(句)，萬軍中(句)，良將師(韻)。〔報子從上場門上，白〕報，啟元帥在上：今有胡雷親來要戰。〔洪錦白〕知道了。〔報子仍從上場門下，洪錦白〕南宫适聽令：胡雷非他可比，須是將軍前去走遭。〔唱〕

【南吕調套曲·采茶歌】他萬夫勇難敵(韻)，恁百戰姓名題(韻)。好是神威大奮惡邪驅(韻)。〔南宫适白〕得令。〔唱〕這的是神怒何難妖夥滅(句)，天興不怕惡徒迷(韻)。〔從下場門下，四軍卒隨下。洪錦白〕南宫适如擒得胡雷，則此關不攻而自破矣。那南宫將軍果智勇上將也。〔唱〕

【南吕調套曲·玄鶴鳴】他本是人中俊傑兼仁智(韻)，一霎仗勇猛(讀)，平大逆(韻)。豪威似雷兇(句)，浩氣與天齊(韻)。怕甚邪魔外鬼(韻)。他好似銅筋鐵骨(句)，鐵馬金戈(句)，巨靈再現(句)，丁甲重生(句)，慣降妖(句)，慣降妖的占第一(韻)。〔四軍卒作綁雜扮胡雷，戴紮巾額，紮靠、背令旗，引南宫适從上場門上。南宫适唱〕擒來逆首功非細(韻)，交軍令揚眉吐氣(韻)。〔白〕元帥在上，末將奉令當先，生擒胡雷，帳下報功。〔洪錦白〕推出轅門，斬首報來。〔南宫适應，作傳科，四軍卒綁胡雷，仍從上場門下。洪錦白〕南宫將軍，你此功非小也。〔唱〕

【南呂調套曲・烏夜啼】手到擒兇首(讀)，疾似飛(韻)。手到擒兇首(讀)，疾似飛(疊)。神武軍中誰是敵(韻)。報君忠國平兇逆(韻)。不枉驅馳(韻)，不費支持(韻)。〔南宫适白〕元帥，念小將呵，〔唱〕休言那將軍八面具神威(韻)，將軍八面具神威(疊)，全虧了元戎一點丹心氣(韻)。他混世傜(句)，彌天罪(韻)。抗拒明君(句)，神自誅矣(韻)。〔報子從上場門上，白〕啟元帥：胡雷要戰。〔洪錦白〕哫！纔將胡雷綁出，怎麼又是胡雷要戰？報事不明，左右綁了。〔報子虛白，作叫冤科。洪錦白〕報事不明，理應問斬，爲何口稱冤枉？〔報子白〕小人非是不明，實是胡雷要戰。〔南宫适白〕元帥且息雷霆，待末將出去一看，便知分曉。〔洪錦白〕南宫將軍之言有理。左右鬆了綁，待等不是胡雷，再將這厮問斬。〔報子虛白，叩頭科，仍從上場門下。洪錦白〕南宫將軍，果是胡雷，須當仔細，定是妖人。〔南宫适白〕末將領命。〔從下場門下，四軍卒隨下。洪錦白〕爲何斬了一個胡雷，又有一個胡雷要戰？如係左道之人，這却怎處？〔唱〕

【南呂調套曲・紅芍藥】却爲何亡身復向戰場時(韻)，左道令人疑(韻)。這事實是大蹺蹊(韻)，就裏誰知(韻)？莫非是遇妖人(句)，相對敵(韻)。〔四卒綁胡雷，引南宫适從上場門上，唱〕被擒又胡雷來至(韻)，妖人今日想逃移(韻)，應費支持(韻)。〔白〕小將方纔出營，果是胡雷未死，弄了妖術，又被小將擒來。〔洪錦白〕呀，原來如此，不知何術如此，怎生破他？〔雜扮一中軍，戴中軍帽，穿蟒箭袖通袖褂，佩刀，捧乾坤釘，從上場門上，白〕小將奉公主之命，禀知老爺：公主聞知胡雷之事，乃是替身邪法，可將此寶鎮他，管難逃遁。〔洪錦白〕怎生處治？〔中軍白〕公主有命，言此寶名乾坤釘，將他呵，〔唱〕

【南呂調套曲・菩薩梁州】釘入頭皮(韻)，鑽開髮際(韻)，泥丸鎮制(韻)，靈竅難飛(韻)。一刀可斷彼生機(韻)。〔洪錦白〕既如此，就命你爲監斬官，依法處治。〔中軍應科，引四卒綁胡雷從上場門下。洪錦白〕妙哽。〔唱〕饒你縱有逃生計(韻)，遇神方(讀)，斷不想重生意(韻)。如夢幻(句)，怎相替(韻)。〔內白〕開刀。〔洪錦唱〕有妖方難護持(韻)，七星劍一霎頭移(韻)。〔四軍卒引中軍持首級，從上場門上，白〕獻首級。〔洪錦白〕號令了。〔中軍應科，仍從上場門下。洪錦白〕此人一死，胡升可滅，待明日進攻闕城可也。〔下高臺，隨撤高臺、虎皮椅科。衆同唱〕

【煞尾】明朝準備相攻擊(韻)，那雉堞何難作粉虀(韻)。風行雷疾(韻)，浪走星馳(韻)，好則待直搗向朝歌，那時節昏君方後悔(韻)。〔衆同從下場門下。生扮柏鑑，戴帥盔，搭魂帕、白紙錢，紥靠，執旛，引雜扮徐坤、胡雲鵬魂，各戴紥巾額，搭魂帕、白紙錢，紥靠，胡雷魂，搭魂帕、白紙錢，同從東傍門上，遶場科，從下場門下〕

第三齣　爲復仇火靈下界（魚模韻）　弋腔

〔旦扮火靈聖母，戴金霞冠，穿宫衣，執雙劍，從上場門上，唱〕

【中吕宫正曲・駐雲飛】害我門徒（韻），怒氣衝霄萬丈餘（韻）。不管菩提路（韻），忙到争誅處（韻），嗏（格）。報恨斬匹夫（韻），慈悲休顧（韻）。爲盡師情（讀），寧被貪嗔誤（韻）。〔合〕他闡教怎相欺滅吾（韻）。〔白〕我乃火靈聖母是也。佳夢關胡雷乃我門下弟子。學成替身妙法，無死無生；修成布火神通，有典有則。不料姜尚這厮，使洪錦來攻此關。他雖也會奇門遁術，不過井蛙之見，惟有他妻子龍吉公主，神通廣大，法術無邊。聞得我徒弟胡雷被他拿去，用乾坤釘制住，斬了首級，號令轅門，他哥哥胡升勢計不支，議降周帥。我想師弟之情，不可不盡，殺傷之怨，不可不償，因此帶了寶貝下山，前來與洪錦見個高低，斬匹夫以泄忿恨。不免前去見了胡升，助他成功可也。〔唱〕

【又一體】雲路馳驅（韻），快躡罡風穩送余（韻）。好把徒兒助（韻），好滅仇人毒（韻），嗏（格）。還待要陣煉火龍圖（韻），燒成焦土（韻）。片甲無存（讀），方解心頭怒（韻）。〔合〕看取神威掃惡徒（韻）。〔從下場門下。雜扮四軍卒，各戴馬夫巾，穿蟒箭袖卒褂，執旗。雜扮四軍卒，各戴大頁巾，穿蟒箭袖排穗褂，執標鎗。雜扮季康、太顛、閎天，外扮南宮适，各戴帥盔，紮靠、背令旗。生扮蘇護，戴金貂，紮靠、背令旗。小生扮蘇全忠，戴紫金冠額，紮靠、背令旗。引生扮洪錦，戴金貂，紮靠、背令旗，佩劍，從上場門上，唱）

【中呂宮正曲・駐馬聽】天助於吾(韻)，弟死兄降不須勞計畫(韻)。一霎裏强梁巧斬(句)，輕得關津(讀)，早建雄圖(韻)。（中場設椅，轉場坐科，白）一自分兵到此間，却欣唾手得高關。受降今日長驅入，功占頭籌免汗顏。俺洪錦奉元帥將令，分兵來取佳夢關。頭陣誅他副帥，二次擒彼元戎。多虧夫人龍吉公主妙法無邊，制他邪術。胡雷授首，大惡已除，他哥哥胡升投降納款，割土獻城。俺心中喜不自勝，自許功居第一，今日準備入關，受降歇馬。（雜扮一報子，戴鷹翎帽，穿報子衣，繫跳包，執旗，從上場門上，白）報，啟元帥在上：佳夢關上依舊商朝旗號，砍倒周字旌旛，有人前來關下要戰，特此報知。（洪錦白）知道了。（報子仍從上場門下，洪錦作大怒科，白）氣死我也！胡升反覆無常，不知進退，不誅此賊，恨不能平。衆將官，隨我殺上前去。（衆白）得令。（洪錦起，隨撤椅科，唱）恨蛇心翻轉弄玄虛(韻)，俺怎消烈烈心頭怒(韻)。（衆同唱合）明正天誅(韻)。好誅他逆賊(讀)，破他强虜(韻)。（同從下場門下。雜扮十六火龍兵，各戴馬夫巾、鬼臉，紮火焰標鎗旗，穿蟒箭袖卒褂，執葫蘆，內藏烟火，執刀，引火靈聖母同從上場門上，同唱）

【又一體】煉就雄圖(韻)，烈焰兵威難拒阻(韻)。管取焦頭爛額(句)，化骨消形(讀)，碎體零膚(韻)。抵崑岡一陣誰去辨珷玞(韻)，離明一霎只教無完玉(韻)。（合）怨雪無餘(韻)。一朝喪敗(讀)，恁須應悔悟(韻)。（白）我到了關內，見了胡升，誰知他勢不能支，議降周國。我隨即將他阻住，煉就火龍仙陣，前來要戰。你看洪錦那廝，與衆將迎敵來也。衆火龍兵，爾等精按方隅，各分部伍，聽吾號令，大家奮勇上前。〔衆火龍兵應科。衆引洪錦從上場門冲上，白〕胡升，反覆逆賊，上前答話。〔火靈聖母白〕來者可是洪錦麼？〔洪錦白〕來者何人？〔火靈聖母白〕吾乃邱鳴山火靈聖母，你敢將門人胡雷殺害，特來報仇。你可速速下馬受死，莫待我一怒之時，連累這十萬生靈死無遺類也。〔洪錦白〕何處妖婦，如此無禮，看刀！〔作虛白對戰科，火靈聖母作使隱身法科，從地井内下。地井内出火彩，洪錦作不見火靈聖母，虛白科，火靈聖母在地井白〕洪錦看劍。〔天井作下劍，作砍傷左臂，洪錦虛白，作拖刀大敗科，從下場門下。天井隨收劍科，火靈聖母從地井上，虛白，衆火龍兵作掩殺，各出葫蘆内烟火，遶場科。衆將卒亦作狼狽狀，同作大敗科，同從下場門下。火靈聖母虛白，引衆火龍兵追下。小旦扮龍吉公主，戴女盔，紥女靠，執雙劍，從上場門上，白〕聞得胡升處來了一個火靈聖母，與夫主交戰，被他用劍砍傷，落荒而走。他使妖火焚燒，營寨將毁，我不免滅却妖火，斬此妖人便了。〔火靈聖母引衆火龍兵，同從上場門上，作燒連營科，龍吉公主虛白，作舞劍滅火科，白〕火靈休走，吾來也。〔火靈聖母白〕你是何人？〔龍吉公主白〕我乃龍吉公主是也。夫主爲你所傷，特來滅你妖火，除你大害。〔各虛白作對戰科。火靈聖母復作使隱身法科，從地井内下，地井出火彩。龍吉公主亦作不見火靈聖母，虛白科，火靈聖母在地井白〕妖婦看劍。〔天井作下劍科，作砍傷肩臂，龍吉公主作拖劍虛白敗走科，從下場門下。火靈聖母從地井上，白〕此一火已漸無餘，再一火應滅遺種。衆火龍兵，就此回關。〔衆白〕得令。〔同唱〕

【慶餘】看這離明颷炬燒霾霧㊣，抵多少炎帝金龍碎寶珠㊣，竚看取兇類全消好將這仇怨除㊣。

〔同從下場門下〕

第四齣　因破法廣成臨凡（先天韻）

昆腔

〔生扮廣成子，戴道冠，穿八卦紫綬仙衣，執劍，帶番天應，從上場門上，唱〕

【南呂調套曲·一枝花】一霎裏飛行雲路遥（句），兩袖天風展（韻）。早徘徊斗牛側（句），便空躡漢潢邊（韻）。快踏祥烟（韻），俺這裏顯法收魔難（韻）。今日個前來大覺仙（韻），向關津救度群生（句），濟危險邪氛净捲（韻）。〔白〕我廣成子，奉玉虛宫符命，爲因火靈聖母私下凡間，爲他徒弟胡雷復仇大戰，煉就火龍惡陣，將洪錦夫妻二人盡皆傷敗，告急子牙前來相救。但是子牙定有三灾七死之難，今日應被他混元鎚打傷，令我前來相救。我不免前去走遭。〔唱〕

【南呂調套曲·玉嬌枝】雖則是應遭險難（韻），到底是天心有限（韻），却不是無端會聚閒隨便（韻）。救大灾喜周全（韻），同心除他惡焰煽（韻），把妖氛掃净生懽忭（韻）。好把雲車漫輾（韻），奉符敕敢辭勞倦（韻）。

〔從下場門下。雜扮四軍卒，各戴馬夫巾，穿蟒箭袖卒褂，執旗。雜扮四軍卒，各戴大頁巾，穿蟒箭袖排穗褂，執標鎗。雜扮季康、太顛、閎夭，外扮南宫适，各戴帥盔，紥靠，背令旗。生扮蘇護，戴金貂，紥靠，背令旗。小生扮蘇全忠，戴紫金冠額，紥靠，背令旗。小生扮哪吒，戴綫髮，穿采蓮衣氅，軟紥扮，繫風火輪。小生扮韋護，戴帥盔，紥靠。引外扮姜尚，戴道冠，穿道袍氅，繫縧，從上場門上，唱〕

【又一體】妖魔發現㊞，將軍敗戰㊞，失機傷重遭危難㊞。飛羽書心驚顫㊞，好待雄師濟急共趨前㊞。分列着三軍勇冠仙徒眷㊞，把氛烟席捲㊞，奏凱歌天下泰然㊞。〔中場設椅，姜尚轉場坐科，白〕奉駕東征事遠遊，分兵遣帥仗機謀。忽聞兵敗來驚報，速整金戈解大愁。老夫姜尚，奉得主公大駕，統領玉虛門人，在汜水關前屯兵扼險，命武成王與洪錦分兵兩路，來取佳夢、青龍二關。武成王兵事未知，洪錦處羽書告急，隨即星夜前來相救。見洪錦夫妻俱着重傷，備言妖法，俺想又有這一番阻隔，妖法兇兇，如何是好。〔唱〕

【南吕調套曲·烏夜啼】纔過了金雞大險㊞，又遇着佳夢妖仙㊞。這大功非容易堪來建㊞。愁他邪法無邊㊞，將何破彼掀天焰㊞。好教我心下憂煎㊞，無計堪言㊞。〔白〕事已如此，不得不决。不免我親自與他相會，看是如何。衆將官，隨我要戰前去。〔衆白〕得令。〔姜尚起，隨撤椅科，同唱〕暢好是天威震蕩靖烽烟㊞，聖明自得天心眷㊞。怕甚的惡光兇㊀，妖光煽㊞。一霎裏堪期破敗㊀，可望成全㊞。〔同從下場門下。雜扮十六火龍兵，各戴馬夫巾、鬼臉，紥火焰標鎗旗，穿蟒箭袖卒褂，執火葫蘆，執刀。引旦扮火靈聖母，戴金霞冠，穿宫衣，執雙劍，從上場門上，唱〕

【又一體】猛炎炎金蛇百萬㊞，焰騰騰燒遍三千㊞。並不是燧人鑽木憑空現㊞，又不同老君煉就鼎中蟠㊞，更非關神仙三昧胸間煽㊞。〔中場設椅，轉場坐科，白〕俺火靈聖母，爲徒報仇，煉就火陣，洪錦夫妻俱被重傷，十萬軍馬將次無餘。眼見再去焚燒，應無遺種，今日帶了火龍兵前去施展。衆火龍兵，今日此行，務須燒盡連營，燬完大衆，不得有誤。〔衆應科，火靈聖母白〕爾等聽吾吩咐：〔唱〕須索是化作飛烟(韻)，煉盡群頑(韻)。務使他焦頭爛額怨沖天(韻)，形消骨化尸横遍(韻)。煽兇威(句)，無留戀(韻)。休説慈悲二字(句)，只這仇怨相纏(韻)。〔衆應科。內作吶喊科，火靈聖母白〕呀，你看喊殺連天，又來要戰，好一個不怕死的兇徒。衆火龍兵，就此迎殺上去。〔衆應科。火靈聖母起，隨撤椅科，同唱〕

【南呂調套曲・鶻鶉兒】好則是一殄無餘(句)，把神光漫展(韻)。殺教他尸累比着山勢山勢還嫌低(句)，殺教他血流比着澗水澗水也算淺(韻)。〔火靈聖母唱〕殺門人大怨從今應盡殄(韻)。今朝一戰(韻)，十萬的生命俱捐(韻)。方顯我截教威風(句)，怎忍誇玉虛顏面(韻)。〔衆引姜尚，從上場門沖上科。火靈聖母白〕來者何人？〔姜尚白〕我乃西周大元帥姜尚。洪錦夫婦被爾所傷，特來相救。〔火靈聖母白〕妙嗄，姜尚自來送命，不枉我下山一場。不要走，看劍。〔各虛白，作對戰科。火靈聖母作使隱身法，從地井内下，地井出火彩科。姜尚作不見火靈聖母，虛白科。火靈聖母在地井白〕姜尚休走。〔天井作下劍，作砍傷姜尚，姜尚作大敗科，從下場門下。火靈聖母從地井内上，白〕任爾走上焰摩天，足下騰雲須趕上。〔從下場門追下。衆火龍兵作以葫蘆出烟火，遶場掩殺科，衆作大敗科，從下場門下，衆火龍兵追下。廣成子從上場門上，唱〕

【又一體】早來到塵世紛囂(句)，望見了紛紛烈焰(韻)。應知是劫數難逃(句)，遇着俺神仙助戰(韻)。〔白〕我來救姜尚之難，恰好來到此間，火靈追得子牙來也。〔唱〕怎敵妖光萬丈懸(韻)，無常險被邪妖算(韻)。一絲恰遇教中仙(韻)，好是濟困扶危(句)，妖除法顯(韻)。〔火靈聖母執混元鎚追姜尚，從上場門上，虛白作對戰科。火靈聖母作以鎚打傷姜尚，姜尚從下場門下。廣成子白〕火靈休得猖狂，我來也。〔火靈聖母白〕廣成子，你也來送命麽？〔廣成子白〕吾奉玉虛符命，候你多時。〔各虛白作對戰科，火靈復作使隱身法科，從地井内下，地井出火彩。廣成子作展衣破法科，火靈聖母從地井内上，白〕敢破吾法術！〔復作對戰科，廣成子作祭番天應打死火靈聖母，從上場門下，金霞冠落地，廣成子拾起科，白〕火靈已死，我到碧遊宫通天教主處繳還金霞冠，稟知此事可也。〔唱〕

【慶餘】天風一路知非遠㊞，殺戒難回此日間㊞。碧遊弟子太無端㊞，不念教主敕符㊁，動無明妄惹灾愆㊞。正道中多魔難㊞，好待那魔難全收正道方成明覺眼㊞。〔從下場門下〕

第五齣　狹路孤身遇公豹(古風韻)　弋腔

〔丑扮申公豹，戴道冠，陀頭髮，紥金箍，穿道袍，繫縧，背劍，執拂塵，從上場門上，唱〕

【雙調正曲・普賢歌】心腸奸險弄乖張(韻)，姜尚深仇不可償(韻)。怎能他中傷(韻)，偏我這高人不氣長(韻)。〔合〕此恨何時才解放(韻)。〔白〕貧道申公豹，自與姜尚結下冤仇之後，請過了無數高人，想要害他性命。不料事不如意，個個喪亡，没有一遭兒制得他過，我心中到底不平，還是三山五嶽搜求高士，務必把他治死，方解我心頭之恨。〔姜尚内作虚白科，申公豹白〕呀，那邊好像姜尚模樣，聞得他金臺拜將，帥衆東征，爲何單人獨騎，這般狼狽而行，想是何處受了傷了。〔作笑科，白〕妙嗄，正是：踏破鐵鞋，輕輕相遇，仇人狹路，怎得相逃。却不知這件功勞，倒是申老道擊受。他的學業，我也盡知，料他非我對手。我曾煉得一顆開天珠，現在身邊，只用這麽一下，就可斷送了他也，不免迎向前去。正是：金鰲想脱漁人手，終被銀鈎釣上來。〔虚白科，從下場門下。雜扮拘留孫，戴道冠，穿道袍，繫縧，執拂塵，背劍，從上場門上，唱〕

【雙調正曲・鎖南枝】尊符命(句)，救難災(韻)。雲路聽他言語乖(韻)。他要害我同朋(句)，飛步似雲來(韻)。〔白〕我拘留孫，奉玉虛宮符命，救濟子牙，不知子牙又落何難。但是奉有符敕，不得稽延。正駕雲行，看見申公豹，他說子牙重傷而逃，單騎行奔，要前去害他性命。我想子牙法術原不及他，他有開天珠，着人必死，子牙如果相逢，定不免也。我不免隨了他去，看是如何。〔唱合〕毒計施(句)，仇怎開(韻)。急前行(句)，怎遲待(韻)。〔從下場門下。外扮姜尚，戴道冠，穿道袍氅，繫縧，執打神鞭、杏黃旗，作重傷科，從上場門上，唱〕

【又一體】逢妖物(句)，受大灾(韻)，骨斷筋崩痛怎挨(韻)。勉强奔前行(句)，敗走似風埃(韻)。〔白〕我姜尚被火靈一劍砍傷，又被一鎚打重，險些斷送無常。多虧廣成子相救，與他交戰，我便落荒而逃。〔申公豹内白〕子牙休走，我來也。〔姜尚白〕呀，那邊來的好像申公豹。我想我與他結下深仇，他今狹路相逢，怎肯輕輕放手。我傷重難敵，怎生區處？我且以大理勸解，萬一他想同學之情，回心轉意，也未可知。〔虛白科。申公豹袖開天珠，從上場門上，唱合〕遇仇人(句)，怎放開(韻)。若要我善開交(句)，除是讓我去封神大(韻)。〔作見科，姜尚白〕賢弟何來？〔申公豹白〕哎，甚麽賢弟不賢弟。自當日賭頭之後，我只道再不得會你，誰知今日也有個孤身相遇的日子，料你不能脱吾之手。〔姜尚白〕賢弟，我與你無甚大仇，爲何這等惱我？〔申公豹白〕咦，說的好輕生話兒。想當日，〔唱〕

【又一體】崑崙上(句)，你倚勢來(韻)。我私趕相呼你却不暫挨(韻)。全不念同交義氣朋(句)，反欲害吾儕(韻)。〔白〕你與南極仙翁一同辱我，險些送我無常。你說金臺拜將，還要這般那般，只怕你今日要

死在此地了。〔唱合〕遇仇人(句)，怎放開(韻)。送無常(句)，心方快(韻)。〔作以劍砍科，姜尚架科，白〕賢弟，〔唱〕

【又一體】你休傷大義(句)，絶同儕(韻)。我與你四十年交情怎生的一旦改(韻)。〔白〕那南極仙翁要來害你，倒是我再三解釋。〔唱〕不虧俺諫阻救你身(句)，你那顆人頭兒猶在海中埋(韻)。〔白〕你却不思報本，反與爲仇。〔唱合〕薄義人(句)，情性乖(韻)。不知恩(句)，應把你豺狼般待(韻)。〔申公豹白〕好姜尚，你二人商量着害我，今又推個乾净，巧語支吾不中用，吃我一劍。〔姜尚白〕申公豹，我讓你非是怕你，恐後人言我無義也。〔各虚白，作對敵科。申公豹作以開天珠打死姜尚倒地科，拘留孫袖綑仙繩、金丹從下場門暗上。申公豹白〕姜尚嗄姜尚，正是：洪濤巨浪都經過，小澗誰知壞了船。〔作欲取首級科，拘留孫作以劍架科，白〕申公豹少得無禮，你看我是誰？〔申公豹背科，白〕拘留孫不知從何處而來，我那裏敵得他過，這却怎處？〔作想科，白〕哦，有了，待我哄他一哄。〔作向拘留孫白〕子牙不知怎麽死了，我這裏正要救他。仙師到此，用不着我了，就此告辭。〔拘留孫白〕申公豹休走。〔作祭綑仙繩縛倒科，白〕我早知你安下歹意，分明要害子牙，一路隨了你來，你還在睡夢中也。黄巾武士何在？〔雜扮二黄巾武士，各戴紥巾額，紥靠，從上場門上，虚白作相見科。拘留孫白〕將這厮與我拿到麒麟崖下，聽候發落。〔二黄巾武士應，作綁申公豹，同從上場門下。拘留孫白〕待我救了子牙，好回山去。〔作扶姜尚，出金丹安口内科，唱〕

【又一體】金丹妙(句)，發異香(韻)。返本泥丸宫内藏(韻)。重把玉樓開(句)，百體自無妨(韻)。〔姜尚作醒科，白〕哎呀，何人救我？〔作見科，白〕呀，原來是道兄相救，何幸相逢，消灾拔難。〔拘留孫白〕我奉玉虚符命，特來相救。申公豹已被吾擒，子牙又過一煞，大事將完，我就此回山去也。〔唱合〕幸相逢㊀，免大殃㊁。會有期㊀，休惆悵㊁。〔各虛白科。拘留孫仍從下場門下，姜尚白〕我不免回去招聚衆將，再圖前進之舉可也。〔唱〕

【慶餘】重將虎旅威聲壯㊁，氣鼓風雷奮遠揚㊁，恰喜這連遇同儕救了這兩次殃㊁。〔從下場門下〕

第六齣　碧遊三轉謁通天（古風韻）

昆腔

〔雜扮八仙童，各戴綫髮，穿采蓮衣，引生扮通天教主，戴大道冠，穿蟒，繫絛，執拂塵，從上場門上，唱〕

【高大石調集曲・鑾兒舞雲旗】【兩頭鑾】（首至二）閉洞修持（韻），早是仙家事已非（韻）。【素兒】（二至三句）遭逢大劫分生死（韻），神仙輩殺戒乘持（韻）。【舞霓裳】（第七句）早已把明章誥示（句），【湘浦雲】（第二句）不許他動妄念（讀），惹愆尤繞之（韻）。【綵旗兒】（末三句）靜中悟徹無生理（韻），（合）無明生發鬬雄雌（韻），誰解紛爭不已（韻）。〔中場設高臺，通天教主上臺坐科，白〕紅蓮白藕青荷葉，紫竹黃根綠筍芽。三教原來共一體，何分你我各爲家。吾乃通天教主是也，只因一千五百年神仙犯了殺戒，劫數遭逢，輪迴適候，元始道兄奉了聖敕，掌管此事，吾三教公同商議，僉押榜文，命姜尚承之，下山完全大事。我恐衆弟子無知誤犯，因此發下教敕，不許他們私出洞府。無奈這些弟子嗔念未斷，三尸常生，往往誤了修因，上了榜文。這也是天數當然，非同小可。今日陞座，開講道德玉文，又不知生出多少葛藤來也。〔生扮廣成子，戴道冠，穿道袍，捧金霞冠，執拂塵，從上場門上，白〕教主雖分一樣尊，門人偏又害門人。若教一體相聯屬，總是同儕教裏臣。我廣成子，誅了火靈，救了子牙，來這碧遊宮中，繳還金霞仙冠。已到宮門，待我通稟一聲。〔向内白〕裏面有人麽？〔一仙童白〕甚麽人？〔廣成子白〕相煩通稟，廣成子有事求見。〔仙童白〕少待。〔作稟科，白〕啟上教主，有廣成子求見。〔通天教主白〕着他進來。〔仙童應，作唤科。廣成子作叩科，白〕弟子叩見教主，願教主聖壽無疆。〔通天教主白〕你有何事見我？〔廣成子白〕教主聽稟：姜尚東征，兵至佳夢，原爲應天順人、弔民伐罪，不意教主門下火靈聖母呵，〔唱〕

【又一體】殺害生靈(韻)，一火焚燒十萬兵(韻)。〔白〕頭一陣劍傷洪錦，第二陣又傷了他妻子龍吉公主。〔唱〕施威不顧慈悲性(韻)，無端作惡戕生(韻)。〔白〕後來又傷姜尚，幾喪無常。弟子奉師尊之命，下山再三勸慰。〔唱〕他却又良言不采(句)，恃法寶(讀)，賊害太無情(韻)。〔白〕弟子一時情急，用番天應將他打死，特將金霞冠繳回，恭候教主法旨。〔唱〕非關敢與他相廝併(韻)，〔合〕只因他有心助逆自横行(韻)，自取滅亡灾眚(韻)。〔通天教主白〕這是他自取之愆，非爾之罪。你可將此金霞仙冠送入後洞，回去説與姜尚，有賜他的打神鞭，我教下有阻之者，任他打死，你自去罷。〔廣成子白〕謹領法旨。〔從下場門下，通天教主白〕我想這衆弟子好生愚昧也。〔唱〕

【高大石調集曲·戀粧臺】【戀綉衾】（首五句）不聽師言(句)，小有工夫(句)，便爲正道魔頭(韻)。罪惡招來(句)，又將誰埋怨難休(韻)。【望粧臺】（合至末）難自守(韻)，應非偶(韻)，無端自去惹愆尤(韻)。〔廣成子從上場門上，跪科，白〕教主救命嘎。〔通天教主白〕廣成子，這却爲何？〔廣成子白〕弟子領命，方欲下山，不意教主門下弟子龜靈聖母來與弟子交戰，要害性命，爲火靈報仇，特來瞻仰金容，爲求開釋。〔通天教主白〕你且起來，一傍伺候。〔廣成子應，作起侍科。通天教主白〕童兒，將龜靈喚來。〔一仙童應，作向內虛白喚科。且扮龜靈聖母，戴龜靈䐢腦，穿宮衣，從上場門上，跪科。通天教主白〕你爲何與廣成子爭戰？〔龜靈聖母白〕他將教主弟子打死，反來繳取金霞仙冠，分明見欺也。〔通天教主白〕唗！胡說。他之此來，正是尊吾等法旨，順天之心，你却不守清規，妄行阻拒，難道我爲教主，反不如你不成？大是可惡。衆仙童，將他革出宮門，永不許入。〔衆仙童應，作推龜靈聖母從上場門下，仍分侍科。通天教主白〕廣成子，你快去罷，想衆弟子不敢怎樣你了。〔廣成子白〕謹領法旨。〔從上場門下。通天教主白〕偏我教下弟子這般執拗，不知天數，好令人可恨也。〔唱〕

【高大石調集曲・滿庭花】【滿庭芳】（首至五）不思把玄牝守(韻)，空生妄念(讀)，不自知羞(韻)。敕命全違(句)，偏作魔頭(韻)。尚兀自賭狠施强相鬭(韻)。【桃花紅】（末一句）不由人怒由中恨彼無知僝僽(韻)。〔廣成子仍從上場門上，跪科，通天教主白〕廣成子，你爲何三次入我宮來，全無規矩，任爾胡行。〔廣成子白〕衆門人見龜靈被責，心中不忿，不放弟子前行，只要相持爭併。弟子豈不是求榮反辱，願教主慈悲，發付弟子，也不壞三教定榜體面。〔通天教主怒科，白〕怎麽有這等事，你且起來。〔廣成子起，侍科。通天教主白〕童兒，把那些無知畜生都喚進來。〔一仙童應，作向內虛白喚科。雜扮多寶道人、定光仙，各戴道冠，穿道袍，繫縧，雜扮虬首仙，戴青獅䐢腦，烏雲仙戴金鰲䐢腦，金光仙戴金犼䐢腦，靈牙仙戴白象䐢腦，各穿道袍，繫縧，同從上場門上，跪科。通天教主白〕唗！我把你這些無知畜生。如何師命不尊，恃强生事？〔衆各作跪伏科，通天教主白〕廣成子，你只奉命而行，休得與他們計較，你好生去罷。〔廣成子叩科，白〕多謝教主。〔起科，仍從上場門下。通天教主白〕姜尚乃奉吾三教法旨，扶佐應運聖王。這三教中儘有上榜之人，廣成子亦是犯戒之仙，打死火靈，並非尋事。爾等不依吾言，成何體面？〔多寶道人白〕教主聖諭，誰敢不依。只是他辱罵吾教，甚是不堪，休信他一面之詞，落罪弟子等。〔通天教主白〕三教一般，他豈不知，怎說辱罵不堪？〔多寶道人白〕弟子原不敢說，只今老師不知詳細，事已如此，不得不以寔告。他言吾教不分披毛帶角之人，濕生卵化之輩。〔通天教主白〕他乃老誠君子，斷無此言。〔衆白〕實是有的，不敢欺誑。他若無此言，弟子等放他去了。〔通天教主白〕這畜生原來這等輕薄，險聽一面之詞，害我弟子，好可恨也。童兒，取那四口寶劍與陣圖來。〔五仙童應科，從下場門下。通天教主白〕爾等可起侍者。〔衆仙起，分侍科。五仙童取劍、圖，仍從下場門上。通天教主白〕多寶道人、虬首仙、烏雲仙、金光仙聽旨，〔四仙應科，通天教主白〕爾等將此四口寶劍，率領同教門人，去界牌關擺一誅仙陣。他既笑我，看他闡教那個敢來。如有事時，我自來與他對講。〔四仙作接寶劍科，同白〕請問老師，這劍有何妙用？〔通天教主白〕此四劍各有名號，一名誅仙，二名戮仙，三名陷仙，四名絶仙。這四劍呵，〔唱〕

【高大石調集曲・玉山洞】【玉濠寨】（首至三）比不得干將莫邪堅（韻），這是離坎精英龍虎焰（韻）。閃閃寒光雷震處（句），【山麻客】（三至六）一任金身（讀），化作飛烟（韻）。采遍（韻），星辰日月（句），萬劫難逃此劍（韻）。【歸仙洞】（合至末）看玉虛道德（讀），怎的無邊（韻）。〔白〕就按這陣圖擺列，定有成功也。爾等切記吾言，不得有傷體面。〔多寶道人作接陣圖科，衆仙同白〕多謝老師，弟子等就此去也。〔各虛白，同從上場門下。通天教主白〕廣成子嗄廣成子，你一言惹下無窮禍，萬劫神仙喪此時。〔下高臺，隨撤高臺科，唱〕

【墜飛塵煞】他無端奚落把人輕賤㊣，一句話招取這誅戮絶陷㊣，試看你闡教精明還是俺截教堅㊣。〔從下場門下，八仙童隨下〕

第七齣　得高關子牙受降（江陽韻）　弋腔

〔雜扮四軍卒，各戴馬夫巾，穿蟒箭袖卒褂，執旗，引雜扮胡升，戴帥盔，紥靠，從上場門上，唱〕

【中呂宮引·菊花新】弟因報國死疆場韻，兄爲窮途且議降韻。關隘已離商韻，不是把邊疆輕喪韻。〔中場設椅，轉場坐科，白〕早有歸投意，無端外事纏。一朝輕反覆，倒把惡名傳。俺胡升與兄弟胡雷同居佳夢關中，共作邊疆大帥。姜子牙奉駕東征，分兵略地，命洪錦來取此關。初陣即傷將弁，我就有心投順，勸我兄弟同歸。誰知他大義凜然，難以屈曲一怒，陣前被洪錦手下將官連擒二次，頭一次用了替身法，得以逃回，二次又去要戰，不料天不隨人，法術無驗，竟被他斬首號令起來。我想勢不能支，計無所出，只得差人納款投降。叵耐平空裏出來一場禍事，有火靈聖母爲徒報仇，使我更變一番。雖然勝了子牙二陣，成得甚麽大事。火靈不見回來，子牙雄師又至。大約他被害身亡，我却如何抵敵。又欲投降，但是前番反覆，今日怎好與他相見。與佐貳官王信商議，他道把罪名坐在火靈身上，大料無妨。我想此言有理，即命他子牙軍中送納降書去了。待他到來，便知分曉。〔雜扮王信，戴紥巾額，紥靠，從上場門上，白〕纔獻降書通至意，又傳令諭見元戎。〔作見科，白〕小將王信奉主帥之命，前去姜元帥營中獻納降書。姜元帥觀之大喜，命末將回覆主帥，不究往事，只講目前，即獻高關，不可少阻。〔胡升白〕妙嗄，姜元帥果至誠君子也。待我帥領標下將官，關外迎接去者。〔起，隨撤椅科，唱〕

【雙調正曲・普賢歌】至誠一片獻關梁(韻)，投拜元戎賀聖王(韻)。從龍姓字香(韻)，强如一命亡(韻)。〔合〕豈是賣國求榮，只爲着天命仰(韻)。〔從下場門下，衆隨下。雜扮四軍卒，各戴馬夫巾，穿蟒箭袖卒褂，執旗。雜扮四軍卒，各戴大頁巾，穿蟒箭袖排穗褂，執標鎗。雜扮太顛、閎夭、祁恭、季康，外扮南宫适，各戴帥盔，紥靠、背令旗，執器械。生扮蘇護、洪錦，各戴金貂，紥靠、背令旗，執器械。小生扮蘇全忠，戴紫金冠額，紥靠，背令旗，執器械。小生扮哪吒，戴綫髮，穿采蓮衣氅，軟紥扮，繫風火輪，帶乾坤圈，執鎗。小生扮韋護，戴帥盔，紥靠，執杵。引外扮姜尚，戴道冠，穿道袍氅，繫絛，執拂塵。同從上場門上，唱〕

【中吕宫正曲・駐馬聽】浄掃欃槍(韻)，惡焰妖氛全自往(韻)。多緣是王師無敵(句)，天命來歸(讀)，邪類全戕(韻)。全將仁義伐殘商(韻)，非同强暴將人喪(韻)。〔合〕今日裏獻納來降(韻)。關梁險隘(讀)，爲吾保障(韻)。〔姜尚白〕老夫姜尚，救急前來，險遭大敗，幸虧天意相扶，神明默佑，火靈被害，公豹就擒，胡升勢不能支，投降納款。我想他反覆無常，終爲大患，此時不除，必貽後憂。所以依允以安其心，明正以彰其罪，待等入了關城，定了險要，再數其過惡，正以典刑便了。〔雜扮四軍卒，雜扮王信、三將官，各戴紥巾額，紥靠，引胡升從下場門上，作跪接科，白〕佳夢關守臣胡升，率領標下衆將投降接待，恭迎元帥大駕。〔姜尚白〕你且起來，引路到帥府中去。〔胡升應，作起科。衆作遶場科，同唱〕

【又一體】誠意相將(韻)，不敢用機謀争勝長(韻)。抵多少泥身銜璧(句)，輿櫬白冠(讀)，肉袒牽羊(韻)。高擎册籍貢明王(韻)，大開鼓樂迎天將(韻)。〔合〕棄暗離商(韻)，投明周室(讀)，關津獻上(韻)。〔作到科。場上設高臺、虎皮椅，姜尚轉場陞座科，胡升跪科，白〕末將胡升叩見元帥。末將一向有意歸周，奈吾弟不識天時，已遭誅戮。末將先曾具款投降與洪將軍，不期火靈擾亂，致得罪於元帥麾下，望元帥恕末將之罪。〔姜尚白〕唗！聽爾之言，實是反覆無常。初次納降，非爾本心，只因主將戕生，故爾畏死。及見火靈作害，你却欺心相背，總是朝三暮四之人，豈是一言以定之輩。留你日後，必爲禍亂。左右，推出轅門，斬訖報來。〔四軍卒應，作綁科。胡升虛白科，同從上場門下，内白〕開刀。〔姜尚白〕似此反覆小人，如此結果，人當以之爲戒也。〔四軍卒仍從上場門上，姜尚白〕罪在胡升，與衆無涉，爾諸將仍供舊職，以報主公，不可苟生二意，自取誅戮。〔四軍卒、四將官同白〕多感丞相訓諭，吾等傾心相向。〔姜尚白〕可見諸將俱爲識勢之英，特胡升不能用耳。祁恭何在？〔祁恭應科，姜尚白〕爾可用心點查户口册簿、軍馬錢糧、府庫倉廪，即命爾在此鎮守，務須盡心保障，恪供爾職。〔祁恭應科，引四軍卒、四將官同從上場門下。姜尚白〕佳夢已得，此路可通，就此回兵，到汜水關去。〔洪錦白〕小將公務已畢，理應合兵大隊。〔姜尚白〕正該如此，就此一同前往。〔起，作下高臺，隨撤高臺、虎皮椅科，衆同唱〕

【有結果煞】明誅反覆人，盡把恩威仰(韻)，昭賞罰天威浩蕩(韻)，好指日五路全收直長驅入帝鄉(韻)。

〔同從下場門下。生扮柏鑑，戴帥盔，搭魂帕、白紙錢，紥靠，執旛，引胡升魂搭魂帕、白紙錢，從東傍門上，遶場科，從下場門下〕

第八齣　失軍機天祥被害（古風韻）　昆腔

〔雜扮四軍卒，各戴馬夫巾，穿蟒箭袖卒褂，執器械，引生扮黃天祥，戴紫金冠額，紥靠、背令旗，執鎗，從上場門上，唱〕

【中呂調隻曲·粉蝶兒】賊勢張羅(韻)，叵耐他賊勢張羅(疊)，惡兇魔賽他不過(韻)。須索要滅彼殘苛(韻)。盡丹忠(句)，施武勇(句)，一霎裏除他强惡(韻)。非是俺口似懸河(韻)，多緣是冠三軍威風浩大(韻)。〔白〕俺黃天祥乃武成王次子，自幼學成鎗馬，長來熟諳韜鈐。爹爹奉姜元帥將令，分兵來取青龍關，斬了高貴、孫寶，叵耐這關將邱引，邪法無邊，副帥陳奇，兇威更甚，連擒了兄弟天禄、副將太鸞，又將鄧九公斬首關城，懸尸號令。爹爹無計可展，姜丞相處使人告急去了。是我心中不忿，告知爹爹，前來要戰。總然以死報國，於心何恨。况且那賊將邱引，曾被我鎗鐧所傷，今日此戰，何愁不束手就擒。縱有邪法，料也不能侵正，何懼之有。大小三軍，殺上前去。〔衆應科，同唱〕

【越調正曲·水底魚兒】天命相和(韻)，妖邪奈我何(韻)。成功一戰(句)，〔合〕擒逆拒關河(韻)，擒逆拒關河(疊)。〔同從下場門下。雜扮四軍卒，各戴馬夫巾，穿蟒箭袖卒褂，執器械，引净扮邱引，戴陀頭髮，紥金箍，穿蟒

箭袖，軟紮扮，執雙刀，袖先天丹，從上場門上，跳舞科，唱〕

【又一體】孺子無知（韻），傷吾命險虧（韻）。此仇不報（句），〔合〕還復待何時（韻），還復待何時（疊）。〔白〕俺邱引生成異像，幻就金身，雖未返本還元，却也長生不老。鎮守青龍關，阻拒周兵，姜尚這厮，差遣黄飛虎前來攻打，傷了高貴、孫寶，連日交戰，屢被吾勝。其子天禄與標將太鸞，被我生擒監禁，鄧九公被我斬首，號令其尸。不料前日有一嬰兒，乃黄飛虎次子天祥，十分兇惡，鎗刺鐧打，險送無常。虧得俺有仙丹治好，今日復仇要戰。〔黄天祥内白〕邱引慢來，待我擒你。〔四軍卒引黄天祥從下場門上，對敵科，邱引白〕無知孺子，一次得勝，不知退步抽身，又要自來送死。〔黄天祥白〕邱引嗄邱引，俺要生擒逆賊，纔算大功。不要走，看鎗！〔各虚白作對戰科，邱引作祭先天丹打倒黄天祥科，四軍卒作綁科，隨黄天祥四軍卒作敗科，從下場門下。邱引白〕纔出關來，便擒賊將，大小三軍，就此回兵。〔衆應科，同唱〕

【正宫正曲・四邊静】金光一動魂消落（韻），綁赴雲陽道（韻）。靈魂先已飛（句），難脱青鋒耀（韻）。〔合〕他自誇志高（韻），把殘生自銷（韻）。幼稚本無知（句），青春空過了（韻）。〔作到科。場上設椅，邱引坐科，黄天祥作背立不跪科，邱引白〕黄天祥，你自恃兇强，爲何又被吾擒？作速求生，免汝一死。〔黄天祥白〕呀呸，逆賊，你把我黄公子當作何人看待？〔唱〕

【中吕宫正曲・撲燈蛾】忠良嫡派勇（句），忠良嫡派勇（疊），報國拚身隕（韻）。恁邪法巧成功（句），何須喳喳誇唇吻（韻），也（格）。天兵一到（句），管教恁髻髦難存（韻）。一旦裹身虀骨粉（韻）。〔合〕我還要顯英魂（讀），身爲惡煞滅兇人(韻)。〔邱引白〕哇！　黃口孺子，你箭射鎗刺鐧打，心下便自爽然，今日不自求生，反以狂言相辱。〔黃天祥白〕逆賊嗄逆賊，只可惜未曾鎗穿肺腑，鐧碎天靈，箭透心窩，以遂我報國丹心耳。今日自分一死，何必多言，妄作威福。〔邱引白〕哎呀，氣死我也！　左右，將他交與軍政司，梟了首級，把尸首號令在關門樓上。〔四軍卒應，作綁黃天祥從上場門下，隨上。邱引起，隨撤椅科，白〕黃飛虎嗄黃飛虎，〔唱〕

【慶餘】先將伊骨肉零分損(韻)，大遂我烈烈心頭怒似火雲(韻)，好待將你合宅擒來都一般的碎剮身(韻)。〔從下場門下，四軍卒隨下。　生扮柏鑑，戴帥盔，搭魂帕、白紙錢，紮靠，執旛，引生扮鄧九公魂，戴帥盔，搭魂帕、白紙錢，紮靠、背令旗，雜扮高貴、孫寶魂，各戴紮巾額，搭魂帕、白紙錢，紮靠，黃天祥魂，搭魂帕、白紙錢，同從東傍門上，遶場科，同從下場門下〕

第九齣　痛傷心元戎哭子（支思韻）　弋腔

〔雜扮四軍卒，各戴馬夫巾，穿蟒箭袖卒褂，佩刀，同從上場門上，同唱〕

【雙調正曲・字字雙】元戎將令派看屍（韻），不濟（韻）。强如臨陣去爭持（韻），淘氣（韻）。周兵空自暴施威（韻），無益（韻）。〔合〕怎當總帥法精奇（韻），兒戲（韻），兒戲（疊）。〔同白〕我等乃邱總鎮麾下衆兵卒是也。我家總鎮把黄飛虎次子天祥擒來，斬了首級，風化尸首，號令在關城之上，命我等在此看守。〔一軍卒白〕列位，我想周營能人最多，萬一有人盜了屍首去，怎生是好？〔一軍卒白〕呸！你怎麽寡説破話，這樣高的關城，還有咱們看守，他如何盜的了去？〔一軍卒白〕雖然如此，也要留神要緊，不可疏失取罪。〔一軍卒白〕此言有理。列位，天氣寒冷，咱們且把酒煖起來，大家吃些，好熬這夜景。〔衆同白〕有理。〔各虛白發諢科，同從下場門下。場東城門上安「青龍關」匾額科，上設高桿，挂黄天祥首級切末科。雜扮二軍卒，各戴馬夫巾，穿蟒箭袖卒褂，佩刀，引雜扮周紀、丑扮土行孫，各戴大頁巾，穿蟒箭袖，繫鑾帶，佩劍，同從上場門上。周紀、土行孫同唱〕

【正宮正曲・剗鍬兒】盜尸臨險應無怕（句），行過山峪水渡恁迢遞（韻）。一里復一里（韻），前途便是韻。〔合〕潛蹤慢行句，同到那裏韻。顯出奇能讀，好把殘骸收取韻。〔分白〕俺周紀是也，俺土行孫是也。〔同白〕我二人爲因武成王二公子被邱引斬首，風化其尸在關城之上，我二人身臨不測，前來盜取。〔周紀白〕土將軍，你要前來盜尸，還須留神在意。〔土行孫白〕不妨，我有道理。我今早到了關裏，入於監中，私探黃天禄與太鸞，與他二人送了消息，授以解鎖之法，將來好作內應。若無手段，怎肯前來。〔四軍卒內作虛白發諢科，周紀白〕你看他有人看視，怎生下手？〔土行孫白〕周將軍，你可隱在一邊，我先打發了他。〔周紀虛白科，與二軍卒同從上場門下。四軍卒仍同從下場門上，作醉態虛白發諢科，各席地坐科。土行孫潛踪躡視科，白〕我不免施展法術，好去動手盜尸便了。〔作指科，四軍卒各作昏迷倒地科，土行孫白〕此時還不下手，更待何時，不免就土遁上城去者。〔虛白科，從地井內暗下。二軍卒與周紀仍同從上場門上，探視作勢科，二軍卒同白〕周將軍，你看土將軍上了城了。〔周紀虛白科，土行孫作上城，將黃天祥首級切末從城上丟下，周紀、二軍卒同作接科，復將黃天祥尸切末用繩繫下，周紀、軍卒復作接科。土行孫白〕周將軍，你可作速先行，待我駕遁出城。〔作下城科。周紀虛白，捧黃天祥首級切末，引二軍卒扛黃天祥尸科，同從上場門下。土行孫從地井內上，白〕咦，妙嗄，尸已盜出，待我趕上周紀，一同回去可也。〔作指四軍卒科，從上場門急下。四軍卒作甦醒虛白發諢科，一軍卒白〕哎呀，城上首級没了影兒了。〔三軍卒同白〕如何又説夢話了？〔一軍卒白〕不信城上看看。〔三軍卒各作看科，同作大驚科，起科，同白〕哎呀，不好了，這却怎處？不免回覆總帥，憑命閫罷。〔各虛白發諢科，同從下場門下。周紀、土行孫引二軍卒扛尸捧首級，同從上

場門急上。周紀、土行孫同唱〕

【越調正曲・豹子令】果是神仙手段奇(韻)，手段奇(格)。盜來尸首轉回歸(韻)，轉回歸(格)。多緣是天心不負勇男兒(韻)，肯教在他鄉暴露之(韻)。〔合〕急來軍帳肯行遲(韻)。〔同白〕我二人盜了尸骨，急急回來，已到軍門了，黃元帥有請。〔雜扮四軍卒，各戴馬夫巾，穿蟒箭袖卒褂，引生扮黃飛虎，戴金貂，紥靠，背令旗，襲蟒，束帶，從上場門上。周紀、土行孫同作相見科，白〕元帥在上，末將等將公子尸首盜來。〔黃飛虎白〕有勞二位，老夫感之不盡。〔場上設櫈，二軍卒作將黃天祥尸首首級放櫈上科，黃飛虎作扶尸哭科，白〕哎呀，我那兒嗄，你死的好苦也。〔作跌科，衆同作扶科，白〕元帥甦醒。〔黃飛虎作醒哭科，白〕我那兒嗄，〔唱〕

【商調正曲・山坡羊】痛得吾(讀)，肝腸寸碎(韻)。痛得吾(讀)，神魂似醉(韻)。苦殺你(讀)，命喪青春(句)。閃得我(讀)，老景難存濟(韻)。痛傷悲(韻)。〔滚白〕我那兒，你自幼英雄磊落，豪氣冲霄，本是個將門公子，忠義家傳，精通武藝，飽習韜鈐。一旦青年身喪，頓使我老景添悲了。兒，〔唱〕如今悔是遲(韻)。悔當時聽伊言恃勇在疆場地(韻)，只落得兒死他鄉(讀)，作了傷亡之鬼(韻)。〔合〕思之(韻)，眼睜睜父子離(韻)。傷悲(韻)，痛生生血淚垂(韻)。〔衆同作虛白勸科，黃飛虎哭科，白〕列位，想我投明棄暗之時，父子相依，今日裏目睹在前，回思已往，所生四子，已失二人，天祿孩兒，存亡未審，他却年少夭亡，雖然爲國，却也可惜。〔衆復作虛白勸科，黃飛虎白〕唔，罷，孩兒爲國捐軀，吾復何恨。但是四子皆亡，吾將何倚，不如奏聞主公，命天爵、天祿扶了他哥哥的尸柩去回西岐，早晚亦可侍奉吾父，一不失黃門之後，二使我忠孝兩全，豈不是好。〔衆同白〕元帥此言有理。〔黃飛虎白〕左右，將尸骸送入後營，用棺木盛斂，待救出四公子時，我奏聞主公，使他與三公子弟兄二人星夜送回西岐，不得有誤。〔四軍卒應科，扛尸捧首級從下場門下，隨上。場上隨撤櫈科，黃飛虎白〕有勞二位，爲吾不肖之子，身臨莫測之危，使老夫何以爲報。〔土行孫白〕元帥，此乃小小功勞，何足挂齒。我倒想出一件大功勞來了。方今邱引正在氣驕勢傲之時，必無防備，我已暗入關中，與太鸞、四公子送了信息，授了解鎖之法。我等先教兩個去與那廝交戰，得便傷他，趁勢攻破關城。我暗暗進去，放他二人作個内應，不怕不能成功。〔黃飛虎白〕此計甚妙。〔小生扮哪吒，戴綫髮，穿采蓮衣氅，軟紮扮，繫風火輪，帶乾坤圈，執鎗，從上場門上，白〕黃將軍，我方纔未奉將令，悄地出城，與邱引見了一陣，被我破了他的法寶，打了一圈，大敗入關去了。趁着土將軍在此，乘他中傷之時，我二人飛進關城，借勢攻殺，取得此關，豈不是好？〔黃飛虎白〕你的主見，正與土將軍相同。我與衆將在外攻殺，關内事體，全仗二位此行也。〔哪吒、土行孫同白〕元帥但請放心，我二人乘機進關，元帥亦當速至。〔黃飛虎白〕正是如此。〔哪吒、土行孫同從上場門下，黃飛虎白〕周賢弟，傳與衆將，結束整齊，帳下伺候。〔周紀應科，從上場門下，二軍卒隨下。黃飛虎白〕邱引嘎邱引，〔唱〕

【尚遶梁煞】恁插翅難逃此日牢籠計韻，你邪法妙怎當俺兵法精緻韻，俺待要報子之仇將他來寸斬尸韻。〔從下場門下，四軍卒隨下〕

第十齣　收得地衆將施威（古風韻）

崑腔

〔雜扮四軍卒，各戴馬夫巾，穿蟒箭袖卒褂，執旗。雜扮四軍卒，各戴大頁巾，穿蟒箭袖排穗褂，執標鎗。雜扮四將官，各戴紮巾額，紮靠。引淨扮邱引，戴陀頭髮，紮金箍，穿蟒箭袖，軟紮扮，繫跳包，跨臂，同從上場門上，唱〕

【正宮引·破陣子】對戰險傷性命(句)，自慚法術空勞(韻)。不斷强梁心未已(句)，不殺狂徒恨怎消(韻)。心頭怒貫霄(韻)。〔中場設椅，轉場坐科，白〕未得隴而還想蜀，人心原是不回頭。一朝大展擎天手，不殄狂兇誓不休。俺邱引斬了鄧九公，誅了黃天祥，擒拿天禄、太鸞，全仗這内丹收效。昨日城樓上看守黃天祥尸骸軍卒前來報道，有人盗去尸骸。俺却心中大驚，抑且大恨，親自出關驗視，不意陡然間來了一個嬰兒，與俺大戰，把俺一顆玲瓏内丹被他收去，他却用個金圈打俺一下，只覺筋崩骨斷、魄散魂離，好不痛楚，只得借遁逃回，閉關休養。待等平復之時，然後大報此仇，有何不可。但是關津之險，不可不防，已差人去唤陳奇去了。他還有些法術，令他用意保守，俺好静中調養。

〔雜扮陳奇，戴紮巾額，紮靠，從上場門上，唱〕

【商調引·接雲鶴】追隨主帥鎮邊疆(韻)，全憑法術作匡襄(韻)。〔白〕俺乃督糧官陳奇是也。秘傳妙法，口噴白光，即可擒拿賊將，主帥見我如此，陞爲副帥之職。主帥法術無窮，先天至寶，不料被個幼童收去，打一金圈，痛楚難禁，差人召我，想是爲這件事商議，只得上前相見。〔作見科，白〕主帥相召，有何吩咐？〔邱引白〕陳將軍，關城險要，不可不防，仗你法術，應加防護，以備不虞。待俺静中調養平復，再報前仇。〔陳奇白〕末將領命。〔内作呐喊科，白〕衆將官，奮勇争殺，速取關城要緊。〔内白〕得令。〔邱引、陳奇各虛白作大驚科，邱引起，隨撤椅科，白〕陳將軍，速去拒住關城，不可放他徑入。〔陳奇白〕得令。〔從下場門急下，邱引白〕賊勢如此，我也難顧重傷，少不得前去觀看動静。衆將官，隨我前去者。〔衆應科，同從下場門急下。雜扮衆軍卒，作狼狽狀，同從上場門上，虛白發諢科，白〕不好了，關城已破，周兵進了門了，快些逃命要緊。〔各虛白發諢科，同從下場門下。雜扮八軍卒，各戴馬大巾，穿蟒箭袖卒褂，執雙刀。雜扮黄明、周紀、龍環、吴乾、孫焰紅、趙昇，净扮鄭倫，各戴紥巾額，紥靠，執器械。小生扮鄧秀，戴紫金冠額，紥靠、背令旗，執器械。引生扮黄飛虎，戴金貂，紥靠、背令旗，執鎗，同從上場門上。黄飛虎白〕衆將官，已破關城，就此殺上前去。〔衆應科，同唱〕

【正宫正曲·普天樂】耀軍聲弓刀聳(韻)，奮軍威旌旛擁(韻)。奪高關談笑之中(韻)，絢金鞭戈甲玲瓏(韻)。〔合〕呀(格)，看前遮後擁(韻)，似天兵降自空(韻)。破敵誅妖(讀)，一戰成功(韻)。〔黄飛虎白〕哪吒、土行孫二人暗進高城，作了内應，斬關落鎖，誅將搴旗，俺統大隊雄師，一鼓而入。〔内作呐喊科。小生扮黄天禄，戴紫金冠額，紥靠、背令旗，執鎗，雜扮太鸞，戴紥巾額，紥靠，執刀，作追四軍卒、陳奇，同從上場門上，衆作圍殺科。黃飛虎白〕你可是邱引麽？〔陳奇白〕我乃副將陳奇。〔黃天録白〕爹爹，擒孩兒者就是此人，待孩兒誅他報仇。〔鄭倫白〕小將軍，待我誅他。〔作虛白交戰科。內作喇叭聲，陳奇作哈科，內復作號筒聲，鄭倫作哼科，內作羅鼓科，鄭倫、陳奇各作對哼、哈，發諢對戰科，黃飛虎、黃天禄作暗中相助，作殺死陳奇科，從下場門暗下，四軍卒隨下。黃天禄跪科，白〕爹爹在上，孩兒天禄拜見。〔黃飛虎白〕我兒罷了。〔太鸞白〕元帥在上，太鸞參見。〔黃飛虎白〕老夫無謀，致使將軍受驚，幸喜逢兇化吉，一戰成功。不知邱引今在何處？〔太鸞白〕末將與四公子追得陳奇，邱引有哪吒與他交戰。〔黃飛虎白〕既如此，衆將官一同前去接應者。〔衆應科，同唱〕

【又一體】震天關天關動(韻)，翻坤維坤維聳(韻)。拔泰山尸累如峰(韻)，沸江河血水流紅(韻)。〔合〕呀(格)，看前遮後擁(韻)，似天兵降自空(韻)。破敵誅妖(讀)，一戰成功(韻)。〔小生扮哪吒，戴綫髮，穿采蓮衣氅，軟紥扮，繫風火輪，帶乾坤圈，執鎗，從上場門上，白〕黃將軍，我與邱引交戰，可惜未曾斬得那厮，借遁逃生去了。〔黃飛虎白〕有勞建此大功。〔丑扮土行孫，戴盔，紥靠，執棒，引四將官從上場門上，白〕黃將軍，邱引逃生，陳奇納命，關中諸將俱願投降，特此帶來相見。〔黃飛虎白〕土將軍，多虧你法術高强，得成此不世之奇勳也。〔向四將官白〕爾等可是實意投降麽？〔四將官白〕我等只因主帥無知，故爾難以投順。今日得見天日，敢不傾心相向。〔黃飛虎白〕如此甚好。〔作向哪吒科，白〕你可先去報捷與主公、丞相，待末將在此查點户口册籍、軍馬錢糧，一應諸務俱各妥協之後，留將鎮守，再去合兵大隊。〔哪吒白〕有理。〔土行孫白〕黃將軍，我還要去交還督糧令箭，就此告別。〔各虛白，同哪吒從上場門下。黃飛虎白〕衆將官，隨我入帥府去者。〔衆應科，同唱〕

【不絕令煞】鞭敲金鐙歡聲動(韻)，這的是聖主齊天福無邊吉化兇(韻)，共喜這保障邊疆耀雄關屬西岐地軸鞏(韻)。〔同從下場門下。生扮柏鑑，戴帥盔，搭魂帕、白紙錢，紥靠，執旛，引陳奇魂，搭魂帕、白紙錢，從東傍門上，遶場科，同從下場門下〕

第十一齣　周營大宴慶成功（東鐘韻）　昆腔

〔雜扮四軍卒，各戴馬夫巾，穿蟒箭袖卒褂，執旗。雜扮季康、辛免、晁田、晁雷，各戴紥巾額，紥靠。雜扮太顛、閎夭，外扮南宮适，生扮武吉，各戴帥盔，紥靠、背令旗。生扮蘇護、洪錦，各戴金貂，紥靠、背令旗。小生扮蘇全忠，戴紫金冠額，紥靠、背令旗。小生扮哪吒，戴綫髮，穿采蓮衣氅，軟紥扮。生扮金吒、木吒，各戴陀頭髮，穿采蓮衣氅，軟紥扮，繫跳包。小生扮韋護，戴帥盔，紥靠。生扮楊戩，戴三叉冠，紥靠。净扮李靖，戴帥盔，紥靠。丑扮土行孫，戴盔，紥靠。净扮雷震子，戴道冠髮，穿飛翅鬼衣。副扮龍鬚虎，戴竪髮額，穿采蓮衣，軟紥扮，繫跳包，襲氅。外扮姜尚，戴道冠，穿道袍氅，繫絲。引生扮姬發，戴王帽，穿蟒，束帶，從上場門上，唱〕

【越調引·楚陽臺】妙算通神（句），天威震遠（句），唾手中奪取關雄（韻）。大開綺席會元功（韻），共賀平寧佳慶（韻）。〔中場設椅，姬發轉場坐科，白〕軍聲浩蕩摇山岳，妙略精微驚鬼神。一旦成功歌捷奏，暫將天酒賀元勳。孤家拜亞父爲元帥，奉行天討，尅日東征。亞父奏了孤家，分兵二路，取佳夢、青龍二關。佳夢已得，青龍難降，武成王差人告急，備言始末。相父使哪吒與鄧嬋玉相救，我等在軍中静候回音。昨日有哪吒與土行孫前來告捷，備告得勝之由，孤家聞言，不覺大喜。〔姜尚白〕主公在上，老臣之所以先取此二關者，不過欲通我之糧道。若不得此，倘紂王斷我軍糧，使我前不能進，後不能退，首尾受敵，非全勝之道也。今幸俱得，可以無憂矣。〔姬發白〕可見相父妙用如神，深明軍法，孤家不勝欣羡。〔姜尚白〕武成王也將次到來，合兵大隊。〔姬發白〕今日營中大排喜宴，與諸將慶功，另日再圖後舉，攻取汜水關便了。〔雜扮黃飛彪、黃飛豹、黃明、周紀、龍環、吴乾，各戴帥盔，紥靠。生扮黃天禄、小生扮鄧秀，各戴紫金冠額，紥靠、背令旗。雜扮太鸞、孫焰紅，各戴紥巾額，紥靠。引生扮黃飛虎，戴金貂，紥靠、背令旗。同從上場門上，黃飛虎唱〕

【越調引・桃李争春】一戰成功(韻)。高傳露布軍威(句)，金鐃奏凱喜融融(韻)。〔白〕俺黃飛虎取得青龍關，命哪吒先來報捷，俺自查點户口册籍，挂榜安民，留下尹籍鎮守。諸事妥協，我與衆將回師，合兵大隊。已到轅門，你看主公陞帳，不免上前相見。〔衆各虛白科，同作相見科，黃飛虎白〕主公在上，臣黃飛虎奉元帥將令，取得青龍，成功而回，帥領標下衆將參見主公。〔姬發白〕有勞武成王建此大功，孤家不勝喜賀。〔衆各分侍科，姬發白〕今日營中大排喜宴，與衆將慶功，專待武成王到來，一同入宴。〔黃飛虎白〕主公如此厚恩，臣等何以克當。〔姬發白〕衆將俱已到齊，左右看宴。〔衆應科。場上預設桌椅、筵席科，内作樂，姬發入桌坐科，黃飛虎作送酒科，姬發虛白科，衆作入座飲酒科，姬發白〕此日成功，全憑爾等智勇無雙、英謀蓋世，得建此不世之奇勳也。〔唱〕

【正宫正曲・玉芙蓉】今日裏開筵慶大功(韻)，看不了龍虎風雲從(韻)。喜元勳多少(讀)，蓋世英雄(韻)。且漫誇謀原主帥能驅勇(韻)，只都爲氣稟將軍各盡忠(韻)。〔合〕齊稱頌(韻)，頌皇圖固鞏(韻)。待他

年讀，嗚珂金殿慶昇平韻。〔衆白〕此皆主上洪福、元帥妙算，故得建此功勳，將成大業，臣等何功之有。〔同唱〕

【又一體】喜則喜天心佑聖躬韻，佐輔有神人衆韻。更運籌帷幄讀，談笑成功韻。休説道戰争都仗將軍勇韻，也則爲籌畫全憑主帥能韻。〔合〕齊稱頌韻，頌皇圖固鞏韻。待他年讀，嗚珂金殿慶昇平韻。〔姜尚白〕主公在上，今日成功大宴，只可惜鄧九公與黄天祥二人，忠義之士，不得享此聚會之樂也。〔衆白〕元帥不必憂心。死生有命，富貴在天，他二人報國捐軀，足以顯姓名於後世，亦可見我西周之多忠臣義士也。〔姬發白〕話雖如此，但是以如此之人，不得終享榮華、共慶昇平，爲可惜耳。〔黄飛虎白〕主公在上，方今汜水關將韓榮，年已衰邁，有勇無謀，乘兹大勝之勢，可以一鼓就擒。〔姜尚白〕主公在上，老臣已算計下了，明日使人下書與他交戰，但使他無邪法相扶，何愁不能取勝。〔姬發白〕酒已數巡，衆將鞍馬勞頓，可各回營少息，孤家亦當回後營去者。〔衆各虚白，起，隨撤桌椅、筵席科，姜尚白〕天恩特沛，御酒均沾，臣等叩謝隆恩。〔衆同作叩謝科，同唱〕

【正宫正曲·錦纏道】喜和雍韻，沐恩膏把蓼蕭同咏韻。戴不盡聖恩濃韻，辦葵誠讀，一心報國抒忠韻。定江山車書大公韻，奠乾坤玉帛來同韻。〔同起，分侍科。姬發起，隨撤桌椅、筵席科，衆同唱〕景運自當隆韻，調玉燭皇圖悠永韻，從龍姓字同韻。〔合〕好佐命把昏殘掃净韻，聖乘乾讀，九五賀飛龍韻。〔同從下場門下〕

第十二齣　妖術鏖争誇祭寶（先天韻）　昆腔

〔雜扮余化，戴竪髮額，紮靠，紮假手切末，執化血刀切末，作勢科，從上場門上，唱〕

【商角套曲·集賢賓】又見吾（讀），七首將軍面（韻），煉寶復來前（韻）。應報了當年仇恨（句），有誰當這妙法的無邊（韻）。〔中場設椅，轉場坐科，白〕昔年大敗遠逃生，莫道沉埋曩日名。煉就先天無限寶，又來雪怨大交争。俺余化，本爲汜水關總帥韓榮麾下副帥，因黄飛虎反出五關，父子投周，到了此處，盡被擒捉。主帥命我解送朝歌，報功受賞，誰知行至中途，遇見了陳塘關總鎮李靖之子哪吒。那幼兒好不兇惡，阻住去路，救了叛臣，將我一金圈打敗，借遁逃生。回至蓬萊山中，見我師傅余元，我師傅不覺大怒，隨即燒煉了一件寶物，名爲化血神刀，祭起時一道紅光落於敵將之身，即便寒顫難言，登時隕命，可以大復前仇。誰想黄飛虎這厮投入西岐，大被任用，夥同逆賊姜尚，三路分兵，已經取了佳夢、青龍二關盡爲周有，今又統領大隊人馬，同了姬發，來攻這汜水雄關。主帥韓榮勢不能支，正在危急，恰好我下山到來，投見主帥，告以前情，我獨騎單人前去要戰，縱有千軍萬馬，仗俺這一口神刀，管教他隻輪不返。主帥大喜，命我當先。俺已結束整齊，就此走一遭也。〔起，隨撤椅科，唱〕

並非是略地攻城(句)，好一似投鈎引綫(韻)。惹得俺猛烈將軍天外現(韻)，一霎裏盡消亡復仇雪怨(韻)。憑着俺神刀寒彩發(句)，管使他片甲影難全(韻)。〔從下場門下。雜扮四軍卒，各戴馬夫巾，穿蟒箭袖卒褂，執雙刀，引小生扮哪吒，戴綫髮，穿采蓮衣氅，軟紥扮，繫風火輪，帶乾坤圈，執火尖鎗，净扮雷震子，戴道冠髮，穿飛翅鬼衣，執金棍，同從上場門上，唱〕

【商角套曲·逍遥樂】聞説鏖戰(韻)，果然的時勢無知(句)，强梁作亂(韻)。自取傷殘(韻)，一般兒逞螳蜋怒臂車前(韻)。〔分白〕惡類無知不順時，强來争戰性何迷。王師一鼓成虀粉，莫怪明君不放慈。我乃哪吒是也，我乃雷震子是也。〔同白〕我等奉姜元帥將令，爲因兵屯汜水，欲取關城，昨日命辛甲去下戰書，韓榮那厮不知進退，自取敗亡，批了回書，説道今日關下會戰。元帥命我二人前來對敵，須索奮勇前行，務將韓榮那厮擒拿，取此高關早早成功，好爲元帥進兵之路。〔雷震子白〕師兄，怎麽他那裏金鼓不聞、戈甲不整，又無軍馬紛紜，不見旌旗隊伍，這却是何原故？〔哪吒白〕只怕他批了回書，不敢對戰，也未可定。〔雷震子白〕師兄，你看那邊有一將官來了，好不兇惡。〔哪吒白〕哎呀，師弟你看，竟非别人，乃是余化。我想那厮被我當日救武成王時一圈打敗，怎麽今日又來，想是逃回山去，另煉了甚麽東西來了，這却倒要小心。〔各虚白科。余化從上場門上，白〕賊將慢來。〔哪吒白〕余化，你可認得我麽？〔余化白〕好哪吒，我正要拿你報仇，不要走。〔各虚白作對戰科，余化虚白作祭化血刀砍哪吒，哪吒作寒顫，曳鎗敗走科，從下場門下，二軍卒隨下。雷震子虚白作對戰科，余化復作祭刀砍傷一翅科，雷震子亦作寒顫，曳棍敗走科，從下場門下，二軍卒隨下。余化白〕這二賊俱中神刀，想他性命難保，俺且到周營把姜尚挑撥出來，斬他一人，足當萬將。〔跳舞科，唱〕縱有萬隊神兵下九天（韻），難擋這金光一展（韻）。管使心如搖旆（句），氣似懸絲（句），命化飛烟（韻）。〔從下場門下。生扮楊戩，戴三叉冠，紮靠，執三尖兩刃刀，從上場門上，唱〕

【商角套曲·金菊香】妖人作難又來前（韻），邪物難分是甚緣（韻）。只見他一個個冷風顫齒口難言（韻），魂魄疑騫（韻）。俺且去變化試新鮮（韻）。〔白〕我楊戩，正在帳下伺候，忽見哪吒與雷震二人敗回營中，登時倒地，口不能言，渾身驚戰。一個是左臂着傷，一個是右翅見損，不知遇見何人，這般模樣。姜丞相問那從征軍士，說是余化復來，飛刀作害。我隨即稟告丞相，前來對敵，施俺變化玄功，用個替身法術，試試他這口飛刀，畢竟是何毒物，如不知情，我即到玉泉山金霞洞問我師傅走遭。呀，你看那邊來了一個兇惡之人，生得十分古怪，想是余化了，我且在此等他。〔余化從上場門上，白〕又是何人前來送死？好歹教姜尚出來，受我一刀。〔楊戩白〕我乃姜元帥麾下楊戩是也，你有甚麼邪法只管使來，我正要試試。〔余化作大怒、虛白，各作對戰科，余化作祭刀，楊戩作以臂迎刀科，虛白，作大叫詐敗科，從下場門下。余化白〕今日初次出陣，連傷他三員將官。此刀所傷，除我師傅那三顆金丹，大料姜尚也無法可救，我且回關去見總帥報功可也。〔跳舞科，從下場門下。楊戩從上場門上，白〕哎呀，好一個萬惡的妖賊，不知甚麼邪物，這般毒狠。方纔我用了玄功，將樹枝幻作一臂，試了他一刀，假作敗陣而逃，那廝以爲得勝，回關去了。我隨看那樹枝，頃刻化爲灰末，究竟不知是何寶物，這樣神奇，我且到師傅處去問了根底，再作區處。〔唱〕

【煞尾】我且雙輪飈輦飛㊁，兩足罡雲展㊀。重去叩仙師㊁，邪物究根源㊀。虧得俺玄功妙㊁，只怕他們呵命將傷人難辨㊀。若得個主人公覓來不遠㊀，怕甚麼得道妖㊂，終不及玉虛弟子有經權㊀。〔從下場門下〕

第十三齣　變中化楊戩賺丹（江陽韻）　昆腔

〔場東洞門上安「玉泉山金霞洞」匾額科。雜扮玉鼎真人，戴道冠，穿道袍，執拂塵，從上場門上，唱〕

【正宮集曲·芙蓉紅】【玉芙蓉】（首至合）浮生空擾忙(韻)，世事徒勞攘(韻)。俺這裏把無生妙訣(讀)，靜裏推詳(韻)。看催行烏兔紛來往(韻)，任雲水閒情自渺茫(韻)。【紅娘子】（合至末）那塵寰上(韻)，争名競强(韻)，總作了非非想(韻)。〔中場設椅，轉場坐科，白〕心似白雲長自在，意如流水任東西。自將不老同天體，不着人間苦海迷。吾乃玉泉山金霞洞玉鼎真人是也。修成不壞之身，自合天長地久；一任争强之輩，由他海倒山翻。妙道精微，神方奥妙。只因昊天大帝命元始掌教天尊掌管這輪迴大劫，三教共議僉押榜文，爲神仙衆弟子一千五百年犯了殺戒，應降塵凡，方成正果，所以不能閉洞潛修，往往下凡惹事。玉虛弟子個個下山，助子牙扶保西伯，滅商伐紂，順人應天。我自那日授了弟子楊戩偈語回山，他自隨征前進，不知這其間又有多少葛藤，幾番更變，賴楊戩有變化玄功，可保無傷無害，但是危急之間，少不得又來尋我，那時又惹牽纏，別完公案。方纔一陣心血來潮，知是下方有余化下山復仇，飛刀作害，弟子楊戩又要前來尋我，我且在洞中等候便了。〔生扮楊戩，戴三叉冠，紥靠，執三

尖兩刃刀，從上場門上，唱〕

【正宮集曲・朱奴插芙蓉】【朱奴兒】（首至三）笑殺那蛙兒伎倆(韻)，恨殺那怒逞封狼(韻)，邪物無端玄妙藏(韻)。【玉芙蓉】（三至末）倒翻成弄却(讀)，虎啖群羊(韻)。問邪神又自何方降(韻)，兇煞臨凡勢莫當(韻)。〔合〕把師顔仰(韻)，好追尋細詳(韻)。那時節運玄功(讀)，破他法術方顯得玉虛光(韻)。〔白〕我楊戬受了余化一刀，思欲試他毒物，却不知是何物爲災，這般兇狠，因此借遁回山，來見師傅，細問根由，好去破除。已到洞門，不免逕入。〔作進洞門，從東傍門上，作叩拜科，白〕師傅在上，弟子楊戬拜見。〔玉鼎真人白〕徒弟，你不在軍馬營中扶助你姜師叔行兵，又來此何事？〔楊戬白〕師傅聽禀：弟子自那日受了師傅偈言，一別之後，跟隨姜師叔兵臨汜水，喜得佳夢、青龍二關俱爲所得，只是汜水關前現今有些阻滯，大是難敵。〔玉鼎真人白〕你且起來講。〔楊戬起科，白〕汜水關韓榮處來了一個妖人，名爲余化，他起先曾爲關中副帥，自哪吒打敗之後，不知逃向何方，而今又來阻戰。有哪吒、雷震子二人前去與他交戰，都被他飛刀所害，一個個口不能言，遍身寒顫，弟子虧有師傅秘授變化玄功，將樹枝變作一臂，試了他一刀，要看是何邪物。那樹枝頃刻化作灰末，不知何物，特求訓示。〔玉鼎真人白〕原來如此。徒弟，你且聽我道來：此乃其師一炁仙余元所煉，名爲化血神刀，有人着他，見血即死。哪吒乃仙物化身，雷震亦仙家妙體，你有變化玄功，大約俱無傷害。但是一件，此寶之毒，縱神仙金丹亦莫能治。此刀燒煉之時，原有三顆金丹一同燒煉，此丹仍在余元處收藏，須得此丹，方可治此毒勢，但是欲得此丹，非爾不可。〔楊戩白〕多謝師傅慈悲，弟子理會得也，就此告辭。〔虛白，仍從東傍門下，隨出洞科，從下場門下。玉鼎真人起，隨撤椅科，白〕你看他着我一言指點，即便通靈，想是往蓬萊山賺丹去了。正是：收得能人爲弟子，不須到處用心機。〔從下場門下。場西洞門上安「蓬萊島」匾額科，净扮余元，戴道冠、陀頭髮，紥金箍，穿道袍，執拂塵，從上場門上。雜扮二仙童，各戴綫髮，穿采蓮衣隨上。余元白〕自幼修成一炁仙，仙方原是獨精傳。有人能敵吾玄妙，除是崑崙掌教前。〔中場設椅，轉場坐科，白〕俺乃一炁仙余元，燒煉了一口化血神刀，傳與徒弟余化下山報仇，阻擋姜尚。想他仗此神物，必然大顯威名，除俺這三顆金丹，無人能治此毒，着傷即死。雖然如此，姜尚乃玉虛門人，同教弟子，能人極多，徒弟余化一人未必能敵，俺還要下山相助。〔生扮楊戩化身，戴豎髮箍，紥靠，假手切末，跨一臂，從上場門上，白〕我楊戩聽了師傅指點明路，隨變作余化模樣，哄這妖人，好把仙丹賺取。來此已是蓬萊山了，不免通報一聲。〔向洞門内科，白〕裏面有人麽？〔一仙童從西傍門下，隨出洞門科，白〕甚麽人？〔楊戩化身白〕相煩通稟，余化求見。〔一仙童虛白，從洞門下，隨從西傍門上，作禀科。余元白〕呀，他又來怎麽？着他進見。〔一仙童應科，從西傍門下，作出洞虛白科，引楊戩化身作進洞門，從西傍門上。楊戩化身跪科，白〕哎呀，師傅救命嗄。〔唱〕

【正宫集曲·三段】【雁過聲】（首二句）悲傷韻，反被他暗算無常韻。〔余元白〕徒弟不要如此，有話起來漫漫的講。〔楊戩化身起科，白〕弟子仗師傅化血神刀前去報仇，阻擋姜尚。有哪吒、雷震俱被弟子所傷，末後來了一人，名喚楊戩。〔唱〕【漁家傲】（四至五）恨那厮仙方更比吾精爽韻。他把飛刀一指⦅句⦆，【山漁燈】（第二句）回砍吾肩⦅讀⦆，痛楚難當⦅韻⦆。〔白〕弟子知師傅此處有三顆金丹可以醫治，因此作速前來，伏乞慈悲。〔余元白〕怎麼有這等事？童兒，取金丹來。〔一仙童應科，從下場門下。余元白〕徒弟，〔唱〕【雁翀天】（第六句）你休生悲愴⦅韻⦆。【錦海棠】（四至五）縱然被害⦅句⦆，何難調養⦅韻⦆。〔一仙童取三顆金丹隨上，作付楊戩化身科。余元白〕徒弟，此丹我此處收藏也是無用，你可拿去，以防不測。〔楊戩化身作叩謝科，白〕多謝師傅，弟子就此告辭。〔唱〕【雁過沙】（末二句）感功多九轉除魔障⦅韻⦆，一任他仙方自恃強⦅韻⦆。〔從西傍門下，隨出洞門，作虛官模科，從上場門急下。余元白〕住了。我想此刀乃我獨傳之寶，楊戩何人，能指回我的寶物，倒傷了余化？况且他既來求了仙丹，不即醫治，拿了去了。再者見血即死，余化乃血肉之軀，那裏還耽得時刻？種種可疑，其中有詐，待我算來。〔作算科，白〕呀，不好了。好楊戩，你竟敢變化余化來賺金丹，他即賺丹，我那飛刀竟爲無用之物矣。氣死我也！楊戩嗄楊戩，你有變化玄功，將人如此般弄，待我下山去與你見個高低，看我這金光銼寶貝，你却又有何法尅制。童兒，取金光銼來。〔一仙童應科，從下場門下，取金光銼切末隨上。余元起，隨撤椅科，白〕爾等好生看守洞府，我去去就來。〔二仙童應科，從下場門下。余元白〕我就此出洞，駕遁前去。〔從西傍門下，隨出洞門，作駕雲遶場科，唱〕

【不絕令煞】恁休言好事從天降⦅韻⦆，這是你自惹非灾添一番大禍殃⦅韻⦆。〔白〕楊戩嗄楊戩，〔唱〕俺則待先將恁賊子的無常斷送來只一晌⦅韻⦆。〔從下場門下〕

第十四齣　巧裏拙行孫盜獸（真文韻）　昆腔

〔雜扮四軍卒，各戴馬夫巾，穿蟒箭袖卒褂，執旗。雜扮四軍卒，各戴大頁巾，穿蟒箭袖排穗褂，執標鎗。生扮蘇護、洪錦，各戴金貂，紥靠、背令旗，執器械。小生扮蘇全忠、鄧秀，各戴紫金冠額，紥靠，背令旗，執器械。小生扮韋護，戴帥盔，紥靠，持杵。浄扮李靖，戴帥盔，紥靠，執方天戟、托塔。引外扮姜尚，戴道冠，穿道袍氅，繫絲，執拂麈，從上場門上，唱〕

【中吕調隻曲·粉蝶兒】統領着猛將如雲（韻），衆弟子護持斯趁（韻），滅妖風討伐殘昏（韻）。順天時（句），盡人事（句），完茲劫運（韻）。扶保明君（韻），定江山把乾坤安穩（韻）。〔中場設椅，轉場坐科，白〕磨難雖多不足憂，自然解救效全收。天心原合扶明主，商業平分已入周。老夫姜尚，奉命東征，弔民伐罪，到了這汜水關前。誰想有余化作害，用了化血神刀，連傷了哪吒、雷震。多虧楊戩用了變化玄功，賺了余元金丹前來，哪吒已被他師傅接回乾元山去調養，我又命木吒送了金丹去了，雷震也用金丹醫好，與楊戩二人一同復仇，關前要戰去了。我且帳中等侯消息可也。〔浄扮雷震子，戴道冠髮，穿飛翅鬼衣，執金棍。生扮楊戩，戴三叉冠，紥靠，執三尖兩刃刀，提余化首級切末科。同從上場門上，白〕元帥在上，弟子等前去要戰，仰賴元帥威靈，斬了余化，獻上首級，前來報功。〔姜尚白〕有勞你二人建此大功，除了大害，可將他首級號令了。〔楊戩白〕弟子稟告元帥：余化已死，大事已完，弟子前去督糧去也。〔姜尚白〕如此甚好。〔楊戩仍從上場門下，姜尚白〕余化已死，這汜水關可唾手而得矣。〔雜扮一報子，戴鷹翎帽，穿報子衣，繫跳包，執旗，從上場門上，白〕報，啟元帥在上：汜水關前又來了一個妖人，名喚余元，前來指名與元帥要戰。〔姜尚白〕知道了。〔報子應科，仍從上場門下。姜尚白〕余化方死，他師傅余元復來，想他知得楊戩賺丹，前來復仇相助。虧得余化納命，他却孤掌難鳴，既然奉命興師，少不得迎戰前去。〔起，隨撤椅科，白〕衆將官，隨我殺上前去。〔衆應科，同唱〕

【中呂調隻曲・迎仙客】旌旗嫋(句)，耀碧雲(韻)，擺列下六丁六甲衆仙群(韻)。不亞如天上來(句)，似泰山般威風震(韻)。好則待掃盡妖氣(韻)，成帝業保固皇圖本(韻)。〔同從下場門下。净扮余元，戴道冠、陀頭髮，紥金箍，穿蟒箭袖，軟紥扮，繫跳包，執器械，帶金光銼切末，從上場門上，唱〕

【中呂調隻曲・紅綉鞋】結下如天仇恨(韻)，賺丹又害徒門(韻)。俺衝冠怒髮指紅雲(韻)。殺盡强梁輩(句)，殄滅玉虛人(韻)。俺這裏怒氣冲冲只念他心太狠(韻)。〔白〕俺余元爲因楊戩這厮賺了金丹，急急趕來相助。誰知剛到關前，徒弟余化已被他殺死。俺怒自心生，此仇必報，因此殺到關前，指名與姜尚那厮分個上下，只憑俺金光寶銼，管教他片甲無存。你看姜尚那厮迎戰來也。〔衆引姜尚，執杏黄旗、打神鞭，從下場門上，作對敵科，姜尚白〕來者可是余元麽？〔余元白〕然也，你就是姜尚麽？你家楊戩賺我仙丹，殺我徒弟，先教他出來與吾見個高低，斬他一人，以除後患。〔姜尚白〕他自督糧去了。玉虛門人怎輕易斬爾鼠輩。〔余元作大怒、虛白，韋護作對戰科，余元作祭金光銼打姜尚，姜尚作展旗擋住科，復作祭打神鞭打余元科，余元作中傷大敗科，從上場門下，姜尚白〕余元敗進關去，衆將官收兵回營。〔衆應科，同唱〕

【中呂調隻曲・石榴花】喜鞭敲金鐙響繽紛(韻)，奏凱敗妖人(韻)。興昂昂的得勝似天神(韻)。得他關鎮(韻)，屬了明君(韻)。也不過天兵一鼓當先陣(韻)，便輕輕納款投奔(韻)。這威風凜凜兇氛盡(韻)，端的是命運自應新(韻)。〔同從下場門下。丑扮土行孫，戴帥盔，紥靠，佩劍，執棒，從上場門上，唱〕

【中呂調隻曲・鬬鵪鶉】俺也曾得煉先天(句)，秘傳神遁(韻)。俺也占塵世繁華(句)，神仙豐韻(韻)。不爲饑寒起盜心(韻)，只爲着仙物新(韻)。今日裏大顯奇能(句)，偷他來金睛獸穩(韻)。〔白〕我土行孫，方纔催糧回來，正遇姜元帥與余元交戰，我愛上他的那金眼駝，四足騰雲，乘風迅速，俺思欲盜了他的來，使他無坐騎可憑，俺便省得在地下行動，騎他催糧，豈不是好。因此與夫人鄧嬋玉商量，瞞了元帥，前來盜他。〔虛白，從下場門下。雜扮拘留孫，戴道冠，穿道袍，執拂塵，從上場門上，白〕我拘留孫，奉玉虛符命，言徒弟土行孫動了貪心，盜余元坐騎，被他拿住，用乾坤袋焚燒，命我前去相救，須索走遭。〔唱〕

【中呂調隻曲・十二月】急乘雲遁(韻)，飛入關津(韻)。救他火難(句)，擒被妖人(韻)。敕符飛迅(韻)，莫少逡巡(韻)。〔從下場門下。余元從上場門上，白〕我余元被姜尚一鞭打敗，營中將息，運用玄功，忽然心血來潮，知是土行孫盜吾坐騎。我不免變轉工夫，擒捉這廝，用乾坤袋燒死，也算除一大害。我且用了元神出竅，假作睡熟，哄他來害我之時，即便下手，有何不可。〔場上設桌椅、帳幔、假余元切末，余元虛白，作入帳睡科，從地井内暗下。土行孫從上場門上，唱〕

【中呂調隻曲・醉高歌】則俺盜金睛建個功勳（韻），跨青帳把身軀暗隱（韻）。〔内作鼾息聲科，土行孫白〕咏，妙嗄。〔唱〕只聽得鼾聲若豹刁斗無聲韻（韻），〔白〕我何不先打死了他，然後再盜他的坐騎？又除一害，又建一功，豈不兩便。〔唱〕好悄地前行而進（韻）。〔作掀帳科。余元執刀、乾坤袋，從下場門暗上，土行孫背後站科。土行孫作以棒打假余元科，帳後出火彩切末科，土行孫白〕打得火星亂迸，好個結實人兒。〔復作欲打科，余元作捉住科，隨撤桌椅、帳幔科，余元白〕好一個無知的狠賊，下這般毒手，看你今日怎生逃去。〔作裝袋内，土行孫從地井内暗下。余元虛白作燒科，地井内出火彩切末，土行孫在地井内白〕哎呀，燒死我也。〔余元唱〕

【中呂調隻曲・上小樓】煉將來煉化作塵（韻），燒將來燒得恁魂魄隕（韻）。只教骨化形消（句），骨化形消（疊），魄散神亡（句），灰殼蠢身（韻）。〔内作風聲科，余元虛白科，天井下鉤綫鉤住袋科，拘留孫乘雲兜從天井内下，作以手指科，天井隨提乾坤袋上，余元白〕呀，爲何一陣風聲，連我的乾坤袋都不見了，煞是可怪。〔唱〕莫不是別有他般（句），別有他般（疊），邪方無限（句），難收難近（韻）。待俺細算這個中原隱（韻）。〔作向上看科，白〕哦，原來是拘留孫來救了他的徒弟，連我的寶貝都拿了去了，我與你誓不俱生。〔作上砍科，天井隨收雲兜科，余元唱〕

【煞尾】待將伊擒捉來㊀，一般的作鬼魂㊁。那時節有誰救你你却休生恨㊁。這的是自惹灾殃㊂，行事兒原不穩㊁。〔白〕我不免趕上，擒捉便了。〔虛白科，從下場門下。生扮柏鑑，戴帥盔，搭魂帕、白紙錢，紥靠，執旛。引净扮余化魂，戴竪髮額，搭魂帕、白紙錢，紥靠，紥假手切末，從東傍門上，遶場科，從下場門下〕

第十五齣　陸壓飛劍斬余元（古風韻）　弋腔

〔雜扮四軍卒，各戴馬夫巾，穿蟒箭袖卒褂，執器械，燈籠，引外扮南宫适，戴帥盔，紥靠，背令旗，佩劍，執令箭，從上場門上，同唱〕

【高大石調正曲·雙勸酒】軍規整齊(韻)，敢辭勞瘁(韻)。巡邏四圍(韻)，捉他奸細(韻)。數更籌直到天明方止(韻)，〔合〕只爲着奉元戎將令敢差遲(韻)。〔南宫适白〕我乃南宫适是也，隨了姜元帥奉主公大駕東征。來這汜水關前，連日交戰，勝負未分，恐有賊營奸細，探聽軍情，因此命我四哨總帥，輪番巡捕，今夜該我巡邏。大小三軍，天已五鼓，隨俺巡查一番。〔衆應科，同從下場門下。雜扮拘留孫，戴道冠，穿道袍，繫絛，執拂塵，提乾坤袋，從上場門上，唱〕

【高大石調正曲·哭岐婆】救他大難(句)，回歸營裏(韻)。除他大害(句)，玉虚符敕(韻)。〔白〕我拘留孫，奉玉虚符敕，救取徒弟土行孫，正遇余元燒他，我隨將他救轉，併他的乾坤袋一概搶來，已到子牙營門首了。〔四軍卒引南宫适從上場門上，唱合〕看一人遠至行來疾(韻)，莫非是裝喬彼處來奸細(韻)。〔白〕甚麽人？〔拘留孫白〕相煩通稟姜子牙師弟，拘留孫有機密重事，前來相見。〔南宫适白〕仙長少待，容當通報。〔向内白〕丞相有請。〔雜扮四軍卒，各戴大頁巾，穿蟒箭袖排穗褂，佩刀，引外扮姜尚，戴道冠，穿道袍氅，繫縧，執拂塵，同從下場門上，白〕甚麽事？〔南宫适白〕有元帥師弟拘留孫求見。〔姜尚白〕他有何事來見，待我出迎。〔作出迎，各虚白相見科。場上設椅，各虚白坐科，姜尚白〕師弟，這樣時候，有何見教？〔拘留孫白〕師兄只看這袋兒就是了。〔姜尚白〕這却爲何？〔拘留孫白〕師兄聽稟：〔唱〕

【中吕宫正曲・駐雲飛】只爲符敕難違㊙韻，命我救難消灾莫暫遲韻。〔姜尚白〕所救何難？〔拘留孫唱〕只爲無知輩韻，身陷灾殃地韻，嗏格。〔姜尚白〕是那個又遭大難？〔拘留孫唱〕只爲那不肖我徒兒韻，自招怨悔韻，險送無常讀，虧得我行來疾韻。〔合〕救轉愚頑暗裏回韻。〔姜尚白〕令徒自去督糧，如何到得賊營，遭此大難？〔拘留孫白〕左右，放他出來，師兄問他，就知分曉。〔姜尚虚白，四軍卒作解袋科。丑扮土行孫，戴盔，紮靠，佩劍，從地井内上，姜尚白〕你去督糧，如何遭難？〔土行孫白〕哎呀，丞相嗄。〔唱〕

【中吕宫正曲・駐馬聽】聽稟因依韻，只爲一時忘戒悔韻。〔白〕弟子呵，〔唱〕見他異獸句，起意偷來讀，一念貪痴韻。〔白〕不想到了那裏，〔唱〕被他擒住悔應遲韻，這乾坤袋燒煉難存濟韻。〔合〕若非師傅慈悲韻，早已飛灰骨化讀，誰知消息韻。〔姜尚白〕哇！你既要行此事，亦當稟告於我。你背行此辱國之事，留你何用。左右，將他綁出轅門，斬首號令。〔拘留孫白〕師兄暫息雷霆，他今辱國，理宜斬首，但是用人之際，暫且教他帶罪建功，不知師兄意下如何？〔姜尚白〕也罷，師弟如此求情，且將他暫且姑免。〔拘留孫虚白科，土行孫白〕謝元帥不斬之恩，謝師傅救命之恩。〔拘留孫白〕你以後須要用意建功，將乾坤袋拿到後營去罷。〔土行孫起，作提乾坤袋從下場門下。雜扮一報子，戴鷹翎帽，穿報子衣，繫肚囊，執旗，從上場門上，白〕報，啟元帥在上：余元前來，與元帥坐名要戰。〔姜尚白〕知道了。〔報子仍從上場門下，拘留孫白〕師兄，你可與李靖、韋護前去對戰，待我暗中擒他。〔姜尚白〕有理。〔各起，隨撤椅科，分白〕成則爲王敗則寇，正成仙體怪成魔。〔同從下場門下，衆隨下。净扮余元，戴道冠、陀頭髮，紥金箍，穿蟒箭袖，軟紥扮，繫跳包，帶金光銼，執器械，從上場門上，唱〕

【越調正曲・水底魚兒】怒氣冲冲(韻)，妖仙大弄風(韻)。救人盜寶(句)，〔合〕空自逞英雄(韻)，空自逞英雄(疊)。〔白〕俺余元擒了土行孫，正用乾坤袋煅煉那廝，誰想拘留孫將他救去，連我的乾坤袋一並拿回。此仇不報，怎肯干休，因此前來要戰。你看那邊有人迎戰來了。〔净扮李靖，戴帥盔，紥靠，背令旗，執方天戟，佩劍。小生扮韋護，戴帥盔，紥靠，執杵。引姜尚執打神鞭、杏黄旗，從下場門上，對敵科。余元白〕姜尚，你怎麼替他人送死？只教拘留孫出來。〔姜尚白〕我把你這畜生！斬你鼠輩，何用上仙。〔余元虛白，作對戰。場上設雲杌，拘留孫執綑仙繩，從上場門上，上雲杌立科，作祭綑仙繩綁倒余元科，作下雲杌，隨撤雲杌科，白〕余元，你可認得我麼？〔余元白〕好妖道，看你怎生處治。〔姜尚虛白科，李靖作將劍砍，韋護作以杵打科，余元俱作不動科，姜尚白〕師弟，這却怎處？〔拘留孫白〕師兄不妨，軍中現有鐵櫃，將他盛在裏面，命黄巾勇士沉於北海。〔姜尚白〕如此甚好，就此回營。〔各虛白科，同從下場門下。外扮陸壓道人，戴道冠，穿道袍，繫縧，執拂塵，從上場門上，白〕一念貪嗔道不成，紅塵到處有灾星。有人若要灾星退，功行堅持自不生。貧道陸壓道人是也，只爲汜水關前有一余元拒阻，他乃金靈聖母門人，法術無邊，無人可制。無奈拘留孫失了計較，已經擒住，又將他鐵櫃盛裝，沉於北海。誰知金水相生，他反得命，又求至寶，前來復仇。因此急急趕來，到子牙營中，用飛劍斬他。正是：劫數正當開殺戒，殺人也是順天心。〔從下場門下。余元從上場門上，白〕哎呀，好恨人也。拘留孫將俺擒住，險送無常，將俺盛於鐵櫃，沉於北海。〔作笑科，白〕這匹夫枉作神仙，不知生克，金水相生，豈不倒是放我？我借遁回山，見了師傅金靈聖母，蒙師傅賜了至寶，只教擒拿拘留孫，不許傷他性命。我因此又來要戰，你看，姜尚迎戰來也。〔衆軍卒、李靖、韋護引姜尚從下場門上，作對敵科，白〕余元，一次逃生，不知進退，又來送死。〔余元白〕姜尚休走。〔各虚白，作對戰科。拘留孫仍從上場門暗上，復作祭綑仙繩綁倒科，陸壓道人執葫蘆内白〕子牙少待，貧道來也。〔從上場門上，作相見科，白〕二位請了。〔姜尚、拘留孫同白〕呀，原來是陸壓仙兄，來此何事？〔陸壓道人白〕只爲二位無法可制余元，故此前來相助，用飛劍斬他。〔作向余元白〕余元，你可有法逃生了麽？〔余元虚白，作欲借遁走科，陸壓道人作祭飛劍科，葫蘆内出黄烟，天井内下寶劍切末，作斬余元科，從上場門暗下，天井内隨收寶劍切末科。姜尚、拘留孫同白〕多謝仙兄除此大害，可請回營一叙。〔陸壓道人虚白，衆作遶場科，同唱〕

【慶餘】似這妖仙作害難輕縱(韻)，把正道扶持順大公(韻)，誰教恁不識機時枉自雄(韻)。〔同從下場門下，衆隨下。生扮柏鑑，戴帥盔，搭魂帕、白紙錢，紥靠，執旛，引余元魂，搭魂帕、白紙錢，從東傍門上，遶場科，從下場門下〕

第十六齣　鄭倫巧逢擒賊將（古風韻）　弋腔

〔小生扮韓昇、韓變，各戴綫髮、紫金冠額，穿蟒箭袖排穗褂，佩劍，同從上場門上，分唱〕

【南呂宮引・生查子】嚴父守邊疆(句)，共仰炎炎勢(韻)。兵法訓兒曹(句)，報國唯忠義(韻)。〔分白〕我乃韓昇是也，我乃韓變是也。〔同白〕爹爹鎮守汜水，被姜尚殺敗，無計可施，聽了偏將徐忠之言，要封金挂應，棄關而逃。我弟兄曾授異傳，煉有法寶，何不共勸爹爹以全忠孝。且等爹爹到來，一同相勸便了。〔各虛白科。生扮韓榮，戴帥盔，紥靠，背令旗，襲蟒，束帶，從上場門上，唱〕

【又一體】何計禦强戎(句)，一旦無威勢(韻)。棄職遠逃生(句)，不是虧臣義(韻)。〔白〕老夫韓榮，鎮守汜水，余元師徒，俱被殺害，思欲投降，有負聖恩，欲想拒戰，又非敵手。偏將徐忠相勸，言既不可獻關而降，又不可守關空死，不如封金挂應，棄關而逃。老夫想他此言有理，所以吩咐家將軍兵，收拾輜重，隱跡山林，且與二子商議。〔作到科，韓昇、韓變各作虛白相見科。場上設椅，韓榮坐科，韓昇、韓變同白〕請問爹爹，何故搬運家私，棄此關隘，意欲何爲？孩兒等敬求開示。〔韓榮嘆科，白〕你二人年幼，不知事務，快些收拾，隨我離了此關，以全性命。〔韓昇、韓變同白〕爹爹説那裏話來，此言切不可被人聽見，

恐污爹爹一世英名。〔同唱〕

【中呂宮正曲·駐馬聽】忠孝家門(韻)，獨掌邊疆膺重任(韻)。却緣何避兵逃難(句)，怕死貪生(讀)，屈節求存(韻)。〔白〕自古在社稷者死社稷，守封疆者死封疆。父既有棄關之爲，孩兒等肯忘報國之義？〔唱〕爲甚的一家不憶報君恩(韻)，相連眷屬全逃遁(韻)。〔合〕切莫云云(韻)，只怕遺譏天下(讀)，英名自損(韻)。〔韓榮白〕我兒，忠義二字，我豈不知。但是主上荒淫，天命有在。那姜子牙門下，盡爲異士，不如棄此而行，還强似降死二字。〔韓昇、韓變同白〕爹爹不可。食人之禄，分人之憂，孩兒等不肖，管保可守此關，滅賊報國。待我等取一件法寶來。〔各虛白科，同從上場門下。韓榮白〕可喜吾家也出此忠義之人，但是他二人年幼恃强，萬有疏虞，如何是好？〔虛白科，韓昇、韓變各脱排穗褂，摘劍，執刀，各作推風車切末上，安小旗四首，書地、水、火、風四字，仍從上場門上，白〕爹爹，看此寶貝，可能破他？〔韓榮白〕此乃幼童頑耍之物，有何用處？〔韓昇、韓變同白〕爹爹不知，這妙用多着哩。〔同唱〕

【中呂宮正曲·好事近】休笑這東西(韻)，轉乾坤只在斯須(韻)。只把風雷任用(句)，慘陰風毒霧漫迷(韻)。飛刀萬枝(韻)，更隨風(讀)，烈焰千重起(韻)。〔合〕仙家寶妙用無邊(句)，漫道作兒童把戲(韻)。〔白〕爹爹不信，請到寬廣之處，待我等試與爹爹看。〔韓榮虛白，起，隨撤椅科。韓昇、韓變各虛白，作舞刀作法科。風車内出烟火切末，地井内出火彩，韓榮作虛白驚贊科，韓昇、韓變同作收法虛白科，韓榮白〕妙嗄。我兒，是何人傳授？〔韓昇、韓變同白〕爹爹那年朝覲入京，府前來了一個陀頭，名唤法戒，孩兒等獻了他一齋，他就教我們拜他爲師，秘授法寶，可保成功。此寶有三千輛，一人一車，只用三千軍士，何怕姜尚六十萬人。〔韓榮白〕妙嗄。我兒，姜尚兵臨城下，關中現有人馬，作速點齊，帶了此車，先殺他一陣。〔韓昇、韓變各虛白科，仍從上場門下，韓榮白〕姜尚嗄姜尚，人遇難時偏有救，路逢絶地又重生。〔大笑科，從下場門下。雜扮四軍卒，各戴馬夫巾，穿蟒箭袖卒褂，執器械，引浄扮鄭倫，戴紥巾額，紥靠，執杵，從上場門上，唱〕

【中吕調隻曲·朝天子】渡山程水鄉(韻)，趲糧車恁忙(韻)。敢違軍限常疏放(韻)。過州城界限(句)，又到了金鷄大崗(韻)。正雄師齊待餉(韻)。〔白〕俺鄭倫，奉元帥將令，催趲糧車，大小三軍，就此趲行前去。〔衆應科，同唱〕青山兒幾行(韻)，望軍營那廂(韻)，路長路長路路長(韻)。天高野曠(韻)，天高野曠(疊)。莫待把行路難齊聲唱(韻)，行路難齊聲唱(疊)。〔同從下場門下。雜扮八軍卒，各披髮，穿劉唐衣褲，繫跳包，執刀，推風車切末，引韓昇、韓變同從上場門上。韓昇、韓變同白〕我弟兄二人，早晨出城，大戰姜尚，敗陣而回。我爹爹又出奇謀，命我等冲營破他。已到周營，大小三軍，就此冲殺上去。〔衆應，作吶喊科，同從下場門下。内作吶喊科。雜扮四軍卒，各戴馬夫巾，穿蟒箭袖卒褂，執旗。雜扮四將官，各戴紥巾額，紥靠，執器械。引外扮姜尚，戴道冠，穿道袍氅，執打神鞭、杏黄旗。同從上場門上，白〕哎呀，韓榮二子，十分兇惡，仗他邪物，暗闖吾營。虧我有了準備，不致傷亡，只得敗陣而行，再圖後舉。〔虛白科，衆同從下場門下。四軍卒引鄭倫從上場門上，白〕呀，我正催趲糧車，行奔軍營，忽見韓榮二子用邪法冲營，元帥帥衆而敗。你看那兩個賊子，追得丞相來了。大小三軍，與我截住撕殺。〔衆應科。韓昇、韓變追姜尚從下場門上，鄭倫白〕元帥休驚，末將在此。〔作阻住科，白〕那兩個幼童，就是韓榮之子麽？〔韓昇、韓變同白〕然也。姜尚匹夫，自恃己能，你是何人，敢來相救？〔鄭倫白〕我乃總哨將軍鄭倫，見你兩個逆子萬惡逆天，特來誅戮。〔各虛白作對戰科，内作號筒聲，鄭倫作以鼻哼科，韓昇、韓變各作迷倒科，衆軍卒作綁科，鄭倫白〕元帥受驚了。〔姜尚白〕虧得將軍擒此二逆，實莫大之功也。且回營中，點齊士卒，攻取關城者。〔鄭倫白〕元帥之言有理。大小三軍，命糧車緩緩前來，我與元帥回營去者。〔衆應，遶場科，同唱〕

【慶餘】兇中化吉擒獰蟒㊙，一敗翻成百勝强㊙，可見那邪法雖兇怎當俺正道光㊙。〔衆同從下場門下〕

第十七齣　老韓榮一門死難（古風韻）　弋腔

〔雜扮四軍卒，各戴馬夫巾，穿蟒箭袖卒褂，執旗。雜扮徐忠、三將官，各戴紮巾額，紮靠。引生扮韓榮，戴帥盔，紮靠，背令旗，襲蟒，束帶，佩劍，從上場門上，唱〕

【高大石調引・半陣樂】堪喜吾家忠孝(韻)，偏偏出自兒曹(韻)。解父心憂(句)，報君恩重(句)，施法關城可保(韻)。〔中場設椅，轉場坐科，白〕老夫韓榮，守這汜水雄關，阻那周兵來路。余元師徒俱爲姜尚所害，我因無計可施，只得棄關隱跡。誰想兩個孩兒竟受異傳，煉成寶物，可敵甲兵百萬、神將三千。今早周兵困城，兩個孩兒一同施展法寶，敗他一陣。老夫見此手段，出了一計，命兩個孩兒出其不意，闖他大隊。孩兒去後，老夫在關中遥聞風雷之聲，金鼓交震，知是孩兒到了周營。使人去探，回報於吾，道周營大破，姜尚逃生，兩個孩兒追下去了。老夫聞之，不勝之喜。只是去了許久，不見回關，老夫放心不下，又使人探聽去了，怎的還不見回報。〔雜扮一報子，戴鷹翎帽，穿報子衣，繫肚囊，執旗，從上場門上，跪科，白〕報啟元帥在上：二位公子不知去向，姜尚又來困城，十分緊急，特此報知。〔韓榮作大驚科，白〕怎麽有這等事？再去打聽。〔報子應，作起科，仍從上場門下。韓榮白〕呀，姜尚又來，吾兒

休矣。〔作哭科，白〕哎呀，我那兒嗄。〔唱〕

【商調正曲·山坡羊】却不知(讀)，亡於何地(韻)。却不知(讀)，敗於何處(韻)。敢則是(讀)，被人所擒(句)，又莫非(讀)，迷路無人指(韻)。細思之(韻)，一定是名存身已危(韻)。〔滚白〕兒，你爹爹思欲棄關隱跡，只爲降之不可、死之無益，也則爲存韓門一脉。你二人仗此寶物，强欲當先，孩兒一死，韓門依舊斷絶香烟，倒不如棄職歸山，夫妻父子還得團圓。今日之事，所爲何來，所爲何來了？兒，〔唱〕只爲着將門公子存忠義(韻)，好教我喜尚無多(讀)，愁偏繼至(韻)。〔報子仍從上場門上，白〕啟上元帥，姜尚城下要戰。〔韓榮白〕知道了。〔報子仍從上場門下，韓榮白〕罷，少不得上城與他相會，孩兒若在，我自獻關納降，以全骨肉。〔起，隨撤椅科，白〕孩兒若死，唔，我又生而何用。〔唱合〕思之(韻)，父子參商一旦離(韻)。傷悲(韻)，痛斷肝腸裂碎脾(韻)。〔白〕衆將官，就此隨我上城去者。〔衆應科，同從下場門下。雜扮四軍卒，各戴馬夫巾，穿蟒箭袖卒褂，執旗。雜扮四軍卒，各戴大頁巾，穿蟒箭袖排穗褂，執標鎗。雜扮太顛、閎夭，生扮武吉，外扮南宫适，各戴帥盔，紥靠，背令旗，執器械。生扮黄飛虎、蘇護，各戴金貂，紥靠，背令旗，佩劍，執器械。小生扮蘇全忠、鄧秀，各戴紫金冠額，紥靠，背令旗，佩劍，執器械。引外扮姜尚，戴道冠，穿道袍氅，繫絛，執打神鞭、杏黄旗。同從上場門上，唱〕

【中吕宫正曲·喬合笙】把妖氛盡掃(韻)，把妖氛盡掃(疊)。將勇兵驍(韻)，平兇誅寇除狂暴(韻)。汜水風靡摧枯槁(韻)，方顯謀猷妙(韻)，功勳建早(韻)。漫道吾(讀)，敗後難收效(韻)。他關城莫保(韻)，俺青史丹書姓字標(韻)。〔姜尚白〕老夫被韓榮兩個逆子所敗，急急逃奔，虧得鄭倫相救，擒了兩個狂童。老夫點聚軍將，未曾大有損傷，留下諸弟子，保着主公大駕後隊緩行，我與諸將關下要戰，當面斬他二子，不怕他不覓無常。已離關城不遠，衆將官就此趲行。〔衆應科，同唱合〕仰瞻天表(韻)，沉烟頓消(韻)。待壺漿簞食來耆老(韻)。上將英豪(韻)，一戰成功早(韻)，凱奏昇平調(韻)。〔場西城門上安「汜水關」匾額科，徐忠、韓榮作上城立科，衆作到關下科，姜尚白〕關上的可是韓榮麽？〔韓榮白〕然也。姜尚，你乃敗軍之將，爲何又來至此？〔姜尚白〕匹夫嗄匹夫，我雖誤中奸計，終久要取此關。你家那得勝將軍，已被吾擒下了。左右，將那兩個逆子，命刀斧手押上來。〔衆應，作向内虛白傳科，内應科。雜扮六刀斧手，各戴大頁巾，紥額，穿劊子手衣，繫跳包，執刀，作綁生扮韓昇、韓變。各散髮，穿蟒箭袖，繫跳包，同從下場門上。姜尚白〕韓榮，你可看見了麽？左右，將這兩個賊子斬首號令。〔衆應科，韓榮白〕哎呀，姜丞相，姜元帥，二子冒犯無知，望乞赦免，吾當獻此關城，以報大德。〔韓昇、韓變同白〕爹爹不可。你乃股肱之臣，豈可惜子之命而失臣節？只是緊守封疆，待等時來，將逆賊碎尸萬段，爲子報仇，未爲晚也。〔姜尚白〕好逆子，這等無禮，刀斧手斬了。〔衆刀斧手應科，作綁韓昇、韓變，仍從下場門下，内白〕開刀。〔韓榮白〕哎呀，痛殺我也。唔，罷，聖上嗄聖上，臣之一門盡絶，失此關城，非臣之不忠也。〔作拔劍自刎科，隨下，徐忠白〕姜丞相，我家主帥自刎而死，我等願開關投獻。〔各虛白，作下城開關，率衆作出關跪科，徐忠白〕偏將徐忠帥領衆將弁投降元帥，請元帥就此進關。〔姜尚白〕不消入關。你可將你主帥父子以禮葬了，册籍案件送至帥府候令。〔徐忠應科，帥衆起科，同從城門下，姜尚白〕汜水已得，不免屯扎人馬，等候主公大駕可也。

〔衆遶場科，同唱〕

【墜飛塵煞】大功一旦成談笑(韻)，喜盈盈凱歌疊報(韻)，今日個唾手取關城不費勞(韻)。〔衆擁護姜尚同從下場門下。生扮柏鑑，戴帥盔，搭魂帕、白紙錢，紥靠，執旛，引韓榮、韓昇、韓變魂，各搭魂帕、白紙錢，從東傍門上，遶場科，從下場門下〕

第十八齣　小哪吒遍體幻形（齊微韻）　昆腔

〔場東洞門上安「乾元山金光洞」匾額科。雜扮金霞童兒、彩雲童兒，各戴綫髮，穿采蓮衣，引生扮太乙真人，戴道冠，穿道袍，繫絛，執拂塵，從上場門上，唱〕

【中吕調套曲·粉蝶兒】洞府芳菲(韻)，早不老長春景媚(韻)。采華芝壽與天齊(韻)。則而今犯紅塵(句)，開殺戒(句)，輪迴如此(韻)。看不了烟靄霏微(韻)，總都是熱閻浮一團殺氣(韻)。〔中場設椅，轉場坐科，白〕不下山時又下山，下山總爲破兇頑。玉虛符敕誰能背，怎敢潛修静閉關。吾乃太乙真人是也。同天道法，不老壽緣，修行乾元山中，養静金光洞裏。徒弟哪吒，本是靈珠子下凡，應是扶周滅紂，蓮花化現。身軀雖是莫之能動，但是無變化之功、隱現之妙，如遇大神通妖魔，非法不足以降伏。他在汜水關前，被余化化血神刀所傷，幸喜非血肉凡胎，得以無損。我命童兒到姜子牙處把他接上山來，我自調理。恰好他傷痕全愈，元氣還精。適有玉虛符敕，命我下山，同衆位道兄助子牙破取誅仙惡陣。我想哪吒也該回去，往前還有許多險處，都用得着他。須是暗中顯化與他，幻成法像，再授以隱現之法，添賜幾件寶貝，纔可成功。金霞童兒，唤哪吒出來。〔金霞童兒應，作向内唤科。小生扮哪吒，戴綫髮，穿采蓮衣氅，軟紮扮，繫風火輪，從上場門上，虛白作相見科，白〕師傅在上，弟子參見。師傅呼喚，有何法旨？〔太乙真人白〕徒弟，我今特奉玉虛符敕，下山去破誅仙惡陣。你今傷痕全愈，也該下山。你且先去，我隨後就來。我想當初子牙下山之時，掌教老師曾有法寶相賜，你今此行，我雖無法寶相賜，且與三杯仙酒，以壯行色。童兒，取玉液三杯、火棗三枚，待我與你師弟餞行。〔金霞童兒、彩雲童兒應科，同從下場門下，取酒、棗隨上。太乙真人起科，作賜酒科，哪吒作跪接飲科，太乙真人白〕徒弟，這玉液呵，〔唱〕

【中呂調套曲·醉高歌】是瑤池釀下新醅(韻)，好壯元精神髓(韻)。〔作賜火棗科，哪吒作接吃科，太乙真人白〕這火棗呵，〔唱〕是蓬山種下千年蕊(韻)，似一顆金丹相濟(韻)。〔哪吒作叩拜科，白〕多謝師傅。〔起科，白〕弟子去也。〔從東傍門下，隨出洞科，從下場門下。太乙真人坐科，白〕你看他飲了玉液，吃了火棗，這其間無窮奧妙，他却不知。少時幻了形骸，變成法像，少不得還來問我。我再賜與秘訣、法寶可也。〔唱〕

【中呂調套曲·紅綉鞋】早則是幻中幻別生佳致(韻)，化裏化重造胎胚(韻)。一霎裏不是當年舊面皮(韻)。似金蓮變(句)，仙物奇(韻)。他本是蓮花體又成妙體(韻)。〔雜扮哪吒化身，戴三頭六臂切末，紮靠，繫風火輪，執鎗，仍從下場門上，白〕好奇怪，方纔辭了師傅，駕遁而行，忽然遍身骨響，幻出這等形容，連妝束都改變了，這是甚麼緣故？急急回來，再問師傅。〔從洞門下，隨從東傍門上科，白〕哎呀，師傅，怎麼我一時變了形像了？〔太乙真人起，隨撤椅科，作大笑科，白〕妙嗄，奇哉嗄怪哉。〔哪吒化身白〕師傅，弟子行至中途，忽然變了這個模樣，果是稀奇，只是難於運轉，這却怎處？〔太乙真人白〕不妨。徒弟，子牙弟子多有異像，今着你顯此法像，不枉我金光洞裏仙傳。我今秘授你隱現之法，益發將洞中至寶都傳授與你，你且隨我進後洞去。〔哪吒化身白〕領命。〔同從下場門下，二童隨下。內作樂，作與哪吒化身手內安乾坤圈、混天綾、金磚、九龍罩、陰陽劍、降魔杵切末科，同從下場門上。太乙真人白〕徒弟過來，待我吩咐與你。〔哪吒化身應，作跪科，太乙真人白〕此乾坤圈呵，〔唱〕

【中呂調套曲·古鮑老】包藏天地(韻)，運化隨心有妙機(韻)。〔白〕此混天綾呵，〔唱〕先天一氣(韻)，似縛怪拴妖的鐵鎖奇(韻)。〔白〕此金磚呵，〔唱〕擊邪物(句)，擁雷霆(句)，追魂疾(韻)。〔白〕此九龍罩呵，〔唱〕聚離明龍德威(韻)。〔白〕此陰陽劍呵，〔唱〕斬惡類隨心如意(韻)。〔白〕此降魔杵呵，〔唱〕似寶塔玲瓏管使妖邪身碎(韻)。〔白〕既有此形，待我傳與你隱現之法，方好隨心變化。〔作以拂塵書符科，唱〕

【中呂調套曲·賣花聲】俺教你金言七字隨心偈(韻)，管使那影響昭昭不略遲(韻)。〔白〕待我傳你秘訣。〔唱〕啊囉呼吸噫嘻嘘(韻)。須將此訣(句)，寸心默記(韻)。欲幻化只爭瞬息(韻)。〔哪吒化身白〕弟子理會得也。〔太乙真人白〕你且隱現一番與我看來。〔哪吒化身虛白，起科，從上場門急隱下，哪吒隨上科，白〕師傅看是如何？〔太乙真人白〕妙嗄。默識心通，隨心變幻，不負我玉虛弟子靈珠現化也。〔哪吒作叩謝科，白〕多謝師傅。〔起科，太乙真人白〕你自去罷，我隨後就來。〔哪吒白〕領命。〔從東傍門下，隨從洞門上，遶場科，從下場門下。太乙真人白〕童兒，取寶劍過來。〔金霞童兒應科，從上場門下，取劍隨上，太乙真人接科，白〕爾等好生看守洞府，我去去就來。〔金霞童兒、彩雲童兒應科，同從上場門下。太乙真人白〕不免就此前去。〔從東傍門下，從洞門上，遶場科，唱〕

【啄木兒煞】又到那(句)，紅塵地(韻)。這一番爭戰非他比(韻)，都是些兇妖惡祟(韻)。須索是護法施爲方使這道不迷(韻)。〔從下場門下〕

第十九齣　三教玄功能破陣（家麻韻）　昆腔

〔雜扮金箍仙、定光仙、毗盧仙，各戴道冠，穿道袍，繫縧，執拂塵。雜扮金靈聖母、吾當聖母，各戴魔女髮，穿宮衣，執拂塵。旦扮龜靈聖母，戴龜靈膆腦，穿宮衣，執拂塵。雜扮金光仙，戴金毛犼膆腦，烏雲仙戴金鰲膆腦，虬首仙戴青獅膆腦，靈牙仙戴白象膆腦，各穿道袍，軟紮扮，繫跳包，執拂塵。同從上場門上，唱〕

【中呂調套曲・粉蝶兒】洞府繁華(韻)，笑忘年不知春夏(韻)。向層霄雲霞行踏(韻)。歸旁門(句)，入截教(句)，玄功頗大(韻)。今日個大鬭相誇(韻)，玉虛門有誰還怕(韻)。〔分白〕吾乃金箍仙是也，吾乃定光仙是也，吾乃毗盧仙是也，吾乃金靈聖母是也，吾乃吾當聖母是也，吾乃龜靈聖母是也，吾乃金光仙是也，吾乃烏雲仙是也，吾乃虬首仙是也，吾乃靈牙仙是也。〔同白〕吾等同歸截教，不服玉虛。叵耐廣成子自恃高强，打死了火靈聖母，還來繳還金霞仙冠，耻辱吾等，教主反去庇他。因此吾等捏造非言，激動聖怒，命我等來這界牌關外，擺一誅仙惡陣，困住子牙，使他玉虛無得説口。我等領了四口寶劍，擺下陣勢。誰知玉虛門下俱各前來，掌教元始也來相助。我等勢不能支，請了教主前來，又被李老聃一炁化爲三清，將師兄多寶道人用風火蒲團拿住。教主大怒，今日會他。昨晚聞得又有西方接引道人與準提道人前來相助，只怕此陣有些難保。我等且待教主陞座，再候法旨。〔內作樂，衆仙白〕你聽仙樂鏗鏘，教主陞座來也。〔各分侍科。雜扮四仙童，各戴綫髮，穿采蓮衣，執天書、寶劍、爐盤、彩旛，引生扮通天教主，戴大道冠，穿蟒，繫縧，從上場門上，唱〕

【中呂調套曲·醉春風】俺也曾五炁早朝元(句)，三花開寶筏(韻)。笑玉虛多少正門家(韻)，都是些假(韻)，假(疊)。今日裏大會争伐(韻)，試看他崑崙大道(句)，怎及俺通天妙法(韻)。〔場上設高臺，內作樂，通天教主轉場陞座科，衆仙各虛白作相見，各分侍科。通天教主白〕當年僉押榜文新，三教原來共一根。今日戰争收拾得，玉虛門下太欺人。吾乃通天教主是也，掌管截教，相合闡宗。當年昊天大帝敕旨，命元始天尊僉押封神天榜，命姜尚下山代理，本是俺三教同心，原無二致。廣成子打死火靈，繳還金霞仙冠，我倒喜他誠實無欺。衆弟子屢次難他，我還再三護庇。誰知他自恃高强，出口辱駡，他道我這截教不分披毛戴角、濕化卵生。我一聞此言，心中大怒，隨命衆弟子在這界牌關外擺了誅仙惡陣，難阻於他。不想他玉虛掌教與門下諸人一同前來，師徒相庇。這也罷了，叵耐李老聃這廝，將我弟子多寶道人拿去，殊爲可惱。〔定光仙白〕啟上教主：今日去會李聃，倒是小事。弟子昨晚聞得西方接引道人與準提道人前來相助，只怕三教歸宗，此陣莫保。〔通天教主白〕不妨，有我在此。〔唱〕

【中呂調套曲·叫聲】一任彼似排衙(韻)，由他(韻)，由他(疊)，由他把虛詞架(韻)。至道本無多(句)，作勢偏驕大(韻)。〔白〕就此隨我到陣前，與他們相會去者。〔衆仙白〕領法旨。〔通天教主下座，隨撤高臺科，衆同

唱〕

【中吕調套曲·山坡裏羊】罡風漫壓(韻)，陣圖相亞(韻)。並非是三教會大講無生話(韻)，鬬争殺(韻)，把道法誇(韻)。捺不住嗔心一迷裏分高下(韻)，制住崑崙敢敵麽(韻)。威(句)，誰及咱(韻)。精(句)，不算他(韻)。〔同從下場門下。生扮廣成子，副扮赤精子，生扮太乙真人、清虚道德神君，外扮雲中子，雜扮靈寶大法師、拘留孫、玉鼎真人、道行天尊、黄龍真人，各戴道冠，穿道袍，繫縧，執拂塵，同從上場門上，唱〕

【中吕調套曲·快活三】熱鬧浮似攘攘鬧鳴蛙(韻)，大覺仙總冉冉下恒沙(韻)。旁門外道任波喳(韻)，再有甚閒瞧抹(韻)。〔分白〕吾乃廣成子，吾乃赤精子，吾乃太乙真人，吾乃靈寶大法師，吾乃清虚道德神君，吾乃拘留孫，吾乃雲中子，吾乃玉鼎真人，吾乃道行天尊，吾乃黄龍真人。〔同白〕今日三教祖師與掌教老師陞座論道，大破誅仙惡陣，去會截教通天，吾等前來伺候。〔各分侍科。雜扮玄都法官，戴道冠，穿法衣，執蒲團，净扮南極仙翁，戴壽星套頭，穿壽星衣，繫縧，執《太極圖》，引外扮太上老君，戴老君髮，穿八卦氅，執拂塵。净扮馬元，戴黑熊精膆腦，紥金箍，穿蟒箭袖，軟紥扮，繫跳包，執劍，净扮孔宣，戴孔雀膆腦，紥靠，紥飛翅，執金蓮，引生扮準提道人，戴毗盧帽，穿道袍，披袈裟，執七寶妙樹枝。雜扮二天將，各戴紥巾額，紥靠，執鞭、鐧，引净扮元始天尊，戴大道冠，穿蟒，繫縧，執如意。雜扮二羅漢，各戴僧帽，紥金箍，穿蟒箭袖，紥氅，繫跳包，執禪杖、金鉢，引净扮接引道人，戴佛膆腦，虬眉、虬鬚，穿蟒，繫縧，披佛衣。同從上場門上，分唱〕

【中吕調套曲·鮑老兒】玄都世外遠繁華(韻)，袖乾坤應無價(韻)。則看這竪竿兒見影龜毛拔(韻)，恰好是畢鉢巖刹杆兒倒下(韻)。無爲無上(句)，不生不死(句)，出神入化(韻)。西方東土(句)，提携接引(句)，大界恒沙(韻)。〔内作樂，場上設高臺、寶座，各作轉場陞座科，分白〕一炁化三清，長生極樂城。無爲玄妙祖，接引救衆生。吾乃太上老君是也，吾乃準提道人是也，吾乃元始天尊是也，吾乃接引道人是也。〔同白〕只因下方劫數相遭，仙道輪迴，未免僉押榜文，三教同遵。今有通天教主不守清規，偏護惡類，大開邪陣，難阻子牙，因此我等三教歸一，大破邪陣。〔太上老君白〕列位道兄，四門各按四方，吾四人亦當分爲四隊，好去破他。〔衆白〕正該如此。〔準提道人白〕吾進坎地破他絶仙陣。〔元始天尊白〕吾進震角破他誅仙陣。〔接引道人白〕我進離宫破他戮仙陣。〔太上老君白〕吾進兑方破他陷仙陣。〔元始天尊白〕吾四人各按四門破陣，只怕他騰空施法，必須得一大功行人把住層霄，方可成功。〔接引道人白〕我已命燃燈去了。〔太上老君白〕如此甚好。玉鼎真人、道行天尊、廣成子、赤精子各聽法旨：〔四仙應科，太上老君白〕你四人各伸掌來，待我賜與靈符，别有調遣。〔四仙作伸掌，太上老君作書符科，唱〕

【中呂調套曲·古鮑老】丹書玉霞(韻)，好將握手乾坤捺(韻)。金光彩花(韻)，大古裏風雷由心發(韻)。敢相誇(韻)，分寶巖(句)，寶物應無價(韻)，不及這一元炁入手無差(韻)。那怕他神劍彩高高懸掛(韻)，只管的摘去向雲臺下(韻)。〔白〕爾等各按四門，伺候動静，只聽陣中雷響，即便摘取四口寶劍，不得有誤。〔四仙應科，從下場門下，元始天尊白〕爾衆弟子不必相隨，自在蘆篷静候。〔衆仙應科，同從上場門下，太上老君白〕吾等就此前去。〔各虚白下座，隨撤高臺、寶座科，衆同唱〕

【中呂調套曲·紅芍藥】妙道無涯(韻)，左術休誇(韻)，只把誅仙當作小兒家(韻)，閒時戲娃(韻)。方顯我(句)，玉虛家(韻)。休更羨霞冠鐵甲(韻)，雷火交加(韻)，恁可也不用風沙(韻)。這的是將無作有一陣爭殺(韻)。〔同從下場門下。廣成子、赤精子、玉鼎真人、道行天尊同從上場門上，唱〕

【中呂調套曲・剔銀燈】手握靈符可誇(韻)，寶劍摘來休怕(韻)。一時惡焰都教罷(韻)，笑盈盈樂煞吾家(韻)。樂煞我(句)，正門誇(韻)，何用逞旁門左法(韻)。〔白〕我等奉太上老君符敕，前來各按四方，摘取那四口寶劍。〔內作雷聲科，四仙白〕你聽陣中雷動，就此大家下手。〔各虛白，從兩場門急分下，取劍隨上，白〕妙嗄，寶劍已失，惡陣破矣。且回蘆篷伺候。〔同唱〕

【中呂調套曲・蔓菁菜】再不能施展那邪威大(韻)，好逃生古洞窪(韻)，破邪兇一霎(韻)。一謎裏(讀)，欣拍手笑雲霞(韻)，閒講這施爲話(韻)。〔同從下場門下。衆引太上老君、準提道人、元始天尊、接引道人從上場門上，唱〕

【中呂調套曲・柳青娘】他原不達(韻)，死守定外魔家(韻)。他還自誇(韻)，直作了井中蛙(韻)。怒臂無端逞豪華(韻)。〔同白〕誅仙陣已破，吾等各回蘆篷，大家歸山，吩咐姜尚前進可也。〔同唱〕但提起虛無道法(韻)，看他行作事都差(韻)。且逍遥離世俗(句)，離世俗托烟霞(韻)。〔同從下場門下。衆仙引通天教主從上場門上，唱〕

【中呂調套曲・道和】愧顏加(韻)，愧顏加(叠)，我這空施截教少光華(韻)。怎如他(韻)，玉虛妙法本無涯(韻)。誅仙破取須臾價(韻)，又羞又氣又嗟呀(韻)。意如麻(韻)，險送無常(句)，作場話靶(韻)。〔白〕罷了嗄罷了，玉虛門下果是欺人，我與你三教同心，爲何相害。〔唱〕還再把㊖，通天通天妙術發㊖。同宗反結仇深大㊖，報怨報怨難寬假㊖。你那裏盈盈得意誇門下㊖，俺這裏再將仙寶煉黄芽㊖。〔白〕此仇不報，誓不干休。衆弟子，隨我回山，煉了六魂旛，寫上他們名字，早晚用功，再擺大陣，困他可也。〔衆仙白〕領法旨。〔同唱〕

【啄木兒煞】並非關不念慈㊁，一味的愛戮殺㊖。只爲恁誇張太自狐威假㊖，强梁獨霸㊖，講甚麽同宗歸教舊根芽㊖。〔同從下場門下〕

第二十齣　群妖邪媚可迷君（蕭豪韻）　弋腔

〔小旦扮妲己替身，戴鳳冠簪形，穿蟒，束帶，從上場門上，唱〕

【中呂宮引·青玉案】朝來忽聽宮娥報（韻），道玉苑桂花開早（韻）。〔中場設椅，轉場坐科，白〕椒房專寵應無妒，姊妹原來共一家。誰識個中來意大，共稱解語並頭花。我妲己自入宮闈，極蒙寵幸，兩個妹子相繼而來。姊妹同心，總是舊時心性；鸞凰匹配，並非今世姻緣。且喜一體無猜，同心共事。今早有丞相箕子請駕上殿，聞得說五關已失其三，不久周兵即至。我想我三人原奉女媧敕命，使他喪國亡家，這時候也不久了，我等功行已將次滿足，萬一他今日見本，生畏懼之心，有追悔之念，雖說不能即保江山，也自耽延時日。所以與兩個妹子商議，如此這般進獻讒言，使他終於昏亂。宮娥們那裏？〔雜扮二宮娥，各戴過梁額，穿宮衣，同從上場門上，白〕娘娘有何懿旨？〔妲己替身白〕請你那二位娘娘出來。〔二宮娥應，作向内虛白，請科。雜扮二宮娥，各戴過梁額，穿宮衣，引小旦扮胡喜妹、王貴人，各戴鳳冠簪形，穿蟒，束帶，同從上場門上，分唱〕晨起妝臺妝罷了（韻）。髻螺輕挽（句），眉蛾淡掃（韻）。共候君王到（韻）。〔各作虛白相見科，妲己替身起，虛白科，場上設椅，各虛白坐科，妲己替身白〕二位賢妹，正值秋光將半，桂子舒香，我等在月窟樓中備下綺宴，等候聖駕玩賞何如？〔胡喜妹、王貴人同白〕姐姐，美景良辰，正當如此。〔各虛白科。雜扮二內侍，各戴大太監帽，穿蟒，束帶，帶數珠，執拂塵，引净扮紂王，戴王帽，穿蟒，束帶，從上場門上，唱〕

【中呂宮引·菊花新】忽聞邊報奏氛囂(韻)，使我心中暗自焦(韻)。歡樂戀妖嬈(韻)，只怕江山莫保(韻)。〔作到科，妲己替身、胡喜妹、王貴人各起，隨撤椅科，作虛白接駕科。紂王虛白科，場上設椅，各坐科，妲己替身白〕今早聖上朝罷回來，爲何雙鎖愁眉，却是爲何？〔紂王白〕咳，御妻，不消提起。〔唱〕

【中呂宮正曲·駐馬聽】邊報來朝(韻)，使朕驚心魂暗擾(韻)。〔妲己替身白〕所奏何事？〔紂王白〕那界牌關總帥徐蓋呵，〔唱〕差官告急(句)，道逆賊兵威(讀)，特煞兇驍(韻)。〔白〕青龍、佳夢、汜水已被姬發這厮所占。〔唱〕關津已屬逆徒朝(韻)，那添兵點將的關非小(韻)。〔合〕因此上心内煩焦(韻)，只恐歡娛難戀(讀)，江山不保(韻)。〔妲己替身白〕原來爲此，聖上且自寬心。〔唱〕

【又一體】且解焦勞(韻)，諒那小寇怎輕將邦本擾(韻)。〔白〕哦，我知道了。〔紂王白〕御妻知道甚麽來？〔妲己替身唱〕這都是邊庭武弁(句)，借勢鑽營(讀)，故造荒謠(韻)。〔紂王白〕也未可定。〔妲己替身白〕却又來。〔唱〕宸聰怎被小人淆(韻)，只索明柝萬里休得要徒焦躁(韻)。〔合〕且樂良朝(韻)，莫把歡娛耽擱(讀)，致教人老(韻)。〔胡喜妹唱〕

【又一體】話不虛囂(韻)，自古道賣國欺君法不小(韻)。〔白〕姐姐之言尚言其概，未悉其微。〔紂王白〕怎樣？〔胡喜妹唱〕他那裏虛詞故架(句)，金賂庭臣(讀)，致使君意愁交(韻)。〔白〕那時節呵，〔唱〕必多輸金帛助邊勞(韻)，他支銷何怕無空冒(韻)。〔白〕怪道不差。〔唱合〕律有科條(韻)，借公肥己(讀)，重刑大造(韻)。

〔紂王白〕這話講得更通。寡人也想到這裏，表裏爲奸，欺君作弊，情實可恨。只是他們只管報來，何以批發？〔王貴人白〕聖上，這也不難。〔唱〕

【又一體】何必多勞(韻)，宸翰空頒丹詔好(韻)。〔白〕諒姜尚不過一術士耳，有何大志？此乃聖上所深知者。以後呵，〔唱〕他紛飛羽檄(句)，只把使命加刑(讀)，首級先梟(韻)。〔白〕誅一以警將來，他必以爲難欺聖聰，自畏法而不來矣。〔唱〕清源何必塞流交(韻)，搜根何用攀枝杪(韻)。〔合〕他自畏神堯(韻)，聖聰難蔽(讀)，如天察照(韻)。〔紂王大笑科，白〕却不道你姊妹三人，竟有這般經國遠見，在庭諸臣，不及遠矣。朕幾乎被他人所賣，何必再等本章，即將這徐蓋差官斬首號令便了。內侍傳旨：徐蓋謠言亂衆，作弊蒙君，可將他差官斬首號令，以警將來。〔一內侍應，作向下傳科。妲己替身、胡喜妹、王貴人同白〕今當秋色將半，月桂舒香，妾身等備下酒宴在月窟樓上，請聖上玩賞。〔紂王作大笑科，白〕御妻、美人，若非你姊妹三人，險些誤了歡娛。江山一統，何足介意，還是隨時飲宴，不負良辰的是。內侍，再去傳旨，曉與外庭諸臣，再有以邊事爲言者，與今日差官一樣治罪。〔一內侍應科，從上場門下。紂王大笑科，白〕朕今日纔打破這疑團也，就此一同入宴去者。〔各虛白起，隨撤椅科，紂王唱〕

【尚如縷煞】拚沉醉花屋嬌(韻)，莫使芳心頓老(韻)。〔妲己替身、胡喜妹、王貴人同唱〕好則是萬載千秋同承這天眷高(韻)。〔紂王虛白大笑科，同從下場門下，衆宮娥、內侍隨下〕

第廿一齣　徐蓋知時自議降（庚青韻）　弋腔

〔雜扮四軍卒，各戴馬夫巾，穿蟒箭袖卒褂，執旗。雜扮彭遵、王豹，各戴紥巾額，紥靠。引外扮徐蓋，戴帥盔，紥靠，背令旗，襲蟒，束帶，從上場門上，唱〕

【高大石角套曲・三十腔】【六國朝】（首二句）西岐勢大(句)，膺天意實逢景命(韻)。【念奴嬌】（第二句）正人心皆向(讀)，國祚當興(韻)。【還京樂】（四至六）試看戈甲屯雲(句)，略地開疆(句)，兵燹無寧静(韻)。【吴音子】（第四句）仙客相扶軍勢盛(韻)，【滿庭芳】（二至三）知時暗省(韻)，有意投誠(韻)。〔中場設椅，轉場坐科，白〕人不知時不丈夫，心頭已悉此規模。商朝自是當交代，怎逆天心起壯圖。俺徐蓋世受皇恩，專叨節鉞，我自鎮守界牌，兄弟徐芳鎮守穿雲關。前此數日，曾有通天教主擺下惡陣，不知怎樣被西岐打破，兵至關前，大是雄猛。老夫看這光景，早知天命有在，意欲投誠，非是賣國求生，實是順天行事。不料王將軍與彭將軍大顯神通，明陳忠義，關前拒戰，斬了他魏賁、趙丙兩員上將，老夫喜出望外。但是他尚不退去，如何是好？〔唱〕【風淘沙】（二至三）徧遇圍攻打聲(韻)，怎得除他狂暴性(韻)。【一絡索】（二至三）保守此高城(韻)，只好是困熬歲月終吾命(韻)。【净瓶兒】（二至四）怕只怕攻破了雄關凛(韻)，崑崗失火(句)，不論精英(韻)，【洞仙歌】（第二句）一死無餘剩(韻)。【紅羅襖】（五至七）與其塗炭黎民(句)，不如納款投降句⃝，還稱知勢賢能韻⃝。〔彭遵、王豹同白〕咳，元帥説那裏話來，念吾等祖父呵，〔唱〕【燈月交輝】（三至四句）簪纓累代慶恩榮韻⃝。把忠孝作家傳句⃝，【蒙童兒】（四至末）竭丹悃句⃝，效忠靖韻⃝。【荼蘼香】（首至四）一念堅精韻⃝。貫於金石句⃝，勒於鐘鼎韻⃝。〔白〕豈可一旦忘君而徇私。〔唱〕還則要掃蕩妖風一霎清韻⃝，【梅梢月】（第六句）衣冠復慶唐虞盛韻⃝。〔白〕今元帥不思此事，思欲食其禄而獻其地，是不忠也，末將等寧死不敢從命。〔唱〕【催拍子】（九句至十二）還則要仰承天眷句⃝，百靈協應韻⃝。神明默佑句⃝，大功早定韻⃝。【憶江南】（第四句）欃鎗一鼓俱平定韻⃝。〔白〕吾等各有仙法異傳，取上將易如反掌，何怕西周百萬雄師。〔唱〕【兩同心】（三至四）拼神術搴旗斬將句⃝，奠江山壯觀神京韻⃝。〔徐蓋白〕二位將軍，我豈不知忠義、君臣之分？只是而今呵，〔唱〕【一剪梅】（第四句）君王暴虐多荒政韻⃝，【鶴翀天】（四至五）信妖婦害生靈韻⃝。殺忠良讀⃝，好似菅蒿命韻⃝。〔白〕還有一説，主上不知聽了何人讒言，殺了告急差官，還道外庭諸臣，有以邊事上言者，一樣治罪。二位，〔唱〕【霓裳中序】（第一三句至五）這的是自取禍惹灾星韻⃝，招取亂亡徵韻⃝，尋來殃眚韻⃝。【雁過聲】（七至末）縱封疆儘失到都京韻⃝，也只是掩耳還思頌太平韻⃝。〔白〕此乃聖上自取敗亡，非臣下不忠之罪。今天命已歸周室，眼見此關不保。〔唱〕【燭影摇紅】（首句至四）誰爲接應韻⃝，束手空教性命傾韻⃝。那時面縛出元營韻⃝，冤死在霜鋒韻⃝。【荷葉鋪水面】（五至七）欲死情堪憫韻⃝，欲順遲機幸韻⃝，兩難進退何能韻⃝。〔白〕再者關中糧草不足，朝廷不添兵將，犒賜金帛，空虛無倚，怎生保守？雖然勝他一陣，終是難憑。〔唱〕【桂殿秋】（三至四）自古道冲鋒初次難爲勝

（韻），只恐樂於極處悲含影（韻）。〔彭遵、王豹同白〕元帥之言差矣，爲何長他人志氣，滅自己威風？　這樣講罷，有我二人一日在，一日投降不成。〔徐蓋白〕我知順逆，你們只欲恃強，萬有疏虞，豈不可惜。〔彭遵、王豹同白〕待我二人今日再去要戰，如不勝他，但憑元帥處治。〔各虛白科，同從上場門下。徐蓋白〕天下有這樣不知事的呆漢。〔唱〕【喜秋風】（二至三）空恃强思争勝（韻），却不道天公早已安排定（韻）。【婆羅門引】（九至十一）最難的（讀），是識勢英（韻），更須要體人情（韻）。　昔稱俊傑知時（讀），一體相承（韻）。〔白〕子牙門下能人最多，他二人此去呵，〔唱〕【拗茶蘼】（二至五）似蛾投火繭包蠶影（韻），似群羊啖虎怎相争（韻）。俺明明告戒叮嚀（韻），他却自妄傲偏不聽（韻）。【歸塞北】（四至末）直待到尸横白草魂歸瞑（韻），方怨悔痴愚空死無名姓（韻）。〔雜扮一報子，戴鷹翎帽，穿報子衣，繫跳包，執旗，從上場門上，白〕報，啟爺：　彭遵被雷震子打死，王豹被哪吒鎗亡，特來報知。〔徐蓋白〕知道了。〔報子仍從上場門下，徐蓋白〕我早知他二人必有亡身之禍，事不臨頭，終於不悔，這也罷了。　我自知時投順，應天合人，他二人在此，往往事多掣肘。他二人已死陣場，待我查點户口册籍，獻關投降可也。〔起，隨撤椅科，唱〕【陽關曲】（首至三）投誠原爲救蒼生（韻），但願天教周祚早安定（韻），終有日明良拜兮賡歌詠（韻）。【催花樂】（四至末）俺可也從龍佐命顯芳名（韻），把周室無疆萬歲千秋共歡慶（韻）。〔從下場門下，衆隨下。　生扮柏鑑，戴帥盔，搭魂帕、白紙錢，紥靠，執旛，引浄扮魏賁、雜扮趙丙魂，各戴紥巾額，搭魂帕、白紙錢，紥靠，彭遵、王豹魂，各搭魂帕、白紙錢，同從東傍門上，遶場科，同從下場門下〕

第廿二齣　法戒逞能偏要戰（歌戈韻）　弋腔

〔净扮南極仙翁，戴壽星套頭，穿壽星衣，繫絛，執拂塵，從上場門上。雜扮白鶴童兒，戴綫髮，穿采蓮衣，隨上。南極仙翁唱〕

【正宮引·三疊引】金剛妙體本如何(韻)，自是玉虛極樂(韻)。爲度有緣人(句)，又向紅塵一過(韻)。〔中場設椅，轉場坐科，白〕一番風雨一番寒，萬劫沉淪萬劫冤。不遇慈悲施救拔，玉虛能得幾人仙。吾乃南極仙翁是也，正在洞中修煉，照見得下方姜子牙兵阻界牌，關將徐蓋標下有一將官，名唤彭遵，與韓榮之二子，同爲法戒之徒，俱被玉虛弟子所害。他前來報仇，來到此關，用迷魂旛擒了雷震。但是天命有在，不可違行，算得今日今時，他應被鄭倫擒住，刀下傾生。我看他與我有緣，所以急急前去，救他一命。就此前往子牙營中去者。〔起，隨撤椅科，唱〕

【正宮正曲·玉芙蓉】罡風足下過(韻)，彩霧身邊裹(韻)。一霎時過了(讀)，百二山河(韻)。但得有緣救濟成功果(韻)，這的是無上慈悲妙法多(韻)。〔合〕金蓮座(韻)，誰不能高坐(韻)。只争差(讀)，正爲大道怪爲魔(韻)。〔從下場門下。净扮法戒，戴鹿精膛腦，穿蟒箭袖，繫跳包，背迷魂旛，執禪杖，從上場門上，跳舞科，唱〕

【正宮正曲·錦纏道】妙功多(韻)，悟徹了開花結果(韻)，無生死待如何(韻)。報深仇(讀)，只爲這毒龍鎖不住心魔(韻)。〔白〕俺法戒傳授了三個徒弟，一名彭遵，又有韓榮之二子，一名韓昇，一名韓變，俱被姜尚門人所害，俺心中好不氣惱，來報此仇。到得此關，昨日與他對戰，恰好擒了害我徒弟仇人雷震。那關主徐蓋，我看他好不老成，大約有個投降之意。我要殺雷震，他反替他求情，他是主帥，我怎好有逆於他，只得監禁後營。誰知有個哪吒，十分兇猛，我迷魂旛不能制他，倒被他一圈打敗。自有仙丹醫好，營中静坐，忽有探子來報：周營有個甚麽楊戬、土行孫二人要戰。我想這些血肉之軀，寶旛一展，何怕不擒。就此前去走遭。〔唱〕非是俺慈悲心不念多羅(韻)，只爲恁狠毒計結怨張羅(韻)。暗使計喽囉(韻)，應將把魂追魄捉(韻)，亡身誰念波(韻)。〔合〕早望見旌旗萬朵(韻)，仗仙方(讀)，擒兇誅逆不是俺太殘苛(韻)。〔從下場門下。雜扮四軍卒，各戴馬夫巾，穿蟒箭袖卒褂，執旗。雜扮四軍卒，各戴大頁巾，穿蟒箭袖排穗褂，執標鎗。外扮南宫适、生扮武吉，各戴帥盔，紥靠、背令旗，執器械。生扮黄飛虎，戴金貂，紥靠、背令旗，佩劍，執鎗。生扮洪錦，戴金貂，紥靠、背令旗，佩劍，執刀。引外扮姜尚，戴道冠，穿道袍氅，繫縧，執拂塵，從上場門上，唱〕

【正宫引・朝中措】一魔纔了又一魔(韻)，魔到幾時過(韻)。頓使心中焦躁(句)，投誠音信難和(韻)。

〔中場設椅，轉場坐科，白〕老夫姜尚，辭了主公，來取界牌。關將徐蓋於前日彭遵、王豹死後，即便納款投降。誰知來了一個陀頭，名唤法戒，爲他徒弟報仇，前來對戰，用了邪術擒去雷震，雖被哪吒打敗，終久不斷禍根。今日楊戬與土行孫前去對戰，不知勝敗如何。〔浄扮鄭倫，戴紥巾額，紥靠，執杵，引雜扮四軍卒，各戴馬夫巾，穿蟒箭袖卒褂，執器械，作綁法戒從上場門上，鄭倫白〕巧處建功人莫及，軍中交令面生光。〔作見科，白〕小將鄭倫，奉令督糧，路逢楊戩、土行孫與法戒交戰，被小將鼻運靈氣擒來。關將徐蓋已獻關城，土行孫、楊戩前去釋放雷震，專候丞相大駕，小將前來交令。〔姜尚白〕可喜你屢逢巧遇，建此奇勳，傳令將法戒轅門斬首。〔鄭倫應，作虛白傳科，四軍卒應，作欲綁下科，南極仙翁內白〕刀下留人，我來也。〔從上場門上，白〕相煩通報，有南極老人來見。〔鄭倫虛白稟科，姜尚起，隨撤椅科，白〕待我出迎。〔作出迎科，各虛白作相見科。場上設椅，各虛白坐科，姜尚白〕自破誅仙陣之後，未聆雅誨，不知此來，有何見諭？〔南極仙翁白〕只因這法戒與我有緣，特來救度。〔姜尚白〕既如此，左右，將法戒放回來。〔衆應，作鬆綁科，南極仙翁白〕法戒。〔法戒白〕呀，原來是南極老師到了。〔跪科，白〕弟子久仰金身，無由得會，今幸相遇，情願皈依。〔南極仙翁白〕妙嗄，我早知與你有緣，故此前來救度。業緣已盡，正果應修，隨我回西方去者。〔法戒白〕多謝慈悲。〔起，侍科。南極仙翁白〕就此告辭。〔姜尚虛白科，各起，隨撤椅科。姜尚白〕纔聆妙義，爲何話別匆匆。〔南極仙翁白〕大事已完，不可久居塵世。幸賀界牌已得，莫誤東行，請。〔各虛白科，南極仙翁仍從上場門下，法戒隨下。姜尚白〕衆將官，隨我入關受降去者。〔衆應科，同唱〕

【南呂宮正曲・金錢花】紛紛凱奏鐃歌(韻)，鐃歌(格)。鞭敲金鐙聲和(韻)，聲和(格)。聖君天助廟謨多(韻)。〔合〕關城下(讀)，戢干戈(韻)。降將得(讀)，浄妖魔(韻)。〔衆擁護姜尚從下場門下。南極仙翁作騎雜扮白鹿形，穿鹿形切末衣，從上場門上，虛白遶場科，從下場門下〕

第廿三齣　說大義同胞反目（古風韻）　弋腔

〔雜扮二院子，各戴羅帽，穿道袍，繫鸞帶，引净扮徐芳，戴帥盔，穿蟒，束帶，從上場門上，唱〕

【仙呂宮引·鵲橋仙】家傳忠孝（句），從無更變（韻）。無奈門庭多玷（韻），同胞屈膝向人前（韻），好教俺怒如雷電（韻）。〔中場設椅，轉場坐科，白〕兄弟原同一樹華，花同一樹本無差。誰知竟有難明事，一樹偏開兩樣花。俺徐芳，與界牌關主將徐蓋乃一母所生。祖父相傳，總是忠義二字，報國事君。父母雙亡，止有俺弟兄二人，同被天恩，分居大鎮。不想哥哥有辱家門，投降獻關，貪生怕死。我想過了界牌，便是俺這穿雲關了，哥哥勢必前來説我。我想吾家世守忠良，如何出此不肖之子，寧得罪於哥哥，不可得罪於祖父。所以心生一計，他不來便罷，他若來時，將他賺入後堂，埋伏下刀斧手，看他説些甚麽。先將大義勸回，如不聽從，我就〔作住口歎科，白〕我就將他拿下，解上朝歌，明正國法。院子，〔二院子應科，徐芳白〕傳令馬忠、龍安吉來見。〔一院子應科，從上場門下，徐芳白〕咳，我那哥哥嗄，非是你兄弟不念同胞之義，只緣你行事差訛也。〔一院子引雜扮馬忠、龍安吉，各戴紥巾額，紥靠，同從上場門上，分白〕柳營春試馬，虎帳夜談兵。〔作相見科，白〕元帥在上。〔分白〕末將馬忠，末將龍安吉，〔同白〕

參見。元帥相召，有何將令？〔徐芳白〕只爲不肖家兄投降姜尚，來到此處，勢必説我。你二人可領刀斧手，後堂兩廂埋伏，聽我一聲令下，即便擒捉。〔馬忠、龍安吉白〕可見元帥大義滅親，忠心報國也，末將等就此領令而行。〔徐芳起，隨撤椅科，分白〕速帥貔貅捉叛臣，元戎忠義貫青雲。同胞漫説同心志，賢佞由來自有分。〔馬忠、龍安吉仍從上場門下，徐芳從下場門下，二院子隨下。外扮徐蓋，戴帥盔，紥靠，佩劍，從上場門上，白〕知時自古是英賢，肯使同胞助惡頑。兄弟同歸仁聖主，煞强輔惡喪黄泉。俺徐蓋與穿雲關主帥徐芳，一母所生，同胞友愛，今聖上無道，天下離心，我已知時納款，獻關投誠，非是賣國求生，實是順天行事。兄弟徐芳，性如烈火，萬一對戰戕生，豈不有傷枝脉。因此稟過姜元帥，前來説他歸降，想他見我如此，未有不從之理，因此單騎入關。已到帥府，待我叫一聲：裏面有人麽？〔一院子從下場門上，白〕甚麽人？〔作見科，白〕呀，原來是大爺來了。〔向内白〕老爺有請。〔徐芳從下場門上，白〕甚麽事？〔院子白〕大爺到了。〔徐芳白〕果不出吾之所料，且賺入後堂，再作道理。待我出迎。〔作出迎，各作相見虚白科，徐芳白〕哥哥遠來，有失迎候，請入後堂一叙。〔徐蓋白〕如此甚好，兄弟請。〔各虚白遶場科，場上設椅，各虚白坐科，徐芳白〕哥哥自在界牌阻拒周兵，今日到此，有何見諭？〔徐蓋白〕兄弟，愚兄此來，一則探問，二則有椿事情要説一説。〔徐芳白〕請教。〔徐蓋白〕兄弟，自古道，良禽擇木而棲，〔徐芳白〕忠臣報主而死。〔徐蓋白〕兄弟記差了。〔徐芳白〕不差。〔徐蓋白〕良臣擇主而事。方今主上無道，神怒民愁，忠良見戮，反不如小國之求賢。〔徐芳白〕我説爲此。〔徐蓋白〕暴虐施爲，反不及偏邦之治化。愚兄熟悉世情，投誠聖主，特來拜望兄弟，説你同歸。〔徐芳白〕哥哥，不敢相瞞，小弟自幼愚痴，不知獻媚取悦，這關是降不得的。〔徐蓋白〕非也。〔唱〕

【仙呂宮正曲・桂枝香】容兄細啟(韻)，當知時勢(韻)。想違天必致灾殃(句)，又何必小忠小義(韻)。正人心怨起(句)，正人心怨起(疊)，政荒倫背(韻)，那忠良盡矣(韻)。〔合〕請思維(韻)，只怕臨崖勒馬收韁晚(句)，船到江心補漏遲(韻)。〔徐芳白〕感承訓誨。父親在日，曾有一言，哥哥忘記了。〔徐蓋白〕請教。〔徐芳唱〕

【又一體】想嚴親教誨(韻)，言猶在耳(韻)。道忠臣死後留芳(句)，〔白〕那奸臣呵，〔唱〕臭名兒獨標青史(韻)。想雙親亡矣(句)，想雙親亡矣(疊)，莫忘了傳家節義(韻)。怎的把風聲玷翳(韻)。〔合〕請思維(韻)，只恐名傳後世人皆駡(句)，身死黄泉鬼見欺(韻)。〔徐蓋白〕兄弟，你口口聲聲只要盡節，却不道徒死無名。〔徐芳白〕怎見得徒死無名？〔徐蓋白〕兄弟，古人曰：莫違天，莫怨天，天公報應本無偏。逢迎助惡君須戒，犯順偏隨大禍纏。還是投誠。〔徐芳白〕哥哥，小弟也記得古人有言道：何是賢？忠是賢，賢臣心性本無偏。捐軀報國生前慘，身後留芳萬代傳。還是盡忠。〔徐蓋白〕兄弟，雙親早喪，止有俺兄弟二人，不達時務，空死無名，是爲不孝。還是降順。〔徐芳白〕却又來。雙親早喪，止有俺弟兄二人，不作忠良，使人唾駡，也還是小事。萬一聖怒自天，王章有律，使一門無故盡遭屠戮，豈不是反爲不孝，還不如死節。〔徐蓋白〕哎，兄弟，你口口只要死節，却不知死有輕於鴻毛，此之謂也。〔徐芳白〕怎見得？〔徐蓋白〕方今聖上聽信讒言，將我告急差官斬首號令，還傳旨在庭諸臣，有以邊事爲言者，一樣加罪。糧餉不足，府庫空虛，如何拒守？戰而得勝，無可論功；戰而不勝，無能見罪。況天命人心，盡歸周土，姜子牙手下俱是能人，如何是他對手？還是投降識勢。〔徐芳白〕哎，哥哥説那裏話來。自古道：君命臣死，臣不死爲不忠；父命子亡，子不亡爲不孝。吾家世受隆恩，叨蒙節鉞，以封疆托爲腹心，豈有食君之禄而獻其地。況姜尚不過江湖術士，少得機時，不久破敗，我堂堂上國，反屈膝於偏邦，是何道理？咳，是何道理？還是死難報國纔是。〔徐蓋白〕兄弟不可執此一偏之見。〔徐芳白〕他既放哥哥回來，如虎歸山，俺兄弟二人共保此關，得盡臣節，還可少贖曩日之罪，如其不然，〔作冷笑科，白〕只怕悔之晚矣。〔徐蓋白〕兄弟差矣。〔唱〕

【雙調正曲·鎖南枝】自古道識時事(句)，是大賢(韻)。人生何不隨上天(韻)。一旦逆神明(句)，冤死在重泉(韻)。〔白〕不可執性一邊，徒貽後悔。〔滚白〕你今不聽良言，自恃强横，逆天犯順，悔之晚矣。〔唱合〕怕只怕天降灾(句)，伊怎寬(韻)。莫若早回頭(句)，從良善(韻)。〔徐芳唱〕

【又一體】休絮語(句)，莫亂言(韻)。你心似浮萍我心似鐵石堅(韻)。〔徐蓋白〕只怕堅不到底。〔徐芳白〕哎呀，氣死我也！刀斧手何在？〔徐蓋作大驚虚白起，隨撤椅科。馬忠、龍安吉引雜扮四刀斧手，各戴大頁巾，穿蟒箭袖排穗褂，佩刀，同從下場門上，徐芳白〕綁了。〔衆應，作綁科，徐蓋白〕你不從罷了，爲何綁我？兄弟之情何在？〔徐芳白〕哇！無耻匹夫，論甚麼兄弟。你辱没祖宗，降了叛逆，也不顧家屬遭殃，今日自來送死，也是祖宗有靈，不絶徐門也。〔唱〕我問你身死在黃泉(句)，怎見祖先顔(韻)。〔徐蓋白〕不知時的匹夫，滅兄弟之親，昧時勢之義，只怕祖宗陰靈也不放你。〔徐芳白〕哎，胡説。〔唱合〕恁道你自知時㊀，是大賢㊁。〔白〕左右，將這厮囚禁後營，我再作道理。〔唱〕將這厮禁元營㊀，休莫想再生回轉㊁。〔衆應科，作綁徐蓋科，從上場門下。徐芳起，隨撤椅科，白〕助逆玷門楣，忘親報主爲。自來尋死路，後悔也應遲。〔從下場門下，院子隨下〕

第廿四齣　破邪陣忠士下山（真文韻）　崑腔

〔場東洞門上安「青峰山紫陽洞」匾額科，雜扮二仙童，各戴綫髮，穿采蓮衣，引雜扮清虛道德神君，戴道冠，穿道袍，繫絲，執拂塵，從上場門上，唱〕

【仙吕入雙角合曲·北新水令】紫陽洞裏四時春(韻)，煉仙芝汞鉛丰韻(韻)。祥雲封磵户(句)，瑞氣護山門(韻)。自曉修因(韻)，人間事不須問(韻)。〔中場設椅，轉場坐科，白〕『西江月』世事短如春夢，人情薄似秋雲。不須計較苦勞神，自有天公氣運。遇難誰云無救，降魔難害仙人。消災滅罪賴忠臣，惡焰一時全隕。吾乃清虛道德神君是也，修行紫陽洞裏，煉功青峰山中，自那日救了上大夫楊任上山，拜我爲師，已成仙道。我自誅仙陣回山，不覺又是數月，照得下界子牙兵至穿雲，狹路相逢，吕岳與他弟子陳庚，煉了瘟癀傘陣，陷住子牙。雲中子比我先知，贈了符籙，得保無傷。幸喜天心有救，該我弟子楊任下山，建功破陣。今日叫他出來，傳授他飛電神鎗，賜與他五火寶扇，命他下山，破陣誅邪，助成大事。童兒，喚楊任出來。〔二仙童應，作向内喚科。生扮楊任，戴道冠，安假手切末，手内生目，穿道袍鞶，軟紥扮，從上場門上，虛白科，作轉場虛白參見科。清虛道德神君白〕徒弟，喚你出來，不爲別事，今日大數已到，該你下山，到穿雲關前破瘟癀傘陣，釋四將冤愆。〔楊任白〕師傅，念弟子本是文臣，又非武士，此一下山，如何區處？〔清虛道德神君白〕不妨，我有道理。你且聽我道來：〔唱〕

【仙呂入雙角合曲·南雙令江兒水】【五馬江兒水】（首至五）你本是天生英俊(韻)，更兼忠義純(韻)。正當扶明建業(句)，大奏奇勳(韻)。留芳名成話本(韻)。〔白〕我有飛電神鎗一桿、五火寶扇一把，賜付與你，自可應心得志。童兒，取鎗、扇來。〔二仙童應科，同從下場門下。清虛道德神君唱〕【金字令】（十至十三句）恁已是出塵身(韻)，何妨運化神(韻)。五炁難分(韻)，聚頂花新(韻)。【嬌鶯兒】（七至末）不比當時朝内臣(韻)，〔合〕尚作凡人(韻)。今日個冰清玉潤(韻)，顯神通助聖君(韻)。〔二仙童執鎗、扇，仍從下場門上，白〕鎗、扇取到。〔清虛道德神君起，隨撤椅，作授鎗科，白〕這鎗呵，〔唱〕

【仙呂入雙角合曲·北雁兒落帶得勝令】【雁兒落】（全）煞强似勾陳豹尾新(韻)，應勝那丁甲攢金刃(韻)。舞動時風雷暗裏隨(句)，戰争間龍虎光中隱(韻)。〔楊任接鎗科。清虛道德神君授扇科，白〕這扇呵，〔唱〕【得勝令】（全）烈焰湧天門(韻)，神火散金紋(韻)。搧來時神仙難救滅(句)，遇着他通靈化炭塵(韻)。〔楊任作接扇科，清虛道德神君白〕你可將此下山，去入瘟癀陣裏，搧化邪魔，破他邪法。還有黄飛虎四將，被他所擒，解送朝歌，你可半路救他，教他們作個内應。那時内外夾攻，穿雲破矣。〔唱〕他妖氛(韻)，你一到成灰燼(韻)。那忠臣(韻)，恁相逢救難人(韻)。〔楊任白〕多謝師傅，弟子都已明悉，就此告辭。〔作拜别科，唱〕

【仙呂入雙角合曲・南曉行序】早隱(韻)，洞府長春(韻)。又特蒙訓誨(讀)，把明君投進(韻)。荷大德(讀)，傳鎗賜寶殷勤(韻)。〔起科，清虛道德神君白〕你快去罷。〔楊任虛白科，從東傍門下，隨出洞門科，從下場門下。清虛道德神君白〕妙嗄，當日救他，就知後來歸着。他今日下山，又完我玉虛門中一段功果也。〔唱〕紛紜(韻)。變亂閻浮(句)，神仙妖怪(讀)，魚龍斷混(韻)。〔合〕有一日平分(韻)。人鬼鬪關頭(讀)，道與魔方能識認(韻)。〔從下場門下，二仙童隨下。雜扮四軍卒，各戴馬夫巾，穿蟒箭袖卒褂，執器械，作押解生扮黃飛虎、洪錦，外扮南宮适、徐蓋，各戴髮網，穿道袍，帶鎖杻，引雜扮方義貞，戴帥盔，紮靠，背令旗，執器械，從上場門上，唱〕

【仙呂入雙角合曲・北掛玉鈎】主帥神威誰不尊(韻)，標下的多英俊(韻)。仙客神方誰不聞(韻)，陣裏的拘妖祲(韻)。解叛兇(句)，傳州郡(韻)。早離了保障關城(句)，不遠到帝裏都門(韻)。〔白〕吾乃穿雲關副將方義貞是也。我家主帥徐芳，不顧手足之情，却全君臣大義，擒了親兄徐蓋，又連差馬忠、龍安吉周營要戰，連擒了黃飛虎、南宮适、洪錦三將。周營又出來了一個幼童，叫作哪吒，把馬忠、龍安吉雙雙殺害，險些打破高關。幸喜天心憐念，來了兩個道人，一名吕岳，一名陳庚，擺了一個惡陣，困住姜尚，說過了百日，必不能生。主帥命我先將周營三將與主帥之兄徐蓋，一同解上朝歌，報功奏捷。大小三軍，作速攢行。〔衆應科，楊任內白〕留下人嗄。〔衆作大驚科，方義貞白〕呀，那邊來了一人，文非文相，武非武妝，形容古怪，甚是可疑。〔楊任從上場門上，白〕快些放了忠臣，有話好講。〔方義貞白〕你是何人？〔楊任白〕你休管我，我且問你：你這押解的，可是周家的將官麽？〔方義貞白〕問得蹺蹊，必是個劫賊，看鎗！〔楊任白〕好小輩，這等急暴。〔作以扇搧科，地井内出火彩，作搧化方義貞科，從上場門暗下。衆軍卒虚白發諢科，楊任白〕爾等休生疑畏，罪在他一人，與爾等無涉，可速放了。〔衆軍卒作虚白放黄飛虎、南宫适、洪錦、徐蓋科，楊任白〕爾等各自散去罷。〔衆軍卒持杻鎖虚白，同從上場門下。四將作謝科，同白〕多謝道長相救，敢問大名？〔楊任白〕難道武成公、洪將軍也不認得我了？我乃上大夫楊任也。〔黄飛虎、洪錦同白〕那日先生諫君，剜目死於非命，如何幻出這般形容，來到這裏？〔楊任白〕說來話長，不暇細稟。爾等可潛至關内埋伏，少時周兵臨城，爾等可作内應，内外夾攻，關城可得。〔四將應科，同從上場門下。楊任白〕就此破陣去者。〔唱〕

【仙呂入雙角合曲·南黑麻序】看這滚滚(韻)，多少紅塵(韻)。那争名奪勢(讀)，往來如陣(韻)。日戰争無息(讀)，不歇烟氛(韻)。紛紛(韻)，明君不易生(句)，昏君不恤民(韻)。〔合〕費精神(韻)。亂於極處(讀)，方是太平氣運(韻)。〔從下場門下。生扮柏鑑，戴帥盔，搭魂帕、白紙錢，紥靠，執旛，引雜扮馬忠、龍安吉魂，各戴紥巾額，搭魂帕、白紙錢，紥靠，方義貞魂，搭魂帕、白紙錢，同從東傍門上，遶場科，同從下場門下。净扮吕岳，雜扮陳庚，各戴瘟神帽，紥靠，執劍，同從上場門上，唱〕

【仙呂入雙角合曲·北川撥棹帶七弟兄】【川撥棹】（全）我這裏自評論(韻)，甚妖人甚正人(韻)。他毒氣淩雲(韻)，仇結怨深(韻)，恨滿胸襟(韻)。今日個復怨來追取他舊魂(韻)，管教伊化作塵(韻)。〔中場設椅，吕岳坐科，白〕俺吕岳是也。陳庚，〔陳庚應科，吕岳白〕自那日與你四個師兄，一同來會姜尚，被他邪法施威，剛剛我一人得脱，此仇不報，誓不俱生。回山煉這瘟癀傘，在這穿雲關設此一陣，到底要制伏於他。〔陳庚白〕姜尚大數臨頭，已是成功可望，再過一日，性命休矣。還須着實用功。但是一件，吾等同教李平，往往替他和勸，他若請得人來，如何區處？〔吕岳白〕這倒無妨。他人到來，見之必死。若是李平到來，也顧不得同學之情，將他陷在裏面。只是姜尚那小小旗兒，保護身體，萬朵金蓮，只恐害他費事。〔陳庚白〕師傅自管用功，如不收效，待我盜了他的來，即刻必死。〔唱〕【七弟兄】（全）那時節帝閽(韻)，要津(韻)，建奇勳(韻)。除他直比蓬茅損(韻)。只俺這觀之神動用之純(韻)，他敢誇涅而不緇磨不磷(韻)。〔吕岳白〕此言有理，就此入陣去者。〔各起，隨撤椅科，同唱〕

【仙吕入雙角合曲·南錦衣香】好前去運元神(韻)。心無吝(韻)，用功純(韻)，情還忿(韻)。須教他骨化形消(句)，變成齏粉(韻)。並非是慈悲不放一絲仁(韻)，只爲深仇結下(句)，充塞乾坤(韻)。〔作到科，場上預設高臺，臺上安三把瘟癀傘、小旛切末科，吕岳、陳庚同作上高臺摇旛科，唱〕看祥光瑞氣(句)，怎逃這骨肉成塵(韻)。〔地井内出毫光切末科，吕岳、陳庚同唱合〕休仗恁仙旗隱(韻)，終教你化爲灰燼(韻)。毫光散却(讀)，金蓮落盡(韻)。〔作施法科，楊任從上場門上，唱〕

【仙吕入雙角合曲·北梅花酒帶收江南】【梅花酒】（全）我覷着塵世氛(韻)。歎今世前因(韻)，好似月夕風晨(韻)，暮靄朝暾(韻)。算浮生能有幾(句)，休得要争强狠(韻)，枉消磨烏兔奔(韻)。〔白〕我到了周營，説明就裏，將衆將埋伏在就近之處，我自前來，先將他傘兒搧去，方好入陣。〔作以扇搧科，地井内出火彩切末，高臺上連倒三傘，地井隨收毫光科。陳庚白〕哎呀，不好了，有人破了陣也。〔各虛白下高臺，隨撤高臺科。呂岳白〕是何人大膽狂爲，前來破陣？〔楊任白〕我乃紫陽洞裏楊任，奉師傅之命，破陣誅邪。〔唱〕恁道是妖光直逼蒼旻(韻)，兇威可害神人(韻)。怎相欺受命君(韻)。〔各虛白作對戰科，從下場門下。雜扮李平，戴道冠，穿道袍，繫縧，從上場門上，唱〕【收江南】（全）呀(格)，只見得陣中殺氣鬧紛紛(韻)，特良言相勸逆時人(韻)，投良棄暗作明神(韻)。〔白〕我李平，與呂岳、陳庚，俱爲善友，前日勸他，不肯回頭。聞得楊任下山破陣，趁此勸他，只怕回心，也未可定。〔衆同從上場門殺上，李平白〕不要動手，我來有話說。〔楊任白〕又添一個妖類。〔作以扇搧科，地井内出火彩，作搧化李平科，從上場門暗下。呂岳、陳庚虛白科，楊任白〕那個有工夫與你戀戰，益發送你們上路。〔作以扇連搧科，地井内出火彩，作搧化呂岳、陳庚科，同從下場門暗下。楊任白〕邪陣已破，惡類已除，我就此喚齊了衆將，到陷坑中去救出子牙便了。〔唱〕俺不敢逡巡(韻)，俺不敢逡巡(疊)，到陷坑中救取難中人(韻)。〔從下場門下。柏鑑引呂岳、陳庚、李平魂，各戴魂帕、白紙錢，同從東傍門上，遶場科，同從下場門下。楊任引雜扮四軍卒，各戴馬夫巾，穿蟒箭袖卒褂，執旗。雜扮四軍卒，各戴大頁巾，穿蟒箭袖排穗褂，執標鎗。雜扮黃明、周紀、龍環、吳乾，各戴紮巾額，紮靠，執器械。雜扮太顛、閎夭，生扮武吉，各戴帥盔，紮靠、背令旗，執器械。小生扮鄧秀，戴紫金冠額，紮靠、背令旗，執刀。生扮金吒、木吒，各戴陀頭髮，穿采蓮衣氅，軟紮扮，繫跳包，執器械。小生扮哪吒，戴綫髮，穿采蓮衣氅，軟紮扮，繫風火輪，帶乾坤圈，執鎗。生扮楊戩，戴三叉冠，紮靠，執三尖兩刃刀。同從上場門上，白〕可賀楊老師建此大功，元帥在那裏？〔楊任白〕就在陷坑裏面。〔衆各虛白扶科，楊任白〕姜丞相，邪陣已破，大難已除，可出來罷。〔外扮姜尚，戴道冠，穿道袍氅，繫絛，執打神鞭、杏黄旗，從地井内上，白〕是何人來此相救？〔楊任白〕元帥在上，楊任拜見。〔姜尚白〕多蒙救拔，理當拜謝。〔衆同白〕元帥受驚了。〔姜尚白〕虧有雲中子所贈符籙，得保無事。〔向楊任白〕請問道長何來？〔楊任白〕我乃上大夫楊任，因那日諫君剜目，被師傅清虚道德神君神風救取，收爲門人。如今命我下山救你，行至中途，遇見了武成公與三個將官被擒入京，是我將他們救下，教他們作個關内接應。邪陣已破，元帥作速取關要緊。〔姜尚白〕此言有理。衆將官，就此殺奔關去。〔衆應科，同唱〕

【仙吕入雙角合曲・南漿水令】高關下此時擬準(韻)，不自量空爲灾祲(韻)。妖人怎敵道中人(韻)。氣銷骨化(讀)，散魄消魂(韻)。俺依舊的(句)，專外閫(韻)，掀天事業把天威振(韻)。〔合〕行看取(句)，行看取(疊)，雄關得穩(韻)。他那裏(句)，他那裏(疊)，無門可奔(韻)。

【北尾】不知世事徒勞憒(韻)，怎作得轉乾坤挽回氣運(韻)，可見得天意無私全屬明君(韻)。〔衆擁護姜尚，同從下場門下〕

第九本

第一齣　得靈丹空施痘疹（魚模韻）　昆腔

〔雜扮二天將，各戴紮巾額，紮靠，執鞭、鐧。雜扮二天醫，各戴道冠，穿道袍，繫絛，執天書手卷。雜扮神龜、龍馬二神，各戴本形膃腦，穿蟒箭袖，軟紮扮，襲氅，繫跳包，捧河圖、洛書。雜扮四仙童，各戴綫髮，穿道袍，繫絛。引副扮伏羲聖帝，戴伏羲髮，穿鬼衣、樹葉、雲肩、打胯，執太極圖。净扮神農聖帝，戴神農髮，穿鬼衣、樹葉、雲肩、打胯，執芝草。生扮軒轅聖帝，戴冕旒，穿蟒，束帶，執圭。同從上場門上，唱〕

【黄鐘調套曲·醉花陰】太古神功人世祖(韻)，佑下土共居雲府(韻)，德業人間輔(韻)。不比玉洞仙班(句)，須索是別有玄微處(韻)。〔場上設高臺、寶座，内作樂，三皇轉場陞座科，分白〕五行分布順陰陽，百味難調賴早嘗。禮樂衣冠開創後，〔同白〕萬年人世仰三皇。〔分白〕吾神伏羲聖帝是也，吾神神農聖帝是也，吾神軒轅聖帝是也。〔同白〕吾等生于上古，佑此下民，各有同天不朽之功，共賴萬世相依之德。生而明聖，没爲至神，端居火雲宫裏，俯佑閻浮界中。方今又一輪迴，天下紛紛，商家當滅，周祚應與。姬發受命之君，姜尚承榜之士，遭了百般災難，經過多少牽纏，總是大數使然，非同小可。那年呂岳爲灾，賴有神功默助；而今余德作害，又用大德生全。照得今日今時，楊戩又來求救，須索廣布慈緣，衍傳妙化可也。〔同唱〕

【黄鐘調套曲・喜遷鶯】隨緣普度(韻)，嘆紛忙世事難除(韻)。規模(韻)，亂於極處(韻)。滄海桑田辨不殊(韻)，難猜度(韻)。這天心改變(句)，換世界只在須臾(韻)。〔生扮楊戩，戴三叉冠，紥靠，從上場門上，唱〕

【黄鐘調套曲・出隊子】又遭磨難(句)，怎的便消除(韻)。又來這聖皇瓊宇拜氍毹(韻)。只看那瑞靄祥光幻化初(韻)，瞥地雲端樓閣殊(韻)。〔白〕俺楊戩隨姜元帥過穿雲嶺，斬了徐芳。今至潼關，余化龍父子好不兇惡，蘇護、太鸞疆場費命，他又用邪法布向周營，六十萬衆俱被災纏，個個痛楚難禁，人人長成瘡癬，除了哪吒與我，無一個不疼痛呻吟，不知是何病症。我仔細想來，又與那年呂岳的故事一般，正在無法可施，恰好師傅與黄龍師叔到來，又命我到火雲宫求拜三皇，可解此厄。聞得元帥説曾受元始偈言，道「謹防達兆光先德」，他五人之名，正是此五字，此乃天數前定，大約無妨。因此駕遁急行，又來這火雲宫裏。來此已是，不免通稟一聲。〔向内白〕裏面有人麽？〔一天將白〕甚麽人？〔作見科，白〕呀，你又來了，想是又有大難。〔楊戩白〕正是，相煩奏聞。〔天將白〕少待。〔轉場虚白奏科，三皇白〕着他進見。〔天將應，作轉場虚白唤科，楊戩轉場叩見科，白〕西岐臣姜尚門下小臣楊戩叩見聖帝，願聖帝聖壽無疆。〔三皇白〕你又到此何事？〔楊戩白〕聖帝在上，容小臣細奏：〔唱〕

【黃鐘調套曲・刮地風】只爲着姜尚遭逢大難初（韻），六十萬生命將無（韻）。〔白〕兵至潼關，有余化龍之子十分兇惡，五人邪術布向周營。〔唱〕但則見遍身瘡疥添悽楚（韻）。個個嗟吁（韻），處處號呼（韻）。因此上拜求超度（韻），望宏恩暗中扶助（韻）。〔伏羲聖帝白〕今者姬發、姜尚有事於天下，乃應運之君臣。大數雖有此難，但是吾等不可不暗裏扶持。〔神農聖帝白〕此言甚是。量此小術，何足介意。仙童，取金丹、仙草來。〔二仙童應科，從下場門下。神農聖帝白〕楊戩，你且起侍一邊。〔楊戩應，作起侍科。三皇同唱〕應知是受命君（句），佐命士（句），自有靈神默助（韻）。更不須（句），嘆錯用大工夫（韻）。這的是大數定自當初（韻）。〔二仙童取金丹、仙草，仍從下場門上，白〕金丹、仙草取到。〔神農聖帝白〕將金丹先付與他。〔一仙童作付楊戩，楊戩接科。神農聖帝白〕此丹共是三顆，你可拿去將一顆救姬發、姜尚，一顆救衆將、門人，一顆用水化開，洒向周營內外，則邪氣自退矣。這丹呵，〔唱〕

【黃鐘調套曲・四門子】不同那坎離交姤調龍虎（韻），功神自迥殊（韻）。比芥子納須彌巨（韻），借乾坤當治爐（韻）。〔白〕童兒，將仙草也付與他。〔一仙童應，作付楊戩，楊戩接科。神農聖帝白〕此疾名爲痘疹，少若救遲，俱爲死症。這草名爲升麻，他呵，〔唱〕能發表（句），可祛毒（韻），濟生人功用普（韻）。〔白〕你可作速回營，用心調治，不得有誤。〔楊戩作虛白叩謝科，唱〕謝聖皇明示陳（句），默保扶（韻），從此後生人賴此救危途（韻）。〔起，作虛白科，仍從上場門下。三皇白〕救拔現在，傳示將來，善緣普濟，也賴他這一番遭遇，使我等功德流行也。〔唱〕

【黄鐘調套曲·古水仙子】賛天工把他急難蘇㊅，他那裏起死回生樂更甦㊅。誰識俺就裏施爲㊁，就中工夫㊅。〔内作樂，三皇同作下高臺，隨撤高臺、寶座科，衆同唱〕明君萬聖扶㊅，肯使他大業難圖㊅。看將來昇平景運欣歌舞㊅。忙過了這一番虎鬭龍争處㊅，又喜着世界接唐虞㊅。〔從下場門下，衆隨下。生扮柏鑑，戴帥盔，搭魂帕、白紙錢，紥靠，執旛。引浄扮徐芳魂，戴帥盔，搭魂帕、白紙錢，紥靠、背令旗，生扮蘇護魂，戴金貂，搭魂帕、白紙錢，紥靠、背令旗，雜扮太鸞魂，戴紥巾額，搭魂帕、白紙錢，紥靠，同從東傍門上，遶場科，同從下場門下〕

第二齣　失家鄉自盡關城（古風韻）　昆腔

〔雜扮余達、余兆、余光、余先、余德，各戴紫金冠額，紥靠、背令旗，佩劍，同從上場門上，唱〕

【越調正曲・祝英臺】顯神通施法術（句），早困子牙兵（韻）。束手待斃（句），怎得回生（韻）。沿途獨逞狰獰（韻）。潼城（韻），逢吾大法玄精（韻），難逃性命（韻）。〔合〕且暢飲（讀），待他自取危懍（韻）。〔場上設椅，各坐科，分白〕俺余達是也，俺余兆是也，俺余光是也，俺余先是也，俺余德是也。〔同白〕吾等同胞五衆，各有奇能。父親鎮守潼關，阻姜尚進兵之路，前者與他厮殺一陣，殺了他兩個將官，後來又被他用詭計施爲法寶，將我父子殺敗。心中大忿，欲報此仇，布散痘疹，施展神通，使他六十萬衆個個難逃。〔余德白〕衆位哥哥，你我用此仙方，可以不勞矢石，不動干戈，坐待其斃。已是第八日了，使人探聽周營，烟火斷絶，人馬無聲，眼見得死在旦夕。且請爹爹出來，暢飲一回，預作慶功之宴何如？〔各虛白起，隨撤椅科，向内白〕爹爹有請。〔雜扮四軍卒，各戴大頁巾，穿蟒箭袖排穗褂，佩刀，引外扮余化龍，戴帥盔，紥靠、背令旗，襲蟒，束帶，佩劍，從上場門上，唱〕

【越調引・霜天杳】雄關可保（韻），父子施爲巧（韻）。他釜魚籠鳥怎生逃（韻），應束手就擒功報（韻）。

〔中場設椅，轉場坐科。余達、余兆、余光、余先、余德同虚白作相見科，余化龍虚白，各分侍科，余化龍白〕爾等請我出來，有何話説？〔余達白〕孩兒等仗爹爹神威，將收成功，今日特與諸弟備下酒筵，請爹爹出來，預作慶功之宴。〔余化龍白〕我兒，你爹爹今日忽爾眼跳心驚，不知爲何，恐他那裏有些變動，已差探子打聽去了，且待回報分明，再飲酒未遲。〔各虚白科。浄扮一報子，戴鷹翎帽，穿報子衣，繫跳包，背包，執馬鞭，從上場門上，跳舞科，唱〕

【仙吕宫正曲·不是路】偵探軍情(韻)，健步如飛兩足輕(韻)。將軍令(韻)，宛如雷疾與風行(韻)。敢消停(韻)，馳來但見黄塵影(韻)。已過迢迢關外城(韻)，忙覆取軍中命(韻)。向元營稟報元戎聽(韻)，猶兀自喘吁不定(韻)，喘吁不定(疊)。〔作到，下馬、轉場虚白叩見科，余化龍白〕你去探聽周營，虚實如何？〔報子白〕爺爺聽稟：〔起，作跳舞科，唱〕

【又一體】殺氣騰凌(韻)，烈烈威風莫敢攖(韻)。〔余化龍白〕數日前烟火斷絶，人馬無聲，爲何又這般光景？〔報子唱〕人難省(韻)，想天心不使病周營(韻)。他那裏練軍聲(韻)，旌旗分外添嚴整(韻)。戈甲千層倍練精(韻)，威風盛(韻)。依然舊日新光景(韻)，比前加勝(韻)，比前加勝(疊)。〔余化龍白〕知道了。〔報子起，作出門騎馬科，從下場門下。余化龍白〕呀，我兒，這是何故？〔余德白〕爹爹，我想孩兒等所煉秘術，豈有不靈？周營定有能人來破妙法，依孩兒愚見，不若乘他身弱難以戰争，一戰當先，庶幾可望勝他。〔余化龍起，隨撤椅科，白〕也罷，就此各備器械，出關要戰去者。〔各虚白科，同從下場門下。雜扮四軍卒，各戴馬夫巾，穿蟒箭袖卒褂，執旗。生扮金吒、木吒，各戴陀頭髮，穿采蓮衣氅，軟紥扮，繫跳包，執器械。生扮楊任，戴道冠，安假手切末，手中生目，穿道袍，紥氅，掖五火扇，執鎗。小生扮韋護，戴帥盔，紥靠，執杵。净扮李靖，戴帥盔，紥靠，執方天戟。净扮雷震子，戴道冠、髮，穿飛翅鬼衣，執金棍。引外扮姜尚，戴道冠，穿道袍氅，繫絛，執打神鞭、杏黄旗。同從上場門上，衆同唱〕

【越調正曲·水底魚兒】脱却灾星(韻)，前來共戰争(韻)。奇謀密運(句)，〔合〕唾手得關城(韻)，唾手得關城(疊)。〔姜尚白〕老夫姜尚，兵至潼關，遇了痘疹之灾，多虧楊戬到火雲宫求了金丹、仙草，救了衆人，平復如初，恨入骨髓。今日聞他要戰，因此授了哪吒、楊戬密計取關，我與衆弟子前來迎敵。你看他父子六人，迎戰來也。〔場西城門上安「潼關」匾額科，四軍卒、余達、余兆、余光、余先、余德，引余化龍，各執器械，從城門上，白〕姜尚匹夫，好一個不怕死的逆賊，爲何又來送死？〔姜尚白〕你父子死期將近，尚敢多言。衆弟子，與我擒拿者。〔衆應科，各虚白對戰科。雷震子作打死余光，韋護作祭杵打死余達，楊任作煽死余兆、余先科。余德虚白科，姜尚作祭打神鞭打倒，李靖作刺死科。同從下場門暗下。雜扮哪吒化身，戴三頭六臂切末，各執寶貝，紥靠，繫風火輪，執鎗，生扮楊戬，戴三叉冠，紥靠，執三尖兩刃刀，同作上關立科，白〕姜師叔，我等入城，余化龍之妻金氏自盡，關城已被弟子等取得也。〔余化龍白〕哎呀，不好了，聖上嗄聖上，今臣一門盡絶，非不忠也。〔作自刎科，從上場門暗下。楊戬、哪吒化身同作下關科。小生扮哪吒，戴綫髮，穿采蓮衣氅，軟紥扮，繫風火輪，執鎗，同作出關科，姜尚白〕潼關已破，前面就是萬仙陣了，三教衆仙，想俱到來。我已設下蘆篷，哪吒、楊戬，可去請主公大駕入關，我與玉虚弟子同到蘆篷，你二人也隨後趕來。〔哪

吒、楊戩應科，從上場門下。姜尚白〕衆弟子，隨我蘆篷去者。〔衆應科，同唱〕

【南呂宮正曲·金錢花】鞭敲金鐙聲聲(韻)，聲聲(格)，不久便賀昇平(韻)，昇平(格)。萬仙又要顯威能(韻)。〔合〕群聖會(讀)，大交爭(韻)。魔怪凈(讀)，正因成(韻)。〔衆擁護姜尚，同從下場門下。生扮柏鑑，戴帥盔，搭魂帕、白紙錢，紥靠，執旛，引余化龍、余達、余兆、余光、余先、余德魂，各搭魂帕、白紙錢，旦扮金氏魂，戴鳳冠，搭魂帕、白紙錢，穿蟒，束帶，同從東傍門上，遶場科，同從下場門下〕

第三齣　大會通天魔阻聖（先天韻）　昆腔

（生扮廣成子，副扮赤精子，生扮太乙真人，外扮雲中子，雜扮清虛道德神君、靈寶大法師、道行天尊、拘留孫，各戴道冠，穿道袍，繫縧，執拂塵，背劍。生扮文殊廣法天尊，戴文殊髮，虬眉虬鬚，穿道袍，繫縧，執拂塵，背劍。末扮普賢真人，戴普賢髮，虬眉虬鬚，穿道袍，繫縧，執拂塵，背劍。旦扮慈航道人，戴觀音兜，穿衫，繫縧，執拂塵，背劍，凈扮燃燈道人，戴佛䐧腦，虬眉虬鬚，穿道袍，繫縧，執拂塵，背劍。同從上場門上，分侍科。雜扮二神將，各戴紥巾額，紥靠，執天書、寶劍，雜扮玄都法官，戴道冠，披法衣，捧《太極圖》，凈扮南極仙翁，戴壽星套頭，穿壽星衣，繫縧，執如意。引凈扮元始天尊，戴天道冠，穿蟒，繫縧，執拂塵，外扮太上老君，戴老君髮，穿八卦氅，執拂塵。同從上場門上，唱）

【中吕調隻曲·粉蝶兒】秋水海中天(韻)，倒浸着小須彌閻浮一點(韻)。鬧紛紛無謂而然(韻)。今日個滿仙功(句)，完殺戒(句)，斷兹心願(韻)。看不了殺氣兇烟(韻)，虧得個迷不住的一雙慧眼(韻)。（場上設高臺，太上老君、元始天尊轉場上高臺坐科，衆仙白）二位祖師在上，吾等稽首。（各分侍科，太上老君、元始天尊分白）萬仙一會果因成，大劫輪迴又一程。看罷世間忙不了，須知造化也無情。吾乃太上老君是也，吾乃元始天尊是也。（同白）今者通天教主聚集衆仙，擺下惡陣。想自無上以來，惟道獨尊，但他門中一意妄傳，遍及匪類，不知性命雙修，枉了一生作用，有壞世相，徒費精神，終不免生死關頭，輪迴道上。〔太上老君白〕此日之會，正是玉虛衆弟子一千五百劫之數，難遇難逢。他教中那一個是了道修根之輩，無非是逞兇作怪之徒。若論周家也不過八百年頭，我們却都到紅塵中三番五轉，可見運數難逃也。〔元始天尊白〕塵世劫運，便是物外神仙都不能免，何況我等門人，俱是身犯之者，我等不過了此一番劫數而已。〔太上老君白〕正是如此。〔同白〕爾衆弟子俱當圓滿此厄，守性修心，再不許惹紅塵之難。〔衆仙白〕領法旨。〔太上老君、元始天尊同白〕就此隨我等會陣去者。〔衆應科。太上老君、元始天尊同作下高臺，隨撤高臺科，衆作遶場科，同唱〕

【中呂調隻曲·石榴花】一聲長嘯破雲天(韻)。今日斷冤纏(韻)，無生無滅別修綫(韻)。完全心願(韻)，果足成圓(韻)。從今不落紅塵難(韻)，靜修因用不了道德千言(韻)。就中消息都參遍(韻)，問甚麼妖怪鬼人仙(韻)。〔同從下場門下。旦扮金靈聖母，戴金霞冠，穿宮衣，執劍。旦扮龜靈聖母，戴龜靈瞌腦，穿宮衣，執劍。雜扮烏雲仙，戴金鰲瞌腦，執雙混元鎚。雜扮虬首仙，戴青獅瞌腦，執雙短戟。雜扮靈牙仙，戴白象瞌腦，執雙短鏟。雜扮金光仙，戴金犼瞌腦，執雙短流星鎚。各穿蟒箭袖，軟紮扮，繫跳包。引生扮通天教主，戴大道冠，穿蟒，繫縧，執拂塵，從上場門上，唱〕

【正宮正曲·四邊靜】他崑崙妙道誰還羨(韻)，功德無多煉(韻)。今朝大會垓(句)，看彼何顏面(韻)。〔白〕吾乃通天教主是也，只爲玉虛弟子大是欺人，因此聚集教下諸仙，擺成惡陣，又煉了六魂神旛，追取他們性命。命定光仙鎮守寶旛，我與衆弟子前去會他，衆弟子隨我前去。〔衆應科，同唱合〕滅他勢炎(韻)，我門道全(韻)。何必上玉虛(句)，難敵吾神幻(韻)。〔衆引太上老君、元始天尊同從下場門上，通天教主白〕二位請了。今日來會此陣，只怕有傷體面。〔太上老君白〕教主，你可謂無賴之極，不思悔過，何能掌截教之主。前日誅仙陣上已見高低，即當隱跡改過，豈得怙惡不悛。〔元始天尊白〕還有一説，擺此惡陣不致緊要，只怕玉石俱焚，生靈戕滅，方纔罷手，何苦作此業障。〔通天教主白〕爾等謬掌闡教，自恃己長，縱恣門人肆行猖獗，反來此巧言惑衆。我且問你：我門下弟子那一個不如爾等，出口辱駡，還敢相欺。誅仙陣上又命準提將加持杵打我，此恨如何可解。〔太上老君、元始天尊同白〕你也不必口説，你既擺此惡陣，可將你門下弟子點出一個，暫且對法，以見高低。〔通天教主白〕既如此，口言無據，太極陣弟子烏雲仙走遭。〔烏雲仙應科。赤精子虛白，作與烏雲仙對戰科，烏雲仙作以混元鎚打倒科，廣成子虛白截戰科，廣成子作不支敗科，從下場門下，烏雲仙急追下。通天教主白〕今日略顯小術，傷你兩個門人，明日可入吾大陣之中，看是怎樣。衆弟子，隨我回去。〔衆應科，隨通天教主從上場門下。元始天尊白〕道兄，此事如何區處？〔太上老君白〕不妨。本是三教歸宗，方完此劫，我已先知道了。廣成子自有人兒接應，不久就要破他。吾等可回蘆篷，差大功行弟子破他惡陣可也。〔元始天尊白〕有理，請。〔衆同作遶場科，同唱〕

【尾聲】物盈則覆言當鑒(韻)，他自惹非災大禍纏(韻)，直到殺劫遭逢種類消方悔己愆(韻)。〔衆同從下場門下〕

第四齣　明收怪像正除邪（庚青韻）　弋腔

〔雜扮虬首仙，戴青獅膢腦，穿蟒箭袖，軟紮扮，繫跳包，執雙短戟，從上場門上，跳舞科，唱〕

【中呂宮正曲・駐雲飛】一意交爭(韻)，善惡原來志不同(韻)。他毀謗吾儕盛(韻)，俺忿怒心難定(韻)，嗏(格)。〔白〕俺虬首仙奉通天教主之命，鎮此太極寶陣，困害玉虚門人，以報前仇。俺不免入陣去者。〔唱〕各自顯奇能(韻)，高低厮併(韻)。制伏崑崙(讀)，吾道同天並(韻)。〔合〕好則把太極神光破杳冥(韻)。〔從下場門下。生扮文殊廣法天尊，戴文殊髮，虬眉虬鬚，穿道袍，繫縧，持盤古旛，執劍，從上場門上，唱〕

【中呂宮正曲・駐馬聽】作害生靈(韻)，不自修持招禍眚(韻)。好容易變形幻像(句)，依然的戴角披毛(讀)，還則要作怪成精(韻)。今朝正教顯威靈(韻)，收他去上靈山頂(韻)。〔白〕吾乃文殊廣法天尊是也。幸得準提道人收伏了烏雲仙，乃是得道金鰲，用了六根清净竹鈎送到西方八德池内。命我與普賢慈航破此三陣，給了我盤古寶旛破陣收妖，須索走遭。〔唱合〕不是戕生(韻)。遇緣救度(讀)，魔根斷净(韻)。〔虬首仙從下場門上，白〕文殊，你來破陣麼？〔文殊廣法天尊白〕虬首仙，少得狂爲，今日之功，各顯其教。〔各虚白作對戰科，虬首仙作引文殊廣法天尊遶場科，文殊廣法天尊忽從上場門隱下。雜扮文殊廣法天尊化身，戴三頭六臂切末，紮靠，持杵，隨上，作摇盤古旛科，虬首仙從下場門急隱下，文殊廣法天尊化身從上場門下。雜扮青獅，穿青獅切末衣，從下場門上，文殊廣法天尊從上場門上，白〕黄巾武士何在？〔雜扮四黄巾武士，各戴紮巾額，紮靠，執鞭，一人執綑妖繩，同從上場門上，虚白科。文殊廣法天尊白〕可將他用綑妖繩縛住，隨我到蘆篷回覆法旨去者。〔四黄巾武士應，作牽虬首仙科，衆作遶場科，同唱〕

【越調正曲・水底魚兒】捉怪除精(韻)，仙方果是靈(韻)。通天門下(句)，〔合〕本未有奇能(韻)，本未有奇能(疊)。〔同從下場門下。末扮普賢真人，戴普賢髮，虬眉虬鬚，穿道袍，繫絲，持太極符切末，持劍，從上場門上，唱〕

【中吕宫正曲・駐雲飛】本自無能(韻)，枉自叨叨講鬬争(韻)。斷送千年行(韻)，一旦無生命(韻)，嗏(格)。〔白〕我乃普賢真人是也，奉元始天尊法旨，賜我太極神符破他兩儀惡陣，須索前去。〔唱〕他妄念動無明(韻)，自圖僥倖(韻)。不念工夫(讀)，難遂强梁性(韻)。〔合〕默運神功伏怪精(韻)。〔從下場門下。雜扮靈牙仙，戴白象膗腦，穿蟒箭袖，軟紮扮，繫跳包，執雙短鏟，從上場門上，跳舞科，唱〕

【中吕宫正曲・駐馬聽】變幻仙形(韻)，萬劫修持方自省(韻)。靈光得固(句)，元氣堅深(讀)，妙法原精(韻)。他自誇驕氣與吾争(韻)，玉虚空仗浮詞勝(韻)。〔白〕俺靈牙仙奉通天教主之命，守此兩儀惡陣。你看玉虚門下，有普賢前來，待俺出陣見他。〔唱合〕莫怪戕生(韻)。自尋禍悔(讀)，强來争盛(韻)。〔普賢真人從下場門上，白〕靈牙仙，你也該自悟本來，皈依正果。〔靈牙仙白〕普賢，休得胡言，看你怎生逃過。〔各虚白對戰科，靈牙仙作引普賢真人遶場科，忽從下場門隱下。雜扮白象，穿白象切末衣，隨上，對舞科，普賢真人從上場門急隱下。雜扮普賢真人化身，戴四頭八臂切末，紥靠，執鞭，隨上，作展太極符鎮住不動科。普賢真人化身從上場門下，普賢真人隨上，白〕靈牙仙已現原形，衆揭諦何在？〔雜扮四揭諦，各戴揭諦冠，穿門神鎧，執杵，一人執長虹索，同從上場門上，虛白作相見科。普賢真人白〕將他用長虹索牽住，隨我到蘆篷回覆法旨去者。〔四揭諦應，作牽白象科，衆作遶場科，同唱〕

【越調正曲·水底魚兒】現出原形(韻)，皈依三寶城(韻)。金蓮座下(句)，〔合〕法界有仙名(韻)，法界有仙名(疊)。〔同從下場門下。雜扮金光仙，戴金扎瞌腦，穿蟒箭袖，軟紥扮，繫跳包，執雙短流星鎚，從上場門上，跳舞科，唱〕

【中呂宮正曲·駐雲飛】奉命前行(韻)，嗔怪無知任意行(韻)。顯法把同儕盛(韻)，俺四象開靈境(韻)，嗏(格)。〔白〕俺金光仙奉通天教主之命，鎮守四象惡陣，阻害玉虛門人，不免出陣誘他入於此地，看他怎樣。〔唱〕莫漫逞威靈(韻)，目前僥倖(韻)。一派無稽(讀)，枉自戕生命(韻)。〔合〕這四象分明大困城(韻)。〔從下場門下。且扮慈航道人，戴觀音兜，穿衫，繫絛，持如意，執劍，從上場門上，唱〕

【中呂宮正曲·駐馬聽】正道原靈(韻)，他不自皈依偏鬬勇(韻)。把根基抛却(句)，功行全消(讀)，世相都傾(韻)。一朝軀殼入迷城(韻)，好將收伏到靈山境(韻)。〔白〕吾乃慈航道人是也，奉太上老君法旨，給了我三寶如意來破四象惡陣，就此前往。〔唱合〕普度群生(韻)。迷關震破(讀)，復他本性(韻)。〔金光仙從下場門上，白〕慈航道人，你好肆行無忌，只怕難逃大數。〔慈航道人白〕我今此來，特爲完收四象，只怕你死在目前矣。〔各虛白作對戰科，金光仙、慈航道人各從兩場門急隱下。雜扮金毛犼，穿金毛犼切末衣，雜扮慈航道人化身，背千手千眼切末，穿宮衣，執凈瓶，隨從兩場門分上，慈航道人化身作以如意鎮住科，白〕衆護法金剛何在？〔雜扮四金剛，各戴金剛冠，紥背光靠，執鐧，一人執縛妖索，同從上場門上，虛白科。慈航道人化身白〕將他用縛妖索牽住，隨我到蘆篷回覆法旨去者。〔四金剛應，作牽金毛犼科，衆作遶場科，同唱〕

【越調正曲·水底魚兒】陣破功成㊇，平分太極形㊇。兩儀四象㊁，〔合〕總未顯奇能㊇，總未顯奇能㊂。〔同從下場門下〕

第五齣　定光仙自獻來投（先天韻）

弋腔

〔浄扮定光仙，戴道冠、陀頭髮，紥金箍，穿道袍，繫䠷包，持六魂旛，執劍，從上場門上，唱〕

【小石調正曲·漁燈兒】愛煞他萬千的變化青蓮㊞，羡煞他百億的現幻神蓮㊞，喜煞他袖裏毫光吐白蓮㊞。〔合〕到底是玉虛仙眷㊞，不枉他端坐金蓮㊞。〔白〕打破迷關悟本來，自知截教本無荄。空教用盡精神耗，終使原形化作埃。俺定光仙是也，本爲截教，常迷在通天道中，今喜闡宗，要投在玉虛門下。果然崑崙正教，名不虛傳，破此萬仙之陣，易如反掌。方今三教同歸，共爲一體，明收怪像，破了妖邪。我觀之十分羡慕，思欲就正去邪，還可得修正果。通天教主吩咐，命我在陣中將這六魂旛麾動，害了他們。我想這旛那裏摇得動他，與其無故喪生，不如棄妖歸正。因此暗帶此旛，私出陣外，等他們破了陣勢，我再投拜姜丞相玉虛門下，有何不可。我不免先到蘆篷隱住，等候掌教祖師與衆仙去者，正是：迷後悟來方是道，去邪歸正免傷殘。〔從下場門下。生扮洪錦，戴金貂，紥靠、背令旗，佩劍，執刀。小旦扮龍吉公主，戴盔，紥女靠，執雙劍。同從上場門上，同唱〕

【小石調正曲·錦上花】我這裏把妙法傳㊞，他那裏把惡威炎㊞。私來仙陣會群仙㊞。〔分白〕俺洪錦是也，吾乃龍吉公主是也。〔洪錦白〕夫人，你我奏聞主公，前來破陣，全憑法術通神，揚名顯姓。〔龍吉公主白〕正該如此，不枉所學。你看陣中風雷聲震，妖光仙氣，萬道交加，定是交了手了，我等闖入陣去便了。〔同唱〕他那裏大難言（韻），俺這裏自入玄（韻）。勝似他煉形幻像種多般（韻），〔合〕全仗這妙道斷邪源（韻）。〔同從下場門下。定光仙從上場門上，唱〕

【小石調正曲・錦前拍】只聽得響交加風雷降自天（韻），只見得彩玲瓏祥光破惡烟（韻），果然的正除邪玄功不可言（韻）。好教我（讀），心中羨慕全（韻）。〔合〕好則是待轉來（讀），拜迎他法座前（韻）。〔白〕俺定光仙出陣來投，行至此處，蘆篷不遠，仙界頓殊。眼見得萬仙之陣欲破，大事全休，我不覺又喜又驚：喜的是道德之士，不枉我投獻之誠；驚的是截教之徒，全入了輪迴之道。險些兒錯走路頭，陷於絶地。你看衆位師尊，率領門下弟子得意而歸，我不免在此等候可也。〔虚白從下場門下。生扮柏鑑，戴帥盔，搭魂帕，白紙錢，紥靠，執旛，從上場門上，白〕夫妻忠義佐明君，妖陣無端共隕身。幸得神旛相接引，同歸覺路沐隆恩。俺柏鑑奉命鎮守神臺，今有洪錦夫妻亡於萬仙陣内，不免接入神臺去者。〔作舞旛引洪錦、龍吉公主魂，各搭魂帕，白紙錢，同從東傍門上，遶場科，同從下場門下。生扮金吒、木吒，各戴陀頭髮，穿采蓮衣氅，軟紥扮，繫跳包，執器械。小生扮哪吒，戴綫髮，穿采蓮衣氅，軟紥扮，繫風火輪，帶乾坤圈，執鎗。小生扮韋護，戴帥盔，紥靠，執杵。净扮李靖，戴帥盔，紥靠，執方天戟、托塔。生扮楊戩，戴三叉冠，紥靠，執三尖兩刃刀。生扮楊任，戴道冠，安假手切末，手中生目，穿道袍，紥氅，掖五火扇，執鎗。净扮雷震子，戴道冠髮，穿飛翅鬼衣，執金棍。生扮廣成子，副扮赤精子，生扮太乙真人，外扮雲中子，雜扮清虚道德神君、靈寶大法師、道行天尊、拘留孫、玉鼎真人、黃龍真人，各戴道冠，穿道袍，繫絛，執劍。生扮文殊廣法天尊，戴文殊髮，虬眉虬髯，穿道袍，繫絛，執劍。末扮普賢真人，戴普賢發，虬眉虬髯，穿道袍，繫絛，執劍。旦扮慈航道人，戴觀音兜，穿衫，繫絛，執劍。净扮燃燈道人，戴佛臚腦，虬眉虬髯，穿道袍，繫絛，執劍。外扮姜尚，戴道冠，穿道袍氅，繫絛，執打神鞭、杏黃旗。雜扮毗盧仙，戴道冠、陀頭髮，紮金箍，穿道袍，軟紮扮，繫跳包，執劍。引净扮元始天尊，戴大道冠，穿蟒，繫絛，執劍，外扮太上老君，戴老君髮，穿八卦氅，執如意，生扮準提道人，戴毗盧帽，穿道袍，披袈裟，執七寶妙樹枝，净扮接引道人，戴佛臚腦，虬眉虬髯，穿蟒，披佛衣，執如意金鈎。同從上場門上，唱）

【小石調正曲・錦中拍】説甚麽無仙有仙(韻)，斷業障根源(韻)，把妙道今朝方顯(韻)。罷神仙從今争戰(韻)，净穢惡回歸洞天(韻)。自可見思深慮遠(韻)，不言中理精義圓(韻)。仔細從頭(讀)，看這一徧(韻)。（合）早大劫盡完全(韻)。（場上設高臺、寶座，内作樂，元始天尊、太上老君、準提道人、接引道人同作陞座科，衆各分侍科。元始天尊白）列位道兄，今日已破了萬仙大陣，大明因果。通天教主無法逃奔，各種俱歸絶道，只可惜洪錦夫妻，無故喪命。（太上老君、接引道人、準提道人同白）我等此來，只爲普度有緣之人，但是邪者甚多，正者甚少，能改邪歸正者，止有毗盧仙一人。吾等弟子今日行滿功成，完此劫數，不枉我解脱一場。（定光仙從上場門上，虚白轉場跪科，白）弟子敬叩衆位祖師。（太上老君白）你乃截教門人，爲何隱於此處，拜見我等？（定光仙白）列位祖師在上，通天教主煉了這六魂旛，欲害列位祖師與西伯子牙，命弟子陣中伺候。弟子見衆位師尊道正理明，弟子情願皈依，乞賜超拔。（太上老君、元始天尊、接引道人、準提道人同白）奇哉，你身居截教，心向正宗，自是大有根器之人。你與毗盧仙二人，將來不可

限量，今日此來，正是一念回頭，即成正果。〔定光仙白〕弟子願拜爲師。〔叩拜科，唱〕

【小石調正曲·錦後拍】當日的（讀），被他們久相纏（韻），今日裏撥了沉雲又覩天（韻）。喜皈依念轉（韻），喜皈依念轉（疊），成正果長瞻金面（韻）。〔起侍科，太上老君、元始天尊、準提道人、接引道人同唱〕堪羡伊（讀），見道性心堅（韻）。明了悟大開法眼（韻），〔合〕又何難坐金蓮九品花開見（韻）。〔內作樂，同作下高臺，隨撤高臺科，衆同唱〕

【好收因煞】業冤家再不弄機關轉（韻），完大劫還吾心願（韻），從此後深山不動群仙（韻）。〔同從下場門下，衆隨下。生扮柏鑑，戴帥盔，搭魂帕、白紙錢，紥靠，執旛，從東傍門上，白〕正果完全是此時，神仙殺戒已終期。引他同上菩提路，莫使仙緣略暫遲。俺柏鑑奉命鎮守神臺，接引衆魂安置。今日萬仙陣破，三教歸宗，此一陣內，凡係頭榜、二榜上有名之人，共計亡過了一百九十七衆，俺不免先將爲首的金靈聖母之魂，先行接引安置神臺，然後再將以下諸仙，次第接引安置臺中便了。〔作舞旛引旦扮金靈聖母魂，散髮，搭魂帕、白紙錢，穿宮衣，從東傍門上，遶場科，從下場門下。柏鑑在前場作虛官模、虛白科，作引雜扮黄庚、李德、馬方、金素、李德武、撒堅、撒强、撒勇、袁坤、程朝用，各戴道冠，搭魂帕、白紙錢，戴青龍星、白虎星、朱雀星、神武星、十惡星、大尸星、中尸星、小尸星、四廢星、天瘟星臉，鈎臉亦可，穿道袍，繫絲，同從東傍門上，遶場科，同從下場門下。柏鑑復作招科，雜扮勾陳星孫伯、金府星陳定、木府星盧中、水府星佘燦、火府星王貞、博士星邢三益、武士星戴禮、奏書星車方、河魁星翟元、月魁星崔士傑、帝車星徐振、天馬星龐虎、鑽骨星崔信、死氣星陳禮亮、咸池星池忠、月厭星孫安、除殺星黄鼎臣、華蓋星張定、蠶畜星胡佳善、大禍星陳猛、披蔴星金庚、九醜星姚元、陰錯星金海、陽差星王保、五窮星史思齊、流霞星楊相、寡宿星張偉、荒蕪星召國才、伏斷星李顔、反吟星周栢、伏吟星呂知本、刀砧星胡松、滅没星房景元、歲厭星楊旺、破碎星佘宗伯，各戴道冠，搭魂帕，白紙錢，不鈎臉，亦不戴臉，穿道袍，繫絛，同從東傍門上，遶場科，同從下場門下。 柏鑑復作招科，雜扮韓鵬、彭九元、季三益、高紊平、王儲、王封、李濟、劉禁、朱寅，各戴道冠，搭魂帕，白紙錢，戴九曜臉，鈎臉亦可，穿道袍，繫絛，同從東傍門上，遶場科，同從下場門下。 柏鑑復作招科，雜扮天魁星高衍、天機星盧昌、天閒星紀丙、天英星朱義、天貴星石章、天富星黎仙、天滿星方保、天孤星詹秀、天傷星李洪仁、天直星王龍茂、天健星鄧玉、天祐星徐正道、天空星錢京、天速星吴旭、天異星吕自答、天微星龔清、天究星單百招、天退星高可、天壽星戚成、天竟星卜同、天罪星姚公、天損星唐天正、天敗星栢忠、天牢星聞傑、天慧星張智雄、天哭星劉達、天巧星程三益，各戴道冠，搭魂帕，白紙錢，不鈎臉，亦不戴臉，穿道袍，繫絛，同從東傍門上，遶場科，同從下場門下。 柏鑑復作招科，雜扮黄貞、姚公孝、施檜、孫乙、李豹、李新、任來聘、王虎、畢德，各戴道冠，搭魂帕，白紙錢，戴天罡星、天勇星、天雄星、天猛星、天威星、天暗星、天煞星、天劍星、天暴星臉，鈎臉亦可，穿道袍，繫絛，同從東傍門上，遶場科，同從下場門下。 柏鑑復作招科，雜扮地英星孫祥、地奇星王平、地文星革高、地正星老高、地闢星李燧、地闔星劉衡、地强星夏祥、地暗星佘惠、地軸星鮑龍、地會星魯芝、地佐星黄丙慶、地祐星張奇、地靈星郭巳、地微星陳元、地慧星車坤、地默星周庚、地猖星齊公、地狂星霍之元、地走星顧宗、地巧星李昌、地明星方吉、地進星徐吉、地退星樊焕、地滿星卓公、地遂星孔成，各戴道冠，搭魂帕，白紙錢，不鈎臉，亦不戴臉，穿道袍，繫絛，同從東傍門上，遶場科，同從下場門下。 柏鑑復作招科，雜扮王實、梁顯、賈成、呼百顔、魯修德、須成、栢有患、金甫道、桑成道、葉中、佘知、李躍、龔情、段清門、道正、李信、徐山、武衍公、范斌、姚燁、孫吉、陳夢庚，各戴道冠，搭魂帕、白紙錢，戴地魁星、地煞星、地勇星、地傑星、地雄星、地威星、地猛星、地獸星、地暴星、地飛星、地異星、地魔星、地妖星、地幽星、地伏星、地惡星、地魂星、地壯星、地劣星、地耗星、地賊星、地狗星臉，鈎臉亦可，穿道袍，繫縧，同從東傍門上，作遶場科，同從下場門下。　柏鑑復作招科，雜扮地罔星姚金秀、地隱星甯三益、地理星童貞、地俊星袁鼎相、地樂星汪祥、地捷星耿顏、地速星邢三鸞、地鎮星姜忠、地稽星孔天兆、地僻星祖林、地空星洪承秀、地孤星吴四玉、地全星匡玉、地短星蔡公、地角星藍虎、地囚星宋禄、地藏星關斌、地平星龍成、地損星黄烏、地奴星孔道靈、地察星張焕、地數星葛方、地陰星焦龍、地刑星秦祥、地健星葉景昌，各戴道冠，搭魂帕、白紙錢，不鈎臉，亦不戴臉，穿道袍，繫縧，同從東傍門上，作遶場科，同從下場門下。　柏鑑復作招科，雜扮栢林、李道通、高丙、姚公伯、蘇元、朱招、楊真、楊偉、李弘、鄭元、周寶、侯太乙、高震、方吉清、李雄、張雄、宋庚、黄倉、金繩陽、方貴、孫祥、沈庚、趙白高、吴坤、吕能、薛定、王蛟、胡道元，各戴道冠，搭魂帕、白紙錢，戴角木蛟、亢金龍、氐土貉、房日兔、心月狐、尾火虎、箕水豹、斗木獬、牛金牛、女土蝠、虚日鼠、危月燕、室火猪、壁水㺄、奎木狼、婁金狗、胃土雉、昴日雞、畢月烏、觜火猴、參水猿、井木犴、鬼金羊、柳土獐、星日馬、張月鹿、翼火蛇、軫水蚓臉，鈎臉亦可，穿道袍，繫縧，同從東傍門上，作遶場科，同從下場門下。　柏鑑復作招科，雜扮值年神李丙、值月神黄承乙、值日神周登、值時神劉洪、日遊神喬坤、夜遊神蕭秦，各戴道冠，搭魂帕、白紙錢，不鈎臉，亦不戴臉，穿道袍，繫縧，同從東傍門上，作遶場科，同從下場門下。　柏鑑作虚官模科，隨下】

第六齣　鴻鈞主兩相解釋（蕭豪韻）　昆腔

〔雜扮八仙童，各戴綫髮，穿道袍，引生扮鴻鈞教主，戴大道冠，穿蟒，繫縧，執拂塵，袖金丹三顆，從上場門上，唱〕

【大石調引·烏夜啼】一氣先天妙（韻），轉乾坤氣候輪標（韻）。神仙也得排紛客（句），解嗔攻（讀），兩下怨尤消（韻）。〔中場設椅，轉場坐科，白〕天地玄黄外，常司大道權。身修無道始，直至道全年。吾乃鴻鈞教主是也，掌氣候於未有天地之先，修正果於莫判人仙之際。只爲元始、太上、通天三教相攻，各懷異見，將來報復不已，必致根行全虧，我因此下到塵凡，與他們解釋。正在長行之際，路逢通天與手下衆散仙大敗而逃，心中甚恨，還要别煉地、水、火、風，别造乾坤世界，被我斥責一番，開陳大義。雖是三教俱有罪過，但是他自惹非災，塗毒生命，都是那通天教主尋事，並非他兩教爲魔，其過居多，其罪不小。因此命他手下散仙俱各散去，教他先去報信與太上、元始二人，我也隨後到去，與他們解釋可也。衆仙童，隨我前去。〔衆應科，鴻鈞教主起，隨撤椅科，唱〕

【大石調正曲·碧玉簫】行行漫踏銀霄（韻），雲路好飄飖（韻）。怨解紛消（韻），三教合宗朝（韻），恰今時劫盡了（韻）。完大數喜逍遥（韻），從今後各爲教（韻）。〔合〕總由吾（讀），和事鴻鈞老（韻）。〔作到科，一仙童白〕鴻鈞教主駕到。〔生扮廣成子，副扮赤精子，生扮太乙真人，外扮雲中子，雜扮黃龍真人、玉鼎真人、清虛道德神君、靈寶大法師、道行天尊、拘留孫，各戴道冠，穿道袍，繫絛，執拂塵。生扮文殊廣法天尊，戴文殊髮，虬眉虬髯，穿道袍，繫絛，執拂塵。末扮普賢真人，戴普賢髮，虬眉虬髯，穿道袍，繫絛，執拂塵。旦扮慈航道人，戴觀音兜，穿衫，繫絛，執拂塵。净扮燃燈道人，戴佛瞌腦，虬眉虬髯，穿道袍，繫絛，執拂塵。外扮姜尚，戴道冠，穿道袍氅，繫絛，執拂塵。引净扮元始天尊、生扮通天教主，各戴大道冠，穿蟒，繫絛，執拂塵，外扮太上老君，戴老君髮，穿八卦氅，繫絛，執拂塵。同從下場門上，虛白接科。中場設椅，鴻鈞教主轉場坐科，衆仙作參拜科，同白〕教主在上，弟子等恭叩蓮臺，願教主聖壽無疆。〔鴻鈞教主白〕衆弟子少禮。〔衆起，各分侍科。鴻鈞教主白〕西方極樂世界準提道人、接引道人爲何不見？〔元始天尊白〕他二人破陣之後，不知教主駕臨，自回西方去了。〔鴻鈞教主白〕原來如此。元始、太上、通天，你三人各近前來。〔太上老君、元始天尊、通天教主各向上跪科，鴻鈞教主白〕當時只爲周家景運當興，商室王基應絶，神仙逢此殺劫，故命爾三人共押二榜，以觀衆仙根行淺深，或仙或神，各成其品。不意爾通天弟子，輕信門徒，致生事故，是你不守清規，自背大訓，罪誠在你，非是我爲師偏向，此亦衆論之公耳。今日與爾等講明，從今後呵，〔唱〕

【大石調正曲·長壽仙】一體休嘲(韻)，同志果因高(韻)，仙山各隱巢(韻)。休得要攻怒交嗔(讀)，一念紛囂(韻)。漫將正道全丟(句)，生靈戕害(句)，自入火羅惡道(韻)。須修正果先天妙(韻)。〔白〕況衆弟子灾厄已滿，姜尚大功將成，爾等再勿多言，從此各修正教。〔太上老君、元始天尊、通天教主同白〕謹領嚴命。〔鴻鈞教主出金丹科，白〕此乃金丹三顆，一人賜你一丸，吞入腹中，我自有吩咐。〔太上老君、元始天尊、通天教主各接丹吞科，鴻鈞教主白〕此丹非却病延年之物、長生不老之方，我有四句偈言，爾等切記：此丹煉就有玄功，因爾三人各自攻。若有先將念頭改，一時丹發四肢崩。爾等牢記在心，無致災悔。〔太上老君、元始天尊、通天教主同作拜科，白〕多謝老師慈悲，解釋開陳。〔各起，分侍科。鴻鈞教主白〕爾等各完功行，永無紅塵大難，亦當各去修持，不可久戀此地，我自與通天弟子回宮去也。〔衆應科。鴻鈞教主起，隨撤椅科，唱合〕向塵世解仇愆(讀)，欣相契(句)，總歸宗爲正教(韻)。〔從下場門下，衆仙童、通天教主隨下。元始天尊白〕姜尚，〔姜尚應科，元始天尊白〕我等與衆弟子各回洞府，你可精進前行。大劫已過，俟你封過正神，再修身命。〔姜尚白〕弟子得蒙指示，至於此地，不知後日歸着如何？〔太上老君白〕我有四句偈言，你謹記有驗：險處全將險處過，前程不必問如何。諸侯八百看相會，只待封神奏凱歌。你以後歸着，只在此也。〔姜尚白〕謹領寶訓。二位師尊與衆道兄各回玉京，此去不知何日重逢，待弟子恭送一程。〔衆仙同白〕姜師弟，吾等與你此日一别，再難常會也。〔各虛白科，衆作遶場科，同唱〕

【大石調正曲・沙塞子】倒轉車鸞雲鶴(韻)，望玉京深處(讀)，隔斷塵囂(韻)。笑無端忙過了一千五百(句)，依然仙果還歸此道(韻)。長嘯(韻)。完全劫數(句)，交還心願(句)，成就正果(讀)，細算乾坤應老(韻)。〔合〕追思舊日(讀)，交争鬬勝(句)，只似頑皮(讀)，戲耍兒曹(韻)。〔衆同從下場門下〕

第七齣　彰報應公豹喪生（古風韻）　弋腔

〔丑扮申公豹，戴道冠、陀頭髮，紥金箍，穿道袍，繫絛，背劍，執拂塵，從上場門上，唱〕

【雙調正曲·普賢歌】孤身逃命駕狂風(韻)，匿影藏形心意忡(韻)。險將性命空(韻)，誰言道術通(韻)。〔合〕這大恨何時方報净(韻)。〔白〕貧道申公豹，自與姜尚那廝結下冤仇，幾番欲報，説動了多少仙人，行遍了百般反間。不想這掌教老師第一個庇護於他，那些衆門人益發不消説了，恨不得幫着那廝，將我申老道活活制死。我時時懷恨不捨，恰好廣成子惹惱了通天教主爲徒復仇，連擺二陣，那誅仙陣也倒罷了，只是這萬仙陣十分險惡。誰想三教歸一，同來相助，誅仙陣弄得滅影無形，萬仙陣殺得落花流水。想那日路逢姜尚，要害他的時節，被拘留孫將我拿到元始面前，是我花言巧語，支吾過去，還發了一個牙疼誓兒，我説再與姜尚爲難，就活活兒的塞——〔作住口四顧科，白〕就活活兒的塞了北海眼。〔作大笑科，白〕他就信以爲實，把我放了。我如今跟了通天，到了此陣，幸喜逃生，敗北未致傷生，竟無人知我申老道在那裏。我且逃回山去，另作計較。〔内作鶴唳鸞鳴科，申公豹白〕哎呀，不好了。元始天尊破陣回來，萬一遇見，如何是好？只得急急逃行便了。正是：但得瞞他慧眼，回山百拜神天。〔從下場門急下。雜扮四神將，各戴紮巾額，紮靠，執鞭。雜扮四仙童，各戴綫髮，穿采蓮衣，執天書、寶劍、蒲團、縛仙索。引凈扮元始天尊，戴大道冠，穿蟒，繫絲，執拂塵，從上場門上，唱〕

【雙調正曲·五馬江兒水】天心開創(韻)，從今姬德昌(韻)。完全殺劫(句)，大數昭彰(韻)。多少人仙鬧下方(韻)。好容易略爲安頓(句)，少覺寧康(韻)。須信人功不易(句)，怎能勾一旦裏建造家邦(韻)。則今日歸來洞府自徜徉(韻)，〔合〕早則是輪迴欲盡(句)，環轉無常(韻)。不久的一統神天(讀)，幽明歡暢(韻)。〔中場設椅，轉場坐科，白〕吾乃元始天尊是也。想那年申公豹於姜尚承榜下山之時，結下冤仇，時時思報，每每暗行反間，重重造下災殃。論起來大數臨頭，無此等人内中一番撥弄，怎得輪迴道（理）〔裏〕、殺伐場中便有這般許多種類？雖爲正道之魔，却是諸仙之助。數年前他路遇姜尚，欲害於他，被拘留孫拿住，求我發落。他却號呼哀告，求以自新，又發下誓願，作了證盟，是我一念慈悲，將他赦放。誰想他毒心不捨，惡志難回，又到萬仙陣中助惡爲逆，恰好天奪其魄，不令喪身於陣内，教他中誓於生前。方纔我路中相遇，他只當我不知，思圖逃生幸免。我已命黄巾武士捉他來此，除這禍根。待等事畢之時，少不得封他小職。〔雜扮四黄巾武士，各戴紮巾額，紮靠，作綁申公豹，同從上場門上，虚白科。申公豹跪科，元始天尊白〕申公豹，今日被我拿來，尚有何説？〔申公豹白〕哎呀，天尊在上，弟子自在山洞遊行，並未得罪，忽遭擒捉，伏望慈悲。〔唱〕

【雙調正曲・鎖南枝】容端訴（句），叩聖恩（韻），念我修行不染出世塵（韻）。〔白〕自那日蒙恩赦放，〔唱〕我便閉口舌深藏（句），總不動貪嗔（韻）。〔合〕則今朝（句），又被擒（韻），却不知爲何來（句），祈容隱（韻）。〔元始天尊白〕申公豹，你當我不知麽？〔唱〕

【又一體】你助通天教（句），害正人（韻），思量要滅絶玉虚獨運神（韻）。〔白〕因那日你號呼哀求，予你以自新之路。〔唱〕你却狠毒自天生（句），又到此作兇人（韻）。〔白〕你尚思圖幸免，〔唱合〕却不道惡貫盈（句），灾到身（韻）。大數來（句），怎逃遁（韻）。〔申公豹白〕弟子一時冒昧，從今以後，可是要痛改前非的了。〔元始天尊白〕我且問你：你那日求我超生，發下甚麽誓來？〔申公豹白〕弟子從來不會發誓，没有發過誓的。〔元始天尊白〕哇！好可惡。〔唱〕

【又一體】你曾設盟誓（句），思自新（韻）。今日裹巧語支吾思脱身（韻）。〔白〕那殷郊、殷洪發下誓願，都是你反間説動，個個中誓而亡。你却自有誓言，不知招認。〔唱〕那北海眼新開（句），還待你塞斷碧波心（韻）。〔申公豹白〕還求天尊大德鴻慈，姑恕一次，讓我自新，或者正道門中，小小建一功勞，以贖前罪。如果不改前愆，再生禍害，就四肢百骸化作寒冰。〔作叩頭虚白發諢科，元始天尊唱合〕你今日悔應遲（句），難再新（韻）。直到劫全終（句），方許恁別成品（韻）。〔白〕黄巾武士，可將我這蒲團裹住，用縛仙索拴縛起來，塞入北海眼中，不得有誤。〔四黄巾武士應科。二仙童作將蒲團、縛仙索付黄巾武士，黄巾武士接科，作綁申公豹科，從下場門下。元始天尊白〕禍根已斷，就此回玉虚宫去。〔衆應科。元始天尊起，隨撤椅科，唱〕

【慶餘】相逢狹路休教遁㊞，道中魔理應除盡㊞，不久的天命人心又一新㊞。〔從下場門下，衆隨下。生扮柏鑑，戴帥盔，搭魂帕、白紙錢，紥靠，執旛，引申公豹魂，搭魂帕、白紙錢，從東傍門上，遶場科，從下場門下〕

第八齣　問探卒金龍亡陣（先天韻）　昆腔

〔雜扮卞金龍、桂天禄，各戴帥盔，紮靠、背令旗，同從上場門上，分白〕七尺昂藏大丈夫，全憑智勇建雄圖。有時大展擎天手，共把商家社稷扶。小將卞金龍是也，小將桂天禄是也。〔同白〕今者姬發、姜尚兵至臨潼，主帥陞帳發令，我等前來伺候。〔各分侍科。雜扮四軍卒，各戴馬夫巾，穿蟒箭袖卒褂，執旗。雜扮四軍卒，各戴大頁巾，穿蟒箭袖排穗褂，執刀。雜扮四將官，各戴打仗盔，穿打仗甲，佩刀。雜扮二中軍，各戴中軍帽，穿蟒箭袖通袖褂，佩刀。引外扮歐陽淳，戴帥盔，紮靠、背令旗，襲蟒，束帶，佩劍，從上場門上，唱〕

【雙角隻曲・新水令】愧無籌策計安邊(韻)，掃妖氛澄清畿甸(韻)。雕戈回落日(句)，豪氣貫長天(韻)。蕩滌烽烟(韻)，完盡臣心願(韻)。〔中場設高臺、虎皮椅，歐陽淳轉場陞座科，白〕鎮守雄關保帝都，安邦滅寇仗機謨。漫言天命周家得，人事何難轉敗圖。老夫歐陽淳，身叨節鉞，統帥雄師。這臨潼關乃朝歌要路，帝里咽喉。方今姬發、姜尚大破五關，兵行到此，長驅之勢，在所難言。老夫世受隆恩，理當報效，今日陞帳，聚集諸將，與他們講明紀律，激其忠勇。吩咐開門。〔衆應，作開門科，衆將作報門進見科，同白〕主帥在上，衆將打躬。〔歐陽淳白〕諸將少禮，衆將官聽吾號令。〔衆應科，歐陽淳白〕衆將官，丈夫之節惟在顯姓揚名，忠士所爲只是捨生報國，朝廷高官厚禄，養爾等於無事之時，爾等亦當盡忠奮勇，報天子於有事之日。方今姬發、姜尚大逆抗君，稱兵犯順，此關乃保障咽喉、朝歌要路，老夫身叨重寄，豈可坐視一方，不爲計畫，須當奮發剿除，以盡臣職。分侍兩傍，聽吾道者：〔衆應，各分侍科，歐陽淳白〕先行官卞金龍，〔卞金龍應科，内鳴金響號科，歐陽淳白〕爾可率領先鋒健卒，保護城垣，時時訓練，以爲攻擊之資，休怠争誅之用，不得有誤。〔卞金龍應科，歐陽淳白〕副將桂天禄，〔桂天禄應科，内鳴金響號科，歐陽淳白〕爾可率領標下雄師，巡視捕察，務擒奸細，以張天討之威，以盡神兵之技，不得有違。〔桂天禄應科，歐陽淳白〕爾等聽吾吩咐：〔唱〕

【中吕宫正曲·好事近】精秘運韜鈐(韻)，萬隊的貔虎桓桓(韻)。追風掃霧(句)，更兼他躍嶺踰川(韻)。〔白〕爾等呵，〔唱〕駕馭數年(韻)，今日裏(讀)，須把奇功建(韻)。〔卞金龍、桂天禄同唱合〕管教他血海尸横(句)，並不是王師樂戰(韻)。〔歐陽淳白〕四哨總帥聽令：〔四將官應科，内鳴金響號科，歐陽淳白〕爾等可率領標下將弁軍兵，逐隊巡邏，謹防攻打，操演部伍，訓練攻争，務使戈甲輝明，弓刀精備，不得有誤。〔四將官應科，歐陽淳白〕爾等聽吾吩咐：〔唱〕

【又一體】組練務精堅(韻)，爲國家休戀身閒(韻)。忠心貫日(句)，更沉舟破斧争先(韻)。〔白〕爾等呵，〔唱〕隨機酌先(韻)，須看取(讀)，帷幄奇謀展(韻)。〔四將官同唱合〕管教他血海尸横(句)，並不是王師樂戰(韻)。〔各分侍科，歐陽淳白〕我已曾差探子打探去了，怎麽還不見來？〔浄扮一報子，戴鷹翎帽，穿報子衣，繫跳

包，背包，持馬鞭，從上場門上，唱〕

【越調正曲・水底魚兒】將令傳宣(韻)，軍營探聽前(韻)。得來消息(句)，〔合〕細稟待陳言(韻)，細稟待陳言(疊)。〔作到、下馬科，白〕報子進。〔作進門轉場跪叩科，白〕探子叩頭。〔歐陽淳白〕探子，我命你探聽周兵虛實如何，你且喘息定了，慢慢講來。〔報子應，起，作跳舞科，白〕〖西江月〗殺氣衝開地軸，軍聲震動天關。一群飛虎下長天，金鼓旌旗駭眼。海岳似能搖撼，乾坤總若掀翻。勢如破竹好難言，關隘危同壘卵。〔復跪科，歐陽淳白〕他那裏竟如此兇惡難當。我且問你，他那裏有多少人馬，便如此兇狂？你且起來，再備細説與我知道。〔報子應科，起，作跳舞科，白〕〖西江月〗他那裏萬隊屯蜂聚蟻，千群似虎如神。陣圖排列幾重新，殺氣層霄驚震。猛將何殊天將，忠臣盡是仙臣。玉虛惡道逞妖氛，專望天兵一奮。〔復跪科，歐陽淳白〕知道了，再去打聽。〔報子應，作起科，從下場門下。歐陽淳白〕姬發嘎姬發，你今任用姜尚，大逆抗君，只怕天理難容，應遭顯戮。〔卞金龍白〕主帥在上，依末將愚見，他今遠來疲乏，我這裏以逸待勞。待末將出關要戰，殺他一陣，挫彼鋭氣，再圖後舉，何如？〔歐陽淳白〕如此甚好，只是初陣當先，休傷國體。〔卞金龍白〕不勞主帥叮囑。〔虛白科，從下場門下。歐陽淳白〕你看卞金龍好一員智勇上將也。〔唱〕

【雙角隻曲・駐馬聽】料敵明專(韻)，可掌元戎帷幄權(韻)。度機如見(韻)，不同恃勇莽兒男(韻)。但願他成功只在此當先(韻)，旌旗到處兇魁殄(韻)。應無忝(韻)，無忝那隆恩寄托把奇勳建(韻)。〔報子仍從上場門上，轉場跪科，白〕報，啟主帥在上：卞金龍出關要戰，被黃飛虎刺死疆場，特此報知。〔歐陽淳白〕怎麽有這等事？再去打聽。〔報子應，作起科，仍從上場門下。歐陽淳白〕哎呀，氣死我也！好姜尚，這般可惡。也罷，今日且謹守關城，明日待我親去與他大戰一回可也。〔下高臺，隨撤高臺科，衆同唱〕

【慶餘】好從今誓把那渠魁殄㊞，迴天意乾坤回轉㊞，準備着姓字兒煌煌向鐘鼎鐫㊞。〔衆同從下場門下。生扮柏鑑，戴帥盔，搭魂帕、白紙錢，紥靠，執旛，引卞金龍魂，搭魂帕、白紙錢，從東傍門上，遶場科，從下場門下〕

第九齣　聞兇信胥氏哭夫（古風韻）　弋腔

〔雜扮二梅香，各穿衫背心，繫汗巾，引旦扮胥氏，戴鳳冠，穿氅，從上場門上，唱〕

【雙調正曲・鎖南枝】兒夫去（句），戰叛臣（韻），疆場不知勝負分（韻）。我默坐候音迴（句），怎不見報來人（韻）。〔合〕好教我望鏡歌（句），頻問神（韻）。若得個全勝歸（句），聊解這心頭悶（韻）。〔中場設椅，轉場坐科，白〕

『菩薩蠻』夫妻同受花封職，雄關副鎮誰能及。聞說反西周，雄師犯帝州。心懸爭戰急，盼望捷音密。若得建雄猷，蛾眉略展愁。妾身胥氏，生長宦門，擇適卞家。琴瑟和偕，有舉案齊眉之美；心懷相契，更如賓兩敬之情。夫主卞金龍，在這臨潼關爲副帥先行官之職，所生一子，名喚卞吉，曾蒙異人傳授，熟諳良將之規，祖父相傳，總爲忠義，門楣大起，全仗韜鈐。今早兒夫出門，去會主帥歐陽公，爲因西岐姬發信任姜尚，兵伐五關，背恩叛國，略地攻城，已到此地，主帥聚集諸將，共議機謀，至今不見回來，好教我放心不下。〔二梅香白〕夫人但請放心，想來軍務紛紜，老爺還得許多工夫料理，那裏就便回來。〔胥氏白〕咳，梅香，往常時老爺出外，我從未這等挂念。只爲昨夜魂夢不安，今日心身不遂，只怕有些不好。〔二梅香白〕夫人夢見甚麼來？〔胥氏唱〕

【又一體】我夢見梁折壞(句)，柱落塵(韻)，妝鏡無端兩下分(韻)。又見花謝舊時紅(句)，怪霧自紛紛(韻)。〔合〕到今日慵整妝(句)，驚斷魂(韻)。只怕有疏虞(句)，因此上頻煩悶(韻)。〔各虛白科。雜扮一家將，戴大頁巾，穿蟒箭袖，繫鑾帶，從上場門上，白〕夫人那裏？〔作見科，白〕哎呀，夫人，不好了。〔胥氏白〕怎、怎麽樣？〔家將白〕老爺呵，〔唱〕

【仙呂宮正曲·不是路】一騎當先(韻)，與逆賊交鋒在軍陣前(韻)。〔胥氏白〕可曾得勝而歸？〔家將白〕哎呀，夫人，〔唱〕應難免(韻)，丹心爲國一軀捐(韻)。〔胥氏白〕怎麽有這等事？我且問你：〔唱〕甚人言(韻)？莫非誤聽人言舛(韻)，未識其中仔細緣(韻)，好教我心驚顫(韻)。〔家將白〕夫人，小人怎敢説謊，我是隨了老爺去的。〔唱〕非關誤聽人言舛(韻)，寔爲親見(韻)，寔爲親見(疊)。〔胥氏白〕哎呀，我那老爺嗄，兀的不痛殺我也。〔作跌科，二梅香白〕夫人甦醒，夫人甦醒。〔胥氏作醒科，白〕家將，到後花園請大相公來。〔家將應科，從上場門下。胥氏哭科，白〕我那夫嗄，〔唱〕

【商調正曲·山坡羊】痛得奴(讀)，寸心如醉(韻)。痛得奴(讀)，柔腸似碎(韻)。好一似(讀)，劍刺胸頭(句)，不亞如(讀)，亂箭攢心肺(韻)。細思之(韻)，〔滾白〕我那夫，我與你琴瑟和偕，兩情莫逆，指望夫妻偕老，舉案齊眉，又誰知天降灾殃，忽然命喪。你自捐軀報國，忠義名傳，抛下幼子嬌妻，倚靠何人，倚靠何人了。夫，〔唱〕痛今生一旦離(韻)，好教我魂飛氣噎難存濟(韻)。似這般忠義個門楣(讀)，非灾忽至(韻)。〔合〕傷悲(韻)，美恩情再莫提(韻)。思之(韻)，若相逢是夢裏期(韻)。〔作哭科。小生扮卞吉，戴武生巾，穿道袍，從上場門急上，白〕事不關心，關心者亂。我卞吉正在後園煉寶，忽有家將來報，説爹爹在關外拒戰，被黃飛虎刺死。此仇不報，誓不俱生。母親喚我，只得收淚而來。母親正在啼哭，不免上前相見。〔作見，跪哭科，白〕我那親娘嗄，〔胥氏哭科，白〕我那兒嗄，〔唱〕

【又一體】見嬌兒(讀)，越添憔悴(韻)。念兒夫(讀)，魂歸何處(韻)。你那裏(讀)，視死如生(句)，痛殺奴(讀)，視吾生還不及相連死(韻)，痛傷悲(韻)。〔滚白〕我的兒，你爹爹年未半百，只生你一人，忠孝傳家，捐軀報國，致令我母子孤單，所靠着誰來，所靠着誰來？兒，〔唱〕夫妻父子兩分離(韻)，這浮生一世將何倚(韻)。痛斷肝腸(讀)，魂飛魄悸(韻)。〔卞吉哭勸科，白〕母親且請止哀。〔胥氏白〕我兒，〔唱合〕傷悲(韻)，算恩情莫再提(韻)。思之(韻)，若相逢是夢裏期(韻)。〔卞吉白〕我那爹爹嗄，〔胥氏白〕我那夫嗄。〔同作哭科，唱〕

【又一體】滴溜溜(讀)，難窮的珠淚(韻)。亂紛紛(讀)，難分的心緒(韻)。慘切切(讀)，死別情懷(句)。岔生生(讀)，按不住心頭氣(韻)。恨西岐(韻)。〔胥氏滚白〕我那嬌兒，你爹爹被人所害，恨結山淵。自古父仇不共戴天，子節不可不盡。你本少年豪傑，曾受家傳，此仇不報，更待何時了。兒，〔唱〕報深冤在此時(韻)。〔滚白〕你若能繼續先聲，擒兇滅賊，一則爲國家報效，二則爲父親復仇。休説是你娘了，就是你爹爹在九泉之下，也自的掀髯一笑了。兒，〔唱〕須索是剛强莫負先人志(韻)。〔卞吉起科，白〕母親不必啼哭，待孩兒換了袍甲，帶了寶貝，去見歐陽淳，爲父報仇，那怕周營百萬。母親在上，孩兒拜辭。〔作拜科，唱〕拜別慈幃(讀)，把深仇報取(韻)。〔起科，胥氏白〕我兒須當仔細。〔卞吉應科，胥氏唱合〕思維(韻)，善謀猷展妙機(韻)。休得要傷虧(韻)，教我又哭夫來又哭兒(韻)。〔卜吉虛白，仍從上場門下。胥氏哭科，白〕孩兒此去，又教我添一段愁腸也。〔二梅香白〕夫人且請耐煩，天色已晚，夫人略請安息，好辦老爺喪事。

〔作虛白扶科。胥氏起，隨撤椅科，唱〕

【尚遶梁煞】好教我斷魂驚碎難成寐(韻)，那漏點兒也多不如珠淚(韻)，怎得個夢裏相逢好夫妻話別離(韻)。〔作哭科。二梅香各扶，作虛白勸科，同從下場門下〕

第十齣　報父仇卞吉捉將（東鐘韻）　崑腔

〔雜扮八軍卒，各戴馬夫巾，穿蟒箭袖卒褂，執旗，引小生扮卞吉，戴紫金冠額，紥靠，執戟，從上場門上，唱〕

【仙吕入雙角合曲·北新水令】則俺小將軍㊟，豪氣吐長虹㊟，只爲着報父仇戴天不共㊟。他聲息兒忒洶湧㊟，咱威焰兒煞驍雄㊟。直待要斬將擒兇㊟，報深冤功績重㊟。〔場上設白骨幽魂旛切末，旛下設椅，卞吉坐科，白〕殺父仇人在那廂，冲霄怨氣自難降。寶旛一動神魂喪，管使西周盡滅亡。俺卞吉爲因爹爹被黄飛虎所害，情寔可傷，所以稟告總帥，出城拒戰，擒捉仇人。總帥即授我爲先鋒之職。我煉就這白骨幽魂旛，百發百中，敵將從下經過，必是喪魄離魂。今日出城要戰，全憑此寶降他。你看周營中有將來迎，定是殺父仇人了。大小三軍，將旛竪在疆場，爾等旛下伺候擒人，不得有誤。〔二軍卒應科，作擡旛安場左側。卞吉起，隨撤椅科，唱〕

【仙吕入雙角合曲·南步步嬌】並非是梵宫寶旆天邊送㊟，好一似枉死招魂動㊟。有人來入彀中㊟，魄散魂迷㊁，束手遭擒奉㊟。〔合〕你看他摇曳響西風㊟，引他上路的勾牌弄㊟。〔雜扮四軍卒，各戴馬夫巾，穿蟒箭袖卒褂，執雙刀，引外扮南宫适，戴帥盔，紥靠、背令旗，執刀，從上場門上，作對敵科，白〕吠！那兇惡幼兒，是何名姓，也來送死。〔卞吉白〕我乃卞副帥公子卞吉是也，你就是殺父仇人黃飛虎麽？〔南宫适白〕我乃總哨大帥南宫适，奉元帥將令，特來擒你。〔各虛白作對戰科。卞吉作引南宫适到旛下，南宫适作虛白迷倒科，四軍卒作敗科，從上場門下科，二軍卒作綁科，卞吉白〕先將他送入關城，報知主帥，我一定擒了殺父仇人，方纔罷手。〔二軍卒應科，作綁南宫适，從下場門下，隨上。卞吉唱〕

【仙呂入雙角合曲·北折桂令】他是逞顛狂天理難容（韻）。可知道一桿直竪（句），魂魄無踪（韻）。怎與俺一任行兇（韻）。他道是建功得喜（句），俺笑彼遇煞逢兇（韻）。〔白〕你看周營中又有許多將官來也。〔作笑科，白〕任你來上萬千，總難脱我寶旛下一過，我且在此等他。〔唱〕他那裏耀戈甲精神飛動（韻），霎時間滅干戈昏亂懞懂（韻）。他本剔透玲瓏（韻），到此便混沌痴蒙（韻）。則我小將軍妙法玄微（句），休誇恁大元帥八面威風（韻）。〔雜扮四軍卒，各戴馬夫巾，穿蟒箭袖卒褂，執雙刀。雜扮黃明、周紀，各戴紮巾額，紮靠，執器械。引生扮黃飛虎，戴金貂，紮靠，背令旗，執鎗，從上場門上，作對敵科。黃飛虎白〕幼兒何名，擒吾上將。你可知俺武成王的威勢麽？〔卞吉白〕呀，你就是殺父仇人，不要走。〔各虛白作對戰科。卞吉作引黃飛虎到旛下，黃飛虎作迷倒科，二軍卒作綁科，黃明白〕休得傷吾哥哥。〔各虛白作對戰科。卞吉作引黃明到旛下，黃明作迷倒科，二軍卒作綁科，同從下場門下，隨上。周紀同四軍卒作敗科，從上場門下。卞吉白〕殺父仇人已被吾擒，想姜尚那廝必來親戰。我且收了寶旛，入關見帥，將仇人祭父亡靈。待姜尚到來，再將此旛施展。大小三軍，收了寶旛，帶好賊將，隨我入關去者。〔二軍卒應，作擡旛科。卞吉唱〕

【仙吕入雙角合曲・南江兒水】恨煞天生賊(句)，他心機使的兇(韻)。你機謀籌畫只好他方用(韻)，你奸盗詐僞早把機關中(韻)。非是我精奇古怪把虚頭弄(韻)，把你碎斬方消心痛(韻)。〔合〕祭先父忠靈(韻)，寸磔殘骸萬種(韻)。〔同從下場門下。雜扮四軍卒，各戴馬夫巾，穿蟒箭袖卒褂，執旗。雜扮四軍卒，各戴大頁巾，穿蟒箭袖排穗褂，執標鎗。小生扮哪吒，戴綫髮，穿采蓮衣氅，軟紮扮，繫風火輪，執鎗。净扮李靖，戴帥盔，紥靠，執方天戟。小生扮韋護，戴帥盔，紥靠，執杵。净扮雷震子，戴道冠髮，穿飛翅鬼衣，執金棍。引外扮姜尚，戴道冠，穿道袍氅，繫絲，執打神鞭、杏黄旗，從上場門上，唱〕

【仙吕入雙角合曲・北雁兒落帶得勝令】【雁兒落】(全)俺奉天心誅惡兇(韻)，凛皇宣消暴鬨(韻)。非只圖建奇勳受爵封(韻)，也則爲救生靈活心孔(韻)。〔中場設椅，轉場坐科，白〕老夫姜尚，兵至臨潼，初次交戰，武成王刺了卞金龍。今早其子卞吉擒了南宫适，我又命武成王與兩員副將去了，不知勝負如何。〔周紀從上場門上，白〕哎呀，元帥在上，武成王與黄明二人，都被卞吉捉去了，小將特來報知。〔姜尚白〕怎麽有這等事？氣死我也！〔唱〕【得勝令】(全)呀(格)，聽説罷忿填胸(韻)，恨妖惡多狂縱(韻)。阻王師交戰攻(韻)，捉王臣呈兇鬨(韻)。〔白〕我且問你，他用甚麽邪法擒了武成王去？〔周紀白〕只有一首長旛，只從其下經過，〔唱〕即便似勾魂牌把陽氣攻(韻)，追魂榜向陰程送(韻)。神通(韻)，無法兒能消動(韻)。威風(韻)，將軍一旦空(韻)。〔姜尚白〕知道了。吩咐各營戰將，如遇卞吉，不可從他旛下經過。〔周紀應科，從上場門下。姜尚白〕爾等隨我前去，與他交戰，看是如何便了。〔衆應科。姜尚起，隨撤椅科，衆同唱〕

【仙呂入雙角合曲・南綵衣舞】他自稱萬緑叢中一點紅(韻),怎禁得神仙種(韻)。一霎裏神威巨風(韻),殄除狂縱(韻)。那時誰救你傷生痛(韻),無人得恕你奸心縱(韻)。〔合〕似泰山壓卵他好似鴉朝鳳(韻)。〔同從下場門下。雜扮八軍卒,六卒執旗,二卒擡旛。小生扮卞吉,雜扮公孫鐸、桂天禄,各戴紥巾額,紥靠,執器械。引生扮歐陽淳,戴帥盔,紥靠,背令旗,佩劍,執器械。同從上場門上,唱〕

【仙呂入雙角合曲・北收江南】呀(格),恨煞他抗皇宣起戰攻(韻),背天理蔑公忠(韻)。不亞如雞群欲鬭鳳凰同(韻)。管兇威一定(韻),使妖光盡空(韻)。也只爲答吾皇(讀),聖澤如天重(韻)。〔中場設椅,轉場坐科,白〕俺歐陽淳爲因卞副帥陣亡,無計可施,恰好卞公子到營,我就授了他先鋒之職。他大奮神威,用法擒賊,連捉了南宫适、黄飛虎、黄明三員賊將,俱各囚禁關中,俟逆賊平時,一同押解朝歌,明正國法。我與衆將親來臨陣,與姜尚相會。卞公子,你可將你那寶旛依舊竪起,好擒賊將。〔卞吉應,作虚白科,二軍卒作竪旛場左側科。歐陽淳白〕衆將官,就此隨我殺上前去。〔起,隨撤椅科,衆應科,同唱〕

【仙呂入雙角合曲・南園林好】奮神威抒忠效忠(韻),殄渠魁威風莫同(韻)。堪恨彼忘君恩重(韻),〔合〕敢拒戰共争雄(韻),敢拒戰共争雄(疊)。〔衆引姜尚從上場門上,對敵科。歐陽淳白〕你可是姜尚麽?〔姜尚白〕然也。你就是歐陽淳麽,你爲何不知天命?〔歐陽淳白〕我受任爲帥,鎮守雄關,爲何不知天命?〔姜尚唱〕

【仙呂入雙角合曲・北沽美酒帶太平令】【沽美酒】〔全〕你只要守此關枉自雄(韻),守此關枉自雄(疊)。失其四還喧閧(韻)，欲滅風燈怎再烘(韻)。却原何抗敵逆天公(韻)，不投誠賀聖躬(韻)。〔歐陽淳白〕好匹夫，這等可惡，卞公子，與我拿下。〔卞吉應科，作冲殺科。韋護作與卞吉對戰科，雷震子白〕何不打倒了此旛，再殺卞吉未遲。〔作欲以棍打旛，到旛下迷倒科。二軍卒作綁科，從下場門下，隨上。歐陽淳白〕大家動手上前，務要擒此逆賊。〔各虛白作混戰科。哪吒忽從上場門隱下，雜扮哪吒化身，戴三頭六臂切末，各執寶貝，紮靠，隨上作與卞吉交戰，祭乾坤圈打敗卞吉科，從下場門下，衆軍卒擡旛隨下。衆作見哪吒大驚科，李靖作刺死桂天禄科，從上場門暗下。歐陽淳虛白大敗科，從上場門下，衆隨下。姜尚白〕歐陽淳敗入關城，勢已不支，可就此回營去者。〔衆應科，同唱〕【太平令】（二至末）恁道是妖方狂閧(韻)，怎當這仙法無窮(韻)，險未把殘生斷送(韻)。俺呵(格)，喜則喜人雄氣雄(韻)，順着這天公大公(韻)，消平這兇風怪風(韻)。呀(格)，今日裏敗如雲，想先前偶然相中(韻)。

【南雙煞】暫回軍(讀)，款把花驄控(韻)，權奏捷鞭敲金鐙聲(韻)。待有日奮神術的取雄鬬(句)，到臨期纔回頭也思懵懂(韻)。〔同從下場門下〕

第十一齣　奏邊警大夫荐賢（先天韻）　弋腔

〔生扮微子啟、外扮李通、浄扮惡來、副扮飛廉，各戴紗帽，穿蟒，束帶，執笏。生扮鄧昆、末扮芮吉，各戴金貂，穿蟒，束帶，執笏。同從上場門上，分唱〕

【中吕宫引·金菊對芙蓉】長樂鐘傳（韻），雲開雉扇（韻），玉爐輕嫋祥烟（韻）。嘉言早建（韻），願奠安宗社如磐（韻）。全憑忠藎（句），敢辭勞瘁（句），報主心虔（韻）。〔分白〕下官微子啟，下官李通，下官飛廉，下官惡來，下官鄧昆，下官芮吉。〔同白〕今者西岐姬發兵至臨潼，關將歐陽淳告急之本進呈御覽。今日聖上臨軒，理當各陳管見。〔内作喝朝科，衆白〕聖駕臨軒，只得肅恭伺候。〔各分侍科。雜扮四内侍，各戴大太監帽，穿蟒，束帶，帶數珠，執拂塵。雜扮四宫娥，各戴過梁額，穿宫衣，執符節、龍鳳扇。引浄扮紂王，戴王帽，穿蟒，束帶，從上場門上，唱〕

【中吕宫引·菊花新】鹿臺正在醉歌絃（韻），忽聽邊關急報傳（韻）。强起上金鑾（韻），端拱納他陳獻（韻）。〔中場設桌椅，紂王轉場入座科，衆官作參拜，分白〕臣微子啟，臣李通，臣飛廉，臣惡來，臣鄧昆，臣芮吉，〔同白〕見駕，願吾皇萬歲萬歲萬萬歲。〔宫娥白〕平身。〔衆白〕萬歲。〔各起分侍科，紂王白〕四海刀兵亦有年，潢池焉敢亂烽烟。只將廟算安邊境，宫禁何妨醉管絃。寡人承祖父之基，守一統之業，天下乂安，人民安樂。 叵奈潢池小寇，大肆横行，西岐姬發，信任姜尚，不念君父之恩，盡虧臣子之節，妄生禍亂，侵占邊隅，五關已得其四，大兵又至臨潼，今不自治，是謂養患自危，因此勉强陞殿，與衆臣共議。 諸卿各有成見，一一奏朕。〔衆官白〕萬歲。〔飛廉跪科，白〕臣飛廉謹奏。〔宫娥白〕奏來。〔飛廉白〕萬歲，那姬發呵，〔唱〕

【中吕宫正曲・駐馬聽】小國偏安(韻)，擅弄刀兵只爲圖息喘(韻)。〔白〕就是那姜尚呵，〔唱〕不過江湖術士(句)，髦髫愚夫(讀)，何算名賢(韻)。〔白〕依臣愚見，不若敕下關津，謹自防守。 他師老必退，何必徵兵。〔唱〕我自防自待彼凋殘(韻)，他困於師老難交戰(韻)，〔合〕自必返旆而還(韻)。〔微子啟白〕這厮爲何説起不用兵的話來？〔飛廉唱〕此臣愚識(讀)，伏祈睿鑒(韻)。〔宫娥白〕平身。〔飛廉起科，惡來跪科，白〕臣惡來謹奏。〔宫娥白〕奏來。〔惡來白〕萬歲。〔唱〕

【又一體】君命由天(韻)，似這上國堂堂怎教他一旦反(韻)。〔白〕自古明君之待小國，昧者撫之而愚者曉之。〔唱〕兵爲兇器(句)，戰亦危機(讀)，總不如恩撫勤宣(韻)。〔白〕依臣愚見，不若遣天使撫字招徠，赦其舊過。〔唱〕皇恩曲宥彼生全(韻)，自必供招面縛同來獻(韻)，〔合〕可以净掃烽烟(韻)。〔李通白〕這厮怎麽又説招安？ 那姜尚豈是招安得來的？〔惡來唱〕此臣愚識(讀)，伏祈睿鑒(韻)。〔宫娥白〕平身。〔惡來起科，微子啟跪科，白〕臣微子啟謹奏。〔宫娥白〕奏來。〔微子啟白〕萬歲。〔唱〕

【又一體】乞斥奸讒(韻)，把君德乾剛修得來精又遠(韻)。〔白〕方今四海紛紛，人民怨啟，刀兵亂擁，烽火難息。臣願陛下呵，〔唱〕消除酒色(句)，疏遠奸回(讀)，大用明賢(韻)。〔紂王白〕唔。〔微子啟白〕臣今冒死上言，祈求君聽。方今大廈將傾，勢在壘卵，陛下速宜整飭，以正君綱。那時節呵，〔唱〕內無大患肅朝權(韻)，速差能將除兵亂(韻)，〔合〕何難宗社安然(韻)。此臣愚識(讀)，伏祈睿鑒(韻)。〔紂王白〕卿道遣將出兵，保舉何人？〔李通跪科，白〕臣李通謹奏。〔宮娥白〕奏來。〔李通白〕萬歲。〔唱〕

【又一體】謹獻忠言(韻)，這大國如天怎説無才幹(韻)。〔白〕臣觀衆臣之中，只有鄧昆、芮吉可以大用。他二人呵，〔唱〕智明有自(句)，機勇兼修(讀)，忠孝家傳(韻)。〔白〕陛下可遣此二人前去，〔唱〕管消除朋黨净烽烟(韻)，削平巨惡彌邦患(韻)。〔合〕這也是臣道當然(韻)。此臣愚識(讀)，伏祈睿鑒(韻)。〔紂王白〕卿既保舉二臣，朕當准奏。〔宮娥白〕平身。〔微子啟、李通白〕萬歲。〔各起科，紂王白〕鄧昆、芮吉二臣聽旨：〔鄧昆、芮吉同跪科，紂王白〕寡人賜爾黄旄白鉞，特專閫外，協守臨潼，大張天討，務在必退周兵以擒元惡。二卿功在社稷，朕定不惜茅土之封。〔鄧昆、芮吉同白〕萬歲。念臣等呵，〔唱〕

【又一體】沐德如天(韻)，世守隆恩應自忝(韻)。敢不共抒忠憤(句)，竭盡駑駘(讀)，爲國除奸(韻)。〔宮娥白〕謝恩。〔鄧昆、芮吉同作叩拜科，白〕萬歲萬歲萬萬歲。〔同唱〕叨蒙知遇掌兵權(韻)，無才自愧叨榮典(韻)，〔合〕務期净掃烽烟(韻)。答吾皇大德(讀)，下臨恩眷(韻)。〔紂王白〕二卿，今日可於外殿賜宴，以示朕寵榮至意，即便點齊人馬，星夜前行。〔鄧昆、芮吉同白〕萬歲。〔宮娥白〕平身。〔鄧昆、芮吉同白〕萬歲。〔各起分侍科，紂王白〕爾衆卿送至軍場，代朕命將之典。〔衆官白〕萬歲。〔宮娥白〕散朝。〔衆官白〕萬歲。〔同從

下場門下。紂王起，隨撤桌椅科，白〕擺駕往鹿臺去。〔衆白〕領旨。〔紂王唱〕

【有結果煞】且仙姬笑擁歡佳宴㊞，那疥癬疾何煩愁怨㊞，專待着殄厥渠魁邊隅上捷報傳㊞。

〔從下場門下，衆隨下〕

第十二齣　慕仁君賢侯議事（古風韻）　弋腔

〔雜扮四軍卒，各戴馬夫巾，穿蟒箭袖卒褂，執旗。雜扮公孫鐸，戴紥巾額，紥靠。小生扮卞吉，戴紫金冠額，紥靠，佩劍。引生扮歐陽淳，戴帥盔，紥靠、背令旗，佩劍，從上場門上，唱〕

【南呂宮正曲・節節高】節鉞奉皇差（韻），督戰來（韻），星馳已到關城界（韻）。他雄威大（韻），聖恩該（韻），軺車屆（韻）。〔歐陽淳白〕老夫歐陽淳，與姜尚交兵，大爲所敗，告急入朝，聖上遣鄧昆、芮吉二侯前來，督戰協守，已至邊界。衆將官，隨吾迎接天使去者。〔衆應科，同唱〕全憑妙算除兇駭（韻），廟堂宗社相依賴（韻）。〔合〕恭迎道左將兵排（韻），要借伊神勇消蜂蠆（韻）。〔同從下場門下。雜扮四軍卒，各戴馬夫巾，穿蟒箭袖卒褂，執旗。雜扮四軍卒，各戴大頁巾，穿蟒箭袖排穗褂，執標鎗。雜扮四將官，各戴打仗盔，穿打仗甲，執鎗。雜扮二中軍，各戴中軍帽，穿蟒箭袖通袖褂，執黃旄白鉞。引生扮鄧昆、末扮芮吉，各戴金貂，紥靠，背令旗、執彩鞭，同從上場門上，唱〕

【又一體】奉敕自天來（韻），氣雄哉（韻），奔馳千里也那如風快（韻）。端則爲除兇駭（韻），奉宣差（韻），寧遲待（韻）。〔鄧昆、芮吉分白〕我乃鄧昆是也，我乃芮吉是也。〔同白〕吾等同奉聖恩，掌茲節鉞，臨潼協守，阻滅西周。我等星夜前行，來此已是臨潼界了。〔衆引歐陽淳從下場門上，跪接科，白〕末將歐陽淳，帥領標下恭迎天使。〔鄧昆、芮吉同白〕關將少禮，就此先到帥府。〔歐陽淳應科，同作遶場科，唱〕旌旗葉葉生光彩（韻），威風好個都元帥（韻）。〔合〕看天兵萬隊陣圖排（韻），好仗茲神勇消蜂蠆（韻）。〔作到科，鄧昆、芮吉下馬科。場上設椅，各坐科，鄧昆白〕歐陽將軍，連日勝負如何？〔歐陽淳白〕君侯在上，周兵到此，初陣卞金龍陣亡，其子卞吉報仇盡忠，用了法術，連擒了周營四將。數日前被他殺敗了一陣，都帶重傷，這幾日未曾出戰，告急入朝。恰好二位君侯到來，以救燃眉之急。〔鄧昆白〕卞吉用了甚麼法術，擒得兇徒？〔歐陽淳白〕他有一旛，名爲白骨幽魂旛。旛下經過，迷倒就擒。一次拿了南宫适，二次拿了黄飛虎、黄明，三次拿了雷震子，目下俱禁在後營。〔鄧昆白〕那黄飛虎可就是反五關的武成公麼？〔歐陽淳白〕正是。〔鄧昆冷笑科，白〕他今日也被你拿了，此將軍莫大之功也。〔芮吉作虛官模會意科，白〕鄧賢侯，吾等奉旨前來，本爲擒兇掃逆，可速傳令，把人馬調出關城，與姜尚早决雌雄，以免無辜塗炭。〔鄧昆白〕賢侯之言有理，就此出關大戰一回去者。〔各起，隨撤椅科，衆同唱〕

【南吕宫正曲·一江風】把陣圖開（韻），鵝鸛紛嚴擺（韻）。報國心無怠（韻），戰當埃（韻）。斬將搴旗（句），滅焰除兇（句），怎教逃機械（韻）。〔合〕奇門八卦排（韻），奇門八卦排（疊），軍容掃霧霾（韻），答君恩還須是早奏凱（韻）。〔同從下場門下。雜扮四軍卒，各戴馬夫巾，穿蟒箭袖卒褂，執雙刀。雜扮趙昇、孫焰紅，生扮武吉，雜扮太顛，各戴帥盔，紥靠，背令旗，執器械。小生扮哪吒，戴綫髮，穿采蓮衣氅，軟紥扮，繫風火輪，執火尖鎗。净扮李靖，戴帥盔，紥靠，執方天戟。引外扮姜尚，戴道冠，穿道袍氅，繫縧，執杏黄旗、打神鞭。引生扮姬發，戴王帽，紥靠，執

刀。〔同從上場門上，唱〕

【又一體】報道大軍來(韻)，萬隊雄師快(韻)。赫赫天威大(韻)，漫施乖(韻)。不順天時(句)，不識機宜(句)，枉自呈兇駭(韻)。〔姬發白〕相父，朝廷差遣鄧昆、芮吉二侯前來督戰，大勢人馬，海沸山崩。今日到此，指名教孤家與相父拒戰，將何以待之？〔姜尚白〕主公但請寬心，老臣已早先知。鄧昆、芮吉二侯請主公相見，必有深意，須當見機而行，甚無方礙。〔姬發白〕相父之言有理。衆將官，排開隊伍等他。〔衆應科。衆引鄧昆、芮吉從上場門上，作對陣科，鄧昆、芮吉同白〕來者可是西伯侯與姜子牙麽？〔姬發白〕正是，二位賢侯請了。〔姜尚白〕二位賢侯，老夫戎裝在身，不能全禮。〔鄧昆、芮吉同白〕西伯，你父素稱仁義，克守臣節，你爲何一旦更張，有負先志？姜子牙，你不以禮義輔導汝主，乃擅動刀鎗，抗拒上國，是何道理？〔姜尚白〕二位賢侯，此言差矣。爾等只知守常之語，不識時務之説。天命無常，惟歸有德。紂王無道，過惡多端，天命人心，盡歸西土。二位執迷不悟，口舌相争，如寄寓之客，不知誰爲之主，宜速倒戈，投明棄暗，不失封侯之位。〔鄧昆、芮吉作怒科，白〕無知野叟，這等亂言。衆將官，殺上前去。〔衆虚白作冲殺科。趙昇作與鄧昆交戰，孫焰紅作與芮吉交戰，太顛作與歐陽淳交戰，武吉作與公孫鐸交戰，李靖作與卞吉交戰，哪吒從上場門急隱下。雜扮哪吒化身，戴三頭六臂切末，紥靠，隨上冲戰科。衆同作大驚敗走科，從上場門下。姬發白〕相父，二侯大敗，吾等亦當收軍回營。〔姜尚白〕主公之言有理。〔衆同唱合〕親投絶地來(韻)，親投絶地來(疊)，敗走似捲黃埃(韻)，聽奏這大周軍中破陣凱(韻)。〔同從下場門下。雜扮

二手下，各戴大頁巾，穿蟒箭袖排穗褂，佩刀，引鄧昆換蟒束帶，袖書，從上場門上，唱〕

【仙呂宮引·番卜算】無計展愁眉(韻)，有事縈心地(韻)。爲人不可不知時(韻)，誰達吾誠意(韻)。〔中場設椅，轉場坐科，白〕我與芮侯奉命伐周，與子牙見了一陣，果然名不虛傳，今日方知實跡。西伯天日之姿、龍鳳之表，姜子牙門下道德奇異之人正復不少，此關豈能爲紂王久守。況武成公是我兩姨，被陷在此，如何不救？我看芮侯之意，也有投誠之心，所以我兩個不便明言，各以意會。今晚治酒與他會飲，各道心事。我已修下密書，待等兩心相同，再作區處。手下，芮侯到時，即忙通報。〔手下應科。鄧昆起，隨撤椅科，同從下場門下。雜扮二家將，各戴大頁巾，穿蟒箭袖，繫鑾帶，引芮吉換蟒束帶，從上場門上，唱〕

【又一體】對戰見雄師(韻)，早已知深意(韻)。待同心相話語投機(韻)，共去投仁義(韻)。〔白〕我與鄧侯前去交戰，果然西伯乃有德之君，子牙爲有道之士。今三分天下，周有其二，眼見此關不守，不如獻納投誠，以免兵革之苦。大約鄧侯也有此心，今晚請我飲酒，只怕爲着此事。來此已是，家將通報。〔二家將應，作虛白通報科。二手下引鄧昆從下場門上，各作相見虛白科。場上設椅，各虛白坐科，芮吉白〕賢侯相召，有何話説？〔鄧昆白〕今日特請賢侯來此飲宴，還有軍務機密，要當面議。〔芮吉白〕如此甚好。我等先議軍機，後當飲酒。〔鄧昆白〕此言甚是，爾等迴避了。〔二手下、二家將應科，同從下場門下。芮吉白〕賢侯有何軍機，請道其詳。〔鄧昆白〕愚兄有句話，要請教賢弟：你看將來還是周興，還是紂興？你我各出己見，不要藏隱，總無外人知道。〔芮吉白〕仁兄下問，使弟如何盡言？ 若説識見洪遠，小弟實不敢當；若是模糊應對，仁兄又笑小弟爲無用之物。 小弟終訥於言。〔鄧昆白〕我與你雖爲各姓，情同骨肉，此時出君之口，入吾之耳，又何不可説之有？〔芮吉白〕大丈夫既遇同心之友，談天下之事，若不明目張膽，又何以取信。 依小弟愚見，看起來呵，〔唱〕

【雙調正曲·鎖南枝】你我雖奉敕(句)，伐西岐(韻)，不過强逆天心人意爲(韻)。〔白〕方今呵，〔唱〕主德日昏殘(句)，天心早已離(韻)。〔滚白〕天下之事未卜可知，周主仁義著聞，子牙道德之士，天命所向，非他而誰？〔白〕仁兄，〔唱合〕但是受君恩(句)，吾等何敢違(韻)。 少不得盡忠心(句)，終一死(韻)。〔鄧昆白〕咳，賢弟，〔唱〕

【又一體】可惜吾等生在世(句)，不逢時(韻)，徒死無名埋怨誰(韻)。〔滚白〕將來爲周之擄，空死無益，我當與草木同朽，無可置論。〔白〕賢弟，〔唱〕可惜你本是一良禽(句)，擇木未能棲(韻)。〔芮吉白〕小弟察兄之意，大約有意歸周，故以言探我耳。 小弟已早有此心，仁兄果欲歸周，小弟當隨末列。〔鄧昆起，揖科，白〕多謝賢弟。 機不可洩，且當密之。〔芮吉白〕這是自然。〔同唱合〕好同心(句)，各自知(韻)。 須是相機宜(句)，爲之計(韻)。〔丑扮土行孫，戴盔，紥靠，從上場門暗上，虚官模聽科。 芮吉白〕只是無人引進，這却奈何？〔土行孫白〕待我作個引進。〔鄧昆、芮吉大驚，各起，隨撤椅科，白〕你是何人？〔土行孫白〕二位賢侯噤聲，我乃姜元帥麾下土行孫，善於地行之術，奉令來此探聽虚實，早知二位賢侯之心，我當爲之轉達。事不宜遲，快修密書，我好回去。〔鄧昆白〕將軍來得恰好，我已修下密書。〔出書付土行孫科，白〕煩將軍多多拜上姜元帥，設法取關。將軍還當早晚進關，以便議事。〔土行孫白〕末將曉得，請。〔從上場門急下，芮吉白〕仁兄，姜子牙手下有此異人，何愁大事不克。我等識時，免此灾殃也。〔鄧昆白〕賢弟之言甚是。且到後帳，正當暢飲相賀，請。〔各虛白科，同從下場門下〕

第十三齣　巧通關行孫得符(古風韻)　弋腔

〔雜扮四軍卒，各戴馬夫巾，穿蟒箭袖卒褂，執旗。雜扮四軍卒，各戴大頁巾，穿蟒箭袖排穗褂，執標鎗。雜扮黄飛虎、黄飛豹，各戴金貂，紥靠、背令旗。雜扮太顛、閎夭，各戴帥盔，紥靠、背令旗。引外扮姜尚，戴道冠，穿道袍氅，繫絛，從上場門上，唱〕

【黄鐘宫引・西地錦】忠義打通綫索(韻)，密書兩意相和(韻)。全憑内應高關破(韻)，何愁邪法偏多(韻)。〔中場設椅，轉場坐科，白〕老夫姜尚，兵至臨潼，與歐陽淳交戰，其標下卞吉十分兇惡，長旛一過即便被擒。恰好鄧昆、芮吉二侯前來協助，老夫早知其意，不便明言，使土行孫寅夜入關，探聽虚實，果然得了他一封密書回來，備言深意。老夫一見來書，不勝之喜。但是卞吉邪術，不能制他，且到今晚相機行事。再命土行孫入關，探問精細，再作區處。〔起，隨撤椅科，白〕衆將官，吩咐各營衆哨，堅守營壘，不可輕動。〔衆應科，姜尚白〕正是：待得通關來上將，再思妙法制妖人。〔從下場門下，衆隨下。小生扮卞吉，戴紫金冠額，紥靠，佩劍，從上場門上，白〕不如意事長八九，可與人言無二三。自家卞吉，煉就神旛，靖忠報怨，除我師傅所賜靈符，無方可制。誰想朝廷差了鄧昆、芮吉二侯前來督戰，今日要戰出關，命我將旛撤去。我道此旛爲守關之寶，不可輕移，他便勃然大怒道：我等朝命欽差，反由小徑；你乃偏將之子，反從大路而行，分明左道惑人，自高自恃。彼時我心中不忿，思欲明言，又怕干連性命，反作無功，何惜靈符，徒喪成功。因此我書了三道靈符與二侯、主帥。我看鄧昆、芮吉二人行跡，大有不妥，偏又是朝廷欽差，無方可除。想他不是獨吞大功之念，即是投降叛逆之心。且到主帥歐陽公處告知此意，設計區處便了。〔唱〕

【黃鐘宮正曲·三段子】早作隄防(韻)，奸回意原難預量(韻)。關城不保長(韻)，只怕獻西周投誠納降(韻)。不由人又疑又懼添惆悵(韻)。〔白〕聖上嗄聖上，〔唱〕用人自是多無當(韻)，〔合〕終被人欺(讀)，亡家喪邦(韻)。〔從下場門下。丑扮土行孫，戴盔，紮靠，執符，從上場門上，唱〕

【黃鐘宮正曲·歸朝歡】妖術巧(句)，妖術巧(疊)，無人抵擋(韻)，自得意施張魍魎(韻)。仙法妙(句)，仙法妙(疊)，非爲欺罔(韻)，想多緣(讀)，天命人心相向(韻)。自有那忠良暗結同心榜(韻)，機關巧作瞞天謊(韻)，〔合〕眼見商關又作了周王疆(韻)。〔白〕俺土行孫，奉元帥將令，暗地入關，探訪寶旛踪迹。恰好鄧昆、芮吉二侯早爲之計，使了一條妙策，賺了他的靈符。猶恐不驗，他又假意施威，坐了他一個罪名，不待他要戰，獨自前來，帶了靈符旛下經過，果然無妨。因此命我將這靈符拿來，獻與元帥，自知其中妙訣。我便暗地出關，作速趲行可也。〔唱〕

【黃鐘宮正曲·滴溜子】靈符的(句)，靈符的(疊)，賺來一晌(韻)。書妙訣(句)，書妙訣(疊)，盃中安放(韻)。

過旛讀，安然無恙韻。〔合〕今日裏無意得神方句，邪威不響韻。且到軍中讀，細陣備詳韻。

【三句兒煞】天神暗助周家王韻，指日裏據他保障韻，竚看取萬里江山多一半不在商韻。〔虛白，從下場門下〕

第十四齣　大用計芮侯誅將（尤侯韻）　昆腔

〔雜扮四軍卒，各戴馬夫巾，穿蟒箭袖卒褂，執旗。雜扮四軍卒，各戴大頁巾，穿蟒箭袖排穗褂，執標鎗。小生扮卞吉，戴紫金冠額，紥靠，佩劍。生扮歐陽淳，戴帥盔，紥靠，背令旗，佩劍。引生扮鄧昆、芮吉，各戴金貂，紥靠、背令旗，佩劍，從上場門上，同唱〕

【雙角隻曲・新水令】全憑忠義保皇州（韻），掃妖氛許多僝僽（韻）。丹衷輝日月（句），浩氣貫雲頭（韻）。除死方休（韻），報聖德如天厚（韻）。〔場上設椅，各坐科，分白〕吾乃鄧昆是也，吾乃芮吉是也。〔同白〕吾等同蒙聖恩，共司節鉞，臨潼協守，阻拒周兵。須當早決雌雄，預分成敗。有卞公子寶旛施法，加以歐陽將軍雄旅奮威，何怕巨寇難平，高關不保。〔芮吉白〕卞吉聽令：〔卞吉應科，芮吉白〕你可領標下雄兵五千，前去要戰，務須擒盡兇徒，方算成功。〔鄧昆白〕你既有寶旛妙法，何怕大事難成。功成之日，自有陞録。須是早建奇勳，毋干軍令。〔卞吉應科，從下場門下。鄧昆、芮吉同白〕卞公子若得擒了姜尚，則大事成矣。〔同唱〕

【雙角隻曲・駐馬聽】勇術兼優（韻），不愧作王家萬户侯（韻）。擒捉逆首（韻），何難一鼓滅西周（韻）。俺這裏干戈載戢自安休㊞，專候他回軍報捷鐃歌奏㊞。功居右㊞，英雄年少人間罕有㊞。〔卞吉從上場門上，白〕啞人嘗着黄連味，苦在心頭只自知。我卞吉全仗白骨旛擒人捉將，萬無一失，爲何方纔臨陣，法術不靈，寶旛被人奪去，險些送了無常，這却爲何？〔作想科，白〕哦，是了。一定是他二人賺了靈符，與周家通了關節，所以如此。少不得上前相見。〔作相見科，白〕二位君侯在上，卞吉交令。〔鄧昆白〕可喜你建此大功。〔芮吉白〕可曾擒了姜尚？〔卞吉白〕未曾。〔鄧昆白〕就是他手下上將擒幾個來，也是好的。〔卞吉白〕二位君侯在上：小將全仗寶旛擒捉賊將，不料今日仙方不應，未曾拿得一人，非小將戰而無功之罪。〔鄧昆作冷笑科，白〕卞吉，怎麼連日擒捉，就有靈應？還不許我等從下經過。因我識破你心，假意書符，思欲瞞過，今日如何反不驗了？〔卞吉虚白科，芮吉怒科，白〕唗！卞吉，我曉得了，此無他故，你見關中兵微將寡，難以久居，所以私通周家，父仇不報，假輸一陣，使他一擁而入，好獻此關。幸而未遂賊計，天使之回。此等賊子，留爲後患。左右，推出轅門，斬首號令。〔歐陽淳作虚官模科，四軍卒應，作綁卞吉，卞吉虚白科，從上場門下。内白〕開刀。〔鄧昆、芮吉同白〕險些兒被他所賣，好恨人也。〔四軍卒仍從上場門上。鄧昆、芮吉同白〕歐陽將軍，卞吉逗遛軍規，理宜斬首。我等寔對你説罷，方今主上無道，人心已離，天命已去，盡已歸周，只有此關之隔。〔同唱〕

【雙角隻曲·沉醉東風】關不保終難拒守㊞，將兵微怎敵西周㊞。當則是順天心㊖，莫把人心扭㊞。〔白〕順天者昌，逆天者亡。我等固當盡忠死難，但是無道之君，天下共棄之，你我徒死無益耳。〔同唱〕喪名節空使含羞(韻)，倒不如投戈納款兩休休(韻)，可免了刀兵僝僽(韻)。〔歐陽淳作怒科，白〕哎，二位君侯，〔唱〕

【雙角隻曲·雁兒落帶得勝令】【雁兒落】(全)怎不思祖宗世德優(韻)，怎不念君澤如天厚(韻)。一旦裏求榮向叛臣(句)，更不想青史名兒臭(韻)。【得勝令】(全)呀(格)，須索早回頭(韻)，莫使乏箕裘(韻)。忠義應長守(韻)，芳名自可留(韻)。〔白〕自古食君之禄，當分君之憂，況你節鉞恩榮，非他可比，反欲納獻關城，甘投逆賊，屈殺卞吉，巧説忠良，實乃狗彘之不如了。逆賊！〔唱〕休休(韻)，老將軍寧刎首(韻)。愁愁(韻)，欲殺奸徒不自由(韻)，欲殺奸徒不自由(疊)。〔鄧昆、芮吉同白〕唗！歐陽淳，我等好言勸你，你反出口辱駡。天下諸侯，難道盡都是負恩的麽？〔歐陽淳白〕怎麽不是？〔鄧昆、芮吉同起，隨撤椅科，白〕老匹夫，再説不降二字，定將你碎尸萬段。〔歐陽淳白〕呀呸！逆賊嗄逆賊，你把死來嚇誰？〔唱〕

【雙角隻曲·沽美酒帶太平令】【沽美酒】(全)俺視這死如歸地下遊(韻)，死如歸地下遊(疊)。兇徒們何面目紅塵走(韻)，君德如山付與水流(韻)。把關津來獻投(韻)，不與他相争守(韻)。【太平令】(全)説甚麽分茅恩厚(韻)，講甚麽擁旄權在手(韻)。今日裏斬將賊首(韻)，留一個芳名不朽(韻)。〔白〕聖上嗄聖上，誤用奸臣，賣國求榮。臣當先誅二賊，以除大害。〔作拔劍科，唱〕俺呵(格)，氣湧在心頭(韻)，愁上在眉頭(韻)，執龍泉在手(韻)，呀(格)，斬逆賊似防苗除莠(韻)。〔作虚白以劍砍科，鄧昆、芮吉各虚白拔劍對戰科，作斬歐陽淳科，從下場門暗下。東邊城門上預安「臨潼關」匾額科。鄧昆、芮吉同白〕衆將官，有不同心者以他爲樣，可速放了

武成公與三員周將，大開關門，請西伯與姜元帥入城可也。〔衆應科，同唱〕

【慶餘】喜明良相慶情深厚㊀，樂君臣似魚水相佑㊀，今日裏好作個佐命元勳功名兒又在周㊀。

〔同從上場門下，作出城科，從下場門下，隨撤「臨潼關」匾額科。生扮柏鑑，戴帥盔，搭魂帕、白紙錢，紮靠，執旛，引歐陽淳魂，搭魂帕、白紙錢，從東傍門上，遶場科，從下場門下〕

第十五齣　大數到五嶽歸天（真文韻）　弋腔

〔雜扮八軍卒，各戴大頁巾，穿蟒箭袖排穗褂，執標鎗，引凈扮崇黑虎，戴黑貂，紥靠、背令旗，雜扮蔣雄、文聘、崔英，各戴帥盔，紥靠、背令旗，同從上場門上，唱〕

【中吕宫正曲·好事近】天下亂紛紛㊟韻，那干戈遍地成群㊟韻。零分碎剪㊟句，弄破了囫圇乾坤㊟韻。只爲獨夫不仁㊟韻，毒生靈㊟讀，暴虐言難盡㊟韻。〔合〕順天心伐暴取殘㊟句，會八百諸侯齊進㊟韻。〔場上設椅，各坐科，分白〕君德日昏民日亂，紛紛滿眼起刀兵。何時一統歸明主，共慶如磐賀太平。俺崇黑虎是也，俺蔣雄是也，俺文聘是也，俺崔英是也。〔同白〕吾等雖爲異姓，義勝同胞，自那日爲孔宣一事，共救武成王，事畢同回，各練人馬，已到孟津許久。近來有金吒、木吒二人從軍中經過，備言姜元帥兵至澠池，張奎阻戰。又言東伯侯姜文煥攻打遊魂關，前來求救，命他二人前去相助。我等聞得此言，一面差人打探虛實，一面起了雄師前來相會。且待探子回來，再作道理。〔各虛白科。雜扮一報子，戴鷹翎帽，穿報子衣，繫肚囊，背包，執馬鞭，從上場門上，白〕躍馬如飛走似雲，軍情細探得原因。營門在即須通報，好進雄師除逆人。〔作到、下馬、虛白、轉場、叩見科，崇黑虎白〕命你探聽軍情，可細細說來。〔報子白〕君侯聽稟：姜元帥兵至澠池，連誅了他兩員偏將，一名王佐，一名鄭椿。正在攻打之際，守將張奎十分兇惡，將姬叔昇、姬叔明二位殿下連梟首級。他夫妻二人甚是難敵，還望君侯前去相助。〔崇黑虎白〕知道了。你先去報知姜元帥，我等隨後就來。〔報子應，作起科，仍從上場門下。崇黑虎白〕衆兄弟，事已如此，不可不救，須是作速攢行，前去相助可也。〔各虛白科，各起，隨撤椅科，同白〕大小三軍，作速攢行。〔衆應科，同唱〕

【仙呂宮正曲・不是路】豪氣凌雲(韻)，逆賊無知太虐人(韻)。欺陵甚(韻)，不隨天命苦勞奔(韻)。恨從心(韻)，務將巨惡殲除盡(韻)，方顯將軍神武身(韻)。忙前進(韻)，匡扶明主離危困(韻)。速開景運(韻)，速開景運(疊)。〔衆同從下場門下。净扮張奎，戴帥盔，紮靠、背令旗，襯蟒，束帶，從上場門上，唱〕

【中呂宮引・菊花新】鎮來要路受皇恩(韻)，肯去投誠順賊臣(韻)。威勇有誰倫(韻)，好把妖氛掃盡(韻)。〔中場設椅，轉場坐科，白〕冲鋒全仗烏烟獸，斬將惟憑白雪刀。自把丹心報聖主，敢隨逆黨背皇朝。俺張奎，特受皇恩，鎮守要路，家中止有老母，得受冠誥之榮。夫人高氏蘭英，亦係將門之女，擇配於吾，頗善戰爭，兼通法術。我往往對陣交鋒，夫人出馬相助，仗他法術，我便成功。今有姜尚與姬發那厮，兵至此地，有我夫妻二人，他插翅也難飛過。這有數日不見要戰，且請夫人出來，商議一番。夫人那裏？〔雜扮二梅香，各穿衫背心，繫汗巾，引旦扮高蘭英，戴盔，内紮女靠，外穿蟒，束帶，從上場門上，唱〕

【又一體】全憑法術佐夫君(韻)，不似深閨擁繡裙(韻)。相喚有何因(韻)，且把軍機細論(韻)。〔作虛白相見科。場上設椅，各虛白坐科，高蘭英白〕老爺呼喚妾身，有何話説？〔張奎白〕夫人，這數日周營未曾要戰，當作如何區處？〔高蘭英白〕老爺，周營能人極多，姜尚手下，俱爲奇異之士，萬一弄了玄虛，如何抵敵？爲今之計，仗我夫妻法術，可以出其不意，冲殺他一陣，只怕還可成功。〔張奎白〕夫人之言有理。〔雜扮一家將，戴大頁巾，穿蟒箭袖，繫鑾帶，從上場門上，白〕啟老爺：外面傳報説，周營有崇黑虎、黃飛虎等五將，前來要戰。〔張奎白〕知道了，吩咐各營將校伺候。〔家將應科，仍從上場門下。張奎白〕夫人，那崇黑虎邪術通神，黃飛虎勇將莫敵，更兼有人相助，你可換了戎妝，同我前去，仗你神術制他，俺好就中下手。〔高蘭英白〕有理。〔各起，隨撤椅科。高蘭英白〕梅香伺候戎妝，待我披掛起來。〔二梅香應科，隨高蘭英從上場門下。張奎白〕我與夫人當先，他縱有法術，何愁不敗。正是：夫妻同作中軍帥，仙技神威兩助成。〔從下場門下。衆卒各執器械，引崇黑虎背葫蘆、執器械，生扮黃飛虎，戴金貂，紥靠，背令旗，執鎗，蔣雄、文聘、崔英，各執器械，同從上場門上，唱〕

【正宮正曲·四邊静】同心合志臨軍陣(韻)，一戰狂氛盡(韻)。彈丸怎禁持(句)，這泰岳威名震(韻)。〔合〕俺心雄氣伸(韻)，他魂消魄昏(韻)。目下可成功(句)，只爲天心順(韻)。〔黃飛虎白〕衆兄弟，張奎那廝，與他妻子當先。我曾聞元帥有言，陀頭、道人、女子必有左術，須當着意。〔各虛白科。雜扮八軍卒，各戴馬夫巾，穿蟒箭袖卒褂，執雙刀，引張奎卸蟒、執刀，高蘭英戴盔、卸蟒、執刀、帶小紅葫蘆切末，同從下場門上，作對敵科。崇黑虎白〕張奎逆賊，天兵已至，何不早降？〔張奎白〕無知匹夫，自來送死。〔各虚白作對戰，四將各虚白作圍戰張奎科，高蘭英虚白作助戰科，作以紅葫蘆内出烟火切末射住五將科，張奎、高蘭英作斬五將科，同從下場門暗下。衆軍卒作敗科，從上場門下。張奎大笑科，白〕好快活，這五員逆賊，這樣不禁殺，怎麽一陣都殺净了。夫人，多虧你神術無邊，何怕他千員上將。〔高蘭英虚白科，張奎白〕大小三軍，就此回兵。〔衆應科，同唱〕

【中吕宫正曲・紅繡鞋】今朝誅盡賊人(韻)，賊人(格)。元戎建此奇勳(韻)，奇勳(格)。安社稷(句)，保城闉(韻)。全忠義(句)，輔吾君(韻)。〔張奎唱合〕成此績(句)，仗夫人(韻)。〔作大笑科，同從下場門下，衆隨下。生扮柏鑑，戴帥盔，搭魂帕、白紙錢，紥靠，執旛，引雜扮王佐、鄭椿魂，各戴紥巾額，搭魂帕、白紙錢，紥靠，黄飛虎、崇黑虎、蔣雄、文聘、崔英魂，各搭魂帕、白紙錢，同從東傍門上，遶場科，同從下場門下〕

第十六齣　小法拙張奎喪母 古風韻　弋腔

〔雜扮四軍卒，各戴馬夫巾，穿蟒箭袖卒褂，執器械，引生扮楊戩，戴三叉冠，紮靠，執三尖兩刃刀，從上場門上，白〕變化玄功世莫雙，全憑神術惡魔降。回營忽報元戎死，恨殺奸徒逞暴狂。俺楊戩，總督糧事，已進五關，交還應箭，聞得武成王與崇黑虎弟兄五人，俱被張奎所害，黄飛彪去報兄仇，元帥命我前來接應。〔内作吶喊科，楊戩望科，白〕呀，遥望張奎那厮大展威風，任意逞暴。他那騎的坐騎有些古怪，爲何頭上生一角，口噴黑烟？怪得斬將成功，全仗這個異物。我且迎將上去，運用變化玄功，把他那個業畜除了，方好與他争戰。〔唱〕

【越調正曲・水底魚兒】坐騎輕梟韻，教他足不牢韻。玄功莫測句，〔合〕休漫逞英豪韻，休漫逞英豪疊。〔從下場門下，衆隨下。雜扮二梅香，各穿衫背心，繫汗巾，引旦扮高蘭英，戴鳳冠，穿蟒，束帶，同從上場門上，唱〕

【商調引・鳳凰閣】午妝初罷韻，侍饍高堂纔下韻。繡簾高捲牡丹花韻，香篆輕噴寶鴨韻。卸連環錦甲韻，羨閨閣英雄不差韻。〔中場設椅，轉場坐科，白〕不學深閨兒女妝，仙方勇戰自稱强。一門冠誥君恩重，佐輔夫君鎮遠疆。妾身高蘭英，宦門淑女，擇適張門，夫君叨蒙節鉞，妾身冠誥加封。今有西伯姬發與姜尚兵過臨潼，已至此地。昨日與老爺一同出戰，用太陽神火連誅周將，老爺今早出城拒戰去了，這時候還不見來，不知勝負如何，好教我放心不下。〔唱〕

【商調正曲·黄鶯兒】繡閣漫思呀(韻)，想西周姜子牙(韻)，奇方異種出自他門下(韻)。〔白〕一路多少仙人、幾番法術，〔唱〕誰能制他(韻)。〔白〕五關已失，將近帝京。三分天下，〔唱〕二分屬他(韻)。〔白〕老爺今日前去，又不知遇了何人，大料無妨。〔唱〕斬人全仗烏烟馬(韻)，〔合〕似罡氣跨(韻)。我且倚門靜候(句)，得勝早回家(韻)。〔虛白科。雜扮二院子，各戴羅帽，穿道袍，繫鑾帶，引浄扮張奎，戴帥盔，穿蟒，束帶，從上場門上，白〕變化之功莫可降，且將巧計漫商量。奸雄縱有回天術，難脱無常路道場。俺張奎，今早出戰，斬了黄飛彪，擒了個甚麼楊戬。誰知這厮弄了神通，斬了他的首級，竟是殺了我的坐騎。我不勝忿怒，與他交戰，又被吾擒，且與夫人商議，用法制他。〔作到科，高蘭英起，虛白相見科。場上設椅，各虛白坐科，高蘭英白〕老爺今早出戰，怎麼此時方回？〔張奎白〕哎呀，夫人，不消提起。今早出戰，斬了一個黄飛彪，又擒了一個賊將，名唤楊戬。這厮好不兇惡，他施了邪法，斬了他的首級，竟是殺了我的征駒。二次要戰，又被吾擒，今與夫人共議，用個甚麼方法治他纔好。〔高蘭英白〕此乃替身法術。這有何難，可用污穢之物洒向身體，自然冲破其術，無可逃矣。〔張奎白〕院子，傳與衆將，就依夫人之言處治。〔一院子應科，從下場門下。張奎白〕夫人，我想周營有此異人，怪不得五關俱破，勢可長驅也。

〔各虛白科。院子仍從下場門上，白〕啟上老爺、夫人：楊戩依法處治，斬首號令了。〔張奎白〕妙嗄！此害既除，不怕他猛將如雲矣。且到後堂母親處問安去。〔雜扮一梅香，穿衫背心，繫汗巾，從上場門急上，白〕哎呀，老爺、夫人，不好了。〔張奎、高蘭英各作大驚，起，隨撤椅科。梅香白〕方纔太夫人正在房中靜坐，忽然從空洒下些污穢之物，太夫人的頭自己落下來了。〔張奎白〕怎麽有這等事？這又是楊戩弄的虛頭，兀的不痛殺我也。〔作哭跌科，衆作扶科，白〕老爺甦醒，老爺甦醒。〔梅香仍從上場門急下。張奎醒科，白〕哎呀，我那親娘嗄。〔高蘭英白〕我那婆婆嗄。〔同唱〕

【商調正曲・山坡羊】好無端(讀)，飛灾忽至(韻)。好無端(讀)，娘親屈死(韻)。恨只恨(讀)，逆賊猖狂(句)。痛殺人(讀)，寸寸肝腸碎(韻)。淚雙垂(韻)，家門不幸時(韻)，娘親爲國遭冤斃(韻)。〔張奎滚白〕賊，自古聖人設法，尚然不及父母妻孥，我與你勢成敵國，對戰交鋒，你便斬我身軀，本是爲國喪命，却爲何害及無辜，傷人父母了？賊！〔同白〕這深仇應不共天和地。〔同唱〕好教人難報劬勞(讀)，思深罔極(韻)。〔院子、梅香同白〕老爺、夫人且請止哀，料理太夫人喪事要緊。〔張奎、高蘭英同唱合〕傷悲(韻)，痛斷肝腸裂碎脾(韻)。思之(韻)，若相逢是夢裏期(韻)。〔同作虛白哭科，衆院子、梅香各虛白作勸科，同從下場門下〕

第十七齣　暗中行刺遇能人（蕭豪韻）　弋腔

〔小生扮哪吒，戴綫髮，穿采蓮衣氅，軟紮扮，繫風火輪，執火尖鎗，從上場門上，唱〕

【仙呂宫正曲·步步嬌】幻化蓮軀胚胎巧(韻)，仙術多般妙(韻)，靈珠根行遥(韻)。正果修持(句)，祛除狂暴(韻)。〔合〕小技漫徒勞(韻)，相逢一旦魂消落(韻)。〔白〕我哪吒，奉元帥將令，來戰張奎。楊道兄使了變化玄功，被他連擒了二次，頭一次斬了他的征駒，第二次殺了他的老母，只是未得斬厥渠魁，大獲全勝。想這澠池彈丸之地，何以如此遷延？不意張奎這厮，夫婦二人俱爲難敵，他自己有慣戰之能，他妻子有邪術之妙。今日前去與他對戰，須是大顯神通，用神火罩將他煉死可也。〔唱〕

【仙呂宫正曲·好姐姐】英豪(韻)，可惜回頭不早(韻)，逆天心扶他兇惡(韻)。不曉投明棄暗(讀)，佐命沐恩膏(韻)。〔合〕仗邪威浩(韻)，一朝大數無常到(韻)，空向黄泉怨痛號(韻)。〔從下場門下。净扮張奎，戴帥盔，紥靠，背令旗，執刀，從上場門上，唱〕

【仙呂宫正曲·皂羅袍】罔極深仇須報(韻)，痛捐軀爲國(讀)，母氏劬勞(韻)。今日個擒他賊將逞英豪(韻)，葅尸碎骨心猶惱(韻)。〔白〕俺張奎，連擒楊戩二次，都被他弄了虚頭，殺了俺的征駒還索罷了，爲何將我母親陷害？不共戴天之仇，在所必報。方今國事紛紜，爲臣子者豈可因父母而廢闕要，少不得將母親殯殮，命夫人守柩伴靈，我自當先擒賊復怨。聞得周營有人來戰，只索殺上前去。〔唱合〕填胸恨洩㊀，剮他萬刀㊁。深仇必復㊀，由吾一朝㊁。誓將逆首全誅了㊁。〔從下場門下。雜扮四軍卒，各戴馬夫巾，穿蟒箭袖卒褂，執旗，一卒扛鎗，引生扮楊任，戴道冠，安假手切末，手中生目，穿道袍，紮鸞，執五火扇，從上場門上，唱〕

【仙呂宮正曲·江兒水】本是文中士㊀，今爲武將豪㊁。想當年匡君義氣淩雲表㊁，誅臣毒勢推山倒㊁。到今日扶明勳業與乾坤老㊁，佐命功名浩浩㊁。〔合〕青史千年㊀，標出芳聲共道㊁。〔中場設椅，轉場坐科，白〕我楊任，當日諫君過惡，剜目已入陰曹；今時佐命興隆，得號又歸仙籙。多蒙恩師救拔，命吾下界建功。賜了五火神扇，莫測玄功；傳與飛電神鎗，誰當神勇。更有一件奇形，寔是衆中特出，目中生手，手中二目如神，一任上天下地，莫不洞觀。總之，千里秋毫，悉能明見。今者元帥攻打澠池，張奎十分兇惡，戰爭不下，頗傷將官。駐扎元營，思量妙計。今夜該我巡視營盤，只得伺候天晚，好去巡行。〔雜扮一中軍，戴中軍帽，穿蟒箭袖通袖褂，佩刀，執令箭，從上場門上，白〕特奉元戎令，傳知巡視人。〔作相見科，楊任起，隨〔撤〕椅科，虚白科。中軍白〕元帥有令：張奎與哪吒交戰，已被神火罩煉死，恐他另有奇能，前來劫寨，已傳與各哨將弁，小心伺候，命將軍仔細巡邏，不可怠忽。〔楊任應科，中軍仍從上場門下。內作起更科，楊任白〕手下，看我的器械來，隨我巡視去者。〔四軍卒應科，楊任接鎗科，同從下場門下。張奎戴小頁巾，穿蟒箭袖，繫鸞帶，佩劍，從上場門上，白〕莫道仙方巧，吾曹巧更奇。暗中傷性命，作鬼也無知。俺張奎，與哪吒交戰，那厮好不萬惡，不虧俺有地行之術，險些兒被他用神火罩煉死。他大約以爲必死無疑，誰知俺依然無恙。回城與夫人商議，夫人道：何不仗此法術，寅夜行刺，殺了姜尚，大事成矣。我想此言有理，因此換了輕裝，悄地而來。呀，來此已是他的轅門了，不免趲行進去。〔唱〕

【仙呂宫正曲・皂羅袍】恁道是萬隊軍兵環繞(韻)，似天羅密布(讀)，鴉鵲難逃(韻)。怎知俺將軍入地弄虛囂(韻)，似鬼捉魂魄人難曉(韻)。〔從下場門下。四軍卒引楊任從上場門上，唱合〕令嚴刁斗(句)，巡行一遭(韻)。威嚴虎豹(句)，週圍萬遭(韻)。任他插翅也難飛落(韻)。〔白〕我方纔巡視元營，只見轅門外影影約約，倒像有人行走，莫非是個刺客？〔作望科，白〕呀，原來此人自地下而行，竟是張奎這厮。他疾如風火，萬一追不上，讓他闖進，如何是好？也罷，待我喊叫一聲。〔向内白〕有刺客來了，各哨小心。〔姜尚内白〕衆將官，〔衆内白〕有。〔姜尚内白〕爾等各整器械，準備者。〔衆内白〕得令。〔楊任白〕果然元帥妙算如神，早爲準備，待我隨他而行，且看他走到那裏去。大小三軍，隨我來。〔四軍卒應科，隨楊任同從下場門下。張奎從上場門上，唱〕

【又一體】唬得俺魂驚膽落(韻)，他洞觀地府(讀)，比我還高(韻)。似照妖金鏡影昭昭(韻)，俺無功還是回歸好(韻)。〔白〕我用地行之術入營行刺，偏又遇見能人識破，各路隄防。一計無成，少不得作速回關去者。〔唱合〕怪得他勢如破竹(句)，五關不勞(韻)。好教我心驚膽怯(句)，空教費勞(韻)。此身險入黃泉道(韻)。〔從下場門下。四軍卒引楊任從上場門上，白〕我一路隨來，張奎這廝已回關城，不免回覆元帥去者。〔唱〕

【情未斷煞】且漫誇奸心巧(韻)，偏有個徹地通天慧眼瞧(韻)，恁自悔一計無成枉見嘲(韻)。〔從下場門下，四軍卒隨下〕

第十八齣　急裏貪功遭毒害（古風韻）　弋腔

〔雜扮四軍卒，各戴馬夫巾，穿蟒箭袖卒褂，執旗，引丑扮土行孫，戴帥盔，紥靠，執棒，從上場門上，唱〕

【中呂宮正曲·駐馬聽】捷健身材（韻），地下遊行誰不駭（韻）。抵多少驂鸞跨鶴（句），附鳳攀龍（讀），風捲黃埃（韻）。督糧回繳應符該（韻），軍規整肅寧遲待（韻）。〔白〕俺土行孫，奉元帥將令，督運軍糧，進了五關，公務已畢，今日回營，交還令箭。　我想我在外督糧，夫人鄧嬋玉在家好不寂寞，方今戎馬紛紜，他又是個能征慣戰之輩，倘遇兇惡之人，萬有疏虞，如何是好，好教我放心不下，因此急急趕來。　左右，已離元營不遠，作速趲行。〔衆應，作遶場科，土行孫唱合〕好是電轉星回（韻），帳前交納（讀），還則是鴛衾相待（韻）。〔從下場門下，衆隨下。　雜扮四軍卒，各戴馬夫巾，穿蟒箭袖卒褂，執旗。　雜扮四軍卒，各戴大頁巾，穿蟒箭袖排穗褂，執標鎗。　雜扮太顛、閎夭，外扮南宫适，生扮武吉，各戴帥盔，紥靠，背令旗。　小生扮哪吒，戴綫髮，穿采蓮衣氅，軟紥扮。　生扮楊戩，戴三叉冠，紥靠。　净扮李靖，戴帥盔，紥靠。　净扮雷震子，戴道冠髮，穿飛翅鬼衣。　引外扮姜尚，戴道冠，穿道袍氅，繫絛，執拂塵，從上場門上，唱〕

【仙呂宮引·番卜算】阻滯勇行軍（韻），抗逆難稱順（韻）。　似這彈丸小地恁逡巡（韻），好教我心中悶（韻）。〔中場設椅，轉場坐科，白〕老夫姜尚，代天宣化，奉敕下山，輔保主公，匡襄大業，勢如破竹，一鼓長驅。五關雖險，也只談笑成功；澠池甚微，爲甚遷延難下。昨晚不虧楊任，幾乎被刺傾生。我想當日土行孫也會地行之術，擒他未見如此之難，此人在此阻隔，如何區處？〔土行孫從上場門上，虚白轉場作相見科，白〕元帥在上，弟子運糧已完，繳還軍令。〔姜尚白〕將軍公務已完，理合隨征效用。〔土行孫白〕請問元帥，連日勝負如何？〔姜尚白〕將軍不消說起。張奎地行之術比你還精，他妻子高蘭英分外兇惡。仗他邪法連誅了武成王等五將，却又入營行刺，多虧楊任神目看破，未至被傷，阻隔吾師，不能前進。〔土行孫作大叫科，白〕哎呀，氣死我也！當日師傅傳我此術，可爲蓋世無雙，如何此處又有異人？〔虚白怒科，姜尚白〕將軍不消着惱。昔日你師傅制你，用指地成鋼之法，今制此人，非此法不可。還得你去見你師傅，求得此方纔好。〔土行孫白〕此計甚妙，待弟子到夾龍山求取符籙可也。〔姜尚白〕事不宜遲，可當速去。〔土行孫應，作虚白科，仍從上場門下。姜尚白〕我且屯兵不戰，等他取得符籙到來，再作道理。〔唱〕

【中呂宫正曲・駐馬聽】秘算難猜(韻)，好待從空羅網擺(韻)。他若影藏黄土(句)，須是身入黄泉(讀)，命喪黄埃(韻)。他自誇神術暗中來(韻)，怎知俺銅牆鐵壁依然在(韻)。〔白〕衆將官，爾等謹守軍規，嚴防壁壘，待他回來，須當奮勇擒賊。〔衆應科，姜尚白〕我且營中等候便了。〔起，隨撤椅科，唱合〕奮勇應該(韻)，擒兇誅逆(讀)。把江山换改(韻)。〔從下場門下，衆隨下。净扮張奎，戴帥盔，紥靠、背令旗，執刀，從上場門上，唱〕

【又一體】惡類無知(韻)，不揣愚蒙招怨悔(韻)。今日個相逢狹路(句)，斬斷根苗(讀)，惟我稱奇(韻)。潛踪等候疾如飛(韻)，使他空用瞞天計(韻)。〔白〕俺張奎，正與夫人回營對坐，忽然天降大風，帥旗折倒。夫人一算，備知其情，原來是土行孫要到他師傅處求取符籙，暗害於吾。我與夫人商議，先來等他。俟他來時，俺便暗中與他一刀，斷了禍根，就此等候去者。〔唱合〕且莫施爲(韻)，教你吉成兇事(讀)，愁還過喜(韻)。〔從下場門下。旦扮高蘭英，戴盔，紥女靠，執刀，帶小紅葫蘆，從上場門上，白〕奴家高蘭英，正與老爺回營對坐，忽然風折帥旗，奴家備知其情，告知老爺。老爺與我商議，自去等候，暗中斬他。我想他妻子鄧嬋玉十分兇惡，趁此除之，省爲後患，因此出營要戰。恰好鄧嬋玉出來交戰，被我用太陽神火射住斬了，我且回營等候老爺便了。〔虛白從下場門下。土行孫從上場門上，唱〕

【又一體】疾步如飛(韻)，爲取靈符把師傅啟(韻)。過了些山程水限(句)，翠巘丹崖(讀)，玉洞丹梯(韻)。〔白〕我土行孫，奉元帥將令，到師傅處求取靈符，須索趲行前去。〔唱〕好向金蓮寶座訴因依(韻)，把衷情細剖忙咨啟(韻)。〔張奎從上場門上，後場立科，土行孫唱合〕妙法誰知(韻)，擒他逆黨(讀)，全憑法秘(韻)。〔張奎白〕呔！看刀。〔土行孫虛白，作躲不及被斬科，從上場門暗下。張奎白〕妙嗄！逆賊嗄逆賊，你在九泉之下，休來怨我。〔唱〕

【慶餘】自招殺害誰憐惜(韻)，建績全憑妙法奇(韻)，好教俺喜自心生自回歸訴繡幃(韻)。〔虛白、大笑科，從下場門下。生扮柏鑑，戴帥盔，搭魂帕、白紙錢，紮靠，執旛，引旦扮鄧嬋玉魂，戴盔，搭魂帕、白紙錢，紮女靠，土行孫魂，搭魂帕、白紙錢，同從東傍門上，遶場科，同從下場門下〕

第十九齣　奉旨掛榜爲招賢（東鍾韻）　弋腔

〔浄扮袁洪，戴竪髮額，簪猿形，紥靠。副扮吴龍，戴竪髮額，簪蜈蚣形，紥靠。末扮常昊，戴竪髮額，簪蛇形，紥靠。同從上場門上，同唱〕

【正宫正曲・玉芙蓉】修成變化功(韻)，靈氣先天重(韻)。更玄功妙法(讀)，氣概梟雄(韻)。似這精英一派由吾用(韻)，化現千般不易逢(韻)。〔分白〕攀條巧捷化仙胎，飛吸龍精養健材。古洞蟠潛修煉好，〔同白〕幻成仙體上瑶臺。〔分白〕吾乃袁洪是也，吾乃吴龍是也，吾乃常昊是也。〔同白〕吾等梅山學道，煉成不老玄功；古洞修行，幻出長生之術。共有兄弟七人，同成大道。今者聞得紂王掛榜招賢，阻拒姜尚，我等既有功夫，何不隨時化現。又聽得人説，軍政總帥飛廉掌管招納之事，大家前去投見。〔同唱合〕思爲用(韻)，效朝廷功重(韻)。全憑吾(讀)，仙方妙用破妖風(韻)。〔同從下場門下。雜扮四太監，各戴太監帽，穿貼裏衣。雜扮二内侍，各戴大太監帽，穿蟒，束帶，帶數珠，執拂塵。引浄扮紂王，戴王帽，穿蟒，束帶，從上場門上，唱〕

【黄鐘宫引・西地錦】堪恨潢池兵弄(韻)，欺君法所難容(韻)。自有天心相佑寵(韻)，且將歌舞醉金鍾(韻)。〔中場設桌椅，轉場入座科，白〕逆賊稱兵犯帝京，羽書飛報到龍庭。百神暗裏應相佑，何怕潢池百萬兵。寡人爲因姬發無道，犯順稱兵，終日邊疆告警，連朝廷奏兼陳。我想這些人太也怯懦，量他小醜行兇，就這樣忙亂不定。自費、尤二大夫無故被害，在朝諸臣没有一個能合朕意，幸有飛廉、惡來二人，頗繼前踪，諸事如意。寡人喜他巧合，情志相投，所以不次擢用，權掌軍國要務。昨有張奎報到失機，寡人思欲御駕親征，飛廉奏朕不可輕出，還是掛榜招賢，大懸賞格，自有高明之士應求而至。寡人聽他此言有理，即命他掌管此事，掛榜朝門。方纔與皇后、美人飲至半酣，遊行而來，到了便殿，偶見棋枰，思欲手談散悶，朝中只有惡來爲棋中國手，已命内侍宣召去了，怎麽還不見來？〔净扮惡來，戴紗帽，穿蟒，束帶，從上場門上，白〕逢迎諂媚君休笑，巧宦非他總不靈。下官惡來，聖上宣我便殿弈棋，我方纔入朝，見飛賢弟帶了三個應募之人見駕，我不免隨便替他陳奏。〔作見跪科，白〕臣惡來見駕，願吾皇萬歲。〔紂王白〕賢卿平身。寡人行至便殿，偶見棋枰，聞卿善此，特召而來，以盡手談之興。〔惡來白〕聖上有旨，掛榜招賢，來了三個應募之人，飛廉帶來見駕，特此奏聞。〔紂王白〕如此甚好。不必弈棋，可宣飛廉見駕。〔惡來應科，起，作向内宣科。副扮飛廉，戴帥盔，穿蟒，束帶，從上場門上，白〕纔向金門收俊傑，特來玉殿奏明君。〔作見跪科，白〕臣飛廉見駕，願吾皇萬歲。〔紂王白〕賢卿平身。〔飛廉白〕臣奏陛下：今有梅山三個傑士，應陛下求賢之詔，臣謹帶來見駕，伏乞聖裁。〔紂王白〕宣來見朕。〔飛廉白〕領旨。〔起科，向内白〕聖上有旨，宣梅山三傑見駕。〔内白〕領旨。〔袁洪、吴龍、常昊同從上場門上，作見跪科，同白〕梅山小民，〔分白〕袁洪、吴龍、常昊，〔同白〕見駕，願吾皇萬歲。〔紂王白〕洵傑士也。〔袁洪、吴龍、常昊同白〕小民等聞聖主求賢之詔，故爾不揣駑駘，願效犬馬。〔紂王白〕爾等平身。〔袁洪、吴龍、常昊同白〕萬歲。〔各起，分侍科。紂王白〕卿等此來，有何妙策？〔袁洪跪科，白〕聖上，那姜尚呵，〔唱〕

【正宫正曲·玉芙蓉】江湖術士庸(韻)，才望原無重(韻)。架虚詞糾合(讀)，惑亂民聰(韻)。〔白〕依臣愚見，以堂堂上國，王師莫敵，〔唱〕天兵一鼓除兇閧(韻)，小寇何難滅惡風(韻)。〔白〕那時破了西岐，誅了姜尚，則八百諸侯，望風歸附。那時節呵，〔唱合〕隆恩重(韻)，好招安脇從(韻)。赦前愆(讀)，抒誠歸附賀時雍(韻)。〔紂王白〕方今張奎被困澠池，也須先發人馬，以爲之助。〔袁洪起侍科，吴龍跪科，白〕以臣觀之，都中之兵不宜輕動。〔紂王白〕這却爲何？〔吴龍白〕聖上，〔唱〕

【又一體】兵家忌遠攻(韻)，慎密機宜重(韻)。正孟津諸路(讀)，八百相從(韻)。〔白〕臣等若救澠池，則南北二路諸侯拒住孟津，阻住糧道。〔唱〕三軍乏食難收總(韻)，腹背交兵受夾攻(韻)。〔白〕此乃不戰自敗之道，所以不可行也。〔唱合〕難輕動(韻)，須慎擇輕重(韻)。度機宜(讀)，象形觀變此時中(韻)。〔起侍科，常昊跪科，白〕微臣還有一條計策。〔唱〕

【又一體】要路莫教通(韻)，險阻須常奉(韻)。拒他行進勢(讀)，不使輕行(韻)。〔白〕可調二十萬人馬，阻住孟津咽喉。〔唱〕諸侯兵甲難輕動(韻)，可保朝歌永太平(韻)。〔白〕那時一戰成功，大事定矣。〔唱合〕機謀用(韻)，他入機關巧中(韻)。又何難(讀)，山川奠定滅元兇(韻)。〔起侍科，紂王白〕卿等之言，實乃社稷之臣也。三卿聽朕加封：〔袁洪、吴龍、常昊同跪科，紂王白〕朕封爾袁洪爲兵馬大元帥，吴龍、常昊爲左右先行，節鉞專司，便宜行事。〔袁洪、吴龍、常昊同作謝恩科，白〕萬歲萬歲萬萬歲。〔各起，分侍科。紂王白〕飛廉、惡來傳朕諭旨，命殷破敗爲參贊，雷開爲五軍都督，雷鯤、雷鵬爲四哨總帥，隨軍效用。即點兵二十萬進發孟津，不得有誤。〔飛廉、惡來同白〕領旨。〔紂王白〕爾等可至嘉慶殿賜宴，明朝見駕起程。〔衆同白〕萬歲。〔二内侍同白〕退班。〔衆同白〕萬歲。〔同從上場門下。紂王起，隨撤桌椅科，白〕擺駕往鹿臺去。〔衆應科，紂王唱〕

【有結果煞】潢池小寇把兵戈弄(韻)，這上國全憑着忠良任用(韻)，且笑擁嬋娟聽他那凱奏龍宫(韻)。

〔從下場門下，衆隨下〕

第二十齣　無法失機全喪命（古風韻）　昆腔

〔小生扮哪吒，戴綫髮，穿采蓮衣氅，軟紮扮，繫風火輪，執火尖鎗。小生扮韋護，戴帥盔，紮靠，執杵。净扮雷震子，戴道冠髮，穿飛翅鬼衣，執金棍。生扮楊任，戴道冠，安假手切末，手中生目，穿道袍，紮氅，掖五火扇，執鎗。同從上場門上，同唱〕

【正宮正曲・普天樂】捉兇徒神機用(韻)，展法術休輕縱(韻)。望今朝一鼓成功(韻)，取關城唾手之中(韻)。〔分白〕吾乃哪吒是也，吾乃韋護是也，吾乃雷震子是也，吾乃楊任是也。〔同白〕姜元帥兵困澠池，張奎用地行之術，阻住進兵之路，土行孫夫妻都被殺害。元帥無計可施，恰好有拘留孫仙童到來，致書授計，贈元帥指地成鋼符籙。元帥大喜，命楊戩將靈符帶到黃河津口等候。〔哪吒、雷震子同白〕命我二人暗地取關，殺了高氏蘭英。〔楊任、韋護同白〕命我二人中途邀截，恐他又用地行，逃生敗北。〔同白〕我等各領柬帖，就此分頭前去。〔同唱合〕呀(格)，看前遮後擁(韻)，腹背受戰攻(韻)。無路逃奔(讀)，似敗葉隨風(韻)。〔從兩場門分下。净扮張奎，戴帥盔，紮靠，背令旗，執刀，從上場門上，唱〕

【中呂調隻曲・朝天子】恨奸雄太狂(韻)，探高關恁忙(韻)，私行不帶兵和將(韻)。誅他逆首(句)，耀威風自狂(韻),怎肯把輕輕放(韻)。〔白〕俺張奎,與姜尚交兵,險遭毒害,與夫人商議,夫人言當告急入朝。誰知寫本告急,聖上點了一員新元帥袁洪,帥兵二十萬阻拒孟津,並無救澠池之意。我一聞此言,心中大驚,以此彈丸之地,怎當泰山之威。只得堅守城池,不與交戰。叵耐姜尚這廝,與姬發二人單騎窺探,我命夫人守城,自來追趕。已在前面,相離不遠,不免趕上擒回,豈不是一件奇功。〔唱〕他奔行太忙(韻),俺追行怎放(韻)。渺茫渺茫渺渺茫(韻),隻形難傍(韻),隻形難傍(疊)。難逃這身兒喪(韻),難逃這身兒喪(疊)。〔從下場門下。哪吒從上場門上,唱〕

【正宮正曲·普天樂】斬妖婦雄關占(韻),救主帥忙追趕(韻)。怕受驚危逆賊威嚴(韻),截狂徒復又來前(韻)。〔白〕我與雷震子占取關城,高蘭英已被吾二人刺死,因此留下他城中拒守,我來接應元帥、主公。你看他追得主公、元帥來也,我不免迎上截殺便了。〔唱合〕呀(格),似飛星馳電(韻),追行疾似烟(韻)。截戰兇人(讀),休教一着先(韻)。〔從下場門下。楊任、韋護同從上場門上,唱〕

【中呂調隻曲·朝天子】受元戎密謀(韻),運靈光兩眸(韻)。中途依計來相候(韻)。地行莫放(句),遇將來怎休(韻),覷黃泉無路走(韻)。〔同白〕我等奉元帥將令,在中途邀截張奎,恐他地行逃命。〔韋護白〕楊兄,全仗你神目如電,覷得分明,休教走脱。〔楊任白〕韋賢弟,你只看我向何方追趕,你就隨我前行,得便給他一杵,也就送了他的性命。待我探望一回。〔作望科,白〕呀,寔不出元帥所料,果然這廝從地下來了。你我且隱在一邊,待他到時,追趕前去。〔韋護白〕有理。〔同唱〕喜成功可收(韻),想奸人命休(韻)。莫愁莫愁莫莫愁(韻)，入吾機彀(韻)，入吾機彀(疊)。休想着全身首(韻)，休想着全身首(疊)。〔同從下場門下。張奎從上場門上，唱〕

【正宮正曲・普天樂】敗成功應可惜(韻)，遇邪物難存濟(韻)。疾忙忙敗走如飛(韻)，痛殺人城破亡妻(韻)。〔白〕我張奎，正在追趕二賊，事有可望，忽然哪吒到來，救他二人，且言關城已破、夫人被害，又用神火罩煉我。虧我有地行妙術，得以逃生，不免一路奔過黃河，入朝歌告急去者。〔唱合〕呀(格)，忙奔帝里(韻)，明陳聖主知(韻)。就裏難言(讀)，心中慘悽(韻)。〔楊任、韋護內白〕呔！張奎休走。〔張奎大驚科，白〕哎呀，不好了。我在地中行走，他如何得見？〔楊任、韋護同從上場門上，白〕張奎，看你走到那裏去，你今日難逃此厄也。〔張奎虛白科，從下場門急下。楊任白〕韋賢弟，快些趕上。〔各虛白科，同從下場門追下。生扮楊戩，戴三叉冠，紥靠，執三尖兩刃刀、靈符，從上場門上，唱〕

【中呂調隻曲・朝天子】想功成自該(韻)，自奸人命乖(韻)，銅牆四遶津頭待(韻)。似入萬重鐵壁(句)，怎脱此網羅排(韻)，仗丹書爲機械(韻)。〔白〕我楊戩，奉元帥將令，拿了指地成(綱)〔鋼〕之符，在這黃河津頭等候張奎。我來此許久，不見音信，專候楊任、韋護追趕下來，即把靈符鎮住。〔楊任、韋護內白〕楊道兄，不要放走了張奎。〔楊戩白〕呀，你看他二人追趕下來，但是我不能看見。也罷，且將靈符鎮住，再作道理。〔作將符置地科。張奎從上場門上，白〕哎呀，不好了。姜尚這廝，不知怎樣得了靈符，指地成鋼，命楊戩在此鎮住。我一步難移，不能上下，怎生是好？〔作不能動，虛白急轉科。楊任、韋護同從上場門上，楊任白〕張奎，看你走到那裏去，也有個束手待斃的日子。韋賢弟，看我手所指處，祭起降魔寶杵，結果了這廝。〔韋護虛白科，張奎虛白急科，楊任以手指科，韋護作祭杵打死科，從地井內暗下。楊任白〕張奎已死，吾等回覆元帥去者。〔各虛白科，同唱〕黄泉暗埋（韻），難逃此害（韻）。泉臺泉臺泉泉臺（韻），應自悔太生毒害（韻），太生毒害（疊）。作鬼也問家何在（韻），作鬼也問家何在（疊）。〔同從下場門下。生扮柏鑑，戴帥盔，搭魂帕、白紙錢，紥靠，執旛，引張奎魂，搭魂帕、白紙錢，旦扮高蘭英魂，戴盔，搭魂帕、白紙錢，紥女靠，同從東傍門上，遶場科，同從下場門下〕

第廿一齣　天兆啟白魚躍舟（江陽韻）　昆腔

〔小生扮鄂順、崇應鸞，雜扮鍾志明、姚楚亮、彭祖壽、武高達、宗智明、姚庶良、常信仁、曹宗、丁建吉，各戴金貂、黑貂，紮靠、背令旗，襲蟒束帶，同從上場門上，白〕聖主興師爲救民，順天伐暴化群倫。倒戈前路稱無敵，玉帛冠裳會孟津。〔分白〕吾乃南伯侯鄂順，吾乃北伯侯崇應鸞，吾乃揚州侯鍾志明，吾乃豫州侯姚楚亮，吾乃兖州侯彭祖壽，吾乃夷門伯武高達，吾乃左伯宗智明，吾乃右伯姚庶良，吾乃遠伯常信仁，吾乃近伯曹宗，吾乃邠州伯丁建吉。〔同白〕吾等各按方隅，共守疆土。爲因紂王無道，天下離心，西伯侯應天順人，救民伐暴，兵過五關，大會孟津，我等八百諸侯共來輔助，推戴西伯爲君，討伐受辛無道。今早有姜丞相使人致書吾等，言西伯仁聖之君，恐我等尊稱名號，大事中止，命我等只以觀政於商爲言，俟破紂之後再爲區處。我等敬領其言，不露圭角。聞得西伯龍舟已渡黄河，將到此處，我等就此前去迎接去者，請。〔同從下場門下。雜扮四船夫，各戴草帽圈，穿喜鵲衣，繫腰裙，持篙，同從上場門上，内作水聲科，作開船科。雜扮四軍卒，各戴馬夫巾，穿蟒箭袖卒褂，執旗。雜扮四軍卒，各戴大頁巾，穿蟒箭袖排穗褂，執標鎗。雜扮太顛、閎夭，生扮武吉，外扮南宫适，各戴帥盔，紮靠，執器械。雜扮四中軍，各戴中軍帽，穿蟒箭袖通袖褂，佩刀，執節鉞、應劍。外扮姜尚，戴道冠，穿道袍氅，繫絲。引生扮姬發，戴王帽，紮靠，襲蟒束帶，

佩劍。同從上場門上。場上設椅，姬發、姜尚各坐科，同唱〕

【仙呂宮集曲・望鄉歌】【望吾鄉】（首至五）闢地開疆(韻)，仁風洽萬方(韻)。龍旌遥逐風雲望(韻)，戈矛遥指群歸向(韻)。喜見昇平象(韻)。【排歌】（合至末）沿溪路(句)，古道旁(韻)，黎民稽首獻壺漿(韻)。齊稱頌(句)，學拜颺(韻)，願祈伐罪展恩光(韻)。〔姬發白〕於商觀政救民殃，萬隊雄師入帝疆。敢墮先聲爲叛逆，拯人水火德無疆。孤家繼父大業，伐暴救民。興師伐罪，非關作惡抗君；應天順人，只爲救民除暴。今者兵過五關，來至孟津，八百諸侯齊來相會。備辦民舟，渡了黄河，與衆諸侯共集。中軍，吩咐開船。〔中軍應科，白〕開船。〔内作水聲，開船科，衆同唱〕

【仙呂宮正曲・鵝鴨滿渡船】駕艨艟摇畫槳(韻)，駕艨艟摇畫槳(疊)，水色天光兩渺茫(韻)。喜承景運朗(韻)，喜承景運朗(疊)，應有千靈護佑(讀)，底績安瀾(句)，息却了雪濤銀浪(韻)。〔姬發唱〕前旌動(句)，錦帆揚(韻)，徐聽歡呼説聖王(韻)。清明天氣朗(韻)，清明天氣朗(疊)，〔衆同唱合〕正遇風雲際會(句)，齊心共仰(韻)，王師入境(讀)，物阜民康(韻)。〔内作風濤聲科，姬發白〕相父，爲何風濤掀播，龍舟蕩漾起來？〔姜尚白〕臣啟主公：黄河浪急，平昔猶然，正值風順帆揚，是以如此。〔姬發白〕相父之言有理。中軍，吩咐艄水緩緩而行，待孤家觀覽景致一番。〔中軍應科，白〕呔！ 艄水聽者：主公有令，緩緩而行。〔四船夫應科，各起作觀景科，唱〕

【仙呂宮正曲・望吾鄉】萬頃茫茫(韻)，玻璃作水鄉(韻)。連空浩渺翻銀浪(韻)。龍舟喜駕重濤上(韻)，似神入晶宫朗(韻)。〔復各坐科，唱合〕耀戈甲(句)，映旌幢(韻)，好穩渡如天上(韻)。〔内鑼鼓科，地井内出白魚切末，作入舟科。南宫适作拾起科，白〕臣啟主公：忽然風恬浪息，有一白魚躍入龍舟。〔姬發白〕呀，異哉魚也。相父，此魚入舟，主何佳兆？〔姜尚白〕老臣恭賀主公，白魚乃爲龍種，吾國在西而此魚又西方正色，今日跳躍入於王舟，正應主公繼商而有天下也。〔唱〕

【仙呂宫正曲・赤馬兒】水際翱翔(韻)，乘流冲浪(韻)，躍入王舟也(句)，欣看駢集千祥(韻)。兆乃飛騰(句)，天心默貺(韻)，應知非誑(韻)。〔合〕預擬成平安享(韻)，預擬成平安享(疊)。〔衆同白〕臣等恭賀主公。〔姜尚白〕可命庖人將此魚烹來，與主公安享佳味。〔姬發白〕不可。天降之兆，自來者仍由自去，一旦烹而食之，是不仁也，可仍擲之河中，任其所之。〔姜尚白〕主公不可。既入王舟，天賜佳兆，豈可不受？天賜不烹，反受其咎，理宜食之，不可輕棄。〔姬發白〕既如此，送至後船，吩咐庖人烹了，待孤家與衆共享上天之賜可也。〔南宫适白〕領鈞旨。〔一軍卒接魚，從下場門送下，隨上。姜尚白〕臣啟主公：已離彼岸不遠，衆諸侯整班相候，可請大駕速行，以慰諸侯之望。〔姬發白〕相父之言有理，吩咐速達彼岸。〔一中軍應科，白〕艄水趲行登岸。〔四船夫應科，各起，隨撤椅科，衆作遶場科，同唱〕

【仙呂宫正曲・拗芝蔴】逍遥駕彩航(韻)，穩渡中流曠(韻)。欣瑞康(韻)，佳祥樣(韻)。慶不了飛起龍光千丈(韻)，兆呈大業興隆象(韻)。〔合〕君臣一德全安享(韻)，萬民共賀恩生養(韻)。

【有結果煞】遥看大會冠裳仰㊞，是征誅更兼揖讓㊞，但願得早定邦畿共賡歌景運昌㊞。〔内作水聲科，衆同從下場門下，四船夫隨下〕

第廿二齣　妖術猛袁洪得勝（古風韻）　弋腔

〔浄扮袁洪，戴竪髮額，簪猿形，紮靠，執雙短器械。副扮吴龍，戴竪髮額，簪蜈蚣形，紮靠，執雙短器械。末扮常昊，戴竪髮額，簪蛇形，紮靠，執雙短器械。同從上場門上，唱〕

【仙吕宫集曲·皂袍罩金衣】【皂羅袍】（首至八）煉就仙胎脱體(韻)。這本來面目(讀)，誰得深知(韻)。全憑毒霧把人欺(韻)，殺人反掌如兒戲(韻)。〔分白〕俺袁洪是也，俺吴龍是也，俺常昊是也。〔同白〕我等弟兄七人，梅山煉道，各脱原形，人難識認。投向紂王，作了行軍元帥，阻拒姜尚。自古邪不侵正，正不容邪，我等害了他們，自己便成正果。聞得姬發兵過黄河，諸侯大會，昨日使人來下戰書，我等許他今朝交戰，就此奮勇前行去者。〔同唱〕噴來毒氣(韻)，使他魄飛(韻)。釀成惡氣(韻)，使他性迷(韻)。

【黄鶯兒】（六至末）似他凡夫俗子難相制(韻)，〔合〕莫遲疑(韻)。用不着雄兵猛將(句)，逐隊列旌旂(韻)。〔同從下場門下。雜扮四軍卒，各戴馬夫巾，穿蟒箭袖卒褂，執旗。雜扮姚庶良、彭祖壽，各戴黑貂，紮靠、背令旗，執器械。小生扮哪吒，戴綫髮，穿采蓮衣氅，軟紮扮，繫風火輪，執鎗。生扮楊戬，戴三叉冠，紮靠，執三尖兩刃刀。雜扮金毛童兒，戴金毛童兒髮，穿采蓮衣，佩彈囊，臂彈弓，牽哮天犬。生扮楊任，戴道冠，安假手切末，手中生目，穿道袍，紮氅，掖五火扇，執鎗。引外扮姜尚，戴道冠，穿道袍氅，繫絛，執打神鞭、杏黄旗。同從上場門上，唱〕

【仙呂宮集曲・皂花鶯】【皂羅袍】（首至三）早會冠裳相見韻。又干戈爭鬧讀，掃蕩氛烟韻。那奸雄空自展威嚴韻。【水紅花】（五至八）甚靈丹韻，能回天限韻。願此去掃除魔障句，破竹沒遮攔韻。【黄鶯兒】（八至末）忙整頓强兵猛將句，一戰凈槍攙韻。（白）老夫姜尚奉主公大駕，過了五關，渡了黄河，兵至孟津，諸侯大會。聞得紂王處新點一員大將，叫作袁洪，帥領雄兵二十萬，阻拒中途。老夫想來，破竹之勢不能中止，昨日使人去下戰書，他道今朝會戰。衆將官，今朝此戰，務須各建奇勳，爭先奮勇。斬賊擒兇，盡在此舉。（衆白）得令。（袁洪、吴龍、常昊同從下場門上，對敵科，袁洪白）呔！來的可是姜尚麽？（姜尚白）然也，你就是袁洪麽？（袁洪白）既知名號，須早早就擒。（姜尚白）吾乃奉行天討，遵敕行事，你那一盃之水，怎救車薪之火？（袁洪白）姜尚，你本溪上漁翁，不知水之深淺。五關無有將材，故爾任你橫行。今日相逢，實是大數難逃也。常先鋒，與我擒拿這廝。（常昊應，作冲戰科，姚庶良虚白作對戰科。常昊作遶場噴黑霧，地井内出黄烟科，常昊作迷住姚庶良斬科，從上場門暗下。彭祖壽怒科，白）哎呀，氣死我也！待我擒你。（作冲戰科，吴龍虚白作對戰科，作引彭祖壽遶場科，天井内下吴龍原身飛蜈蚣切末，噴黑烟科，作噴倒彭祖壽科，吴龍作斬科，從下場門暗下。楊戬白）看此兩個一團邪氣，待我擒他。（哪吒白）吾當相助。（同白）好無知匹夫，傷吾大國諸侯，待我等斬除爾輩。（常昊、吴龍同作迎戰科，白）你兩個叫甚麽名字？（楊戬、哪吒分白）吾乃楊戬，吾乃哪吒。（同白）你這兩個業畜，擅敢施爾妖術，傷俺諸侯。（各作虚白作對戰科，哪吒忽從上場門隱下。雜扮哪吒化身，戴三頭六臂切末，紥靠，隨上，作對戰科。金毛童兒虛白作以哮天犬咬吴龍，吴龍虛白科，從上場門暗下。常昊虛白作與哪吒化身交戰科，金毛童兒作以哮天犬咬常昊，常昊虛白科，從下場門暗下。袁洪虛白作冲戰科，楊任作接戰科，虛白作以五火扇搧科，金毛童兒作以哮天犬咬袁洪，袁洪虛白科，從上場門暗下。姜尚白〕可惜傷了姚庶良、彭祖壽兩路諸侯，雖然哮天犬咬敗三妖，到底不能除却，怎生是好？〔楊戩白〕弟子看來，此三人俱非人類，神通變化大有可疑。元帥且請回營，慢思妙計。〔姜尚白〕此言有理，衆將官就此回營。〔衆應科，同唱〕

【慶餘】又添了妖魔作害人難辨㊅，怎得個一殄無餘滅惡烟㊅，且籌畫多方須圖個計萬全㊅。

〔衆擁護姜尚從下場門下〕

第廿三齣　肆兇暴紂王臺宴 蕭豪韻　弋腔

〔雜扮四太監，各戴太監帽，穿貼裏衣。雜扮二內侍，各戴大太監帽，穿蟒，束帶，帶數珠，執拂塵。引净扮紂王，戴王帽，穿蟒，束帶，從上場門上，唱〕

【黄鐘宫引・西地錦】屢得能臣匡效韻，九重不費焦勞韻。教人怎不舒懷抱韻，旦夕寇攘全消韻。〔中場設椅，轉場坐科，白〕寡人掛榜招賢，阻敵姬發，來了三個傑士，應募興兵。今早魯仁傑捷本到來，報功述事，道袁洪等連日得勝，不久可望成功。寡人心中大喜，差官賫賜有加，擺下綺筵，與皇后、美人一同暢飲鹿臺。內侍，〔二內侍白〕萬歲。〔紂王白〕宣皇后、美人見駕。〔內侍應，作傳科。雜扮四宫娥，各戴過梁額，穿宫衣，引小旦扮妲己替身，胡喜妹，王貴人，各戴鳳冠簪形，穿蟒，束帶，同從上場門上，唱〕

【又一體】鎮日追陪歡樂韻，妝成百媚千嬌韻。酣歌一派香風裊韻，醉眠不論昏朝韻。〔各虛白，轉場相見科，紂王虛白科。場上設椅，各虛白坐科，紂王白〕御妻，朕命袁洪爲帥，果然得勝來報，不久西岐可滅。〔妲己替身、胡喜妹、王貴人同白〕臣妾等恭賀聖上，朝廷有福，得此奇人。方今天下太平，正宜宴樂。〔紂王大笑科，白〕此言極是，就此往鹿臺去者。〔各起，隨撤椅科，同唱〕

【黃鐘宮正曲·畫眉序】宴樂賀明朝(韻)，四海如磐不動搖(韻)。趁良時有幾(讀)，且醉笙簫(韻)。〔場上拉彩雲幃幙，預設臺切末，上安「鹿臺」匾額科。臺上設桌椅、筵席科，紂王白〕御妻、美人，你看，好一個神仙所在也。〔衆同作上臺科，唱〕千層的堦陛凌雲(句)，萬里的江山如抱(韻)。〔合〕果然天府仙居也(句)，爲問凡人能到(韻)？〔衆同作上臺分侍科，紂王、妲己替身、胡喜妹、王貴人各入席坐科。雜扮四武士，各戴紮巾額，穿蟒箭袖排穗褂，佩刀、執金瓜，從上場門暗上，臺下分侍科。紂王白〕看酒來。〔衆應，作送酒科。同作飲酒科，衆同唱〕

【又一體】舉目望中遥(韻)，共倒金樽向碧霄(韻)。見江山萬里(讀)，一覽迢遥(韻)。〔天井内作下雪科，一内侍白〕啟聖上，上天落雪了。〔紂王作大笑科，白〕妙嗄！御妻、美人，你看霏霏玉屑、嬝嬝瓊花，天公有意助朕登臨之興也。〔各虚白科，同唱〕巧玲瓏碎剪梨花(句)，散布作瓊林玉島(韻)。〔合〕神天似助登臨興(句)，莫負良辰堪樂(韻)。〔各虚白作賞雪科。雜隨意扮一老一少百姓，從上場門上，唱〕

【又一體】途路恁迢迢(韻)，只爲饑寒没打熬(韻)。似亂鴉投樹(讀)，何處爲巢(韻)。〔同白〕吾等乃朝歌百姓，只爲饑寒難忍，少不得糊口他方。〔少年百姓白〕老爺子，這樣冷天，這河裏没橋，怎生過去？〔老年百姓白〕哎，我兒，少不得蕩了過去。〔各虚白作脱鞋襪携科，作下水。少年百姓作畏冷急上，虚白發譁科，白〕了不得，這般冷水，怎麽蕩得？〔虚白發譁科，老年百姓白〕我老人家不怕冷，你少年人倒怕起冷來。〔少年百姓白〕哎，老爺子，那不是行好，背了我過去罷。〔老年百姓白〕也罷，背你過去。〔作虚白背科，虚白發譁科，同唱〕水凝冰天氣嚴寒(句)，偏我這困窮無告(韻)。〔合〕朔風剪雪從空墜(句)，似霜打無根枯草（韻）。〔作過河虛白發諢科，妲己替身白〕呀，聖上請看：前面河裏一個老人家背着一個後生過水，老年的不怕冷，少年的倒怕冷。〔紂王白〕可是嗄，這是何緣故？〔妲己替身白〕聖上不知麽？那老年人是他父母少年所生，精髓滿足，故不怕冷；那少年人是他父母暮年所生，骨髓不足，所以倒怕。〔紂王白〕不信有這等事。〔妲己替身白〕聖上不信，拿來敲斷脛骨，一驗便知。〔紂王白〕有理。内侍，將那老少二百姓作速拿來。〔一内侍應，作向下傳科。衆武士應，作欲拿科。二百姓虛白發諢科，從下場門下，衆武士追下。紂王唱〕

【又一體】好將老少敲（韻），枯滿登時驗此朝（韻）。〔衆武士作放金瓜，拿二百姓，袖脛骨從上場門上，白〕老少二百姓拿到。〔紂王白〕將他脛骨敲開，拿來驗看。〔衆武士應科。場上設櫈，二百姓作虛白發諢科，衆武士作拔刀敲科。紂王唱〕好頓明道理（讀），實爲難淆（韻）。〔二武士作捧二百姓袖脛骨切末科，分白〕啟聖上：這是年老的，這是年少的。〔紂王白〕妙嗄，果然不錯。〔唱〕看老者髓滿精盈（句），那少者反如枯槁（韻）。〔白〕棄掉了。〔衆武士應，作扛二百姓，場上隨撤櫈科，從下場門下，隨上分侍科。紂王白〕御妻果有先見之明也。〔唱合〕似這陰陽妙理誰能辨（句），你却明知不渺（韻）。〔妲己替身白〕妾雖女流，少諳陰陽之術，驗髓不足爲奇。至如婦女懷孕，妾能辨其男女。〔紂王白〕果然益發奇怪，倒要試驗試驗。内侍，把孕婦拿幾個來。〔一内侍應，作傳科。四武士應科，同從上場門下。紂王白〕御妻，你這般神奇奧妙，好教寡人不但羨你姿容，更兼愛你能妙也。〔妲己替身虛白科，紂王作醉科，白〕爾等衆内侍、宮娥，内中有會唱小曲兒的，各唱一個與寡人侑酒。今日聽個野意兒，勝似宫樂。〔衆内侍、宫娥各輪流唱小曲發諢科，紂王虚白科。四武士作拿雜隨意扮二孕婦，同從上場門上，二孕婦虚白發諢科，四武士白〕啟聖上，孕婦拿到。〔紂王白〕御妻，你看那一個是男胎，那一個是女胎？〔妲己替身作看科，白〕聖上，那東邊的是男胎，西邊的是女胎。〔紂王白〕内侍，剖腹驗來。〔一内侍應，作傳科。四武士應，作拿二孕婦同從下場門下。紂王白〕御妻，殺這兩個人不致緊要，萬一不驗，怎好説嘴？〔妲己替身白〕包管不差。〔各虚白科。四武士仍執金瓜從下場門上，分白〕啟聖上：遵旨剖腹驗看，東邊的果是男胎，這西邊的果是女胎。〔紂王作大笑科，白〕妙嗄，果然不錯。〔四武士從兩場門暗下，紂王白〕御妻，今日之樂，可謂不負此登臨矣。酒興已闌，高處覺冷，且下臺回宫，再當暢飲。〔妲己替身白〕聖上之言有理。〔各起科，紂王虚白作醉科，胡喜妹、王貴人作扶科。衆同作下鹿臺，隨撤鹿臺切末、桌椅、筵席科，衆同唱〕

【黄鐘宫正曲・雙聲子】洵奇妙(韻)，洵奇妙(疊)，綺席無邊樂(韻)。金樽倒(韻)，金樽倒(疊)，沉醉東君好(韻)。似上靈霄(韻)，飽玉醪(韻)。〔合〕拚得長夜歡娱(讀)，歌翻管簫(韻)。

【三句兒煞】蓮壺一任頻催曉(韻)，鬧花場追歡入妙(韻)，〔紂王唱〕不管他絳幘雞人報早朝(韻)。〔衆同從下場門下〕

第廿四齣　察根柢神將圍擒（江陽韻）　昆腔

〔生扮楊戩，戴三叉冠，紮靠，執三尖兩刃刀，從上場門上，唱〕

【雙角合曲・北新水令】遇兇神(讀)，惡鬼降灾殃(韻)，難識認就中本相(韻)。戰争徒費事(句)，寶物不能降(韻)。自逞顛狂(韻)，怎知俺暗地裏來尋訪(韻)。〔白〕俺楊戩，爲因袁洪營中，不知是從何處來了二人：一名高覺，一名高明。他二人煞是奇怪，一個善於遠視，一個精於諦聽，任你弄鬼裝神，難欺神睛、聰耳。俺奉元帥將令，悄悄去問師傅。師傅吩咐於吾，説他二人乃棋盤山桃柳成精，借了軒轅廟泥判之靈，所以如此，一名千里眼，一名順風耳。他兩個假此二形以成怪體，命我稟知元帥，掘了桃柳、打碎泥身，則妖風自滅矣。我因此急急回來。〔唱〕

【雙角合曲・南江頭金桂】【五馬江兒水】（首至五）不是人形模樣(韻)，修成土木妝(韻)。成精作怪(句)，作惡非常(韻)。枉勞心争上下(韻)，〔白〕今日裏呵，〔唱〕【金字令】（五至九）察出行藏(韻)，似具供詳(韻)。無路可逃明鑒(句)，一旦淪亡(韻)，須知俺道術强(韻)。〔白〕呀，已到元營，我且不要聲張，悄地稟告元帥可也。〔唱〕【桂枝香】（七至末）潛踪斂跡(句)，裝來厮像(韻)。怕識機關(句)，又有奇方變(句)，空勞問訊忙(韻)。〔從下場門下。雜扮四軍卒，各戴馬夫巾，穿蟒箭袖卒褂，執旗。副扮吴龍，戴竪髪額，簪蜈蚣形，紥靠，執雙短器械。末扮常昊，戴竪髪額，簪蛇形，紥靠，執雙短器械。雜扮高明、高覺，各戴竪髪額，紥靠，執雙短器械。引浄扮袁洪，戴竪髪額，簪猿形，紥靠，執雙短器械。同從上場門上，唱〕

【雙角合曲・北雁兒落帶得勝令】【雁兒落】〔全〕長虹似氣長(韻)，仙法如天樣(韻)。出身輔聖君(句)，仗術誅姜尚(韻)。【得勝令】〔全〕呀(格)，威焰有誰當(韻)，同類共争强(韻)。自喜誇雄猛(句)，應教早喪亡(韻)。參詳(韻)，妙道將誰讓(韻)。思量(韻)，妖氛不敢狂(韻)。〔白〕俺袁洪，領兵滅周，屢屢得勝，又添了高家兄弟二人，更壯軍威。今夜思欲刼寨，可以一戰成功，即命他二人作了前隊，我領雄師後入，命衆將各按方隅攻打。衆將官，就此殺上前去。〔衆應科，同唱〕

【雙角合曲・南金字令】俺心雄氣盛(句)，不是空勞攘(韻)。他神驚魂散(句)，徒自生悲愴(韻)。這妙算神機(句)，不煩思想(韻)。一旦碎成虀粉(句)，三軍盡喪(韻)。不是慈悲一念忘(韻)，只爲他無端作惡殃(韻)，欺君逞暴狂(韻)。〔合〕惹下魔王(韻)，降下仙方(韻)，鐵石人遇了也添慘傷(韻)。〔衆同從下場門下。外扮姜尚，披髪，穿道袍氅，繫縧，執打神鞭、劍，從上場門上，唱〕

【雙角合曲・北折桂令】空教我無限思量(韻)。一旦裏得了根基(句)，覓出行藏(韻)。今日個消他種類(句)，滅他精氣(句)，任我施張(韻)。〔白〕老夫姜尚，爲因高明、高覺法術精明，命楊戩見他師傅，察出根基，回營稟報。老夫依言處治，斷彼靈光。方纔風色頓殊，占知就裏，乃袁洪今夜刼營，思圖僥倖，須得作法制他，方能成事。於中軍帳上釘下桃樁，上布天羅，下排地網，命李靖、楊任、哪吒、雷震拒住四面，楊戬、韋護左右護持，我不免上臺作法，布散黑霧陰雲，拘遣風雷相助可也。楊戬、韋護何在？〔楊戬、小生扮韋護，戴帥盔，紥靠，持杵，同從上場門上，虛白科。姜尚白〕隨我上臺作法去者。〔場上預設高臺、香案、符燈諸物科，姜尚唱〕施妙法陰雲密障（韻），降長空冷霧迷茫（韻）。星斗無光（韻），妖怪無方（韻）。殘生斷送（句），痛碎肝腸（韻）。〔內作樂，姜尚作上高臺科，唱〕

【雙角合曲・南孝南枝】【孝順歌】（首至七）丹籙展（句），起祥光（韻），役神驅鬼肘後方（韻）。〔作焚符科，白〕冷霧使者速降冷霧者。〔雜扮四冷霧使者，各戴豎髮額，黃紙錢，穿蟒箭袖，繫跳包，執烟旗，同從上場門上，跳舞科，同從下場門下。姜尚唱〕萬道冷茫茫（韻），一片如烟障（韻）。〔作焚符科，白〕陰雲童子速布陰雲者。〔雜扮四陰雲童子，各戴綫髮，穿采蓮衣，執黑雲，同從上場門上，跳舞科，同從下場門下。姜尚唱〕重重蕩漾（韻），鎖斷長空（讀），遮嚴軍帳（韻）。〔作焚符科，白〕風雷速至。〔雜扮四風神各戴套頭，穿蟒箭袖，軟紥扮，繫跳包，執黑旗。雜扮四雷公，各戴雷公髮臉，紥靠，紥鼓翅，執鎚、鏨。同從上場門上，合舞科，同從下場門下。姜尚唱〕【鎖南枝】（四至末）符敕通靈（句），神鬼相依傍（韻）。恁口內強（韻），心內忙（韻）。俺自笑顏開（句），觀伊喪（韻）。〔高明、高覺同從上場門上，白〕我等奉元帥將令，頭隊冲營，來劫姜尚大寨。〔高明白〕兄弟，怎麼我的眼都看不遠了？〔高覺白〕正是，我的耳朵也覺背了。〔同白〕這是甚麼緣故？〔作闖至臺下科，姜尚大喝科，白〕高明、高覺那裏走？ 衆弟子與我拿下。〔衆同作下高臺、虛白對戰科，姜尚作祭打神鞭打死二將科，同從下場門暗下。同作上高臺科，姜尚白〕二怪已絕，袁洪將到。待他來時，再施

法術。〔唱〕

【雙角合曲·北沽美酒帶太平令】【沽美酒】（仝）好無端一命亡（韻），怎不向深山自閉藏（韻）。浩氣如虹逞激昂（韻），今夜裏輕輕身喪（韻）。聰明使盡也只是殺身榜（韻）。〔白〕天羅四動，地網分張，雲霧暗合，風雷怒狂，急急如玉虛令敕。〔内作風雷鉦鼓聲科。净扮李靖，戴帥盔，紥靠，執方天戟，引常昊、小生扮哪吒，戴綫髮，穿采蓮衣氅，軟紥扮，繫風火輪，執鎗，引吴龍、净扮雷震子，戴道冠髮，穿飛翅鬼衣，執金棍，引袁洪，同從上場門上，對戰科。生扮楊任，戴道冠，安假手切末，手中生目，穿道袍，紥氅，掖五火扇，執鎗，隨上。姜尚、楊戩、韋護同作下高臺，隨撤高臺一應物件，各作助戰科。袁洪從下場門暗下，雜扮袁洪原身，穿白猿切末衣，執金棒，隨上，作打死楊任科，從下場門暗下，袁洪原身隨下。袁洪隨上，哪吒虛白作對敵科，袁洪作敗科，從下場門下。韋護作祭杵打吴龍，姜尚作祭打神鞭打常昊，俱作敗科，從下場門下。姜尚白〕三妖已遁，賊將尚來，隨我到前寨接應去者。〔衆應科，同從下場門下。生扮柏鑑，戴帥盔，搭魂帕、白紙錢，紥靠，執旛，引楊任魂，搭魂帕、白紙錢，從東傍門上，遶場科，從下場門下。衆引姜尚從上場門上，白〕賊衆大敗，妖物將除，只可惜傷了楊任一員上將。〔雜扮八軍卒，各戴大頁巾，穿蟒箭袖排穗褂，執標鎗，引雜扮八將官，各戴帥盔，紥靠、背令旗，執器械，同從上場門上，白〕啟元帥在上：末將等奉令拒守，八方埋伏。敗回賊衆，末將等趕殺殆盡，大獲全勝而回，特來交令。〔姜尚白〕有勞爾等建此大功，就此回中軍去者。〔衆應科，同唱〕【太平令】（仝）重整頓天羅地網（韻），再收拾鐵馬金鎗（韻）。斷絕了禍根魍魎（韻），除净了中途魔障（韻）。俺呵（格），只恁的心昂（韻）、氣揚（韻），却邪妖怎當（韻）。呀（格），再誰肯輕輕鬆放（韻）。

【南尾聲】明聖主自有天心向㊗，指日裏定乾坤妖邪淪喪㊗，竚看取净烽烟肆伐昏商㊗。〔衆擁護姜尚，同從下場門下〕

第十本

第一齣　照妖邪楊戩借鏡（支思韻）　昆腔

〔場東洞門上安「終南山玉柱洞」匾額科。雜扮十六仙童，各戴綫髮，穿采蓮衣，引外扮雲中子，戴道冠，穿道袍，繫縧，執拂塵，從上場門上，唱〕

【中呂宮套曲·粉蝶兒】天淡雲低(韻)，煉金丹洞門深閉(韻)，又重將功行修持(韻)。出紅塵(句)，歸玉府(句)，按捺住胸中殺氣(韻)。早晚的過了輪迴(韻)，便又慶昇平盛世(韻)。〔中場設椅，轉場坐科，白〕事到頭來不自由，事當完處索然休。紛紛殺戒隨時過，消盡無明静裏修。吾乃終南山玉柱洞雲中子是也。想當年獻劍除妖，本爲消兇氛於未發；到後來下山相助，也只滅邪魅於方輿。雖説有功於周，却也有緣於紂。自破了萬仙之後，諸般難厄俱滿，從今永不墮於紅塵世難。我等各回洞府，自用功夫。今早正在静坐，忽然心血潮來，知有下方梅山七怪阻子牙兵至孟津，除了楊戩運用變化玄功，莫能收伏。他又要到此借取照妖寶鏡。我想此鏡在此，終於無用，倒不如教他拿去，隨

時酌量，可仗成功也。童兒，可將照妖鏡取來。〔一仙童應科，從下場門下。生扮楊戩，戴三叉冠，紥靠，從上場門上，唱〕

【中吕調套曲·醉高歌】除妖頗費心機（韻），難認其中本體（韻）。借菱花一照知邪魅（韻），那面目何難辨識（韻）。〔白〕我楊戩，爲因袁洪三人兵阻孟津，元帥屢次與他交戰，總未能取勝於他，倒傷了多少將弁，我等法寶，俱不能傷。我看那些人竟是多年之精，神通廣大，急切難除。思要變了妙計，用法擒他，又不知他本來面目，是何物爲妖，因此與元帥商議，到這終南山玉柱洞與雲中師叔借取照妖寶鏡，看是些甚麽妖精，方好下手。來此已是，待我通稟一聲。〔向内白〕裏面有人麽？〔一仙童隨從東傍門下，隨出洞門科，白〕甚麽人？〔楊戩白〕相煩通稟，道我有事求見。〔仙童白〕少待。〔從洞門下，隨從東傍門上，作虚白禀科。雲中子白〕我已早知他要到來，着他進洞相見。〔一仙童取照妖鏡從下場門上，侍立科。一仙童從東傍門下，隨出洞門，虚白作唤科。楊戩虚白，同作進洞門，隨從東傍門上，作相見科，白〕師叔在上，弟子稽首。〔雲中子白〕我等自破萬仙之後，各自修持，不管人事，你又來此見我，有何話説？〔楊戩白〕師叔聽禀：弟子呵，〔唱〕

【中吕調套曲·紅繡鞋】只爲着元戎令敕（韻），叩蓮臺不敢稽遲（韻）。〔雲中子白〕教你來此何幹？〔楊戩唱〕只爲借取仙家寶物施（韻）。把成功助（句），發鴻慈（韻），仗法術消除邪魅（韻）。〔雲中子白〕你家元帥兵至何處？〔楊戩白〕兵至孟津了。〔雲中子白〕如此説大功將就矣，又有甚麽阻隔？〔楊戩白〕只爲到

了孟津，會了諸侯，紂王差了三員大將，一個袁洪、一個常昊、一個吳龍來此相拒，他三人呵，〔唱〕

【中呂調套曲·古鮑老】一團邪氣(韻)，不是人身煉法奇(韻)。〔白〕弟子看來，竟都是妖精作怪，不似人形，法術無邊，頗難抵敵。〔唱〕他施呈長技(韻)，又不是仙徒之所爲(韻)。〔白〕姜元帥屢次與他交戰，總未能取勝，倒傷了許多將弁。弟子等法寶降他，不能傷損。〔唱〕他那裏急似火(句)，快如風(句)，虛成氣(韻)。〔白〕弟子思要運用神通變化擒他，又不知是何邪怪。〔唱〕他本來面目莫能知(韻)，怎下手將他處治(韻)。〔白〕因此上奉元帥將令，叩見師叔，借取照妖寶鏡，好去擒他。〔唱〕願仗爾似慧眼的菱花略使(韻)。〔雲中子白〕原來爲此，你當我不知麼？我已早知你來意了。童兒，將寶鏡與他。〔一仙童應，作付楊戩科。雲中子白〕我等各修正果，不染紅塵，此物留在洞中，也是無益，益發賜與你去，以爲後用。〔唱〕

【中呂調套曲·賣花聲】須不是贈菱花妝臺仙遇(韻)，只爲着除怪留傳弟子奇(韻)。〔白〕他本是梅山七怪共成大道，尚有四個怪物未曾全來，少不得都要到此爲難。但此怪神通廣大，修煉多年，你還須巧運聰靈，用法除治。〔唱〕休得要等閒看取，應則是費支持(韻)。還賴你靈心慧性(句)，玄功妙技(韻)。大功成誰不羨你運變化通天徹地(韻)。〔白〕你可將此寶鑑，快些去罷。〔楊戩白〕多謝師叔。正是：準備窩弓候猛虎，安排香餌待金鰲。〔仍從東傍門下，隨出洞門科，從下場門下。雲中子白〕妙嗄，只此七怪，收圓結果。楊戩一去，定然滅怪除妖，姜子牙可以長驅直入，大業垂成。不久封神，完此大

劫。眼見得下方另是一個世界，就是我等神仙，亦大爲之慶幸也。〔起，隨撤椅科，唱〕

【啄木兒煞】更舊象㊁，翻新致㊅。竚看取昇平又換個唐虞世㊅。乾坤安位㊅，便是俺神仙出劫，也則是慶良時㊅。〔從下場門下，十六仙童隨下〕

第二齣　鬬變化妖怪戕生（家麻韻）　弋腔

〔生扮楊戬，戴三叉冠，紥靠，帶照妖鏡，執三尖兩刃刀，從上場門上，唱〕

【中呂宮正曲・駐馬聽】寶鑑生華(韻)，照定原身應不假(韻)。一任你藏頭露尾(句)，俺這裏覓影尋形(讀)，總難逃玉液金華(韻)。〔白〕我楊戬，奉元帥將令，到了玉柱洞雲中子處，借了照妖寶鏡回來，恰好中軍來報，有袁洪三人與衆將同來要戰。俺與元帥計較，命哪吒、韋護、雷震子三人分兵三隊，各戰一人，我却暗中照取，好去作他們接應，運用變化玄功，好去擒他。元帥大喜，命他三人引戰去了，元帥自統大隊接應。我不免暗中相助，用鏡照他可也。〔唱〕今朝斷却禍根芽(韻)，使他深山修煉成虛話(韻)。〔合〕空自嗟呀(韻)，皮囊修幻(讀)，從今都罷(韻)。〔從下場門下。小生扮哪吒，戴綫髮，穿采蓮衣鞾，軟紥扮，繫風火輪，執鎗，引末扮常昊，戴竪髮額，簪蛇形，紥靠，執雙短器械，同從上場門上，對戰科。常昊作敗科，從下場門下，哪吒追下。楊戬從上場門上，唱〕

【又一體】毒蟒堪誇(韻)，萬劫潛修實幻假(韻)。則見他口噴毒霧(句)，足擁陰風(讀)，目放朱華(韻)。〔白〕那常昊竟是個白蛇成精，被哪吒殺敗，追趕下來。待我截戰這厮，用法除他。〔哪吒作追常昊，從上場門上，楊戬作截戰科，白〕業畜休走，我來除你。〔哪吒從下場門下。常昊虛白，作與楊戬交戰科，常昊忽從上場門暗下。雜扮常昊原身，穿白蛇切末衣隨上，跳舞撲趕科，楊戬從下場門暗下。雜扮楊戬化身，穿仙鶴切末衣隨上，作對戰科。常昊原身作驚畏科，楊戬化身作啄死白蛇科，常昊原身從地井内暗下，楊戬化身從下場門暗下。楊戬隨上，白〕此怪已除，待我拿向軍前，獻上元帥，號令起來，再除那二怪可也。〔地井内出白蛇切末，楊戬作以刀挑科，唱〕再休思南山霧隱豹同誇(韻)，今日個屍殘白骨魂消化(韻)。〔合〕空自嗟呀(韻)，皮囊修幻(讀)，從今都罷(韻)。〔從下場門下。小生扮韋護，戴帥盔，紥靠，執杵，引副扮吴龍，戴竪髮額，簪蜈蚣形，紥靠，執雙短器械，同從上場門上，作對戰科。吴龍作敗科，從下場門下，韋護追下。楊戬從上場門上，唱〕

【又一體】惡焰交加(韻)，金翅雙飛百足駕(韻)。則見他氣成紫血(句)，目放金光(讀)，背湧丹砂(韻)。〔白〕那吴龍又是個飛蜈蚣作害，被韋護殺敗，追趕下來，我不免再用玄功，除他毒物可也。〔韋護作追吴龍，同從上場門上，楊戬作截戰科，白〕呔！妖精休得無禮，待我除你。〔韋護從下場門下。吴龍虛白，作與楊戬對戰科，吴龍忽從上場門暗下，雜扮吴龍原身，穿飛蜈蚣切末衣隨上，跳舞科。楊戬從下場門暗下，雜扮楊戬化身，穿雄雞切末衣隨上，作對舞科。吴龍原身作驚畏倒地科，楊戬化身作啜死蜈蚣科，吴龍原身從地井内暗下，楊戬化身從下場門暗下。楊戬隨上，白〕呀，恰喜二怪俱除，只有袁洪一人，大料孤身無助，最好捉拿了。且將這業畜原身拿回軍中，稟告元帥去者。〔地井内出蜈蚣切末，楊戬作以刀挑起蜈蚣形科，唱〕你自來擒龍手段本堪誇(韻)，今日個亡身也屍消化(韻)。〔合〕空自嗟呀(韻)，皮囊修幻(讀)，從今都罷(韻)。〔從下場門下。哪吒從上場門上，白〕大斬群妖道法雄，全憑變化滅妖風。若非金鑑懸如日，怎得除邪一霎中。今日元帥與袁洪交戰，命我三人分爲三隊，誘戰他們。可喜楊道兄用金鑑照妖，運用玄功誅怪，常昊、吴龍雙雙被害，只有袁洪一人分外兇惡，雷震一人大是難敵，我今前去助他一戰便了。〔跳舞科，從下場門下。净扮雷震子，戴道冠髮，穿飛翅鬼衣，執金棍，引净扮袁洪，戴竪髮額，簪猿形，紥靠，執雙短器械，從上場門上，對戰科。雷震子作敗科，從下場門下，袁洪追下。楊戩從上場門上，唱〕

【又一體】嘯斷雲霞（韻），三峽原身玄妙法（韻）。他本是穿烟叫月（句），附木攀枝（讀），摘果偷花（韻）。〔白〕哎呀，好奇怪，那袁洪竟是個得道白猿，比他怪大不相同，有七十二般變化玄功，一時難以除他。那雷震子戰他不過，幾乎被害，虧得哪吒截住。我也難以擒伏，只好交戰那厮，殺敗了他，再作道理。〔哪吒引袁洪從上場門上，對戰科，袁洪白〕方纔那個怪物被我殺敗，幾乎喪命，你這幼兒何人，自來送死。〔哪吒白〕我乃哪吒是也，奉元帥將令，特來擒你。〔袁洪白〕呔！胡説。〔作對戰科，楊戩白〕師弟，我來助你。〔袁洪白〕量你這些匹夫多大本領，來來來！〔各虚白作交戰科。哪吒忽從上場門隱下，雜扮哪吒化身，戴三頭六臂切末，紥靠，隨上作對戰科，作祭神火罩科，白〕呔！業畜休走，看我法寶擒你。〔袁洪白〕我去也。〔地井内出火彩，袁洪作借火光走科，從上場門暗下，哪吒化身從下場門暗下。哪吒隨上，白〕楊道兄，這厮畢竟是個甚麽妖精？〔楊戩白〕方纔照來一看，乃是一個得道白猿。這厮有七十二般變化玄功，一時難以除斬，今既敗走，你我且回軍中禀告元帥去可也。〔哪吒白〕有理。〔同唱〕他修成道術果無加（韻），怎當俺明明慧鏡當頭大（韻）。〔合〕空自嗟呀（韻），本來面目（讀），而今照察（韻）。〔各虚白科，同從下場門下〕

第三齣　鄔文化夜劫周營（江陽韻）　崑腔

〔净扮鄔文化，戴荷葉盔，紥靠，執鈀，從上場門上，唱〕

【黄鐘宫正曲・絳都春序】體似金剛(韻)，論身材高處(讀)，丈六還長(韻)。釘鈀倒拽(句)，好自此五丁開路劈山崗(韻)。則今日投軍效用輔君王(韻)，百萬隊軍中作長(韻)。〔合〕營中難放(韻)，這大法體(讀)，覷得天低不及一仰(韻)。〔白〕自家鄔文化，乃是朝歌城外落鄉居住一個武夫。生成體度，撑天柱地巨靈神；裝出威嚴，作怪興妖開路鬼。釘鈀一個，覷着他十八般兵器，比燈草還輕；大喊數聲，驚得那百萬隊雄師，如嬰兒尚小。上陣只用步行，兩足誰跨戰馬；下寨難容高卧，横身撑破氈圍。學成武藝精通，也要建功效用。近來聞得西周兵犯帝京，朝廷點了一個元帥，叫作袁洪，連日交戰，勝負未分。我思欲投來軍中效用，好是健足飛開，踏得他人亡馬死，釘鈀輪動，打他個血海尸山。説話之間，已離元營不遠，不免趲行前去。〔虚白從下場門下。雜扮四軍卒，各戴馬夫巾，穿蟒箭袖卒褂，執旗。雜扮四軍卒，各戴大頁巾，穿蟒箭袖排穗褂，執標鎗。雜扮二中軍，各戴中軍帽，穿蟒箭袖通袖褂，佩刀。引净扮袁洪，戴竪髮額，簪猿形，紥靠，背令旗，襲蟒束帶，從上場門上，唱〕

【黄鍾宫引・西地錦】自愧同朋淪喪(韻)，還驚看破行藏(韻)。仇如山海須當報(句)，好用妙計相償(韻)。〔中場設椅，轉場坐科，白〕同向高山幻姓名，無人能識是精靈。一朝命盡匹夫手，空有工夫事不成。俺袁洪與梅山衆兄弟，同煉長生妙訣，幻成不壞金身。叵耐楊戩這厮，施展神通，賣弄乖巧，常昊、吴龍俱爲所害。無能被損，也還罷了，乃是大數當然。爲何現出原形，對衆出醜？此仇不報，終不干休。但是他變化玄功，周營中一個强如一個，必須用條甚麽妙計，把這些礙手的人兒先除浄了，方好行事。軍中又無糧草，衆將俱有二心，我一人怎生區處？〔鄔文化從上場門上，白〕纔向轅門報號，又來軍帳投名。〔向内白〕裏面有人麽？〔一中軍白〕甚麽人？〔作見科，白〕你是那裏來的？〔鄔文化白〕相煩通禀，投軍人鄔文化求見元帥。〔中軍白〕住着。〔鄔文化虚白科，中軍禀科，白〕啟上元帥：外面有一大漢，名叫鄔文化，來此投軍，求見元帥。〔袁洪白〕着他進見。〔中軍應科，作虚白唤科，鄔文化叩見科，白〕元帥在上，小人鄔文化叩見。〔袁洪白〕好一條大漢。你是何方人氏，甚事到此？〔鄔文化白〕小人名唤鄔文化，聞得朝廷掛榜招賢，特來應募。〔袁洪白〕我看你一表非凡，雄材出衆，今日此來，必懷妙策。今將何計以退周兵？〔鄔文化白〕小人乃一勇鄙夫，聽憑調遣。〔袁洪白〕既如此，五軍都督魯仁傑現去催糧，應箭在此，你可掌管。〔鄔文化謝科，白〕多謝元帥。〔袁洪白〕你既來到此間，須當奮勇建功，可出營要戰，與他争殺一陣。〔鄔文化白〕得令。〔從上場門下，袁洪白〕看他體貌魁偉，果然是個豪傑。看他此去要戰，勝敗如何，便知分曉。〔唱〕

【黃鐘宮正曲・啄木兒】堪羨他巨靈神出世强(韻)，似玉柱擎天萬丈長(韻)。俊英才相助來投(句)，破兇頑净掃欃槍(韻)。俺只願神威到處添雄壯(韻)，旌旗展處難遮擋(韻)。〔合〕却不是談笑成功賀聖王(韻)。〔鄔文化從上場門上，作敗勢科，白〕我鄔文化奉令要戰，遇見了個怪物，自稱是姜尚弟子龍鬚虎，跳躍奔騰，好不兇惡。不容轉身，手發神石，一連打了七八十下，好不腰腿痛楚，無奈敗陣而歸，求見元帥。〔作見科，袁洪白〕鄔將軍，你爲何這般狼狽回來，想是敗了陣了？〔鄔文化白〕哎呀元帥，小將當先遇見了姜尚弟子龍鬚虎，十分兇惡，將我殺敗。〔袁洪白〕你今初次會戰，便這等挫了銳氣，如何不自小心？〔鄔文化白〕元帥放心，待少時天晚，末將單身劫他營寨，一路釘鈀，管教他尸山血海。上報朝廷，下洩吾恨。〔袁洪白〕你今夜劫周營，恐他知覺，早爲準備。我當整備軍馬，以爲聲勢。〔鄔文化白〕多謝元帥。〔袁洪起，隨撤椅科，同唱〕

【黃鐘宮正曲・滴溜子】今夜裏(句)，今夜裏(疊)，闖他軍帳(韻)。出不意(句)，出不意(疊)，怎生輕放(韻)。管教(讀)千軍盡喪(韻)，〔合〕方顯大威名(句)，天兵神將(韻)。捷報喧傳(讀)，功高四方(韻)。〔同從下場門下，衆隨下。雜扮四軍卒，各戴馬夫巾，穿蟒箭袖卒褂，佩刀，引生扮楊戩，戴三叉冠，紥靠，執三尖兩刃刀，從上場門上，白〕我楊戩，方纔見一大漢前來要戰，龍鬚虎出營對敵。我只當是個妖人，隨出去一看，誰知竟是一個廢物，被龍鬚虎打得如飛敗去。雖然如此，只怕他別有奸謀。軍中所恃者糧草，這糧草是我守護的所在，天色將晚，不免前去巡視一番。金毛童兒何在？〔雜扮金毛童兒，戴金毛髮，穿采蓮衣，臂彈弓，跨彈囊，牽哮天犬，從上場門上，白〕師傅有何話説？〔楊戬白〕隨我巡視糧草去者。〔金毛童兒應科，同從下場門下，四軍卒隨下。鄔文化執釘鈀，從上場門上，白〕報仇又來冲大寨，建功好去見元戎。我鄔文化稟告元帥，前來劫營，元帥領大軍作我聲勢。天色已晚，我先來冲營，來此已是，不免闖入。〔作闖入科，從下場門下，内作吶喊科，雜隨意扮衆軍卒，作狼狽狀，從上場門上，虛白發諢科。鄔文化隨上，作趕殺科，同從下場門下。衆引楊戬從上場門上，白〕哎呀，不好了。方纔聽得報子來説，果然這厮來劫元營，勢甚兇猛，元帥與衆將俱各逃出營去，龍鬚虎被他殺死。看看到這糧草堆前，這却怎處？也罷，待我施展神通，先將鄔文化嚇退，再去接應厮殺。〔從下場門下，衆隨下。鄔文化從上場門上，白〕好快活，一路釘鈀，殺得屍山血海，如入無人之境。已到他糧草堆前，待我前去放火。〔作欲放火科。雜扮衆將官，各戴紥巾額，紥靠，執刀，從下場門上，白〕呔！鄔文化休走。〔鄔文化白〕哎呀，衆將勢衆，如何抵對？快些逃命回去。〔作虛白發諢敗科，衆將作追科，同從下場門下。衆引楊戬從上場門上，白〕我方纔折草呵木，變作數員上將，嚇走了鄔文化。恰好各路諸侯齊來相助，殺得他四散奔逃。雖説折些軍將，也算敗他一陣，足以相當。袁洪孤身奪路而逃，被我祭哮天犬咬他一口，他化陣清風逃命回營去了。天色將明，元帥點齊衆將，發令興兵復此大仇，就此帳下伺候去者。〔唱〕

【慶餘】雖云劫寨軍兵喪(韻)，一勝還將一敗當(韻)，且向帳下聽傳宣，奇計如神把此恨償(韻)。〔從下場門下，衆隨下〕

第四齣　姜子牙火燒峻嶺（古風韻）　弋腔

〔雜扮四軍卒，各戴馬夫巾，穿蟒箭袖卒褂，執旗。雜扮四軍卒，各戴大頁巾，穿蟒箭袖排穗褂，執標鎗。雜扮太顛、閎夭，外扮南宫适，生扮武吉，各戴帥盔，紥靠、背令旗。浄扮李靖、小生扮韋護，各戴帥盔，紥靠。浄扮雷震子，戴道冠髮，穿飛翅鬼衣，小生扮哪吒，戴綫髮，穿采蓮衣氅，軟紥扮。引外扮姜尚，戴道冠，穿道袍氅，繫縧，執拂塵，從上場門上，唱〕

【仙呂宫引·五供養】胸中豪氣（韻），吐虹霓獨運神機（韻）。奇兵還制勝（句），漫思維（韻）。有日消除（句），喜看取風雲際會（韻）。太平時（韻），車書一統正華夷（韻）。〔中場設椅，轉場坐科，白〕老夫姜尚，自來征伐，未嘗大敗。雖勝負兵家之常，而計畫不可不慎。昨日誤於檢點，被鄔文化與袁洪前來劫寨，傷軍兵二十餘萬，折了龍環、周紀、黄明、陳季貞、蘇全忠、徐蓋、季康、鄧秀、晁田、晁雷、趙升、孫焰紅十二員上將，弟子龍鬚虎亦被所害，思之可恨，抑且可慚。今日思量一條妙計，離此六十里外有一山，名蟠龍嶺，中惟一路，左右不通。我與主公引他追趕，埋伏下將卒，待他入山，困住殺死，方可成功。南宫适、武吉聽令：〔二將應科，姜尚白〕你二人各領三千人馬，前往蟠龍嶺上埋伏。待我與主公引得鄔文化入山，即將兩口塞住，用攢箭射他，不得有誤。〔二將應科，同從上場門下。〔姜尚白〕李靖、哪吒聽令：〔二將應科，姜尚白〕你二人沿路埋伏，以防不測。〔二將應科，同從下場門下。〔姜尚白〕衆將官：〔衆應科，姜尚白〕爾等於蟠龍嶺外就近伺候，接應主公。〔衆白〕得令。〔姜尚起，隨撤椅科，白〕待我到後營中軍，備告此計，請主公大駕一同前去可也。正是：準備窩弓待猛虎，安排香餌候鰲魚。〔從下場門下，衆隨下。雜扮四軍卒，各戴馬夫巾，穿蟒箭袖卒褂，執旗，引南宫适、武吉各執器械，同從上場門上，唱〕

【越調正曲・水底魚兒】奉令施爲(韻)，夾攻妙算奇(韻)。〔同白〕我等奉元帥將令，埋伏攢箭，就此作速準備去者。〔同唱〕入山無路(句)，〔合〕似蛾撲一燈飛(韻)，蛾撲一燈飛(疊)。〔同從下場門下。浄扮鄔文化，戴荷葉盔，紥靠，執釘鈀，從上場門上，唱〕

【又一體】逆賊無知(韻)，窺營惹是非(韻)。若教捉住(句)，〔合〕寸斬爾殘屍(韻)，寸斬爾殘屍(疊)。〔白〕俺鄔文化昨晚劫營，大得全勝。今早天使到來犒賞，正在營中歡宴，忽有中軍來報，道姬發、姜尚二人單騎窺營。俺聞之大怒，稟告元帥，自來擒捉。俺想百萬雄師，尚然不懼，何況只他二人，因此踏開大步，急急趕來。已離前面不遠，不免趕上拿回，豈不是一件天大功勞。〔唱〕

【又一體】似奔犬茫茫(韻)，無家走四方(韻)。若教趕上(句)，〔合〕一命定傷亡(韻)，一命定傷亡(疊)。〔從下場門下。衆引南宫适、武吉同從上場門上，唱〕

【又一體】準備争攻(韻)，風雷就地生(韻)。化爲無有(句)，〔合〕自惹大灾星(韻)，自惹大灾星(疊)。〔同白〕

我等來到此間，方纔準備停妥，恰好鄔文化追得主公、元帥來也，就此上山埋伏，伺候動手。〔場上預設山樹、幃幙，上安「蟠龍嶺」匾額，前設桌，掛山樹布幃，前安山石切末科。同白〕大小三軍，只聽號炮一聲，即便動手。〔衆内白〕得令。〔二將虚白作上山埋伏科。鄔文化追，姜尚執打神鞭、杏黄旗，生扮姬發，戴王帽，紥靠，執刀，從上場門上。鄔文化白〕姬發嗄姬發，爾等休想逃生。〔姬發白〕元帥，快走要緊。〔姜尚白〕有理。鄔文化，我等去也。〔作遶場入山科，從下場門暗下。鄔文化白〕人言姜尚善於用兵，連跑也不會。今入此山，如魚游釜中、肉在几上，不免趕進山去。〔作遶場入山科，白〕呀，爲何踪影全無？只此一路，他二人那裏去了？〔作虚白探望科，南宫适、武吉同作出山科，白〕呔！鄔文化，你今中了妙計，插翅也難飛了。〔鄔文化白〕哎呀，不好了，急裏貪功，入此絶地，兩口塞斷，無路可逃。待我打出一路，回營去罷。〔作虚白打路科，武吉白〕此時還不下手，更待何時。〔作入山放號炮科，内作吶喊科，鄔文化虚白科。雜扮衆軍卒，各戴馬夫巾，穿蟒箭袖卒褂，持弓箭從兩場門分上，作圍住攢射科。内作放炮科、吶喊科，作射死鄔文化科，從下場門暗下。衆軍卒白〕鄔文化死了。〔武吉、南宫适同作下山，隨撤蟠龍嶺一應切末科，同白〕就此回營，禀知主公、元帥去者。〔同唱〕

【中吕宫正曲·紅繡鞋】一時烈焰轟轟(韻)，轟轟(格)，崩山裂石交攻(韻)，交攻(格)。誇勇戰(句)，逞英雄(韻)。化灰燼(句)，氣隨風(韻)。〔合〕魂何在(句)，怨無功(韻)。〔同從下場門下，衆隨下。生扮柏鑑，戴帥盔，搭魂帕、白紙錢，紥靠，執旛，引雜扮黄明、周紀、龍環、徐蓋魂，各戴帥盔，搭魂帕、白紙錢，紥靠、背令旗，小生扮蘇全忠、鄧秀魂，各戴紫金冠額，搭魂帕、白紙錢，紥靠、背令旗，雜扮陳季貞、季康、晁田、晁雷、趙升、孫焰紅魂，各戴紥巾額，搭魂帕、白紙錢，紥靠，同從東傍門上，遶場科，同從下場門下〕

第五齣　衆怪同心誇鬭勇（蕭豪韻）　弋腔

〔雜扮朱子貞，戴猪形瞌腦，戴禮戴狗形瞌腦，楊顯戴羊形瞌腦，紥靠，同從上場門上，分白〕剛鬣名傳道法高，柔毛幻體更蹊蹺。不同吠盗人間物，〔同白〕各煉元神妙法昭。〔分白〕我乃朱子貞是也，我乃戴禮是也，我乃楊顯是也。〔同白〕我等弟兄七人，同在梅山修道，與袁洪、常昊、吴龍俱爲一氣。他三人先下山投向紂王，作了元帥、先鋒，阻拒姜尚。聞得周營楊戩十分兇惡，連斬了常昊、吴龍，袁大哥無法可治，因此我等陸續前來相助。〔朱子貞白〕二位，昨日我來此處，於鄔文化劫營之後，我斬了一個偏將余忠，那楊戩被我吞了來了，已曾使人告知袁大哥了。〔戴禮、楊顯白〕如此甚妙。楊戩一除，餘何懼哉。可惜鄔文化那樣上將，被他殺害。〔同白〕你看袁大哥與衆將前來，我等不要露出原像。〔各虚白科。雜扮四軍卒，各戴馬夫巾，穿蟒箭袖卒褂，執旗。雜扮二中軍，各戴中軍帽，穿蟒箭袖通袖褂，佩刀。雜扮雷開、殷破敗，各戴帥盔，紥靠，背令旗。引净扮袁洪，戴竪髮額，簪猿形，紥靠，背令旗，從上場門上，唱〕

【正宫引·破陣子】喜得同心相助(句)，成功應不崇朝(韻)。拚取玄功施變化(句)，全憑神武滅鴟梟韻。大宴賀功勞韻。〔各作相見科，中場設椅，轉場坐科，白〕俺袁洪奉旨陳兵，阻拒姜尚，屢次交戰，總未敗奔。周營衆將，惟楊戩那厮分外通靈，連誅了常昊、吴龍兩個先鋒，今日可惜鄔文化，中他毒計身死。却可喜朱將軍報仇除害，昨夜吞了楊戩，此人既除，何怕他雄兵猛將。今日陞帳論功。〔楊戩在地井内白〕朱子貞。〔衆各大驚虚白科，楊戩白〕朱子貞，你可知我是何人？〔朱子貞大驚科，白〕呀，你是何人？畢竟在那裏説話？〔楊戩白〕我乃楊戩是也，被你吞入腹中，特來追你性命。〔袁洪白〕這是爲何？〔楊戩白〕袁洪，你當俺不知麽？爾等梅山七怪，各具畜形。朱子貞你本是個猪精，煉得人形，不知害了多少生命。今日惡貫滿盈，逢我誅你，不要忙，待我先把你五臟撮弄一番。〔朱子貞作腹痛倒地科，白〕哎呀，疼殺我也。哎呀，上仙饒命嘎。〔衆各作大驚虚白科，楊戩白〕朱子貞，我且問你：你還是求生，還是要死？〔朱子貞白〕哎呀上仙，念我非一日之功修成大道，不知分量，冒犯天威，望乞饒恕，再不兇狂。〔楊戩白〕也罷，既要生全，速現原形，跪伏周營，免汝一死。〔朱子貞虚白求科，楊戩白〕再若遲延，我就動手了。〔朱子貞虚白，從上場門急暗下。雜扮朱子貞原形，穿猪切末衣隨上，遶場科，從下場門下。衆各虚白科，戴禮、楊顯白〕元帥，我等修道千年，爲何一旦變成畜類？這是楊戩鬼術，實是令人可恨。此仇不報，誓不俱生。待我二人前去誅了楊戩，以除此恨。〔各虚白科，同從下場門下。雷開、殷破敗白〕元帥，這人如何是畜類成精，豈不有傷國體？〔袁洪白〕二位，這些精靈善於變化，誰能識認？或是楊戩弄了虚頭，也未可知。待他二人回來，便知分曉。〔唱〕

【正宮正曲·錦纏道】聖人朝㊞，那有白日裏邪魔作妖㊞，定是彼弄虛囂㊞。變人形㊞，都作了畜像堪嘲㊞。〔白〕二位，〔唱〕俺這裏攬英雄成功不遥㊞，他那裏仗玄虛障法蹊蹺㊞。〔雷開、殷破敗白〕元帥，似這等妖畜爲灾，倒爲可慮。〔唱〕小寇勢原驕㊞，尚是個生人類不過抗君狂暴㊞。若使這妖類共招邀㊞，〔合〕倒只怕禍殃不小㊞。還須得㊞，内患斷根苗㊞。〔各虛白科。雜扮一報子，戴鷹翎帽，穿報子衣，繫䟫包，執旗，從上場門上，白〕報，啟元帥在上：戴禮、楊顯俱被殺害，號令首級，却是一個羊精、一個狗精，特此報知。〔袁洪白〕怎麼有這等事？氣死我也！〔報子仍從上場門下，袁洪白〕傷吾大將，還敢弄此玄虛，此仇不報，心下怎休。衆將官，待我明日當先，擒此兇賊便了。〔起，隨撤椅科，衆同唱〕

【不絶令煞】聽中軍屢屢來傳報㊞，恨殺狂徒幻法高㊞，怎把俺上國將軍都變作畜類巧㊞。〔衆同從下場門下〕

第六齣　女媧協助共除妖（古風韻）　弋腔

〔生扮楊戩，戴三叉冠，紥靠，執三尖兩刃刀，從上場門上，唱〕

【南呂宮正曲・紅衲襖】惡妖魔降下方（韻），毒氣聚難消攘（韻）。同心合志爲魔障（韻），智弱身微怎伏降（韻）。〔白〕俺楊戩，借了雲中子寶鏡，照妖除邪，連誅五個。昨日又來一怪，名金大升，將鄭倫殺死，俺隨與他對陣，竟是個水牛成精。他口吐牛黄，十分兇惡，俺制他不過，只得敗下陣來，他却一路追來。少不得出其不意，施展玄功誅他便了。〔唱〕且奔行必内忙（韻），別思量除孽障（韻）。好則待玄功變化除了他個精靈（句）也（格），定烽烟自逞强（韻）。〔從下場門下。雜扮八巨靈神，各戴紥巾額，紥靠，執鞭。雜扮四仙童，各戴綫髮，穿采蓮衣，執山河社稷圖、縛妖索、寶劍、銀鎚。引旦扮女媧娘娘，戴鳳冠、仙姑巾，穿蟒，束帶，執拂塵，從上場門上，唱〕

【又一體】恰相逢在此鄉（韻），戰不勝周營將（韻）。他那裏追奔逐北施威障（韻），俺扶危救難怪輕降（韻）。〔白〕吾神女媧聖后是也，照得下方有梅山七怪袁洪等下界爲灾，已被楊戩除了五個，只有金大升與袁洪二怪十分精靈，吾神特此下界，助他收伏。你看楊戩與金大升交戰而來，衆神將按落雲頭，助他收伏者。〔衆應科，場上設高臺，同作上臺立科。楊戩從上場門急上，白〕哎呀，好兇惡嗄，被他追得無計可施，這却怎處？〔作見女媧娘娘科，白〕呀，女媧娘娘在此，待我上前相見。〔作拜見科，白〕小臣楊戩，願娘娘聖壽無疆。〔女媧娘娘白〕楊戩，你且起侍一邊，待我與你收伏此怪。〔楊戩白〕多謝娘娘慈悲。〔起侍科。浄扮金大升，戴牛形瞌腦，紥靠，執刀，從上場門上，白〕俺金大升，追趕楊戩，來到此處。〔作見女媧娘娘科，白〕呔！你是何人，敢是楊戩的救兵麽？〔女媧娘娘白〕業畜休得無禮，吾神女媧聖后，特來助他擒你。〔金大升虚白科，女媧娘娘白〕衆神將與我擒拿者。〔八巨靈應，作下臺圍戰科，金大升虚白，從上場門暗下。雜扮金大升原身，穿牛切末衣隨上，作噴牛黄科，女媧娘娘作收牛黄科，一仙童作祭縛妖索綁科。女媧娘娘白〕楊戩，你可將他牽至周營，正了典刑。你去挑戰袁洪，那時勝他便罷，如不取勝，再來見我，賜你法寶，收那白猿可也。〔楊戩應科，作牽牛科，仍從上場門下。女媧娘娘下高臺，隨撤高臺科，白〕衆神將迤邐前行，收伏白猿去者。〔衆應科，同唱〕邪威兒休自强(韻)，神功兒本浩蕩(韻)。今日把千年功行一旦付之東流(句)也(格)，可見得逆天者必喪亡(韻)。〔同從下場門下。浄扮袁洪，戴竪髮額，箍猿形，紥靠，背令旗，執雙短器械，從上場門急上，唱〕

【南吕宫正曲·青衲襖】掌中軍生殺權(韻)，論功夫已萬年(韻)。恨只恨弟兄總被人傾害(句)，將卒全教彼滅殲(韻)。〔白〕俺袁洪，梅山學道，同類七人，倒有六個都被楊戩殺害，現出原形，成何體面。他却直領雄師，冲吾大寨，殺得人馬七零八落。楊戩又來尋我，俺心中氣忿不過，親自與他對敵，必須變個甚麼計策擒他纔好。〔作想科，白〕哦，有了。待我且戰且走，誆他到我巢穴，自有子孫接應，何愁不被吾擒。〔唱〕誆他入套圈(韻)，子孫衆勢全(韻)。他衆寡難争命必殘(韻)。〔楊戩從上場門上，白〕呔！業畜休走。〔各虛白作對戰科，袁洪從下場門暗下，雜扮袁洪化身，戴竪髮額，簪猿形，紥靠、背令旗，執雙短器械，作騎雜扮象形，穿象形切末衣隨上科。楊戩從上場門暗下，雜扮楊戩化身，戴三叉冠，紥靠，執三尖兩刃刀，作騎雜扮獅子，穿獅子切末衣隨上，作對戰科。袁洪化身從下場門敗下，雜扮袁洪化身，戴竪髮額，簪猿形，紥靠、背令旗，執雙短器械，紥白鶴高橋隨上，作欲鬭獅子科。楊戩化身從上場門暗下，雜扮楊戩化身，戴三叉冠，紥靠，執三尖兩刃刀，紥鳳凰形高橋隨上，作對敵科。袁洪化身作敗科，從下場門下，楊戩化身從上場門下，楊戩、袁洪隨從兩場門分上對戰科。場上預設山樹幃幙，上安「梅山」匾額科，袁洪作大笑科，白〕楊戩嗄，你可知道這個所在麽？已入吾門，尚怎支吾。衆子孫，與俺圍殺者。〔雜扮衆猿猴，各穿猿猴切末衣，執器械，同從上場門上，作圍戰科。楊戩作不支，化火光走科，從上場門下。袁洪白〕可惜未曾擒得這厮，我也不去追他，且在洞中修養元神，再爲後計。衆子孫，爾等用心看守洞門，不得疏忽。〔衆猿猴應科，袁洪虛白從下場門下，衆猿猴作虛宫模發諢科，從下場門下。楊戩帶縛妖索從上場門上，白〕好袁洪，將我賺入巢穴，以多爲勝。我見衆寡不敵，權且敗走。是我急急回去，又見了女媧娘娘，賜了我《山河社稷圖》，化作蓬萊山，引他上去，然後用縛妖索牢拴。我已準備停當，來此要戰。〔作到科，白〕呔！業畜，敢來與俺交戰麽？〔袁洪從下場門上，白〕楊戩，你敢是不要生命了？〔各虛白對戰科，楊戩從下場門敗下，袁洪虛白追下。場上拉彩雲幃幙、山樹幃幙，上換「蓬萊山」匾額，安蟠桃樹切末科，隨撤彩雲幃幙科。楊戩從上場門上，白〕俺已將袁洪引了來了，待我上山隱住，以便擒捉。〔從山後暗下。袁洪從上場門上，白〕呀，追得楊戩到了此山，爲何的不見了？〔作望科，白〕呀，好奇怪，怎麽來到蓬萊山了？ 正值蟠桃初熟，俺當饑渴之時，恰好無人，我且現出原身，吃他幾個。〔虛白作上山科，從山後暗下。雜扮袁洪原身，穿白猿切末衣隨上，作虛官模摘桃坐吃科。楊戩帶縛妖索從山後出科，白〕呔！ 業畜看刀。〔袁洪原身作掙扎不能動科，楊戩白〕你今既被吾擒，休想再逃性命。〔作以縛妖索綁下山科，指科，白〕退。〔場上隨撤蓬萊山切末，地井内隨出《山河社稷圖》手卷科。楊戩作拿起科，白〕猿妖已擒，不免回覆女媧娘娘法旨，交還仙寶可也。〔遶場科，唱〕

【尚按節拍煞】擒妖妙法無邊幻(韻)，助明君神功自全(韻)，俺且待奏凱歸來還則叩蓮座前(韻)。〔牽袁洪原身從下場門下。生扮柏鑑，戴帥盔，搭魂帕、白紙錢，紥靠，執旛，引浄扮鄭倫魂，戴紥巾額，搭魂帕、白紙錢，紥靠，從東傍門上，遶場科，從下場門下〕

第七齣　弟兄設計入關城（真文韻）　弋腔

〔生扮金吒、木吒，各戴陀頭髮，穿采蓮衣氅，軟紮扮，繫踹包，背劍，執拂塵，同從上場門上，唱〕

【中呂宫正曲・駐雲飛】妙算如神(韻)，計賺高關欺敵人(韻)。來意全教隱(韻)，詐語全教信(韻)，嗏(格)。錯認自家人(韻)，一朝相任(韻)。只怕患自中生(讀)，性命輕輕隕(韻)。〔合〕且投報前尋軍政門(韻)。

〔分白〕吾乃金吒是也，吾乃木吒是也。〔同白〕俺弟兄二人奉姜丞相將令，來助東伯侯姜文煥攻取遊魂關。我二人商議，假扮雲遊道人，詐入高關，改姓更名，反去協助竇榮。若信任不疑，我二人就中取事。計較已定，一面使人告知東伯侯，我二人自入高關。已離帥府不遠，就此前去相見。〔同唱〕錯認自家人(韻)，一朝相任(韻)。只怕患自中生(讀)，性命輕輕隕(韻)。〔合〕且投報前尋軍政門(韻)。〔同從下場門下。雜扮四軍卒，各戴馬夫巾，穿蟒箭袖卒褂，執旗。雜扮姚忠、李信二將官，各戴紮巾額，紮靠。雜扮二中軍，各戴中軍帽，穿蟒箭袖通袖褂，佩刀。引外扮竇榮，戴帥盔，紮靠，背令旗，襲蟒束帶，佩劍，從上場門上，唱〕

【中呂宫引・菊花新】雄關拒守敵强臣(韻)，一片丹心報主純(韻)。大義凜然存(韻)，肯使綱常淆混(韻)。〔中場設椅，轉場坐科，白〕丹心天可表，浩氣貫長虹。百戰威名遠，韜鈐繼祖風。俺竇榮，奉旨鎮守遊魂關，今有叛臣姜文煥，爲報父仇，興兵攻打。姜尚更將大勢，作彼聲援。倘他遣能人相助，却便怎好？安得奇異之人前來助我，方可略保無虞。〔金吒、木吒同從上場門上，分白〕智取高關全用詐，計擒邊鎮巧如神。來此已是。〔向內白〕裏面有人麼？〔一中軍白〕甚麼人？〔金吒、木吒同白〕相煩通稟，有海外煉氣士求見。〔中軍虛白作通稟科，竇榮虛白作出迎、相見、各虛白科。場上設椅，各虛白坐科，竇榮白〕二位仙長何處名山、尊姓大名？今日此來，有何見教。〔金吒白〕貧道孫德。〔木吒白〕貧道徐仁。〔同白〕我等乃蓬萊山煉氣散人，偶遊湖海，從此經過。我二人呵，〔唱〕

【中呂宮正曲・駐雲飛】恨彼奸臣(韻)，惑衆陳兵抗聖君(韻)。〔白〕以致生民塗炭，海宇沸騰。〔唱〕天理難容隱(韻)，王法難姑順(韻)，嗏(格)。〔白〕我二人夜觀乾象，見商運正興，特來相助。〔唱〕擒逆保關津(韻)，浄除兇祲(韻)。不世奇功(讀)，方是神仙品(韻)。〔合〕因此上投報元戎稟事因(韻)。〔竇榮作沉吟科，姚忠白〕主帥，不可信此術士之言。方今姜尚手下能人極衆，焉知不是假扮道者，詐降麾下，以爲內應？〔金吒大笑科，白〕師弟，不出你之所料。〔木吒白〕正是。〔金吒白〕老將軍，此位之言極是。方今魚龍混雜，焉知非詐？我等也爲師傅被他所傷，故此前來，一則相助，二來報仇。師弟恐怕將軍見疑，不肯前來，是我强了他來。今既見疑，我等告辭。〔各起，隨撤椅科，同白〕分明正士疑奸黨，反把忠良作歹人。〔虛白科，仍同從上場門下。竇榮白〕中軍，快將那二位道長請回。〔一中軍應科，從上場門急下。姚忠白〕哎，主帥，去便去罷了，又請回何幹？〔竇榮白〕你但知其一，不知其二。自來伐姜尚者該有多少道人，焉知他就是姜尚門下？是還罷了，萬一不是，投向姜文煥去，豈非虎添雙翼。料他二人，也急切不能成事。〔姚忠白〕主帥高見不差。〔中軍引金吒、木吒仍從上場門上，虚白科。竇榮起，隨撤椅出迎科，白〕二位師傅，方今干戈相競，關防難稽。方纔手下無知，多有得罪。請入帳上坐，待在下細聆妙訓。〔金吒、木吒同白〕既蒙老將軍不棄，吾等又何敢辭。〔場上設椅，各虚白坐科。竇榮白〕二位師傅，方今姜尚兵至孟津，人心摇撼，姜文焕在此日夜攻打，可用何計以除後患？〔金吒、木吒同白〕老將軍，我等想來，姜尚兵將雖多，不過烏合之衆，人各一心，久自散去。今姜文焕兵臨城下，只可智取。爲今之計呵，〔唱〕

【又一體】須是妙算通神(韻)，休得要鬬勝争强損大軍(韻)。〔白〕那時妙計擒他，則協助諸侯，不戰自退。〔唱〕净掃兇氛盡(韻)，坐待奔離遁(韻)，嗏(格)。〔白〕那時以得勝之師，拒孟津之後，〔唱〕姜尚總能軍(韻)，怎得預爲安頓(韻)。〔白〕衆諸侯一聞文焕被擒、姜尚被阻，自然解體。〔唱〕趁彼分離(讀)，一戰堪消隕(韻)。〔合〕這的是不世奇功蓋世勳(韻)。〔竇榮白〕妙嘎！二位師傅妙算如神，尅期制勝，如得相助，在下感之無盡。請入後堂，置酒相叙。〔金吒、木吒同白〕老將軍不消，我等持齋多年，不用酒食，只一容膝之地足矣。〔各虚白起，隨撤椅科。竇榮唱〕

【尚如縷煞】多蒙你施妙法相幫襯(韻)，〔金吒、木吒同白〕指日寇氛消盡(韻)，〔同唱〕好則是又報師恩又扶商建大勳(韻)。〔各虚白科，同從下場門下，衆隨下〕

第八齣　夫婦議情知詐巧（古風韻）　弋腔

〔雜扮四軍卒，各戴馬夫巾，穿蟒箭袖卒褂，執旗。雜扮馬兆，同三將官，各戴紥巾額，紥靠。引小生扮姜文煥，戴金貂，紥靠、背令旗，佩劍，從上場門上，唱〕

【南呂宮引・大勝樂】料敵制勝計安在(韻)，不戴天仇如山海(韻)。營門鼓角頻催(句)，怎容羽扇瀟洒(韻)。〔中場設椅，轉場坐科，白〕貴切椒房國舅尊，一朝大禍忽臨門。女因妖婦遭殘害，子報親仇伐暴君。俺姜文煥，乃東伯姜侯之子，中宮姜后之弟。姐姐無故冤亡，父親又遭慘死，因此我大報深仇，興兵致討。聞得西伯兵至孟津，諸侯大會，我因這遊魂關不下，難以進前，只得差人到西伯處求助。姜元帥差了他兩個弟子金吒、木吒前來，他二人假意投他，以爲內應，已使人通知於吾。却爲何不見他們要戰？〔雜扮一報子，戴鷹翎帽，穿報子衣，繫跳包，執旗，從上場門上，白〕報，啟君侯在上：關中有兩個道者要戰。〔姜文煥白〕知道了。〔報子仍從上場門下，姜文煥白〕馬兆聽令：〔馬兆應科，姜文煥白〕你可前去對戰，只許輸不許贏。〔馬兆應科，從下場門下。姜文煥唱〕

【南呂宮正曲・節節高】聞言要戰來(韻)，笑顏開(韻)。早知就裏藏機械(韻)，暗計在(韻)。深意該(韻)，奇謀在(韻)。他只知仙客相依賴(韻)，俺全憑仙客消蜂蠆(韻)。〔合〕分明内患不防猜(韻)，但將外患思消解(韻)。〔報子仍從上場門上，白〕報：馬兆被那道人拿去了。〔姜文煥白〕知道了。〔報子仍從上場門下，姜文煥白〕妙嗄，馬兆被擒，吾事成矣。〔起，隨撤椅科，白〕衆將官，隨我前去與他交戰，就中暗約可也。〔衆應科，姜文煥白〕正是：計就月中擒玉兔，謀成日裏捉金烏。〔從下場門下，衆隨下。旦扮徹地夫人，戴盔，紮女靠，佩劍，從上場門上，唱〕

【南呂宫引·三登樂】世亂人荒(韻)，遍四海天羅地網(韻)。佐夫君鎮守邊疆(韻)，又恐他(讀)，中機關(句)，天降灾殃(韻)。詐情細叩(句)，向中軍一往(韻)。〔白〕妾身徹地夫人，本是將門之女，擇適竇家。夫君竇榮鎮守邊疆，現與姜文煥争鋒，都是我與老爺暗中計議。聞得昨日來了兩個道者相助，老爺認以爲實，拜作師傅，焉知其中非詐。今早兩個道人出關要戰去了，想也將次回來，我且到軍帳前探聽虚寔。如果有詐，細細陳勸老爺便了。〔唱〕

【南呂宫引·哭相思】來意難知就裏詳(韻)，休教投入網羅張(韻)。一朝無智落人手(句)，只怕雄關不久長(韻)。〔從下場門下。雜扮四軍卒，各戴馬夫巾，穿蟒箭袖卒褂，執旗。雜扮姚忠、李信二將官，各戴紮巾額，紮靠。生扮金吒、木吒，各戴陀頭髮，穿采蓮衣氅，軟紮扮，繫跳包，執拂塵。引外扮竇榮，戴帥盔，紮靠，背令旗，從上場門上，唱〕

【南呂宫引·滿園春】可羨元功人莫量(韻)，敗逆寇一朝魂喪(韻)。主德感召神仙(句)，助吾皇江山保障（韻）。〔場上設椅，竇榮、金吒、木吒各虛白坐科，竇榮白〕二位師傅，可喜神功莫測，大敗賊兵。此恩此德，何以克報？〔金吒、木吒同白〕老將軍説那裏話來。我等此來，不過爲報私仇，兼除公忿。〔徹地夫人從上場門上，虛白科，衆同白〕呀，夫人到了。〔竇榮白〕夫人來此何幹？〔各虛白起科，金吒、木吒各虛白相見科，徹地夫人虛白。場上設椅，各虛白坐科，徹地夫人白〕老爺，這二位何來？〔竇榮白〕夫人不知，這二位師傅乃海外散人，一位道號孫德，一位道號徐仁，特來相助。今早擒了賊將馬兆，敗了姜文煥，皆此二位之功也。〔徹地夫人白〕原來如此。妾身聞得：事不可不慮，謀不可不周。方今呵，

〔唱〕

【南呂宮正曲·一江風】世荒荒（韻），奸宄應無量（韻）。機械須深訪（韻），要隄防（韻）。只怕不測生灾（句），急切難除（句），有計難安放（韻）。〔白〕況且姜尚門下道者甚多，焉知非詐降内應？〔唱合〕還須細細商（韻），還須細細商（疊），更當謹謹防（韻），休使那大禍起只在那蕭牆上（韻）。〔金吒、木吒同白〕老將軍，夫人之疑，大似有理，我等何必在此，多生一番枝節，即此告辭。〔各虛白，起，隨撤椅科。竇榮虛白拉住科，白〕二位師傅休怪。我夫人雖係女流，善知兵法。他不知二位實心爲我，故以方士目之，二位師傅休生嗔怪。〔金吒、木吒同白〕我等一點實心，惟天可表。今夫人相疑，吾等若飄然而去，有負老將軍相待之誠，只待破寇成功，只恐夫人難與貧道等相見耳。〔竇榮白〕夫人，二位師傅實無二心，不必見疑，且歸後堂去罷。〔徹地夫人白〕也罷。明知燈是火，展翅反相投。〔作虛白科，從下場門下。竇榮白〕二位師

傅休怪，且請同入後帳，計議破賊之策可也。〔各虚白科，竇榮唱〕

【慶餘】休因小怪生他想㊖，〔金吒、木吒同唱〕我一點誠心可答上蒼㊖，〔同唱〕好則是破寇成功乾坤輔聖王㊖。〔各虚白科，同從下場門下〕

第九齣　丁策議興勤王師（真文韻）　弋腔

〔生扮丁策，戴巾，穿道袍，繫絲，從上場門上，唱〕【中呂宮正曲・駐馬聽】困頓吾身（韻），忠義空懷無路引（韻）。不能彀扶持社稷（句），空則的耳聽金鉦（讀），目極峰塵（韻）。何時平步上青雲（韻），爲君滅賊舒公憤（韻）。〔合〕枉自長吟（韻）。何人知我（讀），憑誰舉進（韻）。〔中場設椅，轉場坐科，白〕抱膝高歌戰策文，隱居天下一閒人。方今天下偏多事，安得長纓繫叛臣。俺丁策，曾訪高賢，傳吾兵法，深明戰守，慣熟韜鈐。無路出身，空爲隱士，在這朝歌城外困守蓬茅。正在家中静坐，忽聞周兵來到，直逼京師。我想君王失德，奸佞當朝，天下諸侯，會兵共伐，眼見宗廟失守，無人效死抒忠。平日所謂食君之禄、分君之憂者何在？俺丁策空懷大志全才，怎奈無人知曉。我有兩個結義兄弟郭宸、董忠，志同道合，意氣相投。他二人探聽消息去了，怎麼還不見回來？〔副扮郭宸，戴小頁巾，穿箭袖，繫鑾帶，從上場門上，白〕滿懷忠義事，説與故交知。俺郭宸與丁兄爲莫逆之交，同懷忠義。聞得天子掛榜招賢，何不勸他出去，以爲忠君報國之事。來此已是，不免徑入。〔作進門科，白〕大哥那裏？〔丁策起科，白〕二弟回來了，請坐。〔場上設椅，各虛白坐科。丁策

白〕二弟探得消息怎樣？〔郭宸白〕正是爲此，還有一事，要與大哥商議。〔丁策白〕商議何事？〔郭宸白〕大哥：〔唱〕

【又一體】兵困都闔(韻)，八百諸侯爲導引(韻)。他勢如猛火(句)，這朝似風燈(讀)，運比秋雲(韻)。〔丁策白〕難道朝廷不遣將拒阻麼？〔郭宸白〕天子掛了招賢榜文，有能滅寇保國者，加以高官大爵。〔丁策白〕可曾有人應募？〔郭宸白〕正是小弟特爲此事，請大哥出去，共輔皇家。大哥抱經濟之才，知戰守之術，一旦出仕於朝呵，〔唱〕揚名顯姓耀雙親(韻)，安邦定國英名震(韻)。〔合〕强似困守衡門(韻)，一朝天上(讀)，青雲登迅(韻)。〔丁策白〕咳，二弟之言雖爲有理，但如今時勢呵，〔唱〕

【又一體】主德荒昏(韻)，神怒民愁天命隕(韻)。如大癰既潰(句)，命亦隨之(讀)，妙藥空神(韻)。〔白〕況子牙乃崑崙道德之士，又有那三山五岳之徒。枉送性命，豈不可惜。〔唱〕不能佐命作元勳(韻)，枉爲怨鬼向泉臺忿(韻)。〔合〕不如困守衡門(韻)，何須天上(讀)，青雲登迅(韻)。〔郭宸白〕大哥差矣。吾輩爲紂王之民，食紂王之粟，居紂王之土，國之存亡，正當相係。此正臣子報效之秋也，便一死何惜，而出此大不智之言？況吾輩堂堂丈夫，這一腔熱血，不於此處揮洒，更待何時？〔丁策白〕二弟，非是我畏死求生，只是事關成敗，非同小可，豈可造次，再容商量。〔各虛白科。净扮董忠，戴小頁巾，穿箭袖，繫鑾帶，佩劍，從上場門上，唱〕

【又一體】奔向柴門(韻)，急急前來招大隱(韻)。〔白〕俺董忠，與郭宸、丁策結爲弟兄，聞得天子掛榜招賢，阻拒姜尚，大哥命我二人探聽消息，我就勢揭了皇榜，投報了我三人名姓，急急回來，報知大哥、二哥。來此已是，大哥、二哥那裏？〔丁策、郭宸各起科，丁策白〕三弟，你也回來了？〔董忠白〕回來了，還要與大哥、二哥報喜。請坐了，待小弟漫漫稟上。〔場上設椅，各虛白坐科，丁策、郭宸同白〕三弟，喜從何來？〔董忠唱〕堪賀伊超騰蓬蓽(句)，飛上青霄(讀)，平步重雲(韻)。〔丁策、郭宸同白〕此話從何説起？〔董忠白〕大哥、二哥有所不知，小弟到城中探聽消息，見有天子招賢榜文，小弟大膽將大哥、二哥與小弟名字投入大司馬飛廉府中，揭下榜文，明日一早見駕，特來賀喜相約。〔丁策大驚科，白〕哎呀三弟，你惹禍不淺，爲何不説一聲，就將名字投出去了？此事干係重大，豈可如此草率。〔董忠白〕咳，大哥説那裏話來。古語云：學成文武藝，貨與帝王家。小弟知大哥乃盡忠報國之人，非守株待兔之輩。〔唱〕自古來分憂報國作忠臣(韻)，捐軀爲主何須論(韻)。〔合〕切莫逡巡(韻)，丹心發現(讀)，自難容隱(韻)。〔郭宸大笑科，白〕妙嗄！三弟所薦不差，我正在此相勸大哥，你却先去投了名字。〔丁策白〕也罷。既然二弟、三弟有心報國，事已如此，我也難於堅執，且待明早，一同入朝可也。〔各虛白起，隨撤椅科，同唱〕

【慶餘】好則是金戈鐵馬除兇祲(韻)，不惜捐軀報聖君(韻)，好看取隱士忠名傳，留得萬古存(韻)。〔虛白科，同從下場門下〕

第十齣　金吒巧用取關智（古風韻）　昆腔

〔生扮金吒、木吒，各戴陀頭髮，穿采蓮衣氅，軟紮扮，繫跳包，同從上場門上，分白〕知是天羅自去投，雄關萬丈一時休。佇看此夜成功好，暗裏機關細算籌。俺金吒是也，俺木吒是也。〔金吒白〕兄弟，你我二人定下計策，假意投他，賺此關津，作何區處？〔木吒白〕哥哥，竇榮那廝倒可無慮，只是他妻子徹地夫人十分智巧，不若先除了他，後斬竇榮，方可成事。〔金吒白〕兄弟，今日我假與東伯侯姜文煥交戰，已曾暗約，令他今夜攻城。依我主見，待他攻城之時，我與竇榮出關拒戰，你與他妻子上關守城，你却暗祭吴鈎劍追他性命，大事成矣。〔木吒白〕哥哥，此計甚妙。他方纔又不知怎樣與他妻子商議，要與我等共晝劫營之策，我等只好隨機應對可也。〔金吒白〕此言甚是，你看他夫妻來也。〔各虛白科。外扮竇榮，戴帥盔，紮靠，背令旗，佩劍。旦扮徹地夫人，戴盔，紮女靠，佩劍。同從上場門上，分唱〕

【正宫引・新荷葉】巧計翻新滅賊人(韻)，仗妙算一朝功迅(韻)。劫他大寨建奇勳(韻)，漫言婦女機謀鈍(韻)。〔作虛白，與金吒、木吒相見，各虛白科。場上設椅，各虛白坐科，竇榮白〕二位師傅，方纔我與夫人商議，今早姜文煥大敗而回，天色已晚，思欲趁他大敗之餘，前去劫他營寨。〔徹地夫人白〕那時出其不

意，一戰可以成功。全憑二位道長相助，不知二位意下如何？〔金吒、木吒同白〕老將軍，此事不可。那姜文焕呵，〔唱〕

【正宮正曲・玉芙蓉】青年正是雄(韻)，善用雄師衆(韻)。怎敗回反到(讀)，不備争攻(韻)。〔白〕據我等想來，他不但全全整備，不能劫殺，只怕還乘我勝後氣驕，反來攻打哩。〔唱〕莫將深入牢籠重(韻)，自守須當望建功(韻)。〔合〕休輕動(韻)，怕機關巧中(韻)，僨威武(讀)，貽譏無智老元戎(韻)。〔各虚白科。雜扮一中軍，戴中軍帽，穿蟒箭袖通袖褂，佩刀，從上場門急上，白〕老爺、夫人，不好了。姜文焕四面攻打，十分緊急。〔竇榮白〕中軍吩咐衆將，用心拒守。〔中軍應科，仍從上場門急下。衆各起，隨撤椅科，竇榮白〕夫人，果不出二位道長所料，這却怎處？〔金吒白〕老將軍不消着驚。他今出我不意，前來攻打，不若將機就計，貧道與老將軍拒戰，令師弟與夫人帥衆守城，待貧道陣上用法寶擒他。〔徹地夫人白〕老爺，此計甚妙，就此分頭行事。〔各虚白科，從下場門下。雜扮四軍卒，各戴馬夫巾，穿蟒箭袖卒褂，執旗。雜扮四將官，各戴紥巾額，紥靠，執器械。引小生扮姜文焕，戴金貂，紥靠，背令旗，執刀。同從上場門上，唱〕

【正宮正曲・四邊静】奇謀暗約通關綫(韻)，成功只一戰(韻)。管取大關津(句)，内患中生變(韻)。〔合〕思深慮全(韻)，機關莫先(韻)。唾手得成功(句)，渠魁反掌殄(韻)。〔白〕我姜文焕，今早與金吒假戰，他暗約與吾，命我今夜攻城，他二人就中行事。我已分兵四路，四面攻打。〔中場預設城幃幙，上安「遊魂關」匾額科。雜扮四軍卒，各戴大頁巾，穿蟒箭袖排穗褂，執標鎗。雜扮四將官，各戴紥巾額，紥靠，執器械。引竇榮、徹地夫人，各執器械，金吒戴遁龍樁切末，執器械，木吒背吳鈎劍，執器械，同作上城立科。姜文煥白〕呔！　城上的可是竇榮麽？　早早獻了關城，免汝一死。〔金吒白〕老將軍可與貧道出關拒戰，待我擒他。〔各虛白作下城，隨作出城科。　竇榮白〕姜文煥嘎姜文煥，今夜此來，命當休矣。〔各虛白作對戰科，金吒虛白作助戰科，作祭遁龍樁打科，姜文煥作斬科，從上場門暗下。　金吒虛白，作與姜文煥假戰科。　徹地夫人白〕好反賊，殺我夫君，待我擒你。〔作虛白下城科，木吒作在城上祭吳鈎劍斬科，衆將卒白〕哎呀，不好了，夫人被這妖道斬了。〔木吒白〕爾等聽者：我等非别，乃姜元帥麾下金吒、木吒是也，奉令賺此關城。　今將他夫婦俱已殺死，爾等有爲逆者，俱以他夫婦爲樣。〔衆白〕俱願投降。〔金吒白〕既如此，速開關門，拜降姜侯可也。〔衆各虛白，作下城，隨作出城跪拜科，同白〕君侯在上，我等俱願投降。〔姜文煥白〕棄邪歸正，同是王臣，何罪之有。〔衆各起分侍科，姜文煥白〕多謝二位相助，建此大功。〔金吒、木吒白〕此皆主上洪福、君侯威德，吾等何功之有。　君侯可領人馬入城，點查册籍，留官鎮守，速往孟津相會諸侯。　我等回報元帥去也。〔姜文煥白〕謹領尊命。〔各虛白科，姜文煥白〕衆將官，就此入城去者。〔衆應科，同作進城科，從下場門下，隨撤布、城科。　金吒白〕兄弟，大功已畢，你我回報元帥去者。〔木吒白〕有理。〔同唱〕

【不絶令煞】神仙也會爲奸細(韻)，一戰關津早得之(韻)，從此後逐隊長驅直到朝歌的境界裏(韻)。

〔同從下場門下〕

第十一齣　遇仇家破敗被斬（古風韻）　弋腔

〔雜扮四軍卒，各戴馬夫巾，穿蟒箭袖卒褂，執旗。雜扮四軍卒，各戴大頁巾，穿蟒箭袖排穗褂，執標鎗。雜扮太顛、閎夭，外扮南宫适，生扮武吉，各戴帥盔，紥靠，背令旗，小生扮姜文焕、鄂順，各戴金貂，紥靠，背令旗，佩劍，小生扮哪吒，戴綫髮，穿采蓮衣氅，軟紥扮，净扮李靖、小生扮韋護，各戴帥盔，紥靠，小生扮崇應鸞，戴黑貂，紥靠，背令旗。引外扮姜尚，戴道冠，穿道袍氅，繫縧，執拂塵，從上場門上，唱〕

【南吕宫引·臨江仙】百戰辛勤完大劫（句），乾坤不久清寧（韻）。雄師億萬逼都城（韻）。罪名問正（韻），商祚霎時傾（韻）。〔中場設椅，轉場坐科，白〕老夫姜尚，兵臨都邑，勢逼朝歌，不久城池可下。問罪之師方盛，紅塵大劫已完。但是魯仁傑守拒有方，須是用一妙計，使百姓自離，則一鼓可得矣。〔生扮金吒、木吒，各戴陀頭髮，穿采蓮衣氅，軟紥扮，繫跳包，執器械。净扮雷震子，戴道冠髮，穿飛翅鬼衣，執金棍。生扮楊戩，戴三叉冠，紥靠，執三尖兩刃刀。同從上場門上，白〕共斬渠魁除大害，同參元帥報奇功。〔同作相見科，白〕元帥在上：弟子等奉令當先，斬得丁策、郭宸、董忠三人，前來報功。〔姜尚白〕有勞爾等，斬將建功，各當叙録。〔各虚白分侍科。雜扮一中軍，戴中軍帽，穿蟒箭袖通袖褂，佩刀，從上場門上，白〕啟元帥在上：今有紂王駕下殷破敗求見。〔姜尚白〕此來必是求我罷兵，看他怎生説話，再作區處。中軍，着他進見。

〔中軍應科，仍從上場門下。姜文煥白〕丞相斷不可信他一面之詞，休兵罷戰。〔姜尚白〕這是自然。〔雜扮殷破敗，戴帥盔，紮靠，背令旗，從上場門上，白〕俺殷破敗奏知君王，説姜尚罷兵，成與不成，只看天意。〔作進見科，白〕姜元帥，末將殷破敗盔甲在身，不能全禮。〔姜尚起科，白〕殷老將軍到此，有何見教？請坐。〔場上設椅，各坐科。殷破敗白〕末將此來，有一言奉告，不知元帥肯容納否？〔姜尚白〕殷老將軍有何下諭？〔殷破敗白〕天子之尊，上比於天，天可滅乎？又法典所載，有亂臣、逆臣之科。昔成湯開創辛勤，至今六百餘年，今日呵，〔唱〕

【南呂宮正曲・梁州序】君恩不念(韻)，倡爲變亂(韻)，軍聲直逼金鑾(韻)。〔白〕殘害生靈，侵占疆土，身爲亂逆之行，死負篡弒之罪，末將爲元帥不取也。依末將愚見呵，〔唱〕不若屏退群旅(句)，休兵各守疆邊(韻)，毋令生民塗炭(韻)。王法應疏(讀)，自必寬一綫(韻)。〔白〕那時各修其德，共保封疆，則天下受無窮之福矣。〔唱〕此事還須求明鑒(韻)，爲何人事逆蒼天(韻)。〔合〕休得要(句)，見原偏(韻)。〔姜尚白〕殷老將軍此言差矣。自古天下者非一人之天下，惟有德者主之。不料紂王罪浮於桀，不可盡言。今天下諸侯，共爲天下除殘去暴，豈得尚拘拘於以臣伐君之名？老將軍休尋災悔。〔殷破敗白〕咳，元帥。自古君父有過，臣子幾諫。昔爾先王那般受辱，尚無怨言，爾君臣如此施張，凡人民離散、兵火遭殃，皆爾君臣之業。況我都城，尚有甲兵十餘萬，猛將數百員，背城一戰，〔冷笑科，白〕勝敗未可知也。〔衆各虛白作怒科，姜文煥白〕咗！殷破敗老匹夫，你爲大臣，不能匡君以正，今已陷於死亡，尚自鼓舌調牙，狗彘不如，還不速退。〔殷破敗作大怒、起，隨撤椅科，白〕哎呀，氣死我也！　姜文煥，你父搆通中宮，謀逆弒君，你尚不蓋前愆，恃强助逆。　逆賊有種，我當死爲惡鬼，以殺賊也。〔姜文煥虚白科，姜尚白〕東伯侯不可傷他，自古兩國相争，不斬來使。〔姜文煥白〕咳，元帥，我想我父無故被害，無非是這一班逆賊播弄國政，不斬老賊，恨不能平。〔作拔劍科，白〕老匹夫休走，吃我一劍。〔作斬科，衆各虚白科，姜尚白〕東伯侯殺之，反成其名了。　手下吩咐中軍，以禮葬了。〔四軍卒應，作擡殷破敗科，同從上場門下，隨上分侍科。　衆同白〕東伯侯斬此佞口匹夫，實是令人心快。〔姜尚白〕天子聞他被害，定然發兵前來，且商議攻戰之計便了。〔衆白〕元帥之言有理。〔姜尚起，隨撤椅科，衆同唱〕

【尚按節拍煞】自投羅網來相勸(韻)，遇仇人身歸九泉(韻)，可知那助惡逢君臭名兒向後世傳(韻)。

〔衆擁護姜尚從下場門下。　生扮柏鑑，戴帥盔，搭魂帕、白紙錢，紮靠，執旛，引生扮丁策魂、副扮郭宸魂、净扮董忠魂，各戴帥盔，搭魂帕、白紙錢，紮靠、背令旗，殷破敗魂，搭魂帕、白紙錢，同從東傍門上，遶場科，同從下場門下〕

第十二齣　投仁主黎庶獻城（古風韻）　弋腔

〔雜扮四軍卒，各戴馬夫巾，穿蟒箭袖卒褂，執器械，引雜扮殷成秀，戴帥盔，紥靠、背令旗，執刀，從上場門上，白〕父死爲君難，兒因報父仇。寧拚身一死，忠孝兩相酬。俺殷成秀是也。爹爹殷破敗，爲因姜尚兵困都城，要爲君弭亂，勸他罷兵，不料姜文煥那厮，將我爹爹殺死，我却不勝忿恨，泣訴聖上，當先要戰，以報父仇。大小三軍，就此殺上前去。〔衆應科，殷成秀唱〕

【越調正曲·水底魚兒】殺父深仇㊞，山淵恨怎休㊞。一朝相遇㊁，〔合〕寸磔不相留㊞，寸磔不相留㊟。〔從下場門下，衆隨下。外扮南宫适、生扮武吉，各戴帥盔，紥靠、背令旗，繫橐鞬，懷書，執器械，同從上場門上，唱〕

【南吕宫正曲·征胡兵】欽遵將令來城下㊁，私書暗投㊞。頓教百姓離心㊁，獻此都城厚㊞。潛行休落後㊞，〔合〕告示遍王畿㊁，一霎黎民奔走㊞。〔分白〕吾乃南宫适是也，吾乃武吉是也。〔同白〕我家元帥爲因紂王用了魯仁傑，守城有法，一時難下。況京師城郭堅固，若以兵攻，徒費心志。不如妙計取之，方可成功。衆玉虚弟子都要駕遁入城，以爲内應，元帥不許，恐傷黎民。只用寫下告示，射入城中，曉諭衆人，使百姓自相離叛，何愁不得都城。恰好殷成秀爲父報仇，前去要戰，元帥命我二人趁他兵士出城忙亂之際，將告示射入城中，以爲内應之計。我等就此前去可也。〔同唱〕

【越調正曲·水底魚兒】妙計深籌(韻)，都京一旦休(韻)。不須攻打(句)，〔合〕唾手帝畿收(韻)，唾手帝畿收(疊)。〔同從下場門下。雜隨意扮衆百姓，同從上場門上，唱〕

【中吕宫正曲·駐雲飛】天眼今張(韻)，作惡人兒没下場(韻)。救我消魔障(韻)，聖主來天上(韻)，嗏(格)。

〔同白〕我等朝歌城中衆百姓是也，只因昏君無道，不修仁政，只管暴虐百姓，任他所爲，使我們這衆百姓衣無衣、食無食，父母不得奉養，妻子不得顧贍，慘離迫切，空自悲哀。起先，那些造鹿臺的人夫受苦不過，都逃到西岐去了，那些人好不造化。後來盤查甚緊，我等無路可逃，只是束手待斃。思量起來，好不苦也。聞得西伯起兵，我等終日盼望，好容易來到此處，圍困都京。今早有個殷成秀，轟轟烈烈出城争戰，剛剛剩得幾個軍士回來，他已被周家所害。我等耳聞金鼓，目望旌旗，怎得進了京城。我等不但不害怕，還要大家慶賀超生了。〔唱〕共喜迓明王(韻)，消完灾障(韻)。化日光天(讀)，重把吾皇仰(韻)，〔合〕似大旱同思雨露洋(韻)。〔天井内作下箭，箭上拴書科，衆百姓白〕呀，城外射過箭來了，箭上還有書信，大家拾起看來。〔作拾起拆書科，衆各虚白發諢科，一百姓作念科，白〕掃蕩商辛天保大元帥姜，示諭朝歌萬民知悉：天愛下民，生聖人爲之父母。不意紂王無道之極，罪惡多端，言之痛心，思之切骨。今某奉天討罪，大會諸侯，伐暴殄殘，救民水火。况我周王仁義素著，海内咸知，本欲進兵攻打。但念爾等無辜，玉石俱焚，甚非仁政。爾等宜當體此，速獻都城，毋貽後悔。特示。〔衆百姓白〕好一個仁義萬歲。〔一百姓白〕列位，我想周主仁德布於海內，姜元帥伐罪救民，實爲大公。我等遭那昏君暴虐，恨入骨髓，若不獻城，是爲逆民，須是獻城投降，纔是正理。〔衆各虛白作鼓譟民變科。內作吶喊攻城科，衆各虛白科，同白〕你聽姜元帥在外攻打，十分緊急。我等就此殺散軍士，奪了器械，大開城門，迎他進城便了。〔各虛白科，同從下場門下。內作虛白吶喊科，雜隨意扮衆守城軍士，各作狼狽科，同從上場門上，白〕哎呀，不好了。城內百姓一時鼓譟，奪了器械，殺開城門。魯元帥下城逃命去了，可憐我等無辜受害。〔一軍卒白〕列位，百姓獻城，原爲投順聖主，咱們何苦如此，自取敗亡？不如就勢投降，免得好些苦楚。〔各虛白發諢科，同從下場門下。內作虛白歡呼科。雜扮四軍卒，各戴馬夫巾，穿蟒箭袖卒褂，執器械，引雜扮魯仁傑，戴帥盔，紮靠，背令旗，執器械，作狼狽狀，從上場門上，白〕哎呀，不好了。〔唱〕

【仙呂宮正曲·不是路】大禍堪驚(韻)，民變軍逃獻帝城(韻)。忙逃命(韻)，皇都已是大周城(韻)。〔白〕俺魯仁傑正在城頭護守，不料軍民心變，獻了都城。周兵一擁而入，黎民夾道而迎。俺隨逃下城來，奔入朝中，奏知聖上可也。聖上嗄聖上，〔唱〕都是你自惹灾星(韻)，只落得江山社稷輕輕送(韻)，宗廟乾坤一旦傾(韻)。難扎掙(韻)，且急忙奏報兇氛盛(韻)。料是難逃性命(韻)，難逃性命(疊)。〔從下場門急下，衆隨下。生扮柏鑑，戴帥盔，搭魂帕、白紙錢，紮靠，執旛，引殷成秀魂，搭魂帕、白紙錢，從東傍門上，遶場科，從下場門下〕

第十三齣　數罪惡君臣大戰（東鐘韻）　昆腔

〔雜扮四軍卒，各戴馬夫巾，穿蟒箭袖卒褂，執旗。雜扮四軍卒，各戴大頁巾，穿蟒箭袖排穗褂，執標鎗。雜扮太顛、閎夭、林善，外扮南宫适，生扮武吉，各戴帥盔，紮靠，背令旗，執器械。小生扮姜文煥、鄂順、崇應鸞，各戴金貂、黑貂，紮靠，背令旗，執器械，姜文煥帶金鞭。生扮金吒、木吒，各戴陀頭髮，穿采蓮衣氅，軟紮扮，繫跳包，執器械。小生扮哪吒，戴綫髮，穿采蓮衣氅，軟紮扮，繫風火輪，執鎗。净扮雷震子，戴道冠髮，穿飛翅鬼衣，執金棍。净扮李靖，戴帥盔，紮靠，執方天戟，托塔。生扮楊戩，戴三叉冠，紮靠，執三尖兩刃刀。外扮姜尚，戴道冠，穿道袍氅，繫絛，執打神鞭、杏黄旗。引生扮姬發，戴王帽，紮靠，執刀。同從上場門上，唱〕

【南吕宫正曲・香柳娘】擺弓刀萬重（韻），擺弓刀萬重（疊），旌旗高聳（韻）。朝門忽一片軍聲動（韻），擁貔貅戰攻（韻），擁貔貅戰攻（疊）。金殿耀霜鋒（韻），不是劍珮朝臣衆（韻）。〔合〕數昏君罪名（韻），數昏君罪名（疊），天理難容（韻），滅亡接踵（韻）。〔姬發白〕今日相父與衆諸侯，都勸孤家在午門與紂王會戰。相父，〔姜尚白〕臣在。〔姬發白〕雖然如此，但是君臣大義不可盡廢。今日若恃交攻，萬一有傷天子，豈不負抗上之罪？〔姜尚白〕主公但請放心，待老臣當先與他答話，至於戰争之時，自有衆諸侯與將弁當先。主公穩鎮中軍，有何妨礙？〔姬發白〕相父言之有理。你看朝門大開，紂王與衆將親自來也。〔各虚白布陣科。雜扮八羽林軍，各戴大頁巾，穿蟒箭袖排穗褂，執旗。雜扮四將官，各戴紮巾額，紮靠，執器械。雜扮魯仁傑、雷鯤、雷開，浄扮惡來，各戴帥盔，紮靠，背令旗，執器械。引浄扮紂王，戴王帽，紮靠，執刀，從上場門上，白〕呀，呔！叛臣姬發何在？〔姜尚作向前科，白〕陛下，老臣姜尚代臣主行軍，今臣戎服在身，不能全禮。〔紂王白〕姜尚，爾曾爲朕臣，爲何逃向西岐，助逆抗君，累辱王師，直逼朝門？今朕御駕親臨，尚敢抗拒無禮。〔姜尚白〕陛下差矣。普天之下莫非王臣，豈有以臣抗君之理？但陛下不以君德自居，天下叛背，臣奉主公奉天致討，陛下切不可以叛臣相視也。〔紂王白〕朕有何過？〔姜尚白〕陛下身爲天子，繼天承運，須當聽哲温恭，以爲父母。陛下呵，〔唱〕

【南吕宫正曲・懶畫眉】昏沉酒色失君容韻，社稷明禋廢敬恭韻。近讒遠善自稱聰韻，敗倫喪德兇名重韻。〔合〕天意應知不少容韻。〔衆白〕此罪極是，宜討之以泄神明之忿。〔紂王虛白科，姜尚白〕皇后爲國母儀，未聞失德，陛下呵，〔唱〕

【又一體】妖言是聽斷恩情韻，慘刻非刑殺正宫韻。縱淫敗度滅前踪韻，彝倫大壞綱常重韻。〔合〕天意應知不少容韻。〔衆白〕比罪極是，宜討之以慰中宫之靈。〔紂王虛白科，姜尚白〕太子爲國之儲貳，承祧宗社，乃萬民之所仰望，陛下呵，〔唱〕

【又一體】讒諛輕信害青宫韻，封賜王章情不通韻。動摇邦本一言中韻，祖宗忘絶承休重韻。〔合〕天意應知不少容韻。〔衆白〕此罪極是，宜討之以正父子之倫。〔紂王虛白科，姜尚白〕黄耇元勳，乃

國之枝幹，忠良正直，宜當顯爵相加，陛下呵，〔唱〕

【又一體】非刑製造殺臣工(韻)，滅盡忠良性太蒙(韻)。蠆盆炮烙死公忠(韻)，股肱廢棄把奸回用(韻)。〔合〕天意應知不少容(韻)。〔衆白〕此罪極是，宜討之以抒忠魂之怨。〔紂王虛白科，姜尚白〕法者非一己之私刑，乃天子持平之用，陛下呵，〔唱〕

【又一體】旁多宵小假稱忠(韻)，獻媚求榮惑聖聰(韻)。王章廢棄尚嫌輕(韻)，殺人如草把非刑用(韻)。〔合〕天理應知不少容(韻)。〔衆白〕此罪極是，宜討之以洩衆人之冤。〔紂王虛白科，姜尚白〕至於妄造鹿臺，無故毒民，君淫臣妻，致遭殘死，斮朝涉之脛，剖孕婦之懷，宴樂無常，不分日夜，暗納妖婦姊妹，殺害生靈，四鎮方伯，代主宣化，無故召入，不分皂白，醢尸者醢尸，夷族者夷族。方今衆諸侯子弟，多有父兄被此害者。老臣雖欲不動，他們亦未必干休。〔姜文煥、鄂順同白〕元帥言及此事，我等恨入骨髓，不報父仇，誓不俱生。〔作沖殺科，白〕呔！我等誅你以報父仇也。〔紂王虛白，各作交戰科，崇應鸞虛白作助戰科，魯仁傑、雷鯤、雷開、惡來各虛白助戰科，南宮适、武吉、林善、太顛各作接戰科。紂王作斬鄂順，魯仁傑作刺死林善科，同從上場門暗下。哪吒、楊戩、雷震子、金吒、木吒各虛白作助戰科，四將官虛白亦作接戰科。哪吒作刺死魯仁傑，楊戩作斬雷鯤，雷震子作打死雷開科，同從下場門暗下。惡來虛白，作率衆虎賁將卒作大敗科，從下場門下。紂王作慌科，姜文煥作摘鞭打，紂王大敗科，從下場門下，衆隨下。姜文煥白〕可恨昏君，斬了南伯侯，又可惜一鞭未曾打死。〔姬發白〕今日這場大戰，大傷君臣之分，姜侯又傷主上一鞭，使孤家心中不忍。〔姜文焕白〕哎，大王言之差矣。紂王殘虐，人神共怒，大王又何必爲彼惜之。〔姜尚白〕（南）〔東〕伯侯之言甚是。主公且請回營，再作道理。〔姬發虛白科，姜尚白〕衆將官就此回營。〔衆應，作遶場科，同唱〕

【慶餘】昏殘自古難疏縱（韻），奉天命救民恩重（韻），竚看取伐暴成功又乾坤歸一統（韻）。〔同從下場門下。生扮柏鑑，戴帥盔，搭魂帕、白紙錢，紥靠，執旛，引鄂順、魯仁傑、雷鯤、雷開魂，各搭魂帕、白紙錢，從東傍門上，遶場科，同從下場門下〕

第十四齣　保身家奸黨議降 古風韻　弋腔

〔雜扮一院子，戴羅帽，穿道袍，繫縧帶，引副扮飛廉，戴紗帽，穿蟒，束帶，從上場門上，唱〕

【雙調正曲・普賢歌】從來助惡事乖張韻，固寵全憑奸險腸韻。江山不久長韻，心中費計量韻。

〔合〕背主投降安然把爵位享韻。〔中場設椅，轉場坐科，白〕奸臣原是兩頭忙，得意相投失意亡。棄却商家誰餓死，投周依舊保安康。下官軍政大司馬飛廉是也，統帥六師，專司八部。起先費仲、尤渾以諂諛而沐寵，恃奸險以成家，那時我尚爲裨將，心下十分羨慕。後來漸次營求，得近聖上，與同僚惡來同被信任，言聽計從。只因天下歸周，人心離叛，兵困朝門。今早君臣大戰，聖上大敗回朝，與我二人計較。我等二人只以好言安慰聖心，那裏有妙策獻上。聖上悔恨前非，懷怒回宮。我等自思，與其逆周師而死，不如順西岐而生。所以下朝回家，請了同僚惡來，大家商議一番，以爲保身之計。想他也將次到來，我不免在家等候可也。〔起，隨撤椅科，白〕院子，惡老爺到時，急忙通報。〔院子應科，隨飛廉從下場門下。雜扮一手下，戴大頁巾，穿蟒箭袖，繫縧帶，引净扮惡來，戴帥盔，紥靠，背令旗，佩劍，從上場門上，唱〕

【又一體】險將一命掩黃沙(韻)，敗走回來且顧家(韻)。忠臣不作他(韻)，何妨面上花(韻)。〔合〕强似把頭顱教人殺(韻)。〔白〕俺惡來今早隨了聖上出午門，與周家交戰，雖則聖上斬了鄂順，魯仁傑刺死林善，但魯仁傑、雷鯤、雷開三人又被周兵所害，單單剩下我敗走而回。我想身家事大，盡忠事小，目今時勢，不卜可知。方纔聖上回宫，我等下朝歸第，同僚飛廉使人來請我到他家去，説要計議甚麽要事。我想必是自全之計，因此未卸戎妝，急急前來。呀，來此已是，手下通報。〔手下應，作向内虛白通報科。院子從下場門上，虛白作向内請科。飛廉從下場門上，虛白出迎科，各虛白作相見科。場上設椅，各虛白坐科。惡來白〕聞得仁兄相召，未及卸却戎妝，急急前來，不知有何見諭？〔飛廉白〕賢弟：〔唱〕

【中吕宫正曲・駐雲飛】大事難爲(韻)，好似斜日將殘欲落時(韻)。好是從長議(韻)，早作身家計(韻)，嗏(格)。〔白〕方今兵困朝門，勢已難振，内無應兵，外無救援，眼見旦夕必休。吾輩何以居之？〔唱〕自古道見禍不當趨(韻)，須宜思避(韻)。莫待事到臨頭(韻)，不得個安身地(韻)。〔白〕倘若兵進朝門，商家失守，荆山一火，玉石俱焚呵。〔唱合〕可惜了失却家資還是要碎我尸(韻)。〔惡來笑科，白〕仁兄此語，竟不知時務。依小弟呵，〔唱〕

【又一體】國事誰爲(韻)，正是俺識勢英雄得意時(韻)。何必勞思議(韻)，自有全身計(韻)，嗏(格)。〔白〕凡爲大丈夫者，當見機而作。眼見得紂王不能成事，亡在旦夕，我和你乘勢投周，原不失了自己富貴。〔唱〕哪自古道從人不是痴(韻)，明人識勢(韻)。依然爵禄榮華(讀)，安然的居其位(韻)。〔白〕况西伯仁德、子牙英明，他見我等投誠，必不加罪，如此方爲上着。〔唱合〕又何必枉作冤魂死亦迷(韻)。〔各虛白科。內作吶喊科，飛廉、惡來各虛白起，隨撤椅科。飛廉白〕賢弟，你聽周兵攻打朝門，勢甚兇惡。你方纔一片言詞，使劣兄如夢初覺。只是還有一件，我想繼商者必周，你我俟他攻破朝門之後，同入內庭將傳國寶璽拿出獻上，豈不是分外一件大功？〔惡來白〕妙嗄。仁兄此計，比小弟更高，就此相機而行便了。

〔各虛白科，同唱〕

【黃鐘宫正曲·滴溜子】重新作(句)，重新作(疊)，從龍大臣(韻)。何妨斂(句)，何妨斂(疊)，黃金白銀(韻)。捐軀(讀)，那獃事誰肯(韻)。〔合〕寶璽獻明王(句)，功居一品(韻)。仗此機謀(讀)，又逢迎聖君(韻)。〔內作吶喊科，惡來白〕仁兄，你聽攻打之聲一陣緊似一陣，我先到朝中探聽一番，仁兄隨後就來，好從中取事。〔飛廉白〕如此甚好。〔各虛白科，從兩場門分下，院子、手下各隨下〕

第十五齣　臨回首猶戀歡娛（家麻韻）　弋腔

〔雜扮四太監，各戴太監帽，穿貼裏衣。雜扮二内侍，各戴大太監帽，穿蟒，束帶，帶數珠，執拂塵。引净扮紂王，戴王帽，穿蟒，束帶，從上場門上，長歎科，唱〕

【商調引·遶池遊】心中驚怕（韻），一旦亡天下（韻）。悔嬋娟招來戎馬（韻），回首歡娛（句），一場虚話（韻）。歎江山殘如落花（韻）。〔中場設椅，轉場坐科，白〕寡人每把姬發、姜尚小視，不曾着心料理。豈料他糾合諸侯，大開争伐，兵困朝門，勢甚兇惡。寡人親與交兵，着傷大敗。朕思忠良已盡、文武蕭條，不能久守，勢豈再振，思欲與皇后、美人永别分離，别爲計較。内侍，宣皇后與二位美人見駕。〔一内侍應，作宣科。雜扮四宫娥，各戴過梁額，穿宫衣，引小旦扮妲己替身，胡喜妹、王貴人，各戴鳳冠簪形，穿蟒，束帶，同從上場門上，虚白作見駕科。場上設椅，各虚白坐科。妲己替身白〕今日聖上戎馬勞頓，妾身等備有酒筵，請聖上飲宴。〔紂王白〕咳，御妻還講甚麽飲宴。〔妲己替身白〕呀，聖上，這却爲何？〔紂王白〕咳，御妻、美人：〔唱〕

【商調正曲·山坡羊】唬得孤（讀），如暗似啞（韻）。弄得孤（讀），没方没法（韻）。愁得朕（讀），難止難安（句）。悔得孤（讀），無計消戎馬（韻）。自嗟呀（韻）。〔白〕寡人自今早大敗而回，静坐自思，〔滚白〕不能久守，亡在旦夕。想祖宗二十八世，今一旦失自朕躬。〔唱〕追思作事差(韻)，何心尚戀飛金斝(韻)。〔滚白〕只爲你姊妹三人，與朕恩情，一旦分離，朕心何忍。〔唱〕難捨恩情(讀)，從今都罷(韻)。〔白〕倘姬發兵入内庭，朕豈肯爲他所擄，理宜先期自盡。但朕自絶之後，卿等必歸姬發，豈料朕與爾等恩愛，竟如此結局。〔各虚白作悲科，紂王唱合〕朕無家(韻)，失江山那是家(韻)。歎伊家(韻)，又無端侍别家(韻)。〔妲己替身、胡喜妹、王貴人各起，同作跪哭科，白〕哎呀，聖上嗄，〔唱〕

【又一體】想恩情(讀)，難抛難下(韻)。想恩情(讀)，如天之大(韻)。又怎的(讀)，一旦輕分(句)，把恩情(讀)，百世成虚話(韻)，淚如麻(韻)。〔白〕妾等蒙陛下眷愛，鏤刻難忘。今不幸遭此亂離，陛下欲捨妾等何往？〔紂王作悲科，白〕哎呀，御妻、美人，朕恐被人所擄，有辱萬乘之尊，今别汝三人，自有去向。〔各起，隨撤椅科。妲己替身作伏紂王膝哭科，白〕哎呀，聖上嗄：〔滚白〕妾聞陛下之言，心如刀割。怎忍遽别妾等，走往他方，走往他方了？聖上。〔唱〕誰來滅禍芽(韻)，恨天心助惡亡天下(韻)。〔滚白〕豈意堂堂萬乘天子，夫妻一旦遭此亂離，彼此難保了，天。〔唱〕悔當初送入宫幃(讀)，我爹娘計差(韻)。〔各虚白作悲科，胡喜妹、王貴人同唱合〕商家(韻)，怎無端喪國家(韻)。周家(韻)，怎應該得國家(韻)。〔各作哭科，紂王白〕哎，罷！御妻、美人起來，朕見你柔聲嬌咽，難别難分，好教寡人捨你不下。且休悲啼，再作計議。内侍，看宴過來，待寡人與你三位娘娘暢飲作别。〔衆應科。場上預設桌椅、筵席科，各作入桌坐科，妲己替身送酒科，白〕聖上請酒。〔紂王作看三人悲科，白〕咳，御妻、美人，豈料追歡之席，翻爲永别之筵，此酒實難下咽。〔妲己替身白〕陛下且省愁煩，事已至此，只得實訴。妾身生長將門，曾習刀馬，況且兩個妹子各有仙術，待我等前去，一陣成功，以解陛下憂悶。〔紂王作大驚科，白〕呀，果然的，〔作大笑科，白〕妙嘎。御妻、美人果能破賊，朕復何憂。〔妲己替身白〕二位妹子，就此換了戎妝，一同前去。〔各虛白科，從下場門下，四宮娥隨下。紂王大笑科，白〕寡人不料御妻、美人有這樣本領，如能一戰成功，天下定於他們之手，那滿朝文武羞也羞死了，還要他們何用。寡人此時不覺愁懷盡解。內侍，看酒來，待寡人暢飲相候。〔二內侍應，作送酒科，紂王白〕宣宮樂上殿承應。〔一內侍應，作宣科。雜扮八宮娥，各戴過梁額，穿宮衣，執樂器，同從上場門上，吹打十番科。紂王虛白，作醉態起科，作虛官模科。內作吶喊科，紂王作大驚科，白〕內侍前去探聽。〔一內侍應科，從上場門急下。衆宮娥作吹打十番科，紂王作入桌坐飲科。內侍仍從上場門上，白〕啟聖上，三位娘娘出陣回來了。〔紂王白〕宮樂迴避。〔衆宮娥仍同從上場門下。妲己替身、胡喜妹、王貴人各換女盔女靠，從上場門上，作相見科。紂王白〕御妻、美人，劫營對戰，勝負如何？〔妲己替身白〕姜尚俱有準備，幾乎被他所害。〔紂王大驚，起，隨撤桌椅、筵席科，白〕不意天喪吾商，莫可救解。已知天意難回，從今與你三人一別，各自投生，免使彼此牽掛。〔妲己替身、胡喜妹、王貴人各虛白作拉哭科，紂王作虛白、頓足、捽袖、長歎科，白〕咳，罷了嘎罷了！〔從下場門下，衆隨下。妲己替身、胡喜妹、王貴人各作虛官模科，妲己替身白〕二位妹子，紂王此去，必尋自盡。只我等數年以來，把個商家天下斷送得乾乾净净，如今我們那裏去好？〔胡喜妹白〕姐姐，我等只好迷惑紂王，其他皆不能也。當日女媧娘娘差遣我等之時，說事完之後，令我等俱成正果，此處難以棲身，不若還往軒轅墓去，依然自家巢穴，安身候命可也。〔王貴人白〕姐姐之言有理。只是姜尚與我有仇，當日煉我原形，他將我等恨入骨髓。咱們若要逃生，須是從他營前經過，萬一被他知覺，如何是好？〔妲己替身白〕妹子不消害怕，待等今夜，我等隨便吃幾個宮人，結束停當，繞道逃回可也。〔胡喜妹、王貴人同白〕有理。〔各虛白科，同從下場門下〕

第十六齣 思投生難逃劫數 (先天韻) 昆腔

〔雜扮八巨靈神，各戴紮巾額，紮靠，執鞭。雜扮四金童，各戴紫金冠額，穿氅，繫縧，執縛妖索三根、太極圖、寶劍、如意。雜扮四玉女，各戴過梁額、仙姑巾，穿氅，繫縧，執符節、龍鳳扇。引旦扮女媧娘娘，戴鳳冠、仙姑巾，穿蟒，束帶，執拂塵，從上場門上，唱〕

【仙呂宮正曲・步步嬌】雲馭輕移天外遠(韻)。瑞靄層霄捲(韻)，罡风嫋瑞烟(韻)。爲捉妖魔(句)，惡盈罪滿(韻)。〔合〕大數已完全(韻)，太平景運隨時見(韻)。〔中場設椅，轉場坐科，白〕本是昏君自召妖，神差迷惑亂皇朝。只緣作業遭天譴，萬劫輪迴没下梢。吾神女媧聖后是也。只因受辛無道，褻瀆神明，本當劫運輪迴，大數已定，因此奏上昊天，奉有玉敕，差了軒轅墓中三個妖魔下界，迷惑於他。吾神也曾再四吩咐，只教他喪國亡家，不可妄生毒害。誰想那三個業畜，不遵明訓，自逞兇心，造下了許多罪孽，殘害了無數生靈。今當受辛將亡之際，正他們事完逃遁之時，姜尚算得其情，命楊戩等追趕捉拿。但是他三個不比他妖，已成仙體，萬一走脱，爲禍更深，因此吾神下界，助他擒捉。衆神將，就此駕雲前去。〔衆應科。女媧娘娘起，隨撤椅科。衆作遶場科，同唱〕

【仙吕宫正曲·江兒水】冉冉祥雲駕(句)，飄飄紫霧連(韻)。自來神目原如電(韻)。妖邪惡貫填應滿(韻)，今朝怎得逃神譴(韻)。自是難欺天眼(韻)，〔合〕萬劫沉淪(句)，也只爲幾年歡宴(韻)。〔衆同從下場門下。生扮楊戩，戴三叉冠，紥靠，執三尖兩刃刀。小生扮韋護，戴帥盔，紥靠，執杵。净扮雷震子，戴道冠髮，穿飛翅鬼衣，執金棍。同從上場門上，跳舞科，唱〕

【仙吕宫正曲·皂羅袍】共奉元戎差遣(韻)，爲擒拿妖婦(讀)，奮勇争先(韻)。肯教漏網脱摧殘(韻)，須將種類全消殄(韻)。〔分白〕俺楊戩，俺韋護，俺雷震子。〔同白〕吾等正在帳中伺候元帥，忽見風色怪異，知是妲己等三個精靈要逃回本穴，命我等來此等候擒拿。〔雷震子白〕楊道兄，吾等拿此三妖，當從何處下手？那裏去尋他？〔楊戩白〕三個妖精，必自宫中逃出。吾等各駕祥雲，空中等候便了。〔韋護白〕此言有理。〔内作風聲科，楊戩白〕你看大風異常，敢是妖精來也。吾等就此駕起祥雲等候可也。〔各虚白科。場上設雲杌，同作上雲杌立科。小旦扮妲己替身、胡喜妹、王貴人，各戴盔簪形，紥女靠，執器械，同從上場門上，唱合〕妖風高駕(句)，早離禁園(韻)。妖雲暗碾(句)，早來半天(韻)。同回本穴重修煉(韻)。〔妲己替身白〕二位妹子，我們出了宫幃，回歸本穴，就此大家趲行可也。〔各虚白科。楊戩、韋護、雷震子同作下雲杌，隨撤雲杌科，白〕妖怪休走。〔妲己替身白〕你等好不知情。我姊妹奉女媧娘娘敕旨，斷送了紂王天下，與你們成了功名，爲何反來相害？〔楊戩白〕胡説！〔各虚白作對戰科。妲己替身、胡喜妹、王貴人各虚白科，同從下場門下，楊戩虚白科，同從下場門追下。衆引女媧娘娘從上場門上，白〕仙霧妖風交映處，早知邪正兩相爭。吾神正行之際，只見妖風滾滾，妖霧騰騰，那三個業畜被楊戩等追來也。衆神將暫駐雲頭，等候擒捉者。〔衆應科。場上設高臺，衆引女媧娘娘上高臺立科。妲己替身、胡喜妹、王貴人同從上場門急上科，白〕這却怎好，他們追逐甚急，前面又不知是誰阻路，怎生逃命？〔胡喜妹白〕呀，姐姐，原來是女媧娘娘在此，我等不免上前相見。〔各虚白作叩拜科，同白〕娘娘聖駕降臨，有失迴避，今被楊戩等追趕甚迫，求娘娘救命。〔女媧娘娘白〕衆神將，將這三個業畜用縛妖索牢拴，交與楊戩等帶回周營。〔衆應科，四巨靈神作接縛妖索綁科，妲己替身、胡喜妹、王貴人同白〕哎呀，娘娘嘎，昔日乃娘娘用招妖旛召取我等，命我等潛入宫禁，迷惑紂王，使他喪國亡家。我等奉命行事，功已垂成，正待回覆聖旨，不期遇了他們，尚望娘娘保救，反被擒捉，這是娘娘出乎反乎了。〔女媧娘娘白〕哇！業畜，我使爾等斷送他的天下，原是合上天氣數，臨行怎生訓諭你們？不意爾等無端造業，殺害生靈，慘酷非常，妄生毒害，大拂上天好生之德。正當惡貫滿盈之時，理宜正法，尚復何言？〔楊戩、韋護、雷震子同從上場門上，楊戩白〕二位師弟，女媧娘娘在此，大家上前相見。〔同作叩拜科，白〕娘娘在上，弟子等不知聖駕降臨，有失迎迓。〔女媧娘娘白〕楊戩，我與你將三個妖怪拿在此間，你可帶回營去，説與姜尚正法施行。今日周室重興，又是太平天下也，你三人帶了三妖回營去罷，休誤甲子之期。〔楊戩、韋護、雷震子同白〕多謝娘娘慈悲。〔各虚白，作帶妲己替身、胡喜妹、王貴人，仍同從上場門下。女媧娘娘白〕衆神將，就此回宫去者。〔衆應科，同作下高臺，隨撤高臺科，衆作遶場科，同唱〕

【情未斷煞】輪迴大劫須臾變㊅，又是個太平重見㊅，好看那下界山河遍祥光紫氣連㊅。〔衆擁護女媧娘娘，同從下場門下〕

第十七齣　高樓一火自亡身（古風韻）　弋腔

〔雜扮四軍卒，各戴馬夫巾，穿蟒箭袖卒褂，執旗。雜扮四軍卒，各戴大頁巾，穿蟒箭袖排穗褂，執標鎗。雜扮太顛、閎夭，外扮南宫适，生扮武吉，各戴帥盔，紥靠，背令旗，執器械。雜扮四諸侯，小生扮姜文煥、崇應鸞，各戴金貂、黑貂，紥靠，背令旗，執器械。生扮金吒、木吒，各戴陀頭髮，穿采蓮衣氅，軟紥扮，繫跳包，執器械。浄扮李靖，戴帥盔，紥靠，托塔，執方天戟。引外扮姜尚，戴道冠髮，穿道袍氅，繫縧，執紅葫蘆切末，從上場門上，唱〕

【雙調引·玉井蓮】斬絶妖邪（句），重見太平盛世（韻）。〔中場設椅，轉場坐科，白〕二十年來大戰爭，一朝得志賀功成。竚看一統歸吾主，八百諸侯慶太平。老夫姜尚，兵困朝門，功已垂就，正在帳中静坐，忽見風色異常，就知妲己等三個妖怪逃回本穴，已命楊戩、韋護、雷震子擒捉去了，怎麽還不見來？〔生扮楊戩，戴三叉冠，紥靠，執三尖兩刃刀。小生扮韋護，戴帥盔，紥靠，執杵。浄扮雷震子，戴道冠，穿飛翅鬼衣，執金棍。引雜扮六軍卒，各戴馬夫巾，穿蟒箭袖卒褂，執刀，作綁小旦扮妲己替身、胡喜妹、王貴人，各戴盔𩮀形，紥女靠。同從上場門上，白〕捉怪全憑神協助，除妖來見大元戎。〔同作相見科，白〕元帥在上，弟子等奉命擒妖，路遇女媧聖后，將三妖捉住，交與弟子等帶回行營，特來交令。〔姜尚白〕將那三妖推轉上來。〔各虚白科，三妖跪科，姜尚白〕我把你這三個業畜。〔唱〕

【雙調正曲·鎖南枝】施毒害㊀，造業冤㊇，斷送江山只片言㊇。雖然是天數本當然㊀，爲甚的萬種造奸殘㊇。〔合〕今日個禍臨身㊀，惡貫全㊇。縱粉身㊀，罪難免㊇。〔妲己替身白〕哎呀元帥，妾身本係蘇護之女，鮮知世務，謬承天寵，一應罪款，俱是天子主持，我一女流，安能播弄？天子失政，文武數百，尚不能挽回一二，何況區區之一女子？今元帥問罪天子，縱誅一女流，又何補於元帥？況古語云：罪人不孥。望元帥放回本國，感恩不淺。〔作虛官模科，衆諸侯各虛白科，姜尚白〕衆位君侯，此怪善於迷人，百般嬌媚。你説你是蘇侯之女，巧惑衆聽，衆諸侯豈知你是個九尾妖狐？楊戩何在，就命你三人轅門監斬，梟首號令。〔楊戩、雷震子、韋護應科，作帶三妖從上場門下。姜尚白〕業畜不自修持，終成廢棄。〔内白〕開刀。〔姜尚白〕梟首號令，猶不足盡其餘辜。〔楊戩、韋護、雷震子仍從上場門上，楊戩、韋護同白〕弟子奉令去斬妲己，不想衆軍士被他迷惑，不能動手。〔姜尚白〕可見妖狐善於迷人，無怪紂王之迷而忘返也。楊戩，你可將我此寶拿去，定可梟首也。〔楊戩作接紅葫蘆切末科，仍從上場門下。姜尚白〕此寶乃破萬仙陣後陸壓所贈之物，名曰「飛劍」，善能斬誅邪物。〔楊戩持紅葫蘆切末，仍從上場門上，白〕交還法寶。〔姜尚白〕三妖已絶，紂王不久必亡，可就此攻打一番，可以成功也。〔起，隨撤椅科，同唱〕

【慶餘】禍苗已絶將淪喪㊇，好待昏君此日亡㊇，共賀昇平周祚長㊇。〔同從下場門下。生扮梅栢魂，戴髮網，搭魂帕、白紙錢，穿道袍。外扮商容魂，戴巾，搭魂帕、白紙錢，穿道袍。生扮趙啟、膠鬲，外扮比干，净扮

夏招魂，各戴紗帽，搭魂帕、白紙錢，穿蟒，束帶。同從上場門上，唱）

【高大石調正曲・窣地錦襠】當時諫主受非刑(韻)，一點忠魂怨未明(韻)。今朝暴主送殘生(韻)，（合）報復方知鬼有靈(韻)。（分白）吾乃趙啟陰魂，吾乃梅栢陰魂，吾乃夏招陰魂，吾乃膠鬲陰魂，吾乃比干陰魂，吾乃商容陰魂。（同白）吾等在生之時，俱爲匡諫昏君，遭逢慘死，又蒙引入封神臺上，等候受封。已知今日紂王在摘星樓自焚而亡，因此我等告知掌臺鬼使，來此顯魂索命，就此大家前去便了。（各虛白科，同從下場門下。旦扮姜后、黄妃、賈氏魂，各搭魂帕、白紙錢，穿衫，從上場門上，分唱）

【又一體】夫妻一旦似狼豺(韻)，爲嫂亡身寔可哀(韻)。守身全節遇非灾(韻)，（同唱合）今日時衰索命來(韻)。（分白）我乃姜后陰魂，我乃黄妃陰魂，我乃賈氏陰魂。（同白）我等在生之時，都被昏君聽信妖婦之言，慘刑治死，又蒙引入封神臺上，等候受封。已知今日昏君在摘星樓自焚而亡，因此我等告知掌臺鬼使，來此顯魂索命，就此大家前去便了。（各虛白科，同從下場門下。浄扮紂王，戴王帽，穿蟒，束帶，從上場門上，唱）

【中呂宫正曲・撲燈蛾】天亡商祚也(句)，天亡商祚也(疊)，誰人來相庇(韻)。自恨作事差(句)，一朝禍至無由避(韻)，也(格)。亂生宫禁(句)，盡奔逃莫知所之(韻)，歎只歎自招灾悔(韻)。（合）痛亡身(讀)，休教被擄失君儀(韻)。（白）寡人自前殿回宫，忽見宫娥内侍亂竄齊奔，寡人問及情由，乃知御妻、美人昨夜不知何往，忙作一團。寡人正在急遽思念之時，忽有内侍來報，御妻、美人首級，都齊齊號令周營。寡人急登五鳳樓一望，痛之欲絶。朕思貴爲天子，與其爲人所擄，不如自盡其身，如今往摘星樓去放火自焚便了。〔作遶場科。趙啟、梅栢、膠鬲、夏招、比干、商容魂同從上場門上，作阻路科，白〕昏君嘎昏君，還我等命來，你一般也有今日麽？〔紂王大喝科，白〕咗！無知匹夫，作鬼也還如此。〔作沖散衆魂科，同從下場門下。紂王白〕呀，好奇怪，明明看見比干等一干陰魂攔住去路，被寡人喝退，且急急到摘星樓去。〔姜后、黄妃、賈氏魂同從上場門上，阻路科，姜后魂白〕無道昏君，誅妻殺子，滅絶彝倫，今日你將社稷斷送，何以見先王於地下？〔黄妃魂白〕昏君，摔我下樓，碎身粉骨，此心何忍？〔賈氏魂白〕昏君，你君欺臣妻，我遭慘死，沉冤莫白，還我命來。〔作扯紂王科，紂王大喝科，白〕咗！何物賤婦，敢來犯主。〔作沖散科，同從下場門下。紂王白〕呀，姜后、黄妃、賈氏陰魂一時前來索命。哦，是了，時衰鬼弄人，寡人合當命盡也。〔唱〕

【仙吕宫正曲・江兒水】自信多狂背㊀，而今更怨誰㊀。皇天昭鑒難瞞昧㊀。〔場樓上預安「摘星樓」匾額科，紂王作上樓科，唱〕當時所作原多悖㊀，神人共憤滔天罪㊀。此日空教追悔㊀。〔白〕内侍何在？〔雜扮朱昇，戴大太監帽，穿蟒，束帶，帶數珠，執拂塵，從上場門上，白〕奴婢朱昇見駕。〔紂王白〕你可將高樓放火，朕當晏駕也。〔朱昇白〕奴婢蒙豢養多年，粉骨難報，何敢舉火焚君也？〔作悲科，紂王白〕此天亡我，非干爾罪。寡人曾記得姬昌爲朕演數，他説火内亡身，今應其言，可見天數定然也。〔朱昇白〕萬歲還當别爲計較。〔紂王怒科，白〕咗！胡説。賊兵入朝，朕如被擄，爾之罪不啻泰山也。快去呼喚衆人，取火來焚樓要緊。〔朱昇虛白作悲科，從上場門下。紂王白〕悔不聽忠良之言，以致今日死不足惜，何以見先王在天之靈。〔唱合〕事在臨頭（句），怎作遷延之計（韻）。〔朱昇同四太監，各戴太監帽，穿貼裏衣，各持火把，從上場門上，作放火科，地井隨出火彩科，四太監從下場門暗下。朱昇作大哭科，白〕聖上嗄聖上，奴婢一死報君也。〔作跳入火科，從上場門暗下。雜隨意扮衆宮娥、太監，同從上場門上，各作虛白驚慌奔竄科，同從下場門下。場上拉靈霄門幃幙，作遮摘星樓科，隨撤「摘星樓」匾額科。衆引姜尚，生扮姬發，戴王帽，紥靠，同從上場門上。姬發白〕孤家正在營中，聞得宮中火起，同相父前來觀看。〔姜尚白〕原來自焚死了。〔姬發作掩面不視，虛白科，姜尚白〕大王差矣。昏君無道，今他自焚，足爲惡報。當日其祖成湯放桀救民，亦爲如此。〔姬發白〕話雖如此，但我等曾爲之臣，今日何忍視之。〔雜扮四虎賁將，各戴紥巾額，紥靠，四羽林軍，各戴大頁巾，穿蟒箭袖排穗褂，同從下場門上，跪科，白〕臣等大開朝門，恭迎大王聖駕入朝。〔姬發白〕速將宮中火勢撲滅，不可延燒。〔姜尚白〕六宮近在肘掖，衆人救火，不免波及無辜。爾等只許救火，不可肆行暴虐，違令者斬。〔四虎賁將應科，同從下場門下。四羽林軍白〕請大王入朝。〔同唱〕

【情未斷煞】一戎衣除殘垺（韻），共看景運又逢時（韻），好則待端拱垂裳慶無爲德澤施（韻）。〔同從下場門下。生扮柏鑑，戴帥盔，搭魂帕、白紙錢，紥靠，執旛，引紂王魂，搭魂帕、白紙錢，從東傍門上，遶場科，從下場門下〕

第十八齣　金殿諸侯勸即位（蕭豪韻）　昆腔

〔雜扮四文臣，各戴紗帽，穿蟒，束帶，執笏。雜扮四武臣，各戴帥盔，穿蟒，束帶，執笏。同從上場門上，分白〕又逢明主繼當陽，拜舞彤墀祝聖皇。不是就新全忘故，天心早已不歸商。〔同白〕天子自焚，西伯入朝，我等恭迓大駕，早正大統。〔內作軍聲科，衆官同白〕你看周主來也，我等肅恭迎迓。〔各分侍科。雜扮四軍卒，各戴馬夫巾，穿蟒箭袖卒褂，執旗。雜扮四軍卒，各戴大頁巾，穿蟒箭袖排穗褂，執標鎗。雜扮太顛、閎夭，外扮南宫适，生扮武吉，各戴帥盔，紥靠，背令旗，執器械。雜扮四諸侯，小生扮姜文煥、崇應鸞，各戴金貂、黑貂，紥靠，背令旗，執器械。生扮金吒、木吒，各戴陀頭髮，穿采蓮衣氅，軟紥扮，繫跳包，執器械。小生扮哪吒，戴綫髮，穿采蓮衣氅，軟紥扮，繫風火輪，執火尖鎗。小生扮韋護，戴帥盔，紥靠，執杵。净扮雷震子，戴道冠髮，穿飛翅鬼衣，執金棍。净扮李靖，戴帥盔，紥靠，托塔，執方天戟。生扮楊戩，戴三叉冠，紥靠，執三尖兩刃刀。外扮姜尚，戴道冠，穿道袍氅，繫絛。引生扮姬發，戴王帽，紥靠，佩劍。同從上場門上，衆同唱〕

【仙呂入雙角合曲・北新水令】戎衣一鼓虐氛消（韻），似晨鐘一聲驚覺（韻）。乾坤開朗霽（句），塵界净塵囂（韻）。玉殿逍遥（韻），重端拱昇平兆（韻）。〔衆官同作跪接科，白〕臣等恭迎大王。〔姬發白〕暴君自亡，罪惡已盡，爾衆臣各工乃位，同竭忠懷，勿生嫌疑。〔衆官同白〕臣等遭逢聖主，敢不竭盡愚忠。〔各起科，

姬發白〕就此到玉殿龍樓看視一番。〔衆應科，同唱〕

【仙呂入雙角合曲·南雙令江兒水】【五馬江兒水】（首至五）江山莫保(韻)，徒爲宴樂勞(韻)。鎮日裏深宫酣醉(句)，金殿妖狐悲嘯(韻)，把紀綱廢墜了(韻)。【金字令】（十至十三句）惟餘一火焦(韻)，枉把民財耗(韻)。刻國傷生(句)，寧有幾日逍遥(韻)。【嬌鶯兒】（七至末）把江山全碎倒(韻)。〔合〕只道天長地遥(韻)，誰知一時零落(韻)，惡人兒有上稍没下稍(韻)。〔場上設炮烙切末科，姬發白〕這是甚麽東西？〔姜尚白〕此即紂王所造炮烙之刑。〔姬發白〕呀，不但身試之者慘切難言，只今日孤家觀之，不覺心膽俱裂。〔唱〕

【仙呂入雙角合曲·北雁兒落帶得勝令】【雁兒落】（全）想肌膚烈火燒(韻)，肢體紅銅烙(韻)，比醢尸分外嚴(句)，視碎骨還爲暴(韻)。〔場上撤炮烙切末科，姬發唱〕【得勝令】（全）呀(格)，好教我一見便魂消(韻)，慘刻怎相熬(韻)。〔場上設蠆盆切末科，姬發白〕這又是甚麽東西？〔姜尚白〕此即紂王所造蠆盆之刑。〔姬發白〕益發使人難看。〔作行科，場上隨撤蠆盆科，姬發唱〕萬道的螣蛇囁(句)，千條的怪物號(韻)。一會家評跋(韻)，酒池裏堆血肉陰風遶(韻)。我則索量度(韻)，那肉林中餘骸骨令霧遥(韻)。〔白〕相父，那遺骸狼籍，可吩咐軍士前去埋葬。〔姜尚白〕紂王自焚在此，其尸也在其中，正當拋棄。〔姬發白〕不可。君王自焚，足以爲報，豈可使之暴露天地，須當以禮葬之。〔衆同白〕足見大王之仁也。〔作遥望科，姬發白〕這金碧輝煌，奪人心目，又是甚麽所在？〔姜尚白〕此即紂王所造鹿臺，積民財於此地。還有鉅橋一處，斂民粟於其中。〔姬發白〕紂王如此奢靡，殃民縱欲，安得不亡身喪國。〔唱〕

【仙吕入雙角合曲・南漿水令】怎禁得民財消耗(韻)，自然的國家破了(韻)。但則見輝煌奪目砌瓊瑶(韻)，防民正業(讀)，剥了脂膏(韻)。今日裏(句)，難相保(韻)，屬他人屬他人空自惹煩惱(韻)。〔白〕相父，如今紂王已滅，民之受其毒者，已非一日，不若將鹿臺之財發出，鉅橋之粟散去，使萬姓咸蘇，共享安康之福。〔姜尚白〕正當如此。〔姬發唱合〕助貧苦(句)，助貧苦(疊)，積財散了(韻)。賑饑户(句)，賑饑户(疊)，堆粟全拋(韻)。〔雜扮二將官，各戴紥巾額，紥靠，作擒小生扮武庚，戴紫金冠額，穿蟒，束帶，同從上場門上。二將官同白〕啟上大王，紂王幼子武庚拿到。〔衆同白〕大王在上，這逆種不可容留，正當誅之以洩天下之恨。〔姜尚白〕此言極是。〔姬發白〕不可。其父暴虐，與他何干？紂王有多少宗臣，尚且不能匡救，何况稚子。紂王已滅，與子何仇？且罪人不孥，乃上天好生之德，還當茅土以封，以報商之先王也。〔衆同白〕大王如此存心，寔乃聖德莫及。〔姬發白〕可將他送至宫中，好生扶養。〔二將官應科，領武庚仍同從上場門下。姜文焕白〕元帥在上，今大事俱定，當建新君以安衆望。且天下不可一日無君，歸於有德。今大王呵，〔唱〕

【仙吕入雙角合曲・北川撥棹】仁文令德自昭昭(韻)，又天心都湊着(韻)。宜正皇朝(韻)，衆望安牢(韻)。繼乾綱大君除暴(韻)，坐垂裳賀衆僚(韻)，端衮冕祝帝堯(韻)。〔衆同白〕姜君侯之言有理。〔姬發白〕不可。孤家位輕德薄，名譽未著，惟日兢兢，尚恐有過，豈敢妄覬天位？念孤家呵，〔唱〕

【仙吕入雙角合曲・南錦衣香】齒未高(韻)，根基小(韻)。名未昭(韻)，仁風少(韻)。怎當得撫御臣民（句），下臨億兆（韻）。須索是擇來有德建皇朝（韻）。俺則待丹陛趨承（句），嵩祝神堯（韻）。怎有忝天位（句），妄承着天命憂勞（韻）。〔合〕空使遺譏笑（韻），天心孔昭（韻）。只怕難消難受（讀），徒爲衆誚（韻）。〔衆同白〕大王此言差矣。天下之至德，孰有如大王者？天下歸周，已非一日，衆之所從，蓋有所自。大王當俯從衆議，毋令失望。〔姜文煥白〕大王在上：先王不事干戈，三分天下已有其二。今者天心相應，理不可誣，大王何必多讓。〔姜尚白〕列位君侯不必如此，我自有明言正説。〔向姬發白〕大王，臣想來呵，〔唱〕

【仙呂入雙角合曲·北收江南】呀（格），鳳鳴已自兆先昭（韻），又是這救民倡義定昏朝（韻）。〔白〕大王理宜即位以正天下，此乃天意相垂，非同小可。〔唱〕天心怎可妄推敲（韻），〔白〕時不可失，理不可違。大王今日固辭，使諸侯心寒，各自瓦解，日生禍亂，將無寧止。是大王救民之心，反作害民之舉。〔唱〕休得要堅辭把衆議撓（韻），堅辭把衆議撓（疊），辜負了人心天意兩相交（韻）。〔姬發白〕雖爲衆人美意，然孤德薄，恐不勝任，以爲先王貽羞耳。〔姜文煥白〕大王不必過遜，元帥自有主見。〔向姜尚白〕元帥，事宜速行，毋得遲滯，使人心解散。〔姜尚白〕主公不必固辭，且待明朝，祝告天地，以正大位。俟有大賢，再效堯舜之禪，有何不可。〔姬發白〕相父既如此言，孤家當權守君位，以待有德。〔姜尚白〕且請主公回宮，明朝即登大寶。〔衆同唱〕

【南尾聲】看歡呼莫不生歡樂（韻），慶無疆太平佳兆（韻），明日裏拜舞賡歌賀皇圖同天不老（韻）。〔同從下場門下〕

第十九齣　明君正位丹宸賀（古風韻）　弋腔

〔副扮飛廉，戴紗帽，穿蟒，束帶，捧玉璽。浄扮惡來，戴帥盔，穿蟒，束帶，捧金符。同從上場門上，唱〕

【高大石調正曲·雙勸酒】本爲媚臣（韻），今爲順臣（韻）。先爲惡人（韻），今爲傑人（韻）。一霎兒又求信任（韻），〔合〕好重將謟媚新君（韻）。〔分白〕我乃飛廉是也，我乃惡來是也。〔同白〕我等爲因紂王自焚而死，同入内庭將金符玉璽拿來，思欲投誠獻上。聞得共勸西伯即位，吾等大家前去投獻。〔惡來白〕仁兄，我想天下諸侯，恨我等的不少，此處投獻，反爲不便。聞得新君告祭天地，還要回西岐建都，我等先到西岐預爲等候，待他回去再來投獻，方爲妥協。〔飛廉白〕萬一問起咱二人來，少不得按逃走問罪。〔惡來白〕現有金符玉璽呈獻，常言道「官不打送禮之人」，這又何妨？〔飛廉白〕賢弟之言有理。〔分白〕不是忠良難作，做小人原本没良心。〔同從下場門下。雜扮四太常，各戴紗帽，穿圓領，束帶，同從上場門上，分白〕瑞氣祥光接太清，告天郊祀答神明。今朝大定君王位，四海謳歌慶治平。我等太常官是也，奉姜元帥將令，今日主公即登寶位，爲壇致祭，昭告天地神明，我等前來伺候。陳設已備，主公將次到來，我等迴避則個。〔同從下場門下。雜扮四儀從，各戴大頁巾，穿蟒箭袖排穗褂，執儀仗。雜扮太顛、閟夭，外扮南宫适，生扮武吉，各戴帥盔，穿蟒，束帶。雜扮四諸侯，小生扮姜文焕、崇應鸞，各戴金貂、黑貂，穿蟒，束帶。外扮姜尚，戴幞頭，穿蟒，束帶。引生扮姬發，戴王帽，穿蟒，束帶，乘輦。雜扮二推輦人，各戴馬夫巾，穿蟒箭袖，繫跳包，推輦從上場門上。雜扮一傘夫，戴馬夫巾，穿蟒箭袖，繫跳包，執傘。雜扮八虎賁將，各戴紥巾額，紥靠，執鎗，隨上。衆同唱〕

【雙調正曲·五馬江兒水】岐山開創(韻)，從今姬德昌(韻)。正名定位(句)，撫御遐荒(韻)，繼統臨民字萬方(韻)。江山開霽(句)，大地祥光(韻)。須信人心天命(句)，萬載悠長(韻)。鳴珂劍珮共趨蹌(韻)，〔合〕郊天昭告(句)，長發其祥(韻)。此日垂衣(讀)，神人歡暢(韻)。〔姬發白〕孤家爲因衆議難撓，即登大位。相父陳奏，今日昭告神天，還回西岐建都。孤家准奏，命衆將弁與衆玉虚門人爲前隊，已先去到孟津侯駕去了。孤家大禮完畢，即便回鑾。〔姜尚白〕已到郊壇，請主公下輦。〔姬發虚白作下輦科，推輦人作推輦科，仍從上場門下，衆隨下。前場預設香案、祝版、册寶、桌科。雜扮二掌禮官，各戴紗帽，穿蟒，束帶，從上場門暗上，白〕請主公拈香。〔姬發作拈香科，禮官作贊跪，姬發帥衆跪科。一禮官跪桌側作讀祝文科，白〕維大周元年壬辰，越甲子昧爽三日，西伯侯姬發敢昭告於皇天后土神祇曰：於戲！惟天惠民，惟辟奉天。今商王受弗克上天，自絶於命。臣姬發承祖宗累洽之仁，列聖相傳之德。予小子曷敢有越厥志，誕膺天命，以撫方夏？無奈諸侯臣民人等，疏請再三，衆志難違，俯從下議。爰考舊典，式諏吉日，祗告明神與我文考，於是受册符、嗣大位，膺皇天之永命，慰億兆之抒情。神其鑒兹，伏惟尚饗。〔起科。一禮官作贊禮科，姬發帥衆行禮科，同唱〕

【雙調正曲・朝元令】明明上蒼（韻），錫福應無量（韻）。邦家久常（韻），受祚資陶養（韻）。玉帛聲香（韻），抒誠尚饗（韻）。〔各起科，一禮官白〕大禮告成，請聖駕回朝受賀。〔從下場門暗下，姜尚白〕速備法駕。〔衆隨推輦人推輦，同從上場門上，場上隨撤香案等物科，姬發作上輦遶場科，同唱〕喜看風和日朗（韻），糺縵祥光（韻），卿雲現象昭大祥（韻）。景運自悠長（韻），從天降福祥（韻）。〔合〕嵩呼無量（韻），從此後昇平佳象（韻），昇平佳象（疊）。〔作到科。內作樂，姬發下輦，衆隨推輦人同從上場門下。場上設桌椅，姬發作入桌坐科，衆作參拜科，白〕臣等恭賀陛下，願吾皇萬歲萬歲萬萬歲。〔姬發白〕衆卿平身。〔衆白〕萬歲。〔各起科，姬發白〕寡人賴爾衆卿匡襄，得成大業。自此君臣一德，上下同心，共樂無疆，同享政治。〔衆白〕臣等得遇聖皇，敢不竭誠效忠，贊襄王化。〔姬發白〕相父。〔姜尚白〕臣在。〔姬發白〕紂王廣施土木之功，竭天下之財，荒淫失政，故有此敗。朕因衆議爲君，當加優恤。朕已傳旨，散鹿臺之財，發鉅橋之粟，大賚四海。今衆諸侯奮勇皇家，各當加賜，列爵惟五，分土惟三，大宴慶功，錫以茅土，各歸本國，佐化宣猷。相父可頒諭旨，天下遵行。〔衆諸侯作參拜科，白〕臣等恭謝皇恩。〔姬發白〕爾衆諸侯各回本境，佐理大化，務以民生爲重，不可任意施爲。吾君臣各當以紂王爲鑒也。〔衆諸侯白〕敬承聖訓。〔各起，分侍科，姬發白〕微子啟諫主而逃，箕子衍爲奴受辱。宜當去者覓來，授以爵禄之榮；囚者釋之，加以茅土之錫。比干之墓宜封，商容之閭應奬。〔姜尚白〕領旨。〔跪科，白〕臣有短章奏聞。〔姬發白〕相父有何奏章？〔姜尚白〕方今天下已定，聖上回都西岐，諸侯各安本境。朝歌商之故都，理宜命官鎮守。〔姬發白〕依相父之意，着用何人？〔姜尚白〕今武庚在此，陛下既待之以不殺，使守本土，得存商祀，理所當然。但其父亡國之君，其子恐生他變，必用人在此監守方可。〔姬發白〕今封武庚以存商祀，欲命人監守，須親藩方可。可命二弟管叔鮮、蔡叔度二人監守。相父即可傳諭，待朕臨行，他們郊送之時，寡人還當面訓。〔姜尚白〕領旨。〔起科，姬發白〕朕命禮官在顯慶樓設有慶功喜宴，吾君臣理宜暢飲，以賀成功。大宴禮畢，寡人亦當起行，回西岐可也。〔衆同作叩科，白〕臣等恭謝聖恩。〔各起科。姬發起，隨撤桌椅科，衆同唱〕

【慶餘】戎衣卸却遵揖讓（韻），聖澤如天萬里滂（韻），共慶昇平億萬載，金甌還比那天地長（韻）。〔衆同從下場門下。生扮散宜生，戴紗帽，穿蟒，束帶。外扮黃滚，戴金貂，穿蟒，束帶。生扮黃天爵、黃天禄，各戴紫金冠額，穿蟒，束帶。雜扮周公旦、召公奭、畢公遂、毛公高，各戴紗帽，穿蟒，束帶。雜扮四武臣，各戴帥盔，穿蟒，束帶。同從上場門上，唱〕

【黃鐘調隻曲·牆頭花】功成一戰（韻），四海謳歌遍（韻），端拱無爲聖乘乾（韻）。滅暴亂一統山河（句），喜萬國車書來獻（韻）。〔分白〕吾乃散宜生是也，吾乃黃滚是也。〔同白〕主公兵伐商家，命我二人監管國政，内外宣猷，無敢少懈。聞得商紂已滅，衆諸侯共議，遵奉爲君，我等聞之，喜不自勝。昨日諭敕到來，命衆官郊迎相見。國中大典謹備上朝，太后今日到來，我等帥領文武臣工，前去郊迎可也。〔唱〕

【黃鐘調隻曲·瑶臺月】天兵一戰（韻），掃盡妖氛（句），喜覩青天（韻）。救民水火（句），那天心歸嚮宜然(韻)。正江山東換規模(句)，合萬國拜揚歡忭(韻)。鬼神怒(句)，黔首怨(韻)，今始洩(句)，盡歡闐(韻)。太平年(韻)，戎衣早定(句)，共慶堯年(韻)。〔同從下場門下。雜扮四内侍，各戴大太監帽，穿蟒，束帶，帶數珠，執拂塵。雜扮四宫娥，各戴過梁額，穿宫衣。引老旦扮太姒，戴鳳冠，穿蟒，束帶，從上場門上，唱〕

【黄鐘宫引・西地錦】兒去救民伐暴(韻)，成功大業昭昭(韻)。征袍初釋承歡笑(韻)，慈幃拜受群朝(韻)。〔中場設椅，轉場坐科，白〕皇兒姬發，親統六師，弔民伐罪。可喜他成功繼志，不墮先聲，諸侯共戴爲君，天意全歸周室。昨日使人前來，問安遥賀，今日回朝，入宫相見。我想大事纔定，國政方殷，宫壼母子之歡，猶爲小節，殿陛頒宣之典，寔爲大綱。所以使人傳下懿旨，教他先理國政，後謁慈幃，我與媳婦、孫兒，宫中相候。内侍，皇帝回宫之時，奏我知道。〔二内侍應科。太姒起，隨撤椅科，白〕胎教猷慚先輩德，光前恰喜子孫賢。〔從下場門下，衆隨下。雜扮四軍卒，各戴大頁巾，穿蟒箭袖排穗褂，執標鎗。四儀從執儀仗。雜扮四將官，各戴紥巾額，紥靠，佩劍。太顛、閎夭、南宫适、武吉，生扮金吒、木吒，各戴陀頭髮，穿采蓮衣氅，軟紥扮，繫跳包。小生扮哪吒，戴綫髮，穿采蓮衣氅，軟紥扮。净扮李靖、小生扮韋護，各戴帥盔，紥靠。净扮雷震子，戴道冠髮，穿飛翅鬼衣。生扮楊戩，戴三叉冠，紥靠。姜尚引姬發坐輦，二輦夫推輦。同從上場門上，衆同唱〕

【黄鐘調隻曲・耍孩兒】經過舊路皆平坦(韻)，一路上壺漿食簞(韻)。祥光瑞氣遍坤乾(韻)，盡謳歌舜日堯天(韻)。這的是聖人大正光明位(句)，萬姓全消慘刻冤(韻)。同歡忭(韻)，太平佳象(句)，遍閭閻無處不歡然(韻)。〔姬發白〕寡人一路回行，盡是進兵之地、争戰之場，今日得獲天休，又是一番氣象也。〔黄滚、散宜生、衆文臣武臣同從下場門上，跪科，分白〕臣黃滚，臣散宜生，〔同白〕帥領文武臣工恭迎聖駕。〔姬發白〕衆卿平身。〔衆應，作起科，姬發白〕有勞二卿内外宣猷，朕心嘉悦。朕去東征五載，今見卿等，不覺倍添悽慘也。〔散宜生白〕陛下今登大寶，臣等復覩天顔，正都俞吁咈之秋，上下歡呼之日，聖心爲何慘惋？〔姬發白〕朕東征五載，一路内損了許多忠良，未得共享太平，使朕今昔之感欝欝於懷耳。〔散宜生白〕以臣亡忠，以子亡孝，理所當然。陛下恩及子孫，即所以報之也。〔姬發白〕就此入朝。〔衆同唱〕

【又一體】看卿雲天際祥光爛(韻)，慶復旦輝星璧連(韻)。賡颺金殿荷皇天(韻)，歌萬年帝道綿綿(韻)。回思當日乾坤也(句)，今日個一霎更新莫盡言(韻)。同歡忭(韻)，太平佳象(句)，遍閭閻無處不歡然(韻)。〔作到科。姬發下輦，推輦人推輦，仍從上場門下，衆儀從隨下。場上設桌椅，内作樂，姬發入座科，衆作參拜科，白〕臣等恭賀陛下，願吾皇萬歲萬歲萬萬歲。〔姬發白〕衆卿平身。〔衆白〕萬歲。〔姬發白〕方今大業已定，理宜追恤優加，凡諸國政，一遵先王之制。散大夫，衆卿勤勞王事、佐理太平，宜定封加之典，擇日舉行。〔散宜生白〕領旨。〔姜尚白〕老臣還有奏章。〔姬發白〕相父有何事奏？〔姜尚白〕老臣奉天征伐，滅紂興周。今陛下大事已定，只有屢年陣亡人仙未受封職，老臣欲辭陛下，回到崑崙見掌教師尊，請金符玉牒，使他各安其位。〔姬發白〕相父之言甚是，寡人准奏。〔姜尚虚白科。雜扮一黃門官，戴紗帽，穿蟒，束帶，從上場門上，跪科，白〕臣謹奏陛下：今有紂王駕下飛廉、惡來獻上符璽求見。〔姬發白〕商臣至此見朕，意欲何爲？〔姜尚白〕他二人商之佞臣，破紂之時一一隱匿，今見太平，又欲簧惑。此等奸佞，豈可一日相容？陛下宣進他們，明正其罪，以正天誅，則天下無不仰陛下之明聖矣。〔姬發白〕相父之言有理，宣進來。〔黄門官應，作起科，向内虚白宣科，仍從上場門下。飛廉、惡來捧玉璽、金符，同從上場門上，白〕去國又來投一國，亡君更要拜新君。〔同作見駕科，白〕亡國臣飛廉、惡來謹獻金符玉璽，朝見陛下。〔散宜生、黄滚作接科，姬發白〕爾等事紂，君在不能匡救贊襄，君亡不能盡忠效死，今日相投，思圖幸免，如此邪佞奸徒，留爾何用？可推出朝門外斬首號令，明正天誅，以爲奸佞之戒。〔飛廉、惡來各虚白科，衆軍卒作綁科，同從上場門下，隨上。各起科，姬發白〕衆卿可隨寡人朝見太后去者。〔衆白〕萬歲。

〔内作樂，姬發起，隨撤桌椅科，衆同唱〕

【慶餘】喜明良聖世歌清晏(韻)，虎拜楓宸慶萬年(韻)，看不了瑞兆頻仍昭現得致治全(韻)。〔同從下場門下。生扮柏鑑，戴帥盔，搭魂帕、白紙錢，紥靠，引飛廉、惡來魂，各搭魂帕、白紙錢，同從東傍門上，遶場科，同從下場門下〕

第二十齣　愚婦回心白練投（家麻韻）

弋腔

〔丑扮馬氏，戴鬏髻，穿衫，内拴自縊切末，從上場門上，唱〕

【雙調正曲・鎖南枝】悔當日(句)，作事差(韻)，則而今落蒂辭柯難再花(韻)。終日乏齏鹽(句)，依舊耐貧家(韻)。〔中場設椅，轉場坐科，白〕人生無命暗嗟吁，老景蕭條最可虞。自悔自羞還自惱，恨無兩眼辨賢愚。我馬氏乃員外馬洪之女，六十八歲纔嫁到宋異人義弟姜子牙家裏。夫妻時常嘔氣，他借遁回家，要與我同到西岐。那時我看他光景十分不堪，所以與他要了一紙休書，各爲生計。後來又嫁了這村中張三老，無奈貧寒，甘心寧耐。誰知姜子牙成了大事，滅紂興周，回歸故國。大凡茅檐蔀屋、窮谷深山，凡有人烟湊集之處，無有不知，無有不曉，位極人臣，今古罕有。我一聞此言，越思越恨。我當初爲何看不上他？這雙眼睛不分好歹，還生在世上便一百歲，也是如此。我如果隨了他去，今日豈不作一個無窮的富貴夫人了？唔，想起來好恨人也。〔唱合〕雙眼兒(句)，似朦花(韻)。還講甚麽(句)，知人話(韻)。〔虚白發諢科。老旦扮李氏，穿老旦衣，從上場門上，唱〕

【又一體】通好信(句)，向張家(韻)，又去羞他又氣他(韻)。〔白〕老身李氏，與馬氏丈夫張三老是就近鄰居。那馬氏先夫姜子牙，作出掀天揭地的事業來，他早知如此，悔不當初。今日到他家裏告知與他，看他羞也不羞，氣也不氣。來此已是。〔作虛白進門相見科，場上設椅，各虛白坐科，馬氏白〕李媽媽來此何幹？〔李氏唱〕我特來把新聞相告知(句)，拜訪向伊家(韻)。〔馬氏白〕甚麼新聞？〔李氏白〕你當初嫁的那個姜某，如今作了大事業，好不熱鬧。〔唱合〕則見他把駟馬乘(句)，駕高車(韻)，統雄師(句)，威風大(韻)。〔馬氏白〕不信有這等事。他自在西岐，你怎麽看見了？〔李氏白〕哎喲，他領兵到此，攻打朝歌，一路行軍，百姓安堵，村中百姓壺漿迎迓，我也隨去看了看來的嗄。〔馬氏白〕果然？〔李氏白〕不果然，那個哄你？如今就果然了，你也是四個大字。〔馬氏白〕怎麽説？〔李氏白〕竟不相干！〔馬氏虛白發諢科，李氏唱〕

【又一體】還是你(句)，當日差(韻)，貴人錯過嫁貧家(韻)。一紙隔幽冥(句)，難想享榮華(韻)。〔白〕若是當日隨了他，今日也享無窮富貴，却强似這裏守窮度日。總説了罷，〔唱合〕命貧寒(句)，難怨他(韻)。悔應遲(句)，隨緣罷(韻)。〔馬氏虛白發諢科，李氏白〕話説完了，不過白教你歡喜歡喜，就此告辭。〔虛白，各起，隨撤椅科，仍從上場門下。馬氏虛白發諢作氣科，白〕哎，我好恨也。這樣一個貴人錯過了，還有甚麽好處！又被這老婆子加言帶語譏誚了一場，説我命裏無福，不覺又羞又氣，再有何顔生於人世，不如尋個自盡罷。〔作虛白發諢科，白〕且住。天下同名的極多，焉知就是他？萬一不是，豈不白死了？況且那李婆子年老婦人，假如錯聽了也未可定。且待我丈夫回來，問他一問，便知分曉。我且進去，收

拾了晚飯等他。〔虛白發諢科，從下場門下。丑扮張三老，戴毡帽，穿道袍，繫搭包，從上場門上，唱〕

【又一體】老不死(句)，受波查(韻)，賣菜爲生度歲華(韻)。〔白〕老漢張三老，乃朝歌城外落鄉百姓，終日賣菜爲生，娶了一個繼室，就是那西周姜元帥的前妻。他父親馬洪是個員外，他休了那頭來嫁了我，起先還有幫補，後來他父母雙亡，無人看顧，好不度日艱難。咳，我想那姜元帥也是個老者，就那樣富貴，我也是個老者，就這般貧苦，倒不如死了，省得現世。〔唱〕我老也耐貧寒(句)，他老去享榮華(韻)。〔白〕幾回要告知妻子，哎呀呀，他又十分兇狠，恐他一時着惱，所以總未提起。閒話少說，今日賣菜回來，已到自家門首。〔唱合〕待我叩柴扉(句)，陪話他(韻)。〔馬氏從下場門上，虛白發諢科，唱〕是何人(句)，敲門闥(韻)？〔作開門相見，各虛白發諢科。場上設椅，各坐科，馬氏白〕你去朝歌城中，可曾有甚麼新聞？〔張三老白〕没有。〔馬氏白〕我倒聽了個新聞，要問問你。〔張三老虛白發諢科，馬氏白〕聞得説西周姜子牙，如今出將入相，百般富貴，可是有的？〔張三老作驚科，虛白陪笑科，白〕賢妻，這事久了，怎麼還是新聞？他曾來到咱們朝歌，誅了紂王，已經回去了。你若不問，我也不好説，他呵，〔唱〕

【又一體】隨將弁(句)，名位誇(韻)，一呼百諾貴莫加(韻)。〔白〕他在此處，甚樣威儀，天下八百諸侯，俱聽他一人調遣。我那時就要與你説了，同去見他，也討個小小的富貴，後來又想，〔唱〕恐怕他爵位恁尊榮(句)，不許去求他(韻)。〔白〕反倒惹出事來，老來受罪，故此不曾告知與你。如今他已回國多時，賢妻提他作甚？〔唱合〕殆莫非(句)，欲求見他(韻)，却向何處尋(句)，元戎駕(韻)？〔馬氏白〕果然是實。我且問你，是那個姜子牙？〔張三老作虛官模發諢科，白〕哎呀呀，賢妻，就是你那前夫嗄。〔馬氏虛白發諢科，白〕我好恨也。〔作跌科。張三老起，隨撤椅科，作虛白勸科。馬氏醒，作發諢科，張三老白〕賢妻，事已如此，君子不與命争，你不要着惱。你還要隨了他去，我情願送你到西岐，也得個小富貴。〔馬氏起，隨撤椅科，白〕這是甚麽説話？〔作怒、虛白發諢科，張三老白〕這事不好，他惱了，我且躲避片時。哎，正是：一言好似鈎和綫，從空鈎下是非來。〔虛白發諢科，從下場門下。馬氏虛白發諢作哭科，白〕天哪，我馬氏員外之女，嫁了這樣貴人，當面錯過，還想甚麽富貴。似這樣老没正經，何顔生於人世。也罷，我丈夫怕我生氣，躲了去了，我不免進房去尋個自盡罷，還是弔死好、刎死好？〔作想科、頓足科白〕弔死了罷。〔自想科。雜扮自縊鬼，散髮，穿衫，拴自縊鬼切末，從上場門上，作與馬氏作虛官模科。雜扮馬氏遊魂，戴鬏髻，搭魂帕，穿衫，從地井内上，與自縊鬼相見科。天井内預下財神龕、自縊切末，場上設桌椅、小凳，馬氏作上桌，馬氏遊魂、自縊鬼同上桌，幫扶拴繩，自縊氣絶科。自縊鬼與馬氏搭魂帕科，從下場門下，馬氏遊魂從地井内下。張三老從上場門上，白〕我躲了半日，不見動静，待我看看，再勸解他一番。〔虛白發諢科，作進門看見科，白〕哎呀，不好了。〔向内白〕衆位鄰舍快來。〔雜隨意扮衆鄉民，同從上場門上，白〕怎麽樣？〔張三老白〕我妻子好好的縊死了。〔作虛白發諢哭科，衆同白〕老張不用哭了，你家令政的事體，人人皆知，想是自悔而死了。我等且擡過一邊，一面報官，一面你家料理喪事就是了。〔各虛白作卸弔科，擡尸同從下場門下，天井内隨收財神龕切末，場上隨撤桌椅等件科。生扮柏鑑，戴帥盔，搭魂帕、白紙錢，紥靠，執旛，引馬氏魂搭魂帕、白紙錢，從東傍門上，遶場科，從下場門下〕

第廿一齣　宴成功明君錫爵（庚青韻）　昆腔

〔雜扮四内侍，各戴大太監帽，穿蟒，束帶，帶數珠，執拂塵。雜扮四昭容，各戴過梁額，穿蟒，繫絛，執符節、龍鳳扇。引生扮武王，戴王帽，穿蟒，束帶，從上場門上，唱〕

【仙吕入雙角合曲・北新水令】端居金殿慶清寧韻，耀祥光衮龍輝映韻。看卿雲丹闕暖句，昭化日玉樓晴韻。泰運光亨韻，喜四海全安静韻。〔中場設高臺、桌椅，轉場坐科，白〕《清平樂》戎衣一戰，帝德同天健。瑞應河清兼海晏，更樂佳祥普遍。昇平景運昭昭，端居玉殿陞朝。宴錫大功應報，皇封普及臣僚。寡人承祖父之休光，沐天地之大德，救民伐暴，得正乾綱。今日陞殿，大宴成功，頒錫封爵。内侍，宣諸臣上殿。〔一内侍應，作向内宣科。外扮姜尚，戴幞頭，穿蟒，束帶，執笏，雜扮周公旦、君奭、畢公高、姬叔振鐸、姬叔武、姬叔處、姬叔綉、康叔虞、章已、虢仲、鬻熊、文叔、栢翳、兹輿、奚仲、微子啟、箕子衍、東樓公、閼父，各戴紗帽，穿蟒，束帶，執笏。雜扮太顛、閎夭，外扮南宫适，生扮武吉，各戴帥盔，穿蟒，束帶，執笏。外扮黄滚，戴金貂，穿蟒，束帶，執笏。生扮散宜生，戴紗帽，穿蟒，束帶，執笏。生扮黄天爵、黄天禄，各戴紫金冠額，穿蟒，束帶，執笏。净扮李靖、小生扮韋護，各戴帥盔，穿蟒，束帶，執笏。生扮金吒、木吒，各戴陀頭髮，穿采蓮衣氅，軟紥扮。小生扮哪吒，戴綫髮，穿采蓮衣氅，軟紥扮。生扮楊戬，戴三叉冠，穿開場衣，繫絛，執笏。净扮雷震子，戴道冠

髮，穿飛翅鬼衣。同從上場門上，唱〕

【仙吕入雙角合曲·南步步嬌】碧瓦參差祥光迸㊇，金殿晴暉映㊇。香烟接太清㊇。端拱垂裳㊀，聿司化柄㊇。〔同作朝見科，白〕臣等恭同參叩，願吾皇萬歲萬歲萬萬歲。〔同唱合〕笏搢更旒凝㊇，嵩呼共祝無疆聖㊇。〔四昭容白〕平身。〔衆白〕萬歲。〔各起侍科，武王白〕你看光天朗霽，化日舒長。君臣一德，早成賡拜之休；上下同心，皆是和祥之氣。這等風光，好令人可愛也。〔唱〕

【仙吕入雙角合曲·北折桂令】遍楓宸喜氣沖盈㊇。則見虎拜雍和㊀，景象光榮㊇。喜的是德沛群黎㊀，功宣億兆㊀，化洽生成㊇。似同登春臺化境㊇，繼休聲舜陛堯庭㊇。和氣頻增㊇，上下同情㊇，一德宣猷㊀，共慶休徵㊇。〔姜尚跪科，白〕臣姜尚有事奏聞。〔武王白〕相父有何陳奏？〔姜尚白〕方今天下諸侯，與隨征衆功臣、洞府諸弟子，皆有大功於國，理宜頒加爵賞。帝親宗室，當封樹屏藩。即上古帝王之後，其先世皆有功德於民，亦當分封土地，以報其功。此陛下首先之務，理合陳奏。〔唱〕

【仙吕入雙角合曲·南江兒水】聖德先行事㊀，敷陳達玉庭㊇。中天玉燭金甌定㊇，雨順風調隨時令㊇。分茅列土當加贈㊇，共作邦家護擁㊇。〔合〕錦綉邦城㊇，一統如磐長慶㊇。〔四昭容白〕平身。〔姜尚白〕萬歲。〔起侍科，武王白〕寡人已定封爵，今日正當頒錫。相父之言，甚爲至當。〔唱〕

【仙吕入雙角合曲·北雁兒落帶得勝令】【雁兒落】（全）喜的是兆王基丹鳳鳴㊇，啟王業卿雲静(韻)。共拜祝賀安康(句)，頒爵位齊歡慶(韻)。【得勝令】〔全〕呀(格)，爲邦家樹藩屏(韻)，佐治化休明盛(韻)。好是列分茅五爵勳名大(句)，受隆恩三分職位榮(韻)。同慶(韻)，慶大業承天命(韻)。忠誠(韻)，須錫爵恩榮領(韻)。〔李靖、金吒、木吒、哪吒、韋護、雷震子、楊戩跪科，白〕臣等謹奏。〔四昭容白〕奏來。〔李靖等白〕臣等本係山谷野人，各奉本師法旨下山，克襄劫運，得定大功。今已太平，理宜回山回覆師命，紅塵爵位，不可少貪。特此陛辭，伏祈睿鑒。〔武王白〕朕賴卿等，得有今日，正宜序列上班，何忍捨朕遽去？〔李靖等白〕陛下恩德，臣等沐之久矣。但師命難以抗違，天心豈敢少逆。〔同唱〕

【仙呂入雙角合曲・南僥僥令】佐成功只爲遵師命(韻)，自回山塵俗早澄静(韻)。喜逢着聖主福德齊天運(句)，〔合〕臣等呵，便深隱在名山一般的賀明聖(韻)。〔四昭容白〕平身。〔李靖等白〕萬歲。〔各起侍科，武王白〕昔日從朕各建奇勳，今日太平堅辭上賞，朕心實爲難捨。今日功臣喜宴，又爲餞送佳筵。〔唱〕

【仙呂入雙角合曲・北收江南】呀(格)，聽堦前敷奏一聲聲(韻)，教寡人意難分樽酒慰離情(韻)。但願你嵩生嶽降群英盛(韻)，共成正果靈山境(韻)。即地便飛昇(韻)，即地便飛昇(疊)。聚兩間正氣耀威靈(韻)。〔白〕寡人先頒封爵，以答有功，然後再整華筵，以賀平治。〔姜尚白〕聖上之言極是。〔武王白〕相父聽封。〔姜尚跪科，武王白〕先王聘爾於渭水，得致承平；寡人拜於金臺，以成治理。宜蒙上賞，以佐皇家。今封爾爲齊侯，列於五侯九伯之上。〔姜尚白〕萬歲。〔起侍科，武王白〕御弟周公旦聽封。〔周公旦跪科，武王白〕爾賢名重於宗室，首侍先王；禮樂定於忠誠，繼扶朕治。理承特錫，以輔皇家。今封爾爲魯侯，命爾長子伯禽鎮國，爾尚在朝，作朕股肱之寄。〔周公旦白〕萬歲。〔起侍科，武王白〕君奭、畢公高聽封。〔君奭、畢公高跪科，武王白〕汝二人勤勞王室，累有功勳；佐輔皇家，共成治理。宜加寵錫，以作屏藩。今封爾君奭於燕，封爾畢公高於魏，各分疆土，佐化宣猷。〔君奭、畢公高同白〕萬歲。〔起侍科，武王白〕皇叔章巳、虢仲聽封。〔章巳、虢仲跪科，武王白〕汝二人帝室宗枝、先王昆弟，勳在王室，藏於盟府，宜錫分封以衛帝室。今封爾章巳於虞，封爾虢仲於虢，各守邦家，贊襄治理。〔章巳、虢仲白〕萬歲。〔起侍科，武王白〕御弟姬叔振鐸、姬叔武、姬叔處、姬叔綉、康叔虞聽封。〔姬叔振鐸等跪科，武王白〕爾等常棣連芳，慶洽天潢之樂；封疆各鎮，功襄帝治之休。今封爾姬叔振鐸於曹，封爾姬叔武於郕，封爾姬叔處於霍，封爾姬叔綉於滕，封爾康叔虞於晉。爾等恪守王章，各安其境，勤恭寅畏，以承天休。〔姬叔振鐸等白〕萬歲。〔起侍科，武王白〕兹輿、奚仲、文叔、鬻熊、閼父、栢翳、東樓公聽封。〔兹輿等跪科，武王白〕爾等帝室苗裔、聖臣後世，先代有功於民，後人當膺封爵。今封爾兹輿於莒，封爾奚仲於薛，封爾文叔於許，封爾鬻熊於楚，封爾閼父於陳，封爾栢翳於秦，封爾東樓公於杞。爾等其各繼先聲，以匡聖化。〔兹輿等同白〕萬歲。〔起侍科，武王白〕微子啟、箕子衍聽封。〔微子啟、箕子衍跪科，武王白〕汝二人商家嫡派，忠孝公誠，一個諫主遭讒，爲奴受辱，一個全身存祀、去國而逃。今既昇平，理宜褒獎。今封爾微子啟於宋，封爾箕子衍於嬴。爾等各膺榮命，佐我邦家。〔微子啟、箕子衍同白〕萬歲。〔起侍科，武王白〕散宜生、黃滾、黃天爵、黃天祿聽封。〔散宜生等跪科，武王白〕爾散宜生佐先王而治理，爾黃滾隨令子以投周，爾黃天爵、黃天祿青年報國，屢建奇勳，宜蒙特獎，以錫功勳。今拜爾散宜生爲左相之職，燮理是任；拜爾黃滾爲大帥之職，護國專司；爾黃天爵承襲爾父王爵；爾黃天祿加封護國襄武公之職。爾等其各竭忠誠，宣猷内外。〔散宜生等同白〕萬歲。〔起侍科，武王白〕太顛、閎夭、南宫适、武吉聽封。〔太顛等跪科，武王白〕爾太顛、閎夭救主於難，通關奸佞之門，爾南宫适、武吉事朕以忠，來往戰陣之内，各有其勳，宜加上賞。今拜爾太顛、閎夭爲神策左右大帥之職，拜爾南宫适、武吉爲神武左右大帥之職。爾等其各公乃位，以佐皇猷。〔太顛等白〕萬歲。〔起侍科，四昭容白〕衆臣謝恩。〔姜尚作率衆謝恩科，同唱〕

【仙吕入雙角合曲·南園林好】荷皇德如天莫名(韻)，念臣職叨蒙恩盛(韻)。敢不的夙夜裏心持公正(韻)，〔合〕扶大化竭精誠(韻)，扶大化竭精誠(疊)。〔各起侍科，武王白〕典章已具，大宴堪娱。内侍，看宴伺候。〔二内侍應科，武王起，隨撤高臺、桌椅科。場上預設桌椅、筵席科，内作樂，武王轉場入座科，衆臣同作謝恩入桌坐科，衆同作飲酒科，唱〕

【仙吕入雙角合曲·北沽美酒帶太平令】【沽美酒】〔仝〕喜雍容舉玉觥(韻)，喜雍容舉玉觥(疊)。啟天府靈明勝(韻)，物茂時和萬瑞擁(韻)。樂天膏共領(韻)，慶熙皞享昇平(韻)。【太平令】〔仝〕綿玉律調元金鼎(韻)，鞏金甌敷榮化柄(韻)。崇善行祥和光盛(韻)，洽治化賡揚明聖(韻)。〔武王白〕大典告成，衆爵順序，酒已數巡，禮飲是洽。爾衆卿可各歸第，寡人亦當還宮。〔衆臣白〕萬歲。〔各作出桌科，武王白〕爾衆卿各攄公忠，永保邦國。卿等告辭回山，爾衆卿代朕餞送可也。〔衆白〕萬歲。〔李靖等同作拜謝科，白〕願吾皇萬歲。〔各起科。内作樂，武王作出席，隨撤桌椅、筵席科。武王唱〕俺呵(格)，好頌成治清(韻)、太清(韻)，合資生、化生(韻)。〔衆同唱〕呀(格)，祝皇極無疆叶慶(韻)。

【南清江引】看紛紛(讀)，簪裾和氣生(韻)，勝世風光盛(韻)。明良繼舜堯(句)，聖哲嘉天慶(韻)。〔合〕億萬年(讀)，天上人間同祝詠(韻)。〔衆内侍、昭容引武王從下場門下，衆官虛白科，同從上場門下〕

第廿二齣 請敕命子牙拜師（先天韻） 弋腔

〔雜扮四黄巾勇士，各戴紮巾額，紮靠，執金鎖、寶燈、寶杵、黄旛。雜扮四仙童，各戴綫髮，穿采蓮衣，執玉珮，提爐。雜扮二金童，各戴紫金冠額，穿氅繫縧，執符節。雜扮二玉女，各戴過梁額、仙姑巾，穿氅，繫縧，執龍鳳扇。引淨扮元始天尊，戴大道冠，穿蟒，繫縧，從上場門上，唱〕

【仙吕調套曲·點絳唇】變轉乾坤(句)，完全劫數(句)。滄桑幻(韻)，紅塵紛亂(韻)，一統今方見(韻)。〔中場設高臺、桌椅，内作樂，元始天尊轉場陞座科，白〕大千世界又昇平，仙果神緣兩作成。試看乾坤遷轉日，金符飛敕受恩榮。吾乃元始天尊是也，掌無爲之教祖，作衆教之先師。爲因劫數輪迴，天心早定，商家當滅，周室當興，奉昊天大帝敕旨，命吾掌管。因此我等三教，會合僉押封神二榜，神仙弟子一千五百年犯了紅塵殺戒，凡有名者俱在下方被喪，然後歸榜候封。弟子姜尚可當此任，因此命他下山，代爲料理。也不知經了多少魔頭，受過無窮險難，可喜獨當此任，大業完成。目今周主代興，天下一統，弟子姜尚理宜請受金符，封神受職，使各按其位。想他必來叩謁我，因此陞座候他。我想下界紅塵，當這太平景運，另有一番氣象也。〔唱〕

【仙呂調套曲·混江龍】車書萬國(句)，人歌化日戴光天(韻)。看糺縵祥雲瑞靄(句)，刷掃净殺氣烽烟(韻)。想當日揖讓相承堯舜德(句)，到而今征誅大定紂周傳(韻)。歸總到(句)，勢時遷易(句)，劫運輪環(韻)。〔外扮姜尚，戴道冠，穿道袍氅，繫縧，執拂塵，從上場門上，白〕爲了封神辭殿陛，又來承榜謁仙山。我姜尚奉敕下山，完全封神榜案。目今大事已定，一統車書，正當請受金符、玉牒，封錫諸神，使他們各安其位，以應上天垂象之意，完全神仙遇劫之緣。因此辭了聖上，來謁崑崙。駕遁而行，早到玉虛宮門首。〔向内白〕裏面有人麽？〔一仙童白〕甚麽人？〔作見科，白〕呀，原來是姜師兄到來，天尊陞座專候你叩謁金顏，你却來得恰好，待我替你轉達。〔姜尚虛白科，仙童作禀科，白〕啟上天尊，弟子姜尚宮門候旨。〔元始天尊白〕着他進見。〔仙童應，作虛白唤科，姜尚作進門叩見科，白〕弟子姜尚願老師聖壽無疆。〔元始天尊白〕姜尚，可喜你完了神仙劫數，宜享人世榮華，大功已成，天心上應，不負玉虛四十年之功行也。〔唱〕

【仙呂調套曲·六么遍】堪羡你代天宣化勤揚贊(韻)，不辜負高山修造(句)，萬劫功元(韻)。則今日功成行足(句)，斡轉坤乾(韻)，應與這玉虛正道增顏面(韻)。諸仙(韻)，你則是諸仙中第一個妙功全(韻)。〔姜尚白〕弟子深感老師多年訓誨，逐事慈悲，救濟灾魔，超脱難險，得成大業，未致遺慚。弟子今日得謁金顏，實是萬千之幸。〔唱〕

【仙呂調套曲·後庭花】多蒙超拔(句)，渡苦海渺無邊(韻)。則今日功就重誠謁(句)，喜再到崑崙舊福田㊞。太平年㊞，乾坤劫運㊀，輪轉又三千㊞。〔白〕弟子更有啟者：方今太平無事，大業成全，特請玉敕金符，將陣亡之忠臣孝子、逢劫神仙，早早封其品位，毋令他遊魂無依，終日懸望。乞老師大發慈悲，速賜施行，則諸神幸甚，弟子幸甚。〔元始天尊白〕命你下山，原爲此事。原先已將二榜僉押付汝，但是非有符敕降下塵凡，難以按榜加封。你先回去，在封神臺上迎接金符，不得有誤。你回去罷，我命白鶴金童賫捧符敕，隨後就到。〔姜尚白〕領法旨。〔起科，白〕弟子就此去也。〔虛白，作出門科，白〕試看諸位安分職，添得神靈多少人。〔仍從上場門下，元始天尊白〕諸神受職，各安其位，這一番天意，好教人慶幸也。〔内作樂，元始天尊下高臺，隨撤高臺、桌椅科，唱〕

【賺煞】看塵中㊀，勞慧眼㊞，一霎忙過廿八年㊞。天上神靈增補處㊀，暗地裏自有司權㊞。莫言多事天公㊀，亂治相承自古然㊞。〔衆同唱〕誰能勾知之在先㊞。看神仙出離大劫㊀，早修持功行也都慶太平年㊞。〔同從下場門下〕

第廿三齣　受寶籙諸神即序（家麻韻）

昆腔

（生扮柏鑑，戴帥盔，搭魂帕、白紙錢，紥靠，執旛，從上場門上，舞旛科，白）曾作忠良死難時，得蒙救拔不含悲。神臺今日功成日，自守神旛候指揮。俺柏鑑自蒙恩師救拔，賜了神旛，命我在這封神臺上接引在榜諸魂，安置鎮壓。這些年來，也不知收引了多少亡魂，俱在此安置候封，其餘已經亡過，不在封神數内者，自有閻君收管，這都不在話下。目今天下昇平，聖君即位，恩師大業已成，列品仙班當録，叩謁元始蓮臺，請了金符寶籙，齋戒沐浴，致敬致虔。今日封頭榜諸神，少不得用吾招引。你看恩師將到，只索在此伺候。（侍立科。場上拉祥雲幃幙，隨拆城門，安昇天門、陟仙門，設封神臺、香案、桌椅，安旨意架，安姜尚用科文册科，臺上張掛頭榜榜文科。雜扮四仙童，各戴綫髮，穿道袍，繫縧，引外扮姜尚，戴道冠，穿道袍氅，繫縧，執拂塵，捧玉旨，從上場門上，唱）

【雙角隻曲·新水令】祥雲紫氣遍天涯（韻），喜寶籙玉音垂下（韻）。丹書開玉簡（句），紫軸啟金蝦（韻）。神位無差（韻），按序天恩大（韻）。（白）老夫姜尚，奉旨下山封神，代理大劫已畢，寰宇昇平，請了寶籙、金符，封序群靈列宿。齋戒沐浴，今日敕封頭榜，諸人就此上臺去者。（隨撤祥雲幃幙。內作樂，四仙童引姜尚上封神臺，將玉旨供架上科，作拈香行禮畢，起科，白〕柏鑑何在？〔柏鑑應科，姜尚白〕欽奉玉敕，謹聽宣讀。〔柏鑑應，作向内白〕欽奉玉敕，謹聽宣讀。〔作轉場跪科，姜尚作捧旨宣讀科，白〕太上無極混元教主元始天尊欽奉昊天大帝敕曰：仙凡路迥，非厚根培行豈能通；神鬼途分，豈諂媚無稽所窺竊。縱服氣煉形於島嶼，未曾斬却三尸，終歸五百年後之劫；總抱素守一於元闕，若未超脱陽神，難赴三千瑶池之約。爾等雖聞至道，未證菩提，劫運相尋，輪迴適候。憐爾等身從鋒刃，沉淪苦海之中，心切忠誠，漂泊迷關之内，特命姜尚依劫數之重輕，循資品之高下，封爾等於各司諸部，按位成功。禍福自爾施行，生死從今超脱。於戲！恪守宏規，毋循私妄，永膺寶籙，常握金符。故宣玉敕，爾其欽哉。〔柏鑑白〕聖壽無疆。〔起侍科。姜尚將旨仍供架上科，白〕柏鑑受封。〔柏鑑向上跪科，姜尚白〕今奉玉敕，爾柏鑑爲國捐軀，忠藎堪獎，幸遇救脱，接引有功，特錫寶籙，慰爾忠魂。今敕封爾爲三界首領、八部六十五位清福正神之職，爾其欽哉。〔柏鑑白〕聖壽無疆。〔姜尚坐科。内作樂，柏鑑作拜畢起科，姜尚白〕引聞仲上臺受封。〔柏鑑白〕領法旨。〔作向内傳科，白〕聞仲上臺受封。〔作以旛引浄扮聞仲魂，戴髮網，搭魂帕、白紙錢，照前鈎臉，紥靠、背令旗，從上場門上，轉場向上跪科。姜尚起科，白〕今奉玉敕，爾聞仲曾入名山，證修大道，證大羅而無緣，死國難而堪憫。今特封爾爲九天應元雷聲普化天尊之職，帥爾本部，明正天章，爾其欽哉。〔唱〕

【雙角隻曲·石竹子】助雨興雲把善惡查(韻)，天法昭彰把禍福加(韻)。資生震動功非假(韻)，忠義由來天寵遐（韻）。〔柏鑑作引聞仲魂起科，從下場門下。姜尚坐科，白〕引伯邑考、黄飛虎、崔英、蔣雄、崇黑虎、文聘、黄天化上臺受封。〔柏鑑白〕領法旨。〔作向内傳科，白〕伯邑考等上臺受封。〔作以旛引小生扮伯邑考魂，戴巾，搭魂帕、白紙錢，穿道袍，繫縧；生扮黄飛虎魂，戴金貂，搭魂帕、白紙錢，紥靠、背令旗；雜扮崔英、蔣雄、文聘魂，各戴帥盔，搭魂帕、白紙錢，照前鈎臉，紥靠、背令旗；净扮崇黑虎魂，戴黑貂，搭魂帕、白紙錢，照前鈎臉，紥靠、背令旗；小生扮黄天化魂，戴綫髮，搭魂帕、白紙錢，穿采蓮衣氅，軟紥扮，繫跳包。同從上場門上，轉場向上跪科，姜尚起科，白〕今奉玉敕，爾伯邑考救親盡孝，諫主盡忠；爾黄飛虎等金蘭氣重，忠義志堅，陽運告終，未遂而殁；爾黄天化下山首建大功，救父尤爲至孝，未享榮封，捐軀馬革。援勳定賞，各當褒嘉。今封爾伯邑考爲中天北極紫微大帝，爾黄飛虎爲東嶽泰山天齊仁聖大帝，崔英爲南嶽衡山司天昭聖大帝，蔣雄爲西嶽華山金天順聖大帝，崇黑虎爲北嶽恒山安天元聖大帝，文聘爲中嶽嵩山中天崇聖大帝，爾黄天化爲管領三山正神炳靈公之職。爾等其各欽哉。〔四童唱〕

【雙角隻曲·慶宣和】俊秀英豪氣概嘉（韻），今日個褒封爵位加（韻），好則是嶽瀆專司景命佳（韻）。這神威（句），寔可誇（韻）。〔柏鑑作引伯邑考等魂同作起科，同從下場門下。姜尚坐科，白〕引鄧忠、陶榮、張節、辛環、龐弘、劉甫、苟章、畢環、吉志、余慶、殷成秀、方義貞、徐坤、秦完、趙江、董全、袁角、孫良、栢禮、王變、姚賓、張詔上臺受封。〔柏鑑白〕領法旨。〔作向内傳科，白〕鄧忠等上臺受封。〔作以旛引雜扮鄧忠、陶榮、張節魂，各戴紥巾額，搭魂帕、白紙錢，照前鈎臉，戴臉亦可，穿打仗甲；雜扮辛環魂，戴竪髮額，搭魂帕、白紙錢，照前鈎臉，戴臉亦可，穿打仗甲，紥飛翅；雜扮龐弘、劉甫、苟章、畢環、吉志、余慶、殷成秀、方義貞、徐坤魂，各戴紥巾額，搭魂帕、白紙錢，照前鈎臉，戴臉亦可，紥靠；雜扮秦完、趙江、董全、袁角、孫良、栢禮、王變、姚賓、張詔魂，各戴道冠髮，搭魂帕、白紙錢，照前鈎臉，戴臉亦可，穿道袍，繫絲。同從上場門上，轉場向上跪科。姜尚起科，白〕今奉玉敕，爾鄧忠等或因戰將捐軀，或以仙班廢命，今膺寶籙，各列神班。爾鄧忠等二十二人，俱封雷部護法天君之職，爾等其各欽哉。〔唱〕

【雙角隻曲・早鄉詞】凛天心(句)，各職褒嘉(韻)，奉天心公正無差(韻)。贊無爲宣德化(韻)，受享名禋萬古迓(韻)。這的是受褒封寵眷無涯(韻)。〔栢鑑作引鄧忠等魂同作起科，同從下場門下。姜尚坐科，白〕引金光聖母、菡芝仙上臺受封。〔栢鑑白〕領法旨。〔作向内傳科，白〕金光聖母、菡芝仙上臺受封。〔作以旛引旦扮金光聖母、菡芝仙魂，各戴魔女髮，搭魂帕、白紙錢，穿宫衣，同從上場門上，轉場向上跪科。姜尚起科，白〕今奉玉敕，爾金光聖母等身居島嶼，不染紅塵，意切貪嗔，共歸殺劫，幸逢仙籙，得沐隆休。今封爾金光聖母爲閃電之神，菡芝仙爲助風之神，爾等其各欽哉。〔四童唱〕

【雙角隻曲・雁兒落】吹嘘功自遐(韻)，布耀光輝大(韻)。寶籙奉天恩(句)，共喜這仙音下(韻)。〔栢鑑作引金光聖母、菡芝仙魂同作起科，同從下場門下。姜尚坐科，白〕引羅宣、劉環、魯雄上臺受封。〔栢鑑白〕領法旨。〔作向内傳科，白〕羅宣、劉環、魯雄上臺受封。〔作以旛引净扮羅宣魂，戴紫金冠髮，搭魂帕、白紙錢，照前鈎臉，紥靠；副扮劉環魂，戴竪髮額，搭魂帕、白紙錢，照前鈎臉，紥靠；外扮魯雄魂，戴帥盔，搭魂帕、白紙錢，照前鈎臉，紥靠、背令旗。同從上場門上，轉場跪科。姜尚起科，白〕今奉玉敕，爾羅宣、劉環具離明之正道，犯殺戒之迷途，烈焰無光，黄泉堪憫，爾魯雄爲國捐軀，忠心烈烈，膺封受命，符敕昭昭。今封爾羅宣爲南方五炁火德星君，劉環爲接火天君，爾魯雄爲北方五炁水德星君之職，爾等其各欽哉。〔唱〕

【雙角隻曲・駙馬還朝】水火分（讀），各司權景命佳（韻）。濟剛柔（讀），各乘權天命迓（韻）。一般的（句），功成潤澤誇（韻），烈炬除奸列天家（韻）。〔柏鑑作引羅宣、劉環、魯雄魂，同作起科，同從下場門下。姜尚坐科，白〕引呂岳、周信、李奇、朱天麟、楊文輝上臺受封。〔柏鑑白〕領法旨。〔作向内傳科，白〕呂岳等上臺受封。〔作以旛引净扮呂岳魂，雜扮周信、李奇、朱天麟、楊文輝魂，各戴瘟神帽，搭魂帕，白紙錢，照前鈎臉，紮靠，同從上場門上，轉場向上跪科。姜尚起科，白〕今奉玉敕，爾呂岳等潛修島嶼，不斷貪嗔，誤聽讒言，致遭殘害。今封爾呂岳爲主掌瘟㾮昊天大帝，周信爲東方行瘟使者，李奇爲南方行瘟使者，朱天麟爲西方行瘟使者，楊文輝爲北方行瘟使者之職，爾等其各欽哉。〔四童唱〕

【雙角隻曲・胡十八】一般兒寵命加（韻），一樣的五音誇（韻），巡行布證非兇煞（韻）。今日（句），敕嘉（韻），勝當日（句），鬬争殺（韻）。〔柏鑑作引呂岳等魂同作起科，同從下場門下。姜尚坐科，白〕引金靈聖母、蘇護、金葵、梅武、趙丙、姜桓楚、龍環、孫子羽、胡升、胡雲鵬、周紀、胡雷、高貴、孫寶、雷鯤、鄧華、黄天祥、比干、鄂崇禹、鄧九公、蘇全忠、韓昇、韓變、鄂順、郭宸、董忠、魯仁傑、晁雷、杜元銑上臺受封。〔柏鑑白〕領法旨。〔作向内傳科，白〕金靈聖母等上臺受封。〔作以旛引旦扮金靈聖母魂，戴髮網，搭魂帕，白紙錢，穿宫衣；生扮蘇護魂，小生扮鄂順魂，各戴金貂，搭魂帕、白紙錢，紮靠、背令旗；小生扮黄天祥、蘇全忠魂，各戴紫金冠額，搭魂帕、白紙錢，紥靠、背令旗；生扮鄧九公魂，末扮郭宸魂，净扮董忠魂，雜扮龍環、周紀、胡升、胡雷、魯仁傑、雷鯤魂，各戴帥盔，搭魂帕、白紙錢，紥靠；外扮姜桓楚魂，生扮鄂崇禹魂，各戴金貂，搭魂帕、白紙錢，穿蟒，束帶；外扮比干、杜元銑魂，各戴紗帽，搭魂帕、白紙錢，穿蟒，束帶；雜扮金葵、梅武、趙丙、孫子羽、胡雲鵬、晁雷、高貴、孫寶魂，各戴紥巾額，搭魂帕、白紙錢，紥靠；生扮韓昇、韓變魂，各戴髮網，搭魂帕、白紙錢，穿蟒箭袖，繫跳包；小生扮鄧華魂，戴綫髮，搭魂帕、白紙錢，穿采蓮衣，軟紥扮，繫跳包。同從上場門上，轉場向上跪科。姜尚起科，白〕今奉玉敕，爾金靈聖母破陣戕生，爾蘇護等或因忠義而亡，或以冤沉而斃，情寔堪憐，理應受錫。今封爾金靈聖母爲北極紫炁斗母正神，蘇護、金葵、梅武、趙丙爲東斗四星官，姜桓楚、龍環、孫子羽、胡升、胡雲鵬爲西斗五星官，周紀、胡雷、高貴、孫寶、雷鯤、鄧華爲南斗六星官，黄天祥、比干、鄂崇禹、鄧九公、蘇全忠、韓昇、韓變爲北斗七星官，鄂順、郭宸、董忠、魯仁傑、晁雷、杜元銑爲中斗六星官，爾等其各欽哉。〔唱〕

【雙角隻曲·豐樂歌】按位布光芒(句)，列象周罡煞(韻)。玉敕受恩褒(句)，仙敕蒙封大(韻)。當年費戰争(句)，此日沐褒嘉(韻)。〔柏鑑作引金靈聖母等魂同作起科，同從下場門下。姜尚坐科，白〕引陳定、盧申、余燦、王貞、土行孫上臺受封。〔柏鑑白〕領法旨。〔作向内傳科，白〕陳定等上臺受封。〔作以旛引雜扮陳定、盧申、余燦、王貞魂，各戴道冠，搭魂帕、白紙錢，穿道袍，繫絛；丑扮土行孫魂，戴帥盔，搭魂帕、白紙錢，紥靠。同從上場門上，轉場向上跪科。姜尚起科，白〕今奉玉敕，爾陳定等默守玄冥，終歸劫數，屢成功績，忽遇魔灾，總由天數，共荷寵光。今封爾陳定爲金府星，盧申爲木府星，余燦爲水府星，王貞爲火府星，土行孫爲土府星，爾等其各欽哉。〔唱〕懸光列碧霄(句)，經緯隱層霞(韻)。夙世解冤愆(句)，萬劫絢光華(韻)。看週天(讀)，生輝耀自遐(韻)。賀泰階(讀)，垂象名原大(韻)。〔柏鑑作引陳定等魂同作起科，同從下場門下。姜尚坐科，白〕引龍吉公主、姜后、黄妃、妲己、賈氏、鄧嬋玉、馬氏、高蘭英、彩雲仙上臺受封。〔柏鑑白〕領法旨。〔作向内傳科，白〕龍吉公主等上臺受封。〔作以旛引旦扮姜后、黄妃、妲己、賈氏魂，各搭魂帕、白紙錢，穿衫；旦扮龍吉公主、鄧嬋玉、高蘭英魂，各戴女盔，搭魂帕、白紙錢，紥女靠；旦扮彩雲仙魂，戴魔女髮，搭魂帕、白紙錢，穿宫衣；丑扮馬氏魂，戴鬏髻，搭魂帕、白紙錢，穿衫。同從上場門上，轉場向上跪科。姜尚起科，白〕今奉玉敕，爾龍吉公主等或以貞德遭魔，或以仙方自恃，或因遇妖戕生，或因悔心亡命，總緣數定，應受仙封。今封爾龍吉公主爲紅鸞星，姜后爲太陰星，黄妃爲地后星，妲己爲合貴星，賈氏爲貌端星，鄧嬋玉爲六合星，馬氏爲鐵箒星，高蘭英爲桃花星，彩雲仙爲紅艷星，爾等其各欽哉。〔四童唱〕

【雙角隻曲・喬牌兒】羅列精光大(韻)，懸象應無假(韻)。隨方按位週天下(韻)，從今仇怨罷(韻)。〔柏鑑作引龍吉公主等魂同作起科，同從下場門下。姜尚坐科，白〕引黄庚、李德、馬方、金素、雷開、魏賁、陳桐、風林、彭遵、王豹、崇侯虎、殷破敗、武榮、趙昇、孫焰紅、余化、晁田、温良、高繼能、張奎、程季貞、余元、黄元濟、李德武、撒堅、撒强、撒勇、袁坤、程朝用上臺受封。〔柏鑑白〕領法旨。〔作向内傳科，白〕黄庚等上臺受封。〔作以旛引雜扮黄庚、李德、馬方、金素、李德武、撒堅、撒强、撒勇、袁坤、程朝用魂，各戴道冠，搭魂帕、白紙錢，照前鈎臉，戴臉亦可，穿道袍，繫縧；净扮崇侯虎魂，戴金貂，搭魂帕、白紙錢，照前鈎臉，戴臉亦可，紥靠、背令旗；净扮余化魂，戴竪髮額，搭魂帕、白紙錢，照前鈎臉，戴臉亦可，紥假手切末，紥靠；净扮余元魂，戴竪髮額，搭魂帕、白紙錢，照前鈎臉，戴臉亦可，穿蟒箭袖，軟紥扮，繫跳包；副扮陳桐魂，净扮張奎魂，雜扮雷開、殷破敗魂，各戴帥盔，搭魂帕、白紙錢，照前鈎臉，戴臉亦可，紥靠，背令旗；副扮風林魂，雜扮魏賁、彭遵、王豹、武榮、趙昇、孫焰紅、晁田、温良、高繼能、陳季貞、黄元濟魂，各戴紥巾額，搭魂帕、白紙錢，照前鈎臉，戴臉亦可，紥靠。同從上場門上，轉場向上跪科。姜尚起科，白）今奉玉敕，爾黄庚等修持未遂，早看一命難全，功績方彰，何乃九泉長隱，或因扶持國事，不惜捐軀，或爲保護陣圖，無端喪敗。雖有善惡之不同，總是數定於劫内。今封爾黄庚爲青龍星，李德爲白虎星，馬方爲朱雀星，金素爲神武星，雷開爲驛馬星，魏賁爲黄旛星，陳桐爲豹尾星，風林爲弔客星，彭遵爲羅睺星，王豹爲計都星，崇侯虎爲大耗星，殷破敗爲小耗星，武榮爲貫索星，趙昇爲羊刃星，孫焰紅爲血光星，余化爲孤辰星，晁田爲歲破星，温良爲獨火星，高繼能爲黑煞星，張奎爲七煞星，陳季貞爲月破星，余元爲歲煞星，黄元濟爲月遊星，李德武爲十惡星，撒堅爲大尸星，撒强爲中尸星，撒勇爲小尸星，袁坤爲四廢星，程朝用爲天瘟星。爾等其各欽哉。

〔唱〕

【雙角隻曲·慢金盞】祥光迓(韻)，週天光匝(韻)。耀星華(韻)，出劫煞(韻)。祥光四射(韻)，瑞彩交加(韻)。豪氣紛奢(韻)，當日裏相爭交戰分高下(韻)。則今朝(句)，天恩大(韻)。〔柏鑑作引黄庚等魂同作起科，同從下場門下。姜尚坐科，白）引紂王、孫伯、張山、徐蓋、商容、洪錦、梅栢、夏招、趙啟、丁策、李錦、錢保、周信、黄明、張桂芳、費仲、尤渾、馬成龍、龍安吉、太欒、鄧秀、韓變、季康、王佐、卞金龍、鄭椿、張鳳、徐芳、歐陽淳、殷洪、陳庚、韓榮、馬忠、孫合上臺受封。〔柏鑑白〕領法旨。〔作向内傳科，白〕紂王等上臺受封。〔作以旛引净扮紂王魂，戴王帽，搭魂帕、白紙錢，穿蟒，束帶；雜扮孫伯魂，戴道冠，搭魂帕、白紙錢，穿道袍，繫絛；外扮商容魂，戴巾，搭魂帕、白紙錢，穿道袍，繫絛；生扮洪錦魂，戴金貂，搭魂帕、白紙錢，紥靠、背令旗；小生扮鄧秀、殷洪魂，各戴紫金冠額，搭魂帕、白紙錢，紥靠；生扮韓變魂，戴髮網，搭魂帕、白紙錢，穿蟒箭袖，繫䟴包；生扮梅栢魂，戴髮網，搭魂帕、白紙錢，穿道袍，繫絛；生扮趙啟魂，净扮夏招魂，副扮費仲魂，丑扮尤渾魂，各戴紗帽，搭魂帕、白紙錢，穿蟒，束帶；雜扮張山、徐蓋、丁策、李錦、黃明魂，净扮張桂芳、徐芳魂，外扮張鳳、歐陽淳、韓榮魂，各戴帥盔，搭魂帕、白紙錢，紥靠、背令旗；雜扮錢保、周信、馬成龍、龍安吉、太鑾、季康、王佐、卞金龍、鄭椿、陳庚、馬忠、孫合魂，各戴紥巾額，搭魂帕、白紙錢，紥靠。同從上場門上，轉場向上跪科。姜尚起科，白〕今奉玉敕，爾孫伯等或因嗔心未斷，遇此輪迴，或因戰陣争持，遭逢殺戮，也有的無故遭冤，也有的效忠致命。今值褒封，應同安慰。今封爾紂王爲天喜星，孫伯爲勾陳星，張山爲騰蛇星，徐蓋爲太陽星，商容爲玉堂星，洪錦爲龍德星，梅栢爲天德星，夏招爲月德星，趙啟爲天赦星，丁策爲地輅星，李錦爲皇恩星，錢保爲天醫星，周信爲宅龍星，黃明爲伏龍星，張桂芳爲喪門星，費仲爲勾絞星，尤渾爲卷舌星，馬成龍爲飛廉星，龍安吉爲欄杆星，太鑾爲披頭星，鄧秀爲五鬼星，韓變爲官符星，季康爲天狗星，王佐爲病符星，卞金龍爲死符星，鄭椿爲浮沉星，張鳳爲大煞星，徐芳爲歲刑星，歐陽淳爲亡神星，殷洪爲五穀星，陳庚爲地網星，韓榮爲狼籍星，馬忠爲刃煞星，孫合爲胎神星，爾等其各欽哉。〔四童唱〕

【雙角隻曲・小喜人心】玉音相迓㊇，金符一霎㊇。寶籙同承天嘏㊇，紫府銀霄光共亞㊇。聯璧騰輝〔句〕，布耀隨時〔句〕，放彩生華〔韻〕。今日裏仙音下〔韻〕，共奉着天恩大〔韻〕。〔柏鑑作引紂王等魂同作起科，同從下場門下。姜尚坐科，白〕引邢三益、戴禮、車方、翟元、崔士傑、徐振、姬叔乾、龐虎、崔信、陳禮亮、池忠、孫安、膠鬲、黄鼎臣、崇應彪、張定、胡佳善、陳猛、金庚、姚元、金海、王保、史思齊、楊相、張偉、召國才、李顏、周栢、吕知本、胡松、房景元、楊旺、余宗伯上臺受封。〔柏鑑白〕領法旨。〔作向内傳科，白〕邢三益等上臺受封。〔作以旛引小生扮姬叔乾、崇應彪魂，各戴紫金冠額，搭魂帕、白紙錢，紥靠、背令旗；生扮膠鬲魂，戴紗帽，搭魂帕、白紙錢，穿蟒，束帶；雜扮邢三益、戴禮、車方、翟元、崔士傑、徐振、龐虎、崔信、陳禮亮、池忠、孫安、黄鼎臣、張定、胡佳善、陳猛、金庚、姚元、金海、王保、史思齊、楊相、張偉、召國才、李顏、周栢、吕知本、胡松、房景元、楊旺、余宗伯魂，各戴道冠，搭魂帕、白紙錢，穿道袍，繫縧。同從上場門上，轉場向上跪科。姜尚起科，白〕今奉玉敕，爾邢三益等無緣正果，難免身入泉臺，得沐殊恩，共喜名登仙籍。今封爾邢三益爲博士星，戴禮爲武士星，車方爲奏書星，翟元爲河魁星，崔士傑爲月魁星，徐振爲帝車星，姬叔乾爲天嗣星，龐虎爲天馬星，崔信爲鑽骨星，陳禮亮爲死氣星，池忠爲咸池星，孫安爲月厭星，膠鬲爲月刑星，黄鼎臣爲除煞星，崇應彪爲天羅星，張定爲華蓋星，胡佳善爲蠶畜星，陳猛爲大禍星，金庚爲披麻星，姚元爲九醜星，金海爲陰錯星，王保爲陽差星，史思齊爲五窮星，楊相爲流霞星，張偉爲寡宿星，召國才爲荒蕪星，李顏爲伏斷星，周栢爲反吟星，吕知本爲伏吟星，胡松爲刀劍星，房景元爲滅没星，楊旺爲歲厭星，余宗伯爲破碎星。爾等其各欽哉。〔唱〕

【雙角隻曲・落梅風】尊符命(句)，照象佳(韻)，按分司莫争高下(韻)。只這金符頒賜看一霎(韻)，離沉淪頓抛嗟呀(韻)。〔柏鑑作引邢三益等魂同作起科，同從下場門下。姜尚坐科，白〕引朱寅、高紊平、韓鵬、李濟、王封、劉禁、王儲、彭九元、李三益上臺受封。〔柏鑑白〕領法旨。〔作向内傳科，白〕朱寅等上臺受封。〔作以旛引雜扮朱寅、高紊平、韓鵬、李濟、王封、劉禁、王儲、彭九元、李三益魂，各戴道冠，搭魂帕，白紙錢，照前鈎臉，戴臉亦可，穿道袍，繫絛，同從上場門上，轉場向上跪科。姜尚起科，白〕今奉玉敕，爾朱寅等無緣超舉，飛昇之功行全虧，有詔加封，褒賞之恩榮是錫。今封爾朱寅等爲九曜星官之職。爾等其各欽哉。〔四童唱〕

【雙角隻曲・步步嬌】隨方著象應非假(韻)，只爲仙音下(韻)。懸輝大(韻)，層霄光生萬方誇(韻)。爵初加(韻)，一派分司亞(韻)。〔柏鑑作引朱寅等魂同作起科，同從下場門下。姜尚坐科，白〕引李丙、黄承乙、周登、劉洪上臺受封。〔柏鑑白〕領法旨。〔作向内傳科，白〕李丙等上臺受封。〔作以旛引雜扮李丙、黄承乙、周登、劉洪魂，各戴道冠，搭魂帕，白紙錢，穿道袍，繫絛，同從上場門上，轉場向上跪科。姜尚起科，白〕今奉玉敕，爾李丙等身居洞府，不守貞静之誼，命犯輪迴，早入沉淪之慘。今當圓成大劫，理應加錫榮封。今封爾李丙爲值年神，黄承乙爲值月神，周登爲值日神，劉洪爲值時神。爾等其各欽哉。〔唱〕

【雙角隻曲・間金四塊玉】天人善惡頻照察(韻)，奉天心分值無差(韻)。宣明紀載詳昭也(句)，受天恩一敕相嘉(韻)。〔柏鑑作引李丙等魂同作起科，同從下場門下。姜尚坐科，白〕引喬坤、蕭秦上臺受封。〔柏鑑白〕領法旨。〔作向内傳科，白〕喬坤、蕭秦上臺受封。〔作以旛引雜扮喬坤、蕭秦魂，各戴綫髮，搭魂帕，白紙錢，穿蟒箭袖鼇，軟紥扮，繫䟾包，同從上場門上，轉場向上跪科。姜尚起科，白〕今奉玉敕，爾喬坤等未能超凡入聖，難免入刼沉魂，情堪憐者，恩是錫焉。今封爾喬坤爲日遊神，蕭秦爲夜遊神。爾等其各欽哉。

〔四童唱〕

【又一體】巡行日夜權衡大(韻)，明暗中各有監查(韻)。稟公持正無私處(句)，誰不尊威德靈遐(韻)。

〔柏鑑作引喬坤等魂同作起科，同從下場門下。姜尚坐科，白〕引栢林、李道通、高丙、姚公伯、蘇元、朱招、楊貞、楊偉、李弘、鄭元、周寶、侯太乙、高震、方吉清、李雄、張雄、宋庚、黄倉、金繩陽、方貴、孫祥、沈庚、趙白高、吴坤、吕能、薛定、王蛟、胡道元上臺受封。〔柏鑑白〕領法旨。〔作向内傳科，白〕栢林等上臺受封。〔作以旛引雜扮栢林、李道通、高丙、姚公伯、蘇元、朱招、楊貞、楊偉、李弘、鄭元、周寶、侯太乙、高震、方吉清、李雄、張雄、宋庚、黄倉、金繩陽、方貴、孫祥、沈庚、趙白高、吴坤、吕能、薛定、王蛟、胡道元魂，各戴道冠，搭魂帕、白紙錢，照前鈎臉，戴臉亦可，穿道袍，繫絛，同從上場門上，轉場向上跪科。姜尚起科，白〕今奉玉敕，爾栢林等功修無上，嗔念動而戕生，名入仙班，玉旨褒而受籙。今封爾等二十八人共爲四方二十八宿星君，栢林爲東方第一宿角木蛟，李道通爲東方第二宿亢金龍，高丙爲東方第三宿氐土貉，姚公伯爲東方第四宿房日兔，蘇元爲東方第五宿心月狐，朱招爲東方第六宿尾火虎，楊貞爲東方第七宿箕水豹，楊偉爲北方第一宿斗木獬，李弘爲北方第二宿牛金牛，鄭元爲北方第三宿女土蝠，周寶爲北方第四宿虚日鼠，侯太乙爲北方第五宿危月燕，高震爲北方第六宿室火猪，方吉清爲北方第七宿壁水貐，李雄爲西方第一宿奎木狼，張雄爲西方第二宿婁金狗，宋庚爲西方第三宿胃土雉，黄倉爲西方第四宿昴日雞，金繩陽爲西方第五宿畢月烏，方貴爲西方第六宿觜火猴，孫祥爲西方第七宿參水猿，沈庚爲南方第一宿井木犴，趙白高爲南方第二宿鬼金羊，吴坤爲南方第三宿柳土獐，吕能爲南方第四宿星日馬，薛定爲南方第五宿張月鹿，王蛟爲南方第六宿翼火蛇，胡道元爲南方第七宿軫水蚓。爾等其各欽哉。〔唱〕

【雙角隻曲・竹枝歌】隨列如珠耀彩華(韻)，斗牛隨處按方遐(韻)，羅天分野自無涯(韻)。沉淪全脱苦(句)，敕命自相加(韻)。堪誇(韻)，一封的寶籙褒嘉(韻)。〔柏鑑作引栢林等魂同作起科，同從下場門下。姜尚坐科，白〕頭榜諸神，封錫已畢，各按本位，順時布化。清福神何在？〔柏鑑應科，姜尚白〕爾可謹遵玉旨，仍行引領二榜群靈，俟明朝上臺封錫可也。〔柏鑑白〕領法旨。〔作舞旛科，從下場門下。内作樂，四仙童引姜尚作下臺，隨撤封神臺一應物件科，衆同唱〕

【雙角隻曲・太平令】今日裏功成一霎(韻)，受恩榮諸曜生華(韻)。好則看群靈封罷(韻)，祥光並瑞烟相亞(韻)。俺呵(格)，捧着這黄麻(韻)，敕嘉(韻)，錫加(韻)。呀(格)，更看取聚神功共襄天化(韻)。

【煞尾】諸神安位没一個幽魂詫(韻)，喜覩這太平天下(韻)，且待取贊助乾坤封畢了衆神靈功德大(韻)。〔從下場門下，四仙童隨下〕

第廿四齣　叩瓊霄列聖騰歡（庚青韻）　弋腔

〔雜扮五路神，各戴五色竪髮額，穿五色蟒箭袖，繫跳包、卒褂，軟紥扮，執五色令字旗，從上場門上，作跳舞科，同唱〕

【雙角隻曲・雁兒落帶得勝令】【雁兒落】（全）悔當初興妖氣未平㊞，一味價作祟争馳騁㊞。到如今臺成大績完㊞，一個個奉敕遵天命㊞。【得勝令】（全）呀㊞，喜則喜四海慶清寧㊞，泰宇盡休徵㊞。我等呵五路分排定㊞，從今正果成㊞。歡生㊞，一似沉酣醒㊞。光亨㊞，遍乾坤瑞氣盈㊞，遍乾坤瑞氣盈㊞。〔白〕昔日爲妖在下方，今朝正果沐恩光。分司五路權非小，共荷天慈大道光。吾等乃金、木、水、火、土五行之精，當日在宋家莊作怪，多蒙恩師姜子牙救拔，奉差築造神臺。後來神臺造畢，安置亡魂，又命我等相助柏鑑，五路彈壓。方今天下太平，輪迴已過，恩師請了寶籙，封贈諸神。柏鑑已封爲清福正神，只因我等榜上無名，論功當録，因此恩師昨日於封畢頭榜諸神之後，召取我等授爲岐山五路之神，專管人間興造。我等拜受金言，各按方隅去者。〔同唱〕

【雙角隻曲・沽美酒帶太平令】【沽美酒】（全）謝當年洪恩領㊞，謝當年洪恩領㊞，震迷闕同歡慶(韻)。建造神臺欣赴命(韻)，早則是功成定(韻)。喜如今車書一統(韻)。【太平令】（全）多蒙着恩師封贈(韻)，分五路職司各正(韻)。渾不似妖風共逞(韻)，擾良民無端爲眚(韻)。俺呵(格)，今日裏司命(韻)。奉命(韻)，興造處暗中操柄(韻)。呀(格)，好從今方隅按定(韻)。〔跳舞科，同從下場門下。雜扮四仙童，各戴綫髮，穿道袍，繫絛，引外扮姜尚，戴道冠，穿道袍氅，繫絛，執拂塵，從上場門上，同唱〕

【雙角隻曲・駐馬聽】治定功成(韻)，封錫蒙恩喜衆靈(韻)。祥光風送(韻)，寶臺靄靄瑞烟凝(韻)。輪迴已過慶清寧(韻)，各按正果成佳勝(韻)。齊歡慶(韻)，聖明世界良緣證(韻)。〔中場設椅，轉場坐科，白〕老夫姜尚，昨日封畢頭榜，諸神各受金符，同成正果，分司職位，各贊天章。齋戒一宿，完全大功。今日敕封二榜諸神，因此清晨薰沐，到此開宣。已到神臺，就此上臺去者。〔場上拉祥雲幃幔，預設封神臺切末、香案、桌椅，上安旨意架，旨意卷，安姜尚用科文册科，臺上張挂封神二榜榜文科。內作樂，四仙童引姜尚作上高臺拈香禮拜畢，起，作轉場坐科，白〕清福神柏鑑何在？〔生扮柏鑑，戴帥盔，搭魂帕，黄紙錢，紥靠，執旛，從上場門上，虛白相見科。姜尚白〕今日敕封二榜諸神，爾可按次招引上臺，不可紊亂。〔柏鑑白〕領法旨。〔姜尚白〕引殷郊、楊任上臺受封。〔柏鑑白〕領法旨。〔作向內傳科，白〕殷郊、楊任上臺受封。〔作以旛引净扮殷郊魂，戴紫金冠髮，搭魂帕、白紙錢，照前鈎臉，紥靠，紥六背切末；生扮楊任魂，戴道冠，安假手切末，手中生目，搭魂帕、白紙錢，穿道袍，紥氅。同從上場門上，轉場向上跪科。姜尚起科，白〕今奉玉敕，爾殷郊身爲太子，終遭慘毒而亡，爾楊任棄暗投明，復遇妖邪而死，情實可矜，理宜受職。今封爾殷郊爲值年太歲之神。

爾楊任爲甲子太歲之神，爾等其各欽哉。〔唱〕

【雙角隻曲・川撥棹】掌週迴歲序更(韻)，聿職其中柄(韻)。守此權衡(韻)，元功贊成(韻)。一年年天成地平(韻)，總由爾無側持中正(韻)。〔柏鑑作引殷郊等魂起科，同從下場門下。姜尚坐科，白〕引韓毒龍、薛惡虎、方弼、方相上臺受封。〔柏鑑白〕領法旨。〔作向内傳科，白〕韓毒龍等上臺受封。〔作以旛引雜扮韓毒龍、薛惡虎魂，各戴綫髮，搭魂帕，白紙錢，照前鈎臉，穿蟒箭袖氅，軟紮扮，繫跳包；雜扮方弼、方相魂，各戴紮巾額，搭魂帕，白紙錢，照前鈎臉，紮靠。同從上場門上，轉場向上跪科。姜尚起科，白〕今奉玉敕，爾韓毒龍、薛惡虎以神仙大劫遭殘，爾方弼、方相以戰將相持遇害，特加褒録，以應爾功。今封爾韓毒龍爲贈福神，薛惡虎爲掠福神，方弼爲顯道神，方相爲開路神。爾等其各欽哉。〔四童唱〕

【雙角隻曲・天仙令】如律令(韻)，順職自時行(韻)。大劫完成(韻)，大因修證(韻)。莫怨昔無生(韻)，超脱堪稱(韻)。黄泉一時身便騰(韻)，一霎飛昇(韻)。〔柏鑑作引韓毒龍等魂起科，同從下場門下。姜尚坐科，白〕引黄貞、姚公孝、施檜、孫乙、李豹、李新、任來聘、王虎、畢德上臺受封。〔柏鑑白〕領法旨。〔作向内傳科，白〕黄貞等上臺受封。〔作以旛引雜扮黄貞、姚公孝、施檜、孫乙、李豹、李新、任來聘、王虎、畢德魂，各戴道冠，搭魂帕，白紙錢，照前鈎臉，戴臉亦可，穿道袍，繫絛，同從上場門上，作轉場向上跪科。姜尚起科，白〕今奉玉敕，爾黄貞等悟徹無生，一念差而入劫，修成不老，萬仙會而亡身，堪憫沉淪，幸登仙籍。今封爾黄貞爲天罡星，姚公孝爲天勇星，施檜爲天雄星，孫乙爲天猛星，李豹爲天威星，李新爲天暗星，任來聘爲天

煞星，王虎爲天劍星，畢德爲天暴星。爾等其各欽哉。〔唱〕

【雙角隻曲·銀漢浮槎】把天維守正(韻)，符敕應遵奉(韻)。當年分争相鬭勝(韻)，今朝褒寵來(句)，共職司分纏休競(韻)。〔柏鑑作引黄貞等魂起科，同從下場門下。姜尚坐科，白〕引高衍、盧昌、紀丙、朱義、石章、黎仙、方保、詹秀、李洪仁、王龍茂、鄧玉、徐正道、錢京、吴旭、吕自答、龔清、單百招、高可、戚成、卜同、姚公、唐天正、栢忠、聞傑、張智雄、劉達、程三益上臺受封。〔柏鑑白〕領法旨。〔作向内傳科，白〕高衍等上臺受封。〔作以旛引雜扮高衍、盧昌、紀丙、朱義、石章、黎仙、方保、詹秀、李洪仁、王龍茂、鄧玉、徐正道、錢京、吴旭、吕自答、龔清、單百招、高可、戚成、卜同、姚公、唐天正、栢忠、聞傑、張智雄、劉達、程三益魂，各戴道冠，搭魂帕、白紙錢，穿道袍，繫縧，同從上場門上，轉場向上跪科。姜尚起科，白〕今奉玉敕，爾高衍等三屍未斷，空貽迷性之譏，六氣本清，方受正修之賞。今封爾高衍爲天魁星，盧昌爲天機星，紀丙爲天間星，朱義爲天英星，石章爲天貴星，黎仙爲天富星，方保爲天滿星，詹秀爲天孤星，李洪仁爲天傷星，王龍茂爲天直星，鄧玉爲天建星，徐正道爲天祐星，錢京爲天空星，吴旭爲天速星，吕自答爲天異星，龔清爲天微星，單百招爲天究星，高可爲天退星，戚成爲天壽星，卜同爲天竟星，姚公爲天罪星，唐天正爲天損星，栢忠爲天敗星，聞傑爲天牢星，張智雄爲天慧星，劉達爲天哭星，程三益爲天巧星。爾等其各欽哉。〔四童唱〕

【雙角隻曲·七弟兄】黄封(韻)，玉封(韻)，寵命榮(韻)，分司共佐天公勝(韻)。非關行事有分争(韻)，得承天爵應僥倖(韻)。〔柏鑑作引高衍等魂起科，同從下場門下。姜尚坐科，白〕引瓊霄、碧霄、雲霄上臺受封。〔柏鑑白〕領法旨。〔作向内傳科，白〕瓊霄、碧霄、雲霄上臺受封。〔作以旛引旦扮瓊霄、碧霄、雲霄魂，各戴過梁額，搭魂帕、白紙錢，穿宫衣，同從上場門上，轉場向上跪科。姜尚起科，白〕今奉玉敕，爾瓊霄、碧霄、雲霄朱顔修煉，難免貪嗔，青年喪亡，因遭劫數，可憐無故，應受榮封。今封爾瓊霄爲報應仙姑，雲霄爲感應仙姑，碧霄爲隨應仙姑。爾等其各欽哉。〔唱〕

【雙角隻曲·大拜門】玉旨恩榮(韻)，玉符著明(韻)，專職守交匡明勝(韻)。輪迴已清(韻)，無相争競(韻)，比當日修煉還精(韻)。〔柏鑑作引瓊霄等魂起科，同從下場門下。姜尚坐科，白〕引陳庚、李平上臺受封。〔柏鑑白〕領法旨。〔作向内傳科，白〕陳庚、李平上臺受封。〔作以旛引雜扮陳庚魂，戴瘟神帽，搭魂帕、白紙錢，紥靠；雜扮李平魂，戴道冠，搭魂帕、白紙錢，穿道袍，繫絛。同從上場門上，轉場向上跪科。姜尚起科，白〕今奉玉敕，爾陳庚、李平學道未成，亡身無故，宜加憫恤，授以專司。今封爾陳庚爲勸善太師，李平爲和瘟道士。爾等其各欽哉。〔四童唱〕

【雙角隻曲·收江南】一封玉敕沐恩榮(韻)，專司各守盡其情(韻)，和瘟勸善莫相争(韻)。共欽休命(韻)，匡扶盛世贊昇平(韻)。〔柏鑑作引陳庚等魂起科，同從下場門下。姜尚坐科，白〕引王賓、梁顯、賈成、呼百顔、魯修德、須成、栢有患、金甫道、桑成道、葉申、余知、李躍、龔情、段清、門道正、李信、徐山、武衍公、范斌、姚燁、孫吉、陳夢庚上臺受封。〔柏鑑白〕領法旨。〔作向内傳科，白〕王賓等上臺受封。〔作以旛引雜扮王賓、梁顯、賈成、呼百顔、魯修德、須成、栢有患、金甫道、桑成道、葉申、余知、李躍、龔情、段清、門道正、李信、徐山、武衍公、范斌、姚燁、孫吉、陳夢庚魂，各戴道冠，搭魂帕，白紙錢，照前鈎臉，戴臉亦可，穿道袍，繫絛，同從上場門上，轉場向上跪科。姜尚起科，白〕今奉玉敕，爾王賓等修行未堅，嗔心頓起，致遭慘死，得受恩封。今封爾王賓爲地魁星，梁顯爲地煞星，呼百顔爲地傑星，賈成爲地勇星，魯修德爲地雄星，須成爲地威星，栢有患爲地猛星，金甫道爲地獸星，桑成道爲地暴星，葉申爲地飛星，余知爲地異星，李躍爲地魔星，龔情爲地妖星，段清爲地幽星，門道正爲地伏星，李信爲地惡星，徐山爲地魂星，武衍公爲地壯星，范斌爲地劣星，姚燁爲地耗星，孫吉爲地賊星，陳夢庚爲地狗星，爾等其各欽哉。〔唱〕

【雙角隻曲・竹枝歌】隨列分班景象清(韻)，各司分職莫違停(韻)，修成正果道冲盈(韻)。沉淪全脱拔(句)，敕命早相膺(韻)。清寧(韻)，一封的金籙光榮(韻)。〔栢鑑作引王賓等魂起科，同從下場門下。姜尚坐科，白〕引孫祥、王平、革高、老鬲、李燧、劉衡、夏祥、余惠、鮑龍、魯芝、黄丙慶、張奇、郭已、陳元、車坤、周庚、齊公、霍之元、顧宗、李昌、方吉、徐吉、樊煥、卓公、孔成上臺受封。〔栢鑑白〕領法旨。〔作向内傳科，白〕孫祥等上臺受封。〔作以旛引雜扮孫祥、王平、革高、老鬲、李燧、劉衡、夏祥、余惠、鮑龍、魯芝、黄丙慶、張奇、郭已、陳元、車坤、周庚、齊公、霍之元、顧宗、李昌、方吉、徐吉、樊煥、卓公、孔成魂，各戴道冠，搭魂帕，白紙錢，穿道袍，繫絛，同從上場門上，轉場向上跪科。姜尚起科，白〕今奉玉敕，爾孫祥等煉形未得，早形化於沉埋，學道未堅，更道迷於傷敗，今膺玉籙，特錫佳名。今封爾孫祥爲地英星，王平爲地奇星，革高爲地文星，老高爲地正星，李燧爲地闢星，劉衡爲地闔星，夏祥爲地强星，余惠爲地暗星，鮑龍爲地軸星，魯芝爲地會星，黄丙慶爲地佐星，張奇爲地祐星，郭已爲地靈星，陳元爲地微星，車坤爲地慧星，周庚爲地然星，齊公爲地猖星，霍之元爲地狂星，顧宗爲地走星，李昌爲地巧星，方吉爲地明星，徐吉爲地進星，樊焕爲地退星，卓公爲地滿星，孔成爲地遂星。爾等其各欽哉。〔四童唱〕

【雙角隻曲·行香子】宣罷黄封(韻)，玉簡光生(韻)，受恩榮分職相同(韻)。榮光相慶(韻)，大象清明(韻)。出沉淪(句)，蒙奬録(句)，受恩榮(韻)。〔柏鑑作引孫祥等魂起科，同從下場門下。　姜尚坐科，白〕引姚金秀、甯三益、童貞、袁鼎相、汪祥、耿顔、邢三鸞、姜忠、孔天兆、祖林、洪承秀、吴四玉、匡玉、蔡公、藍虎、宋禄、闕斌、龍成、黄烏、孔道靈、張焕、葛方、焦龍、秦祥、葉景昌上臺受封。〔柏鑑白〕領法旨。〔作向内傳科，白〕姚金秀等上臺受封。〔作以旛引雜扮姚金秀、甯三益、童貞、袁鼎相、汪祥、耿顔、邢三鸞、姜忠、孔天兆、祖林、洪承秀、吴四玉、匡玉、蔡公、藍虎、宋禄、闕斌、龍成、黄烏、孔道靈、張焕、葛方、焦龍、秦祥、葉景昌魂，各戴道冠，搭魂帕、白紙錢，穿道袍，繫縧，同從上場門上，轉場向上跪科。　姜尚起科，白〕今奉玉敕，爾姚金秀等未能修體，不得精堅，自入輪迴，當蒙恩録。　今封爾姚金秀爲地周星，甯三益爲地隱星，童貞爲地理星，袁鼎相爲地俊星，汪祥爲地樂星，耿顔爲地捷星，邢三鸞爲地速星，姜忠爲地鎮星，孔天兆爲地稽星，祖林爲地僻星，洪承秀爲地空星，吴四玉爲地孤星，匡玉爲地全星，蔡公爲地短星，藍虎爲地角星，宋禄爲地囚星，闕斌爲地藏星，龍成爲地平星，黄烏爲地損星，孔道靈爲地奴星，張焕爲地察星，葛方爲

地數星，焦龍爲地陰星，秦祥爲地刑星，葉景昌爲地健星。爾等其各欽哉。〔唱〕

【雙角隻曲·蝶戀花】玉牒隆恩應更重(韻)，共沐封司(句)，懸象昭明盛(韻)。這的是出劫全蒙聖澤隆(韻)，欽承恪職扶天命(韻)。〔柏鑑作引姚金秀等魂起科，同從下場門下。姜尚坐科，白〕引趙公明、蕭升、曹寶、陳九宫、姚少司上臺受封。〔柏鑑白〕領法旨。〔作向内傳科，白〕趙公明等上臺受封。〔作以旛引净扮趙公明魂，戴黑貂，搭魂帕、白紙錢，照前鈎臉，紥靠；雜扮黑虎，穿黑虎形切末衣；雜扮蕭升、曹寶魂，各戴綫髮，搭魂帕、白紙錢，照前鈎脸，穿道袍，繫絛；雜扮陳九宫、姚少司魂，各戴紥巾額，搭魂帕、白紙錢，紥靠。同從上場門上，轉場向上跪科。姜尚起科，白〕今奉玉敕，爾趙公明無名妄動，一墮惡途而無路反修，爾蕭升等大劫遭逢，各喪本來而沉淪莫白。今封爾趙公明爲金龍如意正一龍虎元壇神君，蕭升爲招寶天尊，曹寶爲納寶天尊，陳九宫爲招財使者，姚少司爲納財仙官。爾等其各欽哉。〔四童唱〕

【雙角隻曲·荆山玉】順司按職把天音凛(韻)，廣結良緣人世中(韻)。離却了萬劫沉淪痛(韻)，好去人世裏播善名(韻)。〔柏鑑作引趙公明等魂起科，同從下場門下。姜尚坐科，白〕引王魔、楊森、高友乾、李興霸上臺受封。〔柏鑑白〕領法旨。〔作向内傳科，白〕王魔等上臺受封。〔作以旛引雜扮王魔、楊森、高友乾、李興霸魂，各戴陀頭髮，紥金箍，搭魂帕、白紙錢，照前鈎臉，穿蟒箭袖，軟紥扮，繫跳包，同從上場門上，轉場向上跪科。姜尚起科，白〕今奉玉敕，爾王魔等修行未至，豪氣難除，空遭殺戮之輪迴，豈無褒封之爵命。今封爾四人爲靈霄大帥之職。爾等其各欽哉。〔唱〕

【雙角隻曲・沽美酒】層霄威有名(韻)，玉府鎮群靈(韻)。權承天闕司專寵(韻)。瓊樓燦明(韻)，常居鎮詳休命(韻)。〔柏鑑作引王魔等魂起科，同從下場門下。姜尚坐科，白〕引魔風、魔調、魔雨、魔順上臺受封。〔柏鑑白〕領法旨。〔作向内傳科，白〕魔風等上臺受封。〔作以旛引雜扮魔風、魔調、魔雨、魔順魂，各戴紮巾額，簪狐尾，搭魂帕、白紙錢，照前鈎臉，戴臉亦可，紮靠，同從上場門上，轉場向上跪科。姜尚起科，白〕今奉玉敕，爾魔風等各煉精功，共成妙道，自當劫運，各受榮封。今封爾魔風爲增長天王，魔調爲廣目天王，魔雨爲多聞天王，魔順爲持國天王。爾等其各欽哉。〔四童唱〕

【雙角隻曲・大喜人心】當年(句)、當年忠義播芳名(韻)，今日裏(句)、今日裏把天恩奉(韻)。護妙法金繩静(韻)，向西方享大榮(韻)。〔柏鑑作引魔風等魂起科，同從下場門下。姜尚坐科，白〕引鄭倫、陳奇上臺受封。〔柏鑑白〕領法旨。〔作向内傳科，白〕鄭倫、陳奇上臺受封。〔作以旛引净扮鄭倫、雜扮陳奇，各戴紮巾額，搭魂帕、白紙錢，照前鈎臉，戴臉亦可，紮靠，同從上場門上，轉場向上跪科。姜尚起科，白〕今奉玉敕，爾鄭倫、陳奇各有玄功，同遭大劫，雖有邪正之殊，總得褒嘉之錫。今封爾鄭倫爲哼將軍，陳奇爲哈將軍，爾等其各欽哉。〔唱〕

【雙角隻曲・月上海棠】想争持各欲誇奇勝(韻)，則今日同沐天恩受職榮(韻)。西土鎮花天(句)，一様的神威共凛(韻)。昭明盛(韻)，護法永垂金鏡(韻)。〔柏鑑作引鄭倫等魂起科，同從下場門下。姜尚坐科，白〕引余化龍、金氏、余達、余兆、余光、余先、余德上臺受封。〔柏鑑白〕領法旨。〔作向内傳科，白〕余化龍等上臺受封。〔作以旛引生扮余化龍魂，戴帥盔，搭魂帕、白紙錢，紥靠、背令旗，；旦扮金氏魂，戴鳳冠，搭魂帕、白紙錢，穿蟒，束帶，；雜扮余達、余兆、余光、余先、余德魂，各戴帥盔，搭魂帕、白紙錢，照前鈎臉，紥靠。同從上場門上，轉場向上跪科。姜尚起科，白〕今奉玉敕，爾余化龍等父子同心，夫妻共志，拒守關城，全家死難，一門忠義，堪荷寵光。今封爾余化龍爲主痘碧霞元君，金氏爲衛房聖母元君，余達爲東方主痘正神，余兆爲西方主痘正神，余光爲南方主痘正神，余先爲北方主痘正神，余德爲中央主痘正神。爾等其各欽哉。〔四童唱〕

【雙角隻曲・大喜人心】一門(句)、一門節烈堪稱(韻)，今日裏(句)、今日裏逢明盛(韻)。主時令功難並(韻)，佑嬰兒德自通(韻)。〔柏鑑作引余化龍等魂起科，同從下場門下。姜尚坐科，白〕引申公豹上臺受封。〔柏鑑白〕領法旨。〔作向内傳科，白〕申公豹上臺受封。〔作以旛引丑扮申公豹魂，戴道冠，陀頭髮，紥金箍，照前鈎臉，穿道袍氅，繫絛，從上場門上，轉場向上跪科。姜尚起科，白〕今奉玉敕，爾申公豹慣行反間，誤入輪迴，雖爲正道之魔，寔是有功截教，理宜受職，以慰爾勞。今封爾爲分水將軍之職。爾其欽哉。〔唱〕

【雙角隻曲・金蛾神曲】名勝(韻)，功令(韻)，底澤安流司命(韻)。乾坤早寧(韻)，昇平佳慶(韻)，好守職莫生他釁(韻)。〔柏鑑作引申公豹魂起科，從下場門下。姜尚坐科，白〕引飛廉、惡來上臺受封。〔柏鑑白〕領法旨。〔作向内傳科，白〕飛廉、惡來上臺受封。〔作以旛引副扮飛廉、净扮惡來魂，各戴紗帽，搭魂帕、白紙錢，照前鈎臉，穿蟒，束帶，同從上場門上，轉場向上跪科。姜尚起科，白〕今奉玉敕，爾飛廉、惡來棄主來歸，不算忠良

之識勢，遭劫被斬，亦應爵命之相加。今封爾飛廉爲冰消神，惡來爲瓦解神。爾等其各欽哉。〔四童唱〕

【雙角隻曲・搗練子】膺天爵(句)，受大榮(韻)，各司其職按時行(韻)。這的是大數清(韻)，莫相争(韻)。

〔柏鑑作引飛廉等魂起科，同從下場門下。柏鑑作舞旛科，隨下。姜尚坐科，白〕大功告竣，衆神安位，公務完成，可就此下臺去者。〔内作樂，四仙童引姜尚下臺，隨撤封神臺一應物件科，同唱〕

【雙角隻曲・月兒彎】封罷群神列宿全(句)，玉敕大功告正(韻)。酬了他沉淪魂魄(句)，遭逢大劫(句)。忽地裏上天布列(句)，出離迷境(韻)。一般般(讀)，布開職序分榮(韻)。應是這玉音恩溥(句)，共受職贊襄明聖(韻)。〔同從下場門下。内作大樂科，場上設香案桌三張，安香斗三座科。净扮九天聞仲，戴九天髮，穿青色蟒，束帶，執整股香。生扮紫微大帝伯邑考，戴冕旒，穿銀紅色蟒，束帶，執整股香。生扮東嶽黄飛虎，雜扮南嶽崔英、西嶽蔣雄，净扮北嶽崇黑虎，雜扮中嶽文聘，各戴本方向色冕旒，穿本方向色蟒，束本方向色帶，黄飛虎執整股香。净扮火神羅宣，戴紫金冠髮，穿紅蟒，束帶。旦扮斗母金靈聖母，戴斗母髮，穿黄蟒，束帶。雜扮東斗四星蘇護、金葵、梅武、趙丙，雜扮西斗五星姜桓楚、龍環、孫子羽、胡升、胡雲鵬，雜扮南斗六星周紀、胡雷、高貴、孫寶、雷鯤、鄧華，雜扮北斗七星黄天祥、比干、鄂崇禹、鄧九公、蘇全忠、韓昇、韓變，雜扮中斗六星鄂順、郭宸、董忠、魯仁傑、晁雷、杜元銑，各戴本方向色星官冠，穿本方向色蟒，束本方向色帶。雜扮青龍星黄庚，戴青龍冠，雜扮白虎星李德，戴白虎冠，雜扮朱雀星馬方，戴朱雀冠，雜扮神武星金素，戴神武冠，各穿本方向色蟒，束本方向色帶。雜扮勾陳星孫伯，戴勾陳冠，雜扮騰蛇星張山，戴騰蛇冠，雜扮太陽星徐蓋，戴冕旒，净扮天喜星紂王，戴紫紅金貂，旦扮太陰星姜后，紅鸞星龍吉公主、貌端星賈氏、地后星黃妃，各戴鳳冠、仙姑巾。雜扮黃旛星魏賁、豹尾星陳桐、喪門星張桂芳、弔客星風林、勾絞星費仲、卷舌星尤渾、羅睺星彭遵、計都星王豹，各戴星官冠；以上各穿紅蟒，束帶。雜扮金府星陳定、木府星盧申、水府星余燦、火府星王貞、土府星土行孫，各戴本方向色冕旒，穿本方向色蟒，束本方向色帶。雜扮二十八宿栢林、李道通、高炳、姚公伯、蘇元、朱招、楊貞、楊偉、李弘、鄭元、周寶、侯太乙、高震、方吉清、李雄、張雄、宋庚、黃倉、金繩陽、方貴、孫祥、沈庚、趙白高、吳坤、吕能、薛定、王蛟、胡道元，各戴本形像冠，穿紅蟒，束帶。雜扮九曜星朱寅、高紊平、韓鵬、李濟、王封、劉禁、王儲、彭九元、李三益，各戴九曜冠，穿紅蟒，束帶。外扮水德星君魯雄，戴冕旒，穿青色蟒，束帶。雜扮靈霄四師王魔、楊森、高友乾、李興霸，各戴帥盔，穿紅蟒，束帶。小生扮炳靈公黃天化，戴炳靈公冠，穿銀紅蟒，束帶。雜扮主瘟昊天大帝吕岳，戴冕旒，穿金黃蟒，束帶。雜扮東方行瘟使者周信、南方行瘟使者李奇、西方行瘟使者朱天麟、北方行瘟使者楊文輝，各戴本方向色瘟神帽，穿本方向色蟒，束本方向色帶。雜扮二太歲殷郊、楊任，各戴太歲冠，穿紅蟒，束帶。净扮元壇神君趙公明，戴紥紅黑貂，穿青蟒，束帶。雜扮主痘碧霞元君余化龍，戴冕旒，穿紅蟒，束帶。旦扮衛房聖母金氏，戴鳳冠、仙姑巾，穿紅蟒，束帶。雜扮東方主痘正神余達、西方主痘正神余兆、南方主痘正神余光、北方主痘正神余先、中方主痘正神余德，各戴紥紅貂，穿緑月、白銀、紅、青、金黃五色蟒，束本方向色帶。旦扮衆應仙姑瓊霄、感應仙姑雲霄、隨應仙姑碧霄，各戴鳳冠、仙姑巾，穿紅蟒，束帶。仍是鈎臉者鈎臉，戴臉亦可者戴臉亦可，各戴黃紙錢，從兩場門分上，排立科。若按封神榜數目全上，各戴應戴之冠、黃紙錢，各穿本方向色蟒，束本方向色帶，仍是鈎臉者鈎臉，戴臉亦可者戴臉亦可科，若所有之人單分各色各樣冠，皆穿男女紅蟒亦可。聞仲、伯邑考、黃飛虎各作上香畢、帥衆行禮畢、起科。衆同唱】

【雙調正曲・五馬江兒水】世逢明盛（韻），從今姬德興（韻）。同承天澤（句），共沐庥榮（韻），各按分司玉籍清（韻）。贊襄大化（句），匡佐生成（韻）。寶籙同膺天爵（句），無限光明（韻）。但願萬年長此慶昇平（韻）。〔合〕聖時宣布（句），天德昭盈（韻）。共叩瓊霄（讀），群靈歡慶（韻）。

【慶餘】明良際會長則是承天命（韻），同暢賀又繼着唐虞佳勝（韻），贏長此億載歡呼祝聖清（韻）。〔衆作大笑科，各從昇天門、陟仙門分下，俟斗香盡然後撤下〕

【雙調正曲·五馬江兒水】世逢明盛(韻)，從今姬德興(韻)。同承天澤(句)，共沐庥榮(韻)，各按分司玉籍清(韻)。贊襄大化(句)，匡佐生成(韻)。寶籙同膺天爵(句)，無限光明(韻)。但願萬年長此慶昇平(韻)。〔合〕聖時宣布(句)，天德昭盈(韻)。共叩瓊霄(讀)，群靈歡慶(韻)。

【慶餘】明良際會長則是承天命(韻)，同暢賀又繼着唐虞佳勝(韻)，贏長此億載歡呼祝聖清(韻)。〔衆作大笑科，各從昇天門、陟仙門分下，俟斗香盡然後撤下〕